겨울 골짜기

김 원 일
소　　설
전 4 집

김원일 장편소설

겨울 골짜기

강

일러두기
1. 이 소설전집의 맞춤법 및 외래어 표기는 현행 맞춤법통일안에 따랐다.
2. 수록된 모든 작품은 최종적인 개고와 수정을 거쳤다.
3. 권별 장편소설 배열과 중단편소설집 배열은 발표 순서에 따르는 것을 원칙으로 하였으나, 여러 권짜리 소설 『늘푸른 소나무』와 『불의 제전』은 장편소설 끝자리에 배치하였고, 연작소설은 별도로 묶었다.

김 원 일
소   설
전 4 집

차 례

신원면 지형

거창군 남상면

↑ 거창읍

제1차 청연
(학살 장소) ⊗
숭덕미재
감악산
951

윗감악

덕산리
바깥세안
안세안
번덕 관동

내동
청룡
옥계천

샛담
과정리
창지

오례
박산골 ⊗
제3차(학살장소)
신원국교

청수리
수동

하유곡
갈전산
764 ▲

대안
외탄량

원중유
중유리

상유곡
달귀봉
내탄량
제2차
⊗ 탄량골 (학살장

대현리

널미기
하대현

철마산
▲710

중새터

신예동
보록산
800 ▲
상대현
원대현

예동
비곡

와룡리

소룡산
▲779

■ 315부대 본거지
오 부 면

소룡
밀치재

산청군

산청읍
↑

차 황 면

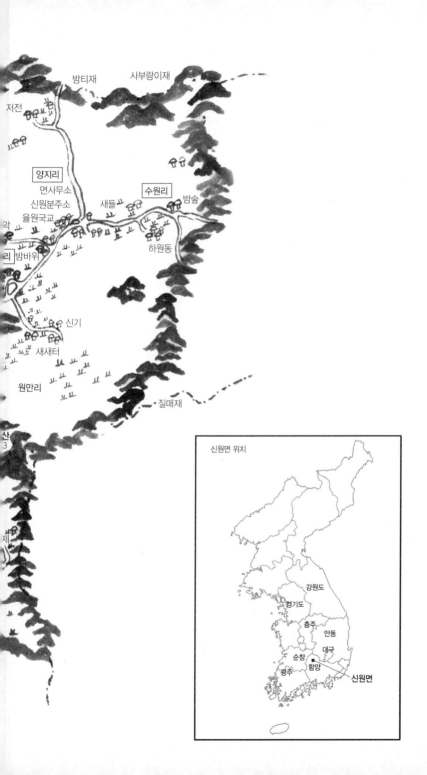

밤티재　　사부랑이재

저전

양지리
면사무소
신원분주소
율원국교

새들

수원리
밤숲

악　리 밤바위

하원동

신기

새새터

원만리

질매재

산
3

제

신원면 위치

강원도

경기도

충주

안동

순창

대구

함양　　신원면

광주

겨울 들머리— 산 1

문한득이 산청군 오부면 산채에 본부가 있는 315부대로 단독 전출 명령을 받았을 때, 왜 자기만 뽑아 전출시키는지 이유를 몰랐다. 저녁 무렵에 군당(郡黨) 작전부장이 중대본부 산막에 들렀고, 중대장이 문한득 소속 소대장을 불렀을 때만도 그는 그런 낌새를 눈치채지 못했다. 소대원들이 주먹밥 한 덩이를 멀건 된장국에 말아 먹고 나서였다. 문한득은 보초 교대시간이 임박해 대기 상태에 있었는데, 소대장이 부르더니 오늘 밤으로 타 부대에 전출된다고 말했다.

"팔로군부대는 막강한 정규군 전투부대라요. 그 부대에 문동무가 차출되었으니 우리 군당 유격대의 명예를 걸고 그쪽 사업에 열성을 다하시오. 이제 동무는 당당한 인민군 전사가 되었소." 대구 의과대학 재학 중 남조선 해방 전쟁이 터지자 고향 거창에서 인민위원회 적성위원으로 활동하다 입산한 박소대장이 문한득의 어깨를 다독거렸다.

박소대장 말로는, 문한득이 전출할 부대의 정식 명칭은 315부대지만 다들 '팔로군부대'라고 부른다 했다. 지난 9월 중순까지 서부 경남 하동을 거쳐 마산·창녕에서 국방군과 미 제국주의를 위협했던 방호산 장군 휘하의 인민군 6사단은 대체로 40년대 초 중국 공산군 임표 장군 아래 중국 혁명전쟁에 협동한 재만(在滿) 조선인들로 조직된 '동북의용군' 출신자를 심대로 하여 만든 사단이었다. 인민군이 자랑하던 정예의 6사단은 서울을 거쳐 수원·예산을 쓸고 군산을 점령한 뒤, 김제·정주·광주·목포·순천 등, 전라북도와 남도를 별 접전 없이 접수했다. 6사단의 마지막 점령 도시가 진주시였고, 함안까지 진출해 마산시를 위협했으나 유엔군의 인천 상륙작전으로 퇴로가 막히게 되었다. 6사단 주력부대는 소백산맥과 태백산맥을 거치는 혈로를 뚫어 북상했고, 나머지 병력은 산청군 북쪽 산악지대로 모여들어 남반부 후방에서 제2전선을 구축했다. 거기에 이건무 휘하의 5사단, 최현 휘하의 2사단 병력도 합류해 혼합부대로 개편된 뒤, 부대 명칭도 갑오 끗발인 315부대로 바뀌었다. 그들은 경상남도에서는 지세가 험준한 오지 거창군 신원면과 산청군 오부면 경계인 소룡산과 보록산을 북벽으로 삼아, 산청군 오부면과 차황면 일대를 저들의 해방구로 삼았다. 그러나 6사단이 부대 근간을 이루어 팔로군 출신자가 많다 보니 팔로군부대란 별칭을 얻게 되었다고 소대장이 말했다.

문한득은 소대장으로부터 구구식소총과 탄창 다섯 케이스를 지급 받았다. 입산(入山) 이후 그는 내내 비무장대원이었기에 총과 실탄을 처음 지급 받자 마음이 뿌듯했다. 소대원 절반만이 개인 소유 화기를 가졌기에, 열여덟 살 소년병인 그로서는 개인화기를 언제 소지할 수 있을지 감조차 잡지 못한 채 지내왔다.

"팔로군부대에서 전출자를 단독무장시키라 했기에 화기를 지급하는 거요. 문동무도 알다시피 우리 군당은 비무장대원이 많소. 이 총은 목숨만큼 귀중하오. 이 총으로 공훈을 세워 거창군당 명예를 빛내주시오." 박소대장이 당부했다.

문한득은 개인 소유 잡낭조차 없었기에 챙겨갈 소지품이 따로 없었다. 무기라곤 옆구리에 찬 대검뿐이었고, 식기 하나에 둥글게 말아 어깨에 메고 다니는 헌 담요가 다였다. 그를 데려갈 선(線)요원이 와 있어, 문한득은 소총을 메고 소대원들과 작별인사를 했다.

"막내가 마 저래 떠나구마. 우리 소대 마스코튼데 말이다. 문동무를 그냥 보낼 수 있는가. 군가라도 불러줘야제."

싱겁 잘 떠는 편동무 말에 소대원들이 문한득을 앞에 두고 '빨치산 노래'를 합창했다. 노래를 듣자 문한득은 목울대를 찌르는 설움을 가까스로 참았다. 고난 속에 보낸 가을 한철이었지만 덧정들었던 소대원들이었다. 저녁 이내가 산등성이의 앙상한 숲 위로 내려오자 기온이 영하 십몇 도로 곤두박질쳤고 바람이 세차게 몰아 불었다. 칼바람에 우는 헐벗은 숲이 노래를 싸안아 갔다. 빨치산 생활이란 내일을 기약할 수 없다지만 정다운 얼굴들과도 이제 영 만날 수 없을 것 같아 그는 갈라 터진 손등으로 눈물을 훔쳤다. 짙어오는 어둠 속에 여윈 산짐승 몰골의 소대원들 모습이 찬바람에 찢어졌다. 한편, 전출부대인 315부대 본부가 중촌리 근방이라 했기에 고향 마을에 가까이 간다는 기쁨과, 이제야 개인 소유 화기를 가진 당당한 전사가 되었다는 감격으로 그의 마음이 얼마간 들떠 있기도 했다. 산청군 오부면 중촌리는 거창군 신원면과 살피를 이룬 보록산과 소룡산을 경계로, 신원면 와룡리와 대현리와는 불과 삼십 리 상거였다.

"한득 동무, 잘 가. 거게 가더라도 남조선 해방되는 날까지 꼭 살아 있어야 해. 살아남아 통일조국을 함께 맞자고."

신씨 아주머니가 문한득의 개털모자 끈을 턱밑으로 싸매주었다. 거창농업학교 국어 선생 부인이었던 신씨 아주머니는 짧은 인공(人民共和國) 시절 거창군 여맹 부위원장을 지내다 9월 하순에 국방군이 거창 읍내로 진주하기 직전에 빠져나와 서방 따라 입산했는데, 그동안 그를 시동생처럼 보살펴주었다.

갈 길이 바쁘니깐 어서 출발하자며 거창군당 참모부 소속 선요원이 문한득을 채근해, 둘이 괘관산 중턱 아지트를 떠나기는 사방이 깜깜해진 뒤였다.

"모두 잘 계시이소." 문한득이 소대원들에게 손을 흔들었다.

"소년병 동무 잘 가. 선요원 편에 자주 연락 주고, 그쪽 고향 소식도 전해도고." 편동무가 소리쳤다. 소대원들도 여러 말을 외쳤으나 바람이 앗아갔다.

문한득은 산을 내려오며 어둠 속에 버티어 선 1,250미터의 괘관산을 여러 차례 돌아보았다. 가을 단풍이 고왔던 산이었다. 이제 단풍은 다 졌고 된하늬가 빈 가지만 휘두들고 있었다. 바위 틈 사이 산막 안에 다람쥐 가족처럼 옹송그려 앉았을 소대원들 얼굴이 떠올랐다. 거창군당이 덕유산으로 들어가서 한 달, 괘관산으로 옮아앉은 지 보름, 어느덧 가을이 저물었고 정든 얼굴들과도 이별이었다.

둘은 산을 타고 내려와 길 없는 좀나무숲과 솔수펑을 헤쳐 시오리쯤 걸었다. 선요원은, 저만큼 보이는 두메가 봉곡리라 했다. 둘은 동그만 독메 기슭에 외따로 앉은 초가 앞에 다다랐다. 기와를 굽는 집인 듯 산자락으로 길다란 기와가마가 있었다. 선요원은 반쯤 열린 삽짝으로 들어서지 않고 초가 안채 뒷봉창 쪽 싸리울 옆에서 휘파람을 불었다. 안방 문이 열리고 신발 끄는 소리가 났다. 마당으로 나선 중늙은이와 선요원은 낯이 익은 듯 어둠 속에서 인사를 나누었다. 중늙은이는 둘을 집 뒤꼍 가마터로 데려가더니, 외양간 옆 헛간 방문을 열었다. 둘은 신을 신은 채 방으로 들어갔다.

"쪼매 기다리이소. 안죽 저쪽 동무가 안 왔습미다." 중늙은이가 말하곤 방문을 닫았다.

군불을 지펴 삿자리 바닥이 따뜻했다. 문한득은 뼈등한 손을 엉덩이 아래 깔았다. 누룩 뜨는 냄새가 헐렁한 뱃구레를 볶았다.

십오분쯤 기다렸을까, 누군가 밖에서, 산까티, 산까티 하며 비상선 군호(軍號)를 댔다. 선요원이 밖으로 나가더니 외투 입은 팡파짐한 사내를 달고 들어왔다. 깜깜해 얼굴을 볼 수 없었으나 방한모를 눌러쓴 그는 비무장이었다.

"휘파람 까먹었소. 군호를 대게." 거창군당 선요원이 말했다.

"내레 쪼곰 늦었쉐다. 기래서 바루 여기루 찾아들지 않았갔어요." 낯선 사내가 겸연쩍어했다.

"앞으로 그러지 맙시다. 얼매나 놀랬는지." 선요원이 한마디 하곤, 문한득을 낯선 사내에게 인계하며 "문동무, 그럼 잘 가시오. 지금부턴 팔로군부대에서 온 이 선요원을 따라가면 돼요" 하곤, 곧 헛간 방을 떠났다.

"방이 따습구믄. 몸 녹여 떠납세다." 사내가 문한득에게 말했다.

밖에서 기침 소리가 나더니 주인장 중늙은이가 방문을 열었다. 그는 얼굴을 들이밀고 문턱 너머에 소반을 내려놓았다.

"날이 추븐데 수고 많으시네요. 꼬깜 몇 개 먹어보이소."

"늘 신세를 끼쳐 미안하웨다. 고맙게 먹갔이요."

"아이구, 깜짝이야. 어느새 다른 동무로 바뀌었구만. 난 또 누구시라고." 중늙은이가 덴겁을 먹은 듯 방문을 닫았다.

사내는 문한득에게 곶감 두 개를 주었다. 산 생활을 하다보니 단것에 주려 오랜만에 맛보는 곶감이 문한득에게는 엄청 달았다. 집집마다 서너 그루씩 감나무가 있는 고향 마을 대현리가 떠올랐다. 이제 감도 다 땄을 테니 빈 가지만 된하늬에 떨고 있을 터였다. 신원면에서는 대현리를 감나무마을이라 부를 정도로 감나무가 많았고, 곶감은 겨울철 주요 수입원이었다.

"꼬깜이 참말 다네요. 오랜만에 먹으이 별밉미다."

"부랄 더 누굴누굴해디기 전에 나섭시다. 갈 길이 멀디요." 사내가 손목에 찬 야광시계를 보곤 소반에 남은 곶감을 외투 주머니에 봉창질 하며 일어섰다.

"늘 입 조심하시라요." 사내는 삽짝까지 따라 나온 중늙은이에게 다짐하곤, 싸리담장을 돌아 뒤쪽으로 빠졌다.

사내는 마을을 뒤에 두고 쭉정이 옥수수밭으로 잰걸음을 놓았다. 누가 엿보거나 따라오지나 않나 저어하여 문한득이 뒤돌아보았다. 마을은 어느 집도 봉창 밝은 집이 없었다. 개 짖는 소리가 멀리서 들렸다. 둘은 센바람에 떠는 마른 수수깡 사이를 누벼 얼음 언 물이 번들거리는 남계천변으로 내달았다.

함양군 지곡면 봉곡마을에서 산청군 오부면 중촌리까지는 첩첩 산과 골짜기를 건너야 하는 사십 리 잇수였다. 둘은 너설이 심한 산을 넘었고, 사방을 경계하며 기동로를 건넜다. 대여섯 채씩 흩어진 두메를 멀리 두고 밭고랑을 넘었다. 얼어붙은 개울을 건너 다시 안돌이 산길을 타며, 둘은 걷고 또 걸었다. 11월 하순의 살을에는 추위였으나 짙은 감청빛 하늘에 뜬 달이 만월에 가까워 사방이 어슴푸레 밝았다. 산골짜기 응달에는 겨울 들고 몇 차례 내린 눈이 굳어져 문한득이 미끄럼질을 타기도 여러 차례였다. 먹고무신에 칡덩굴 줄기로 감발을 쳤으나 고무신이 벗겨져 신을 찾느라 허둥대다 찔레덩굴에 손을 긁히기도 했다. 동상으로 부은 발은 아무런 감각이 없었다.

"아침까지 도착하라니 내레 죽을 맛이구만." 사내가 불평을 구시렁거렸다. 사내의 직책이 연락병이라 걸음새가 산짐승을 닮았다.

문한득은 각별히 조심했으나 두 차례나 어깨에 멘 총이 허리에 두른 탄창을 긁어 털거덩거리는 쇳소리를 냈다. 그럴 때마다 사내는 뒤따르는 그를 돌아보며, 처음은 "남조선 빨치산부대는 이동 중에 그렇게 소리 내두 귀쌈 안 맞아요?" 했고, 두번째는 "덕둥돌파 때는 딕결처분 받기 꼭 맞갔쉐다" 하고 나무랐다.

"총을 처음 메봐서 그렇습미다. 이때까지는 화기가 지급 안 되어서 보투(보급투쟁) 나갈 때 대검과 죽창 들고 따라댕겼습미다."

"누구는 경기(輕器) 안 게진 것 같수? 남조선군 거이디만 나두 무장했쉐다. 각별히 주의하더라구."

사내가 배 앞을 치자 둔탁한 쇳소리가 났다. 그는 허리춤에 개머리판 없는 카빈총을 꽂고 있었다. 그런 말 이외 사내는 말이 없었다. 말을 주고받을 짬 없게 앞장선 그는 속보로 길 잇수를 줄여 나갔다.

화전민 집이 몇 채 흩어진 산모롱이를 돌아갈 때는 숲속에서 수하를 당하기도 했다. 문한득은 자지러지게 놀랐으나 사내는, 까티발, 까티발이요 하고 군호부터 댔다. 저쪽에서는, 산까치, 수고 많구먼요 하는 군호로 인사말을 던졌다. 문한득은 상대 보초의 움직임을 볼 수 없었고, 그 일대에 어느 유격부대가 트(아지트)를 잡고 있는지도 알 수 없었다.

달이 지고 별빛마저 스러질 즈음, 315부대가 가까워졌는지 둘은 야간 보초병으로부터 연거푸 수하를 당했다. 그럴 때마다 앞장선 사내가 군호를 댔다. 어느 초소에서는 보초 둘 중에 하나를 밖에 세워 순찰 도는 당번군관을 지키게 하고, 둘은 초소 안에서 다리쉼 하며 엽초를 말아 피우는 짬도 가졌다. 문한득은 담배질을 배우지 않았기에 심심한 입을 다물고 있었다. 선요원이므로 이곳저곳 연락 일로 데바쁜 사내로서는 민가에서 얻었는지 외투 안주머니에 엽초를 제법 지녀 보초에게 나누어주는 선심을 썼다. 보초는 엽초를 받자 고향 편지라도 받은 듯 흥감해했다.

"중공군이 압록강 국경지대에 집결했다던데 어디까지 내려왔답디까? 이거, 영 속이 타서 죽겠구먼." 보초가 물었다.

선요원은 담배만 빨 뿐 말이 없었다. 담뱃불 주위로 시커먼 구레나룻이 떠올랐다.

"엇따, 선요원이 그걸 모르면 누가 안담. 동무야말로 조국 해방되면 공훈전사로 영웅 대접받을 거요. 이렇게 힘든 사업에 공이 크니깐." 보초가 선요원을 치살렸다.

"동습네다. 한마디만 하갓이요. 어찌됐든 전세가 공화국 편으로 돌아선 것만은 사실이웨다. 글티 않타믄 우리가 만주 땅뎅이를 중화인민국으로부터 빌려 게지구서라두 버틸 수밖에 없잖습네까." 선요원이 큰 정보라도 흘리듯 말했다.

동편 하늘이 트여올 때, 둘은 중촌리 근방 송의산 동편 등성이에 다다랐다. 동살에 산마루와 골짜기가 수묵색으로 드러났다.

"꼭 이십 분 남았구먼." 사내가 시계를 보며 말했다.

"늦게 도착하면 처벌받습미까?" 밤새워 걸을 동안 사내가 자주 시계를 보던 점이 문한득에겐 의아스러웠다.

"앞뒤루 삼십 분 여유를 두디. 그 시간을 니유 없이 넘겠다 하믄 현당에서 총살이라우."

"팔로군부대는 군기가 그렇게 엄합미까?"

"어느 부대나 선요원은 마찬가지라요. 따지구 보면 선요원 발 한 걸음에 수백 명의 명줄이 달린 것 아니갔소. 내 발은 개인적인 발이 아니웨다. 인민의 발이라 소중히 아께서 날래 댕게야 하오" 하곤, 사내가 문한득에게 다짐하듯 말했다. "접선지서 꼬깜 얻어

먹은 것하구, 초소에서 담배질 한 거는 동무가 입 다물어 줘야겠이요. 소문나믄 내레 골통 빠게지웨다. 우리 인민해방군은 절대루 무산대중 것이라믄 쌀 한 톨두 그저 얻어먹어서는 안 되게 되어 있습네다. 선요원이 타 부대 초소에 들리두 안 되구."

수꿀해진 문한득이 비밀을 지키겠다고 말했다. 그때서야 그는 희미하게 드러나는 사내 얼굴을 볼 수 있었다. 자기와 밤 도와 걸은 팡파짐한 선요원의 방한모 안에 들어앉은 얼굴은, 서른 중반 나이였다.

둘은 골짜기로 들어서서 어느 산막에 다다랐다. 후미진 골짜기에 여러 채 산막이 있었는데 공습 피하려 나뭇가지로 덮어 트를 위장하고 있었다. 문한득은 이곳이 315부대 본부라 짐작했고, 야전군부대가 주위를 겹으로 싸고 있을 터이니 이 일대는 난공불락지역이겠거니 싶었다.

날이 밝아왔다. 하루 일과가 시작되는 시간이었기에 산막들 앞쪽에서 개울로 이어지는 오솔길에는 전사들 내왕이 잦았다. 세수하고 오는 군관복 차림의 장교에, 나뭇단을 나르는 전사도 있었다. 여성대원도 더러 눈에 띄었다. 선요원이 이 산막 저 산막으로 뛰어다녔다. 그동안 문한득은 개울가 노각나무 아래 서 있었다. 지나다니던 전사들이 초모병(招募兵:입산시켜 양성한 민간 전사) 차림의 문한득에게 눈길을 보냈으나 말을 걸지는 않았다. 선요원이 문한득을 어느 천막으로 안내했다. 야전 집무실이었다. 금딱지 대위계급장을 단 군관이 둘을 맞았다. 군관은 군사부 작전사령이라고 자기소개를 했다. 여윈 얼굴에 눈매가 날카로웠으나 피부가 맑아

산 생활 티가 나지 않았다. 작전사령은 문한득에게 종이를 주며, 이름·생년월일·본적·가족사항·입산 경위를 쓰라고 말했다.

"입산 경위요?" 문한득이 말뜻을 헤아리지 못해 물었다.

"어떤 까닭으로 유격대원이 됐느냐, 그걸 쓰란 말이오. 산으로 들어오기 전에 동무는 어디서 무얼 했소?"

"전쟁이 나기 전에는 농사지었고요, 인민군이 남조선 땅에 들어오자 신원분주소에서 보초를 섰습미다. 두 달 동안 내무서원 동무들 심부름과 사무실 청소도 하고요."

알았으니 빨리 쓰라고 말하곤, 대위는 천막 밖으로 나갔다.

문한득은 야전용 책상에 소총을 벗어놓았다. 종이 한 면은 인쇄가 된, 미제 비행기가 뿌린 투항 권고 삐라였다.

　투항하여 자유대한의 품으로! 우리는 여러분을 환영합니다. 자수하면 어떤 처벌도 받지 않습니다. 간단한 조사만 마치면 자유 대한민국의 시민으로 복귀될 수 있음을 보장합니다……

문한득은 종이를 뒤집었다. 투항 권고 삐라는 거짓말로, 자수하면 즉결처형을 당한다던 박소대장 말이 떠올랐다. 의자가 없어 그는 야전용 책상에 허리 굽혀 신상명세서를 쓰기 시작했다. 연필을 쥐어본 지 오래된데다 손마디조차 뻣뻣해 글씨가 제대로 씌어지지 않았다. 그는 국민학교조차 다니지 못했으나 일제 때 마을 야학당에서 익힌 서툰 한글로 삐라 뒷면을 채웠다. 한참을 기다려서야 대위가 소좌와 함께 들어왔다. 두 군관은 문한득이 쓴 신상명세서를 보았다.

"소작농 출신이라믄 알짜 무산대중이구먼." 얼굴이 네모진 소좌가 문한득을 보았다.

"됐소. 전사는 지금부터 내 말을 명심하시오."

대위가 한바탕 연설을 늘어놓았다. 총을 다시 메고 있던 문한득이 차려 자세로 그의 훈시를 들었다.

동무의 고향이 가까우나 상관 허가 없이 개인 행동으로 집을 방문하겠다는 짓거리는 생각지도 말 것. 만약 그런 사건이 발각되면 본인은 물론이고 가족에게 미칠 어떤 불이익도 각오할 것. 변절하여 남조선 반동에 투항할 경우 동무는 투항 즉시 처형되어 모가지가 장판에 내걸리게 됨을 명심할 것. 이 부대는 군당 유격대 같은 임시 편제가 아닌 정규군이므로 규율이 엄하니 사상무장에 철저하여 비판받는 일이 없도록 할 것. 그 외에도 대위의 훈시는 더 있었다. 문한득으로서는 거창군당에서도 주리 날 정도로 들어왔던 말이었다. 사실 그는 산 생활이 괴롭기는 했으나 투항은 생각조차 해본 적이 없었다. 산도적 같은 몰골로 하산한다면 단박 입산자로 행색이 드러날 테고, 남조선 경찰이나 군에 인계되면 그 길이 마지막임을 거창군당에서 누누이 들었고, 그는 그 말을 믿었다.

"내 말 잘 알아들었지요?" 대위가 물었다.

"알겠습미다. 군관 동무 명령에 충성을 다하겠습미다."

"교육은 없어두 영민애 뵈는 소년 전사구만. 우리는 소년 동무 같이 청소한 남조선 애국동지를 필요로 하오. 기포지대 사업에 열성을 다하시오." 소좌가 말했다.

문한득은 자신이 기포지대로 배속받게 됨을 알았다. 소좌 말에서 얼핏 짚이기는, 자기에게 거창군의 여러 기밀을 탐지하는 그 어떤 역할을 맡기리란 생각이 들었다. 315부대는 이곳 지리에 밝지 않으니 이 지방 출신인 나를 불러들였겠거니 하고, 전출 까닭을 깨단했다.

대위가 밖으로 나가 전사를 데리고 왔다. 연락병이었다. 문한득은 작전부 연락병과 함께 기포지대로 떠났다. 연락병 말로, 기포지대는 북쪽 왕골리 뒷산 노루목 부근에 트가 있다고 했다. 그 일대는 전쟁이 나기 전 문한득이 형들과 함께 땔감을 하러 다녀 지리에 밝은 지역이기도 했다.

골짜기 응달은 눈이 쌓여 있었다. 해발 600미터가 넘는 더기를 지나자, 상수리나무·개서나무·참나무 따위의 낙엽송 큰키나무들이 우거져 낙엽이 발목을 덮었다. 트에 도착하자 연락병은 문한득을 지대장 산막에 인계하곤 돌아갔다. 광목 포장에 나뭇가지를 덮어씌운 산막은 비스듬하게 서 있는 바위 사이에 끼여 있었다.

야전용 전화를 받던 군관이 문한득을 보곤, 방금 도착했다며 전화를 끊었다. 그 역시 중성(영관급)으로 인민군 복장 어깨에 소좌 계급장을 달고 있었다. 기포지대장이었다. 서른 살 어름으로 보였는데 머리칼을 짧게 깎았고 몸집이 건장했다. 팔로군부대원은 시속 80킬로로 달리는 차에 날렵히 오르고 가뿐히 뛰어내려 체조선수와 다를 바 없다는 소문 그대로, 팽팽한 군복 안의 몸이 댕돌 같았다.

"동무가 바루 거창군 신원면 출신이라요?" 지대장이 물었다.

"그렇습미다. 거창군당 유격대에서 전출 온 문한득입미다."

"내레 맹산 동무라 하오. 밤에 나셨겠구만. 예까지 오느라구 수고가 많았쉐다." 맹산지대장이 손을 내밀었다.

문한득은 어색한 악수를 했다. 잠시 앉자며 지대장이 막사 가운데에 돌을 둘러 만든 화톳불 구덕 쪽으로 갔다. 구덕은 따뜻한 기운이 남아 있었다.

"문동무 고향은 신원면 어디라요?"

"바로 저게, 보록산 너머 대현리라는 마실입미다. 질러가면 이십 리도 안 될 낍미다."

"대현리에 가족이 있소?"

"어무이하고 성넘네가 살고 있습미다. 대현리는 일가친척이 많아 문씨는 모두 한집안이라요."

"잘 왔쉐다. 문동무를 우리 중대루 던출케 한 거는 나라요. 뭐 딱히 문동무를 디적하지 않았디만. 어케됐든 신원면 출신이 필요해서 거창군당에 조회했더니, 문동무가 뽑힌가보오."

"고맙습미다. 전사로서 열성을 다하겠습미다."

군 생활이란 직속 부대장을 잘 만나야 고생을 덜한다던 고참대원 말을 떠올리며 문한득은 긴장했던 마음을 늦추었다. 첫눈에도 지대장의 마음 씀씀이가 넉넉하리라 여겨졌다.

"앞으로 문동무 협조를 부탁하갔시오. 동무는 이 지방 출신이라는 닙장을 늘 반성의 토양으루 삼아 행동에 각별히 조심하기 바라갔쉐다" 하고는, 고향 마을이 가깝다고 해서 가족주의나 인정주의에 매여서는 안 되며, 개인 행동은 일절 용납되지 않는다고 말했다.

지대장이 손뼉을 치자, 털목도리로 머리통을 싸맨 여성 동무가 막사로 들어왔다. 얼굴이 핼쑥하고 몸매가 약한 처녀였다. 누비저고리와 왜바지(몸뻬) 차림이 많은 거창군당 여성대원과는 달리 국방색 인민군 복장에 군복 바지를 입어 맵시가 났다.

"여기 문동무를 일등대장한테 닌계하구 오라요. 연락은 돼 있으니끼니. 중대장이 훈련 나가고 없다믄 당번 동무가 있을 거웨다."

문한득은 여성 동무를 따라 보록산 꼭대기로 길 없는 억새밭을 헤쳐 등성이를 타고 올랐다. 허리까지 채이는 억새가 아침 바람에 흔들렸다. 얼굴이 핼쑥해 어디 아픈 데라도 있는 듯했으나 앞서 걷는 여성 동무 발걸음이 날랬다. 해가 동산 위로 솟아오른 지도 한참이라 보록산 머리의 떨기나무숲이 햇살 아래 더 가깝게 다가왔다. 사람 기척에 놀란 멧비둘기가 억새밭에서 차고 올라 낮은 지대로 날아갔다. 멧비둘기를 보자 문한득은 어리 속에 콩을 넣어 두고 멧비둘기를 잡던 전쟁 전 시절이 생각났다. 그때, 같이 놀았던 동무들은 무얼 하고 있을까. 세 차례나 세상이 뒤바뀌는 난리를 치르느라 인민군에 뽑혀 나갔고 국방군으로도 뽑혀 나갔으리라. 냇가에서 가재나 물고기 잡고, 콩서리 해먹고, 달집에 불을 놓던 동무들 얼굴이 고향 마을과 가까이 갈수록 또렷이 다가들었다. 아침 열시는 넘었으려니 싶은데, 그는 아직 아침 끼니를 해결하지 못하고 있었다. 하루 두 끼를 잡곡밥이나 죽으로 때워온 산 생활인지라 배가 고픈 줄은 몰랐으나 중촌리 부근에서 왕촌리 쪽으로, 왕촌리에서 보록산으로, 그렇게 고향 마을에 가까이 갈수록 그에게는 산세도 정겨웠고 고향집이 더 그리웠다. 작전사령과 지대장이 가족주의적인 생각을 해서는 안 된다고 말했지만, 언젠가는 산 너머에 있는 고향집에 가볼 날이 오려니 하는 생각만 곱씹었다. 따지고 보면 지금 달음박질을 친다면 사십여 분쯤이면 집 앞 삽짝에 당도할 잇수였다. 큰형님을 졸지에 잃은 슬픔이 얼마나 컸던지 정신마저 오락가락해 뵈던 엄마와 작은형네 가족은 어떻게 지내는지, 큰형수님은 억울하게 죽은 형님을 그리며 지금도 넋 놓고 앉았는지, 어린 조카들하며, 그는 집안 소식이 두루 궁금했다.

둘은 말없이 걸어 보록산 남쪽 칠부 능선께서 왼쪽으로 돌아나갔다. 떨기나무들로 자욱한 그쪽은 철마산으로 빠지는 등성이가 서북으로 길게 휘어져 있었다. 떨기나무 가지로 지붕과 세 면을 덧씌워, 붙어 지나가더라도 무심코 스쳐갈 정도로 위장 잘된 산막 앞에서 여성 동무가 걸음을 멈추었다.

"중대장 동무 있습니까?" 안에서 대답이 없었다. "아무도 없어요?" 그녀가 포장을 들춰보니 사람이 없었다.

"누구요?" 바위 뒤쪽에서 여자 목소리가 들렸다.

"숙희니? 나 윤준의(準醫)야."

"오랜만이네. 아침부터 웬일이니?" 숙희라 불린 여성 동무가 수선하던 군복을 들고 산막 앞으로 돌아 나왔다. 작은 키에 단발머리를 한 귀염성스런 모습인데 눈이 사시였다.

문한득을 세워두고 둘은 잠시 말을 나누었다. 윤준의는, 전투가 없어 전입 오는 환자가 없는데다 환자트(환자 아지트)에 남았던 전사들도 원대복귀해서 요즘은 지대본부 일을 본다고 말했다. 숙희는, 며칠 전부터 훈련이 부쩍 심해졌는데 내일부터는 여성대원도 교대로 낮 훈련에 참가한다며, 훈련이 고된데 어떡하면 좋지 하고 걱정했다.

문한득은 앳된 처녀들이 나누는 윗녘 말을 듣자, 외탄량 마을에 사는 곽서방 딸 달분이가 떠올랐다. 외탄량은 대현리에서 면사무소가 있는 양지리로 나가는 길목의 큰 개울을 끼고 산자락에 앉은 마을이었다. 외탄량은 아래쪽에 있는 내탄량까지 합쳐 탄량마을이라 불렀는데, 가구 수는 두 마을을 합쳐 육십여 호 넘는 대촌이었다. 대현리에서 외탄량까지는 오 리 길이었다. 거기에서 오 리를 더 내려가면 신원면에서 가장 큰 마을인 과정리였다. 곽서방네 집은 외탄량에서 월여산으로 올라가는 개울가에 있었기에 가장 처져 앉은 집이었다. 그 개울가에 문한득이네 목화밭 한 두락이 있었다. 선대부터 부쳐먹던 밭이었는데, 문한득 할머니가 외탄량에서 대현리로 시집 올 때 타내어 온 밭이었다. 문한득은 목화밭으로 오고가며 곽서방 집에 들러 물을 청해 먹기도 해서 달분이와는 낯이 익었다. 그러나 어느 집이든 계집아이가 한둘은 있기에 무심히 보았는데, 달분이가 눈에 띄기는 작년 가을부터였다. 열일곱 살이 되자 문한득은 키가 자란 만큼 어깨가 벌어졌고, 달분이도 어느 날 별안간 처녀 모습으로 그의 눈에 박혔다. 처녀란 새로 태어난다는 말이 있듯, 달분이의 그런 변화가 놀라웠다. 그전까지 그녀의 넓적한 얼굴은 마른버짐이 피었고 무명치마 아래 맷물 흐르던 무다리였다. 나들이 때 말고는 짚신을 신고 다녀 여느 집 계집아이들과 다를 바 없었다. 그런데 여름을 넘기자 어깨와 엉덩짝이 옆으로 퍼지고 얼굴에 살이 올랐다. 그때부터 문한득은 그녀만 보면 가슴이 두근거렸다. 그 뒤부터 그는 외탄량으로 걸음하면 곽서방 집 돌담 안을 기웃거리며 그녀를 찾았다. 집 뒤 채마밭을 넘보며 서성거려도 그녀와 맞닥뜨리기가 쉽지 않았다. 지난봄이니모판 만들 즈음이었다. 과정국민학교에 모처럼 영화가 들어왔는데 제목이 '성벽을 넘어'라는, 38선의 국군이 월경한 인민군을 맞아 용감하게 싸워 퇴치하는 전쟁영화였다. 저녁밥을 먹고 나자 문한득은 마을 또래들과 어울려 십 리 밖 과정리로 나갔다. 영화가시작되기 전인데도 운동장은 구경꾼으로 찼다. 신원면 안의 여러마을에서 떼를 지어 구경꾼이 몰려나왔던 것이다. 영화가 끝나 마을 또래들과 대현리로 돌아올 때, 그들은 박산 골짜기 앞에서 앞서 걷는 한 떼의 처녀들을 만났다. 달이 밝은 밤이었다. 개구리들이 왁살대며 울어댔다. "왓따, 처자들도 밤마실 나왔네. 남자나 보는 전쟁 이바구 활동사진을 처자들이 뭣 때메 봐?" "잘생긴 남자배우 보고 오줌깨나 짤깃겠다." 젊은이들이 처녀들 뒤를 따르며 싱겁을 떨었다. 문한득은 처녀들 속에 섞인 달분이를 보았다. "탄량마을 처자들이구나. 탄량 처자는 대현리 총각한테 시집오면 잘 살지." 문한득이 할머니를 생각하며 농을 했다. "문딩(문둥이) 자슥아들, 총각이 어데 대현리밖에 없는가. 첩첩 산골짜기로 누가 시집가노." 한 처녀가 문한득의 말을 받았다. "지금 말한 처자가 누고? 만약에 대현리로 혼처만 정했담 봐라. 함지고 갈 때 지게를 거랑(내)에 처넣어뿔 끼다." 나서기 잘하는 장만수가 말을 받았다. "지금 말한 총각 목소리 새겨둬야제. 중신애비 우리 마실에 올 때 길 막구로." 그 말에 처녀들이 킥킥거리며 웃었다. 모처럼 밤나들이에 영화까지 구경한 터라 처녀들 마음이 한껏 부풀어 있었다. 달분이 웃는 소리는 들리지 않았다. "안 웃는 처자, 내가 점찍었다." 문한득이 소리쳤다. 그런 일이 있고 나서, 그는 달분이를 먼 발치로 볼 수밖에 없었다. 모심기가 끝나자, 전쟁이 터졌다.

윤준의와 숙희를 보며 달분이 얼굴을 그려보자 문한득은 마음이 싱숭생숭했다. 지금 처지도 그렇지만 달분이와 여성 동무들은 전쟁 전부터 다른 터에서 자란 꽃이었다. 여성대원들은 산골 처녀 달분이처럼 투깔스럽지 않고 나긋나긋했다. 지금은 군복 입고 산 생활 하지만 전쟁 전에는 여학교 다니며 맵시깨나 부렸을 도회지 처녀였다. 문득 구(舊)빨치(전쟁 나기 전 빨치산 생활을 한 고참대원) 말이 떠올랐다. "빨치산은 남녀가 없어. 볼셰비키 유격대나 중국 모택동 군대에도 여성대원이 많았지. 그러나 누구도 그들을 여자로 대우하지 않았어. 남자들과 똑같이 굶주림을 참고, 똑같이 고된 훈련을 받고, 전선에서 총 들고 싸웠지. 만약 빨치산 사이에 연애사건이 생기면 비판 정도가 아니라 일벌백계로 현장에서 처단했어."

"내 정신 좀 봐." 윤준의가 그제야 문한득을 보았다. "새로 전입한 동무야. 중대장에게 인계하라던데, 다들 훈련 나간 모양이지?"

"저녁때나 돼야 돌아올걸."

그때, 아래쪽 골짜기에서 인기척이 났다. 소총 멘 전사가 땔감나무를 등짐 지고 느릿느릿 올라왔다. 작대기를 짚은 그는 왼쪽 다리를 절뚝거렸다.

"껑다리 동무네." 윤준의가 말했다.

"학자 동무만 보면 불쌍한 생각이 들어."

나뭇짐을 진 전사는 안경을 꼈고 키가 큰 깡마른 사내였다. 그가 낀 도수 높은 안경은 한쪽 안경알에 금이 갔고 그쪽은 테 대신 전선줄로 엮어 귀에 걸치고 있었다.

"준의 동무구만요. 오랜만입니다." 사내가 맥빠진 목소리로 말했다.

"안녕하셨어요. 차도는 좀 어때요?"

"못 죽어 살지요. 난 이제 반송장이라요."

사내가 등에 진 졸가리 나뭇짐을 내려놓았다. 아구살이 · 꽃대나무 · 맨감나무 가지와 썩은 고목을 칡덩굴로 얽은 땔감이었다.

"그렇다고 환자트에 들어올 정도는 아니잖아요?"

"받아준다면 당장 누워야지요. 아픈 데가 어디 한두 군뎁니까."

"엄살 웬만큼 떨어요."

"나무하기도 힘들어요. 한 마장 나가 겨우 이 정도니."

거창군당에 있을 때 문한득도 땔감을 하러 다녔다. 지천에 널린 게 땔감이지만 불을 피워도 연기 나지 않는 나무를 해오려면 아무래도 시간이 걸리게 마련이었다. 연기를 내지 말 것, 밤에 불씨를 보이지 말 것은 빨치산 생활 수칙 중 하나였다. 낮에 단풍잎을 종이에 말아, 그것도 담배라고 피우면서도 땅바닥에 연기를 뱉곤 손으로 흩뜨려야 했다.

"나 그럼 갈래. 또 만나." 윤준의가 숙희에게 말했다.

"준의 동무, 지난번에 부탁한 그런 약 좀 꼭 알아봐줘요." 어깨를 구붓해 있던 사내가 말했다.

"있다면 왜 안 드리겠어요. 지난 두 달 동안 의약품이 전혀 보급되지 않는 줄은 동무도 잘 알잖아요."

"보투에서 묻어올 수도 있구 민주부락에서 구할 수도 있을 텐데?"

"알았어요. 기억해두죠." 윤준의는 왔던 쪽으로 돌아 걸었다. 맑은 햇살이 인동덩굴 줄기와 빨갛게 달린 열매에 쏟아지고 있었다.

"중대장 동무가 올 때까지 일소대에서 기다려요. 김동무가 이 신참 동무 좀 맡으세요." 숙희가 말했다.

"저는 거창군당 유격대에서 전출 온 문한득입미다."

"거창군당이라면, 동무는 거창군 출신이요?"

"이 지방 출신 맞습미다."

"초모병으로 올라왔겠구먼?"

"용약 입산했습미다."

"거기 있지 왜 이 부대로 전출 와. 동무도 지옥길로 들어섰구먼" 하곤, 자기를 따라오라며 사내가 아래쪽으로 걸음을 옮겼다. 작대기에 의지해 내딛는 걸음인데도 한쪽 발 뒤축을 땅에 붙이지 못하고 절뚝거렸다. 사내는 멀대 키에 비해 입은 군복이 작아 소매가 짧았고 바지 아랫도리가 강동했다.

문한돌은 사내를 뒤따르며, 힘찬 준마 사이에 끼인 병든 노새처럼 315부대에도 이런 꺼벙한 전사가 있구나 하는 생각이 들었다. 그의 꾸부정한 자세나 힘 빠진 목소리는 아직 자유사회 티가 났고, 나이는 서른쯤 되어 보였다. 김익수라고 제 이름을 댄 그가 문한득을 데리고 간 산막은 30미터 아래쪽, 큰 바위를 의지 삼아 삿갓

골로 세워져 있었다. 산죽과 나뭇가지로 뼈대를 얽고 그 위에 왕
억새로 지붕을 덮었는데, 돌과 이긴 흙으로 한 자쯤 지댓돌을 쌓
아 집다운 꼴을 갖추고 있었다. 컴컴한 산막 안은 양쪽에서 마주
보고 눕는다면 스무 명쯤은 잠잘 수 있는 넓이였다. 가운데는 밭
고랑 내듯 길게 홈을 파두었고, 홈에는 빨래판같이 반반한 돌을
덮어두었다. 산막 안을 반으로 쪼갠 긴 고랑이 이를테면 노천 온
돌이었다. 그런 온돌 구조는 전쟁 전 지리산 일대를 근거로 활동
했던 '남조선 인민유격대 제3병단'이 개발한 '빨치산식 온돌'이었
다. 산막 바닥에는 낙엽 위에 청송가리를 깔아두었다. 산막에는
밤 보초를 서고 왔는지 전사 둘이 낡은 담요를 뒤집어쓰고 잠들어
있었다. 산막에 들어가 앉자 김익수가 문한득에게 이것저것 물었
다. 문한득은 작전부사령과 지대장에게 대답한 자신의 신상 소개
를 되풀이했다.

"그렇다면 푹 쉬시오. 앞으로는 쉴 짬두 없을 테니깐."

"여게는 훈련이 그렇게 고됩미까?"

"겪어보면 알 테지만 엄청 고되다우."

"결심을 단단히 해야 되겠슴다."

"결심? 좋은 말이지요. 어린 나이에 집 떠나 고생이 많구려."

김익수가 무릎걸음으로 기어가 산막 구석에 있는 큼지막한 나
무통을 들고 밖으로 나갔다.

문한득은 어깨에 멘 총을 벗었다. 총을 오금 사이에 세우고 밖
에 눈을 주니 산막 앞에서 김익수가 군용대검으로 나무통 홈을 파
고 있었다. 발을 다쳐 훈련에 참가하지 않고 보초를 서며 땔감을

해온다면 김익수란 자가 소대 취사병이려니 싶었으나 아침밥을
못 먹었다는 말이 차마 입밖에 떨어지지 않았다. 따로 남겨둔 밥
이 있을 리 없었다. 그는 윗도리 윗주머니에 넣고 다니는 소금봉
지를 꺼냈다. 소금을 입에 털어 넣자, 금세 입 안에 군침이 괴었다.
그는 세운 무릎에 팔을 걸쳐 머리를 얹었다. 눈을 감자 몸이 노곤
하게 풀렸다. 잠이 들면 안 된다, 전출 오자마자 잠부터 잔다면 정
신 빠진 쫌병으로 찍힐 것이라고 되뇌며 퍼붓는 잠을 쫓으려 했으
나 밤새워 걸은 노독과 허기로 그는 앉은 채 등걸잠에 들었다. 그
는 잠을 자다가 깜짝 놀라 얼굴을 들곤 했다. 그러면 사위는 고즈
넉했고 골짜기의 숲을 흔드는 바람 소리만 귓가를 스쳤다. 바깥쪽
으로 눈을 주면, 김익수가 조그만 수첩에 몽당연필로 무엇인가 쓰
고 있었다.

　문한득이 고개방아를 찧다 제풀에 놀라 눈을 뜨고, 그렇게 몇
차례 되풀이하다 비행기 소리에 놀라 깨었을 때, 조금 전까지도
잠자던 전사 둘과 산막 밖에 있던 김익수가 보이지 않았다. 그는
총을 들고 일어나 산막 밖으로 나왔다. 어디에도 김익수가 보이지
않았다. 전투기 여러 대가 굉음을 지르며 남쪽으로 내려가고 있었
다. 전방 제1전선에서 폭격을 마치고 돌아가는 유엔군 전투기 편
대였다. 그는 골짜기 쪽을 내려다보았다. 화전밭이나 인가는 눈에
띄지 않았고 회갈색 숲만 자욱하게 펼쳐져 있었다. 어느덧 해가
서편으로 기울었다.

　한 시간쯤 지나 산채가 그늘로 덮였을 때, 김익수와 다른 전사
둘이 나무를 한 짐씩 해서 지고 올라왔다. 그는 나뭇단을 중대장

산막에 부려놓고 소총을 멘 채 1소대 산막으로 돌아왔다. 그가 멘 구구식소총은 문한득 소총보다 낡은, 태평양전쟁 때 일본군이 썼던 구닥다리였다. 김익수가 문한득 옆에서 다리쉼을 할 때, 골짜기 아래쪽에서 질러대는 고함이 메아리가 되어 들려왔다.

"기포지대 대원들이 돌아오는가 봅미다." 문한득이 말했다.

"모두 녹초가 됐겠군."

한참이 지나자 문한득은 골짜기에서 나던 소리가 군가 합창임을 알았다. 산막에 남았던 전사들이 그들을 맞으러 내려가자 김익수도 작대기를 짚고 일어섰다.

"지대라면 병력이 몇 명쯤 됩미까?" 문한득이 김익수에게 물었다.

"사 개 중대 병력을 과장해서 그렇게 부르지요."

"중대장은 어떤 사람입미까?"

"별명은 쌍권총이오. 삼일오부대 훈련지도군관이라 독종이오. 소년 전사도 앞으로 각오를 단단히 해야 할 겁니다."

"독종이라니? 그런 말을 해도 됩미까?"

김익수는 대답이 없었다. 그는 직속상관을 두고 겁없이 지껄이는 김익수가 어떻게 군대 생활을 여태 버티어왔는지 의심스러웠다.

전사들이 하도 도다녀 길이 난 오른쪽 비탈을 비껴 내려가자, 텃밭만한 빈터가 나섰다. 빈터 주위로는 총검술 훈련용으로 세워놓은 말뚝들이 서 있었다. 둘은 빈터 훈련장에 서서 저만큼 골짜기 숲 사이를 일렬종대로 올라오는 한 무리의 전사를 보고 있었다. 단독 군장을 갖춘 전사들은 노래를 내질렀다. 따발총이나 38식기병소총, 아식보총을 앞엣총한 전사와, 기포지대답게 중기(重器)를 멘 전사도 있었다. 60밀리 박격포를 힘겹게 멘 전사도 꼬리에서 따랐다. 병력이 예순 명 남짓했고, 그들이 불러대는 군가는 '아침은 빛나라'였다.

대열에 앞장선 자는 보통 키에 체구가 깡마른 군관이었다. 전사들의 군복은 땀과 흙에 절었고 어깨와 얼굴에 김이 피어올랐다. 구보로 몇 킬로를 달려온 모습이었다. 군가를 부르는 기운찬 목청과 씩씩한 기세는 거창군당과 비교할 바 아니었다. 거창군당도 구빨치 훈련원의 통솔 아래 아침저녁 하루 두 차례씩 훈련을 받았으나 굳은 몸을 풀기에 알맞은 정도였다. 지형지물을 이용한 은폐, 적중 돌파 요령이나 기습 공격 대형, 사각(死角) 탈출, 빨치산이 지켜야 할 수칙 따위였다. 거창군당 경우는 산속에서 살아남기 위해 수세 훈련을 받는다면, 315부대는 적과의 전면 전투를 위한 공격 훈련을 받고 있었다. 그럴 수밖에 없었으니, 거창군당은 국방군이 거창군을 수복하면 불어닥칠 검거 선풍의 보복이 두려워 산으로 몸을 피한 셈이고, 315부대는 명색 야전군 사단 병력 일부로 편성되었던 것이다.

군관이 먼저 빈터로 올라왔다. 그는 대위 계급장이 달린 모자챙을 올리고 문한득과 김익수를 보았다. 1중대장 송한갑이었다.

"거창군당에서 전출 온 전사랍니다." 허리를 곧추세우기는 했으나 자세가 곧지 못한 김익수가 중대장에게 문한득을 소개했다.

"전사 문, 한, 득입미다!" 문한득이 중대장에게 경례를 붙이며 관등성명을 힘차게 말했다.

"기래? 아직 애숭이구만." 중대장이 문한득 복장을 훑어보았다.

송중대장 이마에 돌기진 상채기가 있어 쏘아보는 빠꼼한 눈과 함께 인상이 강퍅졌다. 중대장은 실탄 꽂힌 허리띠에 권총을 찼고 박달나무를 깎아 만든 지휘봉을 들고 있었다. 지휘봉은 지시용이 아닌, 팔뚝만큼 굵은 몽둥이였다.

문한득은 입을 다물고 서 있었으나 숨을 제대로 쉴 수 없을 만큼 다리가 후들거렸다. 중대장이 독종이라는 김익수 귀띔이 있은 데다, 막 도착한 중대원을 빈터에 분대별로 세워놓은 하급 군관이 욕설 섞어 전사 예닐곱을 불러내고 있었던 것이다. 하급 군관이, 개밥 되기 알맞은 새끼들이라며 다리뼈를 분질러놓겠다고 으름장을 놓자, 불려 나온 전사들은 넋이 빠진 상판이었다.

"남조선 유격대 복장을 알아보겠소. 이 꼴이 무시깁네. 간나새끼들, 전사르 이레 채레입히구 무슨 전투르 하겠다구." 중대장이 말했다.

"여름 막 지내고 입산해서 미처 옷을 못 챙겨 입었습미다."

문한득은 농군복 무명 솜바지에 학생복 검정 윗도리를 입고 있었다. 학생복은 신씨 아주머니가 구해준 것이었고, 핫바지는 보급 투쟁 나갔다 얻어걸린 솜바지였다.

"거게 간나새끼들은 후방부도 없쟁잉가. 아니며느 야지(野地)루 보투(보급투쟁)두 내레가지 않음네?"

문한득은 맹산지대장의 평안도 말을 겨우 알아들었는데 중대장 말이 함경도 사투리로 바뀌자, 그 빠른 말투를 제대로 새겨들을 수 없었다. 315부대란 거창군당에서 듣던 대로 이북 출신의 정예 대원으로 조직된 전투부대라는 두려움만 마음에 심었다.

대열에서 따로 불려 나온 전사들은 총과 배낭을 내려놓고 빈터 가장자리에 박힌 말뚝 하나마다 전사 한사람씩 다리를 올려붙여 물구나무를 서고 있었다. 하급 군관이 소총 총대로 전사들 엉덩짝을 사정없이 쳤다. 기합 받는 전사가 거꾸로 짚은 손을 떨다 못해 모자를 땅에 박고 무너지면, 군관이 구둣발로 차며 다시 물구나무를 세우고 매질했다. 군관이 한 전사마다 열 대씩 엉덩짝을 갈겨 댔으나 비명을 질러서는 안 된다는 엄명이 있었던지 신음 소리를 내는 자가 없었다. 다른 두 하급 군관이 그 매질을 지켜보고 있었다. 그런 참에 또 다른 사단이 터졌다. 작대기를 짚고 절뚝거리며 숲 사잇길로 슬며시 사라지던 김익수 뒷모습을 중대장이 보았다.

"야, 간나 동무, 날 좀 보우!"

"저, 저를 불렀습니까?" 김익수가 놀라며 돌아보았다.

"날래 내리오지 못하겠소."

김익수는 중대장 말에 더욱 절뚝거리며 빈터로 내려왔다. 그는 곱송한 자세로 중대장 앞에 섰다.

"김동무, 어데가 그리 아픕네?" 중대장은 김익수의 민주대는 꼴이 아니꼽다는 투로 물었다.

"발 뒤쪽 아킬레스건이 영 어찌되었는지······"

"아키라스? 내 무식해서 동무 말을 알아듣지 못하겠음메."

"위장이 나빠 먹지를 못하는데다가······" 서슴거리며 죽는시늉을 하던 김익수의 마른 얼굴에 황기가 퍼졌다. 그는 독 오른 중대장의 눈을 본 것이다.

"총 벗어!"

"내일부터는 필히 훈련에 참가하겠습니다." 힘을 조금 세운 김익수의 다급한 목소리였다.

"무시기 말이 많음네. 동무는……" 중대장 말이 채 끝나기 전이었다. 김익수 몸이 공중잽이를 돌며 땅바닥에 패대기쳐졌다. 중대장이 모두거리를 걸며 지휘봉으로 김익수 허리를 내리친 것이다. "간나새끼, 죽잖쿠 어째 살아. 이 간나새끼야말로 인민으 씽췬이(식충이)임네. 황천길 가버려!"

"아닙니다. 정말 아픕니다!" 땅바닥에 쓰러진 김익수가 손으로 중대장 매질을 막으며 엉절거렸다.

"네놈이 정치부 심문반에 있을 때 토론깨나 즐게서 종파주의로 비판받았다는 것 내 다 알구 있다이. 인테리 반동놈으 새끼, 네놈이 인민군 전사야?" 중대장 지휘봉이 김익수 마른 몸에 사납게 떨어졌다. 손으로 머리통을 싸안은 김익수가 불에 덴 지렁이처럼 요동쳤다. "다른 전사느 어데메 성한 데가 있어서 훈련으 받겠니. 우린 사방이 적이야. 그래도 버티내고 있음네. 이 부르좌 반동놈으 새끼. 지식 반동이 더 악질이지. 네놈 같은 반동으 아주 쥑여뿌려야 하겠음네!"

누구도 송중대장을 말릴 수 없었고, 그의 몰강스러운 삿매질은 계속되었다. 그렇잖아도 작았던 김익수 옷이 어깻죽지부터 터지고 찌든 내복에 피가 비쳤다. 김익수의 꿈틀거림이 차츰 무뎌지더니 길다란 몸이 넉장거리로 늘어졌다. 안경도 벗겨져 문한득 발치에 나동그라졌다. 김익수 몸이 꿈쩍을 않자 중대장이 매질을 거두었다. 그동안 문한득은 망연자실 서 있었다. 김익수가 죽었는지도 모른다는 생각이 어리친 머리에 스쳤다. 그는 거창군당에서 사소한 꼬투리를 잡아 이토록 처참하게 해대는 매질은 본 적 없었다. 그는 맹산지대장을 보았을 때의 살가운 직속상관을 만났다는 안도감이 사라졌고, 앞으로의 부대 생활이 얼마나 어렵겠냐를 절절히 느꼈다.

"야, 일소대장 보라오." 중대장이 소대장을 불렀다.

중대원들에게 훈시를 하던 1소대장이 중대장을 보았다. 그는 중대장 쪽으로 오기 전에 중대 대열 해산을 허락했다.

"일소대장은 도대체 껵다리으 사상교육을 제대로 시키는 기요, 어더런 기요?"

"내일부터 훈련에 참가시키겠습니다."

"쪼꼼 다쳤다구 저래 엄살 떠는 자슥으 어데 쓰겠소. 당장 날창으로 멱을 따버려 입이나 줄이는 게 낫겠소."

"사실 환자트로 보내기는 뭣한 환자라서…… 늘 피똥을 싸고 있으니깐요."

"무시기 말이 많음네, 알았소다." 중대장이 문한득 쪽으로 시선을 돌렸다. "동무, 여하간 잘 왔음네. 후방부에 부탁할 필요 없이 조만간 내 동무으 그느프 껍데기르 월동복으로 바까주겠음네." 중대장의 성난 얼굴은 덜 풀어졌으나 목소리는 조금 누그러졌다. 그는 1소대장에게 말했다. "여기 이 동무르 일소대에 배치할 테니 교육을 철저히 시키시오. 신입이니 투쟁정신이 대갈통에 똑바로 박히도록."

말을 마친 송중대장이 절도 있는 걸음으로 훈련장을 떠났다. 1

소대장이 문한득을 보았다. 소대장은 강골형의 사내로 틀거지가 좋았다. 주먹코에 입술이 두터웠고, 눈매가 서글했다. 문한득이 경례를 붙이며 소대장에게 전입신고를 했다.

"알았소. 문동무는 김동무를 메고 올라가시오."

물구나무를 선 전사들을 제외한 다른 중대원들이 자유로이 흩어지고 있었다. 산막으로 올라가는 자, 그 자리에 앉아 쉬는 자, 단풍잎을 종이쪽지에 말아 부싯돌을 켜 담배질 하는 자도 있었다. 목청껏 군가를 부르며 산으로 올라오는 행군대열로 보나, 휴식시간이면 담배 연기를 함부로 날리는 짓거리만 보더라도 정규군대 315부대는 거창군당보다 다른 데가 있었다. 쩨쩨하게 숨어서 담배질 하는 데데함이 없었고 행동거지가 당당했다.

문한득은 김익수가 벗어놓은 소총을 메고 땅에 떨어진 그의 안경을 주워 주머니에 넣었다. 엎어진 그를 뒤집어 보니 가늘게 쉬는 숨길에 목울대가 떨렸다. 안경이 벗겨진 그의 두 눈은 살구씨가 들어갈 만큼 꺼졌고 매를 피하느라 머리를 싸매었던 손등은 피멍이 맺힌 채 부풀어 있었다. 문한득이 그를 일으켜 앉히자, 관절 꺾이는 소리가 났다. 문한득은 그의 한쪽 팔을 목뒤로 둘러 허리를 잡고 일으켜 세웠다. 그는 아직도 정신을 잃고 있었다. 문한득이 그의 겨드랑이를 끼고 걷자, 키는 멀대였지만 살이 없어 무겁지 않았다.

"내가 도와주지요." 키 작은 전사가 김익수 한 팔을 목뒤에 꼈다. 눌러쓴 인민군 모자챙 아래 수염 없는 턱이 애호박처럼 동그란 전사였다. 문한득은 오랜만에 자기 또래의 소년병을 만났다.

그날로 문한득은 315부대 기포지대 1중대 1소대원이 되었다. 1소대원은 스물한 명이었고, 열 명 본부소대까지 합쳐 네 개 소대로 편성된 중대 병력이 일흔세 명이었다. 그중 팔로군 출신은 중대장·소대장·특무장, 이렇게 다섯 명을 포함하여 스무 명 정도되었고, 1소대에도 전사 일곱 명이 팔로군 출신이었다. 그들은 소대에 전사로 배속되어 있었지만 당증(勞動黨員證)이 있는데다 '지도원'이란 직함까지 달고 있어 분대장과 동격의 예우를 받았다.

반도 저 북쪽, 제1전선에서는 조·중(朝·中) 국경선까지 몰린북조선 정권이 배수의 진을 치며 중공군을 끌어들여 권토중래의사투를 계속하고 있었다. 그러나 그들이 제2전선이라 일컫는 소백산맥 일대는 휴전 아닌 소강상태였다. 경남도당 유격대와 팔로군부대가 소백산맥 동쪽에 트를 잡고 흩어져 있다면, 전남도당 유격대와 전북도당 유격대는 소백산맥 서쪽과 노령산맥 일대에서 트를 잡고 있었다. 그들이 보급투쟁 목적으로 두메 면청 소재지는이따금 공략했으나, 남조선 군경부대가 주둔한 군청 소재지까지는 넘볼 엄두를 내지 못했다. 남선군 또한 중공군 참전으로 제1전선이 화급한 판이라 후방 산채에 숨어 있는 게릴라 무리까지 적극적으로 토벌할 여유가 없었다. 그래서 315부대도 산청군 북쪽 산악을 차지하고 앉은 채 곰 겨울나듯 명줄을 이으며 때를 기다리고있는 중이었다. 그럴수록 느즈러지는 몸과 마음에 경각심을 일깨울 필요가 있었고 유사시를 대비해 훈련에 박차를 가했는데, 특히송강호 1중대장은 315부대 훈련지도원 직책을 가져 '쌍권총'이란별명대로 통솔 방법이 무작했다.

문한득도 이튿날부터 훈련에 참가했다. 새벽 다섯시, 날이 새기 전에 기상하면 밤 열한시에 취침했는데, 동지를 한 달 못 남긴 해 짧은 낮 시간은 거의 유격훈련으로 보냈다. 소대원 말로는 11월 중순까지는 격일제로 하던 유격 기동훈련이 어느 날부터 갑자기 비상 체제로 돌입되었다는 것이다. 그 이유가 중대에 곧 널리 퍼졌는데, 중공군이 드디어 남조선 해방 전쟁에 참전했다는 반가운 소식이 315부대 통신대 단파무전기에 잡혔다 했다. 그로부터 유격훈련도 한층 강도가 더해졌다. 1중대도 쉴 틈 없이 뛰고 기고 뒹굴고, 육십 도의 가파른 벼랑을 타고 올랐다. 소대끼리 편을 나누어 백병전을 벌이기도 했다. 무리로부터 낙오되거나 동작이 굼뜰 경우 지휘관과 지도원으로부터 총대로 매질을 당했기에 모두 기를 쓰고 뛰었다.

실신에서 깨어난 김익수는 하루를 산막 안에서 환자로 누웠다가 이튿날부터 중대장 명령으로 훈련에 참가했다. 명령 불복종에 따른 즉결처분, 아니면 훈련 참가 중 택일하라는 명령이 떨어지자 그는 청처짐한 몸을 일으켜 이를 악물고 군장을 꾸렸다. 문한득은 저 몸으로 어떻게 훈련을 이겨낼까 싶었으나, 김익수는 절뚝거리는 다리로 도닐며 뛰느라, 훈련에는 사막스럽기 그지없는 지도원으로부터 총대로 숱해 맞았다. 그는 포기하지 않고 대열 꼬리에 따라붙었다. 문한득이 뜀박질 중에 안쓰러운 마음에서 뒤돌아보면, 안경을 콧등에 건 김익수의 해골 같은 얼굴이 땀에 젖은 채 꺼꾸정한 윗몸을 흔들며 달려오고 있었다. 그는 늘 혓바닥을 길게 빼어 물었는데 그럴 때, 그의 표정은 제정신이 아닌 듯했다. 훈련에 참가한 여성대원 중에 숙희가 지도원 눈을 피해 그를 부축해 주기도 했다.

기동훈련에 참가한 그날 저녁, 김익수는 식기 뚜껑에 담아주는 한 덩이 잡곡밥마저 사양할 정도로 산막 안에 널브러지고 말았다. 그러나 그 역시 곧 실시된 야간학습에 참석해야 했다. 어둠 속의 야간학습은 중대원 전체를 모아 빈터 훈련장에서 실시되었다. 야간학습에 이어 추위에 떨며 오락회까지 마치고 산막으로 돌아오자, 소대원들은 노천온돌에 화톳불을 피웠다. 불꽃에 편편한 돌을 얹고, 따뜻하게 달구어진 돌에 신발 신은 발을 맞대어 얹은 채 모두 잠자리에 들었다. 벽 쪽에 돌아누운 김익수의 앓는 소리가 겨울 밤 마루 밑에서 우는 강아지 울음같이 애잔했다. 그날 밤, 모두 몸을 붙여 잠에 곯아떨어졌을 때였다. 모로 누운 문한득은 뒤쪽에서 누군가 자기 허리띠를 풀고 있음을 알았다. 담요 아래 바지섶으로 넘어오는 손을 잡았다.

"가만있으라구. 소리치면 죽여버릴 테야." 뒷덜미에서 귀엣말이 들렸다. 문한득이 소속된 제1소대 1분대장 김풍기였다. 그는 찐 호박처럼 얼굴이 둥근 팔로군 출신이었다. 산 생활이란 게 주림을 겨우 면할 정도였으니 살찔 이유가 없었고 부기가 심했다. 나이도 분대장 중 스물여덟 살의 연장자로, 황해도 재령이 고향이었다.

김풍기의 억센 손이 거침없이 문한득 사추리로 밀려들었다. 그의 손이 문한득의 오므라든 자지를 잡고 어루기 시작했다. 옆구리에 찬 대검을 뽑아 분대장 뱃구레에 들이대며, 추잡한 짓을 당장 치우라고 위협한다? 문한득은 생각만 그럴 뿐 용기가 없었다.

"좋은 것. 이렇게 좋은 걸 썩이다니." 김풍기가 소곤거렸다.

김풍기 입김이 문한득의 뒷덜미에 닿았다. 김풍기가 문한득의 자지를 용두질했다. 어느새 문한득 마음과는 상관없이 자지가 꼿꼿이 섰다. 김풍기가 문한득의 바지를 까내리더니 용두질을 거둔 손으로 문한득의 탄띠를 풀었다.

"그만하이소." 문한득이 김풍기 손을 막았다.

"내일 훈련 도중 네놈을 죽여버릴 수 있어." 김풍기가 속달거렸다.

문한득 뒤를 알궁둥이로 만들자, 김풍기의 손이 앞으로 넘어와 잠시 곯아버린 문한득 자지를 잡고 다시 용두질을 쳐댔다. 무엇인가 문한득의 똥구멍 쪽을 둔하게 찔렀다. 그는 그것이 무엇인지 알았다. 김풍기가 문한득의 한쪽 다리를 들어올렸다. 그의 자지가 문한득 살 사이를 비집고 들었다. 그때였다. 난데없이 꽹과리와 호루라기 소리가 요란한, 비상이 걸렸다. 기회다 싶어 문한득은 바지춤부터 여몄다.

"뭐가 어떻게 된 겁미까?" 문한득이 어둠 속에서 중얼거렸다.

"기습적인 야간훈련이 한 주일에 한두 번씩은 있지." 문한득 앞쪽에 누웠던 소년병 강철규가 모포를 들치고 일어나며 말했다. 그 말씨가 그동안 잠에 들지 않은 듯 또록했다. 문한득에게 말한 바로, 그는 서울 어느 인쇄공장 조판견습공으로 일하다 전쟁을 만났고, 8월에 의용군으로 뽑혀 투입되기가 낙동강 전선이라 했다. 민첩하고 눈치가 빨라 문한득이 도움을 받기도 했다.

"소대장님, 전 정말 오늘밤 죽을 겁니다. 제발 야간훈련만은 어떻게 봐주십시오." 잠에서 깬 대원들이 북새통을 이루는 중에, 김익수가 소대장에게 통사정했다.

"개인 주장이 허락되지 않아." 민소대장의 다지름이었다.

"도저히 뛸 수가 없어요. 왼쪽 발뒤꿈치가 당겨서……"

"정 빠지겠다면 우리가 돌아올 동안 구덩이를 파두든지."

그 구덩이가 자신이 생매장 당할 터를 암시하기에 김익수는 더 말을 붙이지 못하고 소총을 멨다. 그로부터 보초와 여성대원을 제외한 전 중대원은 칠흑의 어둠 속에 길도 없는 산을 타고 왕복 삼십 리 구보행군을 했고, 행군 도중에 각개전투까지 벌였다. 어둠 속이라 문한득과 강철규가 걸음이 굼뜬 김익수를 번갈아 도왔다.

먼동이 터올 때야 산막으로 돌아온 중대원은 여성대원이 해놓은 잡곡밥 한 덩이를 먹고 눈 붙일 짬도 없이 기동훈련에 출동했다. 고된 훈련을 받으면서도 식사래야 하루 두 끼였고, 끼니때는 식기 뚜껑에 차지 않는 잡곡밥 한 덩이와 뜨물에 소금을 풀어 시래기 건더기를 조금 넣고 끓인 멀건 국이 찬이었다. 중대원들은 변변치 못한 식사와 고된 훈련을 운김으로 참고 견뎠다. 낮 훈련에는 여성대원도 참가했다.

"중공군이 압록강 전 전선에 걸쳐 쓸고 내려온다. 십이월을 넘기기 전에 중공군과 인민군이 소백산맥까지 도착할 것이다. 그동안 우리 제이전선이 그 어떤 성과도 없이 허송세월만 보낸다면 이 나태야말로 인민의 적으로 비판받아 마땅하다. 남진하는 승전군을 열렬히 환영하기 위해서 제이전선 전력을 배가시켜야 한다." 군관과 지도원의 이런 독려가 전사들 사기를 돋우었다.

"동만주에서 팔로군 시절에는 열흘을 소금물로 견디며 잠 한숨

못 자는 행군도 했다. 오륙십 킬로 짐을 진 채 걸으며 잠을 잤고, 눈으로 허기를 채웠다. 그런 행군 도중 추위와 주림을 견디다 못해 쓰러진 자는 이미 숨이 끊겨 있었다. 그 고귀한 희생 위에 오늘의 중화인민공화국이 대륙을 장악할 기틀을 다졌다. 거기에 비하면 지금 이 정도 훈련은 훈련도 아니다. 인간은 어떠한 고통도 정신 자세에 따라 이겨낼 수 있다." 성깔 모진 송중대장은 구보에서 낙오되는 자를 지휘봉으로 내리치며 분풀이라도 하듯 이런 말을 뱉었다.

기포지대장 맹산소좌가 직접 진두 지휘하는 1, 2, 3중대 합동 훈련도 있었다. 군관들 역시 훈련에 참가했고 식사도 전사들과 꼭 같은 급식을 받았기에 달리 불평할 수도 없었다. 강한 자만 살아남는 적자생존의 현장이었다. 거창군당에서 놀고 먹던 시절에 비긴다면 문한득은 하루하루가 눈앞에 불똥이 튀는 긴장의 연속이었다. 식사만 하더라도 한 홉 양의 하루 두 끼 밥은 거창군당과 비슷했으나, 거창군당에서는 더러 말린 산나물무침이나 시래기 넣은 된장국이 나왔는데 이곳 사정은 그만 못했다. 거창군당은 보급투쟁에 나서서 야지(野地)로 내려가면 반찬감이 될 만한 먹을거리를 닥치는 대로 거두어 왔으나 이쪽은 날마다 멀건 뜨물국이었고, 어떤 때는 그 국마저 없어 주먹밥을 소금물에 찍어 먹었다.

저녁식사 뒤에는 취침할 때까지 어둠 속 훈련장에서 추위에 떨며 야간학습을 받았다. 야간학습은 중대장과 소대장 셋이 돌아가며 담당했다. 소련과 중국공산당사·해방투쟁사·인민투쟁사·조선정치경제학·지도원의 실전 경험담 따위였다. 전사들의 당성(黨

性)을 진작시키기 위해 '나의 경력, 오늘의 비판'이란 시간도 가져, 전사들로 하여금 중대원들 앞에서 자기비판의 기회도 마련했다. 한편, 문화공작대 요원으로 내려왔다가 퇴로가 막혀 야전군으로 현지 편입된 여성대원 넷은 '문화지도원'이란 칭호가 붙여져, 전사들에게 군가나 가곡을 가르쳤고 남장(男裝)한 대원과 어울려 간단한 소극(笑劇)을 벌여 전사들을 잠시나마 즐겁게 했다. 여성대원 중에서는 서울에서 여중학교를 다닐 때 남로당 '민주학맹' 세포원 출신인 봉순이가 노래를 잘해 '가요공훈전사'로 불렸다. 취침 전에는 반드시 오락회 시간을 마련했다. 오락회 시간은 전사들 노래로 때웠고, 그럴 때면 전사들이 틈틈이 만든 악기가 동원되었다. 호적·피리·퉁수 종류도 있었지만 해금·월금·만돌린을 닮은 악기도 있었다. 그들은 그 악기를 전중(戰中)에 만들었다 해서 화선악기(火線樂器)라고 불렀다. 해금·월금·만돌린을 닮은 악기는 나무통을 깎아 거기에 양철조각을 받쳐 전화선으로 현을 붙였는데, 어떤 노래도 음으로 잡을 수 있었다. 문한득이 김익수를 처음 만났을 때 그가 깎던 나무통도 그런 악기를 만드는 중이었다. 문한득은 하루 일과 중에 노래 배우는 시간과 오락회 시간이 즐거웠다. 한데 추위가 온몸을 오그라들게 하고 맨땅바닥에 붙인 엉덩이는 시리다 못해 제 살점이 아니었으나, 낮 동안 훈련에 따른 피곤이 봄눈 녹듯 풀렸다. 손뼉 치며 노래를 따라 부르면 절로 어깨가 들썩거렸다. 그 점은 중대원들도 마찬가지였다. 훈련 마치고 돌아올 때면 파김치가 되어 산막에 도착하자마자 송장으로 쓰러질 것 같은데, 저녁밥을 먹고 나면 이상하게도 모두의 얼굴에 생기가 돌았다. "어둠이 좋고 밤이 좋지." "우리는 야행성 짐승이니깐." 중대원들은 이렇게 말하며 콧노래를 흥얼거리기도 했다. 인간이 환경에 적응하기란 훈련 여하에 따라 그렇게 달라질 수도 있었다.

문한득이 김풍기 분내장에게 비역질(鷄姦)을 당한 그날 이후, 잠자리에 들 때면 분대장이 어디에 자리를 잡는지부터 살피게 되고, 그와 떨어져 누웠어도 쉬 잠을 이루지 못했다. 그러나 김풍기는 문한득에게 그 짓을 하겠다고 다시 덤비지는 않았다. 그 점을 문한득은 의아하게 생각했으나, 사흘 뒤 잠자리에 들었을 때야 이유를 알게 되었다. 김풍기는 문한득과 한 사람 건너 가장자리에서 소년병 강철규와 함께 잠자리에 들었는데, 분대장이 강철규를 상대로 그 짓을 하며 속달거리던 말을 엿들었다. "저 멀대새끼는 틀려먹었어. 몸뚱이가 장작개비 같은 게, 뒷구멍을 안 벌리잖아. 강동무가 훨씬 좋아. 살결도 부드럽구 맛두 좋구. 다시는 널 안 버리마……" 김풍기는 이런 말로 강철규를 어루었는데, 분대장만 아니라 강철규까지 숨을 할닥대며 재미를 즐김을 알 수 있었다. 산골 토농이인 문한득은 그 점이 이해되지 않았다. 이튿날 아침에 그는 부끄러움을 무릅쓰고 김익수에게 분대장과 강철규의 비역질을 두고 물었다. 김익수는 둘이 그 짓을 하고 있는 것은 중대원은 물론 여성대원들에게까지 소문이 났다고 귀띔했다. "색이 궁하다보니 전우들 사이에 더러 그런 짓도 하는 모양이지만, 분대장은 해방 전 팔로군 시절부터 그 짓에 맛들인 상습범이지요. 소년 전사도 조심하구려." 그렇다고 김풍기가 분대장이라 뻐기며 문한득을 홀대하지는 않았다. 1분대원인 강철규, 방수억, 백만복, 심동길과 똑같이 대했으나, 김익수에게만은 늘 구박을 주었다. 김익수가 붙임성이 없는데다 동작이 굼뜬 탓이었다.

문한득이 315부대로 전출 온 지 엿새째 되는 날이었다. 그동안 섭섭한 점이 있었다면 소대장이 한 번도 자신을 보초로 내보내주지 않는 무관심이었다. 보초는 군관과 여성대원에게는 적용되지 않았으나, 그는 한낱 신참 전사였다. 보초는 여덟 명이 네 개조로 나뉘어 열두 시간 주기로 임무 교대를 했는데, 교대시간이 저녁식사 뒤와 아침에 훈련을 떠나기 전이었다. 열두 시간 보초를 서면 나머지 열두 시간은 훈련에 동원되지 않아 쉴 수 있었고, 밤 보초로 나가면 이튿날 낮 동안 쉬게 되므로 중대원은 모두 그 기회를 손꼽아 기다렸다. 전사들은 밤 보초로 나갈 때면 '열차 타러 간다' 했고, 열두 시간 쉴 때를 '고향 시간'이라 불렀다. 고향 시간 동안 전사들은 땔감 두 짐씩만 해다 놓으면 고향 꿈을 꾸며 늘어지게 잠을 잤고 밀린 빨래를 했다. 중대본부에서 빌린 가위로 머리털을 자르고 수염을 깎거나 이를 잡았다. 각 소대마다 한 개 조씩 보초가 나갔기에 문한득에게도 차례가 올 만했는데, 보초로 뽑히지 않았고, 자신을 315부대로 불러들인 데 따른 어떤 임무도 맡겨지지 않았다.

아침식사 전에 다른 전사들이 훈련장에서 총검술훈련을 받는 동안, 문한득은 1소대 지도원 한상문 동무로부터 사격자세·정조준법·격발연습을 개인지도 받았다.

"우리 유격부대는 총알 지급해줄 병기보급반이 없다. 제이전선은 그런 게 있을 수도 없구. 그러니 총알 하나로 적 모가지 하나씩

을 따야 해. 알갔이오, 소년병 동무." 전투에 참가하기는커녕 총을
쏘아본 적도 없다는 문한득의 말을 들은 지도원의 훈시였다.

저녁식사는 늘 어둡기 전에 마쳤다. 식사시간은 십오분이 주어
졌으나 밥 한 덩이 먹어치우는 데는 삼십 초도 걸리지 않았다. 소
대원은 식사 뒤부터 야간학습이 시작될 동안은 잡담과 휴식으로
때웠다. 잡담이래야 전방 전황 소식이나 갈 수 없는 고향타령, 두
고 온 가족 이야기가 고작이었다. 잡담에 끼이지 않는 자는 그 짬
을 아껴 잠시 눈을 붙이기도 했다.

그날은 기동훈련을 다른 날보다 한 시간 삼십 분 정도 빨리 끝
내고 돌아와 소대별로 총기 검열이 있어, 전사 몇이 땔감을 가져
와 온돌 구덕에 화톳불을 피웠다. 어슬어슬 떨던 전사들이 불 주
위로 모여 손을 쬐었다. 불꽃을 받은 마른 얼굴들이 발갛게 살아
났다. 그들 모습은 군인이라기보다 영락없는 떼거지였다. 불 위로
걸레쪽이 된 농구화 발을 들이미는 치도 있었다. 신발은 허락 없
이 벗지 못했기에 언 발을 신째 굽겠다는 작태였다. 지독한 고린
내가 났지만 그런 악취에는 만성이 된 터라 누구 하나 가탈을 잡
지 않았다.

"고향 열차나 타러 가야지" 하며 2분대원 둘이 총을 메고 나섰다.

"잠깐. 오늘 보초는 김익수와 문한득 동무요. 둘이 본부로 신고
하러 가시오." 필요한 말 이외 농담을 모르는 소대장의 이유를 달
지 않는 말이었다.

2분대원 둘은 머쓱해져버렸다. 산막 안 구석지에서 지대돌에 허
리를 기대고 있던 문한득이 자기 이름이 불리자, 어둑신한 산막

안을 둘러보며 김익수를 찾았다. 건너편 구석지에 모잽이로 누웠던 김익수가 몸을 일으키고 있었다. 늘 그런 것처럼 밥알을 씹고 있는지 아랫볼 힘살이 움직였다.

"껑다리 땡 잡았음머이." "신참은 보초나 제대로 서겠남." 전사들이 한마디씩 농을 했다.

문한득은 산막을 떠나며 소대장에게 보초 신고 경례를 붙였으나, 김익수는 그 절차를 까먹은 듯 절뚝다리로 중대본부 산막 쪽으로 올랐다. 그는 봉창에 든 주먹밥을 밥알로 뜯어내어 씹고 있었는데, 주먹밥을 받으면 늘 손가락으로 밥풀을 조금씩 뜯어먹었다. 소화가 안 된다며 밥풀을 죽이 될 때까지 씹었기에 그는 다른 전사들에 비해 밥 먹는 시간이 길었다. 먹다 남은 주먹밥은 봉창에 넣어 두고 천천히 먹었던 것이다.

철마산 정상 쪽 하늘에 구름이 끼어 놀빛을 볼 수 없었다. 해가 지자 기온이 떨어지고 저녁 바람이 싸늘하게 불었다. 온 산의 나무가 바람에 떨며 파도 소리를 내었다. 문한득은 개털모자 턱끈을 졸라맸다.

중대본부 산막 앞에는 보초로 나갈 다른 소대원 여섯이 대기하고 있었다. 잠시 뒤, 보초 조장이 본부 산막에서 나왔다. 덥석부리 특무장 최문달이 오늘 밤 군호를 일러주었다. '봉화'와 '산불'이라 했다. 그는 네 개조에 초소 할당을 하곤, 야간근무수칙 중 특별히 주의할 점을 강조했다.

"오늘 밤에는 필히 순찰을 나가겠시오. 졸디 말도록. 근무수칙을 뉘반하믄 어케 되는 줄은 알디요? 요듬 중국 공산군이 밀고 내레오니끼니 반도들이 전역에 비상을 걸구 있다는 정보가 있시오. 눈깔 똑바로 뜨게지구 보초를 철저히 서도록."

전사 여덟 명은 네 개조로 나뉘어 흩어졌다. 문한득과 김익수가 보초를 설 2초소는 보록산 북쪽 칠부능선이었다. 산속의 저녁시간은 빨리 지나가 어느새 사방이 저뭇해졌다. 길이 제대로 드러나지 않는 숲 사이로 앞서 걸으며 김익수는 밥풀을 먹고 있었다. 문한득이 그를 뒤따라 걷자, 걸음을 옮길수록 대현리로 가는 방향이었다.

"문동무, 오늘 밤 보초는 근무수칙에 특별히 충실하도록. 졸면 안 돼요. 졸다 총을 뺏기는 날이면 끝장이니깐. 그리고 오발을 조심해서 총기 자물쇠를 꼭 채우시오." 김익수가 뒤돌아보며 말했다.

"총기를 누가 뺏는대요? 밤중이면 더러 적이 나타납미까?"

"아니오. 졸고 있으면 순찰조가 뺏지요. 총기를 분실하면 어떤 벌을 받는다는 건 잘 알지요? 특히 후방 경계에 신경을 쓰도록."

문한득은 보초조장 최특무장이 강조했던 말을 김익수가 다시 되풀이하는 이유를 알지 못했다. "말을 않으니 전력을 자세히 모르겠어요. 전쟁 전에 서울 무슨 중학교에서 사회과 선생을 했다기도 하고…… 어쨌든 산으로 들어온 후 우리 중대로 전출되어 왔지요. 전입신고를 하는 날부터 중대장한테 인테리 부르좌 근성을 청산하지 못했다고 호되게 당했지요. 안경테가 그때 부러졌으니깐." 김익수를 두고 분대원 심동길이 들려준 말이었다.

임무교대를 하자, 그동안 보초를 섰던 소대원 둘이 산막으로 돌아갔다. 초소는 몇 사람이 들어갈 수 있게 구덩이를 파두었다. 초소는 서까래를 질러 지붕을 만든 방공호였다. 방공호 안은 중기를 쏠 수 있게 앞쪽으로 창구를 뚫어두었다. 방공호 양쪽 동서로는 능선을 따라 어깨 가릴 깊이로 길다란 참호가 나 있었다. 방공호를 기점으로 참호 좌우 200미터가 2초소 담당 구역이라고 김익수가 말했다.

"시월에 이 방어 진지를 만드느라 혼났지요. 밤에도 사역을 했으니깐. 그래도 그때가 요즘보다 먹는 것도 나았고 추위도 닥치지 않았으니깐. 훈련도 지금처럼 혹독하지 않아 견딜 만했지요." 참호 안으로 내려선 김익수가 말했다.

"이 도랑이 저게 철마산까지 쭉 잇아져 있습미까?"

"이 킬로는 될 거요. 이 진지가 털리면 모두 옥쇄를 각오해야 하우."

"옥쇄가 무슨 뜻입미까?"

"제이전선은 사방이 적으로 포위된 상태 아닙니까. 그러니 마지막 한 명까지 총에 맞아 죽던가, 자결하든가, 포로가 되든가, 그중 한 가지를 택일할 수밖에 없지요. 옥쇄는 자결을 말함이오."

"거창군당에서는, 싸워서 이기지 못할 적은 아예 피하고, 약한 적은 치고, 치고 난 후에는 도망가서 숨는 기 상책이라 하데요."

"그건 모택동 군대가 초기에 쓰던 게릴라 전법이지요. 그러나 팔로군부대는 명색이 정규군이라 거점 사수를 목표로 삼으니 진지를 확보할 수밖에. 그러나 이 산채에 갇혀 앉아 정규군 자랑이나 하면 뭘 하오. 현대전은 화력과 기동성……"

"기동성이라니요?"

"말하자면 차량·땡끄·비행기 말이오. 팔로군부대는 차량 한 대가 있나요, 우마차가 있나요. 있어도 이 산골짜기에서는 쓸모가 없겠지만. 그리고 통신수단인데, 팔로군부대가 뭘 하나 제대로 갖추었소? 그저 용맹이나 극기심밖에 믿을 게 더 있나요. 예전 싸움에야 일당백으로 그게 통했다지만 현대전은 양상이 다르지요. 제이전선은 후방이 없다 보니 도망간대두 갈 데가 어디 있소? 죽기를 다해 싸우는 길밖에 다른 묘책이 없지요."

"그동안 국방군이나 남조선 경찰이 나타난 적 있었습미까?"

"아직은 접전이 없었소. 전라도 쪽은 국방군 토벌대 공격을 받기두 하는 모양이지만. 전라북도 남원에 남선군 토벌대 사령부가 있으니깐요. 따지고 보면 독 안에 든 쥐를 잡기두 희생 없이 쉬운 일은 아니지요. 손을 넣어 잡자면 죽기로 각오가 된 쥐한테 물리기가 십상 아닙니까." 문한득이 말이 없자, 김익수가 손을 입김으로 녹이며 말을 이었다. "그럼 근무로 들어갑시다. 동무는 왼쪽을 담당하시오. 나는 오른쪽을 맡을 테니깐. 내 아까 말한 대루 부지런히 발을 놀려 제자리걸음을 걸어요. 주저앉았담 반드시 졸게 되고 동상에 걸려요. 그리고 노리쇠를 풀지 말도록. 오발했다간 엉덩이가 산적이 되든가, 즉결처형 당할는지두 모르니깐."

문한득과 김익수는 등을 보이고 참호 속을 걸었다. 참호 전방 북쪽은 비스듬한 내리막을 이루었는데, 큰키나무가 없고 바위와 어우러진 좀나무띠(灌木)가 아래로 길게 펼쳐졌다. 손자병법에서 호고이악하(好高而惡下)의 이치대로 전망이 아래로 민틋하게 트인, 전투에 유리한 지세였다. 주능선 앞쪽이 트였다가 아래 골짜기에

서부터 다시 보조능선에 해당되는 언덕이 솟았고, 언덕 아래로는 야지로 내려가는 비탈이었다. 밤바람이 몰아 불었으나 참호 안은 바람막이가 되었다. 문한득은 손을 바지춤에 찌르고 컴컴한 앞쪽을 바라보고 걸었다. 달이 좋은 때인데 구름이 낀 탓인지 별무리가 보이지 않았다. 그는 까치걸음을 걷다 멈추어 서서 어둠이 깔린 앞쪽을 바라보기도 했다. 그러나 어둠뿐 하늘과 땅과 숲이 구별되지 않는 칠흑만이 주위를 에두르고 있었다. 누군가 포복해 와 덮친다 해도 고스란히 당할 수밖에 없었다. 발가락이 아려왔다. 거창군당에 있을 때 이미 동상에 걸려 발가락이 붓기 시작하더니 한가한 짬이면 아픈 부위가 바늘로 찌르는 듯했다. 며칠째 신을 벗지 못했기에 발싸개가 젖어 있었다. 이럴 때 불이라도 피워 발싸개를 말렸으면 원이 없겠다 싶었다. 후드드득. 전방에서 풀숲 헤쳐가는 소리가 들렸다. 문한득이 재빨리 멜빵을 내려 흙더미에 총을 걸치고 어둠 속을 노려보았다. 한참 기다려도 다른 소리가 들리지 않았다. 보노루나 족제비였는지도 모른다 싶어 총을 거두었다. 그는 총을 메고 다시 걷기 시작했다. 200미터 남짓 걸어가자 무엇인가 앞을 막았다. 참호였다. 그 너머로 더 가볼까 하다 그는 되돌아 걸었다.

시간이 흐르지 않았다. 문한득이 자기 경계지역을 여덟 차례 천천히 왔다 갔다 했으니 시간 반쯤은 지났을 것 같았다. 그동안 김익수와 한 번도 마주친 적이 없었다. 김익수는 보록산 정상 쪽 참호로 도다닐 터였다. 어쩜 자기에게는 졸지 말라고 당부해놓고 어디에 웅크려 앉아 잠에 들었는지 몰랐다. 그렇다고 문한돌은 자기 경계 구역을 떠나 그쪽으로 가볼 마음은 없었다. 훈련을 받을 때나 야간학습 때면 시간이 빠르게 흐르지만, 밤 보초 근무는 시간이 더디게 갔다. 거창군당에서도 그랬지만 밤 보초란 시간을 묶어놓기라도 한 듯, 아무리 기다려도 날이 새지 않았다. 전쟁이 나기 전 송이네 구석방에 동무들이 모여 호롱불 아래 둘러앉아 무 내기 화투를 칠 때면 시간이 너무 빨리 갔다. 화투패가 손에 제법 붙는다 싶으면 어느새 닭 우는 소리가 들리기도 했다. 그러나 잠 못 자며 한데에서 혼자 밤을 지키는 시간은 아무리 늘여도 끊어지지 않는 엿가락 같았다. 그럴 때 문한득은 청상에 과부가 된 새댁이 보내는 밤을 생각했다. 을해년(1934년) 수해로 거창군만도 이백여 명이 목숨을 잃었을 때, 그해 진 홍수로 아버지가 돌아간 뒤 엄마의 많은 밤을 되짚어보면, 더디게 가는 시간이 위로가 되기도 했다. 그렇지만 오늘 밤, 그는 줄곧 집 생각에 매달려 있었다. 깜깜한 전방에 눈을 주면 어둠 속에서도 마을 뒷산 한재숲이 푸르게 다가들었다. 대현리를 마을사람들은 한재리라 부르기도 했다. 일본의 조선 강제 점탈로 행정구역이 개편될 때 마을 이름이 대현리로 바뀌었으나 그전에는 모두 한재리라 불렀기에, 상대현 뒤쪽의 숲을 한재숲이라 했다. 한재숲은 왕대밭이 아랫도리를 감쌌고 산마루에는 수령 몇백 년 된 적송이 수십 그루 있었다. 한재숲은 사철 늘 푸른 동산이었다. 적송 높은 가지에는 봄부터 가을까지 왜가리가 찾아와 둥지를 틀었다. 중대못이나 상대못에서 낮 동안 먹이를 쪼며 놀다 저녁이면 마을 하늘을 한바퀴 돌아 한재숲으로 올라갔다. 청솔 가지에 앉아 마을을 내려다보는 왜가리를 부락민은 마을 길조라 여겼다. 그러나 전쟁이 터지고 포성이 가까이 들리자, 여름 어느 날 홀연히 자취를 감추었다. 그 한재숲이 보초를 선 지점에서 동북쪽으로 십 리가 못 되었다. 달려 내려간다면 한달음에 도착할 잇수였다. 삽짝을 흔들며, 어머이! 하고 외쳐 부르는 자기 모습을 떠올리자 가슴이 두근거렸다. 그렇게 도망병이 된다면, 엄마와 형네 가족을 만날 순간은 즐거울 것이다. 그러나 그다음을 생각하면 눈앞 어둠만큼이나 마음이 답답했다. 뒤꼍 대밭에 구덩이 파고 숨어 지낸다면, 낮 동안은 순경이나 방위대원들에게 가족이 시달림을 당할 테고, 밤이면 하산한 315부대원들에게 또 닦달을 당할 터이다. 설령 발각이 되지 않는다 해도 머리칼이 파뿌리가 될 때까지 숨어 지내야 하리라. 어느 쪽 세상으로 통일이 되더라도 양쪽에 지은 죄로 햇볕 구경은 할 수 없을 것이기 때문이었다. 그는 거창군당을 떠날 때 소대원들이 불러 주었던 '빨치산 노래'를 입속으로 외었다.

　　참고 견디는 고향마을 / 만나러 가자 출진이다 / 고난에 찬 산 중에서도 / 승리의 날을 믿었노라……

　　문한득은 고향땅을 밟을 수 있기는 노랫말처럼 자기편이 이기는 외 방책이 없음을 알았다. 달분이 눈매가 어둠 속에 살아났다. 개선용사가 되어 고향땅을 밟아야만 달분이를 만날 수 있었다.
　　문한득이 자기 구역 참호를 열두 차례 왕복하고 방공호 가까이 돌아올 때였다.

"문동무, 이리 오시오."

방공호 안에서 김익수가 불러 문한득이 참호로 들어갔다.

"춥지요?" 무엇인가 씹는지 김익수 발음이 분명하지 않았다.

"아직 밥풀 먹고 있습미까?"

"배가 또 아파 약을 먹었지요."

"약이라니요?"

"실탄 속에 든 화약을 혀에 녹여 삼키면 금세 배가 안 아파요."

"그러다가 실탄이 터지면 우짤라 해요?" 문한득은 화약이 배앓이에는 직효란 말을 거창군당에서도 들은 적이 있었다.

"며칠 전에 빼둔 게 있었지요. 그런데 아무래도 이 증세가 위장병만은 아닌 것 같소. 위장에 창자까지 탈이 났는데 약을 쓸 수 없으니. 우리 중대가 산간마을을 차지했다면 마을 의원이 있을 테고 한약제 환약을 구할 수 있을 텐데……"

"고향 마실이 여기서 얼매 안 되는데 마실에 가면 환약을 구할 수 있을 낀데요. 우리 집은 배 아플 때면 어머이가 염소똥같이 생긴 환약 몇 개를 줍미다. 그것만 먹으면 금방 배가 안 아파요. 그걸 백각록(白角鹿)이라 캅니다."

"보초 나오니 고향 생각이 더 간절한 모양이구려?"

"그렇기사 하지만 못 오를 나무는 쳐다보지도 말아야지요."

"반드시 못 오를 나무라고 볼 수 없지요."

"그라면 무슨 길이 있단 말입미까?"

"우리 모두 그런 희망을 가지고 있기에 이 고난을 견디는 게 아니겠어요."

"사실은 보초 돌면서 쭉 고향 마실 생각만 했답미다."

"문동무가 승리중대나 인민중대에 배속 받았다면 종종 고향 마을에도 내려갈 수 있을 텐데……"

"그게 무슨 말입미까?"

"둘 다 보투 전문 중대라요. 승리중대는 그저께 훈련 나갔던 우각바위 쪽이고, 인민중대는 장박리 쪽에 있어요. 두 중대가 더러 신원면 쪽으로 야간작전도 나가던데, 지금 우리가 먹는 양식도 사실은 지난 추수 때 거창군 신원면과 산청군 오부면에서 현물세(現物稅)로 거둬들인 양곡과 보투에서 얻어온 겁니다."

"그라면 보투하러 대현리에도 내려가겠네요?"

"대현리라면 바로 이 보록산 턱밑 마을 아니오. 군대는 계급 위에 소속이라고, 배속을 잘 받아야 해요. 문동무가 보투 나가는 부대로 배속 받았다면 먹는 게 아무래도 여기보다 나을 테고 훈련도 이렇게까지는 심하지 않을 거요. 거기다 고향 마을에 내려가볼 짬도 있을 테구."

"우리 중대는 야지로 못 내리갑미까?"

"전투중대는 일절 금지요. 모택동 군대를 본받아, 인민부락에 폐를 끼치면 지위 고하를 막론하고 엄중하게 처벌받습니다."

"대현리 사람들도 낮에 나무하러 여기 더러 올라오겠네요?"

"여기까지야 어디. 우리 부대가 이 산채에 또아리 틀고 있는 줄 다 아는데 겁없이 올라오겠어요? 오부면이나 신원면 일대 마을은 완충지대요" 하더니, 김익수가 엉뚱한 말을 했다. "문동무는 공산주의 세상이 좋은 것 같소?"

"내사 무슨 주의가 뭐 하는 주의인지 알기나 합미까. 인민공화국 세상이 되자 죽은 큰성님 대신에 분주소 일이나 봐달라 해서 심부름을 쪼매 하다가, 안 피하면 죽는다길래 부랴부랴 산으로 올라온 게 이래 됐지요. 큰성님은, 소작농한테는 공산 시상이 이승만 시상보다 살기가 개안타 하면서 그런 일을 하다가⋯⋯" 문한득은 입을 닫았다. 한병 형의 죽음이 자신에게 닥칠 공포로 엄습해 왔다. 해방 직후 한병 형은 남로당 한재리 부책(副責) 일을 보았다. 여순 반란사건 이후 그 항쟁이 흐지부지 끝나고 지서의 단속이 심해지자, 형은 그 일에서 손을 뗐다. 중새터에 사는 자형도 마찬가지였다. 49년에 보도연맹이 창설되자, 한병 형은 남로당과 결별했기에 연맹에 가입했고, 자형은 끝까지 시침을 뗐다. 그 결과 한병 형은 과거의 옭힘으로 죽임을 당했으나 자형은 무사할 수 있었다.

"나는 이승만이 하는 짓이 도무지 못마땅해서, 제발 그 양반 어떻게 좀 됐으면 좋겠다고 늘 생각해온 사람입니다. 이승만 하는 짓 좀 보오. 일제 때 고등계 형사까지 앞잡이로 쓰는 짓하며, 그 권력욕은 못 말려요. 미국 원조 물자는 고관들 배나 채우니, 도·농 할 것 없이 빈부격차는 일제 때보다 심해졌소. 도시는 온통 실업자와 거지떼들이오. 나는 전쟁이 터졌을 때 정말 환영했다오. 인민군이 파죽지세로 남한 땅을 점령하자 곧 조국통일이 되는 줄 알았지요. 그런데 막상 전쟁에 뛰어들고 보니 이건 사람이 할 짓이 못 돼, 환멸만 키웠오. 문동무, 내 총만 하더라도 이건 일제시대 일본놈이 쓰던 무기요. 강동무가 들고 다니는 카빈총은 미제놈들이 만든 총이오. 따발총은 또 어느 나라 무기겠소. 쏘련제 아니오. 우리는 남의 총대를 잡고 통일전쟁을 벌이고 있는 참이요. 이 전쟁판에 죽어나기는 인민들 아닙니까."

"김동무는 선생님을 하셨응께 공산주의 사상을 잘 알겠네요. 내 사 저녁마다 교육받아도 자부럽기만 하지 무슨 소린공 통 모르겠습디다. 계급투쟁, 무산자 해방, 푸로레타리아 혁명전선, 그게 다 뭐라요? 그게 우리 인민을 정말 잘살게 해주는 길이라요?"

"동무는 정말 몰라서 묻소?"

"조금은 알 것 같은데, 잘 모르겠어요."

"공산주의가 무산대중을 위한 좋은 사상인 점만은 틀림없소. 그래서 나도 징병 기피자로 무위도식하기보다 차라리 내가 좋아한 쪽 편이 되어 통일 달성에 이바지하고자 조국 해방 전쟁에 지원했오. 남조선 자본제 사회가 빈부격차가 심하고 부정부패가 많은 개판이라, 남조선 인민의 호응 아래 열화 같은 성원에 힘입어 전쟁이 쉽게 끝날 줄 알았지요. 그런데 미제가 끼어들구, 이제 중공군이 참전한다니, 전쟁은 장기전으로 갈 것 같아요. 아무래도 이 전쟁은 통일 달성이 쉽지 않은, 잘못 벌인 전쟁이요. 북과 남의 인민 철천지 원수지간으로 만들구……" 김익수 목소리가 풀이 죽었다. 그는 엉덩이를 털고 일어섰다. "그런 얘긴 그만하구 근무나 섭시다."

김익수는 방공호를 나서서 오른쪽 참호로 걸음을 떼었다. 문한득도 왼쪽 참호로 걸었다. 문한득이 몇 발을 걷자 김익수가, 후방을 조심하라고 다시 당부했다.

어림짐작으로도 자정은 넘었을 시간이었다. 문한득이 방공호 쪽으로 되돌아 걸을 때, 김익수 구역 쪽에서 고함소리가 들렸다. 센바람 탓에 말귀를 알아들을 수 없었으나 외치는 소리가 그쪽에서 났다. 순간, 방공호 쪽에서 전지 불빛이 스쳐갔다.

"근무 중 이상 없음!" 김익수 목소리였다.

문한득은 걸음을 멈추고 참호 밖을 살폈다. 코앞을 분간할 수 없는 깜깜한 어둠뿐이었다. 그는 김익수가 소리 지른 방공호 쪽으로 총구를 겨누었다. 도랑 바깥 쪽에서 낙엽 밟는 소리가 들렸다.

"누구야, 손들엇!" 문한득이 고함을 질렀다.

"봉화, 봉화다." 저쪽에서 군호를 댔다.

"산불입미다."

"보초근무 다들 잘 섭네. 수고가 많소." 전짓불이 잠깐 문한득 얼굴을 훑고 갔다. 송중대장이었다.

송중대장 발소리가 1초소 쪽으로 멀어졌다. 한참 뒤 1초소 쪽에서 군호 외치는 소리가 들렸다. 문한득이 방공호로 걸음을 옮겼다.

"개새끼, 날 죽이려구 별렀군." 어둠 속에서 김익수가 말했다.

"김동무, 왜 그라요?" 방공호로 다가가 문한득이 물었다.

"저 독사 새끼가 날 죽이려구 벼르고 있어요. 내 근무 태만을 노리고 직접 순찰 나서지 않았겠어요." 김익수의 은결든 말이었다. "네놈 계략에 속나봐. 절대 날 죽일 수 없어!"

"저쪽으로 갔다가 돌아오면 어짤라고 그런 말 해요?"

"이유 없이 날 죽였다간 지휘부로부터 문책 받을 테니간 저 독종이 구실을 만들고 있어요. 난 그걸 알지. 그래서 더 악착같이 살

60

아남는 나를 똑똑히 보여주겠소. 동무, 글쎄 말이오, 저 새끼가 도
랑에다 돌멩이를 툭 던져 넣잖아요. 내가 졸고 있나 시험해보느라
구. 그러나 나는 저 새끼 짓이란 걸 간파했소. 내가 소리 난 쪽으
로 냅다 수하를 했지요."

"그만하이소. 또 중대장이 이쪽으로 올란지 모르께요. 보초나
잘 서이소." 마음이 바잡아진 문한득이 몸을 돌렸다.

"뒤쪽을 조심하며, 근무 잘하시오. 아침 교대 시까지 저 새끼들
이 두 번은 더 지랄을 떨 테니깐. 문동무도 지금 테스트 중에 있으
니깐. 테스트에 합격해야 임무를 맡길 것이오."

"임무라니요?"

"나중에 말해줄게요. 동무를 우리 중대로 전출케 한 이유를 알
구 있어요. 우리 부대가 조만간 보록산을 넘어 신원분주소를 공격
하게 될 테니깐."

"뭐라고요?"

김익수가 멀어져버려 대답을 들을 수 없었다.

전방보다 후방을 조심하라는 김익수 말대로 그날 밤 그런 야근
순찰은 2소대장이 한 번, 보초조장 특무장이 한 번씩 있었다. 하룻
밤 사이에 순찰이 세 차례라면 김익수 말대로 전례 없던 일이었다.
순찰 목표는 두 차례 모두 2초소가 표적이었다.

이튿날, 문한득과 김익수는 아침 여덟시에 보초 교대를 했다.
산막으로 돌아오니 소대원들이 훈련에 출동하고 없었다. 아래쪽
훈련장에서 힘찬 기합 소리가 들렸다. 중대원들이 총검술훈련을
받고 있었다. 둘은 취사장이 있는 여성대원 산막으로 가서 밥 한

덩이씩을 배급받았다. 뜨물국은 떨어져 주먹밥만 들고 소대 산막으로 돌아왔다. 김익수는 으레 밥풀을 뜯어 고양이처럼 야금야금 먹었다. 잠시 뒤, 훈련장에서 중대원들의 군가 소리가 들리더니 그 소리가 차츰 멀어지고, 구령과 호각 소리가 오랫동안 여운을 끌었다.

"잠이나 실컷 자둡시다. 이런 행운도 쉽지 않으니. 어떤 놈두 우릴 깨우지 않을 테니깐." 김익수가 배낭에서 꺼낸 모포를 뒤집어 쓰고 모잽이로 누웠다. 그는 눕자마자, 배가 아프다는 말을 고시랑거렸다.

문한득도 모포 한 자락을 청솔가지에 깔고 한 자락으로 몸을 감고 누웠다. 따발총을 가슴에 껴안았다. 아직 온기가 남은 노천 구들장에 신발 신은 발을 얹자 동상 걸린 발가락이 가려웠다. 온몸에 이떼가 들쑤시며 뜯어 그는 한동안 사추리며 겨드랑이를 피가 나게 긁었다. 잠은 그 근지러움보다 집요한 마취로 그의 신경을 느즈러지게 했다. 한동안 앓던 김익수가 코를 골자, 문한득도 잠에 빠져들었다.

잠에서 깨어난 문한득은 머리까지 둘러썼던 모포를 내렸다. 사위가 조용했고, 바람 소리가 아스라이 들렸다. 그는 총신을 잡고 일어나 앉았다. 산막 바깥은 볕이 다사로운 낮이었다.

"김동무, 일어나요. 나무하러 가입시다."

김익수가 모포 밖으로 얼굴을 내밀었다. 그는 산막 바깥을 내다보더니 다시 머리 위로 모포를 둘러썼다.

"난 좀더 자야겠소. 조금만 더 자게 놔둬요."

문한득은 덮고 잤던 모포를 말아 어깨에 걸쳤다. 식기를 차곤

총을 메고 산막 밖으로 나왔다. 해가 중천에 걸렸고 바람기도 잠 잠한 따뜻한 날씨였다. 대낮에 한가한 시간을 맞기도 오랜만이었다. 그는 저녁때까지 시간을 어떻게 보낼까 하고 행복한 궁리에 잠겼다. 우선 나무부터 한 짐 해오기로 했다. 여성대원이 기거하는 산막으로 가자 아침밥 분배를 맡았던 순지가 산막 앞에 해바라기 하고 앉아 따발총 노리쇠를 기름걸레로 닦고 있었다.

"낫이나 손도끼를 빌리러 왔는데요."

"이소대에서 먼저 빌려 갔는데, 한 자루가 더 있을 거예요."

순지가 중대본부 산막으로 내려갔다. 그녀는 어깨가 동그맣고 상체가 짧은 대신 엉덩짝이 팡파짐해 중대원들이 '오리 동무'라 불렀다. 잠시 뒤, 그녀는 몽당낫을 들고 왔다.

"어젯밤에 보초 서며 혼났다지요?" 주근깨 많은 얼굴에 미소를 머금으며 순지가 물었다.

"그걸 어째 압미까?"

"이소대 보초병이 그러더군요. 세 번이나 순찰 나왔더라고요."

"밤 보초 잘 서서 칭찬받았심미다."

"학자 동무가 혼깨나 났겠습니다."

"그래도 보초는 잘 서던데요."

문한득은 골짜기 따라 내려갔다. 옹달에는 눈이 더께로 쌓여 있었다. 양달 쪽 산자락은 낙엽송 큰키나무들이 햇빛을 쬐고 있어 이른 봄철 같았다. 산새들이 마른 가지 사이로 지저귀며 날아다녔다. 그는 보록산 남쪽 벼랑 주위를 돌며 나무를 했다. 그 지대에는 초소가 없는지 그는 한 번도 수하를 받지 않았다. 나무하는 데는 이력이 난 솜씨라 쉽게 한 단을 꾸려 칡덩굴로 휘갑쳤다. 연기 나지 않고 화력 좋은 졸가리들이었다.

문한득이 두번째 나무짐을 하러 골짜기로 내려갈 때는 김익수도 낫을 들고 따라나섰다. 오랜만에 긴장 풀고 잠을 자서 기분이 좋다고 김익수가 말했다. 그의 왼쪽다리 아킬레스건 통증은 그럭저럭 주저앉았다.

"문동무, 군대나 전쟁에 대해 생각한 적 있나요?" 꾸부정한 자세로 뒤따르던 김익수가 물었다. 문한득은 전쟁이나 군대에 관해서 누구와 토론할 만한 자기 주장이 없어 대꾸할 말이 없었다. "인간이 군거생활을 시작한 구석기시대 이후부터 전쟁이 있어왔으니 군대 역사 역시 참 길어요. 그런데 군대란 인간이 만든 조직체 중 가장 비인간적인 집단이오. 전쟁이 무엇이겠소? 전쟁 앞에는 싸워서 이겨야 한다는 것 외, 그 어떤 정의로운 원칙이 없소. 상대가 무조건 굴복하도록 무자비한 폭력을 행사하는 게 바로 전쟁이오. 전쟁의 역사가 오래된 만큼 집단조직의 운영과 통솔 방법 역시 다른 어느 분야보다 발달된 게 군대요. 전술학(戰術學)까지 포함해서 말입니다."

"김동무는 학식이 많아 군관감인데 때를 잘못 맞춰 입대했심다."

"나는 군관 자격이 없소. 전사로서도 자격이 없구. 한마디로 나는 평화주의자요. 나는 군대를 증오하오. 군대 조직과 통솔 방법을 볼작시면 인간을 가축 이하로 학대하는 걸 원칙으로 삼고 있소. 전쟁이란 폭력 행사이기에, 군대 역시 인간을 무작하게 다루는 쪽으로만 연구가 발달되어온 거요. 동무도 보다시피 군대란 살상을 위한 절대 복종의 명령과 야만적인 혹독한 훈련을 신조로 삼고 있소. 군대란 전사를 얼마만큼 용맹하고 잔인한 짐승으로 길러내느냐에 달린 겁니다. 전쟁의 속성이 비도덕적인 무력으로 치러지니깐 조직 역시 개개인에게 인간다운 대접을 해주면 허약한 집단이 되니, 그 이치 또한 묘하지 않아요?"

"동무 말이 어려워서 모르겠구만요. 어쨌든 거창군당보다 여게는 훈련을 심하게 시키는 것 같습미다."

"팔로군부대는 그럴 수밖에요. 우리는 후방이 없습니다. 병력과 군수품 지원이 불가능하니 전투가 붙었다 하면 생사결단을 내야 하는 상황이지요. 그런 측면에서 보자면 이해가 가는 측면도 있지요. 내가 보건대 우리 부대는 적 일 개 여단과 맞먹는 전력을 가지고 있어요. 그 전력이란 막강한 화력과 군사지원이 아니라 전사들의 용맹성, 즉 정신을 말함이오. 나 같은 병골은 배겨내기 힘들지만, 군사지도부 통솔 방법이 그 길밖에 없는 것두 사실이오."

"김동무는 전투에 몇 번 참가했습미까?"

"네댓 번쯤 되나. 전투는 정말 무서워요. 옆에서 동지가 함께 싸워주니 다행이지, 만약 혼자 싸우라면 총도 제대로 못 쏠 거요. 동무는 아직 전투 경험이 없지요?"

"총을 쏘면서 싸워보지는 못했습미다."

"머잖아 그런 경험을 하게 될 거요."

문한득이 그 말에 숨겨진 의미를 짐작했다. 어젯밤 김익수는 315부대가 조만간 신원분조소를 공격할 것이라고 말했던 것이다. 긴장이 온몸을 감쌌으나 공포나 불안이 아니라 조마조마한 기대감이었다. 전투가 벌어지더라도 전사하리란 예감은 들지 않았고, 고향 마을로 진격해 들어간다는 흥분만이 마음을 들뜨게 했다.

"이 지상에 전쟁이 없을 수 없겠으나, 전쟁이 일어나서는 안 되오. 전쟁이란 그럴싸한 명분을 만들어 강국이 자기보다 약한 국가를 공격하게 마련이지만, 전쟁은 무조건 악이오. 전쟁은 우리에게 인간을 미워하라는 증오심을 가르치고 있어요. 동족이 동족을 이념이 다르다는 이유만으로 죽이는 이런 전쟁이 왜 어서 종결되지 않고 희생만을 강요하는지 모르겠어요."

문한득이 나무 한 짐을 해서 칡덩굴로 얽을 때, 김익수는 서툰 낫질로 문한득의 절반 정도 나무를 하고 있었다. 문한득은 일이 둥갠 김익수를 두남두어 나무 한 짐씩을 지고 산막으로 돌아왔다.

어느덧 해는 철마산 남쪽 등성이 위로 기울었다. 보록산 너머에서 서북풍이 불어왔다. 문한득은 어젯밤 보초를 설 때 마음 같아서는 갯물에 내복을 삶아 빨려 했으나 그런 호사가 무슨 소용이 있을까 싶어 발싸개나 빨아 감으려 생각을 바꾸었다. 김익수가 나무를 하러 산막을 떠나자, 문한득은 개울로 내려갔다. 빨래하는 방망이질 소리가 들려 그가 소리 나는 곳으로 가니 개울가에 쪼그려 앉은 여성대원 뒷모습이 보였다. 그는 헛기침을 했다. 뒤돌아본 여성대원은 숙희였다. 여성대원 넷은 둘씩 조를 짜서 일주일을 주기로 훈련에 참가하거나 취사당번을 번갈아 맡고 있었다. 순지와 숙희가 이번 주 취사당번이었다.

"빨래하러 왔나요?" 숙희가 물었다. 문한득을 바라보는데도 사시라 초점이 맞지 않았다.

"발싸개나 빨라고요. 군관 동무들 군복을 빨고 있네요?"

"군관은 전사들 앞에서 위엄을 보여야 하는데, 훈시할 때 이가 기어 나오면 되겠습니까?" 숙희가 웃었다. "훈련이 고되지요?"

"다 똑같이 받는 훈련인데 저라고 못 받을 거 없지요."

"어서 전쟁이 끝나야 할 텐데……"

문한득은 숙희와 거리를 두고 넓짱한 바위에 엉덩이를 걸쳤다. 따발총을 벗어 바위에 기대어 세웠다. 삼끈으로 감발친 먹고무신을 벗었다. 한 짝은 옆이 쪼개졌고 다른 한 짝은 뒷굽이 타져 있었다. 바닥도 종잇장처럼 얇아 조만간 구멍이 뚫릴 형편이었다. 고무신을 벗자 발고린내가 흠씬 풍겨 여성 동무가 악취를 맡을까 돌아앉아서 광목 발싸개를 풀었다. 발가락을 해방시키자 시원한 느낌이 발끝에서부터 온몸으로 전해 왔다. 덖은 발가락 열 개는 꺼멓게 변색되었거나 진물을 흘러 온전한 발가락이 없었다. 발을 천천히 물에 담그자 찬 느낌이 온몸을 저렸다.

"동무 고향이 신원면이라면서요?" 숙희가 군복을 비틀어 짜며 물었다.

"이 산 너머 아래 마실이 배태고향입미다. 동무는 고향이 어딘데요?" 문한득이 발을 씻기 시작했다.

"연천이라구, 경기도 북쪽 끝이라요. 문화공작대원으로 뽑혀 전선 따라나선 게 여기까지 왔어요. 해동되면 고향땅 밟을 수 있을까, 그런 희망을 걸고 살지요."

"고향 마실이 이렇게 그리운 줄 예전에는 몰랐습미다." 문한득은 골짜기 건너편 응달진 비탈에 눈길을 보냈다. 나무 사이로 햇살이 비껴 흘렀다.

"연천 고향에도 이런 산이 있지요. 지장봉이라구, 경치가 좋아요. 생도들 데리고 원족도 갔지요. 봄 원족이 마지막이었는데, 불과 반년 전이네."

"전쟁 나기 전에는 선생님이었군요?"

"인민학교 선생을 일 년 남짓했지요. 동무를 소년병이라 그러던데 나이가 몇이죠?"

"열아홉입미다. 군대서는 만으로 따지니 열여덟 살이겠군요."

"제 남동생하구 나이가 같군요. 십오 세 이상은 모두 징집되었다니, 그 애두 어느 전선엔가 있을 텐데…… 언제쯤 가족이 한자리에 모여 밥상 받게 되는지. 그런 시절이 왔을 때, 상머리에 빠진 자가 있다면 얼마나 슬프겠어요."

대화가 끊겼다. 문한득은 발을 씻은 뒤 발싸개를 빨았다. 숙희도 광주리에서 속옷을 집어내더니 물에 적셔 방망이질을 했다. 그녀는 한참 빨래를 두드리다 문한득을 돌아보았다.

"내 눈이 이상하지요?"

"뭐 그쯤이사……"

"전쟁 나기 전에는 괜찮았는데, 아마 영양 관계인 것 같아요."

"맞습미다. 잘 먹으면 괜찮아질 낍미다."

빨래랄 것도 없는 빨래를 마치고 1소대 산막으로 돌아온 문한득은 달리 할 일이 없어 옷을 벗어 이를 털어내기로 했다. 벗은 옷을 나뭇가지에 아이 벌 세우듯 걸어놓고 작대기로 두들기자, 이떼가 싸라기같이 떨어졌다.

"그래봐야 소용 없어요. 오늘 밤 또 떼 지어 이사 올 텐데. 그놈들도 푸로레타리아 전사를 텃밭 삼아 살자니 박토에 무슨 소출이 제대로 있겠소. 이 등쌀에 죽었다는 말은 못 들었으니 웬만큼 해둬요." 산막 앞에 앉아 섣부른 솜씨로 나무통 홈을 파내던 김익수가 말했다. 그는 악기를 빨리 만들어 연주법을 배우겠다고 안달이었다. 이런 일에라도 집중하지 않으면 하루도 배겨낼 수 없다 했다. 식사시간 전이나 식후에 잠시 짬이 나면 그가 부지런히 나무통에 칼질을 한 덕분에 이제는 만돌린 꼴을 제법 갖추었다. 그가 통 속을 깎아낼 때, 그렇게 힘들일 게 아니라 바가지를 따로 붙이면 쉬울 거라고 문한득이 말한 적 있었다. 그 말에 김익수는, 다른 재료를 붙이면 소리의 깊은 맛이 나지 않고, 이런 일감에라도 낙을 붙여야 시간이 잘 간다고 말했다.

중대원들이 훈련을 마치고 돌아왔을 때는 저녁 이내가 산을 덮으며 자욱 내려왔고, 기온이 다시 빙점 아래로 떨어졌다. 드센 바람에 숲의 울부짖음이 한결 거세었다.

밤사이 서리가 많이 내려 이튿날 아침은 온 산이 은백색이었다. 골짜기는 안개로 자욱했다. 바람이 잔잔했고 하늘은 구름 없이 뽀얀 모습이다. 대륙성 겨울 날씨 특징인 삼한사온으로 따진다면 오늘까지 푸근할 터였다. 아침식사 전에는 여느 날처럼 훈련장에 중대원이 집합해 총검술훈련을 받았다. 다른 날과 다른 점은 특무장 최문달이 훈련 교관이었고, 작전회의가 있는지 군관들은 훈련에 참가하지 않았다.

훈련을 마치고 산막으로 돌아온 1소대원들은 소금을 푼 뜨물국으로 아침밥을 먹었다. 식사를 마치자, 그들은 기동훈련 출동에 앞서 군장을 꾸리며 담배를 피워 무는 짬을 가졌다. 담배래야 떡갈나무 잎을 비벼, 미제 전투기가 날린 삐라종이에 말아 피우는 담배질이었다. 휴식 시간을 즐기며 집합을 알리는 호루라기 소리를 기다릴 때, 민소대장이 산막으로 들어왔다.

"일분대는 오늘 기동훈련에 참가하지 않는다. 별도 지시가 있을 때까지 막사에 대기하도록." 민소대장이 말했다.

"웬일이오. 어디 다른 데로 출동하오?" 담배를 태우던 김풍기 분대장이 물었다. 민소대장이 말없이 밖으로 나가버리자 그가 여낙낙하게 말했다. "일분대 생일 만났어. 역시 내 통솔 분대를 알아주구만."

산막 구석지에 앉았던 문한득은 무슨 영문인지 몰라 김익수부터 찾았다. 맞은편 구석지에 앉았던 그는 그때까지 봉창에 넣어둔 밥풀을 뜯어먹으며 수첩에 무엇인가 적고 있었다. 산막 안이 어둡기도 했지만 그가 수첩에 무엇인가를 쓸 때는 안경을 벗고 콧등을 수첩에 바짝 붙였는데, 지독한 근시인 그는 '전선신문'이란 315부대 문화부가 만든 팜플렛을 읽을 때도 그랬다.

훈련 출동 집합을 알리는 호루라기 소리가 들렸다.

"일분대는 좋겠어. 민주부락(인민군 해방구 마을) 정찰일 거야." "아님네. 지대본부나 사령부 사역 차출이래두." "어쨌든 특과 아닌가. 우린 죽갔군. 이분대두 빠졌으믄 도는데." 남게 된 1분대원 일곱을 두고 2분대원들이 산막을 나서며 한마디씩 했다.

"문동무, 알겠지요? 이제 작전이 시작된 거요. 조심하도록." 문한득에게 김익수가 속달거렸다.

문한득은 김익수 말에서 금방 신원분조소 공격을 연상했다. 율원국민학교 옆 감악산 줄기를 타고 앉은 신원분조소는 한 시절 자신이 보초를 서기도 했기에 정문 앞 초소가 눈앞에 어른거렸다.

무슨 명령이 떨어지든 우선 개팔자나 누려보자며, 김풍기가 팔베개 베고 청솔가지에 넉장거리로 누웠다. 그는 비역질만 빼고는 전형적인 군대먹기였다. 만사가 태평이었고 오지랖이 넓었다.

문한득은 갑자기 뱃속이 아팠다. 그는 강철규에게 총을 맡기고, 산막 뒤 간이 똥구덕으로 갔다. 먹는 양이 적어 이틀이나 사흘 만에 누는 똥이었고 염소처럼 그 양도 적었다. 가랑잎으로 뒤를 닦고 바지춤을 여미자, 집합이라는 강철규 목소리가 들렸다.

분대장을 포함한 1분대원 여덟 명이 중대장 막사로 갔다.

"기분은 좋은데 치통 때문에 미치겠군." 백만복이 오른쪽 뺨을 싸쥐고 뛰었다.

막사 앞에는 중대장과 민소대장이 서 있었다. 분대원이 그 앞에 늘어서자, 소대장이 송중대장에게 경례를 붙이며 집합 신고를 했다.

"동무들은 오늘 거창군 신원면 인민부락 일대루 주간 정찰을 나가게 되었음네. 정찰 임무느 소대장 동무가 숙지하구 있으이 임무수행에 차질이 없도록. 군기르 철저히 지켜 예상되는 사고르 미리 방비들 하시오. 영용한 인민군대 팔로군 전사느 전투가 없드레두 임무 수행에 일당백이믈 명심해야겠음네." 지휘봉을 든 송중대장의 훈시였다.

문한득은 인민부락 정찰이란 말에 숨조차 제대로 쉬지 못한 채

중대장을 바라보았다. 대현리로 정찰을 나갈는지 몰랐다. 보록산과 소룡산에서 가장 가까운 마을은 대현리와 와룡리밖에 없기에 인민부락이란 그 두 마을을 가리키는 말이 틀림없었다.

"그래므 날래 출동하시오." 송중대장이 소대장에게 말하곤, 목에 건 망원경을 건네주었다.

1분대원은 중대 산막을 떠났다. 앞장선 민소대장이 철마산 쪽으로 길을 잡고, 뒤쪽 끝에는 아식보총을 멘 분대장 김풍기가 섰다. 전쟁 전에는 나무꾼이 다녔음직한 자드락길에 네 발 간격 일렬종대 행군 대열이 자연스럽게 이루어졌다. 이렇게 서쪽으로만 가면 대현리와 멀어지는데, 하며 문한득은 대열 가운데에 끼어 걸음을 옮겼다. 쇳소리를 내지 않으려 멜빵끈을 당겨 총대를 옆구리에 붙였다. 모두 조심스럽게 걸음을 옮겼으나 낙엽 밟는 소리가 났고 길가 나뭇가지에 앉았던 산새들이 놀라 날아갔다. 문한득은 앞서 걷는 전사가 디딘 발자국 위에 자기 발을 옮겼다. 반드시 앞선 자의 발자국 위에 발을 디뎌 한 사람 발자국만 남겨야 함은 빨치산 행군 수칙 중 하나였다. 그래서 한겨울에 수백 명의 병력이 눈을 밟으며 이동해도 분대 병력 발자취밖에 남기지 않았다.

1분대는 낙엽송 빈 가지 사이로 비껴드는 아침볕을 받으며 보록산 남쪽 칠부 능선의 긴 허리를 동쪽에서 서쪽으로 돌아 나갔다. 양달이라 눈이 녹아 있었다. 날씨도 그랬지만 구보가 아닌 걷기라 문한득은 졸음이 올 정도로 기분이 좋았다. 어느 마을이든 부락민이 있는 고향땅 마을로 간다는 흥분으로 줄곧 가슴이 뛰었다. 뒤따라오는 강철규를 돌아보니 그 역시 소풍이라도 나선 듯 상기된

빰에 웃음을 물고 있었다. 그의 귀여운 모습이 김분대장 비역 상대로는 적격이었다. 만약 강동무가 없었다면 소대원 중 나이가 아래인 자신이 김분대장 똥빽 상대가 될 수밖에 없었을 것이다.

소대장 걸음이 차츰 속보로 변하자, 행군 대열도 걸음이 빨라졌다. "뒤로 전달, 삼백 미터 전방 행군 정지." 소대장 군령이 전달됐다.

1분대가 멈춰 선 곳은 서쪽으로 뻗은 보록산 줄기가 멈칫거리며 꺾여 내리다 철마산 쪽으로 다시 일어서는 지점이었다. 일대가 고원분지라 깊은 골짜기를 만들지 못한 채 사방이 훤한 더기를 이루었다. 서남쪽 멀리로 실배암 같은 초곡천을 끼고 초가들이 보였는데, 해방지구 산청군 오부면 왕촌리였다. 서북으로는 철마산이 솟아 있었다. 거뭇한 바위 사이에 잔설이 희끗한 높은 산의 웅좌가 산 이름 그대로 거대한 화차불통 같았다. 남북이 트인 더기라 몰아 부는 북풍이 세찼다. 철마산 동편 벼랑에는 바람이 소용돌이 이루어 울렸다.

민소대장은 군관복 품에서 지도를 꺼내어 펼쳐놓았다. 그려서 만든 거창군 신원면 일대였다. 분대원이 주위를 에워쌌다.

"우리는 이제 해방지구를 떠나요. 지금부터 들어서는 곳이 거창군 신원면 서북 지점이오. 우리가 정찰할 최종 목표는 여기서 십이 킬로 북방, 감악산 연주사 골짜기까지지요. 거기까지는 우리 해방지구와 남조선군 사이의 완충지역이라 볼 수 있소. 보투 전담 인민중대 말에 따르면 감악산까지 이 일대는 적 부대나 경찰이 주둔하고 있지 않아요. 경찰 소대 수색대가 간혹 정찰을 나오지만 건성으로 부락에 들렀다 돌아간답니다. 적정(敵情)도 우리 부대의 막강한 전투력을 아는지라 섣부른 접전은 피하겠다는 속셈이겠지요. 그러나 수색 나온 적정과 만날 수 있고 마을의 자위대 수색조에 걸릴 수도 있으니 행군은 각별히 조심하도록. 왜냐하면, 적과 만나더라도 철저히 은신해야지 절대 전투를 벌여서 안 된다는 군사부 훈령이 있었소. 다시 말하는데, 무장한 적 칠팔 명 수색조를 발견하더라도 박살낼 만용을 부리지 말고 은신해서 우회해야지, 공훈을 세우겠다고 쓸데없는 호기를 부리지 말도록."

민소대장이 지도 위치를 짚어가며 설명할 때, 남쪽 하늘에서 한 떼의 비행기 소리가 들렸다. 상수리나무 가지가 엉성하게 하늘을 가렸으나 소대장의, "매복!"이란 말이 떨어지자 분대원은 사방으로 흩어졌다.

문한득은 사태로 패인 구덩이 오리나무 아래 몸을 숨겼다. 비행기 편대가 까맣게 하늘을 가로질러 왔다. 스무 대가 넘는 폭격기 편대였다. 그는 폭탄을 적재한 비행기 편대를 올려다보았다. 결과적으로 제공권의 상실이 쉽게 끝날 남조선 해방전쟁을 지연시키는 결과를 가져왔고, 대구·마산 점령을 눈앞에 두고 후퇴하지 않을 수 없었다는 거창군당 박소대장 말이 생각났다. 비행기 편대는 점이 되어 멀어지더니 북으로 사라졌다.

"제국주의 쌕쌕이들." "또 융단폭격을 할 모양이군, 양키 개자식들." "씹헐, 대공포로 저걸 못 떨어뜨려." 분대원들이 북쪽 하늘을 흘겨보며 한마디씩 욕설을 퍼붓더니, 다시 모였다.

"이 지점을 제삼 비상선으로 삼겠소. 만약 위급한 사태로 분산 행동을 하게 될 때, 최종 집합 지점이 이곳이오. 부근 지리를 익혀

두도록."

"뭘 제삼 비상선까지 칩니까. 제이 비상선으로두 족할 텐데요."

김풍기가 시큰둥해했다. 그는 소대장보다 네 살 연상이었다.

"정찰도 훈련이오. 김동무는 입 닫아요." 민소대장이 말하곤 문한득을 보았다. "지금부터 척후조를 짜겠소. 척후조는 이 지방 지리에 밝은 문동무와 분대장, 둘이 맡으시오. 둘은 본대보다 이백 미터 앞서 속보로 전진하시오. 별 사항이 없을 때까지 척후조가 정북향으로 이 킬로 정도 가면 삼십 호의 산간 마을이 나올 겁니다. 산촌이 내려다보이는 언덕에서 다시 집결하기로 합시다."

"그 산촌이 청수리 너머 수동 마실이겠군요." 문한득이 말했다.

"가본 적 있어요?"

"대현리에서 달귀봉을 보고 십 리 채 못 가면 원중유라는 큰 마실이 있고, 거게서 재를 두 개 넘으면 수동입미다."

소대장은 척후조 둘에게 신호 방법을 가르쳐주었다.

"행군을 멈추어야 할 이유가 생기면 뻐꾸기 울음을 한 번 내시오. 위급한 사태가 생기면 뻐꾸기 울음을 연달아 세 번 냅니다." 소대장은 분대장 김풍기에게 뻐꾸기 울음을 흉내 내보라고 말했다.

"목청 좋기야 내가 중대에서 제일이지요." 김풍기가 으스댔다.

"목청 큰 것하고 흉내 내기는 다르지요." 새살스러운 방수억이 말을 받았다. 그는 몸이 가볍고 잽싼, 인천 출신이었다. 전쟁 전에는 인천 부둣가 미제 창고 경비를 서다, 의용군에 뽑혀 나왔다고 했다. 눈치가 빠른 만큼 눈비음도 잘 피워 별명이 '쪽제비'였다.

"그럼 내가 뻐꾸기 소리를 내어볼까." 김풍기가 뺨을 오므리고 새소리를 내었다. "뻐꾹, 뻐꾹."

그 소리는 글자를 읽는 정도여서 분대원들이 키들거리며 웃었다. 머쓱해진 김풍기에게 소대장이, 다시 한번 해보라고 말했다. 김풍기가 다시 뻐꾸기 울음을 읊었으나 역시 신통치 않았다.

"목청은 우람하지만, 내 그럴 줄 알았어요. 가요 시간에 분대장 동무 노래를 들어보면 음치거던." 방수억이 말했다.

소대장이, 문동무가 한번 해보라고 말했다. 문한득이 뻐꾸기 울음을 연달아 세 차례 내었다. 흉내 소리가 그럴듯해 합격되었다.

문한득이 앞장서고, 김풍기가 뒤를 따랐다. 문한득은 보록산을 오른쪽 멀리에 두고 철마산 동쪽 편편한 구릉을 빠져 정북향으로 나아갔다. 척후병은 앞엣총 자세였기에 그 역시 소총을 앞엣총해 억새밭을 헤쳐나갔다. 가슴까지 채이는 마른 억새가 바람결에 너울거렸다. 해발 500미터가 넘는 밋밋한 고원지대가 계속되었다. 문한득은 사방을 경계하며 속보로 걸었다. 인기척에 놀란 꿩이 억새밭에서 날아올라 그는 선겁 들려 걸음을 멈추기도 했다. 한 마장쯤 나아갔을 때, 왼쪽 솔밭에서 벼락치듯 수하 소리가 들렸다. 문한득이 허리를 꺾으며 구원을 청하듯 뒤돌아보았다. 소대장 언질이 없었는데 별안간 당한 수하라 적인지 동지인지 구별할 수가 없었다.

"여기는 기포지대 일중대라요. 그쪽은?" 김풍기가 당황한 기색 없이 우렁찬 목청을 내질렀다.

"수고 많소. 몇이오?"

갈대숲 건너, 둥근 흙더미 뒤에서 인민군 복장을 한 전사 둘이 얼굴을 내밀었다. 수염이 거칫하여 구저분한 산도적 몰골이었다.

"분대 병력이오. 정찰 나가는 참인데, 전령 못 받았소?"

"받았으니 면상 뵈는 게 아니겠소."

"수동까지 적정 없습미까?" 문한득이 물었다.

"마지막 초소라 위쪽 사정은 모르오."

김풍기가 수고하라며 보초병에게 손을 흔들곤, 빨리 가자며 문한득을 채근했다. 둘이 1킬로쯤 나아가자 골짜기가 앞을 막았다. 깊게 파인 골짜기가 동북쪽으로 뻗어나갔다. 그 골짜기 따라 내려가면 덕산리 청룡마을이었다. 해는 보록산 하늘에 높게 걸렸다. 솔개 한 마리가 중유리 쪽 하늘에서 맴돌고 있었다. 중유리에서 동으로 한 마장을 내려가면 큰개울이 있었고, 개울을 따라 과정리에서 대현리로 이어지는 달구지길이 나 있었다.

"분대장 동무, 골짜기를 건너야 될 것 같네요." 지세를 살피던 문한득이 땀을 닦으며 돌아보았다.

"좋도록 해. 자네가 길을 잘 아니 난 따라만 가면 되겠지."

김풍기가 방향 표시로 다복솔 생솔가지를 꺾어 골짜기 건너편을 지시해 흙바닥에 놓았다. 그는 팔로군 출신으로 게릴라 생활을 오래 겪은 고참이라 하는 일은 용의주도했다. 민소대장도 그 점을 참고해 신참 소년병과 짝을 지어 척후병으로 내세웠을 것이다. 생솔가지를 꺾어놓는 그런 이정표 암시도 그에게는 몸에 익었다. 적정을 불각중에 만나 부대가 풍비박산이 되어 본대조차 다른 방향으로 패주할 때, 빨치산들의 이동로 표시는 눈에 띄는 큰 나무 아랫가지를 꺾어놓기도 하고 꺾은 나뭇가지로 땅바닥에 방향 표시를 해놓기도 했다. 흩어진 부대원들이 그 표시를 선(線) 삼아 본대를 찾아올 수 있었다.

"야, 소년병. 내 동북의용군으로 길림성에서 일본군과 싸웠던 이야기나 해줄까." 골짜기를 건너 구릉지대로 빠져나가자, 뒤따라오던 김풍기가 말했다.

"얼마 안 가면 마실이 나올 낀데 이야기할 짬이 있겠습미까."

"심심허니깐 하는 소리 아냐. 남조선군이 아니라 인민 종자조차 만낼 것 같지 않구, 원족 삼아 나오니 기분이 얼마나 쾌한가. 잘함 부락에서 반찬 그득한 밥도 포식할 수 있을 게구 말이야."

김풍기는 고용농민(머슴) 출신으로 스물한 살에 고향을 떠나 만주로 들어가선 동북의용군 병졸이 되었다 했다. 겨울이면 영하 삼십 도로 떨어지는 만주 벌판에서 일본군과 전투하며 겪은 희로애락을 무용담 섞어 늘어놓았다. 문한득이 돌아보니 그는 총창을 꽂은 보식 소총을 앞엣총도 하지 않고 뒤꽁무니에 느직이 메고 어정어정 쫓아왔다.

"말씀 참 잘하네요."

"나도 교육만 받았으면 군관감인데 말야."

"북조선에서는 고용농민 출신을 높이 치켜준다데요?"

"전쟁만 안 났담 나도 쏘련 유학쯤 갈 건데, 첫 심사는 나이 때문에 빠졌구, 두번째는 여자 문제가 도당 검열위원회에 걸렸지. 동북의용군 출신 중에서도 하사관 출신은 알아주는데 말야, 난 운이 없었어."

문한득과 김풍기는 수동마을의 뒷산 언덕에서 걸음을 멈추었다.

"산촌이지만 그런대로 짭짤한 부락이군. 잡곡밥이라도 좋으니 시큼한 김치하고 먹었으면. 집집마다 말린 산채도 넉넉하겠어. 참기름에 무친 산채에 고추장 풀어 비벼 먹으면……" 김풍기가 마을을 내려다보며 입맛을 다셨다.

스무 가구 남짓한 마을은 뒤로 갈매빛 대밭을 울 삼아 밋밋하게 흘러내린 동남 방향으로 계단식 천수답을 안고 있었다. 좁장한 달구지길이 천수답 사이로 뻗었는데 그 길 따라 십 리쯤 내려가면 과정리였다. 따뜻한 겨울 햇살 아래 올망졸망 붙어 앉은 초가들이 정겨웠다. 마을 타작마당에는 팽이 치며 노는 아이들과 아기를 업고 나온 늙은이도 보였다. 둘이 내려다보는 언덕 아래 개울에는 빨래 나온 아낙들의 방망이질 소리가 낭랑했다.

본대가 뒤이어 도착했다. 소대장은 망원경으로 마을을 살폈다.

"초소나 보루대가 없는 걸 보니 자위대가 있을 것 같지 않군." 민소대장이 말했다.

"문동무가 지역민이니 제가 문동무와 함께 부락으로 내려가 일차 정찰을 해볼까요?" 김풍기가 소대장에게 은근조로 물었다.

"그럴 시간이 없소."

소대장 말에 분대원들이 자발없이 나서서 모두 한마디씩 했다.

"군관 동무, 부락으루 내레가봅시다레. 적정이 없는 게 확실한 이상 못 내레갈 게 뭐 있갔시오." "부락 인민들에게 점심밥 요구하지 않으면 되잖갔소. 해방군 위신에 어디 사발농사 짓겠어요. 닭 한 마리 축 안 내구 떠난다면 칭송 받을 것임네." "민주부락과 진배없갔는데, 내려간다구 별일 있갔시오." "나온 김에 선무공작이나 해놓고 떠납시다레. 반동놈으 새끼들한테 속아 넘어가디 않게 말이웨다." "남조선 분주소에 연락 못하두룩 단단히 겁을 주고 떠납시다." 엿장수 본 아이가 엄마 조르듯 분대원들의 아쉬워하는 목청이 자못 높았다.

"좋아들 하는군. 인민부락이 어디 우리들 밥이오. 해방전쟁에 생고생하기는 저 동무들이나 우리나 마찬가지라구요."

"허허, 누가 불쌍한 농민 동무들 피해 주자고 했나요. 정찰이나 하자구 했지요." 분대장이 소대장 말을 받았다.

"김동무, 입 닥치라구." 소대장이 섰 김에 화를 냈다.

"이거 오늘 일진이 안 좋구만."

"기동훈련 안 받는다고 좋아들 하더니, 말 타니 견마 잡고 싶다는 격이군." 소대장이 분대원을 둘러보았다. "우리는 인민부락 정찰 나온 게 아니오. 우리 임무는 다른 데 있는 줄 몰라서 하는 소리요? 지금부터 부락 뒷산을 우회해서 북으로 계속 전진한다. 삼킬로 북쪽에 있는 오례부락 역시 우회해서 전진하도록."

분대원은 소대장 명령에 열없이 입을 닫았다.

"김동무, 오례나 샛담부락 도착 전에 제이비상선 삼을 만한 지점에서 정지하시오. 사각(死角)을 잘 살펴보구. 혹시 나무꾼을 만나더라두 은신해서 발견되지 않도록. 그럼 척후조는 먼저 출발하시오."

"할 수 없군. 떡을 앞에 두구 먹지 말라니 입 다물 수밖에." 김풍기가 시큰둥 말하며 들고 있던 인민군모를 털었다. 외투에 붙은 도깨비바늘이 떨어져 내렸다. "문동무, 가자구. 저리루 길 잡아서."

척후병 둘은 수동마을 뒷산 팔부 능선께를 돌아 북서 방향으로 나아갔다. 마을 뒷산이라 부락민을 만날까 좌우 전방을 살폈는데, 앞장선 문한득은 전방과 왼쪽 경계를, 김풍기는 산 너머 수동마을이 있는 오른쪽 경계를 맡았다. 마을 뒷산을 빠져나갈 동안 산살피를 뛰는 산토끼 한 마리를 보았을 뿐 부락민은 만나지 않았다.

1분대는 그로부터 긴 산허리를 돌아 5킬로를 더 전진했다. 샛담마을 모퉁이를 돌자, 감악산 서쪽 줄기의 남녘 골짜기에 닿았다. 1분대는 그 지점에서 제2비상선을 정했다. 제1비상선은 감악산 줄기를 타고 앉은 중산간 마을인 내동을 멀찌감치 아래로 둔, 버성긴 벼랑 사이의 후미진 언덕으로 정했다.

척후조는 다시 앞장서서 해발 900미터에 이르는 감악산 등성이를 타고 올랐다. 행군 대열도 서쪽에서 동북으로 비스듬한 산 타기를 하는 높드리였다. 그동안 둘은 부락민을 만나지 않았다.

신원면과 남상면 살피가 되는 등성이에 오르자 사방 지세가 한눈에 들어왔다. 센바람이 몰아 부는 북으로는 남상면으로, 점점이 흩어진 동산과 마을 건너 즈즐편한 거창 읍내 들녘이 젖색 안개에 가려 우련했다. 남으로는 그들이 거쳐온 고원분지의 높고 낮은 언덕이 철마산과 보록산 사이로 길게 펼쳐져 있었다. 감악산 주봉이 바라보이는 동쪽 남녘 비탈에 닿자, 과정리에서 양지리로 빠지는 신작로가 하얗게 내려다보였다. 민소대장이 망원경으로 그쪽을 관찰하며 지도에 무엇인가 적어 넣었다. 문한득 육안으로는 양지리에 있는 율원국민학교는 보이지 않았고, 구사리로 돌아가는 신작로 가로수만이 가뭇하게 눈에 들어왔다. 그 길은 그가 자주 다닌 길이라 감회가 깊었다.

민소대장이 문한득을 따로 불렀다. 문한득은 소대장이 펼쳐놓은 지도를 짚어가며 과정리·구사리·양지리 일대와 감악산 서쪽 숭더미재, 동북쪽에 있는 임불리라는 백 호에 가까운 큰 마을에 이르기까지, 그 일대 촌락 구조와 지세를 설명했다.

분대 병력은 다시 감악산 줄기 남쪽 등성이의 팔부 능선을 따라 감악산을 정면으로 바라보며 2킬로를 이동했다. 그래서 그들은 처음으로 기동로에 해당되는 숭더미잿길 마루에 이르렀다. 해발 900미터의 재를 타고 넘는 험한 도로가 오지 신원면 면민이 읍내로 드나드는 유일한 통로였다. 과정리를 벗어나면서부터 시작되는 고갯길이 숭더미재를 넘어 다시 내리막길을 타면 남상면 무촌리에 이르기까지 삼십 리에 이르러, 이곳 사람들을 숭더미재를 '싱디미재', 또는 '삼십리재'라 불렀다.

1분대는 네 개 조로 나뉘어, 기동로 좌우의 덤부렁듬쑥한 숲속에 잠복을 시작했다. 처음은 중늙은이 셋이 그 재를 넘어 남상면 쪽으로 나갔다. "산사람을 만날지도 몰라, 조심해야제." "검문소도 없어졌구마. 이 난리통에 무슨 잔치 치른다고 사람을 부른담." "난리 때 퍼뜩 잔치 치라야 새끼를 치제. 신랑이 군에 나가 죽으면 자식새끼나 대를 잇게 말이다." 두루마기에 토시 낀 세 중늙은이가 재를 넘으며 구시렁거린 말이었다. 잠시 뒤, 숯가마 실은 소달구지가 남상면 쪽으로 넘어갔다. 콧두레 아래 허연 김을 뿜으며 앙버팀질로 재를 넘는 황소를 보고 문한득 옆에 있던 김풍기가 침을 삼켰다.

"저놈을 도륙내지 못하고 보고만 있다니."

국방복 입은 젊은이가 자전거를 끌고 올라와 과정리 쪽으로 내려가기도 했다. 젊은이는 잿마루에서 잠시 땀을 식히며 쉬기까지 해서 입빠른 방수억의 지청구를 샀다.

"팔자 좋고 운도 따르는 놈이군. 당장 골통 박살날 줄 모르고 태평으로 쉬기까지 하다니. 공평치 못한 좆같은 사람 팔자군."

그의 말은 맞았다. 문한득이 보아도 앙바틈한 몸집에 원숭이 상판의 젊은이는 숲속에서 자기를 쏘아보는 일곱 명의 눈이 있는 줄도 모른 채 돌팍에 걸터앉아 유행가까지 흥얼거렸다. 자전거 안장에 낡은 배낭을 싣고 있어 우체부가 틀림없었다.

세 시간을 잠복한 동안 남조선군이나 경찰은 눈에 띄지 않았다. 청년방위대원이나 자위대원으로 보이는 자도 지나가지 않았다. 설령 남조선 국방군이나 경찰 몇이 지나간다 해도 소대장 지시가 있었으므로 그들을 무사히 통과시켜야 했다. 해가 서산 마루로 기울자, 소대장이 철수 명령을 내렸다. 분대원은 빈 절로 남은 연수사로 가서 옹달샘 물로 배를 채웠다. 그렇게 메지를 짓고 왔던 길을 되밟아 1소대가 산청군 오부면 부대 산막으로 돌아왔을 때는 밤이었다. 별이 보이지 않았고, 기온이 급강하로 떨어지지도 않았다.

문한득으로서는 아쉬움이 많았던 정찰이었으나 고향땅 산을 두루 밟아본 즐거운 하루였다. 그 정찰이 빌미가 되어 그날 밤 취침 시간에는 1소대 산막 안이 한동안 왁자지껄했다. 기포지대가 신원면을 통째 점령할 날이 코앞에 닥쳤다고 말이 많았다. 압록강까지 치고 올라갔다가 중공군 참전으로 남조선군과 유엔군이 후퇴하는 짬을 기회로, 한편 남조선 이목이 제1전선의 급박한 전세에 집중되고 있는 사이, 제2전선이 기습작전으로 배후를 찌른다는 김익수의 이론이 소대원들에게는 그럴싸하게 들렸다. 역시 학자 동무가 다르다며, 그때만은 모두 김익수에게 너그러운 눈길을 보냈다.

"꺽다리 저 새끼를 인민군 무력부장을 시켜놓았담 해방전쟁이 벌써 종결됐을 거야." 김풍기가 이죽거렸다.

소대원들은 고된 훈련도 훈련이지만 뱃가죽과 등가죽이 붙은 헛헛증을, 한바탕 전투로 결판낼 기회가 왔다며 들떠 있었다. 제2전선이 해방지구를 넓힌다면 보급 사정이 좋아질 것이요, 전투 없는 극기훈련에 이력이 나서 몸이 근지럽지도 했다.

이튿날은 아침부터 구름이 켜켜로 낀 구중중한 날씨였다. 산과 하늘이 잿빛으로 가라앉고 기온은 영하 이십 도까지 떨어졌는지 살갗에 닿는 공기가 얼음장같이 차가웠다. 바람까지 숨죽여 산속이 정적일순이었다. 중대원들은 총검술훈련을 마치자, 아침식사를 하고 곧 군장을 꾸려 기동훈련을 떠났다. 그날 기동훈련은 1소대원들이 예측한 대로 여지껏 한 차례도 기동훈련 일정에 포함되지 않았던, 북쪽 신원면 진출이었다. 전날 1분대가 정찰했던 길을 되밟아 감악산 줄기까지 나아갔다 돌아오는 행군이었다.

오후부터는 기온이 눅어지더니 진눈깨비가 뿌렸다. 떨어지는 빗발이 차디찼다. 훈련은 각개전술이나 편대를 나눈 가상 전투가 생략되고, 구보로 시작해 구보로 끝났다. 훈련은 다른 날보다 이른 시간에 끝나서 모두 땀과 비에 젖은 채 산막으로 돌아왔다. 산막에 도착해 잠시 숨을 돌릴 사이, 겉옷이 뻣뻣하게 얼어왔다. 신발과 바짓가랑이는 뻘흙투성이었다. 불을 피워도 좋다는 허락이 떨어지자, 각 소대 산막 안 온돌 고랑에는 길다랗게 화톳불이 타올랐다. 산막 안은 때아니게 젖은 옷을 말리느라 모두 알몸이 되었다. 설마 여성 동무들이 들여다보랴, 만약 들여다본다면 그 얼마나 좋은가 하며, 까맣게 전 속옷까지 벗어 불 위에 펼쳐드니 샅 사이 오무라붙은 자지가 그대로 드러났다. 김풍기는 자기 샅을 내려다보며, 제 구멍 한번 찾아갈 수 없는 좆대가리가 불쌍하다며 용두질을 했다. 자지가 발기를 시작하자 전사들이 그 꼴을 보고 소리내어 웃었다. 전사들이 말린 옷을 불꽃에 터니 이떼가 함석지붕에 우박치듯 딱총 소리를 내며 터졌다. 옷을 대충 말린 전사들은 신발을 벗어 발싸개를 말리고, 이를 잡고, 찢어지고 터진 옷을 수선하며 저녁밥 때를 기다렸다. 아주까리기름 친 걸레로 빗물에 젖은 총기를 닦기도 했다.

밥 한 덩이에 뜨물국으로 저녁밥을 때우자 진눈깨비 때문에 훈련장을 이용할 수 없어, 1소대와 2소대 산막 안으로 두 개 소대씩 나뉘어 집합 명령이 떨어졌다. 1소대 산막 안에는 1소대와 본부소대원이 무릎 포갤 정도로 빼곡이 들어앉은 가운데, 야간학습이 시작되었다. 등잔불조차 켜지 않다 보니 노천온돌 구덕의 숯불이 불빛이어서, 교관 목소리만 듣는 학습이었다. 교관은 본부 소대장이었다. 학습 과목은 '중국공산당사'였다.

"중공군이 해방전쟁에 참전했다고 아양을 떠는 건지 요즘 부쩍 기를 쓰누만." 문한득 옆에 앉은 김익수의 뒤둥그러진 말이었다.

김익수 목소리가 제법 커, 문한득이 뒤와 좌우를 돌아보았다.

분대장과 지도원 전사들은 늘 뒤쪽과 양옆에 자리하고 있었다. 그들은 학습시간 중에 잡담을 하거나 고개방아를 찧는 자가 있으면, 일차 경고를 하고 두번째는 따로 집어내어 벌을 세웠다. 그들은 어둠 속에서도 졸고 있는 자를 용케 집어내었다. 발가벗겨 한데에 십 분 정도 물구나무를 세웠기에 모두 그 벌을 끔찍이 여겨, 옆에 앉은 사람들끼리 서로서로 감시 역할을 해서 조는 자를 깨웠다.

교관의 강의는 1927년부터 서너 해 동안 중국 공산주의자들이 벌인 소비에트운동이었다.

"……천구백삼십년 토디 재분배 실시루 농민의 렬렬한 지디를 받은 홍군은 지방 단위 소비에트에서 드디어 강서성 소비에트정부를 수립하디 않았갔시오. 기래서 몇 달 후 장개석 국민당군과의 토공전(討共戰, 섬멸전)에서 승리하는 데 농민 도움이 절대적이었디요. 그러니깐 남조선 해방전댕두 우리 인민군의 투쟁 뒤에 반드시 무산자 농민 동무들의 지디 성원이 필요하다는 말이웨다. 중화인민공화국의 위대한 모택동 주석 동지는 이를 가리켜 수어이론(水魚理論)이라구 말했디요. 즉, 군과 농민은 물과 고기 관계처럼 떨어딜 수 없이 밀착되어야만이 승리의 녕광을 차디한다는 말이 되겠수다. 그렇다며는 우리는 농민의 환심을 사야 하는데, 무엇보담두 그들을 가족가티 친애해야 하는 방법 이외 다른 방법이 무엇 있갔시오. 전사들은 민두부락 인민들을 부모나 형데가티 받들어 그들의 괴로움을 덜어둬야 합네다. 그거이 바루 수어이론, 즉 공생공존이디 아니갔소. 그런 덤에서 중국 공산당의 소비에트운동은 세계 공산주의운동사에 기폭제가 됐음은 물론이구, 큰 교훈을 남겼다는 말이웨다. 그러면 오늘 학습은 여기서 마치겠습네다."

본부 소대장 강의가 끝나자 십 분 동안 휴식이 주어졌다. 전사들은 담배를 피웠다. 노천온돌 숯불 주위에 앉은 전사들이 먼저 담뱃불을 붙이자, 그 불이 곧 전체로 옮아갔다. 산막 안이 담배 연기로 자욱해졌다. 여성대원들이 밭은기침을 뱉다, 담배질 그만 하라고 역정을 냈다. 그런 핀잔에도 아랑곳없이 열심히 연기를 뿜으며 잡담이 시끌벅적할 즈음, 산막 휘장이 걷혔다. 1소대장 민이 어깨를 들이밀었다.

"일소대원은 단독군장해서 중대장 비트(산막)에 집합하시오."
어둠 속이라 표정은 볼 수 없었으나 민소대장 목소리가 무거웠다.

그날 밤, 1소대원 스물한 명은 소대장 진두지휘 아래 낮에 밟았던 일정을 그대로 답습하여 진눈깨비를 무릅쓰고 왕복 20킬로 구보행군을 했다. 칠흑 속 야간훈련은 그 어느 때보다 혹독해서 부상을 입지 않은 전사가 없을 정도였다. 사태진 비탈에 미끄러 떨어지거나 나무 뿌다귀와 가시나무에 얼굴을 찢기기도 하고, 어둠 속에 허방을 짚어 다리를 저는 전사도 생겼다. 새벽이 가까워올 즈음, 중대로 돌아왔을 때는 소대원 모두 산막으로 올라갈 마지막 기운마저 쇠진해 훈련장 빈터의 꽁꽁 언 눈바닥에 쓰러지고 말았다.

"얼어죽는다. 올라가. 비트 안에 불을 피워도 좋다!" 소대장이 쓰러진 전사들을 발길질하며 독려했으나 모두 가녀른 숨만 내쉴 뿐 꿈쩍을 않았다.

문한득도 굳은 눈 위에 등을 붙여 구드러지자, 살과 뼈가 액체로 녹아 눈 속으로 스며드는 느낌이었다. 눈조차 뜨고 감을 수 없

을 정도였다. 푸석푸석 떨어져 얼굴을 때리는 진눈깨비도 감촉이
없었고 깜깜한 어둠이 악머구리 끓는 지옥 같았다. 문한득이 가물
거리는 의식을 깨우며 이대로 죽을 수 없다고 이빨을 앙다물자,
가까이에서 잠꼬대 같은 신음 소리가 들려왔다.

"여보, 난 살아. 죽지 않는다구. 임자하구 열이 만날 때까지 죽
지 않구 산다구……" 김익수였다.

들피진 삶 — 마을 1

바깥은 바람이 세찼다. 뒤꼍 대밭이 삭풍에 휘두들겼다. 바깥의 찬바람과 밖으로 새는 불빛을 막느라 방문에 광목으로 차양을 쳤다. 몰아치는 바람 소리뿐 바깥은 아무 소리도 들리지 않았다. 개마저 산사람들이 죄 끌고 갔기에, 밤만 되면 대현리는 인적이 끊기고 불빛조차 없어 빈 마을이듯 괴이쩍었다.

자식 셋의 속옷을 벗겨 이를 잡는다고 솔기에 슬어놓은 알까지 발겨가며 터뜨리던 종구 엄마가, "어머이, 저는 마 건너가겠습미다" 하며 옷가지를 챙겨들었다.

전쟁이 터진 뒤 지난 7월 초순이었다. 인민군이 경기도를 점령하고 충청도 땅을 휩쓸고 내려온다던 무렵이었다. 양지리에 분주소와 면사무소가 있었다. 분주소 옆에 있는 율원국민학교에서 보도연맹 주최 반공궐기대회가 있으니 보도연맹 가입자는 전원 참석하라는 분주소의 통기가 신원면 마을마다 전해졌다. 문한병은 별다른 걱정이나 의심 없이 양지리로 나갔다. 그 걸음이 송장조차 못 거둔 마지막 길이 되고부터 종구 엄마는 벙어리이듯 입을 봉하고 말았다. 형수의 검버섯 핀 모습이 사라지자, 문한돌은 곰방대에 엽초를 비벼 넣고 화롯불을 헤집었다. 예닐곱 모금 연기를 날리고 담배를 화로귀에 털어 껐다. 아직도 지게 멜빵이 당겨 누르듯 어깨가 무지근했다. 선하품을 하곤 삿자리 바닥에 모로 누웠다. 목침을 베자, 청처짐한 몸이 구들장 아래로 잦아지듯 가라앉았다. 호롱등잔을 사이에 두고 앉은 노친네와 처의 궁상스러운 몰골이 눈에 들어왔다. 그 모습 또한 몸뚱이만큼이나 골을 저며, 그는 벽으로 돌아누웠다. 솜이 비어져 나와 넝마가 된 이불을 당겨 선뜩한 어깨를 가렸다.

문한돌의 모친 실매댁은 호롱불 아래에서 버선을 만들고 있었다. 남자 버선이었다. 그네는 홀치기를 할 때마다 바늘이 허공에 뜨자 묽어진 눈자위를 비비며 몽그라진 센 머리카락이 그슬리게 호롱불에 다가앉았다. 문한돌의 처 종님이 엄마는 감자 껍질을 몽당숟가락으로 긁고 있었다. 내일 아침 수수밥에 섞어 넣을 감자였다. 그네의 두 딸은 할머니 엉덩이 짬에서 잠이 들어 있었다. 다섯 살과 두 살배기였다.

"어머이, 두 꺼풀 댔으면 됐네요. 곤하실 낀데 마 주무시이소." 종님이 엄마는 시어머니의 섣부른 버선 깁기가 보기에 딱해 말했다.

버선 바닥에 광목 쪼가리를 겹으로 대어 꿰매던 실매댁이 며느리 말에 얼굴을 들었다. 쪼그락진 눈꺼풀을 깜작이며 며느리를 보다 다시 버선 바닥을 바늘로 떠나갔다.

"기름이 아깝지만 나는 쪼매 더 할란다." 실매댁이 말했다.

이틀 전 저녁 무렵, 중유리에 사는 신명호가 대현리로 건너와서 실매댁에게 귀띔해준 말이 있었다. "한득이가 어제 산사람들하고 중유리에 살짝 댕겨갔습미다. 보록산 뒤쪽 오부면 산채에 있는 모양이라요. 아주머이한테 안부나 전해달라 하데요. 걱정 없이 잘 지내고 있다고. 그런데 입은 옷이라곤 입산할 때 그대로라 호다이(붕대)로 발을 친친 감았는데 닳아빠진 고무신하며, 고생이 막심한 눈치라요. 이 말 절대로 어데 소문 내면 안 됩미다." 신명호 말에 귀가 번쩍 뜨인 실매댁은 저녁밥 먹기가 바쁘게 궤에서 광목 쪼가리를 찾아내어 솜을 두툼하게 넣은 버선을 만들기 시작했다. 아들에게는 바닥 두꺼운 짚신을 삼게 했다. 신명호 말에는 한득이가 언제쯤 집에 들를 거란 언질이 없었으나, 그네는 막내아들이 밤중에라도 삽짝으로 들어설 듯하여 벌써 두 켤레째 버선을 만들고 있었다.

따악 딱, 따악 딱. 드센 바람결에 실려 딱따기 치는 소리가 들렸다. 그 소리에 종님이 엄마가 일손을 멈추고 귀를 모았다. 잠시 뒤 끊겼던 딱따기 치는 소리가 가까운 거리에서 들렸다.

"발에 맞을란지 모르겠다. 언제 올란공, 내일쯤에는 올란강……" 실매댁이 입속말로 구시렁거렸다.

딱따기 치는 소리가 고샅길로 내려오고 있었다. 종님이 엄마는 일손을 멈추고 서방을 보았다. 문한돌은 돌아누운 채 꼼짝을 않았다. 오늘 야경 도는 사람이 옆집 김서방일까, 남수 아버지일까. 종님이 엄마는 가슴이 할랑거려 감자 껍질을 더 벗길 수 없었다. 허갈에 따른 어지럼증으로 눈앞에 뭇별이 스쳤다.

"문서방 있나?" 삽짝 흔드는 소리가 들렸다. 삽짝에 매단 요령이 뎅그랑거렸다.

"누군공, 김서방 아닌가?" 잠결에서 깨어난 문한돌이 몸을 일으키며 처를 보았다.

"혹시 한득이가 산에서 내려온 거 아닌가?" 실매댁이 버선을 치마 아래로 숨겼다.

"아입미다. 군대에 매인 몸인데 쉽게 나올 수 있겠습미까."

"어젯밤에도 중새터에는 산사람들이 내려왔다 하던데……"

실매댁은 큰아들이 보도연맹 예비검속에 끌려가 허무히 죽고 난 뒤 한 달 가량 실성기가 있어 "한병아, 한병이 어데 있노" 하고 큰아들 이름을 부르며 아무데나 싸대고 다녔다. 차츰 정신이 돌아오기는 했으나 하는 말이나 행동이 어떤 때는 철부지 아이 같았다. 환갑 나이도 아직 서너 해 앞두고 있었는데 몇 달 사이 눈과 귀가 반쯤 가버리고 머리카락도 한 움큼씩 빠지더니 그나마 반백이 되고 말았다.

"문서방 자는가?" 밖에서는 삽짝문을 흔들었고 요령이 달랑거렸다.

"성님이 아직 잠이 안 들었을 낀데……" 종님이 엄마가 쫑알거렸다. 그네는 조금 전 아래채로 건너간 맏동서가 나서기를 바라는 눈치였다.

"퍼뜩 안 나가보고 뭐하노?" 문한돌이 처에게 역정을 냈다.

종님이 엄마가 부른 배를 앞세우고 밖으로 나갔다. 올해는 겨울 들머리부터 강추위가 몰아닥쳐, 싸리매로 뺨을 치듯 바람이 매웠다. 깜깜한 축담을 더듬어 서방 짚신을 꿰고 마당을 질러갔다. 문득 보록산 뒤 산채에 있다는 시동생 얼굴이 떠올랐다.

"누, 누군교?"

"길례 아범이라요." 중신기 아주버니였다.

"추운데 어서 오이소." 종님이 엄마가 괴어둔 작대기를 걷어 삽짝문을 열었다.

"와따, 날씨 한번 억시기 춥네."

히덕스레한 그림자가 마당으로 들어섰다. 종님이 엄마는 또 누가 있나 하고 바깥을 살폈으나 어둠뿐 흙담길은 바람만 넘쳤다.

박생원이 포장자락을 들치고 방으로 들어왔을 때, 실매댁은 방문을 등지고 손자 옆에 자는 체 돌아누워 있었다. 밤중에 낯선 손이 닥치면 그네는 늘 잠든 시늉을 냈다.

"장모님은 주무시는 모양이제." 박생원이 실매댁을 보며 말했다.

그 말에 실매댁은 사위가 왔음을 알고 부스스 몸을 일으켰다.

"저녁진지 잡수셨습미까?" 박생원이 장모에게 인사를 했다.

"먹었네, 그런데 어쩐 일인고?"

"할말이 있어 들렀습미다." 박생원은 대패만 한 나무짝 두 개를 바닥에 놓고 언 귀를 비볐다.

"자형이 오늘 밤에 야경 차롑미까?" 문한돌이 물었다.

"그기 아니고 상의할 끼 있어서 돌아다닌다네."

"상의하다니요?"

"자네, 분주소에서 무슨 소문 들었나? 중공군 이야기 말이다."

"뭐라 쑥덕거려 쌓데요. 전황이 안 좋은지, 순사들도 바쁩디다."

"중공 군대가 이번 전쟁에 참전한 기 맞는 거 같애. 유엔군이 남조선을 편들자, 중공 군대가 북조선 편을 들기 시작한 거라."

"산사람들이 그랍디까?" 신원분주소에서 해거름에 돌아와 여편네로부터 들은 말이지만 문한돌이 짐짓 물었다.

"오늘 그 소문이 아래웃마실에 돌았어. 어젯밤에 산사람들 다섯이 내려왔다가 올라간 거 자네 알고 있지러?"

"집사람이 우물터에서 들은 모양이라요."

"중대장까지 내려왔더라. 군관 동무 하는 말이, 중공 군대 수십만 명이 압록강을 넘어 홍수 진 듯이 밀고 내리온다더라."

"전쟁이 더 심해지겠네요."

"그런데 상의할 거는 다른 게 아니고, 우리 마실에 쌀 열 가마하고 소 한 마리가 할당됐는데, 낭패 났지러?"

"쌀 열 가마나요?" 종님이 엄마가 놀라 물었다.

"쪼매 전에 마실 어른들을 모시고 대강 의논했는데, 소는 방서방네 암소로 결정을 보았어. 그런데 쌀이 문젠 기라. 싸래기 구경 못한 지 우리 집도 두 달 됐다. 그런데 열 가마나 어째 채우겠나."

"모르기사 해도 쌀만으로는 힘들 낍미다."

"어르신들도 그런 말 하더라마는……"

"산사람들도 마실 사정은 잘 알 거 아닙미까. 마실에 쌀 떨어진 지가 언젠데, 그런 억지소리를 해요?"

"가실한 것 거두어 가고서는 억지소리를 안했는데, 어째된 일인지 나도 모르겠어."

"자형이 쌀 거둘라면 힘깨나 들 낍미다."

"세폰지 나발인지, 이거 정말 못해먹겠네."

한재숲을 뒤로하여 비탈을 타고 오른 중산간 부락인 대현리는 가구수가 190여 호의 대촌이었다. 윗마을이 상대현이었고, 중새터와 원대현이 동산을 사이에 두고 나누어졌고, 문한돌이 사는 맨 아랫마을 하대현은 과정리와 와룡리로 이어진 큰길 입구 개울을 낀 나무다리 건너에 있었다. 대현리에서 쌀 열 가마를 채우려면 집집마다 반 말꼴은 내어놓아야 하는데 문한돌은 내어놓을 그만한 쌀이 없었다. 뒤꼍 대밭 귀퉁이에 반 가마 남짓한 쌀독을 몰래 묻어두었지만, 그 쌀만은 헐 수 없었다. 앞으로 어떤 험한 일이 닥칠지 알 수 없었기에 내년 보리 날 철까지는 여투어둬야 할 양식이었다.

"산동무들 사정이 많이 딱한 모양이라. 전에사 그래 심하게 안 했는데 이번은 꼭 할당량을 채워달라 안하나. 내일 저녁답까지 준비해두라 하이, 큰일이라."

"아주버니요, 우리야 아무것도 내놓을 끼 없심미다. 내일 아침도 감자죽 쑬라는 거 여게 안 보입미까. 우리 집에 입이 얼마인지 알지요? 모두 아홉이라요." 종님이 엄마가 말했다.

"허허, 작은처남댁은 가만있으소" 하곤, 박생원이 처남을 보았다. "사정이야 마실 사람 다 딱한 기라. 그러나 어짜겠나, 설날 젯밥은 못 올리더라도 협조해야 안 되겠나. 죽기 아니면 살긴 기라. 나도 산사람들 세포 노릇 못해먹겠다. 무슨 용뺄 일이 생길 끼라고 집집마다 구차시럽구로 이렇게 구걸하러 다니겠노."

"숨을 쉬고 있으니께 사는 거제, 이게 어데 사람 사는 집미까. 앉아서 굶어 죽든, 대창에 찔려 죽든, 그래 마 죽어버리는 게 낫제, 못 살겠어요." 종님이 엄마가 물코를 들이켰다.

"내 이런 말 하기 뭣하지마는 군관 동무가 주머니에서 명단을 내놓데. 이번에 협조 못해주면 어차피 요절낼 반동은 요절내겠다면서. 그 말은 대실 어른도 들었다." 박생원이 눈빛을 세웠다.

"요절내다니요?"

"점찍어놓은 반동을 처단하고 집은 불싸지르겠다 안하나."

"자형이 명단 봤습미까?"

"명단을 보여줄 리사 있는강."

자형 말에 문한돌은 어깨를 떨었다. 자기와 한도가 분조소 초소 보루대 쌓는 부역에 동원된 사실을 산사람들이 눈치챘나 하고 의심했다. 그렇다면 누가 밀고했을지 생각하니, 대현리에는 밀고할 사람이 없었다. 산사람들의 대현리 세포책을 맡고 있는 자형을 지서에 밀고할 사람이 없는 것과 마찬가지로, 마을 사람들은 한가족과 다름없었다. 지난 10월, 방서방 처가 밤사이 산사람들에게 감쪽같이 납치당한 사건이 되짚어졌다.

방서방 처가 야밤중에 산으로 끌려간 사흘 뒤였다. 새벽에 까마귀가 하도 우짖어 방서방이 마당으로 나가보니 서리가 뽀얗게 앉은 감나무 아래 뭉쳐 던져둔 피 묻은 옷이 눈에 띄었다. 방서방이 피칠갑된 여자 저고리를 헤집어 보니 그 속에 잘린 여편네 머리통과 함께, 반동으로 처형했다는 산사람 쪽지가 있었다. 방서방 처는 면내 분주소로 몰래 나가, 인공(人民共和國) 치하 때 면당(面黨)

감찰부장을 맡았던 신정대가 자기 집 구들장 밑에 숨어 있다고 신고했는데, 방서방 처의 밀고를 어떻게 알아내었던지 산사람들이 그네를 끌고 가서 보복했던 것이다. 인공 치하 때, 신정대는 방서방 처남이 남조선 분주소 끄나풀이었다고 신고해, 인민재판에 부쳐져 죽임을 당한 바 있었다. 방서방 처가 그 원한을 가슴에 품었던 것이다. "봐라, 마실 사람이 편을 나놔서 이래저래 찔러바치다 보인께 세 사람이나 죽고 쥑인 꼴이 되지 않았는가." "제 눈 제가 찔렀지러. 주뎅이 한번 잘못 떼다가 누구나 다 그래 숭축하게 죽는 꼴을 당하는 기라." "하루이틀도 아니고 평생 낮짝 맞대어 음식 나놔 먹고 살 마실 사람을 어째 찔러바치노." "양편 주의주장을 믿다가 우리가 덕본 게 뭐 있노. 늘쌍 협박당하고 뺏기기만 했제." "인제 어느 쪽이든 찔러바치는 게 들키면 마실에서 먼첨 덕석말이해서 요절내뿌려야 해." 사람들은 치를 떨며 그렇게 말했다. 그 뒤부터 죽이고, 죽인 사람을 고자질해 죽이는 그런 옳이 되풀이되지는 않았다. 살아남기 위한 자구책으로라도 이웃끼리 뭉쳐야 함을 깨달았다. 이 점은 방서방 처가 교훈을 남기고 죽임을 당한 셈이었다. 이번에 방서방이 애지중지하던 자기 소를 산사람들에게 내놓겠다고 한 선심도 부락민들에 대한 미안함의 정표가 아닐까 하고 문한돌은 속짐작했다.

"자형도 알다시피 올해 양식을 쪼금 거뒀지마는 아직 토지개혁이 덜 됐다 해서 읍내 신주사가 마름을 보내 볏섬 열 가마이를 거둬갔지요. 그리고 이쪽저쪽 편에 얼매나 많이 뺏겼습미까. 지난번 분주소에서 거둬간 쌀 반 말, 그게 우리 집은 몽땅 다라요. 인제 두 달 있으면 저 여편네가 몸을 풀 낀데 그때 먹일 좁쌀도 없는 실정입미다. 그러이께 우리사 밀이나 수수를 반 말쯤 내놓겠심다. 자형이 알아서 조치해주이소." 문한돌이 통사정했다. 보름 전 분주소에서 의용경찰대 양식이라며 대현리에 쌀 열 가마를 공출해 갔을 때, 그는 알토란 같은 쌀 반 말을 내놓은 바 있었다.

"자네까지 이라이께 내가 미치겠구마. 어디 내빼버리고 싶지마는 산에 안 기어드가면 갈 데도 없으니 복통 터질 노릇 아닌가."

박생원이 긴 한숨을 내쉬자, 화로 잿가루가 날렸다. 그는 산사람들이 말하는 신원면당 대현리 고정 이책(里責)이었다. 말이 이책이지 그는 마을사람들과 산사람들 중개를 맡은 중간다리에 지나지 않았다. 그 역할도 박생원이 자청했거나 산사람 쪽에서 임명한 게 아니었다. 박생원은 산전수전 겪은 사람이라 무슨 일에나 자발없이 나서기를 꺼렸다. 일제 징용으로 중국 본토까지 끌려가 견문을 넓힌데다 말구변이 그럴듯하고 남 보기에 틀수한 박생원을 마을 장로들이 모여 중간다리로 뽑아 총대를 메게 했던 것이다. 그는 해방되고 한 시절, 건준(建國準備委員會) 면위원을 했고, 남로당 이책을 맡은 전력이 있었다. 보도연맹에 가입하지 않았기에 큰처남 문한병 경우와 달리 살아남을 수 있었다. 한편, 산사람들 이책은 박생원이 아니더라도 마을 어느 누가 멍에를 져야 했고, 부락민은 자기네 어려운 입장을 대신 맡아 한다 해서 분주소나 면사무소에 박생원 하는 일을 숨겨주었다. 대현리는 부락민 절반이 처가 쪽이거나 겹사돈 인척으로 얼개가 짜여, 이미 저 세상 사람이 되고 만 신정대나 방서방 처 사단만 아니었다면 누가 누구를 고발하거나 신고할 입장이 못 되었다. 목숨 부지하자니 이편도 되고 저편도 되어 목숨줄 잇고 살 수밖에 없었다. 문한돌과 문한도 또한 분주소 부역은 자발적으로 나선 일이 아니었고, 누구든 부역에 뽑혀야 할 사람이 있게 마련이었다.

대현리는 네 마을을 통틀어 190여 가구 중 한글이라도 깨친 사람은 십 리 밖 과정리 신원국민학교에 다니는 반자작농 열예닐곱 집안 학생 빼고는 손가락으로 꼽을 정도였다. 그런 형편이니 부락민에게 교육이란, 오르지 못할 나무였다. 대대로 산자락 밭뙈기와 실개울가 다랑이논을, 그것도 소작에 매여 아등바등 버팀질했다. 누에를 쳐서 짠 명주와 산에서 뜯은 산나물과 약초, 겨울철 곶감을 과정리 장터가 아니면 북으로 사십 리 밖 거창읍내나, 남으로 삼십 리 밖 산청읍내에 내다 팔아 돈을 쥐었다. 그 돈으로 소금·석유를 비롯하여 필요한 일용품을 사고 제수상 보기나 혼수감을 마련했다. 그러므로 대현리와 이웃마을은 사철을 밭곡식과 나물찬으로 입에 풀칠이나 해온 산마을 사람들이었다.

"여보게, 박서방. 내일 밤에 자네 집으로 산사람들이 또 내리온다 말이제? 한병이나 한득이가 올랑깡?" 실매댁이 사위를 보았다.

"허허, 큰처남은 저승 가버렸잖아요." 박생원이 혀를 찼다.

"안 죽었다 하이. 내 눈으로 아직 갸 죽은 몸뚱이를 못 봤다. 난리 피해서 어데 숨어 있을 기다. 한득이맨쿠로 살아 있을 거라."

지나 7월 초순, 보도연맹 가입자만 모아 율원국민학교에서 반공 궐기대회를 열었을 때 떼죽음을 당한 집안은 한동안 어디에 하소연할 데 없어 쓰린 가슴을 안고 지냈다. 그러나 7월 하순부터 9월 하순까지 두 달 동안 인민공화국 시절을 만나자, 유가족은 시신을 찾아 수소문하기 시작했다. 집단으로 총살시킨 장소가 임불리 뒷산 사부랑이재 쪽 골짜기라 했고, 숭더미재 연수사 골짜기라고도 했고, 감악산 넘어 남상면으로 끌고 갔다고도 했다. 그러나 어디에서도 시신을 찾지 못해 포기할 즈음, 9월 하순에 국군이 다시 신원면을 수복함으로써 그 문제는 잦아지고 말았다.

"장모님이 이래 안 믿으니 어짜노." 박생원이 머리를 젓더니 말머리를 돌려 문한득에게 물었다. "내일 또 분주소에 나가야 하제?"

"일을 하다 말았으이 나가야지요. 그런데 분주소 소장님이 각 마실마다 한 사람씩 더 델고 나오랍디다. 남수 아저씨나 데리고 나가야지, 누가 먼첨 나설 사람 있겠습미까."

"그렇지, 차례가 그러니깐."

"부역도 못할 노릇이네요. 앞뒤 곰배가 따로 없습미다."

"부역은 언제 마칠 일인고?"

"이틀만 하면 끝날 낍미다."

"귀동냥이나 잘해오게. 세상이 어째 돌아가는공 통 모르겠구나." 박생원이 딱따기판을 들고 일어서더니, 틀지게 한마디 했다. "자네도 어짜든지 양식 반 말은 꼭 채워 내놓도록 하게."

"산사람들이 흘린 다른 소식은 없나요?"

"조만간에 남조선이 인민공화국으로 해방된다는 말이사 저들이 늘 하는 소리 아닌가."

"요새는 부쩍 밤에 출몰이 잦네요."

"내가 봐도 그래. 산사람들 하는 짓 보니 기가 펄펄 살았어."

"전방에서 국방군과 유엔군이 밀린다니깐 그렇겠지요."

"여부 있나"하곤, 박생원이 실매댁에게 인사했다. "장모님, 잘 주무시이소."

박생원이 밖으로 나갔다. 종님이 엄마가 뒤따랐다. 그네가 삽짝 문에 작대기를 괴고 돌아서자, "김서방 자는가?"하며 박생원이 옆집 삽짝 흔드는 소리가 들렸다.

종님이 엄마는 방으로 들어가려다 방에 떠다 놓은 물 한 양푼을 서방과 시어머니가 다 마셔버렸음을 알곤 깜깜한 부엌 안으로 들어갔다. 저녁 끼니라고 싸라기와 조를 넣어 끓인 멀건 죽 한 그릇을 먹었다 보니, 헐출한 배를 채우느라 뒤란에서 몰래 동치미를 얼마나 글겅이질했던지 목마름이 심했다. 물배를 채우자 허리에 힘이 섰다.

"정말로 어쩨되는 세상이라요?" 방으로 들어온 종님이 엄마가 넋 놓고 앉은 서방에게 물었다.

"난들 어쩨 알겠나. 어데 숨을 데가 있나, 그렇다고 이 대식구를 데리고 대처로 나가면 누가 죽 한 숟가락 그저 주겠나."

"실매나 법평도 산사람들이 차지하고 있어 여게하고 사정이 같을 것인께, 거기로 간다 해도 마찬가질 끼고……"신청군 차황면 실매리는 실매댁 친정이었고, 거기서 십 리 아래 법평리는 종님이 엄마 친정이었다. 문한돌 중신을 실매댁 친정에서 섰는데, 두 곳은 지금 산사람들의 해방구였다.

"마 시래기죽이나 먹으며 앉은뱅이로 여게서 당하는 거제. 이래 죽으나 저래 죽으나 어차피 한번 죽을 목숨 아닌가." 문한돌이 시르죽은 목소리로 말했다.

"그러면 내일 아주버니 집에 수수 석 되만 갖다 주까요?"

"다른 사람 하는 거 봐가며 주든지 말든지……" 문한돌이 벽을 보고 돌아 누워버렸다.

"저 북쪽 전쟁터에서 또 큰 쌈이 붙었나 보제?" 실매댁이 옴팍 눈을 깜박이며 며느리에게 물었다.

"어째되는지 모르겠네요. 어머이, 마 주무시입시다."

종남이 엄마가 화로와 감자 담긴 바가지를 머리맡 콩나물시루 옆으로 치웠다. 그네는 시어머니가 몸을 구부려 자리에 눕는 것을 보곤 콩나물시루 덮은 보자기를 벗겼다. 며칠 사이 콩나물이 손마디만큼 자라 있었다. 그네는 쪽박으로 시루를 받친 자배기 물을 퍼내 콩나물에 주었다. 호롱불을 끄자, 서방과 반대 자리, 아이들 옆에 입성 그대로 몸을 눕혀 아이들이 덮은 이불을 당겨 허리를 가렸다. 두 살배기 종호를 껴안자 어린것은 잠결인데도 훈김 풍기며 가슴팍을 파고들었다.

"종호야, 네 이름을 머슴애 이름으로 정했으니까, 네 동생은 부디 머슴애로 생겨나야 하는데……" 종남이 엄마가 종호 등을 쓰다듬으며 소곤거렸다. 맏동서가 아들 둘에 딸 하나를 두었는데, 그네는 딸만 둘을 내질러서 시어머니와 서방 볼 낯짝이 없었다. 이번만은 아들을 낳겠다고 앉으나 서나 아들 바람을 중얼거렸다.

날이 밝아왔다. 밤사이 그렇게 불던 바람은 한결 누그러졌으나 날씨는 여전히 추웠다.

잠에서 깨어난 문한돌은 선걸음에 원대현에 있는 남수 아저씨네 집으로 올라갔다. 문남수는 여물솥에 고구마줄기와 콩대를 섞어 쇠죽을 쑤던 참이었다. 외양간에는 중소가 된 암소가 워낭을 달랑대며 방울눈을 껌벅였다. 문한돌은 아저씨가 저렇게 열심히 암소를 키워야 장차 누구 뱃속 채우랴 싶었다. 그러나 뒷일이야 어찌 되었든 자기가 소를 기른다 해도 날마다 새벽에 쇠죽부터 쑬 일이었다. 재산 중 으뜸인 소가 비실거리는 꼴은 두 눈 뜨고 못 볼 일이었다. 농사꾼이라면 자식 굶는 꼴은 보아 넘겨도 소를 굶겨서는 천벌받아 마땅했다.

"아무래도 아저씨가 분주소 부역을 나가야겠어요. 차순사도 다 알고 있는 일이라놔서." 문한돌이 말했다.

"나가야 되겠지마는 산사람들이 요새 부쩍 극성을 떠는데, 그래도 될란강 모르겠다."

부역 나설 장정을 뽑는다면 대현리를 통틀어 해당자가 많았지만 열흘 전 분주소 차순경과 향토방위대장 임종섭이 와서 대현리 부역꾼을 뽑을 때, 문남수가 해당 차례였다. 그러나 그때는 몸살이 심해 다음 차례인 문한도가 대신 뽑혔다.

"그러잖아도 분주소에서는 대현리 사람들을 통비분자(通匪分子)니 뭐니 하며 울림짱을 놓아쌓는데, 이런 일에라도 앞장서야지요. 저도 어데 분주소 부역 나서고 싶어서 나섭미까. 한득이 때문에 어쩔 수 없이 나가는 거 아닙미까."

"뒷일이야 어찌됐든 나가야제."

"아저씨는 출이가 국군에 입대했으니까 당당하잖습미까."

"그놈도 몸 성히 잘 지내야 할 텐데 자나깨나 그 걱정이다."

"자형한테는 아저씨가 나갈 끼라고 말해놨슴미다."

"알았다. 아침밥이나 먹고 보자." 말은 그렇게 하면서도 소룡산과 보록산을 둘러 바라보는 문남수 얼굴은 찌푸린 하늘만큼 어두웠다. 그 산 너머에 빨치산이 몇백 명이나 진을 치고 있었다.

문한돌이 감자 섞인 수수밥 한 그릇을 비워냈을 때, 여느 날처럼 문한도가 곡괭이를 빈 지게 바소쿠리에 얹어왔다. 문한도는 문한돌의 사촌아우로 징집에 해당되는 나이였으나 오른쪽 손가락 장지와 검지를 작두질하다 잘려 징집 면제를 받았다.

문한돌은 날씨가 추워 옷을 단단히 챙겨 입었다. 핫바지 동저고리에 누비조끼를 덧껴입고 귀에 토끼털 귀가리개를 했다. 그는 방을 나서려다 둥글상에 둘러앉아 먹성 좋게 먹어대는 형네 아이 셋과 자기 자식 둘을 보았다. 조만간 식구 하나가 더 늘어나면 자기 어깨에 달린 가족이 아홉이었다. 얼마 남지 않은 양식을 생각할 때, 이번 겨울 넘길 일이 아득했다. 그나마 양식을 또 빼앗겨야 할 처지였다.

"형수도 밥 드이소." 문한돌이 밥상 뒤쪽에 우두망찰 앉아 있는 형수에게 한마디 했다.

"쪼매 있다 먹지요." 종구 엄마가 힘없이 대답했다.

종구 엄마는 밥그릇이 따로 없었고 종님이 엄마가 차고앉은 바가지 눌은밥이 두 사람 몫이었다. 문한돌은 배냇것까지 아귀아귀 먹을 텐데 바가지 귓전에 깎아 붙인 눌은밥마저 형수와 나누어 먹자면 여편네 배가 얼마나 고프랴 싶었다. 노친네 밥주발은 뚜껑이 덮였고 먹을 사람이 보이지 않았다.

푸석한 잡곡밥 한 그릇을 비운 문한돌이 한도가 밖에서 떨며 기다린다는 생각에 바삐 마당으로 나섰다. 뒤란 잿간 쪽에서 실매댁이 어깃장 걸음으로 걸어왔다. 손에는 수박통보다 큰 호박이 들려 있었다.

"그 호박은 왜 가지고 나옵미까?" 문한돌이 물었다.

"범벅 만들어볼라꼬."

"호박범벅은 왜요?"

서방과 시어머니 말을 방 안에서 듣던 종님이 엄마가 마루로 나섰다.

"어머이, 이 엄동에 호박은 그저 열립미까. 그 호박 지금 먹을 때가 아니라요. 설 쇠고 먹을 양식 아닙미까."

"누가 그거를 모르나."

"그라면 왜 가지고 나옵미까?"

"오늘 밤에 한득이가 올 끼라. 갸가 호박범벅을 얼마나 좋아한다고. 설령 오늘 밤에 못 오더라도 엄동에는 몇 밤 뒤도 범벅이 안 쉰다."

"우리 먹을 양식도 없는데 지금 시동생 생각할 땝미까. 도련님이 언제 올란지 모르는 판에 범벅 해놓고 기다린다면 마실 사람이 웃을 낍미다. 어무이, 정말로 해도해도 너무합미다." 종님이 엄마가 울먹였다.

"큰어머이요, 오늘 밤에 산사람들이 내려온다 했지마는 한득이가 꼭 내려올란지 어째 압미까. 전쟁 때는 호박도 귀한 양식이니 작은형수 말대로 호박은 마 갖다 놓으이소." 시려운 발을 녹이느라 제자리걸음하던 문한도가 실매댁 생각이 우스운지 미소를 머금었다.

"마 입 닫거라. 너거들도 자식 키우잉께 다음에 그 자식 집 떠나고 없으면 이 에미 마음 알 끼다."

"어머이, 호박은 갖다 놓으시고 어서 들어가 밥이나 잡수이소." 오매불망 막내아들 생각에 애태우는 노친네 정성은 알 만했으나 문한돌이 그렇게 말할 수밖에 없었다.

"어머이, 들어오이소." 밖을 내다보던 종구 엄마도 한마디 했다.

"나는 밥 안 먹을란다. 내 밥 종구 에미 먹어라. 늙은이사 삼시 세끼 굶는다 해도 안 죽는다. 한병이 돌아올 때까지 살아야지. 나는 절대로 안 죽는다." 호박을 들고 다시 뒤란으로 가며 실매댁이 읊조렸다. 그네는 맏아들 한병이 시신을 당신 눈으로 보지 않았기에 언젠가 살아 돌아오리라 믿고 있었다.

"어머이 저 괴꽝시럽은 짓 때문에 못 살겠다"하며, 종님이 엄마가 울상이 되어 방으로 들어갔다. 시어머니는 앉으나 서나, 한병이 돌아올 때꺼정 저 처자식 어째 살꼬 하는 말이 아니면, 이렇게 추운 엄동에 집도 울도 없는 산속에서 한득이가 뭘 먹고 어째 살꼬 하며, 한 다리 건넌 식구 걱정만 주절거렸다. 없는 집안살림을 맡은 바자위한 그네로는 복장이 터질 노릇이었다.

문한돌은 괭이 없은 지게를 지고, 문한도와 함께 원대현으로 올라갔다. 문남수도 아침식사를 끝내곤 마당귀에 쌓아둔 솔가지단을 부엌으로 옮기고 있었다.

세 사람은 곧 길을 나섰다. 하늘은 잿빛 구름이 켜켜로 낀데다 알싸하게 찬 날씨라, 살갗에 붙은 한기가 얼음조각처럼 알알했다. 전쟁이 난 뒤부터 대현리 사람들은 검정 고무신이나 농구화 구경한 지도 오래였다. 짚신 아니면 삼으로 감발친 나막신이 고작이었다. 그중 짚신 신은 문한도는 버선조차 꿰지 않은 맨발이었다. 버선이 없기도 했지만 까맣게 덖은 때가 홑버선 구실을 했다. 셋은 손이 시려워 소매 사이에 양손을 엇물려 넣고 걸었다. 면사무소와 분주소가 있는 양지리까지가 이십 리 길이었다. 아무래도 오늘은 조금 늦겠다는 문한도 말에 셋은 걸음을 재촉했다. 반 마장쯤 떨어진 외탄량까지 갔을 때, 저만큼 앞서 빈 지게 진 남정네 셋과 머릿수건 쓴 아낙이 걷고 있었다. 대현리에서도 남쪽 골짜기로 십 리나 들어앉은 첩첩 두메 와룡리 사람들이었다. 그들 역시 분주소 초소 보루대 쌓는 부역에 동원되었던 것이다. 셋이 그들과 나란히 걷게 되자, 얼굴 익은 사이라 아침 인사를 나누었다.

"보이소, 와룡에는 어젯밤에 아무 일 없었습미까?" 문한도가 와룡리 소룡마을에 사는 중늙은이를 보고 물었다.

"왜 없었어. 어제 밤중에 산사람이 떼를 지어서 내려왔다가 올라갔어."

"그라면 거게도 양식 할당 받았겠네요?"

"둘이 짝지어 집집마다 돌면서 양식을 거두데. 구장을 앞장세워서 말이다. 양식 안 내놓는 집은 의심 가는 데를 죽창으로 쑤셔보고."

"소도 한 마리 끌고 올라갔습미다. 더터에 남은 마지막 소였는데 말이라요. 이런 판국에 누가 누구를 원망하겠습미까." 입삐뚜름이 젊은이가 말을 받았다.

"지난번 가실한 거 현물세라며 공출해 가서 양식이 아직 안 떨어졌을 낀데, 왜 그라는지 모르겠어요." 문한도가 말했다.

"나도 모르겠네. 산채 일을 밑에서 어째 알겠나. 그런데 아무래도 심상치가 않아. 꼭 무슨 큰일이 터질 것 같애. 어젯밤에는 산사람들이 광솔불꺼정 맹글어 들고 소야를 한 바퀴 돌고는 소룡까지 오지 않았는가베. 마치 저거 세상을 만난 듯 꽹과리를 치고 인민군 창가를 막 불러제끼면서." 소룡리 중늙은이가 말했다.

와룡리는 소야·비곡·더터·소룡 이렇게 네 마을로 이루어져 있었는데, 비곡·더터·소룡은 30여 호 안팎이지만 소야는 100호에 가까운 대촌이었다. 와룡리는 소룡산 동편 기슭의 해발 480미터 높은 지대였으나 깊은 골에 넓은 더기가 있었고, 천둥지기지만 여기저기 논밭이 많았다. 와룡리가 거창군 남쪽 끝 마을이었으나 와룡리 사람들은 사십 리 넘는 거창읍내보다 이십 리 가웃한 산청읍내와 연줄이 더 닿았다.

"그런데 아저씨요, 산사람들이 그래 볶아쌓는데도 우리사 아침부터 분주소 부역 나가니까, 만약 산사람들이 우리 꼴 봤다면 반동이라고 추달할 낍미다." 입삐뚜름이가 말했다.

"추달 당하게 되더라도 안 나가면 어짤 끼고. 그래 되면 분주소 순사들한테 추달 받게 될 낀데." 중늙은이 말이었다.

"언제쯤 조용하게 살 세상이 올란고." 왕골 바구니를 들고 걷던 더티마을 밖감댁이 말했다.

"일본놈 순사 꼬라지 안 본 지가 다섯 핸데, 동족끼리 서로 죽이는 전쟁이라니. 통일이 좋다지마는 꼭 이래 서로 피를 봐야 통일이 되나." 문남수 말이었다.

"징용이다, 보국대다, 그때도 멀쩡한 사람 많이들 죽었지." 중늙은이가 말했다.

"정신대는 또 어짜고요." 밖감댁이 말을 받았다. "그래도 예수 믿고 나니깐 마음은 편합미다. 세상이 이래 험해도 주님 열심히 믿으면 천당 간다고 생각하이께 기쁨이 넘쳐요."

"산사람들은 왜 주님이니 부처님을 못 믿게 하는지 모르겠네요?" 문한도가 물었다.

"공산주의가 그것은 아주 잘못하는 거라." 중늙은이가 참견했다.

문한돌은 목을 움츠리고 거쳐온 뒷길을 돌아보았다. 마치 총구멍이 뒷덜미를 겨냥하는 듯한 섬찍함 때문이었다. 삼각형 꼴로 늠름하게 솟은 소룡산이 한눈에 들어왔고, 개울 옆 산자락 사이로 노송과 대나무가 덤부렁듬쑥한 한재숲이 엿보였다. 한재숲 뒤가 보록산이었다. 소룡산과 보록산은 거창군과 산청군의 접경지대로 해발 800미터에 가까운 산악지대였다. 그 두 산 뒤 산청군 오부면 · 차황면 북쪽도 줄기줄기 엮인 산맥이 파도를 이루고 있었다.

48년, 남한 공산 계열이 유엔 한국위원단 입국을 반대하여 '2 · 7 구국투쟁'을 전개한다는 목적 아래 야산대로 입산한 남로당 패거리가 속출하고부터, 소룡산 · 보록산 · 철마산 · 갈현산으로 이어지는 연봉의 산채는 여지껏 남한 군경부대가 토벌다운 토벌을 제대로 못하고 있었다. 그해 7월에 정부가 수립되고, 이어 10월에 터진 '여순반란사건' 패잔병들이 지리산으로 들어간 뒤, 경상도와 전라도를 가르는 소백산맥 일대는 저들 점령지구가 되었다. 빨치산(야산대)들은 '야산대 지구사령부'를 설정한 뒤 거창·무주에서부터 하동·광양에 이르기까지 소백산맥과 노령산맥 산간지대 두 메마을을 기습작전으로 쓸고 다녔다. 49년 10월에는 야산대 300여 명이 진주시까지 내습했을 정도였다. 국군 '지리산지구 전투사령부'가 남원·무주·광양·구례·곡성 등 전라도 지방과 하동·함양·산청·거창 등 경상도 지방의 소백산맥 일대에 준동하던 야산대를 꾸준히 소탕해나가자, 49년 '추계 토벌'을 정점으로 50년에 들어서는 그들의 세력이 크게 약화되었다. 올해 들어 1월 15일 지리산지구 전투사령부가 맡은 임무를 끝내어 해체되고, 2월 5일에는 동부 호남 일원에 내려졌던 계엄령이 해제되었다. 신원면 일대도 밤이면 발 뻗고 잠잘 만큼 되자, 6·25전쟁이 터졌다. 소백산맥 일대에서 숨죽이고 있던 야산대도 이를 기화로 다시 힘을 얻어 게릴라 활동을 벌였다. 남으로 거침없이 밀고 내려오던 인민군은 7월 28일에야 거창군을 점령해 낮에 당당히 인공기를 내걸었지만, 거창군 안에서도 변두리인 신원면·마리면·위천면·북상면은 7월 초부터 야산대 기습으로 낮이면 대한민국 땅이었으나 밤이면 인공 세상이 되는 실정이었다. 9월 중순, 상륙작전 성공과 때맞추어 9월 하순에 들어서야 거창읍과 주위 면청 소재지가 국군에 의해 수복되었다. 국군과 유엔군은 소백산맥 일대의 산악지대는 그대로 남겨둔 채 북으로 진격을 계속하자, 전라도와 경상도 지방에 남았던 인민군은 퇴로가 막혔다. 인민군과 지방 토박이 좌익은 소백산맥과 노령산맥 줄기로 모여들었다. 그들은 제2전선 후방 유격부대를 조직했다. 저들의 각 도당(道黨)사령부가 소백산맥과 노령산맥 일대 산채에 세워질 무렵, 거창군 안의 민청·여맹·직맹에 관여한 좌익도 '군당(郡黨)유격대'를 조직하여 덕유산으로 들어가 그들과 동조 세력을 이루었다.

문한돌은 수목이 울울한 소룡산 등성이를 자주 돌아보며 걸었다. 풀어놓은 먹물같이 우중충한 산맥은 낮은 하늘을 떠받은 채 어깨걸이 꼴로 버티고 있었으나, 그가 보기에 언제 폭발할는지 모르는 화산 같게 두려웠다. 저 산들 뒤로 실히 500을 헤아리는 인민군 무장유격대가 있다고 생각하자, 그는 제 구멍으로 들락거리는 개미떼를 연상했다. 전세가 국군에게 유리하면 구멍 속에 들어앉아 꼼짝 않다가 전세가 자기에게 유리하면 가까운 마을로 들이치는 저들은 지금도 무슨 흉계를 꾸미고 있을 터였다. "좋소, 당신네들이 분주소 보루대 쌓는 부역에 나서는 걸 우리가 여기서 다 보고 있소. 두고 봅시다. 조만간 날창으로 멱을 따고 말 테니." 보록산과 소룡산 산채에서 망원경으로 자기들을 내려다볼 그들 모습을 떠올리자 그는 뒤통수가 근지러웠다.

빨치산들 본거지는 보록산 너머 생초면 초곡천 계곡을 긴 노은리, 오부면 중촌리, 차황면의 해발 1,100미터가 넘는 황매 산자락에 있는 실매리 일대로 알려졌다. 문한돌은 그 본거지까지 가본 적은 없었다. 지난 10월 하순, 밤을 틈타 대현리로 내려온 산사람들 초모사업(招募事業)에 뽑혀 보록산 뒷골 노루목 산막 초소까지 저들이 거둬들인 쌀 한 가마를 지고 끌려간 적이 있었다. 전쟁이 나기 전 야산대 활동을 잠시 했던 한병 형이 예비검속으로 죽고 동생

한득이가 산사람이 된데다, 무엇보다 부양가족이 오롱이조롱이라는 이유가 닿아 문한돌은 사흘 만에 하산을 허락받았다. 그때 만약 저들이 자기를 산채에 붙잡아두었더래도 그는 무슨 구실을 붙여서든 마을로 내려올 수밖에 없었다고 생각했다.

소룡산 쪽 하늘이 무너지듯 우르릉 소리가 들렸다. 일곱 사람은 걸음을 멈추고 소리 나는 쪽 하늘을 돌아보았다. 천둥소리보다 큰 울림이 가까워오자 온 하늘과 땅이 떨었다.

"삐이십구라는 거 소리다. 나는 소리만 들어도 무슨 비행긴고 알제." 입삐뚜름이가 말했다.

"중폭격기다. 수십 대가 뜬 모양이라." 문남수가 말했다.

"사천비행장에서 뜬 게 맞다." 문한도가 말했다.

"중국 땟놈군이고 나발이고 하늘만큼이야 온 천지가 늘 대한민국 편이라. 구름 위에서 살면 거게야 난리가 없을 끼고, 부역도 없을 끼라." 중늙은이가 말했다.

"저 비행기들이 폭탄 떨구면 또 얼마나 많은 사람이 죽을지 모르겠구마. 하늘에 계신 주님, 부디 이 땅을 전쟁 없는, 배 안 곯는 세상으로 만들어주이소." 밖감댁이 하늘을 보며 기도하듯 말했다.

비행기 소리는 과정리를 거쳐, 구름 낀 하늘을 찌를 듯 높게 버티고 있는 감악산 너머로 멀어졌다.

문한돌은 구름 위에 떠가는 수십 대 비행기를 머릿속에 그려보았다. 폭탄 수백 개를 실은 엄청난 무쇠 덩어리가 구름 위로 어떻게 날아갈지, 생각만 해도 신기했다. 중공군이 다시 전쟁에 껴붙었고, 미국 비행기는 무진장 폭격을 해대니, 국민학교조차 못 다

닌 그의 생각으로도 이 땅에서 벌어지고 있는 전쟁은 쉬 끝날 것
같지 않았다.

과정리에 도착하자, 문한돌은 사람 사는 데로 나온 것 같았다.
길가에는 가겟집이 문을 열었고, 한길을 오가는 사람이 제법 되었
다. 나뭇단 싣고 가는 우마차에, 자전거 탄 사람도 있었다.

"여게까지 와도 대처 나온 기분이라니깐." 문한도가 말했다.

"과정리가 신원면 한가운데 있는데, 면소와 분주소가 이리 옮겨
오면 나다니기가 얼마나 편하겠나. 오일장은 여게 서는데, 왜 관
청은 양지리에 있는지 알고도 모르겠어." 입뼈뚜름이가 말했다.

신원면 한가운데 자리잡은 과정리는 아홉 개로 나뉘는 이(里)
중에 가장 큰 부락으로 가구수 200호에 가까웠고, 삼거리 목으로
신원국민학교가 있었다. 와룡리에서도 학교 다니는 아이들은 이
십 리를 걸어 과정리까지 나왔다. 과정리에서부터 북쪽은 감악산
줄기가 해발 950미터로 벽을 치듯 막아서 있었다. 거창읍내로 나
가려면 감악산 숭더미재를 넘어 연수사 골짜기로 빠져야 했는데,
과정리에서 읍내로 이어진 그 잿길이 바깥세상과 통하는 유일한
통로였다. 서북쪽 그 길과 달리 큰 개울을 따라 이어진 동북쪽으
로 나 있는 신작로가 양지리로 빠졌다. 양지리는 과정리보다 가구
수가 적었으나, 신원면 면사무소와 분주소가 그곳에 있었고, 면내
두 개 국민학교 중 하나인 율원국민학교가 있었다.

일행은 와룡리에서 흘러내린 큰개울과 청연마을에서 흘러내린
큰개울이 합쳐 동으로 흐르는 옥계천을 끼고 양지리로 걸었다. 스
무 자 벼랑 아래는 얼어붙은 옥계천이 허옇게 누워 있었다.

"곽어르신 아닙미까?" 개털모자를 쓰고 지게 진 채 옹송그리고 가는 외탄마을 곽서방을 만나자, 문한돌이 인사를 했다. "어제는 안 보이더니만 오늘 새로 나왔습미까?"

"그러네. 마실마다 한 명씩 더 나오라 했다며? 내가 성한 몸이라 뽑혔제. 마실에 남자라고는 이제 늙은이들뿐이야. 자네 자당이 성치 못하다더니, 아직도 그런가?"

"다 전쟁 탓이지요. 집안은 별고 없지요?" 그 물음은 만나는 사람마다 묻게 되는 집안 안부였다.

"큰아들이 군에 갔지 않나. 그런데 북지 전장터에서 부상당해 대구 군병원으로 내려왔다네. 그 소식이 아레(그저께) 와서 어제 얼매나 다쳤는고 싶어 문병 간다고 안사람과 딸년이 대구로 나갔지. 아마 오늘 돌아올 걸세."

"어느 집이나 걱정 없는 집이 없구만요."

문한돌은 아우 한득이를 생각했다. 어느 집 아들은 국군이 되고, 어느 집 아들은 빨치산이 되는 게 지금 실정이었다.

율원국민학교 정문을 돌아 분주소 앞으로 오자, 장작으로 쓸 도막낸 적송을 잔뜩 실은 트럭 한 대가 멈추어 있었다. 목조로 된 단층 분주소 건물 둘레에는 적 기습에 대비하려 낮은 흙담을 헐고 모래부대와 돌덩이로 보루를 쌓아두고 있었다. 그 안쪽은 장대를 발 짜듯 엮은 뒤 끝은 창 모양으로 깎아 이중 울타리를 쳤다. 높이가 어른 키 한 배 반은 되었다. 보루대에는 둘러가며 총구멍을 뚫어두었다.

"빨리 들어가소. 다른 마실 사람은 다 왔는데 억시기 늦었네. 이래 늦으면 기합 받을 낍미다." 정문 보초를 선 장총 멘 의용경찰대원이 일행을 보고 말했다.

분주소 이층 망루에는 확성기를 달아두었는데 잡음에 섞여 군가가 쏟아지고 있었다. 망루는 이층 높이였고, 장대에 태극기가 달려 서북풍에 펄럭였다. 문한돌은 '북진가'를 들으며 태극기를 보자, 이쪽저쪽 사이에서 눈치놀음이나 하며 떨고 있는 신세가 아닌, 확실하게 한쪽 보호를 받고 있다는 느낌이 들었다. 일행 여덟이 분주소 옆을 돌아 뒷마당으로 들어가자, 여러 마을에서 나온 부역꾼들이 웅성거렸다. 예순여 명이었는데, 울력걸음에 봉충다리란 말이 있듯, 육순이 지난 허리 굽은 늙은이도 더러 섞여 있었다. 그들은 여기저기 모닥불을 피워놓고 불쬠을 하던 참이었다. 그중 한군데는 아낙네들 차지였다. 일행은 중유리와 탄량골 사람들이 모여 있는 쪽으로 가서 그 무리에 섞였다. 중유리·탄량골·대현리·와룡리는 신원면에서도 산청군과 가까운 두메 마을이었다.

모닥불 주위에 모인 부역꾼 열대여섯 명은 예의 어디서 주위들었는지 중공군 참전을 화제에 올려 떠들어댔다. 중공군이 압록강을 넘어 평안북도 땅을 개미떼같이 밀고 내려온다 했고, 평양이 중공군 손에 벌써 떨어졌다고 말하는 사람도 있었다.

"누가 라지오 들은 사람 없나. 뭔가 정확하게 알아야제."

누군가 물었으나 대답하는 사람은 없었다. 분주소나 면사무소가 고물 라디오라도 갖추었을까, 신원면 안에서는 라디오를 가진 집이 드물었다. 라디오가 있는 집은 지주집 정도였는데, 이십 리 안팎 산채에서 적군이 굶주린 들개떼처럼 마을을 내려다보는 궁벽한 두메에 팔자 좋게 눌러앉아 있을 지주가 없었다. 유격활동을 한다며 입산자가 생긴 무렵인 48년에 일부 지주가 재빨리 읍내로 떠났고, 전쟁이 터지자 반반하게 사는 집안들마저 읍내로 솔가해 버렸다. 그러나 두메도 소문은 빨라, 중공군이 압록강 넘어 북조선을 도우려 대리 전쟁을 맡고 나섰다는 소식은 모두 사실로 받아들였다.

문한돌이 모닥불 주위에 둘러선 사람들을 보았으나 어제까지 부역 나왔던 중유리의 신명호가 보이지 않았다. 그는 빨치산 중유리 고정 세포책으로 문한득의 소식을 알려주었던 장본인이었다. 어제 신명호는 돌덩이를 지게로 져다 나르던 길에, 문한돌 옆에 붙어 서더니 눈웃음치며 귀엣말로 얼쭝거렸다. "조만간에 산사람들이 과정리와 양지리를 쓸어뿔 낍미다. 분주소라 해봐야 순사가 몇 명인교. 칠팔 명밖에 더 되는교. 의용경찰을 합쳐봐야 스무 명이 안 됩미다. 그런데 오부면 인민유격대는 수백 명입다. 신원분주소 하나 날려버리기사 누워 떡 먹기 아닌교." 신명호의 담찬 말에 문한돌은 주위를 살피며, "그래 말해도 되는가. 자네, 그런 말 함부로 하다가는 누구 손에 죽을란지 모르네" 하고 말하자, 신명호는 누런 대문니를 보이며 히죽 웃었다. "문씨 동생 한득이가 뒷산 산채에 있는데, 그런 말 하면 되나요. 조금 있으면 동생을 낮에도 맘놓고 만낼 수 있을 낍미다."

중유리에서 온 다른 부역꾼은 보였으나 신명호가 빠졌다는 점이 문한돌에게는 심상치 않았고 마음이 어두워왔다.

"추워 죽겠는데 퍼뜩 시작 안하고 뭐 하노." "백지로(공연히) 일

116

찍이 나오라 해놓고 이래 시간을 쥑이고 있네." "슬슬 놀아가며 합시다. 어데 깜깜할 때꺼정 부려먹겠어요." 부역꾼들이 불평을 해대고도 이십여 분을 더 기다려서야 분주소 뒷문이 열렸다.

카빈총을 멘 차순경이 장부책을 들고 나왔다. 그는 순경모를 썼고 정복 차림이었다. 순경들은 분주소가 있는 양지리와, 면안 중심 마을인 과정리에서는 정복 입은 당당한 차림이었으나 변두리 두메 마을로 출장 나갈 때는 둘이든 셋이든 언제나 바지저고리 농군 복장으로 위장했다. 낮에도 길섶에 숨어 있을지 모르는 산사람과 맞닥뜨릴까 두려웠던 것이다. 속내 없이 순경 정복 입고 연락차 나섰다가 그들 정찰조에 걸려 목숨을 잃는 경우가 더러 있었고, 납치를 당해 산속으로 끌려가기도 했다. 산속으로 끌려가면 그 길이 마지막이었다. 이레 전, 부역꾼을 차출하러 차순경이 향토방위대장과 함께 대현리에 왔을 때도 권총을 허리춤에 숨긴 농군 복장이었다. 그는 마을에 들어와서도 집 나선 삽살강아지처럼 잔뜩 주눅이 들어, 부역꾼 차출 소임을 끝내자 서둘러 대현리를 떠났다. 부락민 속에 산사람이 농군차림으로 끼어 있거나 통비분자가 있을 수 있었다. 그래서 더 깊은 골짜기의 와룡리로 들어갈 때는 향토방위대장만으로도 안심이 안 되었던지 대현리 장정 둘을 거느리고 갔을 정도였다.

"퍼뜩퍼뜩 모이시오. 줄부터 섭시다!" 확성기에서 터져 나오는 군가 때문에 차순경이 악을 썼다. "남자들은 지게를 저쪽에 벗어 놓으소. 지게 지고 어째 줄 맞추겠는교. 여자들은 대바구니와 함바지를 놓아두고 이쪽에 서시오."

남자들은 바소쿠리 얹은 지게를 보루대 벽에 세워놓고, 여자들은 들고 있던 바구니나 함지를 한편에 모아두고, 아쉽다는 듯 모닥불을 떠나 차순경 앞으로 모였다. 문한돌과 문한도·문남수도 남자줄 맨 꼬리에 섰고, 와룡리 사람들이 그들 주위에 모였다. 부역꾼들은 대부분 쉰 살 앞뒤의 산골 농투성이들이라 줄을 제대로 맞춰 설 리 없었다.

"야, 촌놈들. 정말로 이러긴가. 앞뒤 맞춰 못 설 낀가!"

차순경이 하댓말을 하며 카빈총을 벗어내려 부역꾼들을 무람없이 밀쳤다. 대열이 모양 좋게 정돈될 리 없었다. 그는 분주소 안으로 들어가더니 확성기 노래를 끄고 나와선 장부책을 펼쳐 이름을 부르기 시작했다. 여러 마을에서 새로 보충된 사람들 이름은 입김으로 곱은 손을 녹여가며 장부책에 새로 써넣었다.

"새로 나온 사람은 큰 소리로 이름을 대시오." 차순경 말에 엉뚱한 토막극이 벌어지기도 했다. 한 중늙은이는 "덕산리 사는 먹쇠 아베요" 하고 자식 이름을 댔고, 청수리에서 나온 한 아낙은 "진목때깁미다" 하며 친정 마을 택호를 말해 주위를 웃겼다.

"본이름을 말하라 하이 때기가 뭐요, 때기가." 차순경 말에도 진목댁은 끝내 이름을 대지 못했다. 처녀 적에는 '돌배나무집 둘째'라 불렸고, 시집온 뒤로는 '진목새댁'이라 불려 다른 이름은 모른다는 것이다.

분주소 뒷문이 열리더니 분주소 차석 김순경이 나왔다.

"와룡리 사람은 앞으로 나와!" 김차석이 반말지거리로 소리쳤다.

입삐뚜름이가 겁먹은 얼굴로 옆에 섰는 문한돌을 보았다. 나가야 되는지 시침떼야 되는지 의견을 묻는 눈치였으나 보짱 없는 문한돌도 무어라 말할 입장이 못 되었다. 먹살 잡고 끌어내야 알겠냐는 김차석의 땡고함에 중늙은이가 걸어나가고 멀대 키의 장정도 뒤를 따랐다. 밖감댁은 나가지 않고 있었다.

"퍼뜩 나올 끼제, 누구는 아침밥 두 그릇 먹었다고 모가지 핏대 세우게 해!" 김차석이 입삐뚜름이 핫바지 엉덩이를 걷어찼다.

"무슨 일입미까?" 소룡리 중늙은이가 김차석에게 물었다.

"잔말 말고 어서 들어와!" 김차석이 셋을 달고 분주소로 들어갔다.

"와룡리가 산골이라고 몽땅 빨갱이로 몰아세우는 거 아닌가?" "산사람들이 어젯밤 와룡리에 내려왔는가 보제?" "어째된 기고, 억시기 뒤숭숭하구마." 부역꾼들이 저어한 표정으로 쑤군거렸다.

문한돌도 가슴이 방아 찧듯 뛰었다. 무슨 일 때문인지 모르지만 와룡리 사람들을 불러들인다면 와룡리와 가까운 대현리 사람들을 가만둘 리 없었다.

"김차석이 겁주어도 그 말 하면 안 돼. 산사람들이 안 내리왔다고 모리쇠로 버텨야 돼." 문남수가 앞뒤에 선 문한도와 문한돌에게 귀엣말로 말했다.

"조용히 하이소. 지금부터 부르는 사람은 사는 마실 이름과 자기 본이름을 크게 대시오." 차순경이 멈추었던 호명을 계속했다.

그때쯤, 의용경찰대원 예닐곱이 분주소 옆구리를 돌아 부역꾼들 앞에 나타났다. 모두 개털모자를 썼고 추레한 군용잠바에 일제 구구식 소총을 메고 있었다. 엠원총 탄환을 쓸 수 있게 총구를 개조한 US구구식 소총이었다. 의용경찰대가 부역꾼을 둘러쌌다. 부역꾼은 갑자기 적에게 포위당한 듯 기가 죽었다. 쑥덕거리던 잡담조차 그쳐 분주소 뒷마당이 한결 으스스해졌다. 부역꾼들의 불안한 마음과 달리 호명이 계속될 동안 별다른 일은 일어나지 않았다. 부역꾼 수는 남자가 마흔여덟, 여자가 열아홉이었다. 포대기에 아기를 업고 나온 젊은 아낙도 있었다. 부역꾼은 호명이 끝날 동안 시린 발을 녹이느라 제자리걸음을 떼었고, 오줌 누러 간다며 무리에서 떨어져 나오다 의용대원에게 길막음을 당하기도 했다.

"오늘도 어제같이 날씨가 엄청 추우니 일을 퍼뜩퍼뜩 마치도록 합시다. 일은 어제하고 똑같습미다. 제일초소, 제이초소에 돌멩이나 자갈을 지다 나르는 사람은 스무 번 채워야 하고, 제삼초소는 열다섯 번입미다. 초소 쌓는 사람은 갖다놓은 돌과 자갈을 다 치워야 집에 보내주겠소. 어두워도 일 안 끝나면 못 돌아가는 줄 아시오." 차순경이 작업 지시를 했다.

부역 일은 두 패로 나뉘었는데, 옥계천에서 돌과 자갈을 져다 나르는 패, 질흙을 이기거나 자갈을 가마니부대에 담아 보루를 한 계단씩 쌓아올리는 패였다. 남자들이 돌을 져다 날랐고, 아녀자들은 바구니나 함지에 자갈을 머리에 이고 나르거나 자갈을 가마니부대에 담는 일을 했다.

"빨리 일을 시작해야제." "순사들은 뭐 하고 있나." "인솔자가 나와야 일을 하제." "와룡리 사람들은 어째됐을꼬?" 부역꾼이 분주소 유리창을 힐끗거리며 구시렁거렸다.

"쪼금 더 기다리시오." 차순경이 말하곤 분주소로 들어갔다.

부역꾼들이 십 분을 기다렸으나 아무도 나타나지 않았다. "말

잘하는 사람 누가 들어가서 좀 따져봐. 한데에 세워만 놓을 일인 강." 중늙은이가 더 참지 못해 말했을 때, 분주소 뒷문이 열렸다.

분주소장 박대성 주임, 향토방위대장 임종대, 순경들이 줄줄이 나왔다. 순경 정복을 입은 낯선 얼굴도 섞여 있었다. 순경모자에 금테가 둘린 읍내 경찰서에서 나온 경위였다. 그 뒤로 와룡리 사람 셋이 어깨를 늘어뜨리고 뒤따라 나와 부역꾼 사이에 섞였다. 의용경찰대원과 순경이 책상을 맞잡아 들고 나와 부역꾼들 앞에 놓았다. 박주임이 군화발로 책상에 올라가 뒷짐지고 섰다.

"뭐라 합디까?" 문한돌이 와룡리 중늙은이를 보고 물었다.

"당장 읍내 감악소로 보낸다며 억시기 겁주데. 할 수 없이 야밤에 산사람들이 마실에 내려왔다 간 모양이라 했제. 산사람들이 양식을 내놓으라 했지마는 줄 끼 없다 하니까 다른 집으로 가더라고 둘러댔지."

"나는 뺨대기 서너 대 맞았습미다. 사실 우리 집은 산사람이 안 왔으이 내가 어데 거짓말했습미까." 얻어맞은 입삐뚜름이 뺨이 벌겠다.

"대현리는 안 묻습디까?" 문한돌이 물었다.

"그런 말은 안 묻던데."

김차석이, 분주소장님께 차렷, 경례를 외쳤다. 부역꾼들 중 나이 아래인 측은 더러 머리를 숙이거나 이마 앞에 손을 붙였으나 중늙은이와 아낙들은 단상에 의젓하게 선 박주임을 쳐다보기만 했다.

박주임은, 추운 날씨에도 연일 면민 여러분의 수고가 많으며,

이런 협조정신이 북진 통일을 갈망하는 애국심의 발로라고 부역꾼들을 추켜세웠다. 그는 차츰 목소리를 높였다.

"……여게 읍내 본서 수사주임님도 임석한 자리니까 내 한마디 아니할 수 없습니다. 요새 마을마다 어데서 주위들었는지 중공군 이야기들로 마음이 붕 뜬다는 점은 나도 알고 있습니다. 그러나 압록강까지 올라갔던 우리 편이 작전상 쪼금 후퇴하지마는 날마다 밤낮으로 미군 비행기가 폭격 길에 나서고 있는 것은 내가 말 안해도 여러분이 늘 보고 있잖습니까. 그러므로 막강한 국군과 유엔군이 오합지졸인 중공군을 씨가리 훑듯 몽조리 소탕할 날도 멀지 않았다 이 말입니다. 그런데 신원면 일대를 살펴볼작시면, 더러는 산속 공비 무지랭이하고 내통하면서, 조만간에 중공군이 여기까지 밀고 내려올 거라는 말을 퍼뜨리는 빨갱이가 숨어 있다는 사실입니다. 그 정보가 각 마을마다 박혀 있는 정보원을 통해 분주소로 날아들어 옵니다. 물론 분주소 보루대 쌓는 일에 협조하는 여러분들이야 대한민국 보호를 받고 있다고 안심하겠지만, 이중 더러는 확실하게 대한민국 편이라는 결심을 못 세우고 박쥐처럼 이편이 유리할까 저편이 유리할까, 엉뚱한 궁리를 하는 회색분자도 없지 않을 낍니다. 내 말을 여러분들이 양심적으로 반성해보이소. 분주소는 어젯밤 와룡리 소야 부락 일대에 공비 일개 중대가 내려왔다 올라갔다는 정보도 입수하고 있습니다. 이런 마당에 즈음해서 본 분주소주임이 강조하고 싶은 말이 있다면, 통비분자로 찍힌 사람은 앞으로 가차없이 총살하겠다는 엄명이오! 내한테도 그런 권한이 있소. 우리 마을을 우리가 지키기 위해서라도 그런 엄한 규율을 세우고 지켜야 합니다. 저녁답에 마을로 돌아가면 이 말을 부락민들한테 분명히 전달하기 바랍니다. 공비와 몰래 내통하면서 양식을 주거나 협조하는 집은 모조리 불 싸지르고 주모자는 여러 사람이 보는 앞에서 총살입니다!"

박주임은 같은 내용을 되풀이해서 떠들었는데, 한동안은 부역꾼들이 귀기울이고 들었으나, "끝으로 한 말씀만 더 드리자면……" 하며, 이야기를 끝낼 듯하다 다시 계속하자 모두 진력을 냈다.

"끝으로……" 박주임이 세번째로 끝내겠다는 말을 했다. "바쁘신 중에도 시간 내서 모처럼 이 벽촌 분주소까지 왕림해주신 본서 수사주임께서 특별한 당부의 말씀이 계시겠습니다."

다른 부역꾼 마음과 한가지로 문한돌도 울력을 빨리 시작했으면 싶은 마음뿐이었다. 그는 더 참을 수 없을 만큼 발이 시리어, 발가락을 쇠집게로 뜯어내듯 아렸고 몸이 뻐등하게 굳어왔다.

부역꾼들은 책상에 올라서는 본서 수사주임을 박수로 맞았다. 이번에는 본서 수사주임 훈시가 있었다.

"신원면민 여러분, 국토방위의 임무 수행에 얼마나 수고가 많습니까. 저는 거창경찰서 수사주임 이일홍이올습니다. 시찰차 신원분주소에 들렀다 새벽같이 떠날라 했으나 박주임께서 꼭 한마디 당부 말을 해주고 가라 해서 몇 마디 말씀을 드리려 단상에 올라왔습니다." 이주임은 깡마르고 몸매가 작아 경찰관 직업이 맞지 않은 듯 보였다. 그는 잔기침을 뱉곤 카랑한 목소리로 말을 이었다. "우리가 사는 이 거창군을 볼작시면 사실 경상남도 안에서도 가장 산악지방입니다. 지리적 환경을 살피자면 서북으로 덕유산·수도 산·단지봉이 가로막고 있는데, 이 산들이 전부 일천사오백 메타나 됩니다. 서남으로는 월봉산·기백산이요, 동으로는 이상봉·두무산·숙성산이요, 남으로는 또 보록산·소룡산에 갈전산이 막아서 있으니……" 이주임은 무슨 마음인지 거창을 에두른 산 이름을 읊어댔다. 그러곤 거창군이 위천강과 황강 천변으로 보자기만 한 들을 안고 있을까, 팔 할이 산악으로 이루어졌으며 소백산맥에 싸인 고원분지라고, 누구나 아는 지세를 설명했다. "그런 중 이 신원면은 군내에서도 가장 취약지구입니다. 취약지구가 무슨 말인고 하니, 국가 혜택을 제대로 못 받은 산골짜기로 부락민들이 두더지처럼 산과 하늘만 보며 살아온 산마을이란 말입니다. 문화 혜택, 교육 혜택이 없다 보니, 이거 뭣한 말이지만 낫 놓고 기역자도 모르는 사람이 태반인 실정입니다. 여게 섰는 사람 중에도 문맹자가 많을 겁니다. 그러니 우리나라 이름을 물으면 대한민국이라는 국호조차 몰라 조선이라고 대답하는 사람도 내가 직접 목격했습니다."

부역꾼 중 더러 머리를 끄덕이기도 했다. 사실 대한민국이란 말이 얼른 생각나지 않아 왜정시대부터 입에 밴 조선이란 말을 쓰기가 예사였다. 조선은 빨갱이들이 쓰는 말이니 절대 써서 안 된다고 말했지만 무심결에 그 말을 입에 올려 의심을 받기도 했다.

이어, 이주임은 해방 후 건국준비위원회 군(郡)지부가 세포를 조직할 때부터 신원면은 좌익 성향이 강했던 점, 지주가 소작료를 제때 안 바치는 소작인을 좌익분자로 몰아 고발한 사례도 있지만 그래서 그런지 지주에 대한 반감이 어느 면보다 높다는 점, 6·25

전쟁 뒤만도 여러 차례 소개령(疏開令)을 내렸지만 자기 사는 곳과 집을 떠나면 죽는 줄로만 알아 아직 산골에 주저앉아 사는 주민이 많아 관내에서 가장 골치 아픈 면이란 점, 이런 모든 점이 부락민의 무지몽매에서 오는 결과라고 강조했다. 신원면 농투성이들이 무식하다는 말은 귀에 못이 박이도록 들어왔기에 부역꾼들은 이주임 말을 심드렁히 받아들였다. 그의 말뜻을 제대로 알아듣지 못하는 사람도 있었으나 그가 자기네를 무지랭이라며 무시한다는 말쯤은 깨치고 있었다. 뒤쪽에서 누구인가 작은 소리로 비아냥거렸다.

"그라면 저그는 얼매나 똑똑하노. 그래 똑똑하면 '위천 사건'은 왜 생겼나."

'위천 사건'이란 49년 3월, 거창군 위천면 위천분주소가 야산대에 점령당한 사건으로, 거창군 내에 널리 퍼진 소문이었다. 여순 반란사건 이후 지리산으로 들어간 반란군 오백여 명이 해동과 더불어 지리산에서 소백산맥 줄기를 타고 북상하여 덕유산으로 이동하던 도중, 3월 22일에 거창군 북상면 황점마을에서 숙영했다. 이튿날, 반란군은 목재를 운반하러 온 화물자동차 두 대를 탈취해 육십여 명이 타선 태극기까지 달고 북상분주소를 거쳐 위천면 위천분주소로 질주했다. 얼마 뒤 위천분주소에 도착한 그들은, 덕유산에서 공비 소탕을 마치고 거창읍으로 가는 제3연대라 속이곤, 분주소 경비 상태가 형편없다며 분주소 순경들을 집합하게 해선 무장해제시켜 숙직실에 가두어버렸다. 반란군 부사령관격인 인솔자 홍순석은 위천분주소 경비 전화로 거창경찰서에 거짓 전화질까지 했다. 덕유산 토벌을 마치고 거창으로 가는 도중 위천분주소에 있는데 곧 주력 부대 오백 명이 도착할 예정이니 식사와 숙소를 한 시간 이내 준비해두고 경찰서장은 트럭 여덟 대를 지휘해 곧 위천분주소까지 와서 환영해주시길 바란다는 그럴싸한 명령이었다. 거창읍내에는 전부터 제3연대 3대대가 주둔해 있었는데, 대대장 한진오 대위가 부대원을 이끌고 신원면에서 공비 토벌차 나갔다 막 읍내로 돌아와 있던 참이었다. 말이 토벌이지 감악산 일대 야산이나 건성으로 정찰한 뒤 마을에 들러 음식을 제공받고선 눈에 띄는 대로 민가 닭까지 잡아먹고 돌아온 길이었다. 당시 소백산맥 일대의 산간 마을은 반란군의 피해도 컸지만 토벌군의 민폐 또한 적지 않았다. 한진오 대위는 자기가 알지 못하는 많은 인원의 국군이 덕유산 토벌을 나갔을 리 없음을 알고, 공비가 위천분주소를 점령한 뒤 위장 전화를 띄웠음을 알아차렸다. 그는 곧 군경 합동 토벌대를 편성해 위천으로 달려갔다. 그러나 야산대는 위천분주소장을 납치해서 덕유산으로 떠난 뒤였고, 국군이 북상면 북상분주소까지 추격했으나 공비는 눈에 띄지 않았고 북상분주소는 불타고 있었다. 야산대는 그 길로 덕유산 깊숙이 숨어든 뒤였다.

"……내가 쪼금 심한 소리를 했지만 사실이 사실이니까 면민 여러분도 아니라고는 못할 것이오. 그러한즉, 읍내 경찰서는 신원면만 생각하면 마음이 안 놓인다 이 말입니다. 뭐냐 하면, 소룡산과 보록산 뒤로 무장공비가 꽤 많이 숨어 있다는 정보를 가지고 있으니 하는 말이라요. 잔인무도한 공비놈들이 언제 평지풍파를 일으킬지 모르는 실정 아닙니까. 이런 모든 점을 생각해볼 때

공산군을 막는 길은 오로지 면민 여러분, 경찰, 향토방위대의 일치단결만이 살길임을 내 감히 강조하고 싶다는 말이라요." 이주임은 얼른 뒷말을 잇지 못해 잠시 생각에 잠겼다.

"쥐새끼가 살캐이(고양이) 양식 걱정하네." 조금 전에 비아냥거렸던 목소리가 다시 초를 쳤다. 그 말을 받아 옆사람이 속달거렸다. "밖에 세아논 화물자동차가 주임이 타고 온 차다. 빈 화물차로 어제 와서 밤에 질탕 술대접 받고 나무 한 차 얻어 가잖나. 춘자네 집에서 박주임은 물론이고 김차석까지 끼어 술 마시는 거를 본 사람도 있다 카이께." 옆에 있는 사람이 그 말을 받았다. "나무 한 차 공짜로 얻어 챙겼으면 퍼뜩 갈 끼제, 무슨 까마구 씨나락 까먹는 소린공 모르겠네."

"쪼금 전 박주임께서 말했지만 중공군이고 공비고, 여러분이 너무 걱정하고 겁낼 건 없습니다······" 이주임이 중대한 결심을 한 듯 목소리가 드세어졌다. "내 이거 기밀에 속하는 정보를 흘리는 말인지 모르지만, 여기 신원면까지 왔으니 한마디 하고 가겠어요. 후방에 남아 출쌀대는 공비 무리를 빗자루로 마당 쓸 듯이 소탕하려고 지금 국군이 일 개 사단 편성을 마쳤다는 정보가 거창경찰서로 내려와 있소. 소백산맥 일대에 남아 있는 공비 무리를 이대로 놔두고 보고만 있어서는 안 되겠다는 작전 계획을 군에서 세웠다는 말입니다. 일 개 사단이라 하면 병력이 만 명이 넘습니다. 그 부대가 막강한 화력에 미군 전투기의 지원까지 받아 지리산부터 가야산까지 일대 소탕작전을 벌인다는 말입니다. 여러분, 내 말이 무슨 뜻인 줄 잘 알아듣겠지요?"

부역꾼 중 앞에서부터 박수가 터졌다.

"언제 그랄 낍미까?" "그러면 신원면에도 조만간 국군 토벌대가 들어오겠네요?" "공비를 퍼뜩 소탕하이소, 우리도 발 뻗고 잠 좀 자입시다." 부역꾼들이 밝은 목소리로 한마디씩 외쳤다.

"내 말을 끝까지 들으십시오." 이주임이 미소를 띠며 손을 저었다. 어수선하던 분위기가 가라앉자, 그가 말을 이었다. "공비 소탕을 목적으로 창설된 사단의 사단장을 소개 말씀드리자면, 일제 때 중국 황포군관학교를 졸업하고 중국 국민군 소좌까지 지낸 백전백승의 명장 최덕신 준장입니다. 준장이면 왕별이 하나라는 것쯤 알지요? 최준장이 지휘하는 막강한 사단 병력이 소백산맥 일대를 포위해서 노루 몰 듯 좁혀 들어가면, 아무리 위장술을 잘 쓴다는 공비지만 손들고 항복 안하면 배때기에 총알 박힐 일밖에 더 있겠습니까. 그런 날이 조만간에 올 겁니다. 면민 여러분은 경찰과 잘 협조해서 이승만 대통령 말씀처럼, 뭉치면 살고 흩어지면 죽는다는 마음가짐으로 일치단결을 해야겠습니다. 부락민 여러분, 결사적으로 내가 살고 있는 땅을 내가 지킵시다! 내 말은 여기서 그치겠습니다."

이주임이 듣기 좋은 말로 연설을 끝냈기에 다시 박수가 터졌다. 이주임이 책상에서 내려갔다. 박주임과 김차석이 그를 호위하여 분주소 뒷문으로 들어갔다.

"자, 그러면 부락별로 나누어 섭시다." 차순경이 나섰다. 그는 일을 분담시키려 가까운 마을끼리 모이게 하여 남녀를 섞어 조를 짰다.

대현리 사람 셋과 와룡리 사람 넷은 수원리를 거쳐 합천군으로 빠지는 길목인 제2고지 초소로 돌을 져서 나르는 2조에 껴붙게 되었다. 2조 인원은 여자를 합쳐 스물세 명이었는데, 양지리 사람은 섞이지 않았다. 면사무소와 분주소를 끼고 있는 양지리 사람들은 아무래도 분주소 순경들과 낯이 익어 대부분 질흙 이기는 일과 보루대 쌓는 일을 맡았다. 그 울력이 돌과 자갈을 져다 나르는 일에 비하면 두름성도 부릴 수 있고, 모닥불에 불쬠도 해가며 노닥거릴 짬이 많았다.

안순경과 의경대원 하나가 목대잡이가 되어 2조 부역꾼들을 거느리고 분주소 정문을 나섰다. 마침 정문 앞에는 시동 걸어놓은 화물자동차 운전대 옆자리에 본서 이주임이 올랐다. 박주임과 김차석이 떠나는 차를 보고 손을 흔들었다. 문한돌은 땔감을 잔뜩 실어 쟁인 트럭 쪽을 힐끗거리며 2조 일행을 따라 느티나무가 여러 그루 섰는 마을 앞 정자터를 거쳐 신작로를 따라갔다. 그렇게 걸음을 도두 떼자 시리던 발가락에도 피가 통하는지 덜 아렸다. 2조는 옥계천으로 내려가는 사잇길로 들어섰다. 얼어붙은 개울 바닥으로 강바람이 몰아쳤다. 옥계천은 2조 부역꾼으로 채워졌다. 안순경과 의경대원의 재우침 아래 부역꾼들은 강바닥과 강가에 얼어붙은 주춧돌만한 크기의 몽우리돌을 곡괭이로 캐내기 시작했다. 꽁꽁 언 땅바닥에 곡괭이날이 닿자 불똥이 튀었다. 꾀 많게 삽을 가지고 온 구사리 늙은이 둘은 자갈을 긁어모아 여자들이 내려놓은 바구니나 함지에 퍼담았다. 늙은이 둘은 돌덩이를 져다 나르지 않고 그 일만으로 하루 일과를 끝내는 셈이었다.

문한돌은 큰 몽우리 돌을 캐내어 한도와 힘을 합쳐 지게에 짊었다. 일이 둥갠 문남수의 돌 캐기를 두남두어, 셋은 돌덩이를 지게에 지고 2고지 초소까지 날랐다. 초소 보루대는 신작로 위 전망 좋은 둔턱에 성벽처럼 길다랗게 쌓고 있었다. 큰 개울에서 초소까지 거리는 100미터 정도였다. 남자들에게는 익숙한 지게 일이었으나 여자들은 목이 짜부라질 정도로 자갈을 인 채 오리걸음을 걸었다. 2초소까지 가면 점검하는 순경이 있어 한 번 일을 끝낼 때마다 도장 찍힌 쪽지를 하나씩 나누어주었다. 쪽지를 버선목이나 주머니에 간직해 스무 개를 모아야 일이 끝나는 셈이었다. 그런데 어제 2초소에서 쪽지를 나누어주던 순경은 '탁배기'란 별칭이 붙은 마음 씀씀이가 넉넉한 윤순경이었다. 그가 애기수박통만한 돌 하나를 지고 온 사람도 어물쩍 넘겨 쪽지를 주었다는 고자질이 있었던지, 오늘은 몰강스럽기로 소문난 김차석이 직접 점검에 나섰다. 김차석은 돌이나 자갈이 정량에 차지 않으면 쪽지를 주지 않았고 다음번에 두 배 양을 채워야 보류한 쪽지를 주었다.

초소 보루대는 분주소 주위 길목 세 군데에 만들고 있었다. 구사리에서 양지리로 들어오는 쪽, 수원리로 나가는 쪽, 감악산 줄기 쪽 등성이었다. 감악산 줄기 등성이 쪽은 600미터의 담티재를 넘어 임불리 앞을 빠져 황강을 끼고 읍내로 들어가는 산길이 나 있었다. 그쪽 3초소는 옥계천과 300미터 넘는 거리를 두고 있어 부역꾼들은 쪽지 열다섯 개만 모으면 하루 일과가 끝났다. 분주소를 가운데 두고 사방 세 곳 초소는 적과 전투가 붙으면 튼튼한 방패막이어서 순경과 의경대원들은 자기 목숨을 지키기 위해서라도 일을 가혹하게 시킬 수밖에 없었다.

"씨팔, 순사질 환갑까지 해처먹어라. 쌈 붙으면 어데 저들만 죽고 우리는 사나." 문한도는 초소에 돌덩이를 부려놓고 빈 지게로 걸으며 김차석을 두고 욕지거리를 뱉기도 했다.

문한돌은 김차석이 자기에게 쪽지를 줄 때마다 쏘아보던 눈길에 공연히 마음이 켕겨 남보다도 더 큰 돌덩이를 지고 가서, 보란 듯 부려놓았다. 그가 다섯번째 돌덩이를 초소로 져다 나르고 왔을 때, 안순경이 삭정이와 지푸라기를 긁어 자갈 바닥에 모닥불을 피웠다. 부역꾼들은 모닥불에 시린 손과 발을 잠시 녹일 수 있었다.

"수고들 많습니다. 어서 전쟁이 끝나야 이런 고생을 안할 텐데요." 안순경이 부역꾼들을 위로했다.

"말만 들어도 고맙습니다." 부역꾼들이 안순경을 살가워했다. 불을 쬐가면서 천천히 하라며, 그는 일이 힘에 부치는 사람을 거들어주었다. 그는 어디서 가져왔는지 모닥불에 감자를 구웠다. 까맣게 탄 껍질을 벗기면 김이 모락모락 오르는 노르께한 감자 속살이 입에 군침을 돌게 했다.

"더는 못 주고 이 조는 한 사람당 한 개씩 주겠어요. 깔딱요기나 하세요." 안순경이 군감자 한 개씩을 부역꾼들에게 주었다.

부역꾼들은 누구도 점심밥 먹는 사람이 없어 감자를 홍감하게 받았다. 면민은 입동 절기부터 어느 집이나 점심을 걸렀다. 대현리 사람 셋은 안순경이 준 감자 한 개와 문남수가 주머니에 넣어 온 곶감 몇 개로 빈속을 달랬다.

한낮이 될 때까지 2조 부역꾼들은 대체로 쪽지 여덟 개를 받았다. 문한돌도 마찬가지였다. 어제는 한낮이 될 때까지 열 번 걸음을 했는데, 오늘은 두 사람이나 연설을 길게 늘어놓아 울력이 늦게 시작되었기 때문이다. 오후로 접어들자 바람이 눅지더니, 햇발 없이 으등그러진 날씨가 눈가루를 뿌리기 시작했다. 올해는 유난히 눈이 잦아 산골짜기 신원면에는 11월에도 몇 차례 눈이 내렸고, 12월에 들어서자 첫날부터 내리는 눈이었다. 울력은 쉼 없이 계속되었다. 부역꾼들은 스무 번을 빨리 해치우고 집으로 돌아가려 개미허리가 휘어지도록 돌덩이와 자갈을 져다 날랐다. 문남수는 돌덩이를 지게에 얹다 눈이 붙어 미끈거리는 돌을 발등에 떨어뜨려, 한쪽 다리를 절뚝거리며 안간힘을 썼다.

"사람 사는 게 따로 있나. 다 이런 거제. 평생 쌔(혀) 빠지게 일만 하다가 늙고 병들면 흙으로 돌아가는 거 아닌가." 문한돌이 등을 궁대처럼 구붓이 돌덩이를 져다 나르다 주절거린 말이었다. 지척이는 걸음으로 부지런히 도다녀 도장 찍힌 쪽지를 받아 조끼주머니에 모았다.

문한돌이 김차석으로부터 쪽지를 열여섯 개째 받았을 때는 어깨살이 쓰라렸고, 파삭한 눈가루가 깔려 미끈적거리는 길바닥조차 어지럼증 탓인지 물밑 같게 일렁였다. 뱃속에서 주리를 틀며 꼬르락대던 소리도 찬물 한 바가지를 들이켜자 잠잠해졌으나 떼어놓는 두 발은 물 속을 헤매듯 했다. 생각은 집에만 매여 아내가 자형집에 수수나 밀을 몇 되나 갖다주었는지 궁금했고, 어서 돌아가 시래기죽이라도 배를 채우고 따뜻한 방에 누웠으면 싶은 마음뿐이었다. 이제 서른 초반을 넘긴 문한돌이 그럴진대 남정네를 대신해 나온 아녀자들의 모질음 쓰는 모습은 보기가 더 딱했다. 손

등이 터져 피가 비치는 손으로 자갈을 갈퀴질해서 바구니에 담아
선 머리에 이고 걸었다. 땅에 깔린 눈에 미끄러져 바구니 자갈을
내동댕이치며 나자빠지는 노친네도 있었다. 남정네에 지지 않고
열심히 쪽지를 모으는 와룡리 박감댁은 하는 일이 옹골찼다. 자갈
을 이고 나르는 속도가 문한돌에게 뒤지지 않아 앞서거니 뒤서거
니 하며 붙좇았다. 그네는 자갈을 이고 나르면서도 쉬지 않고 '두
레삼 노래'를 읊었다. 두레삼 노래는 아낙네들이 삼을 삼으며 부
르는 거창·함양 지방 민요였다.

마당가에 모닥불은 내캉같이 속만 타네 / 겉이 타야 남이 아
제 속이 타서 남이 아나 / 뒷동산에 고목남구 내캉같이 속만 썩
네 / 겉이 썩어 남이 아제 속이 썩어 남이 아나……

문한돌이 마지막 돌덩이를 쏟아 붓고 그동안 모은 열아홉 개 쪽
지를 김차석에게 넘겨주었을 때는 땅거미가 깔리고 있었다. 그동
안 성기게 내리던 눈은 저물녘부터 그물을 짜고 있었다. 문한돌이
건네준 쪽지를 손끝에 침을 튀겨 셈하고 난 김차석이 얼굴을 들었다.
"가만있자, 당신 대현리 사는 문씨 맞지?"
"문한석입미다."
"그러면 그렇지. 당신 동생 한득이가 입산 공비 맞지러?"
"집 떠난 후로 소식이 없네요. 살았는지 죽었는지 통 모릅미다."
"당신 삼 형제는 전쟁 전부터 사상이 불온한 인물이야."
"……"

"조심해. 만약 대현리에 어떤 낌새가 보이면 당신부터 족칠 참이야."

"차석님 말씀 명심해서 열성을 다하겠습미다."

"나도 나쁜 사람은 아니야. 시국이 이러니깐 성질이 변한 거지. 이런 비상시국에는 당신부터 앞장서서 누구보다 투철한 반공정신을 보여야 해." 김차석이 목장갑으로 가슴팍에 앉는 눈을 털었다.

"성제간들이 나라의 죄인이라 놔서 저만이라도 대한민국에 충성할라고 노력하고 있습미다. 앞으로도 차석님이 잘 살펴주이소."

문한돌이 남수 아저씨와 한도를 찾았으나 그들은 아직 2초소에 도착하지 않았다. 문한돌은 그들을 기다리려 질흙 이개어놓은 옆에 피워둔 모닥불 쪽으로 갔다. 검불과 지푸라기를 모아 피운 모닥불 주위에는 할당량을 끝낸 해동갑한 2조 부역꾼들이 집으로 갈 길동무를 기다리고 있었다. 문한돌은 환하게 타오르는 불꽃에 손을 펴 벌렸다. 불쬠을 하자 온몸이 녹작지근하게 풀어졌다. 눈발이 모닥불에 떨어지며 깨 볶는 소리로 튀었다. 재가 된 지푸라기가 어둠 속으로 날아올랐다. 한 시절 알곡을 여물게 하며 꼿꼿이 섰던 줄기가 한줌의 재로 사라지는 모양이 문한돌에게는 인생살이 같게 여겨졌다. 불빛에 발갛게 익은 주위의 얼굴들이 하루일을 끝낸 피곤에 거칫했으나, 내일만 나오면 부역이 끝난다고 좋아하는 사람도 있었다.

대현리와 와룡리 일행 일곱은 눈을 맞으며, 자기네 마을로 돌아가는 밤길을 걸었다. 온 천지가 눈으로 함치르하게 분을 발라, 눈빛으로 주위가 밝았다. 그들은 묵묵히 눈을 밟고 걸었다. 모두 감자 한 알로 점심끼니를 때웠기에 말할 기운이 없었고, 빨리 집에 닿고 싶은 마음뿐이었다. 신작로에는 돌아가는 부역꾼들뿐, 사람이 얼씬 않았다. 길가에 눌러앉은 초가조차 불을 꺼버려 빈집같게 괴이쩍었다. 과정리로 오자 이 집 저 집에서 밝힌 불빛이 문틈 사이로 새어 나와, 비로소 사람 사는 마을에 다다랐다는 따뜻한 느낌을 주었다. 부락민은 삽짝을 굳게 닫았고, 신작로와 닷새장이 서는 저자 앞은 휑뎅그레 비어 있었다. 마을 개들만 이따금 짖어댔다.

술도가 앞 처마 아래에 외탄량 곽서방과 그를 마중 나온 둘째아들이 떨고 있었다.

"왜 안 들어가시고 셨습미까?" 문한돌이 곽서방을 알아보고 물었다. 묻고 보니 대구 군 병원으로 아들 면회를 나갔다는 곽서방댁과 달분이가 생각났다.

"밤길에 싱디미재를 어째 넘어올라고 이라는지 모르겠네. 읍내서 길 나선다면 일찍 좀 나설 일이제." 곽서방이 까마득한 감악산을 올려다보며 말했다.

"읍내에서 자고 내일 새벽에 나서겠지요. 눈도 이래 오는데 밤길에 저 재를 어째 넘겠습미까."

"읍내에 사촌이 살지만 단칸방이라…… 먼첨 올라들 가게. 쪼금 더 기다려봐야제."

청연마을로 빠지는 잿길에 사람 그림자가 얼씬거렸다. 눈 위라 검은 움직임이 뚜렷했다. 가까이 다가가니 아낙네와 처녀였다.

"어머이, 걱정했습미다." 곽서방 둘째아들이 그쪽으로 뛰어가며 제 엄마와 누나를 맞았다.

"읍내에서 오포 불고 나섰는데 워낙 길이 험하고 멀어놔서……"
곽서방댁이 지척이는 걸음으로 걸어오며 말했다.

"달식이는 어째됐더나?" 운김 단 곽서방이 물었다.

곽서방댁이 머릿수건 자락으로 코를 훔치며 우물쭈물하자, 달
분이가 대신 대답했다.

"오빠 한 팔이 없어졌어요."

"어느 팔이?"

"왼팔이라요. 파편을 맞아 얼굴만 빼고 붕대를 감고 있습디다."

"이 일을 어짜꼬……" 곽서방이 장탄식을 흘렸다.

"안 죽은 것만도 다행이라요. 우리 소야에는 벌써러 둘이나 전
사했습미다." 중늙은이가 말했다.

"한 팔 없으면 제대할 테이 전장터에 다시 안 가게 됐네요.""오
른팔이 아니라 그래도 낫심다. 없는 쪽은 고무팔 하면 감쪽같다
카데요." 대현리와 와룡리 사람들이 곽서방을 위로했다.

"아이고, 이 무슨 횡액인고. 화물차 타고 저 싱디미재 손 흔들며
넘어간 기 어제 같은데……" 곽서방의 목소리가 울음에 젖었다.

"나도 마 억장이 멕히서 말이 안 나옵디다." 곽서방댁이 말했다.

"아버지, 가입시다. 집에 가서 이야기하입시다." 털목도리로 머
리통과 귀쌈을 싸맨 달분이가 말했다.

일행 열한 명은 한 무리가 되어 과정리를 떠났다. 곡괭이를 얹
은 지게는 곽서방 아들이 지고, 지게에 달분이가 들고 온 보퉁이
를 얹었다.

과정리를 넘어서자 나비가 좁아져 달구지길로 바뀐 신작로는 도린곁이라 더 쓸쓸했다. 탄량으로 갈라서는 지점에서 일행은 얼어붙은 개울을 건넜다. 곽서방네 가족은 총총히 자기네 마을로 꺾어 들었고, 나머지 일행은 소룡산을 바라보고 내처 걸었다. 한참을 걷다 그들은 눈 위에 드러난 발자국을 보았다. 발자국은 내탄량을 지나도 이어지고 있었다. 이제 마을이라곤 대현리와 와룡리밖에 없었다. 그리 멀지 않은 앞길에 사람이 걷고 있음이 분명했다. 잠시를 더 걷자, 일행은 저만큼 앞서서 큰 부대를 지게 짐 진 사람 자태를 보았다. 일행은 곧 그를 따라잡았다. 앞서 걷는 사람은 찬송가를 힘차게 부르고 있었다.

어느 민족 누구에게나 결단하는 때가 있나니 / 참과 거짓 싸울 때에 어느 편에 설 건가 / 주가 주신 새 목표가 우리 앞에 보이니 / 빛과 어둠 사이에서 선택하며 살리라······

"조전도사님, 맞지요?" 밖감댁이 반갑게 소리쳤다.
"아는 분들이군요. 뒤에 여럿이 오길래 걸음을 늦추었습니다."
"분주소에 부역 갔다 오는 길이라요." 밖감댁이 말했다.
"조씨도 겁이 나인께 찬송가 부르며 가는군요." 입삐뚜름이가 농을 했다.
"어데 갔다 이래 늦게 나섰습미까?" 밖감댁이 전도사에게 물었다.
"읍내 교회에요. 읍내 교회에서 분유가루하고 구제품 옷가지를 얻어 오는 길입니다."

"뭐라 해도 조전도사님이 제일이라. 마실 사람들 거둬 먹이고 입힐라고 이래 불철주야 수고하고 있으니…… 전도사님, 우리 찬송 부르면서 걸으입시다." 밖감댁이 즐겁게 말했다.

전도사와 밖감댁이 찬송가를 부르기 시작했다. 노랫소리가 어둠 속 흰 눈밭에 흩어졌다.

조전도사는 작년 봄부터 와룡리에 들어와 소야마을 언덕에 흙돌집을 지어 개척교회를 열고 있었다. 삼십 중반 나이에 처자식이 딸린 몸이었다. 그는 착하고 음전해 마을 사람들의 인심을 얻었다. 전쟁이 터지고 인민공화국 시절이 되어도 그는 객지인 와룡리를 떠나지 않았다. 불쌍한 주의 종들을 남겨두고 피난을 갈 수 없다는 이유였다. 하나님과 천당이 어디 있냐며, 신원분주소 와룡리 이책이 그에게 배교를 강요했으나 마을 사람들이 그를 도타이 감싸자, 주민 유화 정책을 내세운 그도 차마 더 해코지를 못했다. 가난한 인민을 위한다는 뜻에서는 그것이 육신의 삶이든 정신적 삶이든 한길이었고, 또한 점령지 선무공장(宣撫工作)에는 전도사도 이용 가치가 있다는 판단에서였다. 이책은 그에게, 잠정적으로 허용은 하지만 예배시간에 내세론(來世論) 강론만은 삼가라는 토를 달았다. 그래서 그는 인민군 치하에서도 주일예배 시간을 가질 수 있었다. 하나님을 증거하다 박해받아 순교함은 복 받은 죽음이라고 그가 말할 때는 와룡리 교인들도, 저 버썩 마른 체구의 어디에서 저런 강한 힘이 나올까 하고 새삼 그를 우러러보았다.

문한돌은 대현리에도 저런 전도사 한 분이 있으면 좋겠다는 생각이 들었다. 엄마는 절에 다녀 불교를 믿었지만, 그는 종교를 갖지 않았다. 그러나 어떤 종교든 이를 이해했다. 전생에 죄짓지 말고 착하게 살라는 가르침은 불교나 기독교나 마찬가지여서 집 아이들이 주일학교에 나가는 걸 말리지 않았다. 전쟁이 나고 7월 중순이었다. 국군이 자꾸 밀려 거창땅에도 언제 인민군이 닥칠는지 모른다며 근심에 싸여 있을 때였다. 공산주의는 모든 종교를 미신이라고 반대하기 때문에 탄압이 심하다고, 한목사가 마을 사람들에게 말했다. 대현리에는 윗마을 상대현에 예배당이 있었고, 신도수가 어른 아이 합쳐 서른 명 정도 되었다. 어느 날 밤, 누구 짓인가 예배당에 불을 지른 사건이 생겼다. 불은 곧 꺼졌으나 범인은 밝혀지지 않았다. 불이 난 이튿날 한목사는 가족을 데리고 피난길에 올랐다. 신앙심 굳센 중새터 신확 장로와 교회 종지기인 절름발이 범이가 길 나서는 목사를 잡고, 주의 종들을 버리고 어디로 가느냐고 매달렸다. 한목사는, 좋은 시절이 오면 다시 대현리로 찾아오겠다, 떠나더라도 대현리를 위해 늘 기도하겠다며, 손수레에 가재도구를 싣고 읍내 나가는 길로 사라졌다. 제 살길만 찾아 떠났다며 신도들이 한목사를 비난했고, 다음 일요일에는 교인수가 반으로 줄어버렸다. 교회를 손수 짓고 대구까지 나가 목사를 초청해 온 신확 장로가 주일예배를 인도했다. 그러나 인민군이 점령한 두 달 동안은 교회 문을 닫았다. 지금은 주일예배라 해야 어른 열 명 남짓이 나왔고, 문한돌의 아이들조차 교회에 나가지 않았다. 중학교를 졸업한 한목사의 딸이 주일학교 선생이었는데, 그 선생마저 식구와 함께 떠나버렸기 때문이었다.

대현리로 꺾어지는 살피목에서 일행 여덟 명은 헤어졌다. 와룡리 사람 다섯은 내처 산길로 걸어갔고, 대현리 사람 셋은 개울에 갈린 나무다리를 건너 서쪽 오솔길로 꺾어 들었다. 동구 앞 정자나무 쪽에서 아이 둘이 일행을 보곤 쫓아왔다. 문남수 막내딸 끝년이와 문한돌 맏딸 종님이었다.

"저 아래 가실할버지 뽕밭까지 마중 나갔다가 하도 안 와 집에 드갔다가 또 나오는 길이라요." 끝년이가 제 아버지를 맞으며 말했다.

일행과 헤어진 문한돌은 딸애의 고사리손을 잡고 언덕길로 올랐다. 저만큼 설핏 보이는 하대현 마을은 눈 속에 묻혀 있었다. 어느 집도 밝은 봉창 없이 충충했다.

"저녁죽 먹었나?" 문한돌이 딸에게 물었다.

"예. 할머이는 저녁진지도 안 먹고 고모님댁에 갔습미다."

문한돌은 노친네가 왜 자형댁에 올라갔는지 알았다. 산사람들이 소와 양식을 가져가려 대현리로 내려오면 혹 한득이를 만날 수 있을까 해서였다. 그러나 그는 오늘 밤은 그들이 내려오지 않으리라 생각했다. 눈이 온 날은 흔적이 남기에 움직이지 않는 게 그들 버릇이었다.

이튿날, 밤사이 눈은 그쳤고 따뜻이 비추는 햇살 아래 날씨가 봄날 같게 살폿했다. 문한돌·문한도·문남수는 어제처럼 아침밥 먹고 나자, 일찍 빈 지게에 곡괭이를 얹어 양지리로 떠났다. 분주소 보루대 쌓는 부역의 마지막 날이었다.

마지막 날이라 2조도 쪽지 열다섯 개가 하루 할당량이었고, 날씨마저 푹하여 울력이 수월했다. 어제 오후부터 내렸던 눈은 한

낮도 되기 전에 녹아버려 옥계천 돌덩이를 캐내기가 쉬웠다. 해가 서산 마루에 걸렸을 때, 모두 일을 끝낼 수 있었다. 저녁 무렵에는 양지리와 과정리의 두 술도가에서 막걸리를 닷 말씩 내놓아 부역꾼들이 서너 사발씩 목축임을 했다. 문한돌이 막걸리 잔을 비울 때, 옆에 섰던 김차석이 또 한차례 당조짐을 놓았다. 만약 공비들이 산에서 내려오면 아무리 한밤중이라도 지체 말고 분주소로 연락해달라는 윽박지름이었다.

"만약 공비들이 대현리에 내려왔다는 소문이 들리고 당신이 분주소에 보고 안했다면 그때는 내 권총이 가만 안 있을 끼라."

"보고하고말고요, 여부 있겠습미까." 문한돌이 대답은 그렇게 했지만 가슴속이 타기는 숯덩걸 같았다. 오늘 아니면 내일 밤, 틀림없이 그들이 양식과 소를 가져가려 마을로 내려올 터였다.

분주소 초소 부역을 마치고 돌아온 문한돌이 호롱불 아래서 이드거니한 죽사발 얹힌 밥상을 받았을 때, 종님이 엄마가 말했다.

"각 마실마다 수수떡을 한 말씩 하기로 했어요. 양식을 열 가마 못 채워서, 그거로라도 보충할라고요."

"그러면 오늘 밤에 산사람들이 온단 말인가?"

"내려올 끼라 하는 거 같습디다."

"이거 큰일났네. 그 사람들 내리오면 분주소에 꼭 신고하라고 김차석이 협박해쌓던데……" 문한돌은 죽조차 모래 씹듯 해서 반그릇쯤 비우다 숟가락을 놓았다. "죽도 못 먹겠다, 너나 먹거라."

문한돌은 목침 베고 자리 차지해 누웠다. 산사람들이 마을로 내려온다면 면소 분주소에 신고할 수도, 안할 수도 없는 난처한 입장이었다. 그러나 그는 이십 리 밖 분주소에 신고하는 쪽에 더 부담이 많음을 알고 있었다. 신원분주소는 순경이래야 칠팔 명이었고 의용경찰대원이 열 명 남짓 되었다. 빨치산이 양식 조달차 하산한다면 적어도 중대 병력 서른 명 안팎일 텐데, 서른 명은 그만두고 무장조(武裝組)가 열 명만 내려온다 해도 남한 경찰과 전투는 사필귀정이었다. 비슷한 수로 전투가 붙었다 하면 당하는 쪽은 언제나 경찰 쪽이었다. 산속에서 모질게 살아남은 때문인지 산사람들은 벼락치듯 공격하고 다람쥐처럼 산속으로 도망쳤다. 그들은 숫자가 두서너 배 되는 상대를 만나도 겁없이 한바탕 게릴라식 전투를 치르곤 날다람쥐처럼 숨어버렸다.

지난 11월 중순 감악산 줄기를 타고 앉은 중산간(中山間) 마을인 청연에 대낮에 산사람들이 들이닥쳤다. 이를 본 부락민 하나가 재빨리 시오리 밖 분주소에 신고했으나 순경과 방위대원이 출동하기는 두 시간이 지나서였다. 그동안 산사람들은 부락민 집에서 밥을 지어먹고 방 몇 개를 빌려 한잠 자느라 떠나지를 않고 있었다. 그래서 청연리 초입 고개티에서 그들 경비조와 경찰 사이에 한바탕 전투가 붙었으나, 마을에 있던 비무장 대원들은 상황을 알기 위해 연락병만 경비조에게 띄울 뿐 꿈쩍을 않았다. 자기네가 철수할 퇴로 쪽에 아무 이상이 없음을 알곤, 할 짓 다 하며 늑장 부리다 집집마다 양식을 거두어 천천히 물러갔다. 그들이 철수한 뒤에 총소리가 그쳤다. 마을로 들어온 경찰과 의경대원들은 공비에게 양식을 제공했다 하여 부락민들에게 뭇매질하며 분탕을 치곤 이장과 장정 다섯을 분주소로 데리고 갔다. 갈 때 그들은 순경 하나와 의경대원 시체 하나를 마을 장정의 지게에 지워 갔으나 산사람 시체는 한 구도 발견되지 않았다. 이튿날 밤, 청연리는 또 한번 경칠 일을 만났으니, 빨치산들이 마을로 내려와 부락민들이 보는 앞에서 분주소에 신고했던 젊은이를 죽창으로 처형해버렸다. 그와 비슷한 사례는 신원면 어느 부락에서나 한두 건씩 있었다. 특히 분주소와 삼십 리 떨어진 와룡리 경우는 부락민이 허겁지겁 양지리까지 뛰어가서 분주소에 신고해도, 경찰이 출동하지 않았다. 출동해보아야 그때는 늦어 저들이 사라졌을 테고, 설령 전투가 붙어 적 얼마를 사살한다 한들 이쪽도 아까운 목숨만 희생된다는 계산부터 앞섰던 것이다. 그래서 신원면만 아니라 소백산맥 일대의 벽지 분주소들은, 경찰은 지역 방위나 하는 게 원칙이었고 공비 소탕은 어차피 군부대가 동원되어야 한다는 원칙을 믿으며, 그럴 때를 이제나저제나 기다리는 실정이었다.

문한돌이 남긴 죽을 종님이 엄마가 비워내었을 때, 옆집 김서방이 건너왔다. 문한돌이 몸을 일으켰다.

"여보게, 아무래도 오늘 밤에 산사람들이 내려올 것 같애. 낮에 말이다, 한재숲 뒤에서 피리 부는 소리가 들렸거든." 김서방이 말했다.

문한돌의 대답이 없자 김서방은, 박생원 집에 같이 가보자고 권했다. 그러나 문한돌은 일주일 동안 노역에 시달린 몸이라, 일 끝에 병난다고 운신하기에도 힘이 들어 청을 거절했다. 밤마을로 자형집에 올라가보아야 대부분 나이 지긋한 어른들이라 좁은 사랑방은 몸 붙여 누울 자리가 없었다. 또한, 자기가 간다고 산사람들이 거두어놓은 양식을 두고 갈 리 없었다. 더욱 분주소 김차석의 세모진 눈매가 떠오르자 신고는 못할망정 그런 현장에는 될 수 있는 대로 빠지는 게 상책이라 생각했다.

김서방은 박생원네 사랑에서 한차례 늘어놓을 이야깃감이라도 만들어야겠다 싶은지 문한돌이 들려준 양지리 소문을 얼추 새겨 듣곤, 푹 쉬라며 자리를 떴다. 김서방이 나가자, 문한돌은 담배 한 대를 굽고는 자리에 누웠다.

바람결에 실려 종소리가 들렸다. 상대현에 있는 교회 종소리였다. 오늘이 주일이었다. 산사람들이 내려온다는데도 절름발이 범이는 종을 치고 있었다. 문한돌은 이렇게 마음이 괴로울 때 하나님한테라도 매달려보면 어떨까 하는 생각이 들었다. 신확 장로 말에 따르면, 괴로울 때 성경 읽고 찬송가를 부르면 마음의 근심이 사라진다고 말했지만, 그렇다고 괴로움의 뿌리는 없어지지 않으리라 여겨졌다. 뎅그랑거리는 종소리가 꿈결이듯 귀에서 멀어졌다.

몇 시쯤이나 되었는지 시간을 알 수 없었다. 삽짝을 흔드는 소리에 요령이 잇달아 달랑거렸다.

"문서방, 문서방 자는가?" 밖에서 부르는 소리가 났다. 멀리서 딱따기 치는 소리도 들렸다.

문한돌이 눈을 떴다. 몇 년 사이 잠귀가 밝아져 깊은 잠에 들어도 신경은 늘 바깥과 보록산 산채를 헤매고 있었다. 식은땀이 등줄기로 흘러내렸다. 잠에서 깨어 있던 종님이 엄마가 일어나 앉은 서방의 기척을 알곤, 김서방이라고 조그맣게 말했다. 바람도 자는 밤이라 목소리 임자는 저녁때 다녀간 김서방이었다. 김서방의 다급한 목소리로 보아 문한돌은 기어코 그들 무리가 산에서 내려왔음을 알았다. 몸을 움직이기조차 힘들다고 말했음에도 김서방이 또 저렇게 찾고 있음은 무슨 곡절이 있으리라 생각되었다. 그는 벽을 더듬어 말코지에 걸린 조끼와 목도리를 내렸다.

"작은애비야. 어데 가지러?" 자는 줄 알았던 노친네가 물었다.

"김서방이 왔나 봐요." 문한돌이 마당으로 내려섰다.

"웬일로 한밤중에?" 문한돌이 삽짝 밖에 선 김서방에게 물었다.

"산사람들이 내려왔어. 아이들하고 여자들 빼고 대현리 남자는 다 모이라 하데. 무슨 할말이 있는지, 어쩔라고 모이라는지 모르겠어."

"많이 내려왔어?" 문한돌이 삽짝문을 열었다.

"일 개 중대가 내려온 모양이라. 자네 퍼뜩 자형집으로 올라가게. 나는 사람들 불러모으로 다녀야 하네." 김서방은 말을 마치고 고샅길로 바삐 내려갔다.

인원 점검에는 산사람들이 분주소보다도 더 철저해, 자기네들이 모이라며 호출했을 때 빠지는 자는 다음에 반드시 그 이유를 캤다. 이유가 알맞춤하지 않으면 자기비판을 하게 했고, 첩자로 혐의가 있을 때는 인민재판을 부쳤다. 재판은 재판장 하나, 저희들 대원이 둘, 부락민 둘로 짜여진 다수결 원칙에 따랐는데, 절반으로 의견이 맞서면 소대장이나 중대장이 맡는 저희들 쪽 재판장이 재량권을 가졌다.

썰렁한 야기를 가르며 문한돌은 희부염한 고샅길로 올라갔다. 스무사흘 하현달이 반쯤 깎인 채 한재숲 능선에 기우뚱 걸려 있었다. 얻은 소와 양식이나 챙겨갈 일이지 한밤중에 사람은 왜 불러 모으는지 모르겠다고 투덜거리며, 문한돌은 중새터로 오르다 걸음을 멈추었다. 남수 아저씨를 불러 같이 갈 겸 아저씨네 암소를 한번 보았으면 싶었다. 문남수 집 겨릅문은 닫혀 있었으나 작대기를 괴어두지 않았다. 그가 마당에 서서 아저씨를 부르자, 안방 문이 열리고 옹구골 아주머니가 얼굴을 내밀었다.

"쪼금 전에 맹서방이 불러서 나갔네. 무슨 일인가?"

"산사람들이 또 내려온 모양이라요."

"늘 저래 빼앗아 가니, 인제 우리가 굶어 죽을 판이다."

옹구골댁이 밖으로 나오려고 몸을 일으키자, 문한돌은 나오지 말라며 그네를 주질러 앉혔다. 아주머니가 안방 문을 닫자, 문한돌은 외양간으로 갔다. 암소 옆에 쪼그려 앉아 한참 동안 소잔등을 쓸어주던 그는 구유통 바닥을 긁어 남은 콩대를 소 입에 가져다 대었다. 소가 그것을 받아 움석움석 씹었다.

"어질고 순한 짐승아, 방서방 소 다음이 네 차롄가?" 문한돌이 사람을 앞에 둔 듯 물었다.

암소는 되새김질만 했다. 밤중에도 홀연히 잠에서 깨면 밖으로 나와 외양간부터 찾는다는 남수 아저씨였다. 산사람들은 주인 양해 없이 무작하게 재물 약탈을 하지는 않았으나, '협조를 구한다'는 구실이 강제성을 띤 명령과 다를 바 없었다. 그래서 아저씨는 자나깨나 소가 걱정이었다. 문한돌이 중새터로 올라가자, 이 집 저 집에서 나온 남정네들이 자형집으로 몰려가고 있었다. 그들은 산사람들이 무슨 일로 마을 남자들을 모으는지 궁금해서 말을 나누었으나, 이유를 아는 사람은 없었다. 원대현에 사는 덕구씨는 지게에 떡시루를 지고 갔고, 함지를 이고 종종걸음 치는 아낙도 있었다. 자형네 삽짝이 저만큼 보이는 데까지 올라갔을 때, 문한돌은 한 무리의 그림자가 소를 끌어가고 있음을 보았다. 방서방네 소였다. 소는 죽임당할 몸임을 아는지 위엄위엄 울며 목을 뻗대어 버둥질쳤다. 여러 그림자는 원상대와 중새터 사이에 있는 중대못 쪽으로 소를 몰아갔다. 죽창과 도기를 든 그림자도 보였다. 그들은 소를 끌고 못 옆 팽나무 아래로 가는 참이었다. 전에도 가축을 도살할 때나 인민재판을 열 때 그들은 늘 그 장소를 이용했다.

상대현 쪽에서 마을 사람 예닐곱이 내려오고 있었다. 산사람이 그들에게 총부리를 겨눈 채 몰아왔다. 신장로를 비롯한 교인들이었다.

박생원집 삽짝 앞에는 인민군 하나가 따발총을 옆구리에 받쳐 들고 서 있었다. 인민군은 나이 스물이 채 못 된 소년병이었다. 마을 사람들은 소년병이 겨누는 총구멍에 겁을 먹어 쭈볏쭈볏 박생원집 마당으로 들어섰다. 문한돌이 자형집 마당으로 들어서니 벌써 마을 남자들이 쉰 명 가깝게 모여 있었다. 대부분이 중늙은이거나 환갑 나이의 늙은이들이었고, 젊은이는 눈에 띄지 않았다. 산사람들 따라 입산했거나 저들의 초모사업에 뽑혀 입산자가 되어버렸거나, 아니면 영장을 받고 국군에 입대를 해버려 대현리만 아니라 신원면 어느 마을에도 서른 안쪽 젊은이는 남아 있지 않았다. 사랑채 옆 마당 귀퉁이에는 한 사람씩 지고 가기에 맞춤한 양식이 든 가마니부대가 열몇 개 놓여 있었다. 부락민은 헛간 앞과 삽짝 옆 대문께에 웅기중기 몰려서서 컴컴한 안채 축담 쪽을 바라보고 있었다. 축담에 산사람 예닐곱이 머리를 맞대어 앉았고 마루에도 그만한 수의 인민군이 신을 신은 채 둘러앉아 있었다. 총을 지닌 자는 아무도 없었다. 두 패로 나누어 앉은 그들은 한창 먹자판을 벌이던 참이었다. 축담에 둘러앉은 패는 두 말치 솥을 가운데 놓고 자루 없는 몽당숟가락으로 더운밥을 퍼먹어댔다. 큰 바가지에 담아 내어놓은 김치를 맨손으로 집어 아귀아귀 걸머 넣었다.

"많이들 드이소. 얼마나 배가 고팠겠는교." 뒷짐진 대실 어른이 그들 뒤에서 입에 발린 말을 했다. 대실 어른은 전쟁 나기 전부터 대현리 이장직을 맡고 있었다. 집 안에 있을 때면 서책을 놓지 않아 한학에 문리가 트인 마을 장로였다. 대현리 혼사의 사주단자는 그가 맡아 썼다.

안채 마루 부엌 쪽에는 모택동모자에 인민군 복장을 한 군관이 박생원과 무슨 말인가 속달거렸다. 박생원은 구차하게 사정하는 조였고, 군관은 윗녘말로 따졌다.

솥밥을 먹은 뒤 솥바닥 긁는 소리가 축담이며 마루에서 났을 때, 대로 짠 고리를 든 박생원 여편네와 함지를 든 아낙이 부엌에서 나왔다. 대현리 주위를 싸고 경비를 맡은 무장조가 따로 먹을 밥이었다. 마을로 내려오는 산사람 보급 담당 전문중대는 대충 서른 명 안팎으로 짜여 있었다. 그중 젊은 대원으로 이루어진 무장조는 전투에 숙달된 정예병으로 정찰과 경비를 맡았고, 나이 든 대원으로 편성된 비무장조는 마을에서 조달한 먹거리 운반을 담당했다. 그럴 경우 비무장대원들은 산채 아지트까지 몇 킬로든 먹거리를 지고 암중모색 산을 타야 했기에 마을에서 배를 채우고 떠나는 경우가 더러 있었다. 박생원과 마을 어른들은 산사람들에게 내어줄 양식으로 쌀 세 가마, 수수와 밀을 각 다섯 가마를 준비해두어, 사실 저들이 요구한 정량을 채우지 못한 셈이었다. 그래서 식사를 먼저 대접해 기분을 맞추기로 작정해두었던 터였다.

비무장조 산사람들은 식사를 마치자 자기 숟가락을 주머니에 챙겨 꽂으며 일어났다.

"아주머니, 잘 먹었시오." "공화국 세상이 되든 널 배루 봉창할 것이오." 부엌 앞에 선 박생원 여편네를 보고 빈말이지만 사례하는 대원도 있었다. 김치가 맛있다면서 싸달라고 구걸하기도 했다.

"어서 서두릅시다." 나이 지긋한 전사가 헛간에서 새끼타래를 들고 나오며 말했다.

식사를 마친 치들이 사랑채 앞으로 몰려가서 반 가마 남짓 양식이 든 가마니마다 새끼로 어깨걸이를 만들었다. 부락민이 그 일을 도와주려 나서자, 그들은 도움을 거절했다.

"모두들 앞으로 나오이소. 부락별로 섭시다요." 군관과 말을 마친 박생원이 축담에 서서 뒤쪽으로 물러서 있는 부락민에게 말했다. "이쪽부터 하대·원대·중새터·상대, 이렇게 구별을 지어서 서이소. 잠시 인원 파악을 한다 하인께요."

대현리 남자들이 박생원의 말에 마당 앞으로 나와 부락별로 옹기종기 모여 섰다. 마루에서 밥을 먹은 산사람 넷이 각 부락 인원을 파악했다. 산에서 내려올 때 이미 분담이 짜여져, 그들 하는 일이 신속했다. 양식을 지고 마을 사람 뒤로 빠져 삽짝을 나서는 전사들도 있었다. 그들은 산채 아지트에 도착될 동안, 1, 2, 이렇게 비상선을 정해 두고 있어 혼자 떠나더라도 만나게 마련이었다.

"열셋이군, 누가 빠졌나요?"

"통시(변소)에 간다 했는데 금방 올 낍미다."

"타지로 나간 사람 없나요?"

"걸갱이 아버지는 발을 다쳐 못 나왔습미다."

"다음 파악할 때 인원이 맞지 않으면 혼나는 줄 아시우. 우리는 여러 동무 얼굴을 다 압니다. 날 본 적 있는 사람도 있지요? 낮에 보면 얼굴 왼쪽에 총상이 있는, 경기도 양평 출신이라우."

잠시 동안 이런저런 말들이 시끄럽던 끝에 인원 점검이 끝나자, 중새터 인원을 파악했던 인민군 모자 쓴 전사가 마을 사람들 앞으로 나섰다. 박생원과 이야기를 나누던 견장단 군관이 축담에 서자, 인민군모가 경례를 붙였다.

"총 육십구 명, 집합 끝!"

"대현부락 인민 여러분, 편안한 자세로 제 말을 들으십시오." 나이 스무예닐곱 살쯤 된 군관이 연설을 시작했다. 그는 무릎까지 내려오는 누비외투 허리에 탄띠를 둘렀는데, 뒷짐진 자세가 느직했다. "한밤중에 여러 동무들 잠도 못 자게 모이도록 해서 죄송합니다. 더욱 우리 공화국 유격대를 위해 양식까지 주서서 무어라고 말씀드려야 할지 모를 정도로 고맙습니다." 군관은 잠시 말을 끊고 땅바닥을 내려다보았다. 마을 사람들 사이에 밭은기침 소리가 났다. 군관이 숙였던 얼굴을 들었다. "부락민 동무들에게 목숨만큼이나 귀중한 곡식과 소를 내놓으라고 했을 때, 사실 우리 마음도 괴롭기는 마찬가집니다. 우리 인민군대는 전쟁 초기부터 인민의 목숨과 재산을 보호한다는 취지의 '인민성 발휘'를 철저히 교시 받았으나 제이전선의 사정이 여의치 못해 부득이 인민들 신세를 지게 되었습니다. 그러나 우리 공화국은 인민 모두가 똑같이 먹고 똑같이 입고 산다고 생각할 때, 여러 동무들은 산중에서 고군분투하는 우리 해방군 처지보다는 훨씬 나은 처지에서 살고 있는 점만은 틀림없습니다. 대현리 여러 인민은 따뜻한 방에서 자며 하루 두 끼를 죽이나마 반찬 있는 더운 음식을 먹고 지냅니다. 그러나 여러 동무의 형제요 자식인 우리는 저 깊은 산속에서 입을 것 먹을 것 없이 이 겨울에도 추위에 떨며 별을 보고 밤을 보냅니다. 오른손에 주먹밥 한 덩이, 왼손에 소금물 놓고 언 주먹밥을 찍어 먹습니다. 그렇게라도 하루 두 끼를 먹을 수 있으면 얼마나 행복하겠습니까. 다 같은 동포요, 한 핏줄이요, 형제인 우리 해방군만이 왜 그렇게 산속에서 살아야 합니까. 돌아갈 수 있다면 우리에게도 그리운 부모 형제가 있고 따뜻한 집이 있습니다. 그러나 조국 혁명이 달성될 그날의 영광을 믿기에 이 고통을 참고 견디는 것입니다. 대현리 여러 동무들이나 우리 동지들이 다 어려운 시대를 만나 고생을 하고 있지만, 이런 고생은 반드시 넘어야 하고, 인민이 흘린 고귀한 피는 결코 물같이 흘러가지 않으리라 굳게 믿습니다……"

문한돌은 산사람들 말에 절대 속아서는 안 된다던 분주소 이주임 말이 생각났다. 사실 게저분한 차림치곤, 인민군 군관들은 언제 들어도 말 하나는 청산유수였다. 산속에 숨어 사는 저들 처지가 그런지라 말만은 늘 그럴듯하게 구슬러놓고 떠났다. 또한 부락민을 상대로 토색질을 한 뒤 그 뒷갈망의 구변머리를 늘어놓는 측은 언제나 평안도나 함경도 사람을 앞세우지 않았다. 부락민이 한참 윗녘인 그쪽 말에는 귀설어했기 때문이요 미움을 사지 않기 위해서였다.

군관은 이어, 중국 공산군이 조국해방 전쟁에 참전해 파죽지세로 밀고 내려온다는 점을 늘어놓았고, 민족 통일의 염원을 배반하고 약소국 내전에 끼어든 미 제국주의를 질타했다.

"…… 그러나 대현리 동무들, 우리 해방군은 고생하는 여러 인민 편이란 점을 명심하시기 바랍니다. 농민 동무들마저 우리에게 등을 돌릴 때, 후방에서 제이전선을 구축하여 고군분투하는 인민유격대는 기댈 곳이 없어집니다. 그러므로 우리는 동무들이 적 편에 서지 않는 이상 동무들에게 수고를 끼치거나 괴롭히지 않으려고 노력합니다. 이번 양식 공출만 하더라도 우리 동지들이 부락민 집을 가가호호 방문해가며 목에 총 들이대고 빼앗을 수도 있습니다. 그러면 동무들도 사생결단하고 양식을 빼앗기지 않으려 애쓰겠지요. 우리는 반드시 동무들이 감추어둔 양식을 찾아내고 맙니다. 구들장이나, 헛간이나, 뒷마당이나, 채마밭을 뒤져서라도 찾아낼 수 있습니다. 여러 인민이 사생결단한 만큼 우리 인민유격대역시 더한 사생결단으로 찾아내고야 마니까요. 그러나 그게 무슨 꼴입니까. 한 피로 맺어진 유격대와 무산대중 농민이 무슨 원한이 맺혔다고 그 짓을 할 것이며, 그 강탈이야말로 서로가 원수 되는 것이 아니고 무엇이겠습니까. 그래서 저는 이틀 전 여기 있는 박동지를 통해, 평화스러운 협조를 구했던 것입니다. 박동지를 통해 나누어질 양곡보관증을 잘 간수하시면 공화국이 해방될 그날, 보관증에 적힌 양식을 두 배로 쳐서 공화국 인민정부가 반드시 갚아 줄 것임을 약속드립니다……"

"보관쯩? 그걸 믿는 사람 어딨노. 여지껏 그 쯩 모은 것 다 하면 일 년 양식 걱정 안 했네." 문한돌이 뒤에서 쑹덜거리는 소리였다.

문한돌은 군관 연설과, 이틀 전 분주소 뒷마당에서 연설하던 분주소장과, 본서 이주임 말이 귓속에서 돌개바람을 일으켰다. 누가 누구를 위한다는 말인지, 누가 진정 누구 편이란 말인지, 문한돌은 어느 편에 서야 하고 어느 말을 믿어야 할는지 알 수 없었다. 삽짝 바깥에서 귀에 익은 목소리가 들렸다.

"그러면 우리 한득이는 안 내려왔다는 말이지요?" 실매댁이었다. 문한돌은 마을 사람들 사이로 빠져 삽짝 밖으로 나갔다. 실매댁은 보초 선 소년병에게 말을 붙이고 있었다. "내 자식 한득이는 열아홉이구마. 설 쇠면 스물이고요."

"아즈마에요, 우리 중대는 한득이란 이름이 없습네. 제가 알아보겠음네. 문한득이라 해입지요?" 소년병이 말했다.

"한득이라고, 나이도 병정만하겠네요. 이거 꼭 그놈 자식한테 전해주이소. 짚신 두 켤레하고 버선 두 켤렌데요, 아들놈 찾아서 꼭 좀 전해주이소." 실매댁은 소년병에게 버선과 짚신을 건네주었다.

문한돌은 그들 대화에 껴붙기가 머쓱해 걸음을 돌리고 말았다. 마을 사람들 박수가 터졌다. 군관의 연설이 끝났던 것이다.

전투, 첫경험 — 산 2

　기포지대 1중대의 기동훈련이 신원면 쪽으로 진출하고부터, 1중대 분위기가 전과 달라졌다. 김익수 말처럼, 결전의 출동 날이 가까웠음을 중대원 모두가 피부로 느끼고 있었다. 훈련이 고된 만큼, 고된 훈련이 실전에 임했을 때 살아남는 수단임도 터득했다. 전투에 승리해 해방지구를 더 넓게 확보한다는 뜻은 전사들의 사기 진작에도 영향이 컸고 보급 사정도 좋아지게 되므로, 중대원들은 결전의 그날을 손꼽아 기다렸다.

　기동훈련이 신원면 서북쪽으로 진출한 이튿날부터 문한득은 기동훈련에서 제외되었다. 그는 날마다 열 명 안팎으로 짜여진 정찰조 척후병으로 신원면 일대의 정찰에 나섰다. 감악산을 지나 동쪽으로 오 리 정도 이동하여 신원분주소가 내려다보이는 산마루까지 적정의 위험을 무릅쓰고 정찰을 나가기도 했다. 동원된 면민들이 분주소 외곽 세 곳에 보루대를 쌓는 울력 현장을 먼눈으로 지켜보았다. 그는 그렇게 낮 정찰에 나가거나 야간 정찰도 나갔으나, 보록산 코밑에 있는 대현리로 내려가볼 기회는 주어지지 않았다.

어느 날은 보투중대인 인민중대 연락원 안내로 소대장과 함께 문한득을 포함한 1소대원 다섯이 야간 정찰을 나갔다. 인민중대 연락원이 앞장서서, 일행은 보록산과 철마산 사이를 빠져 신원면으로 들어갔다 들르게 된 마을이 중유리였고, 인공 시절 심어놓은 마을 세포책 신명호와 접선했다. 신명호로부터 얻어낸 정보는 신원분주소 상주 경찰관 수와 의용경찰대원 수, 그들이 지닌 화기 종류였다. 문한득은 신명호 집 앞에서 사방 경계를 펴다 개숫물 비우러 나온 신명호 처를 만났다. 발이 시려워 제자리 뜀을 하던 문한득을 본 그네는, 부엌에 들어와 불쬠하며 더운 숭늉이라도 마시라고 말했다. 그제야 문한득은 그네에게 자기 신분을 밝혔고 대현리 본가에 소식을 전해달라고 귀띔할 수 있었다.

오늘이다, 내일이다 하고 중대원 전체가 술렁이며 결전의 출동 날을 기다리던 어느 날 새벽이었다. 기상하자, 오늘 아침은 특별 식사가 분배된다는 소식이 여성대원을 통해 각 소대에 퍼졌다. 동녘이 희뿌옇게 트여올 즈음, 지대본부에서 전사 셋이 무엇인가 등에 지고 넘어왔다. 쌀 한 가마와 뒷다리 한 짝은 실히 될 쇠고기 덩이였다. 중대원들이 쇠고기국 끓이는 냄새에 침을 삼키며 산막에서 대기한 그날은, 기동훈련 출동마저 없다는 전달이 있었다.

"오늘 아침은 식사시간이 더 늦구만. 허기가 왜 이래 심하지."

김풍기가 빈 식기를 덜렁대며 산막 앞을 왔다 갔다 했다.

"고깃국 냄새에 환장하겠쉐다. 먹으레 오라는 종은 웨 안 티는지 모르갔이요." 1분대원 백만복이 안달을 떨었다. 그날 아침만은 이빨도 아프지 않은 모양이었다. 식기와 숟가락을 들고 있던 소대원들 심정도 마찬가지였다. 강철규는 숟가락으로 식기를 쳐 장단 맞추어 '먹자 타령'을 읊었다.

드디어 식사 종 치는 소리가 대공 경보를 알리듯 요란스럽게 들려왔다. 고사포 포탄 껍질에 전선줄로 고리를 만들어 나뭇가지에 달아놓은 종이었다. 구수한 고깃국 냄새에 군침을 삼키며 기다리던 1소대원들은 종소리를 듣자마자 여성대원 산막으로 몰려갔다. 줄 앞쪽에 서려 쫓음걸음을 놓기는 다른 소대원들도 마찬가지였다.

여성대원 산막 옆 취사장에는 가마솥 여러 개가 걸려 있었다. 이날 아침은 다섯 개 솥이 푸짐한 김을 뿜어내었다. 싸늘한 아침 공간에 고깃국이 내음을 풀어내자 소대별로 줄을 선 전사들이 환호성을 올렸다. 배식에 늘 늦게 마련인 3소대원들은, 처음이나 끝이나 고깃국을 공평하게 나누어야 한다고 외쳤다.

"이거 넝 질서가 없쉐다레. 야, 에미나이 새끼, 덩말 그렇게 끼어들긴가. 귀쌈이 터져야 알갔니!" 최특무장이 눈을 부라렸다.

"열을 반듯이 서더라구. 이렇게 밀쳐서야 어디 쓰갔나. 오합지졸이 없구먼. 발정난 환장한 수캐들 꼴이야." 최특무장과 함께 줄밖에서 어슬렁거리던 김풍기가 대원들을 보고 혀를 찼다. 그의 목소리는 여유가 있었다.

순지가 중대장과 소대장 넷의 식사분을 중대장 막사로 날랐다. 흰 쌀밥에 기름기 뜬 고깃국을 넘겨다보던 중대원들이, 전사들한테도 빨리 배식하라고 수수했다. 군관이나 전사들이나 양은 똑같이 먹어야 한다며 으름장 놓는 전사도 있었다. 지대본부에서 식사 검열이라도 나온다면 질서가 잡힐까 이날 아침만은 군기고 뭐고 없는 개판이었다.

배식은 본부소대부터 시작되었다. 옥화가 밥을 맡았고, 봉순이가 국을 맡았다. 그 옆에서 숙희가 끓는 국에서 건져내어 따로 잘게 도막 내거나 찢어발긴 고깃덩이 분배를 맡았다. 전쟁 전 평양 교원학교에 다닐 때 단거리 선수였다는 옥화가 재빠른 손놀림으로 식기 뚜껑에 두 주걱 밥을 날래게 퍼담아 주면, 옆에 있는 가요 공훈 전사 봉순이가 무를 썰어 넣고 끓인 기름방울 동동 뜨는 고깃국 세 국자를 전사가 내민 식기에 담아주었다. 밥과 국을 배식 받은 전사가 한 발을 옆으로 옮기면, 숙희가 소쿠리에 수북이 담긴 살코기를 한 주먹 쥐어 고깃국 속에 떨어뜨렸다. 국 먹어본 지 언제였나 싶은 참에 고깃국 양도 그랬지만, 옥화 또한 다른 때와 달리 주걱질이 걸어 그 양이 감투밥처럼 식기 뚜껑에 나웃이 넘쳤다. 누가 보아도 입 댈 수 없을 만큼 식사 분배는 공평했다.

신참인 문한득은 먹는 데 밝힌다는 소리를 들을까봐 식사 분배 때는 늘 줄 꼬리에 서곤 했다. 이날 아침도 마찬가지여서, 1소대 꼬리에 서게 되었다. 언제나 동작이 굼뜬 김익수는 문한득 앞이었다. 문한득은 식기 뚜껑과 식기에 밥과 국을 배식 받아 1소대 산막으로 조심스럽게 걸음을 옮겼다. 돌부리에 걸려 넘어지면 모처럼 얻어걸린 고깃국을 엎질러버리기 때문이었다. 눈앞의 뽀얀 쌀밥과 콧속에 스며드는 고깃국 내음에 뱃속이 연방 꼬르락거렸다. 잡곡이 섞이지 않은 쌀밥 먹어보기는 입산 이후 처음이었다. 거창군당 시절에 고깃국은 세 차례 먹어본 적이 있었다.

"문동무, 같이 가자구요." 김익수가 문한득보다 먼저 배식 받았음에도 엉기며 뒤따라왔다. 코끝에 걸린 안경이 떨어질 듯했다.

"그러잖아도 찾았습미다. 먼저 배식 받는데 어데로 갔나 했지요."

"문동무, 이 성찬이 어쩜 제삿밥이 될지 모른다우. 살아생전 마지막 먹는 식사가 안 되도록 기도하더라구." 김익수가 소곤소곤 말했다.

"기도요? 공산 세상에서는 그런 거 안한다면서요?"

"그렇게 큰 소리로 말하면 되나요. 부르주아 사상을 청산 못했다구 비판받게." 김익수 입가에 오랜만에 미소가 피었다. "내 말은, 고깃국을 내리신 인민공화국 수령 동지께 기도하라는 말이라요." 주위를 둘러본 뒤 김익수가 문한득 옆에 붙어 섰다. "사실은 보투로 강제 공출해 왔을 테니, 남조선 인민에게 감사해야 할 것이오."

둘은 1소대 산막 뒤로 돌아갔다. 강철규가 소나무 등걸에 엉덩이를 붙이고 앉아 식사를 하고 있었다.

"굼벵이 전사들 이리 와요." 강철규가 몽당숟가락을 흔들었다. "소금만 풀었는데 육탕 맛이 꿀맛보다 더 달구만. 이런 식사 한 달만 먹고 뜨신 방에 잠잔다면 다음날 죽어도 원 없겠어."

"왜 분대장 동무하구 같이 먹잖구?" 김익수가 농을 했다.

"찾으면 찾으라지. 그자가 자기 고기 건더기 한 점 줄 것 같아요? 내 것조차 넘겨다볼 텐데."

문한득은 주머니에서 자루 없는 놋숟가락을 꺼냈다. 국부터 한 숟가락 입에 넣으니 고깃국물이 혓바닥에서 녹았다. 그는 밥을 국물에 적셔 먹기 시작했다. 기동훈련이 없다니 집합 명령도 쉬 떨어지지 않을 터였다.

"씹헐, 씹 생각이 간절하구만. 기름기가 배때기에 착신도 하기 전에 아랫도리가 먼첨 기별받구 총창을 세우구만." 막사 앞쪽에서 들려온 김풍기의 육담이었다.

"분대장 동무는 꾀가 없어요. 다급한 대루 용두질로 뽑구선 그 뜨물에 쌀밥 비벼 먹으면 도랑 치구 게 잡기지." 방수억의 말이었다.

"분대장 저치, 좆물은 혼자 빼면서 좆같은 소리 하네." 강철규가 작은 소리로 빈정거렸다.

문한득이 옆을 보니 김익수는 군용 숟가락으로 밥풀을 셀 만큼 적게 떠서 씹고 또 씹었다. 그러면서, 이 국을 봉창에 갈무리할 수 있다면 일주일은 먹을 텐데 하고 아쉬워했다.

"많이들 드시오."

문한득이 고개를 드니 민소대장이 미소 띠고 앞에 서 있었다.

"벌써 식사 마쳤나요?" 강철규가 물었다.

"아직 안 먹었소. 전사들 먹는 걸 보니 내 배는 그저 부르오."

"소대장 동무 웃는 얼굴 오랜만에 보는군요."

사실이 그랬다. 늘 무뚝뚝한 소대장 얼굴이 이날 아침따라 숙부드러웠다. 배부르면 사기가 오르고 동지애도 두터워진다는 말을 문한득은 실감했다. 소대장은 소대원들 식사 광경을 보며 순찰을 돌았다.

문한득과 강철규는 밥과 국을 후딱 먹어치웠다. 왕성한 식욕이 입맛을 돋우었으나 아쉬운 대로 숟가락을 주머니에 꽂을 수밖에 없었다.

"김동무가 사람 환장하게 만들어. 얼른 먹어치우지 않고 보는 사람 감질나게 하기는." 강철규가 김익수를 보았다.

"행복이 어떤 건지 더 오래 실감하구 싶어서요."

"또 문자 쓰구만."

다른 때 같으면 기동훈련 출동 시간이 훨씬 지났는데도 늦줄주는 참인지 집합 명령이 떨어지지 않았다. 중대장 막사에서 식사하던 소대장들조차 무슨 세포회의가 긴지 밖으로 나올 줄 몰랐다. 1소대원들은 산막 안과 산막 바깥에서 비스듬히 눕거나 앉아서, 신원면 공격을 두고 이런저런 말을 나누었다.

"그 깨진 분주소 한 개는 보루대가 제아무리 튼튼하대두 소대 병력만으로 작살남네." "내일부텀은 야디에 민주부락이 여러 개 생기갔어. 산 생활두 오늘 밤이 마지막 될란디 모르갔구. 부락마다 소대별루 주둔하며느 뜨신 방에 자구 매일 특식 먹을 것이오." "가죽군화면 더 좋고, 아쉬운 대로 농구화라도 얻어걸려 짚신짝부터 개비해야지." "집집마다 김치와 된장두 넉넉할 테인게 그놈으 뜨물국 안 먹게 돼 좋겠네." 소대원들 잡담이 그렇듯, 곧 닥칠 전투에 겁먹은 전사는 없었다. 그까짓 신원면 점령쯤은 명령만 떨어지면 시간문제고, 점령에 따른 보다 나아질 의식주에만 마음이 들떠 있었다.

햇볕 맑은 양달에 팔베개 벤 채 누워 있던 문한득 생각도 다른 전사들과 다를 바 없었다. 전투가 아이들 전쟁놀이 정도로 상상되었다. 전투가 붙으면 육탄 돌격하더라도 분주소 점령은 별 어려움이 없을 것 같았다. 신원분주소만 점령하면 감악산 이남 신원면은 통째 해방지구가 되는 셈이었다. 그렇다면 고향땅 대현리에도, 달분이가 사는 외탄량에도 공작 나갈 수 있을 터였다. 그는 어서 빨리 출동 명령이 떨어지기만 기다렸다. 그러나 신원면으로 여러 차례 정찰을 다닐 동안 한 가지 의문은 늘 마음속에 남아 있었다.

"김동무요." 문한득이 수첩에 무엇인가를 적고 있는 김익수를 보았다. "한 가지 물어볼 게 있는데요."

"뭔데요?"

"제가 듣기론 팔로군부대 병력이 물경 오백이라던데, 신원분주소를 칠라면 왜 진작 안 쳐들어갔는지 모르겠네요. 팔로군부대는 화력이 막강한 정규군 전투부대 아닙미까. 그런데 신원분주소 병력이래야 의용병을 합쳐도 스물 안쪽입미다. 그렇다고 남선군대가 신원면에 주둔하고 있지도 않는데요. 이 산꼭대기서 엄동 나며 생고생할 게 뭐가 있었겠습미까."

"나도 그 생각을 해보았어요. 팔로군부대의 설부른 전투 행위는 바로 잠자는 호랑이에 코침 놓기지요. 신원분주소 정도의 산골 면소 하나 깔아뭉개고 깃발 올리기야 어렵지 않지요. 그러나 코앞에 보이는 잇속만 노려 점령했다고 칩시다. 남조선 임시 수도 부산이 여기서 얼마 거리요? 불과 수백 리 안쪽 아닙니까. 그러니 민심 안정을 위해서라도 후방 코앞에 있는 인민유격대 준동을 가만두고 볼 리가 있겠소. 전방 일 개 연대만 후방으로 돌려 육공(陸空)으로 들입다 밀어붙여보시오. 이 보록산 산채야 금세 튀밥이 되겠지

요. 그러므로 때를 기다리며 여지껏 움츠린 게지요. 그 결과, 중국
공산군이 남으로 쓸고 내려오는 지금을 호기로 판단한 거요. 지금
남조선은 후방에 신경쓸 짬두, 전투 병력을 빼내서 우리를 공격할
여유가 없다 이거지요."

"그런데 전북도당과 전남도당 쪽은 임실·순창·곡성에서 습격
전을 자주 벌인다 하데요. 면소와 분주소도 공격하고요. 거창군당
에서 들은 말이긴 합니다마는."

"그쪽만 하더라도 소백산맥 서쪽, 노령산맥 일대가 아니오. 이
승만 정권도 그쪽은 전략상 그리 중요하게 여기구 있지 않지요.
인민해방군이 승승장구 남진할 때두 전투다운 전투 없이 그냥 내
어준 땅이 호남 일대 아닙니까. 한편, 북조선 쪽이 퇴각할 때도 어
디 그쪽 땅에선 전투다운 전투가 있었나요. 그냥 버렸지요. 그쪽
은 전략상 피차가 요긴한 지역이 아니니 얻을 때는 그저 얻구 내
어줄 때도 쉽게 넘겨주지요. 주 공격선과 주 저항선은 언제나 경
부선 철도를 기점으로, 동쪽이오. 그런 점을 노려 그쪽 제2전선은
'남해여단'과 전남·북 도당이 주축이 되어 이미 확보한 해방지구
를 사수하려 남조선 토벌군을 상대로 게릴라식 기습전은 벌일 만
두 하겠지요." 김익수는 다시 수첩에 무엇인가 쓰기 시작했다.

"날마다 뭘 그렇게 씁미까?"

"기록을 해두는 거지요. 증거 삼아. 아내와 자식에게 편지도 쓰
구요."

"보낼 수 없는데도?"

"한번 들어볼 테요?" 김익수는 기록한 글을 읊었다. "열이 엄마,

162

이번 이 전투가 어쩌면 나에게 생의 종착점이 될는지 모르오. 우리 기포지대가 선공을 맡을 게 분명하오. 지난 보름간 훈련도 다 이번 작전을 위한 예행연습이었소. 병골인 내가 그 훈련을 이겨냈듯, 이번 전투에서도 나는 반드시 살아남을 것이오. 그래서 당신과 열이를 만나게 될 것이오……" 거기까지 읽던 김익수가 갑자기 아랫배를 쓸어 안았다. "아이구, 뱃구레야. 위장이 또 발광을 떨구만."

김익수는 엉거주춤 일어나더니 허리를 접은 채 똥구덕 있는 쪽으로 굼뜨게 걸음을 옮겼다. 그가 똥구덕 앞까지 오니 차례를 기다리는 전사 예닐곱이 줄을 서 있었다.

"이 새끼, 빨리 못 나와." "정 그렇게 버텨낼 참이야." "이거 넝미티갔군." 줄을 선 전사들이 발을 구르며 채근했다. 똥구덕에 쪼그려 앉은 전사는 그런 채근을 즐기며 휘파람까지 불어 부아를 끓였다. 아무데나 함부로 똥을 누면 견책을 받았으나 더 어떻게 참지 못한 전사는 엉덩이를 틀어쥔 채 골짜기로 밍기적거리는 걸음을 걸었다.

문한득은 잡풀더미에 누웠다. 배가 부르니 맑은 하늘이 눈에 시게 다가들었다. 마른 가지를 훑으며 불어오는 날 선 서북풍이 귓가를 스쳤다. 그가 누운 지점은 오목한 터라 바람기가 없었다. 식곤증으로 눈이 감겼다. 식사하기 전 김익수 말대로, 조만간 뵈올 때까지 건강하시라고 엄마한테 기원을 드렸는데, 죽고 없는 한병 형을 찾아 한재숲을 헤매는 엄마 얼굴이 눈꺼풀에 붙어 왔다. 한돌 형, 두 형수, 어린 조카들 모습도 보였다. 소총 메고 하대현으로 들어서는 자기를 보며, 해방군 전사가 돌아왔다고 반길 마을 사람들도 눈에 선했다.

문한득이 혼곤한 잠에 취해 있을 때, 종소리가 울리고 호루라기 소리가 났다.

"문동무, 일어나시오." 김익수가 문한득을 흔들었다. "개인화기 소지하구 훈련장에 집합하래요. 내려가봅시다."

"결전의 날은 닥쳤다. 한탕 치러 가자구." 강철규가 언덕 아래로 걸으며 노래를 흥얼거렸다. "태백산맥 눈 내린다. 총을 메어라. 출진이다. 눈보라는 밀림에 우나 가슴속엔 피 끓는다. 눈에 묻혀 사라진 길을 열고……"

"소년병 동무. 전투가 시작되면 모가지 붙었는지 떨어졌는지 자주 만져보라구." 뒤따르던 김풍기가 문한득에게 선겁 주었다.

빈터에 집합한 중대원들은 소대별로 둘러앉아 소지한 화기를 분해하여 아주까리 기름으로 닦았다. 송중대장이 지휘봉을 들고 소대 사이로 거닐며, 총기류 청소 현장을 감독했다. 한 시간 뒤 총기 검사에서 불합격 맞는 전사는 벌칙이 있다는 중대장 훈시가 있어 모두 열심히 닦고 조이고 기름칠에 바빴다. 구조가 간단한 경기는 이십 분이 못 되어 닦기를 끝냈다. 한 줄로 늘어선 전사들이 중대장 앞을 통과하며 총기 검열을 받았다. 검열에서 1소대 1분대는 둘이 불합격 판정을 받았다. 김익수와 방수억이었다.

송중대장은 김익수 앞에 서자, 소총 노리쇠를 후퇴시키고 개머리판을 하늘로 하여 총구를 들여다보았다.

"불합격!"

"중대장님, 여, 열심히 청소했는데요."

"전사에게 총은 목숨보다 소중함네. 전투에서 다리르 다쳐 낙오되더라두 총기마느 소지하고 있어야 하느 벱이 전사으 사명이믈 모름네? 아무리 눈깔 나쁘기로서이 껀다리 동무느 총구멍에 파리 똥 앉드키 녹슬은 것두 뵈이지 않겠니?" 중대장이 몰아붙였다.

"다시, 철저히 닦겠습니다." 김익수가 말을 더듬었다.

"총기 불량이믄 동무느 무슨 벌칙을 받게 될 줄으 아오?" 송중대장이 방수억에게 물었다.

"어떤 벌칙도, 뭐든지 명령대로 따르겠습니다." 방수억의 앞에 총한 총대가 떨렸다.

"좋소." 중대장이 토를 달지 않고 다음 전사가 내민 총을 받았다. 그로써 어떤 벌칙도 주어지지 않고 불합격을 맞은 둘은 경기를 십 분 동안 다시 닦으라는 명령을 받았다. 총기 닦기에 합격된 소총수들은 3소대장을 교관으로 각개전투 훈련과 사격 연습을 했다. 체코제 경기관총조, 수동식 중기관총조, 십오연발자동화기인 BAR 조는 한 시간을 채워 총기 닦기를 마쳤다.

오후로 접어들자, 각 소대별로 막사 철거 명령이 내려졌다. 산막 지붕이 걷히고 자질구레한 군용품과, 화선악기조차 한곳에 집결되었다. 화선악기에는 김익수가 만들고 있던 만돌린도 포함되었다. 저 악기를 언제쯤 찾게 되겠냐며 김익수가 혼잣말을 중얼거렸다. 전투에서 승리하면 찾게 될 거라고 문한득이 말했다. 전쟁 끝나면 자식 선물로 가져가려 했다고 말하는 김익수의 꺼벙한 표정이 자식과 이별하듯 아쉬움에 젖었다. 솥마저 철거되었기에 중대원들은 저녁식사 배식이 없겠음을 알았다. 중대원들은 잡동사니 물건들을 철마산 쪽 팔 부 능선 1킬로 지점, 우각바위 아래 두 평 남짓한 자연동굴로 옮기고, 굴 입구를 바윗돌과 잡목으로 위장했다.

전 중대원이 반땅크(反戰車) 수류탄을 두 개씩 지급 받아 두레박 만한 그것을 허리에 차고, 개인화기 실탄을 점검하고, 장총에 총창을 꽂아 출동에 따른 군장을 꾸렸다. 그렇게 완전무장하여 대기 상태에 있던 중, 집합 명령이 떨어지기는 해가 철마산 너머로 기운 뒤였다. 보록산 남녘 비탈이 긴 그늘에 잠겨 침침해지고, 기온이 떨어지면서 저녁 바람이 세차게 불었다.

"조금 전 군사부지휘소에 중성 동무들이 오고 지대장 동무도 함께 왔어." 빈터로 내려가며 방수억이 문한득에게 말했다. 그가 멘 소련제 아식보총에는 돌에 갈아 날을 세운 총창이 꽂혀 있었다.

"훈시가 있을 모양이제요?"

"학자 동무 말처럼 우리 중대가 총알받이로 선두에 서게 되니깐 무훈장구를 비는 출동식이 있겠지."

문한득이 김익수를 찾았으나 어디에 끼었는지 보이지 않았다. 그는 총기 검열에서 불합격 판정을 받은데다 화선악기를 차압당해 구새먹은 듯하던 얼굴이었다.

빈터에 모인 중대원들이 대오를 맞추어 정열하자, 문한득은 자기 소대 맨 앞에 서 있는 김익수 뒤꼭지를 보았다. 늘 줄 꼬리에 서던 그가 무슨 마음으로 사열대 턱밑에 섰는지 알 수 없었으나, 경중한 키가 다른 전사들보다 머리 하나는 솟아 있었다. 큰 머리통에 뎅그마니 얹힌 인민군모가 저녁 바람에 날려갈 듯했다. 이미 철거된 중대장 막사 쪽에서 전사 셋이 앞서고, 뒤이어 군관 넷이 내려왔다. 전사 중 둘은 지대본부 요원이었고, 하나는 중대장 전령이었다. 그들은 제가끔 대나무 장대에 매단 깃발을 들고 있었다. 흰 바탕에 붉은 면이 넓게 채워진 적기(赤旗)들로, 인민공화국기와 315부대기와 승리기(勝利旗)였다. 기수가 몸을 가누려 용을 써야 할 정도로 기폭이 센바람을 타고 펄럭였다. 승리기는 필승을 다짐하는 뜻으로 출격 전 선봉부대에 수여하는 기였다. 기수들 뒤로 중대장이 서고, 중성 군관 넷이 뒤따랐다. 작전참모와 대열참모, 맹산 기포지대장, 군사부 작전과 소속 보좌군관이었다.

"작전참모는 경성제대를 나와 사칠년에 월북, 평양정치군사학원 교원으로 있었지. 육사단 이연대 연대장을 지냈어. 하동전투를 지휘하다 파편을 맞아 애꾸가 됐는데, 그 파편을 자기 손가락으로 후벼 눈알째 뽑아낸 장본인이야." 옆에 선 강철규가 문한득에게 소곤거렸다.

작전참모는 보통 체격에 납작한 레닌모를 썼고 견장에 중좌 계급장을 달고 있었다. 대열참모는 작전참모보다 나이가 아래로 보였다. 그 역시 중좌여서 문한득은 스물네댓 살쯤의 애젊은 나이에 어떻게 중좌까지 진급했을까 싶어, 금테 붙은 고급 군관모자가 더 우러러보였다. 작전부 보좌군관은 문한득이 315부대에 도착해 전입신고했을 때 보았던 얼굴이 네모진 소좌였다. 언덕 위 지대에 그들이 올라서고 기수들이 한편에 서자, 송중대장이 중대원을 향해, 차렷 구령을 외쳤다. 국기를 향한 경례와 전몰 영웅 전사에 대

한 묵념이 있었다. 나팔수가 '적기가' 전주곡을 뽑아올렸다. 잔기
침하던 전사들이 목청 돋우어 노래를 우렁차게 합창했다.

　높이 들어라 붉은 깃발을 / 그 밑에서 전사하리라 / 비겁한 놈
은 가려면 가라 / 우리들은 붉은 깃발을 지킨다 / 높이 들어라
붉은 깃발을 / 그 밑에서 전사하리라……

비장감 서린 합창은 악을 쓰며 질러댄 고함이었다. 노래는 바람
에 실려 저물한 하늘과 어둑신한 골짜기 아래로 퍼졌다. 모두 노
래를 부를 동안 세 개의 기는 높이 치켜져 들렸다. 노래가 끝나자
작전참모가 앞으로 나섰다. 중대장이, 참모 동무에게 경례를 외쳤
다. 거수경례를 받은 작전참모가 레닌모에 붙였던 손을 내리고 중
대원을 둘러보았다. 한쪽 눈이 찌부러진 그의 외줄기 시선은 일목
요연하다는 말대로 위엄찬 모습이었다. 그의 연설은 윗녘말이 아
닌 표준말로 웅변조였다.
　"친애하는 인민전사 동무들, 안녕하십니까. 그러니 지난달 중
순, 전 부대원 군장검열과 군가 경연대회가 있은 이후, 오랜만에
동지들의 씩씩한 얼굴을 대하게 되었습니다. 출동 준비를 완료한
우리 삼일오부대의 정화, 기포지대 일중대 전사들을 막상 대하고
보니 저 역시 일당백의 용기가 심장에서 맥동 치고 있음을 느낍
니다. 좋습니다. 아주 영광스러운 모습들입니다." 바람 소리가 말
을 앗아갔다. 가죽장갑 낀 손을 옆구리에 걸치고 그는 목소리를
높였다. "이 기쁨을 잠시 유보하고 회고해보건대, 조국 해방전쟁

도 어언 육 개월째, 저 유구한 조선 역사 반만년에 길이 기억될 일천구백오십년 한 해도 마지막 달을 맞았습니다. 그러나 전쟁은 아직 종결되지 못한 채 인민의 피를 더 강요하고 있습니다. 영용한 인민전사 동무들, 우리는 누구를 위해, 무엇 때문에 지금 투쟁하고 있습니까? 넉넉히 잡더래두 달 반이면 끝났을 전쟁이 어느 놈들 때문에 이렇게 지연되고 있습니까? 내가 말하지 않아도 여러 동무들은 이 전쟁의 위대한 의의와, 그 실현을 저지시키려는 악질적 반동 무리가 어느 놈들인가를 알고 있을 것입니다. 세계 공산주의 사상 그 유례가 없는 피의 결전장 조선 반도 땅에서 미 제국주의와 그 주구 반동 세력을 무찌르고 인민의 국가, 프롤레타리아 통일 조국을 건설하기 위해 여러 동무들과 나는 백척간두 이 자리에 서 있는 것입니다. 한 방울의 피까지 남김없이 바쳐 우리 손으로 꼭 조국 해방전쟁을 승리로 이끌고야 말겠다는 비장한 각오를 나는 동지들의 형형한 눈빛을 통해 인식하는 바입니다!" 작전참모의 선동연설이 거기에서 잠시 숨길을 멈추었다. 격앙된 감정을 눌러 다시 말머리를 잡자 목소리가 낮아졌다. "이번 해방전쟁을 통해 실전의 전투력을 몸소 체득한 영용한 전사들이라 짐작하고 있었겠지만, 그동안 전사들이 갈고 닦은 투쟁적 용맹성을 실천할 절호의 기회를 맞게 된 것입니다. 기포지대 일중대를 선봉으로 한 거창군 신원면 공격이 이제 불과 몇 시간 앞으로 박두했습니다. 이에 즈음하여 통제 지휘부는 이번 전투를 '신원 승리작전'이라 호칭하기로 했습니다. 이번 작전이래야 면소 분주소 하나 까부수고 재탈환하는 소규모 전투라, 군사 소양에 투철한 기포지대 전사로서는 필승의 신념으로 분주소 꼭대기에 붉은 깃발을 꽂고 승전가를 부를 수 있을 것입니다. 삼일오부대 각 병단은 기포지대를 측면 지원하여 면내 부락 역시 무혈 해방시킬 것이므로, 전투의 승리는 넘겨받는 영광의 월계관과 다를 바 없음이 주지의 사실입니다……"

문한득은 작전참모 연설을 들으며 철마산 쪽 하늘을 곁눈질했다. 놀빛이 굳어진 핏빛이란 생각이 들었다. 하늘의 핏빛처럼 땅도 핏빛으로 물들여가며 저 북지에서는 지금도 전쟁이 계속되고 있으리라. 이제 난생처음 전장터로 나가서 총을 쏘게 되는구나 하고 되씹자, 가슴속에서 불기둥이 목구멍을 치받고 올라왔다. 등골이 저릿해 오는 쾌감이었다. 추위로 옹송그러지는 몸과 발가락의 통증에도 그의 심장은 용광로처럼 달아올랐다.

작전참모 연설은 계속되었다. 조선인민해방군은 중공인민해방군과 합동작전으로 동계 대 반격전을 개시했다. 국제 부르주아 반동세력을 무찌르며 실함되었던 평양을 이틀 전에 해방시키고, 지금 이 시간에도 파죽지세로 남하하고 있다. 이 호기를 맞아 제2전선의 강화는 필연적이다. 315부대와 남조선 전역에 산재해 있는 인민유격대는 소백산맥 일대를 재탈환하면서 북상하여 제1전선에서 내려오는 인민해방군과 뜨거운 재회의 기쁨을 누리게 될 것이다. 이어, 그는 자기 뒤쪽에 뒷짐지고 서 있는 대열참모를 돌아보곤 말을 계속했다. 이 결단식에 입석한 대열참모 학성 동지는 해방 전 동만주 항일유격대 소년단원 출신으로 열세 살 때부터 실전에 참가한 역전의 용사로, 저 유명한 보천보(普天堡)전투에도 참전한 영웅전사다. 학성 동지 말을 빌린다면, 일제시대 북풍한설의 만주 땅에서 인민혁명군은 우리 제2전선보다 훨씬 어려운 조건 아래서 해방 조국을 맞기 위해 일본 군대를 상대로 신명을 바쳐 싸웠다고 한다. 여러 동지들도 고난의 이 세월을 참고 이길 때 조국 해방의 영광스러운 전사로서 개선할 날을 맞을 것이다······

작전참모는 선동가로 십여 분에 걸쳐 열변을 토했다. 그가 연설을 마치자, 젊은 대열참모가 승리기를 중대장에게 수여했고, 맹산 기포지대장의 짤막한 훈시가 마지막을 장식했다.

땅거미가 내려 골짜기가 어둠에 잠겨갔다. 황소바람이 고지를 쓸며 마른 숲을 흔들었다. 밤이 되자 기온이 급강하하더니 살을 에는 추위가 밀어닥쳤다.

1소대를 선두로 출동이 시작되기는 밤 열시 정각이었다. 민무식 1소대장이 길잡이로 서고 그 뒤에 김풍기 분대장이, 소대원 중 지역 사정은 문한득이 가장 밝다 하여 세번째에서 서게 되었다. 네 발 간격 행군 대열이 이어졌다. 산채는 온통 먹물에 침잠해 있었다. 달빛도 없었고 바람마저 세차, 출동에는 맞춤한 밤이었다.

총을 메고, 등에는 BAR 탄약상자 두 개를 칡덩굴로 멜빵해 짊어진 문한득은 앞사람 기척에 따라 묵묵히 걸음을 옮겼다. 길도 없는 비탈진 산자락이라 발이 미끄러졌다. 그는 코앞조차 내다볼 수 없어 나무 뿌다귀에 얼굴을 찔리지 않으려 한 손으로 앞을 헤치며 나아갔다. 아려 오는 손톱은 감각이 없었고 한데에 내맡긴 맨손과 얼굴은 돌덩이로 굳어졌다. 무거운 중화기를 어깨에 메고 모질음 쓰며 뒤따를 중기조에 비하면 탄약상자 두 개씩 짊어진 경기조는 그래도 나은 편이었다. 더욱 전선에 투입되어 단독 군장으로 엄동의 밤길을 나선 여성대원을 떠올리자 문한득은 수고로움에 마음 둘 형편이 아니었다. 철마산 동편 기슭을 빠져나갈 때야 등짐 무게가 느껴지지 않았고 걸음이 가벼웠다. 앞장을 선 민소대장은 여러 차례 정찰로 길눈에 익어 북두칠성 별자리를 가늠해 깜깜한 잡목숲과 앞을 막는 바위를 비껴 돌며 길을 열었다. 인민중대 척후조가 이십 분 앞서 같은 경로를 밟아 떠났으므로 달리 경계해가며 행군할 필요가 없었다.

철마산 동편 편편한 구릉을 빠져 넓은 버덩 갈대숲으로 들어섰을 때, 뒤쪽에서 전달 말이 문한득 귓가를 스쳤다.

"앞으로 전달." 문한득을 뒤따라오던 심동길이 비상선(군호)을 전달했다. "오늘 밤 군호는 박쥐와 전갈."

문한득은 '앞으로 전달'을 통하여 군호를 분대장에게 넘겼다. 오 분쯤 지나, 인민중대 마지막 경계초소를 통과할 때는 오른쪽에서 다급한 수하가 있었다. 소대장이 '전갈'이라고 대답하자 저쪽에서, 수고가 많다는 화답이 왔다.

기포지대 1중대는 북쪽으로 계속 진출해 중유리와 수동리 사이를 빠져 청룡리를 비껴 돌았다. 거기에서 산을 타며 다시 북으로 십 리 남짓, 청연리 앞산 모롱이를 돌자 감악산 줄기 턱밑에 닿았다. 보록산 산채에서 이시오리를 전진한 셈이었다. 한 시간 남짓 시간이 걸렸다. 병력은 감악산 줄기 등성이를 붙어 올랐다. 남쪽 비탈은 골짜기가 아닌 등성이라 눈은 녹았으나 기울기가 오십 도나 되는 안돌이 험한 길이었다. 팔부 능선 해발 700미터에 이르자 동서로 뻗은 감악산 줄기를 따라 동으로 진출하기 오 리, 숭더미잿길을 가로 넘었다. 감악산 머릿봉 남쪽 기슭을 돌아 비탈을 타고 떨기나무숲을 헤치며 동으로 나아가기 다시 십 리, 뒤쪽에서 군령이 전달되었다.

"앞으로 전달, 동북방 말티고개로 이동."

행군 대열이 갑자기 걸음을 바꾸어 감악산 등성이를 타넘어 동북방으로 머리를 돌렸다. 말티고개를 넘어 고원분지를 이룬 동산을 몇 개 넘으면 언덕 사이에 둘러싸인 산간부락이 있었다. 여러 차례 정찰을 통해 살펴둔 저전이라는 이십여 호 마을로, 해발 500미터의 밋밋한 남쪽 비탈에 자리잡고 있었다. 봄부터 가을까지 약초와 산나물을 거두고, 산자락 밭뙈기에 잡곡을 부쳐먹는 궁벽한 오지였다. 저전리를 눈 아래 둔 지점까지 오자, 중대장이 대열의 앞으로 나섰다. 행군이 멈추어졌다. 중대장이 본부 소대장을 불러, 세 명씩 조를 짜 마을 주변에 매복조를 배치하라고 명령했다. 본부소대가 소대장 인솔 아래 떠나자, 나머지 중대원들은 중대장을 따라 마을을 비껴 돌았다. 그들은 호롱불조차 꺼진 저전리로 소리 없이 들이닥쳤다. 마을 들머리 개울가에는 정자나무가 있었다. 정자나무 아래 중대원이 모이자, 중대장이 작전지시를 내렸다.

"비록 야습이래두 우리 인민군은 뒤통수를 치지 않음네. 무시기 말인고 하면, 당당히 정면으로 드러가야 한다 이 말임네. 신원승리작전으 예행 연습으루 지금부터 저전 부락으 들입다 쳐서느 야식을 해결하겠소. 집집마다 써개(서캐) 잡드시 뒤져 어른 애새끼 가리지 말구 모조리 부락 중앙에 있느 타작마당으루 내모시오. 지금 시간이 정각 새벽 영시 삼십오분. 십 분 내 해치워야 함네. 총소리르 절대 내어서느 앙이 되오. 개인적으루 인민으 재산으 약탈한 전사두 즉결처분이믈 명심하시오. 방화를 해서두 앙이 됨네. 소양 투철한 전사로서 군율을 지켜 모범을 보여야겠음네. 야식 해결두 작전이니까 철통 같은 수색으루 쥐새끼 한 마리 부락 밖으루 새나가게 해서느 앙이 됨을 명심하시오. 반항하느 반동새끼가 있을 때느 숨 끊어지지 않을 만큼 작살내버려두 무방하오. 총창으루 처단하여 원성을 사지 않두룩. 그러면 일소대느 좌에서, 이소대느 우에서, 삼소대느 가운데루 치구 드르가시오. 여성 동무들은 나를 따르구. 작전 개시."

중대장 명령에 따라 세 개 소대는 세 갈래로 나뉘어 부챗살 꼴로 내달아쳤다. 문한득은 앞에총한 자세로 허리 숙여 소대원에 섞여 뛰었다. 옆에서 어뜩비뜩 내닫는 그림자는 김익수였다. 바람을 탄 마른 수숫대가 파도 소리를 내는 밭고랑 넘어 깜깜한 마을로 문한득이 내닫자, 마을 개들이 바람 소리에서 인기척을 가려내어 짖어댔다. 문한득은 허방을 짚어 앞으로 꼬꾸라지기 두 차례, 숨이 턱에 닿았으나 흥분으로 제정신이 아니었다. 그는 어느 집 바자 삽짝을 온몸으로 밀어붙이고 마당으로 뛰어들었다. 무슨 말로 고함을 질러야 할지, 목구멍은 복숭아씨라도 걸린 듯 말문이 터지지 않았다. 누구인가 뒤따라 달려 들어와 대가치 문살을 총창으로 쑤셨다.

"몽땅 나와. 안 나오면 죽인다구!" 방수억이 고함을 질렀다. 그는 정말 총질이라도 할 듯 노리쇠를 철커덩댔다.

"이 밤중에 누군교. 사, 살리만 주이소." 방 안에서 늙은이의 비명과 아이의 울음소리가 터졌다.

"몽땅 나오라니깐!" 방수억이 발길로 방문을 차며 소리쳤다.

"어데 편이라요? 어짤라고 이랍미까. 우리는 아무 죄도 없습미다." 아낙네가 떨리는 목소리로 말했다.

방수억이 다시 한번 어서 나오라고 으름장을 놓자 아낙네가 뒷마루로 기어나왔다. 아낙네 품에서 갓난아이가 자지러지게 울었다. 마당에 무릎 꿇은 식구는 노파와 아낙네, 어린아이 둘이었다. 방수억이 무작하게 그들을 삽짝 밖으로 몰아세웠다.

"문동무는 이 식구들 끌구 타작마당으로 가시오." 방수억이 말하곤 돌담 사잇길로 내달았다.

"퍼뜩 갑시다. 꾸물대면 댁들이 손햅미다." 문한득이 말했다.

"산사람들이 맞지요?"

문한득은 대답하지 않았다. 저전마을이 삽시간에 아수라장을 이루었고, 타작마당 쪽에서는 연방 고함소리가 들렸다.

"녀자 동무들은 따루 나오라요. 이쪽으루 모이라이까 와들 이래 엉기기요!" 3소대장의 윽박지름이었다.

잠시 뒤, 부락민을 다 모아놓으니 어른이 스물한 명, 어린애들 수효도 그만했다. 그중 남자 젊은이라곤 다리를 못 쓰는 앉은뱅이가 유일했을 뿐, 모두 쉰 앞뒤의 중늙은이들이었다. 여자는 열둘이었다. 이십여 가구 중 여러 가구는 난리 피해 대처로 떠나 빈집이었다.

"가마있으라요. 별일 없을 테니." 방한모 쓰고 따발총 멘 옥화가 젖먹이를 가슴에 안고 훌쩍이는 한 아낙에게 말했다.

"제 말 좀 들어보이소. 우리는 남쪽 북쪽 어느 편에도 들지 못하고 그저 땅만 파고 살아왔십미다." 중대장의 손전지 불빛을 받은 수염 허연 늙은이가 손을 저으며 말했다.

"민동무가 연설을 한마디 함네. 내 아까 말한 대로 해보기우." 마을 사람들이 내지르는 하소연이 일쩝다는 듯 송중대장이 민소대장에게 설득 연설을 넘겼다.

"동무들, 조용히 하구 내 말 들으시오. 우리는 살상만 일삼는 군대가 아니오." 민소대장이 말했다. 우는 아이들을 빼곤 어른들 하소연과 울음소리가 차츰 잦아졌다. "동무들이 협조해주면 인민해방군은 이 부락에 어드런 피해도 남기지 않고 떠날 것이오. 그러나 비협조적으로 우리를 속일 때는 반동 부락으로 취급해 마을을 불사르겠소." 민소대장이 으름장을 놓을 동안 중대장이 비추는 전짓불이 마을 사람들을 훑었다. 추위 속에 쪼그려 앉은 겁에 질린 퀭한 눈들이 번들거렸다. 덤불쑥 같은 머리카락이며 걸친 입성의 꾀죄죄함이 산골 농투성이 그대로였다. 잠자다 끌려 나온 동저고리 바람의 늙은이도 많았다. 한편에 몰려 앉은 여자들도 몰골이나 차림은 남정네들과 다를 바 없었다. 정신 차릴 겨를 없이 끌려 나온 부락민은 신을 꿸 짬조차 없어 맨발이 많았다. "……전쟁 와중에 시달리는 동무들 사정은 우리도 잘 알고 있소. 고생하는 동무들을 반동세력으로부터 해방시키려 우리 또한 불철주야로 투쟁하고 있소. 그러므로 농민 동무들은 생사고락을 같이한다는 뜻에서 우리에게 협조해주어야겠소." 이어, 민소대장의 살갑던 말투가 갑

176

자기 바뀌어 명령조로 드세어졌다. 집집마다 간직한 양곡을 털어 예순 명분의 식사를 당장 마련하라. 밥을 지을 동안 전사들이 집 안팎을 뒤져 감춘 양식을 찾아낼 텐데, 그때 알곡이 적발되는 집은 어른 아이 가리지 않고 처단한다. 말로 할 때 선선히 협조하지 않으면 반동으로 오해를 받게 된다…… 민소대장이 이렇게 불러 먹기를 놓곤, 내 말을 알아들은 동무는 일어서라고 말했다.

여자들과 남정네들이 서로 눈치를 보며 하나둘 엉거주춤 일어섰다. 민소대장은 남자와 어린애들은 남고 여자는 자기 집으로 돌아가 양식을 가져 나오라고 명령했다. 여자들이 자기 가족 쪽을 힐끗거리며 어둠 속으로 쫓음걸음을 놓자, 중대장 지시에 따라 2소대원과 여성대원은 아녀자들 감시 역할로 따라붙었다. 마을 남자들과 어린애들을 앞세우고 전사들은 송중대장을 따라, 마을에서는 가장 큰 이장 집으로 몰려갔다. 마을 오른쪽 고샅길에서 김풍기의 걸직한 고함이 들렸다.

"이 쥑일 놈으 새끼. 네놈이 줄행랑친다면 어디까지 가. 팔로군 부대원이 제국주의 쌕쌕이보다 빠르다는 말두 못 들었어!" 김풍기가 한 사내를 총대로 개 패듯 내리쳤다.

"아이고 죽는다! 뭐시든 협조할 테이께 사, 살리만 주이소……"

"기여이 붙잡혔구마. 저 일을 우얄꼬." 이장 집으로 걷던 중늙은이가 혀를 찼다.

"이 간나이새끼는 뭣이야?" 2소대장이 김풍기에게 물었다.

"이 새끼가 똥통 뒤에 숨었다 뒷담을 타 넘지 뭡니까. 쫓아가 붙잡고 보니 남조선 개(경찰) 앞잡이가 맞아요. 당장 요절내버리자구요."

"심문해봐야지. 끌구 가더라구."

집집마다 거둔 양식은 이장 댁에 모아졌다. 안방에는 중대장과 민소대장, 최특무장, 잡혀온 마을 청년과 수염이 반백인 이장이 호롱불을 가운데 두고 둘러앉아 있었다.

"집집마다 털어 나온 기 겨우 이것임네?" 안방 가운데 널브러진 몰한 양식을 보며 송중대장이 가린스럽다는 듯 말했다.

"가난한 화전촌이라 양식이 없더만요." 2소대장이 말했다.

"업세두 그렇치. 부락민은 굶구 어떻게 살았음네."

거둬들인 양식이래야 쌀은 한 톨도 없었고 보리쌀과 잡곡뿐이었다. 그것도 중대원 쉰여 명 한 끼니로는 양이 모자랐다. 얼굴 얽은 이장은, 궁핍한 오지 마을인데다 약초와 산나물을 읍내 장에 팔아 얼마간 양식 보탬을 했으나 전쟁통에 그 일조차 여의치 못해 마을 전체가 겨울을 도토리로 끼니를 잇는 형편이라고 말했다.

"무시기 말이 많슴네." 송중대장이 이장 멱살을 틀어쥐더니 마당으로 끌어냈다. 마당에는 부락민 여럿이 서 있었다. 열고를 낼 때면 사막하기 그지없는 중대장이 이장을 다가채기로 땅바닥에 패대기치곤 지휘봉으로 내리치기 시작했다.

"조선놈으 종자느 말루 해서는 앙이 됨네. 반동놈으 새끼, 네놈부터 먼첨 처단해버리겠음네. 조국 해방전쟁에 목숨 바쳐 싸우느 인민전사에게 더두 아니구 한 끼 석식 대접조차 이따위루 비협조적이믄 반동부락이 틀림없음메!"

"내부텀 먼첨 죽이소!" 이장 여편네가 울부짖으며 서방 위에 엎어졌다.

중대장이 이장 처 머리끄덩이를 잡아채 밀쳐내더니 까라진 이장 허리춤을 잡아 일으켜 세웠다. 중대장이 이장 얼굴에 전짓불을 들이대었다. 몰매질로 이마가 터져 이장 얼굴이 피칠갑이었다. 중대장이 총을 뽑아 이장 이마에 들이댔다.

"거짓뿌렝이하는 비열한 반동놈은 죽어야 해!"

"죄, 죄송합니다. 제가 부락민들한테 통사정을 더 해보께요."

"십 분간 기회를 줄 테니 동무가 직접 나서보우. 이번에두 제 양만큼 안 나오면 그때느 배때기에 총창 꽂히는 줄 알라우." 송중대장이 이장을 풀어주었다.

"알겠습미다. 군사들 배를 든든히 채우도록 힘쓸 테니 쪼매마더 기다리이소."

눈앞에 불똥이 튀는 순간이라 이장과 그의 여편네가 이 집 저 집 바쁘게 뛰어다녔다. 더 거둬들인 곡식은 보리쌀과 조가 두 말 남짓 되었다. 이장은 제사 때 쓰려 갈무리해둔 자기 집 오례쌀 다섯 되를 뒤란 김칫독 속에서 꺼내어 와서 내놓았다. 거두어진 양식으로 이장 집과 이웃 두 집 부엌에서 마을 아낙네들이 밥을 짓기 시작했다. 여러 집에서 반찬감을 이장 집으로 날라 왔다. 반찬이래야 김치와 장아찌, 된장과 고추장에, 절인 깻잎과 마늘종 따위였다.

경계조 외, 밥이 될 동안 할 일이 없어진 대원들은 이장 댁 아래채와 이웃 몇 집에 흩어져 구들목 차지하여 쉬었다. 땔감이 많은 산골이라 방이 따뜻했다. 김익수같이 게으른 전사와 무거운 화기를 지고 오느라 탈진이 된 중화기소대 2소대원들은 따뜻한 방에 엉덩이를 녹이며 쉬었으나, 김풍기나 방수억처럼 싸대기 좋아하는 전사들은 중대장의 허락을 얻어내 기어코 마을 개를 잡았다. 중대장은 삼십 분 안에 끝내고, 불빛이 새어나가지 않게 하라는 엄명을 내렸다. 마을 개 네 마리 중 덩치가 큰 누렁이 두 마리가 총창에 간단히 처치되었다. 잡은 개를 화톳불에 그을릴 수 없어 창자만 뽑아내고 끓는 물에 데쳐 대충 털을 뽑은 뒤 여러 부엌에서 토막 내어 삶았다. 김풍기는 우리 덕분에 부락 인민도 기름기로 목구멍 세척을 하게 되었다며 너스레를 떨었다.

그동안 중대장은 이장 댁 안방에 잡아놓은 마을 젊은이를 심문했다. 심문 결과 젊은이는 남상면 분주소 의용경찰로 밝혀졌는데, 그의 집 횃대에서 군용 외투가 발견되었던 것이다. 젊은이는 지난 삼복에 징집영장을 받고 마산에서 보병 기초훈련을 마치자 장티푸스를 앓아 전방 차출이 보류되어 남상분주소 의용경찰로 배치되었다. 남상분주소는 거창읍으로 들어가는 길목에 있었는데, 저 전마을에서 불과 사십 리밖에 되지 않았다. 분주소 근무 넉 달 만에 이틀간 첫 외박 허가를 얻어 고향 마을에 머물다가 운수 사납게 덫에 걸린 셈이었다.

"다 같은 조선 인민인데 우리가 동무를 왜 죽이겠음네. 동무도 어데 남조선 개 앞잽이 되고 싶어 되었겠음네. 목숨 부지하자니 총대르 들었겠지." 심문을 마친 중대장이 의외로 너그럽게 말했다.

"살리만 주신다면 뭐든지 시키는 대로 하겠습미다." 젊은이가 우선 숨이 붙게 되었다는 안도감에 연방 머리를 조아렸다.

"이제부터느 새로운 각오루 우리 말 잘 들읍세."

"여부 있겠습미까. 고맙습미다, 대장님."

뜸든 솥부터 자배기에 잡곡밥을 퍼담아 내어오자, 식사는 1소대부터 먼저 하게 되었다. 경계를 담당한 매복조 본부소대와 임무 교대를 하기 위해서였다.

등잔불이 가물거리는 아래 1소대원들은 자배기 두 개에 두 패로 나누어서 어깨를 맞대고 둘러앉았다. 시래기와 김치를 넣고 된장을 풀어 끓인 개장국이 한 그릇씩 돌려졌다. 그때까지 개고기는 제대로 삶기지 않아 벌건 속살이 드러났다. 개장국이 설 끓여졌으나 무쇠도 녹여낼 위장들이라 고깃국을 앞에 둔 소대원들이 군침부터 삼켰다.

"먹음직하구만. 몸보신에는 개고기가 최고야." 김풍기가 말했다.

"시작들 하더라구. 동지애 발휘해서 양보해가며 먹어." 최특무장이 말했다.

최특무장 말이 떨어지자, 개인 분배가 안 된 자배기 밥에 전사들의 몽당숟가락이 일제히 날아들었다. 말 그대로 맹렬한 '조직'이었다.

"이거 정말 교통 정리가 있어야 갔구마. 질서가 녕 없수다레." 백만복이 강철규와 이마 박치기를 한 뒤 투덜거렸다.

"조직 때는 말이 필요허요?" 1소대원 중 유일하게 전남 출신인 고만술이 말했다. 고만술은 어떻게 팔로군부대에 편입되었는지 모르지만 전쟁 전 여순병란 때 지리산으로 도피한 남조선 반란국 14연대 잔당의 구빨치였다. 남조선인민유격대는 식사를 '조직'이라 했고, 보급투쟁은 '사업'이라 했다. 사업이 잘 안 되어 조직이 어렵다는 말은, 식량 조달이 여의치 못해 굶을 때가 많다는 말이었다.

문한득은 개장국에 밥을 말아 시큼한 김치를 손으로 한줌 집어 국에 얹곤 게걸스럽게 퍼먹었다. 뱃가죽과 등가죽이 붙었던 참이라 말할 여유나 한눈팔 겨를이 없었다.

"아니, 동무는 개고기도 못 먹나. 그렇게 보고만 있기요?" 김풍기가 옆에 앉은 김익수를 보며 말했다.

"분대장 동무나 더 드시오. 난 위장이 약해서……" 김익수는 자기 뚝배기를 분대장 앞으로 밀었다.

"이거 미안한데."

"버리는 것보담 나을 테니까요."

"버리다니? 동무는 부르좌 말버릇부터 고쳐야 해."

김익수는 예의 느린 숟가락질로 김치와 장아찌를 찬으로 천천히 밥을 먹었다. 문한득만 알심해져 김익수에게 눈을 주었을 뿐, 누구도 그에게 관심을 두지 않았다.

1소대와 교대한 본부소대원은 물론 여성대원 넷까지 개장국 한 그릇씩을 푼푼하게 비워, 중대원 모두 배를 든든하게 채웠다. 최특무장은 이장에게 축낸 양식만큼 지불증을 써주며, 남조선 해방되는 날까지 잘 보관해두라고 말했다. 잠시 뒤, 승리중대 소대 병력 열넷이 경계조 안내를 받아 마을로 들이닥쳤다. 부근에서는 부촌이며 큰 마을인 임불리로 보급투쟁을 나가는 길이라 했다.

"다들 수고 많구믄, 혁명전쟁두 동무들 덕분에 쉬 끝나리라" 하며, 송중대장은 남긴 야식을 그들에게 나누어주었다.

중대장은 타작마당에 부락민 남자들의 집합 명령을 내렸다. 중대원의 인원 점검이 끝나자, 중대장은 마을 남자들 중에서 힘깨나 쓸 것 같은 중늙은이 다섯을 뽑았다. 그중에 이장도 끼어 있었는데, 그들을 짐꾼으로 동원하기 위해서였다. 중대장은 마을을 떠나기에 앞서 부락민들에게 한바탕 훈시를 늘어놓았다. 사십팔 시간 동안 금족령을 내리며, 누구든 마을 밖으로 한 발자국이라도 나서다가 발각되면 초모병으로 데려가는 여섯 명을 처단하겠다고 위협했다. 이어, 거창군 일대는 이미 북조선 인민해방군이 해방시켰으므로 어느 누가 남조선 개한테 연락을 취하려 몰래 마을을 나서본들 사방에 깔린 비상선에 걸리고 만다는 말도 덧붙였다.

감악산 등성이를 동남 방향으로 넘는 행군 대열이 이루어졌다. 시간이 새벽 두시를 넘어서고 있었다. 의용경찰 젊은이를 포함한 초모병 여섯은 중화기 실탄상자를 여러 개 포개어 허리 꺾어져라 지게에 짊고 대열 중간에 껴붙었다. 초모병들 덕분에 중기조는 짐을 덜었다.

새벽이 가까워지자 기온이 더 떨어졌다. 황소바람은 기승을 떨며 매몰차게 불었다. 12월 5일, 음력으로 시월 스무닷새였다. 달이 뜨지 않은 깜깜한 밤에 없는 길을 뚫으며 중대병력은 다시 감악산 등성이를 타고 올랐다.

"정지, 누구냐?" 등성이 위쪽에서 돌연 수하가 있었다.

"기포지대 일중대다." 앞장선 민소대장이 걸음을 멈추었다.

"박쥐."

"전갈."

"우린 통신소대외다."

"일찍 출동했구먼요."

"전화 가설이 바빠서요."

통신소대는 공격 시작 직전 신원분주소와 읍내 거창경찰서 사이에 연결된 전화선을 끊으려 동원된 참이었다. 노획된 남조선 전화선은 군사부 작전지휘소와 각 병단과의 야전 전화선으로 이용될 터였다.

행군은 통신소대가 있는 감악산 줄기 소바위 등마루에서 멈추었다. 중대원이 한곳에 모였다. 소나무와 떡갈나무가 덤부렁듬쑥했으나 바람 피할 곳이 없는 등성이라 서북풍이 칼날 같았다. 중기조는 힘들게 메고 온 무기를 땅바닥에 부려놓았고 초모병들도 지게를 벗었다.

"대단한 강추위다. 올 들구 제일루 추운 날 같디 않으우?" 백만복이 어둠 속에서 발을 구르며 말했다.

"바람이 얼마나 매운지 눈물이 나서 견딜 수 없어요." 순지의 아르르한 목소리였다.

한기가 뼛속까지 아려오기는 문한득도 마찬가지였다. 야식이라도 든든하게 먹지 않았다면 그 자리에서 돌기둥으로 굳을 것만 같았다. 사방이 어둠이라 군관들은 어디로 갔는지 말소리도 들리지 않았다.

"참고 견딘 출전의 날이 이렇게 추워서야." 김익수가 이빨 마주치는 소리를 내며 노래 가사에서 따온 말을 했다. "총기 검열 불합격 벌로 무슨 지옥살이를 시킬는지……" 그는 아직 그 걱정에 매여 있었다.

"잊어버려요. 방동무처럼." 강철규가 참견했다.

"야, 껀다리 동무. 비 맞은 중처럼 쭝얼거리지 말구 움직이라구. 가만 섰으면 동태가 될 테니 발을 놀려." 김풍기가 말했다.

"손도 불나게 비비고. 손가락 굳으면 총도 못 쏴." 방수억이 말했다.

"우리는 마실로 돌려보내주이소. 우리야 산골짜기 무지랭이라 총도 쏠 줄도 모릅미다." 저전마을 이장이 말했다.

"누구는 집이 없어 이 고생 하는 줄 아나? 나도 보고 싶은 부모와 처자식 있구, 정든 고향땅이 있다구."

김풍기 말에 아무도 대꾸하는 자가 없었다. 잠시 뒤, 저쪽에서 두런거리는 말소리가 들리더니 송중대장과 소대장들이 건너왔다.

"저전부락 동무들 어디메 있수? 이쪽으로 와보시우." 송중대장이 저전마을에서 뽑아 온 초모병 여섯을 불러모았다. "예까지 짐 나르느라 수고 많았음네. 그럼 부락으로 펜히 돌아들 가시오. 내가 아까 했던 당부말 명심들 하구, 앞으로는 공화국 인민으로서 충성으 다하도록. 공산주이느 바로 여러 동무 같은 무산대중으 편임네. 조만간 평화시대가 오면 동무들은 이 오지에 박혀 생고상하며 살 필요가 없음네. 평지로 내리와 제 땅에 쌀농사 지으며 자식들두 모두 상급학교까지 공부시킬 수 있을 것임네. 내가 명백히 약속하겠음네."

"아이구, 고맙심다. 이 은혜는 잊어뿔지 않겠슴다." "마실로 내리가면 꼼짝 않겠심다." "앞으로도 뭐든지 시키는 대로 하겠심다." 부락민들이 머리방아를 찧으며 한마디씩 했다.

그들은 지게에 짊어 온 탄약상자들을 중화기대원에게 인계했다. 고맙다는 말을 되풀이한 뒤 서둘러 산을 내려갈 때, 중대장이 소리쳤다.

"젊은 동무느 남아야겠수. 힘이 좋으니 우리르 좀더 협조해주구 가야디."

"예?" 의용경찰이 놀라 물었다.

"동무, 지금 무시기라 했수?"

"아닙미다. 협조해드려야지요. 저는 인제 의용경찰 개 노릇 안 하고 아주 인민군 용사가 되기로 각오를 했습미다."

"그라면 또식이는 쪼매 더 거들어주고 오너라. 우리 먼첨 가께." 이장이 젊은이에게 말했다. 초모병으로 동원되었던 저전리 사람들은 맞바람을 맞으며 어둠 속을 더듬어 되돌아갔다.

중대장은 각 소대장을 불렀다. 소대 배치에 따른 지시를 할 터였다. 이제부터 감악산 줄기 남쪽 비탈, 신원분주소가 있는 양지리 쪽으로 내려가야 했다. 양지리는 중대원이 행군을 멈춘 등성이에서 불과 오 리 남짓한 아래쪽에 있었다. 날만 밝으면 신원분주소 망루와 세 개의 초소 보루대가 동남쪽으로 내려다보일 위치였다. 보록산에서 양지리까지는 동북쪽으로 직선 거리 삼시오리, 그들은 양지리를 멀찌감치 돌아 오십 리를 행군해 온 끝에, 신원분주소를 눈 아래 둔 고지에 도착한 셈이었다.

"이제느 소대별루 행동하겠음네. 일소대르 척후조루 세우고 본

부, 이, 삼소대느 소대 거리 오십 미터르 확보하여 하산하우. 이동
시 오발에 조심들 해야겠습네." 중대장은, 바람이 산 아래로 불고
있으니 발소리를 죽이고, 돌이 구르지 않게 전진해야 한다는 말도
달았다.

1소대가 어둠 속에서 인원 점검을 끝내고 출발하려 했을 때였다.
"지전부락 동무." 중대장이 의용경찰 젊은이를 불렀다. "인제
동무가 필요 없겠수. 수고 많았음네. 돌아가더라두 다시느 남조선
개 노릇을 하지 말두룩."

"개 노릇 안하고 농사나 짓고 살지요. 정말로 살려줘서 고맙습
니다." 젊은이가 절을 하곤 총총히 소나무 숲을 빠져나갔다.

"간에 붙구 쓸개에 붙는 간나이 새끼, 죽여버립세." 중대장이 3
소대장에게 말했다.

3소대장이 젊은이가 사라진 솔수펑 쪽으로 내달았다. 그는 허리
에 찬 대검을 뽑아 쥐었다. 곧이어 아래쪽에서 바람 소리에 섞여
된 신음이 까라졌다.

민소대장 인솔로 1소대원은 동남 방향을 잡아 산비탈을 비껴 내
려가기 시작했다. 행군 대형도 깨어져 소대장과 문한득이 앞쪽에,
나머지 소대원은 뒤쪽에서 따라왔다. 한발 한발 옮겨감이 살얼음
밟듯 했다. 바람 소리뿐, 산 아래 구사리와 양지리는 어둠에 묻혀
있었다. 1소대원이 허리 숙이고 너설을 한참 내려갔을 때, 주위가
어슴푸레 밝아왔다. 눈앞에 섰던 나무며 바위가 희미한 윤곽을 드
러냈다. 앙상한 나뭇가지 사이로 아직 별빛이 초롱했고, 그제야
떠오른 스무닷새 여윈 달이 바람 건너 하늘 귀퉁이에 비껴 걸렸다.

골짜기를 건너 등성이를 비스듬히 타고 내려가자, 큰 키 떨기나무들이 없어지고 어깨를 가릴 다복솔밭과 잡목이 나섰다. 사방이 훤하게 트여 소대원들은 어깨를 더 낮추었다. 평지 쪽으로 내려올수록 바람도 수더분해졌다. 산허리 등성이에 올라 아래쪽 들녘을 내려다볼 지점에서 민소대장이 손짓을 했다. 소대원들이 그의 주위에 모였다.

"공격 목표가 불과 일 킬로 밖이오. 본대가 도착할 동안 대기하도록."

"공격은 불효(拂曉)시간이겠군요?" 김풍기가 소대장에게 물었다.

"분대장과 문동무만 나를 따르시오. 문동무는 단독 군장으로 오도록."

문한득은 탄약상자를 내리고 중대장 뒤를 따랐다. 셋은 앞쪽을 경계하며 등성이를 넘어 다시 골짜기로 빠졌다. 골짜기 개울은 물이 말랐고 언 얼음이 뿌옇게 드러났다. 그렇게 내려가기 200미터, 셋은 야트막한 등성이를 타고 올라 담티재로 빠지는 산길을 저만큼 둔 마루턱에서 멈추었다. 양지리와 옥계천 아래쪽 들녘이 어렴풋한 윤곽을 드러내고 있었다. 율원국민학교 목조 건물과 빈 운동장이 보였고, 학교 옆으로 가구 수 일흔여 호의 초가들이 촘촘했다. 분주소와 면사무소는 학교와 벽을 하여 담티재로 오르는 고샅길 앞에 자리잡고 있었다. 분주소는 사방을 키 높이 돌담과 대나무로 방벽을 쳤고, 그 안의 납작한 석조건물 옆에는 감악산을 바라다보며 돌과 모래부대로 쌓은 출무성한 망루가 버티고 있었다. 마을 아래 옥계천을 끼고 외따로 떨어진 정자터에는 느티나무 몇 그루가 내려다보였다.

"학교 위 저기 보이는 초소가 삼초소 보루대요. 그저께도 인민들이 울력을 했소." 민소대장이 둔덕 위에 자리잡은 3초소를 손가락질했다. 분주소 돌담과 3초소와의 거리는 200미터쯤 되었다.

"우리 소대가 삼초소를 칠 낍미까?" 문한득이 3초소를 가늠 보며 물었다.

"삼초소를 본부소대와 우리가 맡소. 일초소는 이소대가, 이초소는 삼소대가 맡을 거요."

3초소 보루대는 어깨 높이로 60미터쯤을 길다랗게 쌓아두었다. 야간 보초병이 성채 가운데 있는 초소를 지킬 테지만, 지금은 보초가 있는지 없는지 확인할 수 없었다.

"삼초소 탈환이 십오분, 분주소 탈환까지 넉넉잡아 삼십 분, 그렇다면 한 시간 안에 국기 게양대에 인공기를 꽂을 수 있겠군." 김풍기가 이지렁거리는 투로 말했다.

"김동무, 본대가 도착했다면 이 위치로 이동해도 좋다고 중대장에게 전달하구려." 소대장이 말했다.

분대가 도착할 동안 민소대장과 문한득은 신원면 지세와 주민 성분에 대해 말을 나누었다. 민소대장이 신원승리작전의 규모에 관해 털어놓았다. 소대장은, 이번 작전에 투입된 병력이 사백 명이 넘는다고 말했다. 군사부 직속의 보위대, 교육대, 후방대, 병원반 등 기간병은 산채에 남고, 정치부까지 모든 병력은 훈련을 겸해 참가했다는 것이다. 주공격인 신원분주소 점령은 기포지대 1중대가 맡았으나, 기포지대 나머지 중대와 보급투쟁 전문 두 개 중대는 감악산 이남 신원면 일대를 전투 없이 접수하며, 보위지대 각 중대는 혹 있을지 모를 남조선 군경 응원부대의 진출을 막기 위해 북방 남상면 일대와 동남방 합천군 봉산면·대정면 쪽 기동로를 봉쇄하려 출동되었다고 말했다.

"……그러므로 우리 중대는 가장 안전한 사각 안에서 독 안에 든 쥐를 상대로 싸우게 된 셈이지요."

"신원분주소만 점령하면 저도 고향 마실에 갈 수 있겠군요?" 문한득이 기쁜 마음을 누르고 물었다.

"가족과 하룻밤을 지내도록 내가 통신발행증(외출증)을 받아주지요."

"소대장 동무님, 고맙습미다."

"님자는 붙이지 마시오. 인민공화국은 인민의 국가요, 위도 없고 아래도 없소. 단, 우리는 싸우는 전사이기에 지휘가 필요하므로 명령 계통의 군기만은 어쩔 수 없지만."

한참 뒤, 송중대장이 병력을 인솔해 왔다. 중대원을 등성이 아래에 매복케 하고 중대장이 마루턱으로 올라왔다. 그는 양지리 일대의 지형을 살핀 뒤, 각 소대장을 불러 작전지시를 하달했다. 본부소대와 1소대는 감악산 등성이를 마주보며 가장 높은 지대에 있는 3초소 보루대에서 200미터 지점에 진지를 구축하고, 2소대는 구사리로 들어가는 길목에 있는 1초소 쪽에, 3소대는 수원리로 빠지는 길 위쪽에 있는 2초소 쪽에 전투대형을 갖추라 했다. 중대장은 지시를 끝내자 등성이 아래쪽에 집결한 중대원 쪽으로 내려갔다. 경계조 몇을 좌우에 배치한 가운데 중대원은 다복솔밭에 모여 앉아 있었다.

"지금 시간이 새벽 두시 사십분, 조금 있으면 군사부와 정치부
으 참모들이 도착할 께요. 공격은 불효시간에, 공격 신호느 지휘
부가 설치될 이 부근에서 조명탄을 쏠 것임네. 그러며느 양동작전
으로 일제히 사격을 개시하우. 우리 제이전선은 실탄을 보급받을
데가 없으니까 총알으 애껴야 할 것임네. 한 알이라두 정조준 없
이 무작정으로 쏘아대느 전사가 발견될 시느 견책이 있을 것임을
명심들 하우. 그리고 신원승리작전에서 특별히 공을 세우느 전사
느 군사부에다 화선입당(火線入黨)을 추천할 테일 께니 기포지대
일중대으 명예를 걸구 영용한 인민으 전사로서 열성을 다하시우."
송중대장이 마지막 훈시를 내렸다.

곧 소대별로 은밀한 이동이 시작되었다. 분부소대는 등성이의
왼쪽 주능선을 따라, 1소대는 등성이의 오른쪽 보조능선에 붙어
낮은 포복 자세로 내려갔다. 2소대는 율원국민학교를 왼쪽에 두고
골짜기를 따라 이동했고, 3소대는 임불리로 빠지는 담티잿길을 넘
어 편편한 언덕 아래쪽으로 나아갔다.

1소대는 달빛 아래 3초소 보루대가 저만큼 보이는 지점에서 전
투 대형을 갖추었다. 3초소 보루대의 거리는 어림잡아 200미터쯤
되었다. 중기조를 가운데 배치하고 경기조가 중기조 전방에 배치
되었다. 경기조는 두 사람이 한 조를 이루었는데, 문한득은 김익
수와 앞서거니 뒤서거니 움직였기에 그와 한 조가 되었다. 배치
가 끝나자 문한득은 어깨 높이의 바위에 등을 기대고 앉았다. 다
복솔·찔레나무·진달래나무가 촘촘한 등성이 위 감악산 줄기가

짙은 감색으로 드러났다. 그는 따발총을 땅바닥에 놓았다. 감각이 없는 손을 바지 주머니에 찔렀다. 다복솔밭을 흔드는 바람 소리가 수선스러웠고, 기온은 영하 이십 도가 웃돌 것 같았다. 문한득은 음력 시월 하순에 이렇게 추운 날씨는 철들고 처음이 아닐까 여겨졌다. 움직일 때는 몰랐으나 한자리에 붙박고 앉았자니 발가락이 아렸고 이빨을 앙다물지 않으면 턱이 떨어져 나갈 듯했다. 그런데도 몸을 움직이지 않자 잠이 밀려들었다. 뒤바람 속의 행군 중에도 잠을 자며 다리를 옮겼다는 고참 전사 말이 거짓이 아님을 알 것 같았다. 이러다 말뚝잠이 들면 얼어 죽는다고 깨닫자, 그는 감각 없는 뺨을 꼬집었다. 무슨 생각이든 생각할 감을 찾아내거나, 견책을 받더라도 입을 놀려야 한다고 다짐하며 감겨오는 눈을 홉떴다. 김익수는 무슨 타령인가 입속말을 읊어댔다.

날아가는 까마귀야 / 시체 보고 울지 마라 / 몸은 비록 죽었으나 / 혁명정신 살아 있다 / 만리장성 무주고혼 / 홀로 섰는 나무 밑에……

김익수가 읊는 노래는 '조선 의용군'이었다.
"김동무요, 말 좀 물어봐도 되겠습미까?" 지적당할까봐 바잡은 마음이었지만 문한득이 말을 꺼냈다.
"그러면 이쪽으루 바짝 붙어요."
"불효시간이 무슨 말입미까?"
"동틀 때를 말함이오. 공격하기 가장 좋은 시간이지요. 지난 유

192

월 이십오일도 불효시간에 전쟁이 터졌소."

"그러면 화선입당은요?"

"북조선 노동당 당원이 될라면 출신성분·당성·공적 평가 심의를 거쳐야 하는데, 화선입당은 전공을 세우는 전사에게 현지에서 즉시 당원증을 발급한다는 말이라요. 그러나 아직 화선입당된 공훈전사는 못 보았소."

민소대장이 인민공화국은 위도 없고 아래도 없다고 말했지만 당원과 비당원의 차이란 하늘과 땅 사이임을 문한득은 알고 있었다. 거창군당 유격대에는 노동당 당원이 군관급 둘밖에 없었다. 고향이 평남 성천으로 북에서 내려온 거창군 내무서장과, 거창군 인민위원회 위원장으로 입산 뒤 군당 유격대장이 된 성이라는 삼십대 중반의 사내였다. 성대장은 원래 거창군 주상면 사람으로 서울 보성고보 출신이었다. 48년 황해도 해주에서 열린 '인민대표자회의'에 남로당 거창군책으로 월북 참석한 뒤 그대로 북조선에 주저앉았다. 6·25전쟁이 터지자 정치공작대 간부로 환고향했던 것이다. 그러나 두 사람은 처음부터 높은 자리에 있어 위력 때문인 줄로 알았지 당증이 권력의 셋줄임은 알지 못했다. 기포지대로 전출 온 뒤에야 노동당 당원이 하늘만큼 높은 특권임을 알게 되었다. 당원이나 비당원이나 차별이 없는 점은 식사량이 공평하다는 것뿐이었다. 강철규에게 들은 바로, 제1전선 시절의 보급이 그런대로 잘되던 때는 식사 역시 당원과 비당원 간에 차별이 있었다고 했다. 전투 때 급박한 상황에는 날아온 주먹밥을 차별 없이 먹었지만, 비전투 때는 비당원들이 공동취사로 공평하게 분배된 식사를 한다면, 당원과 군관은 따로 마련된 부식이 추가된다는 것이다. 기포지대에서도 당증이 있는 팔로군 출신 전사들은 입성조차 정규 군복에 두툼한 방한 외투가 지급되었으며 개인화기 역시 언제나 일급품이었다. 그들은 군관과 동격이었고 훈련 때도 열외에서 교관 역할을 맡았다. 그 외에도 여러 편의가 제공되어 부러움을 샀다. 계급이 높아도 비당원 군관은 당원 군관에게 명령을 내리지 못한다는 말도 있었다. 당원에게는 상부에 비밀 고발권과 비판권이 주어졌고, 인민재판 때도 심사위원이나 판정위원 자격이 있었다. 전사들도 한가한 시간에 모이면, 어떤 일이 있더라도 공훈 훈장을 받아 당원이 되어야 한다는 말을 입버릇처럼 뇌었다. 당원이 되기 위한 소양을 갖춘다며 '노동당 강령'이나, 마르크스의 『자본론』, 『스탈린 어록』을 열심히 읽고 외는 전사도 있었다. 군관 역시 전사들 앞에 서면 말끝마다, "당원이라면 최소한 그런 실수야 있을 수 없지", "군사소양이 그래서야 평생 당원 되기 글렀다", "당원이 되어야 평화시대가 오면 면책(面責)이나, 하다 못해 인민위원이라도 하지" 하고 면박을 주었다.

"김동무는 당원이 되겠다는 생각을 안해봤습미까?" 문한득이 물었다.

"내까짓 게 어떻게 당원이 돼요."

"김동무는 노동당 강령이나 마르크슨가 뭔가, 그 사람 책도 달달 외우니 당원 되기가 남보다 쉽잖겠습미까."

"나는 성격상 당성이 부족해요."

"이거 뭐한 말 같지만, 김동무는……"

"말해봐요. 강추위를 잊으려면 자꾸 얘깃감을 만들어야지."

문한득이 주위를 둘러보니 아무도 귀엣말을 엿듣는 자가 없었다.

"혹시 탈출을 꿈꿔본 적 없었습미까?"

"그건 왜 묻소?"

"하도 군대 생활에 불평이 많으니깐요, 전쟁도 싫어하고……"

"탈출한다고 무사하겠소? 남조선 당국이 그냥 두겠소?"

"즉결처형이 겁납미까?"

김익수는 대답하지 않았다. 대화가 끊겼다. 둘은 3초소 보루대를 내려다보며 침묵을 지켰다. 잠시 잊었던 추위가 다시 뼛속을 저몄다. 언제쯤 날이 새려는지 참기 힘든 시간이었다. 문한득은 쪽빛 하늘에 눈을 주었다. 아스라이 먼 저쪽, 별들이 빛났다. 별들 중에 남쪽 하늘 멀리 황소자리가 뚜렷했다. 몸이 굳어왔다. 누가 망치로 내리친다면 살점이 얼음 조각처럼 튈 것 같았다. 어서 새벽이 와서 동이 텄으면 싶었다. 빨리 전투가 시작되어 사격에 열중하면 추위도 잊을 것이다.

남쪽 하늘 멀리에서 별빛보다 밝은 불빛이 점점이 보였고, 굉음이 들려왔다. 오키나와에서 발진한 미제 비행기 편대였다. 이윽고 네 대씩 편대를 이룬 폭격기 여덟 대가 과정리 쪽 하늘 위로 날아왔다. 아래쪽에 숨죽이고 있는 적쯤은 상대도 않고 폭격기 편대는 감악산 너머로 사라졌다.

50미터 전진 이동하라는 군령이 떨어지기는 여섯시가 가까워서였다. 이동을 마친 소대원은 몸을 가릴 은폐물을 이용해 다붓다붓 늘어앉아 다시 대기상태로 들어갔다. 빤히 내려다보이는 3초소 보루대는 이제 사격권 안에 들어와 어렴풋한 윤곽을 드러냈다. 마을에서 장닭이 여러 차례 목청을 뽑았다. 분주소와 면사무소는 물론, 민가도 불 밝힌 집이 없었다.

일곱시가 지나서야 동으로 이어진 감악산 줄기 끝, 시리재 쪽부터 어슴새벽이 찾아왔다. 동살이 트여 왔다. 눈 아래 양지리 마을도 모습을 드러냈고, 초가지붕 사이로 연기가 피어오르는 집도 있었다. 그때, 지휘부가 있는 뒤쪽 산마루에서 공격에 따른 신호가 터졌다. 조명탄이 터지자, 한순간에 사방이 대낮 같게 밝았다. 눈 아래 보루대 돌담이 뚜렷이 드러났다.

"사격 개시!" 사선까지 내려와 있던 송중대장이 소리쳤다.

보루대 초소를 향해 경기조가 일제히 사격을 시작했다. 경기관총의 연발사격도 터졌다. 문한득은 신나게 한바탕 갈겨대곤, 김익수를 보았다. 김익수는 중대장 훈시대로, 실탄을 아껴 한 발을 쏘곤 다시 외눈으로 조준하여 한 발씩을 쏘았다. 보루대 쪽은 조준이 필요할 만큼 움직이는 물체가 보이지 않았다. 분주소 망루의 비상 종이 뎅그랑거리더니, 2분쯤 지나자 보루대 쪽에서도 새뜨기로 응사가 왔다. 1초소 보루대와 2초소 보루대 쪽에서도 공방전이 벌어지고 있었다.

어느덧 바람도 수그러진 냉랭한 새벽 공기 속에 매캐한 화약 내음이 스산하게 흩어졌다. 문한득은, 전투란 바로 이런 것이로구나 하고 체험을 낱낱이 마음에 새겼다. 막상 전투를 시작하고 보니 생각하던 만큼 처절하다거나 무섭지 않았다. 쾌감이 온몸을 저릿하게 저며왔고, 들뜬 흥분으로 추위조차 느낄 수 없었다.

"실탄을 아끼더라구. 독 안에 든 쥐 어루기니 여유를 갖구 쏴아. 공즉유여(功則有餘)도 모르나." 저쪽에서 김풍기가 수굴하게 외쳤다.

보루대 초소 앞으로 개털모자가 솟아오르자 문한득은 그쪽에 대고 총을 쏘았다. 총탄이 퍼부어지자 응사가 멈칫하더니, 총알이 다시 휘파람 소리를 내며 날아왔다. 대중없이 쏘아대는 총이었다.

"경기조 앞으로, 앞으로 돌격!" 민소대장이 외쳤다.

문한득이 바위를 비껴 낮은 포복으로 기었다. 상대쪽 응사가 멎었다. 중기조의 기총사격에 보루대 벽이 흙먼지를 일으키며 무너져 내렸다. 돌담 사이로 달아나는 밤한 카키복 외투 꽁무니가 보였다. 일제 사격이 버꿈하게 뚫린 돌담 사이로 파고들었다. 장총을 들고 뛰던 카키복 외투가 허공에 뜨더니 꼬꾸라졌다.

"몰리지 말고 산개(散開)하여 돌격!" 중기조 뒤쪽에서 민소대장이 권총 쥔 손을 내둘렀다. 내둘렀다.

공격이 시작되고 불과 십 분 만에 남조선 경찰의 3초소 수비가 무너졌다. 소대원들이 함성을 지르며 3초소 보루대로 내달아쳤다. 문한득도 일어나 보루대로 달렸다. 중기조는 남고 두 개 소대 경기조가 앞서 뛰는 뒤로, 여성대원 넷도 달려 내려갔다. 2초소와 3초소 쪽에서는 아직도 공방전이 치열했다.

3초소 보루대 안쪽에는 시신 두 구가 버려져 있었다. 하나는 머리통이 박살났고, 하나는 도망치다 등에 총알을 맞아 피가 쏟아지고 있었다. 등에 총알을 맞은 순경은 자율신경이 살아 있는지 언 땅을 긁는 손가락이 경련으로 떨었다.

"소대원, 이상 없지?" 민소대장이 달려오며 물었다. "나쁜 놈들,

시체를 수습해야지. 동지를 버리고 도망치다니."

"정신 빠진 새끼, 돌격 안하고 뭘 해!" 김풍기가 김익수 엉덩이를 걷어찼다.

문한득은 김익수와 함께 저만큼 아래쪽에 있는 분주소 돌담을 향해 묵정밭을 내달았다. 돌담 쪽에서 여러 발의 총탄이 머리 위를 스쳐갔다. 앞서 뛰던 강철규가 밭두렁 아래 엎드렸다. 그는 돌무더기 위로 머리를 내밀고 응사를 시작했다. 50미터쯤 숨이 턱에 닿게 달려간 문한득과 김익수도 밭두렁 아래로 몸을 던졌다.

문한득이 쑤셔박았던 머리를 들고 돌아보니 앞에총한 여성대원들이 허리 숙여 달려오고 있었다. 그 뒤로 흰 바탕에 붉은 십자가가 그려진 약낭 주머니를 멘 여성대원 준의 숙희가 3초소 보루대의 무너진 틈 사이로 넘어왔다.

분주소 돌담과 보루대와 거리는 100미터 정도였다. 원래 남새밭이었으나 전쟁통에 버려두어 묵정밭으로 변했고, 분주소 돌담 옆은 뽕밭과 무덤이 있었다. 응사가 한참 계속되자, 분주소 망루 구멍에서 기총소사가 시작되었다. 문한득은 머리를 내밀 수 없었다. 옆을 보니 김익수는 머리를 밭두렁 아래 박은 채 뒤쪽을 보고 있었는데, 인민군모가 떨어져 맨숭머리였다.

"엄호사격하라우!" 뒤쪽에서 민소대장이 고함쳤다.

문한득이 돌아보니 중기조 전사들이 중기를 가슴에 안거나 어깨에 짊어지거나, 탄약상자를 든 채 진지를 앞으로 이동시키고 있었다. 경기조 사격이 다시 망루로 집중되었다. 총탄이 망루 돌벽에 맞아 돌조각을 날렸다. 문한득은 허리에 찬 탄창을 새로 갈아 끼웠다. 쌍방의 사격전이 한동안 계속되었다. 경기조 사격이 빗발치듯 망루 구멍으로 쏟아지자, 저쪽의 기총 사격이 멎었다.

시리재 너머로 해가 떠올랐다. 기포지대 1중대는 초소 세 개를 모두 점령해 남조선 경찰을 양지리 부락민과 고립시킨 뒤, 분주소를 에워싸고 사격을 퍼부었다. 저쪽도 응사가 만만치 않았다. 팔매질로는 먼 거리임에도 돌담 너머에서 수류탄까지 날아와 묵정밭에서 폭음 소리를 내며 터졌다.

"사격 중지!" 문한득 뒤쪽에서 송중대장이 고함쳤다. 모두 사격을 멈추자, 저쪽에서도 기다렸다는 듯 응사가 그쳤다. 1소대와 3소대 쪽도 총소리가 멎었다. 문한득의 멍멍해진 귀에는 여전히 콩 볶는 듯한 총소리가 이명으로 들렸다. 그 환청이 잦아들자 괴괴함이 귀를 채웠다. 고막이 터져버린 듯 아무 소리도 들리지 않았다.

"남조선 순사들 듣거라!" 문한득 뒤쪽에서 김풍기 분대장의 외침이 들렸다. "분주소에 있는 남조선 순사들, 내 말 들리느냐?" 봉분 뒤에서 일어선 김풍기가 손으로 깔대기를 만들어 입에 대고 분주소 쪽을 향해 우렁차게 외쳤다.

"왜 저랍미까?" 문한득이 김익수에게 물었다.

"전투에도 막간극이 있지요." 김익수가 안경을 벗어 안경알의 흙먼지를 닦았다.

"동무들은 완전히 포위되었다. 북조선 인민해방군에게 두세 겹으로 포위되었다. 목숨이 아깝거든 무기를 버리고 손들고 나오기 바란다. 우리는 동포적 입장에서 동무들을 살려줄 것이다. 우리는 한 민족, 한 핏줄이다. 대항하지 않는 동무들을 구태여 살상하고 싶지 않아 기회를 주는 것이다! 내 말 들리느냐?" 김풍기가 외쳐 댔다. 그의 뒤에 송중대장과 분대장, 민소대장, 여성대원들이 모여 있었다. 무슨 말을 전달하고 떠나는지 기포지대 본부 연락병이 무너진 3초소 보루대 사이로 빠져 다복솔밭 등성이로 뛰고 있었다. "미 제국주의 앞잡이, 남조선 개들아! 오분간 여유를 주겠다. 그동안 잘 생각해서 목숨 보전하는 길을 찾기 바란다. 동무들이 탈출할 길은 사방이 완전 차단되었다. 과정리를 포함한 신원면 일대는 물론, 감악산 고지도 적화되어 경계망을 좌악 펴고 있다. 읍 내 무서로 연락할 통신선도 끊겨 있다. 전화가 불통인 줄은 알고 있지? 내 말 들리느냐……"

분주소 돌담 쪽에서 김풍기를 겨냥해 일제사격을 가해 왔다. 이층 망루에서 뽕밭 옆 묘지 쪽으로 기관총 사격이 불을 뿜었다. 김풍기가 분봉 뒤로 몸을 숨겼다. 다시 맹렬한 사격전이 시작되었다. 문한득은, 인원도 얼마 되지 않는 남조선 경찰이 잘 버틴다고 혀를 내두르며 분주소 망루로 총을 쏘았다. 어찌된 까닭인지 돌격명령이 떨어지지 않는데, 김익수가 자꾸 뒤쪽을 힐끗거렸다. 문한득에게 그 꼴은 야간보초를 처음 서던 날, 뒤를 경계하라던 그의 말을 떠올리게 했다.

가열한 총격전이 계속되다 한동안 숨을 돌리는 휴전 아닌 휴전이 있었고, 그렇게 쉬는 틈에는 막간극처럼 목청 큰 김풍기가 항복 권유를 외쳐댔다. 분주소 쪽에서 김풍기 말을 묵살하며 다시 총격을 가해 오면, 이쪽에서도 맞받아 쏘았다. 그런 급사, 완사, 중지, 소강상태, 다시 급사, 완사가 정오까지 되풀이 이어졌다. 한

치의 진격이나 후퇴가 없는 교전 상태였다. 병력 수에서나 위치 조건이 315부대에게는 상대가 되지 않는 전투였다. 그러나 북조선군은 남조선 경찰 쪽이 제풀에 지치기를 기다리는 태도였고, 독 안에 든 쥐 처지의 남조선 경찰은 투항 끝에 사살당하느니 싸우다 죽겠다는 결사 항쟁이었다.

정오를 넘기자 중대장이 다시 사격 중지 명령을 내렸고, 오전 상태 그대로 분주소 쪽도 맞받아 쏘기를 그쳤다. 김풍기의 투항 권고 설득전은 더 이어지지 않았다. 총소리가 완전히 멎은 괴이스런 고요가 오래 지속되었다. 햇살은 맑았으나 바람 많은 겨울 날씨였다. 사위는 전투 지역답지 않게 고즈넉했고, 그 흔한 새 울음소리조차 들리지 않았다. 하늘에는 까마귀 여러 마리가 날고 있었다. 총소리가 시끄러울 때는 마을 쪽으로 날아가 정자터 느티나무에 앉았다 총소리가 멎으면 묵정밭 위에서 소리 없이 맴을 돌았다.

"시체를 뜯어먹겠다는 흉물스러운 것들. 저놈들이야 말로 파쇼다." 김익수가 까마귀를 보고 이죽거렸다.

해가 구사리 위로 기울었을 때, 이십 리 밖 과정리 쪽에서 사람들의 웅성거림과 고함이 아득하게 들려왔다. 꽹과리 소리에 이어 징소리, 날라리 소리, 장구 소리도 들렸다. 문한득은 먼 소리에 귀를 기울였다. 그 소리는 과정국민학교 운동회 날 대현리까지 들려오던 소리였다. 밭두렁 아래 엎드린 전사들도 모두 먼 소리에 귀를 기울였다.

"여기만 빼고 다른 부락은 해방된 모양이군. 우린 이 꼴이 뭔가." 방수억이 문한득을 보며 눈을 찡긋했다. 잡낭 주머니에서 무엇인가 꺼내어 한 입 베어 물었다 주머니에 넣곤 했다. 저전리에서 봉창질한 동치미 무였다.

문한득은 기포지대 다른 중대가 이미 과정리를 해방시켰음을 알았다. 기쁨이 북받쳤고, 고향 마을과 가족 얼굴이 눈앞에 어른거렸다.

"김동무, 저까짓 분주소 망루쯤이야 육탄 돌격해도 될 낀데 왜 이래 질질 끄는지 모르겠네요." 밭두렁에 엎드린 문한득이 김익수를 보았다. 마음 같아선 섞김에 혼자 돌격해서라도 망루 총알 구멍에 수류탄을 까 넣고 싶었다. 분주소 돌담 아래까지 100미터를 달려갈 동안 총알이 날아온다 해도 쏟아지는 우박이 아닌 다음에야 충분히 비껴갈 자신이 있었다.

"계획이 있겠지요. 군사부 중성들이 돌대가리만 있지 않는 이상 이런 늑줄 뽑는 전투에 그 어떤 작전이 있을 겁니다."

"혼자 달려가 망루에다 수류탄을 까 넣고 싶군요."

"문동무도 화선입당을 생각하는 모양이구려."

"나 같은 게 무슨 화선입당을 바라보겠습미까. 강철같이 영용하다는 전사를 지휘부에서 놀리고 있으니께 그라는 거지요."

"지휘부 쪽을 보시오. 군사부 간부 동무들이 다 모였을 것이오. 망원경으로 전황을 살피며, 한편으로 사방으로 연락병을 띄워 합천 쪽과 거창읍내 쪽 남조선 군부대 이동을 예의 주시하구 있겠지요. 필경 작전을 지연시키는 데는 어떤 계획이 있을 것이오. 신원분주소 하나 까뭉개는 것 이상의 다른 속셈 말이오. 그러나 왜 이렇게 뜸을 들이는지는 나도 잘 모르겠소."

"김동무도 모르는 게 있어요?"

"나라고 뭘 다 알겠오. 병법에 성(城) 공격은 하지하(下之下)라 했는데, 출혈 보지 않고 분주소를 접수하겠다는 속셈인지, 어떤 지……"

"몰린 쥐가 고양이를 문다고, 그걸 염려하는 겁미까?"

"배수의 진을 친 적은 아무리 수적으로 상대가 안 되더라도 공격에 신중해야 할 것이오. 더욱 제이전선은 병력 보충이 불가능하니 일당백이란 말처럼, 고참전사 하나 손실은 그만큼 전력약화를 가져온다고 봐야 되지 않을까 한 생각도 들구……"

김익수 말이 맞아떨어진 셈인지, 감악산 서쪽 줄기 너머로 짧은 초겨울 해가 빠질 때까지 지휘부는 어떤 작전 명령도 내리지 않았다. 지루할 정도의 소강상태가 계속되었다. 본부소대와 1소대는 묵정밭 밭두렁을 방패막 삼아 자기 위치를 지켰다. 소대원들은 아무래도 밤이 와야 총공세가 시작되려니 짐작했다. 그동안 남조선 군부대나 경찰대의 지원부대가 도착할지도 모른다 싶어 모두 졸갑증을 냈다. 해거름이 될 때까지 전사들은 스물네 시간 꼬박 눈을 붙이지 못했고, 저전마을에서 야식 이후 물 한 모금 못 마신 상태였다.

땅거미가 깔려 분주소 돌담, 대나무 울타리, 망루가 침침한 어둠에 저뭇해갈 무렵, 공격이 아닌 철수 명령이 떨어졌다.

"철수라니, 이거 젖먹이 애들 이름인가. 어찌된 영문이오?" 방수억이 목을 빼고 사방을 두리번거렸다.

"석식이 있을 모양이다. 듣던 중 반가운 소리군." 백만복이 말했다.

전사들은 개인화기를 쥔 채 어둠이 내린 묵정밭을 질러, 돌격이 아닌 후퇴로 3초소 보루대로 들고양이처럼 내달았다. 어둠이 깔리고 있었지만 분주소 망루에서도 달아나는 적을 보았을 텐데 사격이 없었다. 분주소를 포위하고 있을 동안 신원면 일대의 식량 토색질을 끝내자 이제야 공비 무리가 산속으로 꼬리를 빼는구나 하는 안도감을 남조선 경찰에게 심기 위한 연막술인 줄은 김익수조차 거니채지 못했다.

"일소대는 이쪽으로 와." 보루대 돌벽 뒤쪽에서 머리를 내민 김풍기가 손짓을 했다. "우리가 먹기 위해 싸우는데, 먹어야 싸울 게 아닌가." 그는 너털웃음을 껄껄거렸다.

민소대장이 서 있는 앞에 광주리 여러 개가 놓여 있었다. 광주리에는 포알처럼 뭉쳐 싼 주먹밥이 부룻 담겨 있었다. 분주소만 뎅그마니 남겨놓고 야지마을 일대를 접수한 통신소대가 부락민을 들쑤셔 밥을 짓게 했던 것이다. 여성대원 넷이 담티잿길 쪽을 멀리 돌아 물동이를 이고 왔다. 소대원들은 김치를 섞어 뭉친 굳은 주먹밥으로 시르죽은 뱃속을 채웠다. 살얼음이 뜬 동이 물을 한바가지씩 퍼마셨다. 소대원들은 주먹밥 한 덩이로 배를 채운 뒤, 편한 자세로 앉아 쉬었다. 지휘부가 있는 등성이 쪽 다복솔밭에서 송중대장이 지휘봉을 흔들며 내려왔다. 기온이 떨어졌으나 어젯밤처럼 바람이 세차지 않았다. 중대장은 1소대원과 본부소대원의 집합 명령을 내렸다.

"지금부터 순식간에 분주소르 점령하기루 했음네. 시간을 더 끈다구 투항할 종자들이 아닌 것 같으니까. 열 명으로 돌격조를 편성하겠수. 내가 따로이 지명하지는 않겠으니까 경기조 중에서 이 기회에 기포지대으 명예를 빛낼 전사느 용감하게 지원하기 바람네. 자원한 전사느 앞으루 나오우."

송중대장 말이 떨어지기가 바쁘게, "저요" 하며 중대장 앞으로 걸어나가는 전사는 김익수였다. 중대장이 놀란 듯 눈을 크게 떴다.

"총기 손질에 불합격 받은 벌충으로 이번 전투에 배가의 전가를 올리겠습니다!"

"그렇다믄 방전사두 가만있을 수 없겠소?"

"저도 돌격조에 지원합니다." 주눅들린 목소리가 뒤쪽에서 들렸다.

문한득은 김익수가 돌격조에 지원하리라곤 생각 밖이었다. 보록산채에서의 출동식 때 그가 줄 맨 앞에 발보이게 서 있었다는 점이 의아스러웠으나 무슨 속셈이 있겠거니 했는데, 바로 그 점이 돌격조 자원으로 나타난 셈이었다.

"내가 빠질 수야 없지." 김풍기가 어스렁거리고 나갔으나, 뒤따라 자원하는 전사는 없었다.

"제가 돌격조를 지휘하겠습니다." 민소대장이 말했다.

그러자, 저요, 저요 하며 1소대와 본부소대 전사 여럿이 몰려 나왔다. 어떡할까 망설이던 문한득도 여러 전사가 나가고 그들 중 여성대원 옥화까지 끼었음을 보곤 결심을 굳혔다. 내 고장을 내가 해방시킨다는 자부심이 목울대를 치받아, 돌격조 자원이 잘한 일로 여겨졌다. 돌격조에 자원한 전사는 열다섯 명이었다.

"인원이 넘치머이." 송중대장이 만족스럽게 말했다. "군관 동무는 빠지구, 전투 경험이 없느 신참두 빠져. 꺽다리 동무, 그 굼벵이 동작으로는 돌격조 요원이 못 돼. 빠지시오."

김익수와 문한득이 빠지고 선착순 열 명을 잘라내어 돌격조가 편성되었다. 조장은 김풍기 분대장이었다. 옥화도 돌격조 요원이 되었다. 송중대장이 돌격조를 따로 모아 별도의 지시를 내렸다.

"여기서 저 분주소 돌담까지는 거리가 이백 미터 정도임네. 식사 전 위치에서 돌격한다믄 백 미터 거리요. 어두븐데다가 밭도락(두렁)이 돼놔서 이십 초느 걸릴 것이오. 낮이 아니니 지그재그루 달릴 필요 없이 직선으로 뛰더라구. 뒤에서 엄호사격이 있을 테니 숨이 끊어져라 달리우. 분주소 돌담 아래 도착하믄 망루루 수류탄을 까 넣구서느 돌담을 타넘구 망루루 바짝 붙어서느 거요. 망루으 총구멍이 돌더미라 두께가 두 뼘은 되니, 망루 바루 아래루느 사격이 불가능하이. 안심들 하구 총구멍에 나머지 수류탄을 까 넣소. 뒤에서 조명탄을 쏠 테니까."

본부소대와 1소대는 식사 전 밭두렁 아래 원위치로 이동 명령이 떨어졌다. 중기조는 본부소대와 1소대 가운데에 배치되었다.

"왜 돌격조에 끼일라 했습미까?" 문한득이 김익수 옆에 바투 따라붙으며 작은 소리로 물었다. 그가 생각하기로 김익수가 동포끼리 싸우는 전쟁을 증오한 끝에 죽음의 길을 택하지 않나 여겨졌다.

"쉬잇, 내 나중에……" 어둠을 밟고 걷던 김익수가 속요량이 있었던지 입을 닫았다.

두 개 중대가 밭두렁까지 와서 전열을 갖추어 사격 태세로 들어갔을 때까지 분주소 쪽은 기척이 없었다. 분주소 서쪽을 맡은 1소대와 2소대 역시 고즈넉했다.

사선까지 내려온 중대장이 권총을 뽑더니, 이층 망루를 향해 돌격 신호탄을 쏘았다. 돌격조가 밭두렁을 타넘어 쏜살같이 내달았다. 중기조의 사격이 망루를 향해 집중되었다. 1, 2초소를 점령하고 욱여들어온 2소대와 3소대 쪽도 사격이 한층 드세어졌다. 분주소 망루에서 쏜 조명탄이 묵정밭에서 터져 사위가 대낮같이 밝아지자, 돌담 안과 망루 안에서도 새뜨기 응사가 시작되었다. 그러나 고빗사위를 무사히 넘긴 돌격조는 분주소 돌담 아래 도착해 있었다.

"공쳐라!" 목대 잡은 김풍기가 수박통만한 수류탄을 분주소 안에 던지며 외쳤다.

돌격조 전사들이 던져 넣은 수류탄이 분주소 마당과 망루 쪽에서 맹렬한 폭음을 일으키며 터졌다. 불가루가 솟아오르고 대나무 방벽이 무너졌다. 돌격조가 분주소 돌담을 타넘는 모습이 조명탄 불빛 아래 문한득 눈에도 들어왔다. 몸이 굵은 김풍기가 돌담을 넘는 모습은 전투 중이지만 웃음을 자아냈다. 옥화는 단거리 선수 출신답게 날렵히 돌담을 타넘는데, 얼핏 방수억이 옥화 엉덩이를 받쳐주는 게 보였다. 화급한 중에도 방수억다운 작태였다. 뒤이어 돌격조가 쏘는 총인지 남조선 경찰이 쏘는 총인지 분주소 안마당에 총소리가 터졌다. 1소대 쪽에서 조명탄을 쏘아 올렸다. 수류탄이 연달아 망루 안에서 터졌다. 전투는 잠시 사이 마지막 고빗사위를 넘기고 있었다. 망루 이층의 모래부대 한 귀가 무너졌다. 경찰들이 무너진 망루 아래로 뛰어내렸다.

"쫓지 말시. 명이 길면 살 테이끼니."

그 말에 문한득이 돌아보니 어느새 맹산 기포지대장이 사선 앞까지 내려와 있었다. 그의 굳은 표정이 분주소 쪽에서 비치는 화염 속에 언뜻 떠올랐다 어둠에 가려졌다.

총소리가 멎고 전투는 끝났다. 막상 진짜 전투는 너무 빨리, 싱겁게 끝난 셈이었다. 신원분주소는 일층 망루를 피로 물들인 채, 시체 다섯 구가 버려져 있었다. 분주소 점령은 50년 12월 5일 18시 44분이었다.

빼앗긴 사람들 — 마을 2

　북조선 인민군의 제2전선 315부대 기포지대가 거창군 신원면을 다시 점령한 날은 승승장구 북진했던 국군과 유엔군이 평양을 인민군과 중공군에게 넘겨주고 후퇴를 꾀할 수밖에 없었던, 제1전선이 하루 다르게 무너지던 즈음이기도 했다.

　양지리에 있던 신원분주소가 열두 시간 넘는 분전 끝에 기포지대 1중대에게 점령당한 시간은 저녁 일곱시가 채 못 되어서였지만, 사실 신원면 일대는 그날 정오 무렵에 이미 315부대 다른 중대들에 의해 무혈 점령된 상태였다. 분주소가 있는 양지리를 빼고 그들이 후방 깊숙한 산간지대 면 하나를 쉽게 접수할 수 있었던 것은, 면 안에 경찰 주둔 병력이 없었기 때문이었다. 향토방위대란 자체 조직이 마을마다 있었으나 부락민 장년층과 중늙은이들로 짜맞춘, 야경이나 맡는 이름뿐인 방위체제였다. 몸 성한 젊은이들은 국군에 뽑혀 입대했거나, 좌익패 젊은이들은 빨치산(인민유격대원)으로 입산해버려, 마을에 남은 남정네들은 징집이 면제된 나이일 수밖에 없었다. 더욱 향토방위대원에게는 총이 지급되지 않았기에 모두 비무장대원이었다.

한편, 기포지대 1중대가 양지리 경찰분주소를 포위하여 전투를 벌일 동안, 315부대 보급담당 전문부대인 인민중대와 승리중대가 소룡산·보록산·철마산을 쓸며 내려와 면 중심부에 자리잡은 과정리에 집결했다. 그러므로 인민군은 면 안에 흩어진 크고 작은 산간 부락마다 들이쳐 방화하거나 약탈하지 않았다. 또한, 기포지대 2중대는 갈전산을 거쳐 신원면 북쪽 남상면과 살피인 감악산 줄기 마루턱까지 진출해서 그 일대에 수비대 병력을 배치시켰다. 그로써 인민군은 감악산 줄기 아래 남쪽 땅 74만 제곱킬로를 고스란히 손에 넣었다.

신원면 안에서도 오지인 대현리 역시 인민군이 들어오지 않았다. 12월 5일 새벽, 이십 리 바깥 양지리에서 들려온 콩 볶듯 한 총소리에 대현리 사람들은 경찰과 산사람들 사이에 전투가 붙었다고 짐작했을 뿐이었다. 정오를 넘기자 과정리 쪽에서 정월 대보름날 농악패의 지신밟기라도 하듯 장고 소리·꽹과리 소리·징소리가 어우러져 들려왔다. 사람들의 왁자지껄한 웅성거림도 바람결에 실려 건너왔다. 호기심 많은 사내아이들이 떼를 지어 십 리 밖 과정리까지 나갔다 오더니, 대낮인데도 총을 멘 산사람들을 보았다는 소식을 가져왔다. 과정리 사람들이 인민해방군 만세를 외치며 놀이판을 벌이더라는 말을 사내아이들이 들려주자, 부락민은 세상이 네번째 바뀌었음을 알았다.

하루가 지난 그 이튿날이었다. 대현리에는 아무런 변화가 없었다. 대현리는 그전에도 경찰의 힘이 제대로 미치지 못했지만, 인민군 세상으로 바뀐 그날도 예삿날과 다름없는 하루였다.

"전쟁이란 어느 쪽이든 빼앗고 빼앗기기 마련 아닌가. 설령 또 한차례 다른 세상이 되었기로서니 사발농사나 짓는 마당에 당한다고 한들 지금 상태보다 더 어려워질 게 없지 않느냐." 산골 농투성이들은 체념 섞인 말을 나누면서도 소마소마한 마음으로 하루 낮을 보냈다. 전날도 그랬지만 종일토록 마을에는 인민군 모습이 보이지 않았고, 총소리도 들리지 않았다. 미제 비행기 편대만 갈 가마귀 떼처럼 하늘을 덮으며 북으로 올라가거나 남으로 내려갔다. 그것도 하루 서너 차례가 아니라 밤낮을 가리지 않았다.

빨치산들이 신원면을 점령한 마당에 이제야 드러내놓고 리책을 행사해도 좋은 세상을 맞은 박생원은, 자네가 나가서 면소 소식을 귀동냥해 오라는 마을 어른들의 들쑤심에 아침 일찍 분주소가 있는 양지리로 떠났다. 대현리 사람들은 무슨 새 소식을 가져오려니 하고 종일토록 그를 기다렸다. 박생원은 저물 무렵에야 마을로 돌아왔다. 죽 한 그릇을 비운 마을 남정네들이 박생원네 사랑으로 모여들었다. 박생원은 듣고 보고 온 바깥세상 소식을 부락민에게 전했다.

"분주소 정문에는 인공 깃발을 장대에 달아놓았더만요. 면사무소에도 깃발이 펄럭이고. 양지리는 물론이고 과정리에도 인민군 복장한 산사람들이 많이 보입디다. 세상이 갑자기 뒤바뀌어선지 모두 어리둥절한 눈치라요. 사실 산사람들이 그렇게 갑자기 분주소를 칠 줄은 몰랐을 테니깐요. 아직까지 별다른 일은 없는 모양이라요."

"별다른 일이 없다니? 사람을 잡아들여 인민재판인가 뭔가는 안 열고?" 신확 장로가 물었다. 이제 예배당에서 주일예배 보기도 글렀다 싶은지 그의 얼굴이 시르죽어 있었다.

"인민재판은 몰라도, 면소 창고로 오라에 묶인 사람이 끌려가는 거는 봤습미다."

"어떤 사람이?"

"순사 가족이거나 뭐 그런 사람들이겠지요. 참, 분주소 돌담을 넘겨다보니 뒷마당에 시체 다섯 구가 가마니에 덮여 있습미다. 순사 둘에 의경대원 셋이라던데, 분주소 김차석과 향토방위대장 임종보가 죽었다고 양지리 사람이 그러더만요."

"김차석이 죽었어요?" 방문 옆에 앉았던 문한돌이 놀랐다. 사이가 버름했던 김차석의 도끼눈과 그가 뱉은 말이 살아났다. "만약 공비들이 대현리에 내려왔다는 소문이 들리고 당신이 분주소에 보고를 안했다 하면 그때는 내 권총이 가만 안 있을 끼라." 며칠 전 울력 마지막 날 그가 윽박지른 말이 머릿속에 늘 재갈거렸는데, 그는 이제 그 근심을 덜 수 있었다.

"김차석 그 사람 엔간히 들볶아쌓더만 제 명껏 못 살고 그래 됐구만." 문한돌과 함께 분주소 보루대 울력에 나섰던 문남수가 말 끝에 달아 혀를 찼다.

"종보가 죽었다고? 이거 어짜노. 똑똑한 놈이 그래 죽다니. 제 마실 제가 지킨다고 앞장서 총대 메고 나서더니만……" 신장로가 뒷말을 잇지 못했다. 그는 엉덩이를 일으키더니 휑하니 지게문을 밀고 밖으로 나갔다.

"과정리 임씨가 처가집안이라 마음이 쓰이는 모양이구만." 대실 어른이 사라지는 신장로를 두고 말했다.

"이 세월이 또 얼매나 갈란지 모르겠네요. 순사들이 분주소를 내줬다고 어데 가만있겠어요? 읍내 경찰서 병력이 안 쳐들어오면 국방군 부대를 끌어들일 낀데. 그라면 진짜 큰 전투가 붙을 게 아닙미까." 문한돌 옆집 김서방이 말했다.

"전쟁이 끝나면 몰라도 어느 쪽이든지 가만 안 있겠제. 세월 잘못 만낸 탓이나 해야제, 우리가 무슨 방책이 있다꼬." 산사람들에게 소를 내놓았던 방서방의 풀죽은 목소리였다.

"나흘 전에 내려와서 일장 연설을 하던 군관 그 사람은 못 만냈나?" 대실 어른이 채수염을 쓸며 박생원을 보았다.

"황대위 좀 만나볼까 하고 찾아다녔는데 못 만냈습미다. 분주소와 면소가 불난 집맨쿠로 바쁘더만요. 파수 선 인민군이 부락민은 안으로 들어가지 못하게 막습미다." 박생원이 대답했다. 그가 비록 대현리 세포책 노릇을 하고 있었으나 얼굴빛이 밝지 않았다.

"어째야 될란지 모르겠네. 산사람들이 마실에 들어오면 박생원 자네가 나서서, 마실 사람 안 다치도록 알아서 해주게. 우리야 그저 시키는 대로만 따라갈 수밖에 더 있는가. 마실을 버리고 갈라 해도 어데 나설 데가 있나. 저쪽으로 가면 빨갱이 첩자라고 들이제, 저쪽에서 이쪽으로 오면 반동분자라고 또 몰매 맞제, 앉은뱅이 신세로 이래저래 부대끼는 팔자 아닌가." 대실 어른의 울가망한 목소리였다.

방 안에 모꼬지된 열 명 남짓한 마을 남정네 얼굴이 신청부같았다.. 사태의 얼거리를 가늠해보아도 별 묘책이 있을 수 없다 보니 모두 한숨만 내쉬었다. 그들은 따로 의논한 건도 없었지만 앞으로 또 한차례 치러내야 할 인민군 세상에서의 집안 단속을 알이알이 따져보느라 외쪽 생각에 잠겨 있었다. 잠시 뒤, 남정네들은 뿔뿔이 자기 집으로 헤어졌다. 집으로 돌아온 문한돌은 삽짝을 닫고 작대기로 문을 괴었다. 형수와 조카 셋이 쓰는 봉당 옆 건넌방은 불이 꺼져 적적했다. 문한돌은 방문에 덧개비를 쳐놓은 포장을 걷고 안방으로 들어갔다. 아이 둘은 잠들어 있었다. 호롱불 아래 둘째아이 속옷을 깁던 종님이 엄마는 서방에게 눈길만 보냈을 뿐 이렇다 말이 없었다. 바가지 엎어놓은 듯 둥그만 아내의 배를 보자 문한돌은 중치가 막히고 숨쉬기가 답답했다. 이 험한 세상에 무슨 볼 낙이 있다고 살아 꼼실거릴 배냇아기 생각에 머리가 지끈거렸다.

"좋은 소식 있더나?" 종수 옆에 누웠던 실매댁이 몸을 일으켰다.

"별 소식 없더만요."

"한득이 소식은?"

"못 들었습미다" 하곤, 문한돌은 잠에 들어 세상일을 잊는 게 상책이다 싶어 누비등거리를 벗고 구석자리에 몸을 눕혔다.

"어머이, 우리도 마 자입시다."

종님이 엄마는 바느질감을 한쪽으로 밀쳤다. 실매댁은 종수 옆에 몸을 꼬부려 누웠다. 종님이 엄마는 호롱불을 껐다. 감나무 빈

가지를 훑는 바람 소리뿐 사위는 고즈넉했다. 치안이 공백상태라 이제 야경 돌 필요가 없었기에 고샅길에는 딱따기 치는 소리가 들리지 않았다.

"어제는 종일토록 총소리가 시끄럽더니 오늘은 쌕쌕이가 왼종일 하늘을 날아. 어째 한득이가 집에 올란강⋯⋯" 실매댁이 혼잣말을 구시렁거렸다.

"어머이는 인제 한 가지 원 풀었습미다. 내일이나 모레쯤 도련님이 올 테이께요." 종님이 엄마가 말했다. 그네는 이제 산사람 세상으로 바뀌었고 도련님이 그들과 함께 있으니 양식이나 좀 지고 올는지 모른다고 속 편한 생각을 했다. 몸 풀 때를 두 달 정도 남긴 그네는 요즘 헛헛증이 더욱 심해 애오라지 먹는 생각밖에 없었다. 하루 두 끼를 잡곡밥 한 종지와 시래기죽으로 때우다 보니, 늘 그저 이드거니한 감투밥만 눈앞에 휜했다. 종님이가 차 던진 이불깃을 다독거려주곤, 그네는 쉬 잠에 들었다.

문한돌과 실매댁은 오랫동안 잠을 이루지 못했다. 산사람들이 양지리와 과정리에 들어왔다면 틀림없이 한득이도 그들과 함께 산에서 내려왔을 터였다. 그렇다면 한득이가 밤중에라도 집으로 닥칠는지 몰랐다. 문한돌은 더부룩한 몰골에 총을 멘 아우를 볼 때, 반가운 마음은 잠시고 어쩐지 두렵게 여겨졌다. 신원면이 빨치산들 수중에 떨어졌다지만 또 언제 남조선 경찰이 신원면을 수복하러 쳐들어올는지 몰랐기에 앞날이 불안하기만 했다. 한편, 실매댁은 막내아들이 오더라도 고기 반찬에 쌀밥 한 끼 덜퍽지게 먹일 수 없는 가난 탓에 속을 끓였다. 그러나 밤이 깊어도 삽짝에 달린 요령은 흔들리지 않았다. 밤새 문풍지에 우는 겨울바람만 풍뎅이 소리를 내었을 뿐, 마을은 텅 빈 듯 괴이쩍었다.

대현리에 산사람들이 나타나기는 이튿날 오전 열한시쯤이었다. 구름이 더껑이로 끼어 햇발 없는 우중충한 날씨였다. 큰개울 쪽 하대현 옆에 그루터기만 남은 마른논에서 연날리기를 하던 사내아이들이 그들을 먼저 보았다. 산사람은 여섯이었다. 그들은 과정리에서 큰길로 곧장 와서 셋은 대현리로 꺾어들었고, 셋은 와룡리 쪽으로 내처 올라갔다.

"소년 동무들, 부락 어른들을 보는 대로 중신기 박생원 동무 집에 모이도록 알려줘. 남자들은 다 모여야 해." 납작모자 쓴 군관이 연을 날리는 아이들에게 말했다.

나흘 전, 야밤에 대현리로 내려와 방서방 집 소 한 마리와 양식을 거두어 간 인민중대 중대장 황대위였다. 그는 여기저기 불구멍 있는 찌든 외투를 입었고 허리에 두른 탄띠에 떼떼권총을 차고 있었다. 뒤따르는 전사 둘 역시 허름한 인민군복에 얼굴이 거칠한 인민중대 무장조 대원이었다. 나이 들어 보이는 전사는 따발총을, 애젊은 전사는 아식보총을 메고 있었다.

아이들은 연날리기를 그만두고 층층의 논두렁을 타넘어 마을 쪽으로 내달았다. 그들 속에 종구도 섞여 있었다.

"작은아버지, 산사람들 셋이 왔습미다. 어른들은 다 고모부 집에 모이라 해요." 숨이 턱에 닿게 달려온 종구가 마당으로 들어서며 외쳤다.

"언제, 지금 왔나?" 봉당에서 가마니를 짜던 문한돌이 일손을 멈추었다.

"인제 막 중새터로 올라갔어요."

문한돌이 삼촌도 섞여 있더냐고 물어볼 짬도 없이 종구는 삽짝 밖으로 달려나갔다. 문한돌은 옆집 김서방을 불러내어 함께 중새터로 올라갔다. 아이들이 이 집 저 집으로 들랑거리며, 산사람들이 왔다는 소식을 알리고 있었다. 교인 집 심방을 마치고 돌아오던 신장로 처가 아이들의 외침에 놀라 데바쁜 걸음을 돌렸다. 맵싸한 바람이 한재숲을 넘어 불어왔다. 바람에 일렁이는 상대현 뒤 대숲에서 되새 떼가 분탕질을 치고 있었다.

문한돌과 김서방은 말없이 고샅길을 올라갔다. 문한돌은 분주소 보루대 울력에 동원된 일이 마음에 켕겼으나, 자발적으로 나선 일이 아닌 강제동원이었다. 또한, 보도연맹 가입이 빌미가 되어 이승길을 떠난 형이나, 입산 투쟁하고 있는 한득을 보나, 거기에다 마을 세포책인 자형이 배경으로 있으니 별다른 일은 없으려니 싶었다. 둘이 중새터 박생원 집으로 들어가니, 인민군 군관이 안채 마루에 한쪽 다리를 포개어 앉아 있었다. 전사 둘은 보이지 않았다. 황대위가, 그동안 안녕하셨냐고 둘에게 인사말을 던졌다.

"인제 대낮에 뵙게 되는 세상이 되었구만요." 김서방이 숫기 있게 말을 받았다.

"여러 동무들 덕분이고, 이번 승리는 동무들과 함께 나눌 기쁨이오."

축담 아래에서는 중새터에 사는 필례 아범, 문삼수 등 네댓 사람이 꼬리 사리는 개처럼 돌담 가장자리에서 도닐고 있었다. 박생원이 안방에서 나오며, 방을 치웠으니 들어오라고 황대위에게 말했다.

"신 벗기도 뭣하니 사람 더 모이면 여기서 말씀드리지요."

나흘 전 야밤에 내려왔을 때의 걸쌘 태도가 풀어져서인지 문한돌은 황대위로부터 어떤 위압감도 느낄 수 없었다. 수염을 깨끗이 밀어 산 생활 티가 나지 않았다. 구중중한 외투만 벗어버리면 읍내 군청이나 금융조합 서기로 책상물림할 헐쑥한 용모였다.

대실 어른과 방서방이 삽짝 안으로 들어오고 상대현과 원대현 쪽 중 늙은이들도 뒤따라 들어와, 박생원네 마당은 금방 부락민들이 스무 명 남짓 모였다. 그동안 황대위는 북쪽 제1전선 전쟁 상황을 사람들에게 들려주었다. 315부대가 비록 보록산 뒤편 산속에 칩거했어도 무전기로 북지 전선이 어떻게 움직이는지 낱낱이 안다고 말했다. 중공군과 인민해방군이 남조선군과 미 괴뢰군을 타도하며 휩쓸고 내려온다. 겨울을 마감하며 조선 전역은 통일을 맞을 것이다. 그래서 제2전선도 잃은 땅을 다시 찾으려 이번 '신원 승리작전'을 감행하게 되었다는 것이다. 그의 말은 연설조가 아닌 일상적인 말이었기에 듣기는 편했으나, 아무도 미제 비행기가 북으로 벌떼처럼 몰려가는 이유는 묻지 않았다.

원대현 쪽 사람들 열대엿이 더 모이고 사람을 부르러 갔던 따발총을 멘 전사가 마당으로 들어서자, 황대위가 마루에서 일어섰다. 그는 마당에 모인 부락민을 둘러보며 뒷짐을 지었다.

"대현리 농민동무들, 내일 양지리 율원국민학교 운동장에서 인민해방군 환영대회가 열린다는 소식을 알리러 왔습니다. 열한시

정각에 시작될 예정이니 아침밥 자시면 출발을 서둘러야겠습니다. 따로따로 나서지 말고 부락민이 함께 모여 나서기 바랍니다. 율원 국민학교에서는 부락별로 인원 파악을 하고 가구별 인구 통계 작성이 있을 예정이니 십오 세 이상부터 예순 살 이내 남자 동무들은 중환자를 제외하고 모두 참석하셔야겠습니다. 여성 동무들은 참석하지 않아도 되겠습니다. 그러나 한 가구에 십오 세 이상에서 예순 살 이내의 남자가 없는 집은 여자 동무라도 한 사람은 나와 줘야 합니다. 만약 가구별 인원 파악에 빠져 명단에 올라 있지 않은 집은 앞으로 따로 조사를 받게 될 테니 꼭 참석해야 되겠습니다. 내일 환영대회에 참석치 않은 집은 반동집안으로 지목되기에 앞으로 어떤 불편도 각오해야 될 겁니다. 지금 이 자리에 미처 못 나온 집은 여러 동무들이 알려 착오가 없도록 조치해주십시오."

삽짝 쪽에서 닭이 야살을 치며 울어댔다. 상대현에 사는 마을 남정네 예닐곱을 달고 들어선 아식보총을 멘 전사 손에 장닭 한 마리가 들려 있었다. 장닭이 날갯죽지를 퍼덕이며 목청을 뽑았다.

"손동무, 이리 나오시오." 황대위가 하던 말을 멈추고 닭을 쥔 전사를 불렀다. 누비 방한복 차림의 손전사가 부락민 사이를 헤치고 축담으로 걸어왔다. "동무, 무슨 짓이오?"

"이거 말이웨까? 농민 동무한테 냥해 구하구 얻었쉐다. 중대장 동무 몸보신하시라구요." 손전사가 닭을 쳐들어 보였다.

"해방군이 이런 식으로 농민 동무 피해를 줘서야 되겠어요? 닭을 임자에게 돌려주시오."

"냉게두라구요?" 손전사가 뒤쪽을 돌아보았다. "뒤에 섰는 농민 동무, 이 닭을 선물루 준 동무, 손 드시오. 내래 한 말, 증인 서시오."

"마, 맞습미다. 달구 새끼는 그냥 줬습미다. 가져가시라고 공으로 줬심다." 뒤쪽에서 늙은이가 껑짜치며 대답했다.

"닭을 풀어줘요. 난 그런 선물은 필요 없소." 황대위의 강단진 명령이었다.

머쓱해진 손전사가 닭을 축담 아래 던지곤, 손을 털며 뒤쪽으로 돌아갔다. 풀려난 닭이 홰를 치곤 부엌 뒤꼍으로 달아났다. 황대위가 마을 사람들에게 다시 말을 이었다.

"오늘 밤부터 실시될 야간 통행금지에 대해 말씀드리겠습니다. 밤 아홉시부터 새벽 네시까지는 누구를 막론하고 통행을 금지합니다. 오늘 밤부터 부락 밖은 물론이고 부락 안에서도, 심지어 옆집으로도 나다닐 수 없습니다."

황대위 말에 여러 사람들이 쑥덕거렸다. "산사람들이 마실을 지킬 모양이제?" "전에는 안 그랬는데 어짼 일인고?" "시계가 없는데 밤 아홉시가 됐는지 열시가 됐는지 시간을 어째 아노?" "새벽 네시라면 아직 깜깜할 때 아닌가?"

"예배당 종지기 동무 나왔어요?" 황대위가 사람들을 둘러보며 물었다. 종지기 범이가 보이지 않았다. "예배당에 벽시계가 있다는 걸 압니다. 저녁 아홉시와 이튿날 새벽 네시에는 예배당 종지기가 종을 쳐서 시간을 알려줄 겁니다. 종소리가 들리면 통행을 일절 삼가십시오. 그리고 오늘 밤부터 부락 자체 경비를 위해 야간 순찰조를 짜야겠습니다. 순찰조는 두 사람씩, 밤 아홉시부터 새벽 네시까지 딱따기 치며 부락을 돌게 됩니다. 우리 인민해방군이 대현에 주둔하지 않겠으나, 아니 주둔하게 될지도 모릅니다만, 주둔하지 않더라도 각 부락마다 우리 전사들이 순찰을 돌게 됩니다. 그때 만약 부락 자체 순찰조가 순찰을 돌고 있지 않을 때는 처벌을 받게 될 것입니다. 처벌은 순찰을 기피한 그날 담당 순찰조에게 해당되겠으나 부락 전체에도 공동 책임을 묻겠습니다. 여러 동무들 중에 어느 누구라도 양지리 주둔군 본부로 호출당해 고초를 겪지 않게 되기를 바랍니다. 순찰조는 죽창과 딱따기판, 호루라기를 준비해주십시오. 그리고 매일 밤 비상선, 즉 군호를 여기 박동지한테 알려주고 갈 테니, 순찰조 두 명은 군호를 잘 외어두었다가 해방군 순찰전사와 맞닥뜨릴 때 똑똑히 대답해야 합니다. 만약대답 못할 때는 반동으로 간주되어 현장에서 사살당할 수 있습니다. 제가 한 말 알아들었지요?" 황대위가 마을 사람들을 둘러보았다.

황대위 눈길과 마주친 마을 사람들은 수꿀해져 시선을 피했다. 다들 발치께를 내려다보거나 지난해에 지붕갈이를 하지 않아 이엉이 꺼멓게 썩은 박생원네 안채 용마루에 군눈을 주었다. 희덕스레한 하늘이 용마루 위에 나지막이 내려와 있었다.

"내일 환영대회와 야간 순찰조 짜는 말, 잘 알아들었지요?" 황대위가 다시 물었다. "제가 한 말을 잘 못 들었거나 의문이 있는 동무는 지금 물어주시오." 황대위가 말했으나 아무도 묻는 사람이 없었다. "그럼 자세한 이야기는 박동지한테 남기고 갈 테니, 동무들은 집으로 돌아가도 좋아요. 참, 리장 동무는 남으시오."

마을 사람들이 하나둘 삽짝 밖으로 빠져나갔다. 부락민들 얼굴에 날씨처럼 더껑이 구름이 끼었고, 걸음걸이에 힘이 빠졌다. 삽짝 밖에서 마당 안을 들여다보던 아이들도 어른들이 나오자 흩어졌다. 상대현에 사는 박첨지는 자기 닭을 찾으러 부엌 앞을 거쳐 뒤꼍으로 돌아갔다.

"박동지와 리장 동무, 좀 봅시다." 사람들이 떠난 마당에 우두커니 서 있는 박생원과 대실 어른을 황대위가 불렀다.

황대위와 두 전사는 그로부터 박생원 집에서 한참을 더 머물렀다. 그동안 대실 어른은 마을 자체 순찰을 맡게 될 명단을 황대위에게 넘겼다. 명단은 새로 짤 필요 없이 여지껏 활용해온 향토방위대 야경조 명단을 순서에 따라 작성해주는 것으로 끝났다. 황대위는 안주머니에서 수첩을 꺼내더니 사흘 동안 통행금지 시간에 사용할 군호를 박생원에게 알려주었다. 군호는 당일 밤 순찰조 둘에게만 귀띔해줄 일이지 부락민들에겐 절대 알려선 안 된다고, 황대위는 박생원과 대실 어른에게 가파른 눈길을 보내며 말했다.

"군호가 그날 순찰조 이외 새어나가는 경우 박동지와 리장 동무는 물론 저까지 정치부 견책을 피할 수 없어요." 황대위는, 박 동지와 리장, 교회 종지기는 순찰조에서 빠져도 좋다고 말했다. "제가 아까 말했듯 내일 아침에는 개별적으로 출발하지 말고 부락민을 모아 같이 출발하도록 하시오. 제가 우리 중대 전사 둘을 아침 일찍 여기로 보내리다. 그들이 대현리 동무들을 인솔하게 될 것이오. 또 한 가지, 오늘 안으로 현수막 두 개를 만들어주시오."

"현수막이라니오?" 대실 어른이 물었다.

"광목에다 글자를 써서 양쪽에 장대를 붙여 들고 다니는 것 있잖아요."

박생원과 대실 어른이 머리를 끄덕였다. 7월 하순 인민군이 신원면에 들어왔을 때와 9월 하순 국군이 신원면을 수복했을 적에 과정국민학교 운동장에서 면민이 현수막을 만들어 들고 나왔다.

황대위가 삐라종이와 몽당연필을 꺼내더니, 현수막 모양을 그리고 이렇게 썼다. '우리는 인민해방군의 진주를 환영한다!' '위대한 영도자 스탈린 원수, 모택동 주석, 김일성 장군 만세!'

"부락마다 만들겠지만 대현리도 현수막에 이렇게 써서 두 개를 만드시오." 황대위가 삐라종이를 박생원에게 넘겨주었다. "그리고 붉은 천으로 작은 깃발을 열 개쯤 만들어 들고 나오시오."

"붉은 천이라니, 그런 헝겊이 많이 있겠습미까?" 박생원이 뜨아한 얼굴로 황대위를 보았다.

"궁벽한 벽촌이라지만 여자 동무들 시집갈 때 장만했던 다홍치마가 있을 게 아니오. 치마 한 감이면 될 거요. 박동지는 세포책이니 붉은 완장을 차도록 하시구."

교회당으로 갔던 손전사가 돌아왔다. 그는, 종지기가 고뿔이 심해 앓아누워 통행금지 시간에 종 치는 교육을 단단히 일렀다고 황대위에게 보고했다. 황대위가 마루에서 일어섰다. 떠나려는 그들에게 박생원이, 안사람이 감자를 삶고 있으니 요기나 하고 가라고 말했다. 부엌에서 불쬠을 하고 나온 나이 든 전사는 설익은 감자 몇 개를 소드락질해서 먹어치운 뒤라 열없어져 입술에 침만 발랐다.

문한돌은 마을 들입 정자나무 아래서 인민군들이 내려오기를 장맞이했다. 황대위가 저만큼에서 내려오자, 문한돌이 일행 쪽으로 쫓음걸음을 놓았다. 그는 황대위에게 아우의 저간 사정을 설명한 뒤, 아우가 일주일쯤 전 중유리로 야간 정찰 나왔을 때 리책 신명호 동무 집에 잠시 들렀다고 말했다.

"한득이 무슨 부대 소속인지 모르겠으나 소식 좀 알아볼라고요. 거창군당 유격대에서 이쪽으로 이동해 왔다던대요."

"알아보겠습니다." 황대위가 약속했고, 산사람 셋은 화장걸음으로 과정리를 향해 떠났다.

이튿날 아침, 눈은 그쳤으나 하늘에는 얇은 구름이 잔주름을 접었다. 밤사이 내린 싸래기 눈가루를 알싸한 바람이 훑고 갔다. 산등성이와 골짜기, 버려둔 논밭과 지붕은 지분을 바른 듯 함초롬했다.

어제 왔던 전사 둘이 한재리로 들이닥쳤을 때, 중새터 마을 창고 앞에는 일흔 명가웃 되는 마을 사람들이 욱적대고 있었다. 장년층과 중늙은이가 대부분이었다. 아녀자도 예닐곱 끼었고, 군에 뽑혀 가기에는 이른 머슴애들도 섞여 있었다. 그들은 먼길 나설 채비로 차렵옷 위에 두루마기나 누비등걸이를 걸치고 목도리를 둘러 행장을 갖추었다. 쪼가리 광목을 잇대어 붙여 엉성하게 만든 현수막 두 개가 토담에 세워져 있었다. 대꼬장이에 손수건만한 붉은 천을 매단 깃발 여러 개는 툇마루에 따로 놓였다.

문한돌이 자형 집으로 갔을 때는 인민군 전사 둘이 도착한 뒤였다. 한득이를 만나러 간다며 따라나서려 떼를 쓰는 어머니를 주질러 앉히고 오느라 걸음이 늦었던 것이다.

"이거 정말 손을 봐야 알았이요? 시키며는 시키는 대루 할 일이디 무슨 말이 많소. 우리 말 거역해 어떠카갔단 말이오?" 봉당 앞에서 손전사가 곤댓짓하며 박생원을 윽박질렀다.

"어제 군관 동무는 그런 말이 없지 않았소?" 마을 사람들이 보는 앞이라 박생원도 벋섰다.

"오늘 아침에 새루 지시가 있었으니 내래 명령하는 거라요. 동무는 해방된 민주 세상이 돋티 않소? 보아하니 인민해방전사를 환영할 맘이 없는 모양이구만그래" 하더니, 손전사가 총질을 할 듯 어깨에 멘 아식보총을 벗어 내렸다.

"그기 아니라요. 불각중에 농악대를 만들라 카이 하는 말이 아닝교."

"기래서 어카갔단 말이오?" 손전사가 보총 총구멍으로 박생원 뱃구레를 찔렀다.

"만들면 될 거 아이요. 제발 총 좀 치우시오. 그러다가 정말 사람 다치겠소." 박생원이 총구를 밀었다.

"진작 말할 일이디, 시간 끌기루 작정한 것두 아니면서." 손전사가 총을 어깨에 걸었다.

"김출불이 설장구를 치긴 쳤는데 피난 가버렸으니 누가 장구를 친담? 누가 나서봐요." 박생원은 마을 사람을 둘러보았다.

아무도 선뜻 나서는 사람이 없었다. 어제 저녁, 집에 있는 광목을 내놓으라 했을 때도 부락민 반응이 신통치 않았다. 그들은 이웃 눈치만 살폈다. 그러나 누가 장구를 치든 떨어진 명령이니 농악대를 만들어야 했다. 풍물은 마을 두레 영좌를 맡았던 문초시 영감 집에 보관했는데, 그가 전쟁 초다듬에 가족을 데리고 피난 가며 그것들을 대실 어른댁에 넘겨주었다. 박생원이 몸 빠른 소년 둘을 보내어 대실 어른 고방에 먼지를 켜켜이 쓴 장고·꽹과리·징·매구북 따위를 가져오게 했다. 상모와 치레옷은 찾을 수 없었고, '農者天下之大本'이 쓰인 용당기는 들고 왔다. 전쟁 전에는 지명하지 않아도 서슴없이 나섰으나 때가 때인 만큼 뒤를 사리는 장년층 몇을 박생원이 뽑아 억지 농악대를 만들었다. 뽑힌 사람은 두레패 출신이라 풍물을 다루는 데 손에 익었다.

두 전사는 환영대회에 나갈 인원을 파악했다. 지난 7월 이후 난리를 피해 피난 가버려 빈집이 있었으므로 모인 사람은 일흔일곱 명이었다.

"인자 더 붙드래두 끼워주지 않겠음네. 출발하더러구." 나이 많은 전사가 앞장섰다.

용당기를 앞세운 대현리 남자들은 무리를 지어 거레한 걸음으로 중새터를 떠났다. 현수막이 무리 앞과 뒤에 벽을 치고, 농악패는 현수막 꼬리에 붙었다. 붉은 깃발은 여러 사람이 나누어 들었다.

"이거 굼벵이 뭉쳐 가는 꼴 아니갔소. 꽹과리나 좀 두들겨보라요." 손전사가 말했다.

상쇠를 맡은 필례 아범이 꽹과리를 쳤다. 명수 아범이 장고로 장단을 맞추자, 여러 사람이 나누어 든 매구북이 따라 울렸다. 징치기를 맡은 곰보 나서방이 자발없이 징을 울려댔다. 그러나 사람들 표정에는 신명이 오르지 않았다. 눈바닥에 미끄러질세라 쪼작걸음을 걷는 그들 얼굴이 무덤덤했다. 지난 7월 중순에 인민군이 들어왔을 때는 길길이 뛰며 짓내던 좌익패들 선동도 있었지만, 새 세상이 어떤 세상인지 호기심 등등하여 환영대회에 나섰던 사람들조차 이제는 전쟁이란 센 너울에 빠져 모두 넌더리가 나 있었다. 철모르는 아이들은 눈비음으로 맞춘 대열을 마을 잔치로 여겼던 지 고샅길로 몰려나와 일행에 따라붙었다. 마을 아낙네와 처녀들 이 토담 너머 얼굴을 내밀고 길 나선 일행을 지켜보았다.

월여산에서 뻗어내린 산자락 모롱이를 돌아 내탄량 들입 탄량 골짜기가 저만큼 보이는 데까지 내려왔을 때, 현수막을 앞세운 한 무리가 앞서 내려가고 있었다. 그들은 구호를 소리 높여 외쳤다.

"빨리 갑세다. 발자국 보이까 와룡부락 동무들이 먼첨 내려갔음 네. 우리가 젤 늦었소다." 나이 든 전사가 용당기와 현수막을 든 앞선 사람을 재우쳤다.

길이 보통 미끄럽지 않았다. 다져진 눈에 벌써 여러 사람이 나 동그라져, 모두들 벋디디며 조심스럽게 걸음을 옮겼다. 과정리까 지는 줄곧 밋밋하게 내려 걷는 내리막길이었다. 문한돌은 어머니 를 떨구고 나선 일이 아무래도 잘한 일로 여겼다. 이렇게 미끄러 운 길을 노친네가 따라나섰다면 한 마장을 못 가서 여러 차례 낙 상을 겪었을 터였다. "한득이 보러 갈라는데 너거가 왜 막노? 너 거 자식이 그래 됐다면 등신처럼 가만 앉았겠나. 한득이 보러 나 도 갈란다." 마당에 퍼지르고 앉은 어머니가 다리로 발장구 치며 패악 쳤다.

과정리로 나오자 산지사방 마을에서 몰려든 무리로 장터는 북 새통을 이루고 있었다. 그들은 장터에서 대열을 정돈하여 양지리 로 길을 틀어잡았다. 부락별로 몰려가는 무리는 제가끔 농악패를 갖추어 그들이 두들겨대는 소리가 귀청을 따갑게 했다. 어떤 마을은 인공 시절에 배운 노래를 합창하기도 했다. 그들이 든 현수막이며 붉은 깃발은 전쟁터로 떠나는 병사를 전송하려 동원된 것 같았다. 왜뚤삐뚤 열을 지어 양지리로 몰려가는 무리는 네댓 부락에서 동원된 인원이었다. 대체로 한 마을 인원이 쉰에서 일흔 안팎이었다. 과정리에는 승리중대가 주둔해 있어 인민군 복장의 전사가 많이 눈에 띄었고 군관도 더러 보였다. 문한돌은 그들 중에 한득이가 있나 하고 살폈으나 눈에 띄지 않았다. 소문은 빨라 뜸마을에서 구경 나온 사람들도 있었고, 아이들도 떼를 지어 행렬 옆을 따랐다.

"보이소. 우리 아들 못 봤는교? 이름이 맹식입미다. 이마빡에 사마구가 있지요. 국방군에 안 가고 산사람들 따라갔는데, 여게 안 왔는교?" "우리 식이 아범 찾아주이소. 지난 가실하고 나서 산사람들 지게부대로 동원되어 갔습미다." "내 자식 방구요. 방구 있는 데 아리켜주소." 여러 사람들이 인솔하는 전사나 군관 오지랖을 따라붙으며 묻고 있었다. 좌익들이 거창군당 유격대를 조직해 덕유산으로 들어간 9월 하순에 그들을 따라갔거나, 빨치산 초모병으로 뽑혀 잡혀간 집안 식구 소식을 알기 위해 애간장을 태우는 모습이었다. 그러나 인솔자의 대답은 한결같았으니, 신원면에 진주한 인민해방군 중에는 지역 동무가 없다는 것이다. 문한돌은 신원면에 진주한 부대에 한득이가 끼어 있지 않고 보록산에 남아 있을는지 모른다는 생각이 들었다.

관동과 구사리를 거쳐 양지리로 갈 동안 각 마을 인솔자들은 마치 경쟁이나 하듯 자기 무리를 부추겼다. 구령을 외치게 하고, 노래를 부르게 하고, 농악패에게 풍물을 두드리게 했다. 동원된 부락민들은 저들이 시키는 대로 고분고분 따랐다. 소리가 작다면 더 크게 왜자기고, 힘 있게 걸으라면 손과 발을 높이 떼어 흔들었다. 대현리 사람들도 두 전사가 앞뒤로 쏘다니며 들레는 바람에, 하나 둘 셋을 외치며 발을 맞추었으나 발이 제대로 맞을 리 없었다. 얇은 구름이 벗겨지고 햇발이 나기 시작했으나 볕 갠 날씨에도 바람은 한결같았다. 감악산 줄기에서 내리닫이로 쏟아 붓는 바람이 억척을 떨었다. 눈가루가 날려 사람들은 얼굴에 달라붙는 눈가루를 연방 훑어 내렸다. 신작로를 따라 가파르게 버티어 선 감악산 줄기는 나부끼는 눈가루로 윤곽조차 가늠할 수 없었다.

율원국민학교 정문 앞에는 총을 든 보초 둘이 출입하는 사람들을 살폈다. 정문에는 광목 바탕에 먹글씨로 쓴 '인민해방군 만세, 신원면 환영대회'란 현수막이 내걸려 있었다. 운동장은 먼저 온 사람들로 붐볐다. 아직 환영대회가 시작되지 않아 사람들은 학교 운동장 단상 쪽에 몰려 있었다. 대현리 사람들은 중대 병력 정도의 인민군 한 무리가 교사 쪽 지대에 늘어서 있음을 보았다. 사람들 시선이 그들 앞에 벌려놓은 여러 벌의 중화기에 멈추었다. 기관총 총좌와 총알꿰미며, 십오연발 자동총인 BAR의 무쇠방순과 총구는 보기에도 섬뜩했다.

"어쩔라고 저 총이 우리 쪽을 겨누고 있제? 같은 동포끼리 저래 총을 겨눠봐야 하는가." 문한돌과 나란히 걸어온 문남수가 말했다.

"글쎄요, 설마하니……" 문한돌은 보도연맹 대회에 나갔다 비명횡사 당한 형을 떠올리며 치를 떨었다. 국군이나 인민군이나 군인들 하는 짓거리는 어느 쪽도 믿을 수가 없었다.

인솔을 맡은 인민군이 여기저기서 윗녘 사투리로 외쳐댔다. 부락별로 모여 서라, 완장 찬 이책은 앞으로 나와 따로 서라, 뒷간 갈 동무는 조금 참으라고 간섭이었다. 교사 현관문은 문짝 닫혀 있을 짬 없게 군인들이 들랑거렸고, 완장 찬 양복쟁이와 조선옷 입은 농군도 보였다.

"문서방, 이 기회에 한득이를 찾아봐. 산사람들이 이북 출신 같기사 하지만 한득이가 중유리까지 내려왔으면 어디든 개가 있을 테인께." 붉은 완장 찬 박생원이 문한돌에게 다가와 말했다.

"그래봐야겠습미다."

"마실 사람 중에 부대원이 있다면 무작한 홀대는 받지 않을 걸세. 자네 식구는 물론이고 대현리 전체가 말이네."

"측간에 댕겨오며 알아봐야지요."

문한돌은 버즘나무가 섰는 뒷간 쪽으로 걸으며 교사 쪽 계단을 살폈다. 그러나 인민군들은 모두 비슷한 몰골이어서 개개인 특징이 구별되지 않았다. 그들은 하나같이 추레한 차림에 인민군모나 개털모를 눌러쓰고 있었다. 자세히 살피니 몸매가 작고 얼굴 곱상한 여자 전사들도 끼어 있었다.

문한돌은 단상 앞으로 걸음을 꺾었다. 한득이가 입산하기 이틀 전에 학생복 윗도리를 입고 대현리에 들렀다 갔기에 그는 인민군 무리 중 검정색 학생복 윗도리를 찾았다. 그러다 그는 푸른 국방복에 개털모자 쓴 앳된 아우 모습을 먼발치에서 알아보았다. 갑자기 가슴이 뜨거워 오고 숨길이 가빠졌다. 문한돌은 중치가 막혀

230

목청이 터지지 않아 아우를 부를 수 없었다. 며칠 전까지 아우로 하여 가슴앓이 앓다 불각중에 다른 세상을 만났다고 기뻐 외칠 염치도 없었다. 뭇사람이 보는 앞에 인민군 아우를 만난다면, 만약 다시 세상이 뒤바뀌었을 때 자신이 이 바닥에 눌러 살 수 없을 것 같았다. 문한돌은 벙어리가 되어 아우를 향해 손짓만 되풀이했다.

"한득아, 내다, 성이다!" 가까스로 문한돌의 목청이 터졌다.

"성님 아닙미까!" 문한득이 형을 보곤 뛰어왔다.

"얼마나 고생이 많았노?" 문한돌이 아우 손을 잡았다. 두 달 남짓 동안 아우 얼굴은 몰라보게 여위어 껍더기가 다 된 모습이었다. 솜 털이 보송하던 뺨은 생채기로 찢어졌고 살갗은 더께진 소나무 껍질을 보는 듯했다. "너 소식은 중유리 신명호 씨한테 귀띔을 받았다."

"어머이 잘 계시고 형수님 조카들도 무고하지요?"

"그래, 몸 성히 잘 지낸다. 전쟁 때라 어느 집이나 다 어렵게 살 지러."

구경꾼들이 형제를 겹으로 싸고 혈육의 상봉을 지켜보았다.

"여보게, 우리 아들 못 봤는가? 귀병이 말이네. 지난 한가위 절기에 자네들과 같이 산으로 들어가지 않았던가." 중늙은이가 물었다.

"귀병이 동무 말입미까? 괘관산에 같이 있었습미다. 지금도 거게 있을 낍미다." 문한득이 승전군답게 씨익하니 대답하자, 여기저기서 질문이 쏟아졌다. 입산한 자식 소식을 몰라 애타는 사람들의 걱정스런 질문이 분분했다. 그 물음이 어리칠 정도여서 형제는 사사로이 말을 나눌 짬이 없었다.

"동무, 가독주이로 이라기요? 동무 소속이 어디웨까?" 하급군관이 사람들을 헤치고 나서며 윽박질렀다.

"미안합미다. 성님을 만난 김에 반가워서…… 기포지대 일중대 소속입미다."

"개별덕 행동은 규율 위반인 줄 몰라요?"

"알았습미다." 문한득이 형에게 눈길을 돌렸다. "성님, 환영대회 마치고 봅시다. 나 그럼 내 자리로 가요." 문한득은 사람들 사이를 빠져 중대원이 있는 계단으로 뛰어갔다.

환영대회는 언제 시작될는지 몰랐다. 어느 군관이나 전사도 부락민들에게 집합하라는 말이 없었다. 지루한 시간이 흘러갔다. 그 동안 얇게 낀 구름이 걷히더니 파란 하늘이 드러났다. 햇볕이 비추자 바람도 한결 잠잠해졌다. 사람들은 발이 시려 제자리걸음을 떼어가며 앞으로의 인민공화국 세상을 두고 끼리끼리 말을 나누었다.

정작 환영대회가 시작된 것은 해가 정수리에 올라왔을 때였다. 하급 군관이 단상으로 올라가 호루라기를 불며 면민을 정렬시켰다. 면민들은 마을별로 길다랗게 늘어섰다. 계단에 있던 기포지대 1중대가 단상 왼쪽에 정렬했다. 오른쪽에는 붉은 기를 든 기수 셋과 참모부에서 나온 중성 군관 여럿이 늘어섰다. 면민 뒤에는 인민중대가 담을 쳤다. 현수막들은 인민중대 뒤에 자리잡았다.

먼저, '아침은 빛나라'로 시작되는 북조선인민공화국 국가를 인민군들이 합창했다. 인민공화국 세월을 두 달 남짓 겪은 터라 그 노래를 기억하고 있던 면민들도 입 안의 궁글리는 소리로 따라 불렀다. 노래가 끝나고, 단상에 올라선 민간인은 몸매가 가녀린 서른 중반의 사내였다. 그는 누런 국민복 윗도리에 당꼬바지 차림이었다. 빡빡 깎은 머리에는 붉은 띠를 싸맸고 오른팔에는 붉은 완장을 차고 있었다. 그가 단상에 올라서자 과정리 사람들은, 빈대코 저 양반이 저렇게 될 줄 몰랐다는, 적이 놀라는 눈치였다. 왜냐면 그는 신원면 향토방위대 후원회 과정리 부회장 감투를 쓰고 누구보다 곰바지런을 떨며 분주소 출입이 잦았던 인물이었다. 정오복은 과정리 장터거리 들입에서 점포를 열고 있었는데 소금장수와 담배포를 겸했다. 사흘 전 과정리에 인민군이 들어오자 그는 농악패를 만들라고 독려하며 누구보다 앞장서서 저들을 환영했고, 그때부터 붉은 완장을 차고 팔자걸음을 놓기 시작했다. 과정리 사람들은 정오복이 목숨을 부지하려는 방편으로 간에 붙고 쓸개에 붙는 줄로 알았지, 환영대회 단상에 누구보다 먼저 올라서는 인물로 달라질 줄은 짐작 못한 일이었다.

"신원면 인민 동무들, 과정리 사는 정오복이올습미다. 동무들, 그동안 생고생 많이 했습니다그려. 이제야 우리는 진정 계급차별이 없는 세상에서 자유를 맘껏 누리고, 가설라므네, 태양을 보고 즐겁게 노동하고, 발 뻗고 편안하게 잠잘 수 있는 영광스럽은 조국을 다시 만나게 되었습미다. 광명천지 민주조선, 공화국의 찬란한 태양이 금일따라 온 강토를 밝게 비춥미다. 에또, 어제 눈이 오더마는 오늘 백색으로 깨끗한 산천, 이것이 바로 인민해방군을 진심으로 환영하는 우리 신원면 동무들의 마음이 아니고 뭣이겠습미까. 가설라므네, 우리는 조선 해방전쟁에서 투쟁적 용맹성을 자랑하는 삼일오부대 인민해방군이, 에또, 도탄에 빠진 우리 신원면 무산대중을 반동주구로부터 해방시켜준 데 대해 감사한 기쁨으로 환영하는 바이올습니다. 자, 박수 치고, 깃발을 높이 흔들어 환영합시다!" 종이쪽지를 보아가며 더듬더듬 연설을 이어가던 정오복이 팔을 들어 만세 삼창을 외쳤다.

칠백 명 넘는 신원면 사람들은 정오복의 고함에 모두 손들어 만세를 불렀다. 교사 지붕의 눈이 낙숫물이 되어 처마에서 떨어졌다. 학교 뒤 솔수펑이에서는 며칠 전 총격전이 언제였나 싶게 꿩 두마리가 맑게 갠 하늘로 날아올랐다.

"등잔 밑이 어둡다고, 저 사람을 믿은 분주소가 된통 봉변을 당했군." "세상에 믿을 사람이 없어. 빈대코가 밀정 노릇 할 줄이야 누가 알았어." "그동안 산사람들 소금과 담배는 저 사람이 대었겠군." 과정리 사람들이 귀엣말로 속달거렸다.

정오복은 에또와 가설라므네를 연발해가며, 면민이 그동안 겪어야 했던 고통과 수탈의 세월을 들먹였고, 적빈한 무산대중을 착취하고 능멸한 남조선 경찰을 욕질했다. 그리고 인민해방군의 강철 같은 용맹성과 혁명적 전투력의 혁혁한 전과를 칭송했다.

단상에 두번째 올라온 군관은 기포지대 1중대가 보록산 산채에서 출동식을 가졌을 때 연설했던 군사부 소속 작전참모였다. 레닌모를 쓰고 중좌 계급장을 단 그는 인민군 6사단 시절에도 선동 연설가로 꼽혀 모든 행사의 주장 연설을 도맡은 애꾸였다.

"친애하는 신원면 인민 동무 여러분, 이 맑은 겨울 한낮에 동무들을 다시 만나게 되어 기쁩니다. 그동안 동무들이 겪어야 했던 남조선 미제국주의 괴뢰정권 아래서의 피와 눈물과 신음의 세월은 이제 막을 내렸습니다. 정오복 동지가 말했듯이, 이제야말로 신원면은 진정한 민족 자존의 해방을 맞아 새 역사의 수레바퀴를 돌리기 시작했습니다……" 작전참모 연설은 정오복의 만담조 어법과 다른 차분한 목소리여서 줄 뒤에 선 사람들에겐 그의 말이 잘 들리지 않았다. 그는, 315부대 전사들에게 양식을 조달해주며 생사고락을 같이한 신원면 농민 동무들에게 심심한 감사를 표한다고 말했다. 그렇게 도와준 양식은 조국 해방전쟁이 조만간 승리로 끝나 찬란한 영광이 삼천리 반도를 빛낼 때 그 갑절로 갚아주겠다고 덧붙였다. 인민해방군과 합세한 중국 공산군이 중북부 전선을 무너뜨리고 진격해 온다는 전방 전세 상황도 말했다. 그러나 무엇보다 면민의 귀를 솔깃하게 한 대목은 다음 말이었다. "그러므로 우리 인민해방군은 동무들의 형제요 동지입니다. 우리는 무산대중인 농민·노동자의 형제이며, 특히 고용농민, 즉 소작농민과 머슴의 옹호자입니다. 오늘부터 우리는 여러 인민의 목숨과 재산을 보호할 책임을 통감하고 있습니다. 앞으로 우리 인민전사 중에 어느 동무가 허가 없이 농민 동무의 생명을 위협하거나 신체에 고문을 가할 때, 또는 농민 동무 재산을, 그것이 비록 잡곡 한 홉일지라도 개인적으로 약탈하는 전사가 있을 때는 지체 말고 여기 면사무소에서 집무를 시작하게 될 당 부대 정치부로 고발해주기 바랍니다. 농민 동무의 고발을 정중히 접수하여 공평무사하게 흑흑백백 가려 지위 계급을 막론하고 엄중 조치할 것임을 인민공화국 김일성 장군의 이름을 빌려 약속드립니다!"

신원면 사람들은 중좌 말에 그동안 떨었던 마음을 조금 누그러뜨릴 수 있었다. 끼니가 힘든 집도 도적 가져갈 물건은 있다고, 약탈을 하려 든다면 하루 두 끼니 죽사발도 지키고 앉았다 뺏길 수 있었다. 무엇보다 인민군이 양민을 사사로이 인민재판에 부쳐 처형하거나 매타작을 놓지 않는다는 말이 반가웠다. 오늘 역시 아무 일 없이 처자식 기다리는 집으로 돌아가겠구나 하고 깨단하자, 여기저기서 만세를 부르고 손뼉을 쳤다. "그 말씀 믿겠습미다." "옳은 소리요." 누구인가 이렇게 외치기도 했다.

"……동무들도 매일 하늘을 까맣게 덮고 나르는 미 제국주의 쌕쌕이를 보고 있습니다. 금수강산은 미 제국주의 쌕쌕이의 무차별 폭격으로 철저히 파괴되고 있습니다. 엄청난 양의 폭탄이 강토를 초토화시켜 사람은 물론 풀 한 포기 살 수 없게 만들고 있습니다. 전투에서 죽는 전사자를 제외하고, 날마다 무고한 인민 수천 명이 폭격에 죽어갑니다. 용케 살아남은 사람들도 집과 가족을 잃고 폐허를 방황하며 굶어 죽고 있는 실정입니다. 지옥이 따로 없는 처참한 상태에서 인민이 도시로 몰려들고, 도시는 다시 폭격 대상이 됩니다. 동무들, 거기에 비한다면 신원면 농민 동무들은 깊은 산골이라는 입지조건 덕분에 전쟁의 참화를 덜 당하며 살고 있습니다. 물론 신원면 농민 동무들이 제대로 먹지도 못하고 얼마나 힘들게 이 겨울을 넘기고 있냐는 것쯤 우리 역시 잘 알고 있습니다. 그러나 전쟁 와중인 지금은 어느 누구도 배불리 먹는 인민이 없고, 우리 역시 굶주리며 시련을 이겨내고 있습니다. 그렇다고 우리는 절망해선 안 됩니다. 강철 같은 신념으로 무장하여 악조건의 난관을 공동 대처해가며 견결하게 승리의 길로 나가야 할 것입니다. 무쇠는 불에 달굴수록 더 강해진다는 말이 있습니다. 한때의 고난을 참고 이기는 길은 뜨겁게 달궈진 무쇠처럼, 투철한 혁명적 신념과 강철보다 강한 조직 활동으로 뭉치는 데 있다 하겠습니다. 우리가 비록 제공권을 빼앗기고 있지만, 지금 저 북쪽 지상군 전투에서는 인민해방군이 연전연승하고 있으므로 조선 반도는 통일을 목전에 두고 있습니다. 그러므로 전사나 농민 동무나 다 함께 마지막 고비를 참고 이길 때, 온 세상은 광명천지 민주공화국……"

작전참모 연설이 마무리로 접어들고 있을 때, 뒤쪽에서 숨넘어가는 외침이 여리게 들려왔다.

"한득아, 니 어딨노? 내다, 에미다……"

문한돌은 대열에서 빠져나와 현수막 뒤쪽으로 뛰어갔다. 정문 쪽에서 전사 셋이 아낙 둘을 에워싸 돌려세우고 있었다. 버둥질로 기광을 부리는 실매댁과 그네 맏며느리였다.

"어머이, 마 집에 계시라 했더마는 왜 여게까지 오셔서 이라십미까?" 낭패하게 된 문한돌이 어머니를 등에 업었다.

"안 갈란다. 한득이 보고 갈란다. 날 내려도고!" 실매댁이 아들 등을 주먹질하며 곡지통을 터뜨렸다. 바닥에 떨어진 시어머니 먹고무신을 종구 엄마가 주워들었다.

"밖으로 나가시오. 기념식날에 이렇게 울고불고하면 되겠어요." 전사가 그들을 정문으로 밀어붙였다.

문한돌은 등에 업힌 노친네가 버둥질을 치는데다 눈이 녹아 미끄러운 바닥이라 조심스런 걸음으로 학교 정문을 나섰다. 그는 돌담 앞에 실매댁을 내려놓았다. 실매댁은 질퍽한 눈바닥에 퍼질고 앉아 어깨를 들먹이며 흐느꼈다. 등등하던 기세였는데 힘담 잃은 채 느껴 우는 어머니를 보자 문한돌도 콧등이 아렸다.

"아무리 말려도 안 듣습디다. 허리띠 풀어 목을 짜매 자문하실라 해서 하는 수 없이 내가 모시고 나왔습디다." 종구 엄마가 헝클어진 머리카락을 쓸어 붙이며 문한돌에게 말했다. 서방을 잃은 뒤 그나마 변변찮은 곡기마저 끊다시피 해서 얼굴이 누렇게 찌들었다.

이십 리 눈길을 걸어 나오며 몇 차례나 낙상했던지 실매댁과 종구 엄마의 무명 입성은 질흙을 뒤발하고 있었다. 실매댁 눈두덩은 혹이 생겨 피멍이 들었고 손바닥도 찢긴 채 피에 젖어 있었다.

"한득이 봤나. 있더나?" 울음을 그친 실매댁이 아들을 보았다. 어리친 정신을 엔간히 수습했는지 눈동자가 또렷했다.

"봤습미다. 연설 끝나면 만날 껍미다."

"별일 없더나, 몸은 성하고?"

"아무 일 없어요. 옷도 투실하게 입고 있습미다."

문한돌이 돌담 너머로 운동장을 보았다. 단상에는 군관이 아닌 검정 조끼에 옹구바지 입은 민간인이 올라와 있었다. 먼 거리라 얼굴을 알아볼 수 없었지만 윗녘말이 아닌 이 지방 말씨로 보아 저들이 신원면에 박아놓은 세포 같았다.

"……그래서 신원면 아홉 개의 리(里)를 중심으로 자체 조직 아래 '신원면 농민위원회'를 만들기로 했습미다. 이 조직은 어데까지나 우리 부락을 우리 힘으로 건설하고 협동하자는 공동 조직이 되겠습미다. 인민해방군과 연락 일도 앞으로는 농민위원회를 통해 건의할 것은 건의하고 부탁드릴 것은 부탁드리게 되므로 농민위원회란 우리 농민의 대표기관이라는 말입미다. 농민위원회는 리를 중심으로 세 명 내지 네 명으로 임명되겠는데, 빈농 출신자로서 새 민주 농촌을 부흥시킬 투쟁력 강하고 혁명정신이 바로 박힌 동무를 뽑겠습미다……"

"작은애비야, 들어가보자. 들어가서 퍼뜩 한득이 만나야제." 실매댁이 치마귀를 모두어 쥐며 일어섰다. 그네는 고무신을 다시 신었다.

"사람 모아놓고 연설하는데 또 울고불고 법석지기면 저 사람들이 가만두겠습미까. 또 쫓겨날 낀데요."

"어머이, 마 여게서 기다립시다. 연설이 끝나면 큰되련님이 작은되련님 데리고 여게 나올 낍미다." 종구 엄마가 비실거리는 시어머니를 부축했다.

"내 인제 패악 안 지기꾸마, 들어가자. 내 눈으로 한득이를 봐야겠다." 실매댁이 홀린 사람처럼 서둘렀다.

문한돌은 입장이 난처했다. 어머니를 운동장으로 모시고 가자니 무엇하고, 밖에 두어도 그냥 앉았을 것 같지 않았다. 어차피 여기까지 힘들게 나왔으니 한득이를 만나게 해줄 수밖에 없었다. 그는 직수굿해진 노친네 한 팔을 잡고 정문으로 들어갔다.

"……남조선 반동정권에 붙어먹은 악질 반동분자 색출에 따른 면민 동무들의 협조 요망은 그 정도로 하고, 타지 통행금지에 대해서 말씀드리겠습미다. 이제부터 면민들은 인민해방군 정치부의 허가 없이 타지로 나갈 수가 없습미다. 정치부에서 내주는 통신발행증 없이 면 경계 밖으로 나가는 동무는 반동첩자로 인정되어 인민재판에 회부될 것입미다. 또한 갈전산 · 철마산 · 보록산 · 소룡산 · 월여산의 면 경계 일대를 인민해방군이 철통같이 방비하고 있으니까 통행이 불가능한 실정임을 미리 알아야겠습미다……"

문한돌이 단상을 보니 중유리 세포책 신명호가 연설을 하고 있었다. 실매댁은 아들과 며느리에게 양팔을 잡힌 채 현수막 앞쪽으로 돌아가더니 한 줄로 늘어선 인민중대 대원을 살폈다.

"어머이, 한득이는 그쪽에 없고 앞에 있습미다. 식이 끝나면 만나게 될 테이께 걱정 마시소." 노친네 귀에 문한돌이 소곤거렸다.

세 사람은 대현리 농악패가 섰는 사이에 껴붙었다. 실매댁은 한득이를 찾으려 발뒤꿈치를 들고 앞쪽을 살폈으나 키가 작은데다 먼발치라 기포지대 1중대 전사들이 눈에 들어오지 않았다. 신명호가 단상에서 내려가고 있었다.

"그러면 이번 '신원 승리작전' 전투에서 인민의 적을 까부신 부대원의 상훈 수여식을 거행하겠습니다." 단상 오른쪽에 있던 군관이 말했다. 참모부 소속 보좌군관으로 얼굴이 네모진 소좌였다. "국기훈장 삼급, 기포지대 일중대 중대장 송한갑 대위, 앞으로 나오시오."

상훈을 수여하려 단상에 올라선 군관은 315부대 참모장으로 삼십대 후반의 풍골 의젓한 대좌였다. 그는 금테 붙은 군관모자에 월동복 정장 차림이었다. 1중대 대열 앞에 따로 섰던 송대위가 꼿꼿한 자세로 걸어가 단상 아래 서더니 참모장에게 경례를 붙였다.

"국기훈장 삼급, 제삼일오부대 기포지대 일중대 중대장 송한갑. 귀관은 당 부대 훈련지도군관으로 평소 당 이념과 군사 소양에 투철한바, 이번 신원 승리작전의 일선 지휘관으로 전술 전략 면에서 탁월한 투쟁력을 보였기에 제삼일오부대 지휘관 이름으로 국기훈장을 수여함……" 참모장은 보좌군관이 넘겨준 상장을 느릿느릿 읽었다.

대좌는 단상 아래 선 송대위에게 상장을 넘겨주었다. 1중대 전사들과 뒤에 섰던 인민중대 전사들이 손뼉을 치자, 면민들도 따라서 손뼉을 쳤다.

"다음, '전사의 영예훈장'을 수여하겠습니다." 보좌군관이 말했다. "전사 영예훈장 이급, 기포지대 일중대 전사 김풍기, 삼급, 동 전사 문한득, 두 동무 앞으로 나오시오."

"한득이다, 한득이 맞네." "저게 나온다. 실매댁 막내아들 아닌가." 대현리 농악패가 앞쪽을 넘겨다보며 말했다.

"우리 한득이 어데 있노?" 실매댁이 사람 사이를 헤집었다.

"큰어머이, 저게 보이소. 한득이 안 있습미까." 매구북을 들고 있던 문한도가 실매댁을 번쩍 안아들고 앞쪽을 볼 수 있게 해주었다.

"쟈가 한득이 맞나? 옷을 저래 입고 있응께 모르겠네." 실매댁이 젖은 눈을 부비며 단상 있는 쪽을 바라보았다. 한득의 뒷모습이 보였으나 그네는 실감이 나지 않아 달려가 으스러지게 안고 싶은 마음이 앙가슴을 쳤다. 훈장을 받는 데 따른 기쁨이 아니라 아들이 몸 성히 살아 있다는 감사함이 눈물이 되어 뺨을 타고 흘러내렸다.

단상에 선 대좌가 상장을 읽은 뒤 두 전사에게 건네주자, 요란한 박수가 터졌다. 박수 소리가 송중대장이 표창 받을 때보다 더 거세었다. 어느 마을보다 대현리 사람들이 한득이를 알아보고 열심히 손뼉을 쳤다.

"한득이가 어째 윗녘말 쓰는 산사람들 사이에 끼이게 되었는 공?" "한득이가 저래 훈장까지 받은 줄 몰랐제." "실매댁이 큰아들을 잃더마는 막내 덕에 인제 호강하겠네." 대현리 사람들이 입방아를 찧었다.

"기포지대 일중대 일소대원 전 전사에게는 '공훈 메달'을 수여하겠습니다." 보좌군관이 그 말을 달아, 메달이 준비되지 않아 국기훈장 메달, 전사의 영예훈장 메달, 공훈 메달은 상훈 기록부에 올리고 다음 기회에 전달하겠다고 덧붙였다.

상훈 수여를 마친 부대장의 연설 차례였다. 부대장은, 315부대의 주축을 이룬 전 6사단이 전쟁 초기에 보인 혁혁한 전과를 언급했고, 1중대 중대장의 혁명전쟁 수행 신념과 탁월한 통솔 능력을 칭찬했다.

"……특별히 이번 작전을 수행함에 있어 이 디역 출신 전사인 문한득 동무의 전공을 상찬하디 않을 수 없습네다. 문동무는 소년병 출신으루 용약 인민유격대원으로 입산했는데, 당 부대 기포지대루 넝겨와서 신원면 탈환에 이르기까지 그 어느 전사보담두 앞당서서 혁명전쟁 과업수행에 신명을 바텼다는 보고를 들었습네다. 이는 신원면 여러 농민 동무들과 함께 경하해야 될 기쁨입네다. 신원면 동무들, 향토 출신으 영웅전사 문동무에게 박수를 텨주십시오!"

면민의 눈길이 문한득에게 쏠렸다. 면민은 자기 고장 출신인 문한득에게 손뼉으로 성원을 보냈다. 그들은 빨치산과 면민 사이에 가로막힌 담을 무너뜨린 중계자가 정오복 씨나 신명호 씨가 아닌, 소년 전사 문한득이었기에 더 우러러보였다. 대현리 사람들은 한득이 산사람들 사이에 섞여 있기에 총부리가 자기네를 겨누게 되지는 않으리라 안심했다. 대좌 입에도 만족한 웃음이 물렸다. 그는 현지 출신 전사에게 상훈을 내림으로써 '수어이론(水魚理論)' 그대로, 군과 민의 일체감이 무르익고 있음을 보았던 것이다.

"문동무, 참모부에서 동무를 영웅전사로 추켜세우는데 가만있기야. 손 흔들어 답례를 해야지." 옆에 선 김풍기가 싱글거렸다.

문한득은 부끄러워 얼굴을 제대로 들 수 없었다. 자신이 상훈을 받게 될 줄은 환영대회가 시작될 때까지 몰랐기에 뜻밖이었다. 난생처음 참가해본 전투에서 남달리 발보이게 투쟁하지도 않았다. 김풍기 분대장은 돌격조 지휘를 맡아 분주소를 함락시키는 데 앞장섰지만 자신은 거기에 끼이지도 못했다. 어찌되었든, 기쁨이 우련하게 복받쳐 올랐고 온몸으로 퍼지는 열기를 어쩔 수 없었다. 지금 이 환영대회를 지켜볼 형과 마을사람들 얼굴이 떠오르자, 달분이 모습도 겹쳐졌다. 환영대회에 달분이는 나오지 않았겠으나 곽서방은 면민 사이에 끼어 손뼉을 쳤으리라 여겨졌다. 곽서방이 집으로 돌아가면, 대현리에 사는 문한득이 인민해방군 전사가 되어 훈장까지 받더구먼 하고 식구에게 자랑할 터였다. 문한득이 그런 생각을 하자 거창군당에서 315부대로 전출 온 행운이 가슴을 채웠다.

"이것으로 환영대회를 마치고 각 마실 호구별 인원 파악이 있을 예정이니 면민들은 마실별로 모여 잠시 더 기다려야겠습미다." 단상에 올라온 신명호가 말했다.

중성 군관들과 기수들은 자리를 떠 교사 안으로 들어갔고, 기포지대 1중대도 움직이기 시작했다. 중화기조는 지대에 벌여놓은 자기 화기 쪽으로, 경기조는 임시 숙소로 쓰는 교사 뒤 숙직실과 창고 건물 쪽으로 열 지어 갔다.

"한득아, 내 좀 보자. 한득아!" 문한돌과 종구 엄마가 미처 손쓸 틈도 없게 실매댁이 1중대를 향해 미끄러운 눈바닥에 넘어질 듯 내달았다.

소대원들과 열 지어 가며 대현리 사람들 줄을 살피던 문한득이 엄마 고함에 걸음을 멈추었다. 그는 저만큼 앞서가는 중대장과 소대장에게 허락을 받으려 했으나 두 군관은 심각하게 대화를 나누고 있었다. "엄마가 널 부르잖니. 만나봐" 하며, 방수억이 문한득을 열 밖으로 밀쳐냈다.

"한득아!" 검버섯 핀 얼굴이 눈물로 번질거리는 실매댁이 치마귀 너풀거리며 달려가 막내아들을 안았다.

"어머이, 그동안 고생 많으셨지요." 문한득도 엄마의 여윈 어깻죽지를 감쌌다. 쌓인 말이 가슴을 메우는데 할말이 없었다.

기포지대 1중대 전사들이 부러운 눈길로 모자의 만남을 보며 지나쳤다. 문한돌과 종구 엄마가 오고, 가까이 있던 구경꾼이 모자를 에둘렀다. 한동안 흐느끼던 실매댁이 눈물을 닦으며 아들 얼굴을 보았다.

"여볐구나. 산에서 얼마나 고생이 많겠나."

"괜찮습미다. 여러 동무들과 같이 있으니까요."

실매댁이 아들 뺨을 쓰다듬더니 발치로 시선을 떨구었다. 한득이는 목이 긴 작업화를 신고 있었다.

"내가 보낸 버선하고 짚신 못 받았나? 마실에 내려온 산사람 편에 보냈는데."

"못 받았는데요." 문한득이 종구 엄마를 보았다. "형수님, 조카들 데리고 고생 많지요?"

종구 엄마는 옷고름으로 눈물만 찍었다. 그네는 전쟁 초다듬에 여기 운동장으로 나간다며 집 나선 뒤 불귀객이 되고 만 서방을 떠올렸다.

"한득아, 내하고 집에 가자. 인제 산에 살지 말고 전쟁 나기 전처럼 같이 살자." 실매댁이 투정하는 아이처럼 아들 팔을 끌었다.

"어머이, 그래 못해요. 내 맘대로 집에 갈 수 없습미다."

"제발 그 총은 임자한테 돌려줘라. 총 메고 다니는 짓 오래 하면 다친다. 나중에 험한 꼴 보고 마는 거라." 실매댁이 아들을 부득부득 끌었다.

"어머이, 한득이는 당분간 집에 갈 수 없어요. 전쟁 끝나고 평화시대가 와야 집으로 돌아올 거요." 문한돌이 노친네에게 말했다.

"성님 말씀 맞습미다. 성님하고 집에 돌아가 계시이소. 소대장 동무한테 말씀드려서 오늘 저녁답에라도 집에 한번 다니러 갈게요. 소대장 동무도 통신발행증을 만들어준다 했거던요."

문한득은 중대원이 사라진 쪽을 돌아보았다. 대열은 교사 모퉁이로 꺾어들어 보이지 않았다. 송중대장의 삿매질이 떠오르자 그의 마음이 바빴다. 그는 눈물 괸 눈으로 오매불망 그리던 엄마 얼굴을 살폈다. 몇 달 사이 폭삭 늙은 엄마 모습이 흐릿했고 검불 같은 머리카락만 눈물 앞에 일렁였다. 그는 중대원이 사라진 쪽으로 뛰었다.

"한득아, 그라면 저녁답에 꼭 오너라. 밥 해놓고 기다리께!" 실매댁이 아들 등에 대고 외쳤다.

"큰어머이, 너무 그래 속 끓이지 마이소. 우리 마실에 군인 나간 청년이 어데 한둘입니까." 어느새 왔는지 문한도가 땅바닥에 퍼질고 앉는 실매댁을 안아 일으켰다. 이곳저곳에서 호루라기 소리가 들렸다.

"수원리와 양지리는 이쪽으로, 청수리와 중유리 부락 동무들은 저리로 가이소. 부락별로 모이시오." 완장 찬 마을 세포들이 외쳤다.

인민중대 대원들은 면민을 부락별로 나누어 다섯 개 교실로 인솔했다. 대현리와 와룡리 사람은 상급반 교실에 수용되었다. 인솔해 온 전사는 부락민을 학생이 쓰던 의자에 앉게 했다. 사람들은 벌을 받더라도 늦게 받겠다는 듯 뒤편 의자로만 몰렸다. 그러나 교실에 들어온 사람이 백 명 넘어 예순 개 남짓한 의자를 채우고도 모자라 뒤쪽에 늘어섰다. 뒷벽에는 학생들이 그린 그림과 습자지에 쓴 서예품이 색 바랜 채 깨어진 유리창을 통해 들어오는 바람에 너덜거렸다.

"정씨나 신씨나, 지경 내 사람이 더하더구만. 왜 그래 악쓰며 협박해야 하는강." "사람 조사 뭐할라꼬 하는고? 부역에 뽑을라 하나, 총싸움에 앞장세울라 하나." "여게서 조사만 마치면 집에 보내줄 낀가?" "높은 군관이 철석같이 약속했으니 다른 해꾸질이야 없겠제." 사람들이 두런두런 말을 나누며 기다리자, 복도 마룻장을 울리는 구둣발 소리가 들렸다. 이어, 붉은 완장 찬 군인이 종이 한 묶음을 들고 들어왔다. 서른이 채 못 된 그는 몸피가 홀쭉했고 마른 얼굴이 코치레를 했다 할 만한 매부리코였다. 무장을 하지 않았고 복장도 인민군복이 아닌 국군이 입는 풀색 점퍼를 걸쳤다. 전사인지 군관인지 구별할 수 없었으나 가죽군화를 신고 있어 중요한 직책을 맡은 신분임이 짐작되었다. 매부리코는 선생이 쓰던 앞쪽 구석자리의 책상과 의자를 가운데로 옮겼다. 그는 앞줄에 앉아 있던 상대현에 사는 임시곤을 일어서게 하고, 그가 앉았던 의자를 책상 맞은편에 놓았다.

"동무부터 나와 의자에 앉으시오." 매부리코가 완장 차고 앞에 서 있던 박생원부터 불러냈다. 그는 의자에 앉아 들고 온 종이를 간추렸다. 한쪽만 인쇄된, 미군 비행기가 뿌린 투항 권고 삐라였다.

"이름부터 대시오." 박생원이 책상 맞은편 꼬마의자에 앉자, 매부리코가 반말로 말했다.

"박준뱁니다."

"나이는?"

"마흔하납미다."

"직업은?"

"농사꾼입미다."

"소유 농토가 있나요?"

"논농사는 소작입미다. 밭은 삼백 평 정도 제 땅이 있고요."

"거짓말하면 안 되오. 현지 조사해서 착오가 있을 때는 처벌을 받소."

"사실 그대롭미다. 지난 가실에 인민위원회에 현물세를 바칠 때도 다 조사해 갔습미다."

"박동무는 언제부터 세포책을 맡았소? 대현리요, 와룡리요?"

"대현립미다. 양력으로 따지면 시월 초가 될 걸요."

"교육 정도는?"

"학교는 못 댕겼지만 조선 글을 읽고 쓸 수 있습미다."

"가족 이름과 나이를 말해보시오."

매부리코가 곰파서 묻자, 박생원은 노모와 처와 자식의 이름과 나이를 말했다. 매부리코는 삐라종이 한 장에 박생원의 대답말과 가족 신상명세를 연필로 적바림했다.

"남조선군에 입대한 가족은 없나요? 동생이나 혹은 사촌이라도?"

"없습미다. 아까 환영대회 때 훈장 받은 문한득이 제 처남입미다. 여게 있는 대현리 사람은 대부분 한득이하고 일가친척 됩미다."

매부리코는 삐라종이에 1이란 번호를 매긴 뒤 한쪽에 제쳐놓았다.

"됐소. 그럼 박동무는 교사실로 가시오. 교사실에는 각 부락 세포책이 모일 텐데, 지도원 동무로부터 별도 지시를 받으시오." 매부리코는 연필을 책상에 놓고, 대현리 사람들을 둘러보았다. "여러 동무들, 지금 박동무에게 했던 말로 내가 다시 물을 때, 사실대로 솔직하게 대답해주시오. 가족 중 누가 남조선군에 있다면 있다, 경찰로 있다면 있다, 이렇게 말이오. 그렇다고 동무들이 걱정할 필요는 없소. 동무들 가족 중 누가 남조선군에 있다 해도 그건 동무들이 입대시킨 게 아니라 강제 동원되었을 테니깐 책임을 따지지는 않겠소. 그러나 그런 사실을 숨겼다가 뒤늦게 밝혀질 때는 처벌을 각오해야 될 것이오. 가구수대로 다 나왔겠지만 만약 오늘 환영대회에 참석치 못한 가구는 별도 조사를 받게 되겠소. 여기에 나온 동무들 중에 분가하여 따로 살더라도 아버지와 아들이 같이 나온 동무는 함께 앞으로 나와주시오. 나와 면담을 끝낸 동무는 집으로 돌아가도 좋소."

교실 가운데쯤 앉아 있던 문한돌이 매부리코 앞으로 불려 나가 면담하기는 교실 밖 운동장에 그늘이 넓게 내렸을 때였다. 그는 형이 한때 좌익 일을 했다는 죄목으로 죽음을 당했고, 조금 전 상훈을 받은 문한득이 아우라고 말했다. 면담은 쉽게 끝났다. 운동장으로 나온 그는 엄마와 형수를 찾았다. 둘은 교사 뒤편 숙직실 쪽에서 얼쩡거리고 있었다. 먼발치로나마 한득을 보기 위해서였다.

문한돌과 그의 엄마와 형수, 문남수와 문한도, 상대현에 사는 언청이 천갑구와 함께 여섯 사람이 양지리를 떠났다. 천갑구는 읍내 지주 김부잣집 마름을 맡았던 신진문 씨 머슴이었다. 기온이 떨어지자 녹았던 눈이 빙판으로 굳었다. 미끄러운 길이라 한돌과 한도가 실매댁 양팔을 끼고 걸었다. 과정리까지 왔을 때는 실매댁이 제대로 발을 옮기지 못할 만큼 허든거렸다. 그네는 막내아들을 만나러 간다는 기쁨에 들떠 잡곡밥이나마 아침 끼니마저 거른 채

먼길 행보의 눈길을 걸은 탓에 가래톳이 서고 말았다. 과정리를 넘어서자 문한돌은 엄마의 아치랑걸음을 보다 못해 등에 업었다. 실매댁은 아들 등에 업혀서도 한득이가 오나 싶은지 자꾸 뒤돌아보았다.

짧은 겨울 해는 어느덧 갈전산 너머로 기울어 저녁 바람이 차디찼다. 얼어붙은 땅을 쓸며 올라오는 골짜기 바람에 산자락의 소나무가 못다 턴 숫눈가루를 날리며 샛바람 소리로 울었다. 평소에는 도린곁이라 쓸쓸한 달구지길이었으나 오늘은 환영대회를 마치고 돌아가는 길동무가 많아 그나마 위로가 되었다. 문한돌과 문한도는 바꾸어가며 실매댁을 업고 걷다, 외탄마을 곽서방을 만났다. 곽서방은 아들이 상이용사로 대구 군병원에 입원해 있었지만 어쨌든 그 신분이 국방군이었기에 누구보다 걱정이 태산 같았다.

"자꾸 캐물어쌓길래 그 고비를 어째 넘겨. 할 수 없이 달식이가 국방군에 뽑혀 전쟁터로 나갔다 큰 부상을 당해 대구 군 병원에 입원해 있다 했제."

"어째 말을 못 둘러댔습미까." 문한도가 핀잔을 주었다.

"어데 거짓말을 해봤어야제."

"내 같으면 숫제 아들이 없다고 말했겠어요." 천갑구가 말했다.

"나는 군에 간 아들이 없다고 말했제. 뒤에는 어째될 값이라도." 문남수가 말했다.

"글쎄, 거짓말이 안 나오더라니깐."

"대현에도 자식이 국방군에 뽑혀 나간 집이 어데 한둘입미까. 괜찮을 텐게 걱정 마시소." 엄마를 업고 오르막길을 오르느라 문

250

한돌이 가쁜 숨을 내쉬었다.

"이럴 때는 자네처럼 산에 들어간 동생이라도 뒀다면 걱정을 덜 겠구마는……"

곽서방의 시르죽은 말에 문한돌은 대답할 말이 없었다.

집으로 돌아오자, 다시 기운을 차린 실매댁이 막내아들을 위해 저녁밥 준비를 서두르느라 두 며느리를 들볶았다. 시어머니 성화에 못 이겨 종님이 엄마는 집 뒤란 대밭으로 돌아 들어갔다. 보리 날 철까지 제수용에나 쓸까 옹글게 여투어둔 반 가마 쌀에 손을 대지 않을 수 없었다. 그네는 독에서 세 주먹 정도 멥쌀을 쪽박에 퍼내어 시동생 먹을 밥만 이밥으로 지었다. 실매댁은 도장에서 호박 한 덩이를 안고 나와 팥을 넣고 먹음직한 범벅을 만들었다.

저녁 이내가 한재숲에서부터 자욱 덮여오자 마을이 어둠에 잠겼다. 그러나 한득이는 돌아올 줄 몰랐다. 실매댁이 몇 차례나 나무다리 건너 와룡리로 오르는 삼사미까지 나가 과정리에서 올라오는 길목을 보며 막내아들을 기다렸다. 깜깜한 한길 저 아래에서 바람 소리만 크게 들려도 아들 발소리인가 싶어, "한득인가?" 하고 소리쳤으나 대답이 없었다. 죽은 한병씨 아이 셋과 한돌의 아이 둘도 콩나물죽 한 그릇씩을 게눈 감추듯 비우고, 막내삼촌과 더불어 호박범벅을 먹으려 눈을 말똥거리고 기다렸다.

"안 올란갑다. 무슨 일이 있는공?" 세번째 마중을 나갔다 온 실매댁이 울가망한 목소리로 말했다. 바람 소리를 타고 먼 데서 콩깍지 튀는 소리가 났다. "야들아, 총소린갑다. 총소리가 들린다!"

안방에 올망졸망 앉았던 식구가 마당에 들어선 실매댁 외침을 들었다. 문한돌이 밖으로 나왔다. 분명 총소리였다. 문한돌은 짚신을 꿰고 삽짝 밖으로 나섰다. 총소리가 난 곳은 한재숲 너머 보록산이나 와룡리 쪽 소룡산이 아니었다. 총소리는 이따금 쏘아대는 장난기가 아닌, 악머구리 우는 듯한 연발이었는데, 분명 양지리 쪽이었다. 며칠 전 양지리에서 어슴새벽 같게 들려온 총소리보다 더 많은 인원이 쏘아대는 총소리였다. 한돌은 상대현으로 오르는 고샅길로 내달았다. 상대현 뒤 한재숲 중턱의 상여집에 오르자 과정리에서 양지리로 빠지는 신작로가 멀리로 보였다. 어느새 동저고리 바람으로 나선 마을 남정네들도 여럿이었다.

"붙었어. 산사람들하고 국방군이 붙었다!" "세상이 또 어쩌될란공 모르겠네." "큰일이제, 또 세상이 뒤바뀔 모양이라." 사람들이 쑤군댔다. 한재숲 중턱 상여집 마당에는 여러 사람이 모여 어둠 건너 양지리 쪽을 바라보았다. 총소리와 함께 조명탄과 이중탄을 쏘아대는지, 양지리 뒤 둔덕과 구사리에서 양지리로 펼쳐진 감악산 자락에 살별 같은 불줄기가 솟아올랐다. 양지리에서 들려오는 총소리가 밤내 그치지 않았다. 대현리 사람은 물론, 신원면 안에서 그 총소리를 들었을 대부분의 면민은 뜬눈으로 밤을 새웠다. 야간순찰을 돌 필요가 없을 만큼 대현리 남정네들은 집 밖으로 나와 추위에 떨며 웅성거렸다. 어떤 집은 가재도구를 꾸려놓고 여차하면 갈 데 없더라도 우선 마을 밖 산속으로라도 피난 갈 준비까지 해놓고 있었다.

대현리 아녀자들이 아침동자를 하느라 아궁이에 삭정이 불을 지필 때쯤부터 양지리 쪽 총소리가 새뜨기로 들리더니, 해가 동산 너머로 올라왔을 때는 총소리가 아주 멎었다. 불각중에 난리를 만나면 그나마 끼니때마저 놓칠세라, 아니면 잡곡밥이나마 누구한테 빼앗길까봐 마을 사람들은 서둘러 아침밥을 먹었다. 지금쯤 남조선 경찰이나 군인이 양지리를 다시 수복하거나, 산사람들이 양지리를 사수하고 있거나, 둘 중 한 가지로 결단이 났을 터였다. 그러나 들어앉은 대현리로서는 그 사정을 알 수 없었다. 지난번 인민군이 들어왔을 때처럼 농악패 놀이 소리도 들리지 않았다.

대실 어른과 박생원이 상대현·중새터·원대현·하대현으로 돌며, 아이들이 마을 밖으로 나가지 못하도록 단속하게 했다. 부락민은 그 당부가 아니더라도 누구 한 사람 마을 밖으로 나가기를 꺼렸다. 마을을 벗어난다면 눈에 살기를 번뜩이며 불문곡직 마구 총질을 해댈 산사람이나 남조선 군경을 맞닥뜨릴 것만 같았다. 모두 삽짝을 닫고 아는 얼굴이나 귀에 익은 목소리가 아니면 문 열어주기를 주저했다. 전투가 격렬하여 동지나 적이 피로 뒤발한 채 나자빠지는 꼴을 보면 사람 성정은 누구나 거칠어져 닥치는 대로 살상을 일삼기 때문에 제 집 방구석을 차지해 앉았는 게 상책이기도 했다. 한편, 어느 쪽이 이겼다 해도 산골 농투성이들이 눌려 살기는 마찬가지 세상이라, 면소 사정이 당장 궁금하긴 했으나 오늘 아니면 내일쯤에는 어차피 듣게 될 소식이었다.

박생원과 문한돌은 다른 사람보다 더 불안한 마음으로 아침을 맞았다. 한돌의 경우는 만약 남조선 군경이 양지리를 수복했다면 인민해방군 환영대회를 통해 한쪽 편을 확실하게 지지한 자기 집안 신분이 마을 밖까지 드러난 이상 필경 화를 당할 게 뻔한 이치였다. 박생원은 과정리까지라도 나가볼까 어쩔까 망설이며 오전 한때를 보냈다. 엉덩이를 어디 한군데 질펀하게 붙이고 있지 못해 하대현 들입 정자나무터까지 나갔다 들어왔다 하며, 누군가 전해줄 양지리 소식을 기다리며 초조한 마음을 달랬다. 그는 남조선 군경이 앞에총 자세로 과정리 쪽 큰길에서 마을로 달려온다면 한재숲 너머 몸을 피하기로 작정해 솜옷을 겹으로 껴입고 농구화 들메끈을 조여 매고 있었다. 그러나 과정리로부터 들어오는 큰길에는 사람 그림자 하나 얼씬거리지 않았다. 실매댁이 면소 소식을 귀동냥하고 오라며 아들에게 안달내었으나, 문한돌은 어느 편 세상이 되더라도 운은 하늘에 맡기고 당하면 당하리라, 묵묵부답 제바림하고 있었다.

"한득이가 마 내 말대로 총 내삐리고 집으로 돌아왔으면 그 험한 꼴을 안 당할 낀데, 아무래도 무슨 일이 있는갑다. 어짜꼬, 누가 면소 소식 좀 못 듣고 오나. 관세음보살 나무아미타불……" 미끄러운 눈길로 양지리까지 도다녀오느라 오금조차 제대로 펴지 못하는 실매댁은 한데바람도 마다하지 않고 쪽마루에 나앉아 안절부절못했다.

"허허, 이 사람아, 이래 태평 치고 앉았을 땐가. 자네가 나갔다 와봐야제. 인민공화국은 아무래도 자네 같은 사람이 기 펴고 살 팔자고, 세상이 또 바뀌었다면 어데로든 몸을 피해야 할 끼 아닌가." 신확 장로가 박생원집과 문한돌 집을 돌며 같은 말로 채근을 놓았다.

"그래 궁금하시면 종지기 범이를 과정리까지라도 보내보시오."

박생원이 불퉁하게 대꾸했다.

신장로는 목사가 떠나버린 교회를 이끌고 나가는 당회장으로서 면소 소식이 누구보다 궁금할 수밖에 없었다. 마침, 이튿날 10일이 주일이었기에 신도를 모아 교회에서 예배를 보아야 할지 어떨지 그는 판단을 내리지 못한 채 무거운 발길을 예배당으로 돌리고 말았다.

해가 한재숲 쪽으로 기울었을 때였다. 구구식 장총을 멘 멀대키의 산사람이 마을로 들어섰다. 담 너머로 그를 넘겨다보던 마을사람은 아직까지 낮에도 산사람이 활보하는 세상임을 짐작했다. 인민중대 대원인 전사는 곧장 중새터로 올라갔다. 그는 이곳저곳 쏘아보는 움팍눈이 번들거려, 사람들은 삽짝 밖으로 나와 그에게 말을 붙일 용기가 없었다. 전사가 박생원 집으로 들어가자, 옆집 담을 넘고 건너 산사람이 나타났다는 소문이 알음장으로 돌자, 한두 사람씩 박생원 집으로 모여들었다.

"바쁜 몸이라 간단히 전달하구 날래 가겠음네. 동무들, 밤새 놀랐겠음네. 그러나 염례 마시라오. 우리가 반동놈들을 물리쳤음네다." 마루 끝에 걸터앉은 전사가 왜가리 같은 목을 빼고 박생원에게 말했다.

전사 말로는, 날이 밝아 남조선 경찰이 퇴각한 뒤 널린 시체를 수거해보니 열다섯 구나 되었으며, MI소총과 카빈총은 물론이고 많은 탄약을 노획했다는 것이다. 거기에 비하면 인민군 측 피해는 사망자가 여섯 명이었다고 말했다.

"열다섯에 여섯이라…… 와따, 산사람들이 쎄기는 쎄네요." 언청이 천갑구가 입을 벙긋 벌렸다.

"반동놈들이 지고 간 시체까지 합치다며느 서른 명이 넘을 것임네. 중상자가 죽으며느 사망이 쉰 명도 넘게 될 테구. 그런데 개들이 시체를 냉겨두구 가며느 우리 차지가 얼매나 많은 줄 알가시오? 개인화기에, 갑절 좋은 피복에, 신발까지 챙기게 됩네."

"남조선 국방군은 동원되지 않은 모양이지요?" 박생원이 조심스럽게 물었다.

"남조선 국방군 군대는 아이 왔소. 전부 개들이었음네. 우리느 입성두 보기 전에 총소리마 들어두 개뗸지 국방군 뗸지 구별합네다. 수원리 쪽과 감악사 쪽에서 협곡으로 쳐들어온 반동을 모두 합친다며느 이백 명은 넘었을 게우."

박생원집 마당에 모인 사람들은 멀대 전사의 말에 긴가민가하면서도 모두 놀랐다. 엔간한 독심을 품지 않고서야 남조선 경찰이 섣부른 공격을 하지 않았을 텐데, 하룻밤 사이 이백 명이 넘는 남조선 경찰 병력을 산사람들이 되쫓아 보냈다니 그 말을 사실로 믿어야 할지 어떨지 알 수 없었다. 의용경찰을 합친다 해도 불과 스무 명이 채 안 되는 병력이 지킨 신원분주소를 빼앗는 데도 저들은 어슴새벽부터 저녁때까지 꼬박 열두 시간이나 걸리지 않았던가. 그러나 어찌되었든, 대낮에도 산사람이 대현리로 들어온 점만은 당장 눈앞에 보는 현실이었다.

"그러면 양지리에는 아직 인민해방군이 지키고 있단 말이지요?"

"무시기 말씀을. 아이, 그르므 양지리가 반동 손에 넘어간 줄 알았음네?" 전사가 눈을 홉뜨며 되물었다.

"아니라요. 그냥 물어봤심다." 천갑구가 째진 입을 손으로 가리며 말꼬리를 빼었다.

"와따, 해방군 실력이 대단하네요. 그만한 경찰 병력을 밤새 작살을 내뿌렀다니." 신장로가 감탄 말을 했다. 그의 벗겨진 이마에는 주름이 고랑을 팠고, 교회 쪽을 돌아볼 때는 실망의 빛이 완연했다.

"간나이 종자들이 팔로군부대르 우습게 알구 덤볐던 게지요. 우리 부대가 동에 번쩍 서에 번쩍 신출귀몰한다느 정보에 어두웠던 것임네. 떨어질 홍시루 알고 덤볐다가 큰코다치지 않았겠음네."

"해방군이 여섯이나 죽었다면 혹시 어제 환영대회 할 때 훈장 받은 문한득은 어찌되었소?" 문한돌이 물었다.

"모르겠음네. 우리 중대느 감악산 쪽에서 한탕 치르구 기포지대느 지약(저녁)부터 삼초소 쪽에서 붙었슨께요. 지원부대가 측면 공격을 맡구요. 하여간 여섯 전사자르 내었다구 중대장이 그랬수." 전사는 이똥이 앉은 대문니를 보이며 하품을 하더니, "앉았더니 잠이 퍼붓구만. 어젯밤에 전투를 치르느라구 잠을 통 못 잤쉐다. 난 또 와룡리루 쎄기 가야 하니, 전달 말이나 하겠음네." 전사는 마루에서 일어나 박생원에게, 각 마을 세포회의가 있으니 내일 아침 열시까지 양지리 군사부로 나와달라고 말했다. 분주소를 군사부로 쓰고 있으니 그곳으로 나오면 된다는 것이다. 그리고 오늘 밤부터 야간 순찰을 철저하게 돌아 개미 새끼 한 마리 나다니지 못하게 단속하라고 덧붙였다. "반드시 죽창을 들고 순찰을 돌아요. 우리 해방군두 마을마다 순찰 돌 테니 근무불량으루 적발당하는 일이 없어야겠음네. 그라므 난 갈라요."

전사는 박생원 삽짝을 나섰다. 멀대 전사가 인민성 발휘로 무장된 탓인지 먹거리를 요구하지 않은 점이 기특했다. 그러나 무엇보다, 박생원을 양지리로 불러내는 것으로 보아 저들이 신원면 일대에 방벽을 치고 있음을 부락민들이 믿을 수밖에 없었다.

날이 어둡자 모두 바깥출입을 않았고, 상대현에 사는 두 사람이 밤새워 순찰을 돌았으나 산사람 순찰조와 맞닥뜨리지 않았다.

이튿날, 대현리 교회는 아침부터 종을 쳤다. 신확 장로는 철야 기도를 통해, 금지조치가 시달되기 전까지는 예배당에서 평소대로 예배를 보기로 작정했던 것이다. 아이들을 불러모아 주일학교를 열었고, 열한시에는 어른들 열대여섯을 모아 신장로가 예배를 인도했다. 그는 잠언 17장 12절부터 21절까지와 시편 46장 두 말씀을 빌려 설교했다. 교인 모두 하나님의 위로를 받게 하려는 목적이었지만, 우선 스스로 위로 받고 싶은 목마름에 그는 설교를 하며 울먹였다.

신장로는 '악인을 의롭다 하며 의인을 악하다 하는 이 두 자는 다 여호와의 미워하심을 입느니라'라는 잠언 15절을 두고 비유로서, 사탄의 유혹에 빠져 피부림으로 살상을 일삼는 오늘의 전쟁을 질타했다. 그는 남조선과 북조선 어느 쪽이 악인이라고 구체적으로 말하지 않았고, 두루뭉실 살상을 일삼는 전쟁 자체를 소돔과 고모라 싸움이라고 공박했다. 주를 섬기고 따르는 자를 핍박하는 무리야말로 악으로 선을 갚는다는 잠언 13절 말씀대로, '악이 그의 집을 떠나지 아니하리라'고 말했다. 그렇게 말할 때도 핍박하는 무리가 어느 쪽이라고 못박지 않았다. 설교 마무리 부분은 시편 46장을 인용했다. '하나님은 우리의 피난처시오 힘이시니 환난 중에 만날 큰 도움이시라'란 절과, '저가 땅끝까지 전쟁을 쉐게 하심이여. 활을 꺾고 창을 끊으며 수레를 불사르시도다'란 9절로, 하나님만이 전쟁을 멈추게 할 수 있고, 하나님만이 환난 중의 피난처임을 강조했다.

"……하나님 말씀을 믿어야 합니다. 그렇게 믿고 기도합시다. 우리의 간절한 기도가 하늘에 닿으면 주님이 우리를 환난 중에 구해주실 겁니다." 신장로가 목청을 높였으나, 그는 설교 중에도 문종이 찢어져 바깥이 내다보이는 창문이나 출입문에 누군가 총대를 들이밀기라도 할까봐 불안한 눈길이 자꾸 그쪽을 더듬었다.

아침에 양지리로 떠난 박생원은 해가 서쪽 하늘에 걸렸을 때야 마을로 돌아왔다. 그가 나무다리를 건너 정자나무터까지 오자, 기다리던 하대현 사람들이 마중 나갔다. 박생원은 양지리에서 보고 들은 소식을 대충 전했다. 여러 마을에서 온 세포가 동원되어 남조선 경찰 시신을 학교 뒷산에 매장했는데 열다섯 구였다고 박생원이 말했다.

"……자기들이 그래 해치웠다고 선전 삼아 매장 일을 우리한테 시켰는지 모르지만, 죄 빨가벗긴 몸뚱이라 피칠갑한 살이 퍼렇게 굳어 있어 꿈에 나타날까봐 겁나데요." 박생원은 또, 산사람도 부상자가 꽤 생긴 듯 교실 하나를 그들이 차지했는데 질러대는 신음소리가 매장지까지 들리더라 했다. 분주소 주위 민가도 몇 채 불에 탔고 분주소 보루대 망루는 흔적조차 없이 무너져버렸다는 말도 들려주었다.

"한득이 소식도 알아봤습미까?" 문한돌이 물었다.

"인민군들 시체는 못 봤어. 자기네들이 어데 치워버렸겠제. 설마 한득이가 죽었을라꼬" 하더니, 그는 처남에게 말했다. "할말이 있으니 한도 데리고 집으로 좀 오게. 전달할 게 있어."

저녁 끼니를 대충 때운 대현리의 말깨나 하는 남정네들이 박생원 집으로 모여들었다. 박생원은 그들에게, 신원면 농민위원회에 대현리 사람으로 네 명이 뽑혔음을 알렸다. 농민위원 넷은 박생원과 문한돌, 천갑구, 문한도였다.

"박생원 보게. 내가 뭘 안다고 내 이름을 넣었나. 병신 주제에 언문도 겨우 읽는 머슴을 위원으로 뽑다니. 이거 낭패 났구만." 언청이 천갑구가 역정을 냈다.

"숨어 지낼라는 사람을 왜 그렇게 남 앞에 내세워요? 세상이 어느 순간에 뒤바뀔는지 모르는 판국 아닌가요." 문한돌도 투정을 달았다. 이미 엎질러진 물이라 그런 투정이 소용없었으나 부락민이 들으라고 해본 소리였다. 문한도만은 잠자코 있었다.

"내가 자네들을 위원으로 뽑지 않았으니 원망 말더라고. 한돌이는 신명호 씨가 추천하자 출신 성분이 좋다며 뽑혔고, 천가하고 한도는 매부리코가 율원학교 교실에서 부락민을 한 사람씩 불러내어 면담인가 뭔가 할 때 만든 잡책을 들치더니 뽑아내데. 적농(赤農)으로 적격이라면서. 각 마실 세포책은 자동적으로 위원이 됐고. 난들 어데 농민위원 하고 싶어 하는가." 박생원이 여러 사람을 둘러보았다. "여게 어느 누가 뽑혔다 해도, 나는 못하겠소 하고 그

자리에서 당당하게 말할 사람 있는교?" 박생원이 대거리를 놓자, 아무도 대꾸하는 사람이 없었다. "농민위원으로 뽑힌 사람은 내일 아침 일찍 양지리로 나가야 합니다. 목수 일할 사람도 한 명 뽑아 오라대요."

이튿날, 이른 아침밥을 먹고 나자 농민위원으로 뽑힌 넷과 연장 통 든 마을 목수 홍인석이 양지리로 떠났다. 며칠 추웠던 날씨가 삼한사온 덕분인지 많이 풀려 간밤에는 서리가 내렸다. 해 떠오르기 전에 출발한 다섯 사람은 서리 앉은 눅눅한 길을 밟고 걸었다. 문한돌과 박생원은 나막신을 신었고, 나머지는 짚신발이었다. 그들이 탄량골까지 내려오자, 산사람들이 맞은편에서 오고 있었다. 그들이 노래를 숭얼숭얼 읊었는데, 음울한 음조였고 걸음 또한 지친거렸다. 부락민은 그들이 가까이 오자, 이틀 전 전투에서 부상당한 전사들을 보록산 뒤 산채의 환자트(환자 아지트)로 이동시키고 있음을 알았다. 머리와 어깻죽지에 붕대를 감은 자, 작대기를 짚고 절룩거리는 자도 있었다. 남의 등에 업힌 자, 가마니 들것에 실린 부상이 심한 자도 여럿이었다. 앞뒤에 선 무장조 경계병까지 합쳐 무리는 서른 정도였다. 문한돌은 그들 중 아우를 찾았으나 눈에 띄지 않았다.

"조금만 참으세요. 지혈제가 없는데 물을 마시면 출혈이 멎지 않아요. 파편을 뽑아냈으니 곧 상처가 아물 거예요." 들것에 실린 채 통증을 호소해대는 부상병 옆을 따르며 말한 여성은 준의 숙회였다.

부락민들은 길가로 비켜서 있었다. 인민군들은 그들에게 아무

도 말을 걸지 않았고 노래를 읊으며 지친 걸음을 걸었다. 경계병
들과 부상자를 운반하는 전사들이 읊는 노래가 청량한 아침의 두
메 골짜기에 나직이 퍼졌다.

　원수와 더불어 싸워서 죽은 / 우리의 죽음을 슬퍼 말아라 / 깃
발을 덮어다오 붉은 깃발을 / 그 밑에 전사를 맹세한 깃발……

　과정리 들머리에 있는 과정국민학교 앞을 지나자 구령을 왜자
기며 구보하는 산사람들의 씨억한 목소리가 들렸다. 승리중대가
과정학교를 숙소로 쓰고 있었다. 일행이 과정리 장터거리까지 가
자, 청룡리에서 내려온 농민위원 넷을 만나 길동무하여 함께 양지
리로 들어갔다. 그들은 농민위원이 앞으로 무슨 일을 맡게 될는지
몰라 짐작할 수 있는 그럴 만한 일거리를 주워섬겼으나 의견이 모
아지지 않았다. 그러나 농민위원이 산사람들과 부락민 사이에서
부대끼는 불편한 자리란 사실에는 모두 머리를 끄덕였다.
　강목수는 315부대 작전부 연락소로 쓰는 분주소로 떨어져 나갔
고, 여러 마을에서 온 농민위원은 율원학교 교실에 수용되었다.
풀색 야전점퍼를 입은 두 전사가 농민위원을 상대하여, 명단을 펼
쳐 들고 농민위원 이름을 불러 인원 점검을 마쳤다. 둘 중에 도리
암직하게 생긴 안경잡이는 마흔쯤 된 나이로 사람이 점잖았다.
　"한 사람두 빠진 동무가 없군요. 모두 우리 사업에 열성적으루
협조해줘서 고맙습니다. 저는 삼일오부대 정치부 소속 교양지도
원 김용태라 합니다. 앞으로 농민위원 동무들과 자주 만날 터이니

김동무라 불러주십시오. 잘 부탁드립니다." 김지도원은 미소를 띠고 사근사근한 목소리로 자기소개를 마쳤다.

"차렷!" 누군가 뒤에서 외쳤다. 정오복이었다. "김지도원 동무에게 경례!"

그 말에 김지도원이 멋쩍게 웃었다.

"여러 동무들이 내무서원, 또는 인민위원이란 말은 귀에 익어두 농민위원이란 말은 잘 듣지 못했을 겁니다. 그러나 우리 북조선에서는 해방 직후 토지개혁을 실시할 때 무산자·적농 출신자로 당 사업 이념에 충실한 일꾼을 뽑아 '농촌위원회'를 각 부락마다 조직한 바 있습니다. 이를테면 동무들은 농촌위원입니다. 지금은 전시구 신원면이 작전지구이므로 인민위원회를 따로 둘 필요성이 없어 여러 동무들이 자기가 사는 부락의 인민위원이 되겠습니다. 그러므로 농민위원은 신원면 인민을 대표하는 셈입니다. 앞으로 동무들은 일정 기간 동안 우리 교양지도원들로부터 소정의 교육을 받게 됩니다. 프롤레타리아 인민의 일꾼으로서 인민으로부터 존경을 받으려면, 우선 프롤레타리아 사상이념에 투철한 혁명적 일꾼이 되어야 합니다. 농민위원 동무들이 일정한 교육을 마치게 되면 여태까지 개인주의적인 농민에서 각성한 농민으루, 자본주의 껍데기를 벗어버린 공화국의 새 농민의 긍지와 자부심을 갖게 될 것입니다. 그러면 잠시 후 교육에 들어가기 전에 변소 갔다 올 동무는 용무를 마쳐주십시오."

김지도원은 야전점퍼 입은 사내와 함께 교실 밖으로 나갔다. 십분쯤 뒤 김지도원만 교실로 들어왔다. 그는 백묵으로 칠판에 글자를 썼다.

　―조선은 왜 프롤레타리아 혁명국가로 통일되어야 하는가?

　"농민위원 동무들, 제 나이가 몇 살쯤 돼 보입니까?" 김지도원은 첫말을 떼었다. 그는 이마가 훤해 머리숱이 적었다. 아무도 대답을 안하며 눈만 멀뚱거렸다. 농민위원들은 국민학교 학생이 앉았던 키 낮은 의자에 엉덩이를 걸치고 옹송그린 채 추위에 떨었다. "제 나이 마흔둘입니다. 마흔 살이 넘으면 노력동원은 몰라두 전선에 배치되기에는 늦은 나입니다. 그러나 저는 처자식을 후방에 두구 자원해서 통일전쟁 제일선에 나섰습니다. 제 이야기 좀 할까요. 출신성분으로 말하면, 황해도 금천에서 해방 직후까지 추수 일만 석 하던 대지주 집안이었습니다. 조부님은 현감을 지냈고 부친은 일제시대 군수를 지냈습니다. 그렇다면 저는 부르좌 집안 출신입니다. 일본으로 유학해 와세다대학을 다녔습니다. 졸업을 앞두고 저는 용약 만주로 건너가 동북의용군 구대장으로 왜놈과 싸웠습니다. 전투에서 부상도 입었구, 이 년 동안 만주 선양에서 감옥생활두 했습니다. 해방 후에는 북조선 내무성 문화국에서 이론선전을 담당했습니다. 그렇다면 아무리 전쟁 와중이지만 남조선에서 이렇게 유격 생활을 할 필요 없이 후방에서 배급쌀 타먹으며 편케 애국하는 길두 있습니다. 그러나 저는 성스러운 통일전쟁에 직접 참여해서 인민전사와 근로대중과 함께 동고동락하겠다는 결심으로 고난의 길을 택했습니다. 조국 통일전쟁에 내 한 몸 바치겠다는 일념에서 제2전선 유격부대에 주저앉아 오늘 이 자리 동무들 앞에 서게 된 겁니다. 저는 시인입니다."

김지도원은 말을 끊었다. 안경 뒤쪽 그의 눈동자는 열기로 타올랐다. 그는 시인이라고 말했으나 농민위원들은 시인이 어떤 직업임을 알지 못했다. 그가 부유한 사대부 집안 출신으로 한 시절 일본 땅 넘나들며 높은 학교를 다녔고 그 뒤 독립운동에 투신했음을 알아들었을 뿐이었다. 농투성이와는 신분에 차이가 있음에도 그가 올림말로 자기소개를 하자, 모두 미안쩍어 그를 더 우러러보았다.

"오늘 첫 강좌로 농민위원 동무들에게 가르칠 내용은 조선 역사비판과, 왜 현시점에서 프롤레타리아 혁명국가 건설이 조선 땅에 필요한가란 점입니다. 우리나라 역사는 쉬운 말로 반만년, 즉 오천 년의 길고 긴 세월을 거쳐왔습니다. 그렇다면 긴 세월 동안 역사의 주인이 누구였습니까? 아는 동무 있으면 대답해보시오."

뒤쪽에서 누군가, "나라 주인은 임금이었습미다" 하고 대답했다. 그 말에 용기를 얻은 듯 맨 앞줄에 앉은 누비등거리를 입은 중늙은이가, "프롤레타리아라 해쌓는데 그 말 좀 쉽게 설명해주이소" 하고 말했다.

"옳습니다. 옳은 대답과 질문입니다. 그럼 왜 나라의 주인이 인민이 아니구 임금이었으며, 프롤레타리아가 누구인지, 왜 무산대중 인민이 주인이 되어야 하구 그들이 잘사는 국가루 건설되어야 하는지, 차근차근 설명하도록 하겠습니다……"

김지도원은 우리나라 역사를 요약해서, 봉건 군주체제의 중앙집권 형태, 신분과 계급의 철저한 차별에 따른 양반 중심 정치제도, 외세 의존 종속의 정치·경제·문화 따위를 주워섬겼다. 거기에 희생된 세력이 하층계급인 다수 인민으로, 농민위원 동무의 조상이라고 말했다. 그는 듣는 이의 수준을 참작하여 말을 쉽게 하려고 애썼고 '양반 관료 국가' '계급 분화' '토지 개념의 모순' 따위의 어려운 말들은 칠판에 따로 써서 쉽게 풀이했다.

"양반 관료 국가, 즉 임금과 귀족이 다스리는 나라, 무슨 뜻인지 알겠지요? 그들은 노동하지 않구, 노동하는 가난한 인민의 재산을 강탈해 배불리 잘먹구 잘살며, 착취당하는 인민은 더 가난하게 된다는 뜻입니다. 중국 대륙을 통일한 모택동 주석은 이 점을 절대모순이라 칭했습니다. 절대 화합될 수 없는 모순이라 했지요. 자본가와 노동자, 지주와 소작인, 자본주의와 공산주의, 이것이 바루 상대모순이 아닌 절대모순입니다. 그런데 종교란 또 다른 아편이 무산대중, 즉 인민을 타락시키게 되니, 빈부귀천은 하늘 뜻이구 이승의 가난을 저승에서 보상 받게 해준다구 속이는 겁니다. 농민위원 동무들, 자기 당대가 평생 멍에를 지고 종과 같은 생활루 착취만 당하다 죽고 나면 그 소작농부들 자식 또한 같은 길을 밟게 됩니다. 그런데 종교는, 동무들같이 착취자의 말에 고분고분 순종하며 착하게 살다 죽으면 극락이나 천당에 가게 된다구 속입니다. 부르좌 이기심과 이익만 펀드는 임시방편의 감언이설이지요. 동무들 조상 중에 누가 극락이나 지옥에서 살다 왔다고 말해줍디까? 저승이 있다는 사실을 무엇으로 증명합니까? 인간도 짐승과 같이 목숨 끊어지면 흙으로 돌아갈 뿐입니다. 그렇다면 프롤레타리아란 누구며, 프롤레타리아 혁명이 왜 필요하며, 그 혁명의 조짐이 왜 근세에 와서 시발되었는지 말씀드리겠습니다……"

김지도원은 서구의 중세사, 산업혁명, 시민사회의 성장, 자본가와 노동자의 개념에 관해 설명하기 시작했다. 그의 열띤 강연은 어느덧 정오를 넘기고 있었다.

한 무리의 인민군이 열 맞추어 정문으로 들어와 구보로 운동장을 돌기 시작했다. 그들은 힘차게 '적기가'를 불렀다. 농민위원들이 창밖을 힐끗거렸다. 문한돌도 창밖을 내다보며 한득이 그들 속에 섞였나 싶어 찾았으나 얼른 눈에 띄지 않았다.

"그러면 오늘 교육은 이쯤에서 마무리짓두룩 하겠습니다. 내일은 조선 봉건주의의 몰락부터 일본제국주의 조선 침탈과 조선공산당 태동에 대해 말씀드리도록 하겠습니다. 내일은 오늘 했던 교육을 두구 질문할 테니 돌아가면 각 부락별로 모여 오늘 교육 내용을 토론식으로 복습해 오십시오. 그럼 잠시 쉬었다 농민위원회 위원장과 부위원장, 후보위원의 민주적 선거가 있겠습니다." 김지도원은 말을 마치자 교실을 떠났다.

농민위원들은 두 시간 넘게 추위에 갇혀 꼿꼿이 앉아 견디다 보니 휴식시간이 반가웠다. 바쁘게 변소를 다녀오는 사람도 있었다.

"어렵어서 무슨 말인지 통 모르겠어." "농민과 노동자가 주인이 되는 세상이면, 일은 누가 하제? 주인이 일하면 진짜 주인은 없어지나?" "임금과 정승이 나라를 다스리던 시대에는 왜 공산주의가 안 일어났을꼬?" "공산주의도 관청이 있어야 나라를 다스릴 게 아닌가. 그렇게 되면 관청 사람이 또 농민을 골탕먹이고 착취하겠제." "어느 부잣집 자식인지 몰라도 김동무 그 사람 인품 하나는 됐데. 벼는 익을수록 고개를 숙인다는 말처럼." "퍼뜩 끝내고 집에 보내주면 좋겠구마는." 사람들이 중구난방 떠들 동안, 한쪽에서는 여럿이 모여 쑥덕공론을 짜고 있었다. 예닐곱이 이마를 맞대었는데, 그중 정오복과 신명호가 끼어 있었다.

문한돌은 변소로 가서 소변을 보고 난 뒤, 운동장으로 나갔다. 운동장을 세 바퀴 돌고 난 기포지대 1중대 중대원들이 철봉대 쪽에서 쉬고 있었다. 문한돌은 운동장을 질러 그리로 갔다. 중대원 속에 끼어 앉았던 문한득이 형을 보더니 일어섰다. 형제는 버드나무 아래에서 만났다.

"아레 밤에 전투가 심하던데 다친 데는 없나?" 문한돌이 물었다.

"없습미다. 우리 중대도 한 명 전사한 만큼, 이번 전투는 치열했습미다." 모랫가루 묻은 거친 얼굴로 문한득이 말했다.

"환영대회가 있던 밤에 식구들이 너 온다고 기다렸다."

"밤에 야간작전 나갔습니다. 요새는 늘 밤에 멀리까지 작전 나가니까 통행증을 발급해달라는 말을 꺼낼 수 없는 형편이라요."

"작전이라이, 어데로?"

"감악산 넘어 임불리 쪽으로요. 어젯밤에 우리 일소대는 황강까지 나갔더랬어요. 황강 건너가 대구로 빠지는 큰 신작로 아닙미까. 그쪽으로는 밤에도 남조선 화물차가 불을 켜고 댕기더만요."

1중대 쪽에서 모이라는 소리가 들렸다. 쉬던 중대원들이 개인화기를 들고 일어섰다.

"가봐라. 몸조심하고. 내하고 한도가 우리 마실 농민위원으로 뽑혀 당분간은 날마다 여게 나오게 될 끼다. 또 보자."

"아마도 조만간 집에 가기는 힘들 끼라요." 문한득이 중대원 쪽으로 뛰어가며 손을 흔들었다.

문한돌은 교실로 돌아왔다. 한참 뒤, 김지도원과 함께 아침에 들어왔던 야전점퍼가 교실로 오자, 곧 선거가 실시되었다. 김지도원이 오전에 말한 민주적 선거란, 농민위원들이 위원장 후보감을 추천하고, 다수결 원칙으로 위원장을 뽑는 것이었다. 추천된 후보는 과정리 위원들이 이름을 댄 정오복뿐이었다. 다른 후보가 추천되지 않자 김지도원은, 만장일치 박수로 정오복 동무를 농민위원회 위원장으로 뽑자고 말했다. 부위원장 둘은 중유리 신명호와 양지리 마석문이 추천에 의해 뽑혔다. 셋의 인사말이 있었고, 선출된 셋이 후보위원 다섯을 뽑았다. 거기에 대현리 부락민은 한 명도 들지 않았다. 문한돌은 다행이라 생각하며 자형을 보니 그는 머리를 숙이고 있었다. 자형도 자기 마음 같으리라 여겼다.

"농민위원들, 내일도 아침 열시까지 한 사람도 빠짐없이 이 교실로 나와야겠습니다. 출석을 부를 테니 늦지 않게 나오십시오. 오늘은 이것으로 일과를 마치도록 하겠습니다." 김지도원이 말했다.

대현리 농민위원 넷은 강목수와 함께 돌아가려 분주소로 갔다. 뒷마당에서 망치질 소리가 들려 그쪽으로 돌아가니, 목수 여럿이 일을 하고 있었다. 대패로 널빤지를 깎거나 통나무를 톱으로 켜고, 각목에 널빤지를 붙여 게시판 같은 걸 만드는 목수도 있었다. 담 너머로 얼굴 내민 마을 사람들을 본 강목수가, 아무래도 일이 늦겠다며 먼저 떠나라고 말했다. 농민위원 넷은 양지리를 떠났다.

강목수는 분주소에서 다른 목수들과 함께 저녁밥까지 얻어먹고 대현리로 돌아왔다. 지게를 빌려 짜맞춘 게시판을 지고 돌아온 것이다. 그는 지게 짐을 진 채 곧장 박생원네 집을 찾았다. 박생원네 사랑방에는 저녁죽을 먹고 마을 나온 사람과 농민위원들이 모여 있었다. 강목수는 그 자리에서 분주소에서 듣고 온 새 소식을 전했다. 인민군들이 너그럽게 대해주는 점으로 보아 앞으로 별다른 걱정은 없을 것이라 했는데, 농민위원 넷이 들려준 소식과는 어긋난 말을 꺼냈다.

"등치고 간 빼먹는다는 말이 산사람을 두고 하는 말이라요."

"그게 무슨 말인데?" 대실 어른이 물었다.

면사무소에는 주로 풀색 점퍼를 입은 정치부 소속 인민군이 진을 치고 있는데, 그곳에는 미처 몸을 피하지 못한 순경 가족, 의용 경찰대 가족, 면사무소 직원, 향토방위대원이 잡혀 있다고 강목수가 말했다.

"면사무소 뒷마당에 일제 때 공출미를 보관한 함석창고 있지 않소. 잡혀온 사람은 거게서 심문받는 모양이라요. 나야 벽보판 만드는 일을 했지만 목수 둘은 따로 불려가 창고 칸막이를 맹글고 와서 하는 말이, 창고 구석에 피묻은 옷과 물동이와 몽둥이가 있더랍니다. 양지리 이목수 말로는, 밤중에 면사무소 뒷길로 지나가면 창고에서 사람 비명소리도 들린답니다. 갇힌 사람들은 조만간 조사가 끝나는 대로 인민재판에 회부될 끼라 하데요. 듣자 하니 정오복 그 사람이 맹단을 만들어 낱낱이 찔러 바친 모양이라요. 향토방위대원이야 그 사람이나 알지 산사람들은 어째 알겠어요. 사람을 잡아들일 때는 꼭 한밤중에만 끌고 가는 모양이라요."

"그래? 조만간 우리 마실에도 집집마다 조사가 있겠구만." 신장로의 겁먹은 목소리였다.

"그런데 가만 보자니, 산사람들이 두 패로 나와 일을 보는 것 같아요. 저들이 말하는 인민해방군은 전투와 방비를 맡고 부락민한테 해코지를 안하며, 국방군처럼 풀색 잠바 입은 병졸인지 군관인지 분간 못할 사람들은 반동을 잡아들여 족치는 일을 해요."

"그렇다면 풀색 잠바 입은 자들은 국군 헌병대나 특무대 사람 같겠구만." 방서방이 알은체했다.

"그러이 우리 농사꾼은 입조심해야겠어요. 말이 씨가 된다고, 함부로 말하거나 누가 누구를 고자질하면 줄줄이 끌려가는 판국이니까. 마실 사람들이 단결해서 뭉칩시다. 그래야 이 난국을 피해 갈 수 있을 것 같습미다." 강목수가 말을 맺곤 농민위원들을 뜯어보았다. 다른 사람보다 너들 중에 밀고자가 있어서는 안 된다는 다짐이라도 하는 듯했다.

이튿날, 아침밥 먹은 농민위원 넷과 강목수는 양지리로 떠났다.

강목수가 어제 저녁에 지게에 지고 와서 박생원 마당에 부려놓은 게시판은, 대실 어른이 장정 둘을 시켜 중대못 옆 창고 앞 타작마당에 세웠다. 낮쯤 되자, 인민군 전사 둘이 마을로 들어와 게시판에 신문지만한 종이 두 장을 붙이곤 바쁘게 돌아갔다. 이를테면 저들의 새 소식을 알리는 '벽신문'이었다. 사람들이 게시판 벽신문을 구경했다.

종이 한 장에는 '조선 인민군 승전보'라는 주먹만한 글자 아래, 약식으로 우리나라 지도가 그려져, 거기에 등고선과 붉은 줄 화살표가 표시되어 있었다. 12월 5일에는 평안남도 평양과 신흥에서 함경도 북청을 등고선으로 연결했고, 12월 9일에는 황해도 장연 ·

사리원·수안에서 함경남도 원산에 이르는 등고선이 그어져 있었다. 지도 아래에는 이렇게 쓰여 있었다.

—서울 재탈환 시간문제, 12월 15일, 인민군과 중공군이 38선 전역을 돌파 남진할 것임.

다른 한 장 종이에는 '신원 해방지구 강령 제1호, 농민 자위대 기초 군사훈련 계획안'이란 머리글을 달고 있었다. 신원면에 거주하는 만 십오 세 이상 오십 세 미만 남자들로 조직될 농민 자위대는 비농번기를 이용해 명일부터 하루 여섯 시간 기초 군사훈련이 실시될 예정이니 오전 아홉시까지 과정리 과정인민학교에 전원 집합하라는 내용이었다. 아래에는 315부대 대열참모 중좌 오학성이란 이름과 붉은 관인이 찍혀 있었다.

"이렇게 들볶일 줄 알았제. 산사람들이 농민 동무, 농민 동무 하며 등에 업어줄 듯 입바른 소리 해쌓지만 그게 어데 본심이었나. 우리가 붉은 세상을 처음 당해보는 것도 아니고." 산사람이 떠나자, 방서방이 게시판을 보며 되알지게 쫑덜거렸다.

"기초 군사훈련이 뭐꼬? 뭐를 한다는 거고?" 이렇게 묻는 사람은 한글이라도 깨친 축이었다.

"죽창 쥐고 사람 찌르는 연습 하겠제." 박첨지가 말했다.

그날 밤도 여느 날처럼 아홉시에 예배당 종이 울리자, 마을 순찰조 둘은 박생원으로부터 '진달래' '오소리'란 군호를 받아 새벽 다섯시까지 순찰을 돌게 되었다. 밤 열한시경에 처음으로 산사람 순찰조 셋이 마을로 들어와, 마을 자체 순찰조가 경비를 제대로 서는지 확인했다. 딱따기 치며 순찰 돌던 둘은 원대현 또출네 집

앞에서 산사람 순찰조와 맞닥뜨렸는데 군호를 제대로 대어, 추운 밤에 수고한다는 인사를 받았다.

이튿날, 어린아이를 뺀 마을 남정네들은 모두 과정리 과정인민학교 자위대 기초 군사훈련을 받으러 나갔고, 농민위원 넷은 그들보다 먼저 양지리로 출발했다. 강목수는 분주소 일이 끝났으나 나이 마흔셋이라 과정인민학교로 나가야 했다. 오후 세시쯤, 복어처럼 생긴 통통한 정찰기 한 대가 나지막이 떠 동쪽에서 날아오더니 신원면 일대를 돌며, 마을마다 삐라를 뿌렸다. 공비 자수 권고 삐라였다. 햇빛에 해뜩해뜩 나부끼며 떨어지는 삐라가 보물 줍기라도 되듯, 아이들이 골짜기와 야산으로 내달렸다. 그래서 서로 몇 장 주웠다며 동무한테 자랑했고, 딱지를 만들기도 했다. 어른들은 산골에서 모처럼 보는 깔깔한 종이라 구멍난 문살에 바르기도 하고, 엽초를 말아 피우려 아이들이 주운 삐라까지 거두어들였다.

이틀 뒤, 아침에 인민군 둘이 대현리로 들어와 게시판에 벽보 두 장을 붙이고 갔다. 한 장은 강령 제2호로, 앞으로 일절 종교 집회를 금지한다는 내용과, 집집마다 대피할 방공호를 파라는 내용이었다. 한 장은 농민위원회 정오복 위원장 이름으로, 신원면의 평화와 인민의 안녕을 지키느라 불철주야 수고하는 인민해방군을 위한 부식 협조요망이었다. 된장·고추장·시래기·김치·장아찌 따위를 각 마을 농민위원들이 거두겠으니 집집마다 자발적인 협조를 당부했다.

그날 오후 네시쯤, 따발총 멘 문한득이 꾸부정한 꺽다리 전사를 달고 대현리 어귀에 나타났다. 일제 구구식 소총을 등뒤로 멘 안경잡이는 김익수였다.

"여게가 고향 마실 대현립미다. 내가 늘 말했듯이 보록산 밑 동네 아닙미까." 문한득이 한재숲 뒤로 타고 오른 보록산 줄기를 가리켰다.

두 전사가 하대현 나무다리를 건너기도 전에, 문한득이 왔다는 소문이 원대현과 중새터로 퍼졌다. 정자나무 아래 빈터에서 팽이치기와 새끼줄 넘기를 하던 아이들이 큰길에서 올라오는 문한득을 보곤 앞질러 달려가 소문을 왜자했던 것이다.

문한득은 정자나무 앞에서 걸음을 멈추었다. 병자호란 난세를 피해 한재로 들어온 입향조인 중시조 일문이 처음 마을을 열 때, 장로가 심었다는 느티나무였다. 어른 댓이 손을 잡고 둘러야 할 만큼 굵은 아랫동은 곰이 들어앉을 만하게 구새먹었는데, 용트림하듯 옹이 진 몸체는 많은 가지를 하늘에 펴고 있었다. 가지 중턱에 까치집이 있었다.

"김동무요, 이 정자나무와 까치집이 꿈에 자주 보입디다. 어릴 쩍 여름이면 나무 그늘에서 놀고, 장에 나간 아버지를 여게서 기다렸지요."

김익수는 대답 없이 느티나무를 보고 있었다. 서울이 고향인 그에게 나무와 관련된 추억이 있다면 중학교 때던가, 왕십리 축대 높은 집에 살 때 수채 옆에 늙은 앵두나무가 있었다. 유월에 들면 앵두가 불씨처럼 빨갛게 익었다. 어느 날, 엄마가 앵두를 따서 맑은 물에 씻어 바라기에 담아 내왔다. 흰 바라기에 앵두의 선연한 색깔이 오래 기억에 남아 있었다. 앵두를 생각하자, 그는 두 살배기 열이가 떠올랐다. 어미와 자식은 서울 누상동 집에 그대로 눌러 있는지, 처가인 안성으로 내려갔는지 알 수 없었다.

"작은삼촌요, 어서 집에 가입시더." 어느새 달려온 종구가 문한득 소매를 잡고 흔들었다. 종구는 총을 멘 삼촌이 자랑스러운 듯 웃음을 띠고 모여 선 또래를 둘러보았다. 문한득이 언덕길을 올라가자, 하대현 사람들이 삽짝 밖으로 나와 개선장군처럼 걸어오는 문한득을 맞았다.

"한득이가 참말로 인민 전사가 되어뿌렸네." "율원학교 마당에서 자네가 훈장 받는 걸 봤어." "실매댁이 학수고대 기다리더마는 이래 멀쩡히 돌아오구마." 부락민이 한마디씩 인사말을 던졌다. 아낙네와 늙은이들이었다. 열다섯 살부터 쉰 살까지 남자들은 기초 군사훈련을 받으러 죽창 메고 과정인민학교로 나가버렸다. 문한돌도 농민위원들과 함께 사상교육을 받으러 양지리로 나가고 없었다.

개털모자를 벗어 든 문한득은 마을 사람들에게 연방 머리 숙여 인사하기에 바빴다. 벌어진 그의 입이 다물어지지 않았다. 대현리에도 거창군당 유격대원으로 입산한 남정네가 넷이나 되었지만 잠시나마 이렇게 고향땅으로 돌아온 경우는 그가 처음이었다.

"한득아, 한득이 오나!" 실매댁이 고샅길을 달려 내려오며 아들을 보고 외쳤다. 뛰어오느라 뒤축 터진 고무신이 벗겨졌으나 아랑곳하지 않고 내달려, 아들 허리를 껴안고 울음부터 쏟았다. 그 뒤로 부른 배를 앞세운 종님이 엄마와 막내 손을 잡은 종구 엄마가 뒤따랐다.

"그만 우시이소. 대현리만도 이쪽저쪽 편에 징병 나간 자식이 어데 한둘입미까. 그래도 내만이 이래 어머이를 보게 되이께 얼매나 좋습미까. 쪼매마 더 참으면 평화시대가 올 낍미다." 문한득이 눈물 그렁한 얼굴로 말했다.

문한득과 김익수가 집으로 들어가자, 이웃들이 몰려들었다. 집마당은 잔칫집처럼 왁자해졌다. 그들은 문한득에게 여러 질문을 해댔는데 가장 궁금한 점이, 신원면에 언제 또 전투가 벌어질 것이냐였다. 어린아이와 중늙은이까지 끌어모아 죽창으로 군사훈련을 시키니 조만간 전투가 벌어지지 않을지 걱정이 분분했던 것이다. 문한득은 시원하게 대답해줄 수 없어 김익수를 보았으나 그 역시 입을 다물고 있었다. 둘은 시시콜콜한 말붙임을 피할 요량에 안방으로 들어갔다. 메고 있던 총과 모자를 벗고 냉기 가신 아랫목에 앉았다.

종구 엄마와 종님이 엄마는 아궁이에 불을 지펴 밥을 짓고 국을 끓였다. 실매댁은 아들이 오면 주려 갈무리했던 언 호박범벅 함지를 뒤껼 도장에서 들고 나왔다. 큰솥에 쌀과 보리를 반반 섞어 안치고, 작은 솥에 콩가루 푼 시래깃국을 끓이고, 말려둔 참취와 고사리로 나물을 무치는 두 며느리의 동자 짓기를 대충 눈가늠한 실매댁이, 데바삐 안방으로 들어왔다. 문한득은 발에 감은 짓전 헝겊을 풀어내고 있었다. 지독한 고린내가 풍겼으나 실매댁은 냄새 맡을 경황이 없었다. 문한득의 발가락 몇 개는 발톱이 빠졌고 발가락과 발 살이 물숙해져 있었다. 피멍 든 발가락에는 고름 같은 진물이 흘렀다.

276

"아이고, 이 발 좀 봐라. 얼마나 얼었으면 이 꼴이 됐을꼬." 실매댁이 밖으로 나가더니 나무통에 찬물을 담아 방으로 들어왔다. "한득아, 내가 발 씻겨주꾸마. 언 발은 찬물에 씻어야 한다."

"괜찮습미다. 내가 씻을께요." 점직해진 문한득이 피식 웃으며 김익수에게 말했다. "곤할 낀데 김동무는 좀 누워 쉬십시오."

문한득이 발을 씻고 나자, 실매댁이 발에 박힌 얼음과 독기를 뺀다며 무채로 아들 발을 싼 뒤 광목보를 붕대로 찢어 감았다. 바깥에서 밭은기침 소리가 들렸다. 문한득이 덧개비를 걷고 방문을 여니 두루마기 입은 대실 어른과 마고자 차림의 신확 장로가 축담 앞에 서 있었다.

"어르신입미까. 제가 먼첨 문안인사 드리러 가야 하는데 죄송스럽게 됐습미다." 문한득이 대실 어른과 신장로를 맞았다.

"휴가 나왔나보군. 몸 성케 돌아왔으니 다행이다." "너가 그렇게 대단하게 출세할 줄이사 정말 몰랐어. 우리 마실에도 인물 난기라." 대실 어른과 신장로가 한마디씩 하곤 방으로 들어왔다.

문한득이 아랫목을 두 어른에게 내주었다. 쪼그려 앉아 연필에 침칠해서 수첩에 무엇인가 쓰던 김익수가 퀭한 눈을 껌벅이며 그들을 보더니 수첩을 주머니에 넣었다.

"휴가를 얼매나 받았나?" 대실 어른이 물었다.

"잠시 외출 나왔으니 깜깜해지기 전에 나서야 합미다. 오전에 작전 나갔다가 저녁까지 쉬는 짬을 주기에 소대장 동무한테 허락을 받았습미다. 참, 여게 김동무는 같은 분대원이라요. 많이 배워 학식이 풍부한 대원이지요. 저를 늘 친동생같이 보살펴줍미다. 소대장이, 혼자는 안 되고 누구와 함께 가냐기에 김동무 이름을 댔습미다."

김익수는 대실 어른과 신장로와 인사를 나누었다.

"뭐라고, 또 산사람으로 나가야 한다는 말이제? 집에 영 돌아온 기 아니고?" 실매댁이 놀란 눈을 크게 떴다.

"부대로 돌아가야 합니다. 앞으로는 자주 나올 끼라요."

"마 인제는 집에서 같이 살자. 발이 그래 되도록 나라 위해 싸워 줬으면 됐제. 뭣하로 또 싸우로 갈라 하노. 한득아, 고생스럽은따나 농사짓고 여게서 오순도순 살제이." 실매댁이 통사정했다.

"허허, 병정이 어데 군대 있고 싶으면 있고, 집에 있고 싶으면 물러나는 게 아니라요. 머슴살이보다 더 매인 몸이 군대라, 상관 명령에 따라야 해요." 대실 어른이 말했다.

"그라면 나하고 와룡산 너머 황매리 외갓집에 숨어 살자. 그라면 될 거 아닌가." 실매댁이 꾀바른 소리라도 된다는 듯 아들을 보았다.

"어머이, 마 그 말은 그만큼 하고 정지에 나가보이소. 더운밥이나 한 그릇 먹고 떠나게요."

아들 말에 실매댁이 허둥지둥 밖으로 나갔다.

"지내기는 어떤고?" 대실 어른이 먼저 말을 꺼내었다.

"고생은 되지만 참을 만합미다. 산에 있을 때는 옷이 얇고 짚신 발이라 고생했습미다. 그라다가 이번 양지리 분주소를 치고 나서 외투하고 작업화를 지급받았지요. 남조선 의용경찰대원 옷과 신발이라요. 중대장이 저한테만 지급해줬심더." 문한득이 자랑스럽게 말했다.

"웃사람들은 어떻고? 군대는 웃사람 잘 만내야 편하던데."

"중대장 동무는 강단이 센 군관이지마는, 소대장 동무는 잘 만낸 것 같습미다."

대실 어른과 신장로는 문한득을 앞에 두자 궁금한 점이 한두 가지가 아니라 번갈아가며 질문을 했다. 저 북지 전세가 게시판 지도처럼 정말 그렇게 되어가느냐. 과정학교에서 무엇 때문에 아이부터 중늙은이까지 훈련시키느냐. 방공호를 파라는 걸 보니 여기도 미제 비행기 폭격이 있을 것 같으냐. 예배당을 없애버리면 우리 같은 신자는 누구를 믿고 사느냐는 질문 끝에, 신장로가 다가앉더니 문한득에게 물었다.

"궁금한 기 또 있는데 지난 양력 초닷샛날, 불과 열여닐곱이 지킨 분주소를 뺏는 데도 꼬박 하루해를 넘겼는데, 지난 팔일에는 순사가 물경 이백 넘게 공격해 왔는데도 어째 그래 단숨에 내몰았는고?"

신장로 질문에 문한득이 대답을 미루고 김익수를 보았다. 그때까지 김익수는 손을 엉덩이 아래 따뜻한 방바닥에 붙인 채 말이 없었다. 김익수가 미소만 띨 뿐 입을 열지 않자, 문한득이 대충 대답했다.

"저도 처음에는 이상하다 생각했는데, 김동무가 아리켜줬습미다. 우리가 처음 분주소를 칠 때, 삽시간에 덮칠 수도 있었지요. 우리 일중대 병력만으로도 그까짓 분주소쯤이사 단박 박살 낼 수 있었습미다. 그런데 작전상 오래 끌어 힘들게 뺏는 체했다지 뭡미까. 인민군을 얕잡아보고 조만간 남조선군의 재공격이 있을 줄 예상해서 말입니다. 그게 지난 팔일, 남조선 경찰 재공격 때 그대로 효과를 본 겁니다. 남조선 경찰이 우리 팔로군부대를 너무 얕잡아 본 거지요. 신원에 주둔한 인민군을 불과 오십 명 전후로 잡고 밀어붙였는데, 막상 전투가 붙자 막강한 병력과 화력으로 되받아쳤지 뭡미까. 감악산 고지에 경계를 맡았던 이중대가 길을 틔워주고는, 뒤에서 협공하고요. 김동무 말로는 그게 허허실실(虛虛實實) 전법이라대요."

"허허, 한득이 자네 말하는 게 이제 완전히 틀이 잡혔어." 대실 어른이 수염을 쓸며 웃었고, "일이 그렇게 됐구만. 병법에 그런 책략이 있긴 있제" 하고 신장로가 머리를 끄덕였다.

"내 이런 말을 물어 될란지 모르지만, 면소 창고에 풀색 잠바 입은 대원들이 반동분자 문초를 담당한다 해쌓던데, 정치부가 그런 일 하는 부선가?" 대실 어른이 김익수 쪽에 군눈을 주며 문한득에게 물었다.

"이런 말 함부로 흘리면 안 되는데……" 하고 문한득이 어물거리더니 뭘 좀 안다고 자랑이라도 하고 싶은지 말했다. "우리 삼일오부대 편제가 군사부·정치부로 나눠져 있습미다. 군사부는 작전·대열·후방·통신으로 쪼개지고, 평상시 정치부는 비전투부대로 대외정보반·심문반·교양지도반·민청지도반·편집지도반으로 나누지요. 그래서 면사무소는 정치부 동무들이 쓰고 있고, 분주소 자리에는 전투부대를 통솔하는 작전과·대열과·파견참모부가 들어 있습미다."

문한득의 대답에 대실 어른과 신장로는 입을 닫았다. 신장로는 면사무소 창고에 반동분자란 죄목으로 갇힌 사람 수와 이름을 묻고 싶었으나 차마 그 말까지 입에 올릴 수 없었다. 말없이 음전케 앉아 있는 꺼벙한 김익수란 전사가 문한득과 마을 사람들 동태를 감시하려 따라온 정보원이 아닌가 싶어 마음이 켕겼다.

댓돌에 발소리가 나더니, 실매댁이 방문을 열었다. 그 뒤로 종구 엄마가 밥상을 들고 있었다. 바깥은 이미 산그늘이 내렸고 바람이 매몰차게 불었다. 방으로 먼저 들어온 실매댁이 큰며느리로부터 밥상을 받아 김익수 앞에 놓았다.

"산골이라 찬이 변변치 못합미다마는 많이 드이소."

"고맙게 먹겠습니다. 여기 사정도 어려울 텐데 폐를 끼쳐 죄송합니다."

귀 떨어진 책상반에 맞갖은 음식이 가득했다. 밥과 국에 호박범벅이 올랐고, 김치가 두 종류, 장아찌와 된장에 절인 고추와 나물무침이 세 종류였다.

"어르신들 진지 드셨습미꺼?" 밥상 앞에 다가앉으며 문한득이 대실 어른과 신장로를 보았다.

"들게. 식기 전에 어서 들어. 우리야 괜찮네." 대실 어른 말이었다.

"그러면 우리 먼첨 먹습미다." 문한득이 김익수에게 말했다.

"한 가지 여쭤봐도 되겠습니까?" 수저를 들지 않고 김익수가 말을 꺼내었다. "혹 배앓이 때 먹는 백각록을 조금 구할 수 있을지 모르겠습니다. 산 생활을 겪다 보니 위장을 홀대해서 소화를 못 시키는데다 배앓이가 심합니다."

"정말 김동무는 배앓이가 심해요. 내가 그 약 말을 꺼낸다는 게 그만 깜박했네요. 어머이, 전에 우리 식구 배 아플 때 먹던 약 있지요?" 문한득이 실매댁에게 물었다.

"백각록 떨어진 지가 언젠데. 전쟁통에 그것 만들 정신이 있나."

"그 약이라면 내 집에 있어. 양귀비하고 익모초 찧어 맹근 환약이지러. 그걸 먹으면 직효네. 내 쪼금 가져옴세." 대실 어른이 일어났다.

"밥상 앞에 앉아 있기가 뭣하구만. 나도 가야지." 신장로도 따라 일어섰다.

문한득은 감투밥 한 그릇과 시래깃국 한 그릇, 호박범벅 그릇을 너끈히 비웠다. 숟가락질이 얼마나 빨랐던지 쪼작쪼작 먹는 김익수는 밥을 반 그릇도 못 비운 참이었다. 실매댁은 아들 먹성을 보며 웃음을 물곤, 기쁨의 눈물을 치마귀로 닦았다.

"밥 쪼끔 더 남았을 낀데 더 주까?" 실매댁이 아들에게 물었다.

"배가 부르지만 있으면 더 주이소. 곯은 배라 한정 없이 드가겠습미다."

문한득은 밥 반 그릇을 더 비웠으나, 김익수는 밥을 조금 남긴 대신 호박범벅 그릇을 비웠다. 방 안이 훗훗하기도 했지만 그는 멀건 땀을 흘렸다. 밥을 왜 남겼냐는 실매댁 말에, 군에 나오고 이렇게 맛있는 밥을 많이 먹기도 처음이라고 김익수가 말했다.

대실 어른이 배앓이에 먹는 환약 한 봉지를 가져왔다. 덤으로 총상 지혈제로 쓰라며 말린 송진가루를 한지에 싸와 김익수에게 주었다.

"고맙습니다. 평화시대가 오면 이 은혜를 꼭 갚겠습니다." 김익수가 말하곤, 빨리 부대로 돌아가야 한다며 군모를 쓰더니 총을 들고 마당으로 나섰다. 저녁 이내가 끼기 전이라 흙담 옆 감나무에 앉은 참새들 지저귐이 요란했다.

"어머이, 그라면 갈랍미다." 문한득도 개털모자를 썼다.

"정말로 가야 하나? 이래 꿈같이 왔다가 휑하니 가뿔 긴가?"

"늦으면 상관한테 욕먹습미다. 지금 나서도 깜깜해야 부대에 들어갈 낀데요."

실매댁이 망연히 섰더니 아들이 집마당을 나서자 홀연 무슨 생각이 짚였던지, 가만있으라며 아들을 세웠다. 고리짝을 열고 새 덧버선 세 켤레를 꺼내어, 두 켤레는 아들에게 주고 한 켤레는 김익수에게 건넸다. 부엌에서 나온 종구 엄마도, 이거 가져가라며 작은 망태기를 시동생에게 주었다. 곶감 한 접과 삶은 감자 열댓 알이 들어 있었다.

"꼬깜은 우리 집 끼고 감자는 판식이 엄마가 도련님 주라고 줍디다."

판식이 엄마는 옆집 김서방 처였다. 문한득과 김익수가 삽짝을 나섰을 때, 중신기 쪽 고샅길에서 박생원댁이 데바쁜 걸음으로 내려왔다. 그네는 삶은 감자가 든 소쿠리를 들고 있었다.

"한득아, 한 밤도 집에서 안 자고 벌써러 가야 하나? 내가 더 늦었으면 못 볼 뿐했네. 이것도 가져가. 같이 있는 산사람들하고 나놔 먹거라."

"누부야한테 인사 못하고 가서 안됐다 했는데 잘됐네요. 자형은 율원학교에서 자주 봄미다."

문한득은 망태기에 누님이 가져온 김 오르는 감자를 담았다.

실매댁을 비롯해 살붙이들과 하대현 마을 사람 여럿이 나무다리 건너까지 배웅했다. 김익수가 작별 인사를 하곤 앞서 걸었다.

"모두들 들어가이소. 또 오겠습미다."

"내가 외탄량까지라도 따라가꾸마." 실매댁이 울먹이며 말했다.

"괜찮습미다. 어머이, 마 들어가이소. 바람이 차네요. 늘 몸조심하고 잘 계시이소. 소식은 성님 편에 자주 전하께요." 문한득이 흐느끼는 노친네 저고리 동정을 여며주며, 언제쯤 또 오게 될까 하고 마을 쪽에 눈을 주었다. 마을은 골바람과 해거름이 저뭇한 남색 속에 가라앉아 있었다. 그는 걸음을 돌려 바삐 걷기 시작했다.

"한득아, 몸조심하거라이. 부디 몸 성케 돌아온나아!" 실매댁의 울음에 잠긴 외침이 오랫동안 문한득 귀에 따라왔다.

양지리로 떠난 두 사람은 탄량 골짜기에 도착하기 전 과정국민학교에서 훈련을 마치고 돌아오는 대현리와 와룡리 사람들을 만났다. 과정국민학교를 지나 마을 초입에 들어섰을 때 문한득은 자형과 형님을 만나 집안 이야기를 나눌 수 있었다.

이틀 뒤, 게시판에는 새로운 지도가 붙었다. 등고선이, 서부전선은 해주까지 내려왔고, 중부전선은 신계·이천, 동부전선은 원산 아래쪽 강원도 머리 음곡으로 이어져 있었다. 그리고 18일에 율원인민학교에서 인민재판이 열린다는 강령이 나붙었다. 농민위원장 이름으로는 각 마을마다 '애국부녀동맹'이 조직될 예정이라는 내용이 적혀 있었다. 애국부녀동맹은 십칠 세 이상 사십 세 미

만의 민주부락 전 여성이 여맹원으로 가입하게 되며, 기초 소양교육을 받고 인민해방군 전사를 위한 월동 장비 보급품을 만들게 될 거라는 단서를 달았다. 월동 장비 보급품이란 옷·버선·장갑·신발 따위를 말하는 것이었다.

이튿날, 한재리 상대현의 예배당에는 첨탑에 붙은 십자가가 철거되고 인공기가 나부꼈으며, 정문에는 '애국부녀동맹 한재리 분소'란 간판을 달았다. 여맹 간부위원으로 다섯이 뽑혔는데, 박생원 처가 대현리 여맹 분소장으로 선출되었다. 한편, 마을 남정네들은 기초 군사훈련을 받고 오면 집집마다 횃불까지 밝혀가며 야간 통행금지가 실시되는 밤 아홉시 전까지 꽁꽁 언 땅을 곡괭이와 삽으로 파서 방공호를 만들었다. 바투 다가온 19일에는 확인 검열이 있다 하여 서둘러 매조져야 했다. 그 결과 신원면 부락민들은 인민군이 면을 점령하기 전보다 더 바빠져 땔감 나무조차 할 겨를 없이 이래저래 들볶이게 되었다. 여맹 간부위원을 앞세워 부식은 거두어갔으나 양식 공출이 없어 불행 중 다행이었다. 그 점에 대해서는 어디서 새어나온 소문인지, 대현리 주민들에게까지 귀엣말이 나돌았다. 고령에서 거창으로 들어오는 국도변까지 진출한 인민군이, 화물차 편에 거창으로 이송되는 정부미를 세 차량분이나 강탈했다는 소문이었다.

인민재판 하루 전이니, 17일 아침이었다. 신장로 가족 다섯이 간밤에 감쪽같이 마을에서 사라져 대현리가 발칵 뒤집혔다. 그 일을 두고 부락민들은 전쟁 초다듬에 목사 가족이 홀홀 피난 갔을 때처럼, 길 잃은 양을 남겨두고 당회장이 제 가족만 건사해 도망쳤다고 비난해댔다. 어차피 예배당에서 예배도 못 보게 된 마당에 신앙심 열렬한 장로가 예배 볼 수 있는 자유를 찾아 목숨 걸고 탈출한 일이야 당연하다고 편익 드는 사람도 있었다. 어찌되었든 신장로가 한마디 언질도 없이 마을을 버린 일은 모두를 섭섭하게 했다. 특히 종지기 범이는 울먹이며 통성기도를 올렸다. 그러나 부락민들은 신장로의 탈출을 마을 안의 일로 덮어둬야 마을 밖으로 왜자하지 말 것을 약속했다. 만약 정치부에 그 말이 들어가면 또 누군가 다칠는지 알 수 없었다.

그날 밤이었다. 문한돌은 자기를 부르는 소리에 잠이 깼다.

"한돌이 성님. 좀 나와보이소."

바람에 묻힌 목소리와 함께 삽짝에 붙은 요령이 흔들렸다. 문한돌은 이경인지 삼경인지 시간조차 가늠할 수 없는 중에 눈을 떴다.

"애비야, 밖에 누가 왔는갑다." 잠귀 밝은 실매댁이 말했다.

"성님, 한돕니다."

요령 소리가 세차게 달랑거렸다. 문한돌은 깜깜한 머리맡을 더듬어 누비등거리를 핫저고리 위에 껴입었다. 한도가 어젯밤 야간순찰조였고 오늘 밤은 아닐 텐데 무슨 일인가, 하며 그는 바깥으로 나왔다. 전짓불이 마당을 훑고 지나갔다. 마을에는 손전지 가진 집이 없었다. 문한도 외 문밖에는 산사람이 있겠거니 하고 생각하자, 먼저 떠오른 얼굴이 풀색 점퍼 입은 정치부 요원 매부리코였다. 정치부 요원이 야삼경에만 반동을 연행해 간다고 강목수가 했던 말이 생각났다.

"문한석 동무, 맞소?" 문한돌이 삽짝문을 괸 작대기를 걷자 바

끝에서 굵직한 목소리로 물었다. 꺼졌던 전짓불이 문한돌 얼굴을
비추었다.

일행은 한도를 포함해 셋이었다. 하나는 풀색 점퍼였고, 다른
하나는 따발총 멘 전사였다. 날이 밝으면 인민재판이 열린다는 사
실이 떠올랐다. 그런데 문한도가 왜 산사람들과 함께 왔는지 그는
이유를 알지 못했다. 설핏 신장로가 감악산 등마루를 넘지 못한
채 산사람들에게 잡힌 게 아닐까 하는 생각이 들었다.

"문동무가 대현리 농민위원 맞디요? 양디리 정치부까지 같티
가야겠소." 풀색 점퍼가 말했다.

"무, 무슨 일로요?"

"가보면 알게 될 거요."

"어머이가 깨어 있습디다. 퍼뜩 인사 드리고 나오께요."

"곧 돌아올 텐데 인사까지 차릴 건 없쉐다."

"애비야, 한밤중에 무슨 이바구가 그래 기노?"

방문이 열리고 실매댁이 고스랑거리는 소리가 들렸을 때, 넷은
삽짝 앞을 떠난 뒤였다.

"대현리에 농민위원이 넷 아니오? 나머지 둘은요?" 따발총 멘
전사가 풀색 점퍼에게 물었다.

"마동무는 뭘 알지두 못하면서 왜 나서오. 두 동무가 농민위원 하
는 것과 이번 일은 아무 상관두 없소." 풀색 점퍼가 면박을 주었다.

월여산 위로 기웃이 떠오른 반달이 골짜기를 희미하게 밝혔다.
사방이 달빛에 젖어 밭두렁과 나무숲이 어슴푸레 드러났다. 바람
은 없었으나 얼굴에 닿는 찬 기운이 얼음장 같았다.

동구 앞 정자나무 옆을 지나며 문한돌은 한도와 자신의 연행을 두고 따져보았다. 풀색 점퍼가 곧 돌아오게 된다고 말했으나 그는 그 말을 믿지 않았다. 늘 속아왔던 것인데, 듣기 좋은 말로 구슬리며 올가미를 목에 건 게 한두 번이 아니었다. 더욱 밤중 연행 자체가 심상치 않았으나 그 이유를 알 수 없었다. 버선조차 신고 나오지 않아 시리게 아리던 발가락과 누비등거리 안으로 저며오던 한기도 걷기에 익숙해지자 차츰 훗훗해졌다.

내탄량 들머리가 보이는 탄량골 모롱이를 돌아가자, 갑자기 문한도 걸음이 빨라졌다. 그가 뒤따른 풀색 점퍼와 전사를 예닐곱 발 떨어뜨리곤, 문한돌에게 빠르게 속달거렸다.

"성님, 어젯밤 신장로님 가족이 마을을 탈출할 때, 같이 순찰 돌던 명식 아버지가 뒷간 간다며 잠시 집에 가고 혼자 순찰을 돌다가 신장로님 가족이 내게 걸렸거던요. 그런데 신장로님 가족만 아니라, 양지리 분주소가 털리는 날 죽은 향토방위대장 했던 임종보씨의 성님도 끼이 있었던 기라요. 장로님 사돈 되는 임종도 씨 말입니다. 지난번 산사람들이 양지리를 점령할 때 과정리에서 도망쳐서 신장로님 댁 방공호에 여지껏 숨어 있었나봐요. 신장로님이 제발 못 본 체 눈감아달라고 싹싹 비는데, 어떡합니까. 할 수 없이 그냥 보내줬심다. 달귀봉 뒷길로 해서 청룡마을 거쳐 숭더미재를 넘는다 캤는데, 아무래도 신장로님 가족과 종도씨가 감악산 넘다 산사람들한테 붙잡히자, 내 이름을 댔나봐요."

"그래? 저 사람이 신장로나 종도씨 말을 꺼내던가?"

"무조건 정치부로 가면 알 끼라 하데요. 그 일이 아니라면 뭣 때메……"

"이거 낭패 났군. 그런데 야밤중에 나는 왜 불러낼까?"

"그것까지는 모르겠네요."

앞선 두 사람의 소곤거리는 말을 빌미로, 뒤따라오던 둘도 도란
도란 말을 나누었다. 지리산 일대에서 유격전을 벌이는 '남해여단'
쪽 소식이 화제에 올랐다. 전북 임실군 청웅면에 들어앉은 전북도
당은 남조선 토벌군의 동계작전으로 밀리는 모양이라고, 풀색 점
퍼가 새로운 정보를 들려주기도 했다.

"그래두 전방 전선이 유리하게 던개되구 있으니 남조선 해방두
멀잖았겠습네까?" 전사가 말했다.

"마동무는 가족이 멫이웨까?"

"부모님과 형님 두 분이 있디요. 형님들두 모두 해방전쟁에 참
가했습네다."

"통일되믄 가족두 만나게 되겠디요."

"꽃 피는 양춘에는 통일될까요?"

"미제 원쑤놈을 이 땅에서 쓸어내야 되갔디요."

큰 개울을 따라 골짜기가 부챗살로 벌어지는 과정리 들머리까
지 왔을 때, 넷은 수하를 받았다. 마동무가 컴컴한 움집 쪽을 향해
'대동강'이라고 군호를 댔다. 저쪽에서도 '묘향산'이란 군호를 댔
다. 불을 켠 집이 없는 과정리는 괴이쩍을 정도로 조용했다. 과정
리를 넘어 옥계천 나무다리 앞에서 넷은 다시 수하를 받았다. 군
호를 대는 말씨로 보아 저쪽은 마을 자체 순찰조였다.

관동 앞길을 지나 버드나무 늘어선 신작로를 걸을 때였다. 앞뒤

로 두 사람씩 나누어 선 틈이 조금 더 벌어지자, 문한도가 문한돌에게 다소곳하게 속달거렸다.

"한득이가 전사로 있으니 성님은 안심하이소."

문한돌은 한도 말에 위안을 받았다. 신장로나 임종도가 감악산을 넘기 전에 인민군 경계초소에서 붙잡혔다 하더라도, 그들이 자기에게 씌울 혐의는 없었다.

"성님요, 나는 아무래도 살아남기 힘들겠지요? 날이 새면 인민 재판이 열린다 하니 재판 받을 끼 틀림없습미다. 순찰 돌며 반동을 남조선으로 넘가줬다고요. 쥑일 놈은 신장로 영감탕구라니."

문한도가 분을 못 참아 하며 이갈이를 했다.

"너무 속 끓이지 말아. 다른 일로 불러들이는지 모르니깐."

"어차피 죽기 아니면 살긴데……"

"이럴수록 마음보를 느긋이 잡고 신중해야제."

문한도가 길섶으로 비껴 섰다. 그는 가파른 감악산 줄기를 올려다보며 바지 고의춤을 열었다.

"동무, 뭘 하기우?" 풀색 점퍼가 물었다.

"오줌 좀 눌까 해서요."

"어서 따라오라우요."

풀색 점퍼는 별 의심 없이 앞섰다. 문한돌이 이상한 예감이 들어 뒤돌아보았다. 아니나 다를까, 한도가 보이지 않았다. 어슴푸레한 달빛 아래, 흰 바지저고리가 윗감악으로 오르는 솔수펑 속으로 가려지는 꼴이 설핏 보였다. 풀색 점퍼도 무슨 낌새를 느꼈던지 뒤돌아보았다.

"마동무, 엠나이 새끼가 도망친다!" 풀색 점퍼가 권총을 뽑아들고 골짜기 솔수펑으로 다좇기 시작했다.

"백동무, 어데라요?" 전사가 백지도원을 따라 내달아치며 문한돌에게 소리쳤다. "동무는 이 자리에 꿈쩍 말구 섰이우!"

부산한 발걸음이 골짜기 숲속으로 사라졌다. 잠시 뒤, 아무 일도 없었다는 듯 주위가 조용해졌다. 이 기회에 자신도 도망을 칠까 생각했으나 문한돌은 그럴 이유가 없었고, 그런 용기도 나지 않았다. 한도야 처자식이 없는 몸이지만 그로서는 오롱이조롱이 달린 식구가 눈앞에 어른거렸다. 골짜기 위쪽에서 총성이 터졌다. 문한돌은 저고리 소매에 두 손을 맞물려 넣고 떨고 서 있었다. 그는 제자리걸음을 떼며 어두운 산등성이에 눈을 주었다. 한도가 생사결단해서 도망칠 이유가 있었을까. 문한돌로서는 그럴 만큼 절박한 처지에까지 몰렸다곤 판단이 서지 않는데, 혈기 방자한 젊은이 마음으로서는 어떨지 모르겠다는 아리송한 결론에서 생각이 맴돌았다. 한참을 기다려도 백지도원과 마동무는 돌아오지 않았다. 한도가 붙잡히지 말고 감악산 넘어 무사히 남조선 구역 쪽으로 들어가주었으면 싶었다.

이십 분쯤 지났을까, 골짜기 솔수펑에서 발자국 소리가 들려왔다. 백지도원이 혼자 내려왔다.

"개놈으 새끼, 데깐놈이 어디 일팔 고디를 탈 없이 넘어가게 되는가 두고 보라우. 반다시 붙답히구 말 테이께." 백지도원이 헐떡거리며 말하더니 다짜고짜 문한돌 뺨을 후려쳤다. 그는 문한돌 얼굴에 전짓불을 들이대었다. "동무, 그 새끼와 무슨 반동 니야기를 나났소? 바른대로 대라우!"

"무슨 일로 오밤중에 정치부로 갈까, 그걸 서로 묻고……"

"동무를 심문하믄 밝혀지갔디오. 반동놈으 새끼를 농민위원으로 뽑아? 마동무가 끝까지 추적해서라두 잡아 디리오구 말 것이오. 동무를 결박해야겠디만 포승이 없으니, 그냥 갑쉐다."

눌러썼던 납작모자를 벗어 땀을 훔친 백지도원은 문한돌을 앞세우고 바싹 뒤붙어 따랐다. 문한돌은 자신이, 신장로의 탈주 묵인이 아니라 한도의 탈주 방조 혐의로 올가미를 목에 걸었음을 깨달았다. 안심을 놓았던 일이 자꾸 덧거칠게 풀려간다 싶었다. 날이 밝는 대로 무슨 수를 쓰든 아우와 셋줄을 대어 도움을 청하는 길밖에 없었다.

구사리와 밤바위목을 지나며 두 차례에 걸쳐 야간 순찰조와 맞닥뜨린 끝에, 둘은 양지리에 도착했다. 면사무소 정문에는 개털모자 쓰고 외투 입은 보초병이 장총을 메고 서 있었다. 백지도원은 보초에게 경례를 받고 안으로 들어갔다. 면사무소 건물은 창마다 가리개 천을 드리워 안이 깜깜했다. 백지도원은 문한돌을 사무실로 밀어넣었다. 사무실 가운데에 연통을 뒤쪽으로 뽑아낸 난로가 있었고, 난로 주위에 서너 사람이 둘러앉아 불쬠을 하고 있었다. 하나는 고수머리의 인민군 복장이었고, 나머지 넷은 중늙은이 농사꾼이었다. 천장에는 남포등이 걸려 감씨만한 불꽃이 졸고 있었다.

"대현리에 조장급(組長級)으로 두 명이 할당되었잖소? 한 동무는 어데다 흘린 모양이구먼." 고수머리가 백지도원에게 물었다.

"오다가 도망쳤쉐다. 일팔 고디 쪽이었으니 경계조에 걸리디 않는다믄, 뒤쫓아간 마동무가 잡아 올 것이라우."

"무슨 이유가 있었나요?"

"모르겠소." 백지도원이 난로 주위에 둘러앉은 농사꾼을 확인하곤, "다들 왔구믄" 했다.

문한돌에게 농사꾼 넷은 모두 안면이 있었다. 분주소 초소 보루대 울력에 동원되었던 이들이었다. 그는 염려했던 일이 드디어 터졌음을 깨달았다. 그들 중에는 외탄량 곽서방도 끼어 있었다. 곽서방이 문한돌을 보자 알은체했으나 초췌한 얼굴에는 불안이 앙금처럼 끼어 있었다. 중유리에서 온 농사꾼들 표정도 마찬가지였다.

"그 엠나이새끼 때문에 문택감인데, 큰일이구믄. 마동무가 답싹 잡아채 끌구 와야 할 텐데." 곽서방 옆으로 다가간 백지도원이 난로에 손을 벌리며 말했다. 불땀 좋은 난로는 벌겋게 달구어져 있었다.

"남조선 종자는 어느 한 놈 믿을 수가 없어. 정신이 몽땅 빠져 있어 조금만 풀어놓아두 개인주의적으로 돌아서버린다니깐. 농민위원조차 그따원데, 말함 뭣해요." 고수머리가 문한돌을 흘겨보며 말했다.

"특무장 동무, 이 동무는 이번 차출에서 빼버려야겠소. 따루 조사를 좀 해봐야겠으나 처넣어둬요."

문한돌은 그 말에 놀라며 남포 불빛에 드러난 백지도원을 보았다. 원숭이처럼 양쪽 이마가 벗겨지고 굵은 눈썹 사이 미간이 좁은 서른 살은 넘은 듯한 사내였다. 어디에선가 나무떼데기(딱따구리)가

나무를 쪼듯 또독똑똑 하는 소리가 들렸다. 단파 무선기 소리였다. 면장실과 회의실이 있는 문에서 말소리가 새어나왔다.

"지난번에 세상 뒤집혔을 때 보더라구. 살려놓아 원한을 품게 하면 반드시……" "인민의 이름으로…… 위원장 동무가 찬성하면 세 표가……"

문한돌이 생각하기로는 말하는 사람 중 하나는 한창 등세를 타고 있는 농민위원장 정오복이고, 나머지는 후보위원들이 틀림없었다. 그들은 날이 새면 벌어질 인민재판을 두고 공작을 꾸미고 있었다.

특무장이 기지개를 켜며 의자에서 일어나더니 의자 등받이에 걸어둔 개털모자를 썼다.

"동무, 날 따라오시우." 특무장이 문한돌 어깨를 쳤다.

문한돌은 특무장을 따라 사무소 건물에서 나왔다. 건물 모퉁이를 돌자, 마당 저쪽 창고가 어둠 속에 희미한 윤곽을 드러내고 있었다. 창고 건물을 보자 문한득은 어쩜 심문과 매타작을 각오해야 될 입장에 자신이 처했음을 알았다. 그런데 특무장은 창고를 비껴 언덕배기로 걸음을 꺾었다. 언덕에는 방공호 토굴이 있었다. 태평양전쟁 말기, 미제 비행기 공습에 대비하여 파둔 방공호였다. 전쟁이 나자 남조선 쪽이 썼는데, 뒤이어 북조선군이 점령하자 그 토굴은 두 차례에 걸쳐 양지리·창마·수옥 부락민이 동원되어 확장되었다. 사십여 평의 토굴은 빨갱이나 반동 혐의자를 가두는 데 쓰여졌다.

"특무장 동무, 제 동생이 문한득이라고, 지난번 환영대회 때 상

294

을 받은 전삽미다. 자형은 대현리 세포책이었다가 신원면이 해방되고서 농민위원 대표로 뽑혔고요." 문한돌이 말했다.

"그래서요?"

"집안을 보더라도 제가 어데 다른 마음 먹을 리 있습미까. 저는 농민위원으로 인민공화국에 충성을 맹세한 열성 일꾼이라요."

"날이 새면 지도원 동무에게 통사정해보시오. 동무에게 아무 혐의가 없다면 석방될 것이오. 우리는 개수작으로 인민을 괴롭히지 않소. 그러니 가족주의적인 말은 하지 말라우."

토굴 앞까지 오자 특무장은 보초에게, 야간조장 김특무장이라고 말했다. 보초가 토굴 입구 문짝에 걸쳐놓은 빗장을 걸어냈다.

"자기비판을 하며 반성하시오." 김특무장이 문한돌에게 말했다.

문한돌은 토굴에 갇혔다. 토굴 안은 칠흑이었고, 안쪽에서는 앓는 소리, 울음소리, 중얼거림이 들렸다.

"대현리 사는 신장로님이나 과정리 임종도 씨 있습미까?" 문한돌이 어둠에 대고 물었으나 말의 울림만 되돌아왔다.

"그런 중생은 없습니다. 지금 들어온 이는 뉘시오?"

"대현에 사는 문한돌입니다. 댁은 누군교?" 문한돌이 축축한 벽을 짚고 안으로 걸으며 물었다.

"나는 중이오."

"스님이 웬일로 여기에?"

"존자께서 중생의 고행을 체득하라는 뜻으로 보냈나봅니다."

"여보게 문서방, 나 과정리 술도갓집 송주사야." 조금 안쪽에서 밝은 목소리가 들렸다.

"송주사시군요."

"자네야 농민위원까지 한다더만, 농민위원이 왜 여게 들어와? 더군다나 자네 동생은 입산자 아닌가."

"제 사촌 한도가 밤길 도와 오다 도망질 가버렸어요."

"신장로와 종도는 왜 찾노?"

"혹시나 하고……" 문한돌은 뒷말을 삼켰다. "어르신은 언제 들어왔습미까?"

"한 장(場) 지났어. 여게 있는 사람들은 낭패 났네그려. 날이 새면 인민재판이 열린다던데…… 그건 그렇고, 이리 와서 앉게. 짚 북데기가 있응께 그리 찹지 않을 걸세."

"이 토굴에 몇이나 있습미까?"

"열댓 명쯤 되네. 날이 새면 재판 받는다고 모두 낙담에 차 있어. 대현리 사람들도 내 도가 술 먹었지마는, 자네도 알다시피 내가 어데 못할 짓 한 사람인가?" 송주사가 기침을 콜록이며 넋두리를 늘어놓았다. 듣기에는 그럴싸한 변명이었지만 지주인 그가 장리곡을 놓아 산골 토농이들의 가렴주구를 일삼았던 지난날을 문한돌은 알고 있었다. 분주소 초소 울력 마지막 날 선심을 쓴다고 술 닷 말을 기부했고, 문한돌 역시 그 술로 목축임을 하기도 했다.

어둠 속에서 누군가 다가오더니 문한돌에게 남조선 군경이 신원면을 수복한다는 소문이 없었냐고 물었다. 문한돌은 그런 소문을 듣지 못했다고 말했다. 그는 청연리에 사는 신천수라고 자기 소개를 하곤, 인평 처갓집에 양식 얻으러 다녀온 게 무슨 죄가 되냐고 분개하며, 석방되면 인민군 종자를 쓸어버리겠다고 혈기를 올리더니, 갑자기 소리 내어 울었다.

"천수 이 사람 말이네, 머리가 좀 이상해졌어. 그렇게 알아듣게."
송주사가 문한돌에게 귀띔했다.

아니나 다를까, 신천수 씨는 대뜸 문한돌에게 달려들어, 네놈이
농민위원이라면 우리를 염탐하러 들어온 빨갱이 첩자라고 고함질
렀다. 송주사가 기광 부리는 그를 뜯어내어 물리쳤다.

"스님, 살아서 세상에 나갈 방책이 없겠습미까?" 신천수가 스님
쪽으로 옮겨 조금 전 기광이 언제였나 싶게 측은한 목소리로 물었다.

"이 삼업(三業) 욕계(慾界)에 안이 어디 있으며 밖이 어디 있겠습
니까. 자기 힘을 믿는 자들이 횡행하는 현세에서 '마루바라' 덩굴
풀에 감기어 살기는 안이나 밖이나 마찬가집니다. 지금도 늦지 않
으니 슬픔과 노함을 물리치고 마음을 비우십시오. 그렇게 실행하
면 죽은 후 다시 윤회하는 세상에 태어나지 않을 것입니다." 침착
한 목소리로 말을 맺은 뒤, 스님은 '천수다라니'를 암송했다.

"문서방, 저 중은 누가 물어도 만수받이로 저런 소리만 한다네.
우선 살고 봐야제, 죽고 난 후가 뭐 그리 중요해? 해인사 암자로
가던 길에 길을 잘못 들어 신원면으로 들어오다 잡혔다던데, 돌중
이 아닌가 모르겠어." 송주사가 작은 소리로 비아냥거렸다. 문한
돌이 말이 없자 송주사가 신천수를 두고 속달거렸다. "저 미치갱
이도 처갓집에 다녀왔다지마는, 첩자질 했으니 잡혔지러. 인민군
이 신가 부랄 밑에서 종이를 찾아냈다 그라대. 이 토굴 속에 그래
도 죄 없이 들어온 사람이 있다면 나밖에 없어. 먹고사는 처지가
남보다 쪼끔 났다는 게 죄가 되나?"

마을에서 새벽을 알리는 닭 울음소리가 까마득히 들려왔다. 손을 소매 사이에 맞물려 넣고 세운 무릎에 이마를 얹어 설핏 잠이 들었던 문한돌은 닭 울음소리에 눈을 떴다. 신장로나 임종도가 잡히지 않았음을 알고 한시름 놓은 그는 한도 탈주에 따른 발뺌 궁리만 하다 풋잠이 들었는데, 잠시 눈을 붙인 말뚝잠이었지만 기력이 제법 회복되었다. 대체로 열흘 가까이 토굴 생활을 한 끝에 오늘 인민재판에 회부될 사람들의 절박한 처지에 견주자, 그는 한결 보짱을 가지게 되었다. 여러 점으로 보아 자신이 인민재판에 부쳐지리라고 생각되지는 않았다.

날이 밝자, 문틈으로 스며든 빛을 받아 토굴이 어렴풋이 드러났다. 짚북데기에 눕거나 쪼그려 앉은 사람들 모습은 하나같이 귀신이 다 된 형용이었다. 검불 같은 머리카락에 얼굴은 땟국이 덮여 송장을 방불케 했다. 문한돌이 보기에 저런 몰골로 목숨 부지하고 있다는 게 신기할 정도였다. 그래도 몸이 피둥한 송주사는 속 편한 생각만 해서인지 덜 가련스러웠고, 가부좌한 스님만은 달인처럼 의젓한 모습이었다.

바깥에서 짬짬이 종소리가 뎅그랑거렸다. 군인들이 조회를 하는지 군가 합창도 들렸다. 날이 훤해지고 두 시간은 좋게 흐른 뒤였다. 총신을 철컥대며 여럿의 발자국이 토굴 앞으로 다가왔다. 보초가 빗장 지른 통나무를 걷어내고 문을 열었다. 인민군 전사 둘이 따발총을 앞세워 토굴 안으로 들어오더니, 모두들 밖으로 나가라고 소리쳤다. 토굴 안은 비명과 울음소리가 낭자했다. 스님이 '무상송(無相頌)'을 읊조리며 먼저 밖으로 나갔고, 송주사가 오리걸음으로 그 뒤를 따랐다. 신원면 우체국장은 갑자기 따리꾼이 되어 따발총을 멘 전사에게, 수고가 많다는 인사말에 절까지 하고 나갔다. 젊은이의 등에 업혀 나가는 영감도 있었다. 문한돌도 무리에 섞여 밖으로 나갔다.

"어젯밤에 들어온 동무는 다시 들어가시오." 간밤에 그를 토굴로 데리고 왔던 고수머리 김특무장이 말했다.

문한돌은 토굴 안으로 다시 들어갔다. 해가 설핏 기울었는지 창고 뒷마당에도 그늘이 길게 덮였다. 그동안 문한돌은 보초에게, 문한득 전사를 만나게 해달라, 물이라도 달라고 여러 차례 애면글면했으나 묵살되었다. 더디게 가는 시간을 헤아리고 있는데, 어제 집에서 먹은 저녁죽 이외 아무것도 먹지 못한 탓에 어지럼증으로 눈앞에 헛것만 보였다. 그가 문짝에 기대어 까무러지듯 혼곤해져 있을 때, 언제 석방시켜주겠냐고 묻는 송주사 말이 들렸다. 이어, 송주사와 젊은이 둘, 아낙 하나가 토굴로 들어왔다. 모두 세수를 했는지 얼굴도 깨끗했다. 젊은이 둘은 만사가 귀찮다는 듯 짚북데기에 누웠고, 아낙은 치마폭에 머리를 박은 채 내내 울었다.

"재판이 어째됐습미까?" 문한돌이 송주사에게 물었다.

"햐, 난리가 따로 없더군. 전투만 없었지 인민심판도 전쟁이라." 짚북데기에 주저앉은 송주사는 오라에 묶여 살갗이 부푼 손목을 어루만지며 말했다. "심판위원인가 뭔가 책상 차지하고 앉은 다섯은 죄목을 조목조목 따지제, 재판에 회부된 사람은 변구를 늘어놓제, 구경꾼은 구름같이 모여 섰제, 구경꾼 앞에 완장 찬 농민위원인가 하는 치들은 반동을 쥑이라고 삿대질해쌓제, 참말로 기도 안

차데……" 송주사는 인민재판 앞뒤 정황을 열 내어 말했다.

송주사가 들려준 전말은 이러했다. 열아홉 명이 토굴 밖으로 끌려나가자, 먼저 한 일이 세수였다. 숙직실 옆 우물에서 낯을 씻은 뒤 창고로 끌려갔다. 이어, 한 사람에 한 명씩 가족 면회가 삼 분정도 허용되었다. 가족이 들고 온 옷가지가 전달되었으나 스님은 면회 온 가족이 없었다. 인민군 전사 입회 아래 면회가 끝나자, 모두 새 옷으로 갈아입었다. 이십 분쯤 대기 상태로 있다가, 오라에 묶인 채 율원인민학교로 끌려갔다. 가족과 구경꾼이 길 양쪽에 늘어섰는데. 신천수는 무슨 심보인지 애국가를 목청껏 불러젖혔다. 신씨는 인솔하는 인민군 전사의 총대에 얻어터져 코피를 쏟으며 학교 운동장으로 들어갔다. 운동장에는 동원된 면민들이 나와 있었다. 재판이 시작되자, 한 사람씩 심판위원 앞으로 불려 나갔다. 심판위원은 다섯 명으로, 가운데 앉은 심판장은 작전참모 중좌였고, 나머지는 대위가 둘, 농민위원장 정오복, 후보위원 신명호였다. 풀색 점퍼를 입은 정치부 군관의 피고인 범죄 행위 낭독이 끝나자, 심판위원들도 한마디씩 거들고 나섰다. 위원장은 입을 떼지 않았으나 위원 넷은 그 죄과를 다그쳤다. 특히 정오복과 신명호는 삿대질까지 하며, 동무야말로 인민의 적이라고 결기를 세웠다. 군중들 앞에 선 농민위원들도 한두 마디씩 죄과를 거들었다. 면서기, 향토방위대 후원위원, 순경 가족, 탈주자들이 차례대로 불려 나가 심판을 받은 결과 절반 이상이 '인민의 고혈을 착취한 부르좌 반동' '미제 허수아비 이승만 도당 앞잡이'란 죄목으로 사형 언도가 내려졌다.

"……나도 사형 언도를 받았지러. 부르좌 반동으로 사형 언도를 받았제. 그런데 나는 사형 언도 받은 편에 끌려가지 않고 여게로 되돌아온 기라." 송 주사의 힘 빠진 말이었다.

"석방된 사람도 있어요?" 문한돌이 물었다.

"일곱 명이네. 두문벌(杜門罰)이라카데. 그동안 죗과를 반성하며 공화국에 충성을 맹세한 자기비판이 솔직하다던가, 그래서 석방됐제."

"두문벌이 뭔데요?"

"옛날 귀양살이 있잖나. 밖에 나다니지 못하고 집에 갇혀 있어야 되는 죄인 집은 대문짝에 붉은 종이에 두문벌이라고 써서 붙여둔다제. 석 달이나 여섯 달쯤 지낼 동안 공화국에 충성심이 인정되면 마음대로 나다니게 풀어준다는 게 두문벌이래."

"스님은요?"

"고개 쳐들고 논설을 까제끼니 누군들 살려주겠어. 손발 닳도록 빌어도 시원찮은데 말이네. 배짱 하나는 보통이 넘더만. 그런데 그 살벌한 판국에 희한한 꼴도 보았네. 인민군 장교도 심판을 받았지러. 누군고 하니 승리중대 중대장이래. 산사람들이 양지리를 치기 전에 밤중에 와룡리로 내려와서 곡식 챙기는 일을 맡았던가 봐."

"인민군 군관이 무슨 일로 심판을 받아요?"

"보급투쟁인가 뭔가 할 때 농민들 양석을 마구잽이로 뺏았으며, 사람도 다치고 민가에 불도 지른 모양이라."

"전쟁 때야 그러기가 다반사 아닙미까."

"내 말이 그 말이네. 재판이 공평하다는 걸 보여줄라는지 어짜는지 모르지만 말이네. 인민 원성을 샀던 파쇼적 약탈 행위가 인민군 위신을 추락시켰다나 어쨌다나. 그래서 병졸로 강등됐제." 송주사가 허리를 접더니 문 쪽을 보며 기가 꺾인 목소리로 중얼거렸다. "인제 먹을 걸 쪼매 줄라나 굶겨서 쥑일라나. 이틀을 꼬박 굶기니 말을 해도 헛소리만 외는 것 같애……"

송주사 말을 듣자, 문한돌도 탈수증으로 입 안과 목구멍이 탔다. 인민재판에서 살아남은 긴장감이 한순간에 풀린 듯 송주사는 짚북데기에 누워버렸다.

바깥이 어둑신해져 토굴도 사람 형체를 알아보기 힘들게 되어서야 문이 열렸다. 보초가 오리알만한 주먹밥 세 덩이와 물이 담긴 철모를 들여놓고 나갔다. 순경 여편네는 울다 지쳐 시르죽을 것 같았는데 먹는 것 하나는 자발스러웠다. 그네는 자기 몫을 누구보다 빨리 먹어치우곤 다시 울음을 질금거렸다.

문한돌만 따로 불려 나가기는 이튿날 오전 열시쯤이었다. 김특무장이 그를 데리고 창고 건물로 들어갔다. 문 옆 간이책상에서 무엇인가 기록하던 전사가 둘을 맞았다. 김특무장이 전사에게 문한돌을 인계하곤 떠났다. 칸막이된 안쪽 어디에서인가 신음 소리가 들렸다. 턱이 뾰족한 전사가 문한돌에게, 문한석 동무가 맞느냐고 물어 문한돌이 그렇다고 말하자, 따라오라고 했다. 전사가 앞서고 문한돌이 뒤따라, 칸막이 문을 밀고 안으로 들어갔다. 복도가 나섰고, 양쪽으로 두 개씩 문이 달려 있었다. 한돌은 한 칸막이 방으로 들어갔다. 인민학교에서 옮겨놓은 듯한 책상 하나와 의자 두 개만이 있었다. 천장이 트여 있었지만 방은 어두컴컴했다. 잠시 기다리라고 말하곤 전사가 문을 닫고 나갔다. 문한돌은 의자에 앉아 귀기울였으나 창고 안으로 들어왔을 때 들렸던 신음 소리는 더 들리지 않았다. 그는 긴장한 채, 그동안의 저간 사정을 간추렸다. 신장로 탈출을 물으면 모른다고 끝까지 잡아떼야 한다. 아니, 이를 묻지 않을는지도 모른다. 한도가 토굴로 잡혀 들어오지 않은 이상, 저들이 어떤 연사질로 넘겨짚더라도 무조건 모른다고 벋서야 한다. 그가 이런 말갈망을 다짐하고 있자, 바깥에서 발소리가 들렸다. 백지도원이 문한돌과 한도의 신상카드를 들고 들어와 문한돌 맞은편 의자에 앉았다.

"동무는 내가 묻는 말에 사실대로 대답해야 되겠쉐." 백지도원이 문한돌을 가늠 보며 말했다. "인척간이니 알갔디만, 한도놈으 평소 사상성을 말해보시오."

"산골짜기에 사는 우리 같은 농사꾼한테 사상성이 뭐가 있겠습미까. 오른손 손가락을 탈곡기에 잘린 게 해방 전 언제더라, 그래서 남조선 군에도 면제돼서…… 마실에서는 착실한 청년으로 알려졌습미다."

"그렇다믄 왜 도망갔소?"

"그 점을 말씀드리자면, 그저께 밤에 면소로 올 때, 한도가 내한테 그라데요. 정치부란 데로 끌려가면 골병을 당한다면서, 아무 죄도 없는데 왜 잡아들이는지 모르겠다며, 억시기 떨데요."

"우리가 왜 동무들을 불러들인 것 같소?"

"모르겠습미다."

"우리가 니유 없이 인민을 골병들이는 짓을 하오?"

"그렇지 않지만 오밤중에 불러들여서……"

"동무들은 남조선 분주소 방벽 쌓는 부역 일을 했디요?"

"했습미다. 마실에서 심지를 뽑았는데 나하고 한도하고 뽑혔습미다. 하고 싶어서 한 일은 아니라요."

"하고 싶어 한 일이 아니라두 이적행위란 건 알구 있었디요?"

"……"

"우리가 그걸 따지겠다는 건 아니요. 협조를 요청할 일이 있어 불러들인 것이웨다. 그런데 반동놈으 새끼가 도망질쳤디 않았갔소."

"한도는 마실을 나설 때부터 겁에 질려 있었습미다."

"겁에 질린 놈이 도망갈 용기가 있어!" 백지도원이 벌컥 역정을 냈다. "이새끼두 보자 하니 거짓말이 입에 붙었어!"

백지도원이 구둣발로 문한돌 뱃구레를 내질렀다. 문한돌은 의자와 함께 뒤로 나동그라져 뒤통수가 흙바닥에 방아를 찧었다.

"웬쑤놈으 새끼! 너두 똥물 게우게 맛 좀 봐야겠어."

"정말이라요. 제 말은 거짓말이 아닙미다."

"반동놈으 새끼를 맞대면시켜줄까? 그래야 실토하겠어?"

"한도를 만나게 해주이소."

"팔로군부대으 병력 상황을 숨겨 게디구서 개놈들한테 넘게주려 했던 게 탄로났는데두?"

"절대 그럴 리 없습미다. 한도가 그런 일을 할 애가 아닙미다."

"앙이 되겠어. 간나이 네놈은 말루느 자백할 종자가 아니야!"

백지도원이 거칠게 문을 여닫으며 밖으로 나갔다. 한참 뒤 백지도원과 김특무장이 들어왔다. 백지도원은 오랏줄을 들었고, 김 특무장은 몽둥이와 물이 담긴 들통을 들고 있었다. 그로부터 한돌은 의자에 묶인 채 매질과 물고문을 당하게 되었다. 둘은 문한돌을 고문하며 같은 질문을 되풀이했으나, 문한돌은 한결같이 모르쇠로 버티었다. 윽박지르는 둘 입에서 신장로나 임종도 이름이 오르내리지는 않았다.

문한돌이 눈을 떴을 때는 밤이었다. 여자가 훌쩍이는 소리가 들려 그는 토굴임을 알았다. 추위가 살과 뼈를 저미며왔고 온몸이 송곳으로 찌르듯 쑤셨다. 입은 옷이 얼말라 뻐등하게 굳어 있었다. 창고에서 당한 일이 마치 악몽을 꾼 듯 흐릿하게 스쳐갔다. 정신이 흐리마리하여 살아 있는지 죽어 있는지 모르는 상태에서 그는 앓는 소리만 흘렸다.

이튿날 오전에 젊은이 둘과 아낙네가 밖으로 불려 나갔다. 옹크려 모로 누운 문한돌은 그들이 허영거리며 걷는 뒷모습을 보고 있었다.

"문서방, 이제 저 셋은 총살당할 끼라. 젊은이 두 녀석은 안세안부락 향토방위대원인데 한때 의용경찰 노릇을 했지. 징집영장을 받고 숨어서 기다리다 발각되어 잡혀왔대. 순경 마누라야 여부 있나, 데까닥 총살이제." 문한돌 뒷전에서 송주사가 말했다.

송주사를 안 데리고 나가는 걸 보니 꾀바른 약을 썼구만요, 하는 말이 입에 고였으나 문한돌은 말할 기운조차 없었다. 그는 다시 아슴아슴 잠 속으로 빠져들었다. 얼마나 시간이 흘렀을까. 비몽

사몽 헤매고 있을 때 송주사의 말소리가 흐릿하게 들렸다.

"이 사람아, 자네 이름을 불러. 어서 나가보라고."

문한돌은 눈을 떴다. 그는 혼자 힘으로 일어설 기운이 없었다. 보초가 들어와 한돌의 겨드랑이를 끼고 밖으로 끌어냈다. 바깥은 기우는 햇살 아래 바람이 세차게 불어 그는 조금 정신을 차렸다. 창고에 끌려가자 턱이 뾰족한 전사가 그를 지난번 칸막이 방으로 끌고 들어가 의자에 앉혔다.

"문동무." 문한돌이 가까스로 머리를 드니 언제 들어왔는지 백지도원이 앞에 서 있었다. "간나이새끼가 드디어 나발을 불어 우리가 대현 부락 인원 파악을 해보았소. 그새 예수쟁이 신확 일가독이 탈출했더만. 농민위원인 문동무도 그 사실을 알구 있었겠디오? 알구 보고를 안했디 않소?"

"저는 몰랐습미다."

"뭐시기? 독종이 따루 없구먼."

백지도원이 밖으로 나가더니 물 담긴 들통을 들고 와 문한돌의 얼굴에 나비물을 끼얹었다. 턱이 뾰족한 전사가 몽둥이를 들고 들어왔다. 한돌은 의자에 묶인 채 당조짐을 당하기 시작했다. 신확 장로를 남조선으로 빼돌릴 때 해방지구 군사 상황을 알려주지 않았느냐, 언제 어디서 다시 접선하기로 약속했느냐, 문한도를 도망가게 한 이유가 무어냐, 집 뒤란 대밭에 감추어둔 쌀의 용도를 말하라는 질문이 백지도원의 입에서 연달아 떨어졌다. 얼마나 맞았던지 정신이 혼미해져 물어쌓는 악다구니조차 제대로 들리지 않았다.

한 시간 남짓 고초를 당한 끝에 문한돌은 창고에서 끌려 나왔다. 밤바람이 칼날 같았다. 가랑가랑 숨을 쉬고 있었지만 그는 이미 반쯤 죽어 있었다. 오직, 백지도원 질문 내용으로 보아 한도가 체포되었음을 어렴풋이 깨우쳤다.

"동무가 덩 아무것도 모른다믄 맞대면을 시켜두디. 문동무, 그 반동놈을 만나보라우. 간나이새끼가 무슨 말을 했나 들어보웨다!" 문한돌 등뒤에서 백지도원이 소리쳤다.

문한돌은 토굴 안에 내팽개쳐졌다. 토굴문이 닫혔다.

"문서방인가?" 안쪽에서 송주사의 서먹한 목소리가 들렸다. "이리로 오게. 찬 땅바닥에 누버 있으면 밤새 송장이 될 걸세."

문한돌은 몸을 움직일 기력이 없었다. 젖은 옷이 얼어오자 장독 든 온몸이 가랑잎처럼 오그라들었다. 가쁘던 숨결도 잦아지고, 그는 차츰 정신을 잃어갔다.

눈을 떴을 때, 문한돌은 이곳이 이승인지 저승인지 가늠할 수 없게 머릿속이 어지러웠다. 뺨에 닿는 차가운 흙이 느껴졌다. 내가 아직 살아 있다니, 사람 명줄이 모질기도 하다고 생각하자, 후딱 한도가 머릿속에 스쳤다.

"한도, 한도 여게 있나?"

"한돈지 누군지, 어제 자네가 나가고 들것에 실려왔다네. 지금 다 죽어가고 있어." 송주사가 대신 대답했다.

문한돌은 팔꿈치로 힘을 모아 안쪽으로 기어갔다. 그가 송 주사가 앉아 있는 짚북데기까지 기어오자, 천장을 보고 늘어져 있는 한도가 눈에 들어왔다. 어스름한 속에 한도는 눈을 번히 뜬 채 숨을 헐떡거렸다. 헐떡이는 숨 사이로 돌쩌귀가 움직이는 듯한 신음을 짜냈다.

"한도야, 성이다." 문한돌의 말에도 한도는 대답이 없었다. "어쩌다 이래 잡혔노? 무엇 때문에 도망질 가서……"

문한도는 무슨 말인가 할 듯 달싹거렸으나 아무 말도 뱉지 못했다. 문한돌은 사촌동생을 목메어 불렀다. 심장이 경련을 일으키며 뛰다 다시 가라앉는지 문한도는 불규칙한 호흡을 내뱉었다. 그날 낮쯤, 문한도는 한돌에게 한마디 말도 남기지 않은 채 간헐적으로 내쉬던 숨마저 끊어졌다. 송주사가 기겁을 하여, 사람이 죽었다고 외쳤다. 토굴문이 열리고 전사 둘이 들것을 가져와 한도 시신을 실어냈다.

닫힌 문이 다시 열리기는 바깥에 땅거미가 내리고 나서였다. 문한돌은 웅크려 누워 있었고, 송주사는 문 쪽을 바라보며 멍하니 앉아 있을 즈음이었다.

"송동무, 밖으로 나오라요." 토굴 안으로 들어선 보초가 말했다.

"나 인제 나갑미까?" 송주사가 반갑게 외치며 일어섰다. 그가 문한돌을 돌아보더니 곤댓짓하며 말했다. "문서방 잘 있게. 어제 불려 나간 셋이야 총살을 당했겠지만 나는 석방되는 모양이니, 자네도 용기를 잃지 말고 모쪼록 참고 견디게. 밝은 세상을 볼 날이 올 것이네."

토굴에 외토리로 남았던 문한돌이 밖으로 불려 나가기는, 이튿날 정오 무렵이었다. 그는 몸을 제대로 가눌 수 없는 상태에서 어뜩비뜩 토굴 문을 나섰다. 김특무장이 기다리고 있었다.

"걸을 수 있수?" 김특무장이 물었다. 밝음 속으로 나선 문한돌은 눈을 제대로 뜰 수가 없었다. 김특무장은, "그만 정도에 뭘 그래 기운을 못 차려요. 한 팔 잃고 온몸에 수십 개나 파편을 박고도 백 리 길을 주파해 연락 임무를 끝낸 혁명적 전사도 있다우" 하고 핀잔을 놓곤, "동무는 영광스럽게 석방됐소" 했다.

문한돌은 사무소 현관 앞에 서 있는 엄마와 자형과 처를 보았다. 귀가리개를 한 맏딸 종님이도 제 할머니 치마폭 앞에 오도카니 서 있었다. 백지도원도 있었다. 문한돌을 본 실매댁과 종님이 엄마가 울부짖으며 달려왔다. 그들은 쓰러질 듯 지정거리는 한돌을 껴안았다.

"문동무, 본가루 돌아가도 좋쉐다. 동무에게는 별 혐의덤을 찾을 수 없었소. 그동안의 고생에 대해 당 정치부를 대신해서 심심한 사과를 드립네다. 돌아가 몸 조섭이나 잘하라요." 백지도원이 말했다.

박생원과 종님이 엄마가 문한돌의 양팔을 꼈다. 실매댁과 종님이가 그 뒤를 따랐다. 일행은 면사무소 정문을 나섰다. 양지바른 돌담 옆 초소 앞에 보초가 서 있었다. 보초는 머릿수건 쓰고 얼굴만 뽀윰하게 남긴 처녀를 상대로 말을 건네고 있었다.

"처녀가 내 말을 안 믿구만. 오늘은 아무리 기다려도 소용이 없다니깐. 내일 해 빠지고 저기 저 정자나무터로 나와봐요. 이건 기밀에 속하지만 처녀의 정성이 갸륵해서 내가 특별히 면회를 주선해보리다. 어두워지면 아무한테도 말하지 말고 혼자 살짝 나와요." 보초가 생글거리며 말했다.

"그 말, 정말이지요?" 하며 처녀가 면사무소 안을 기웃거렸다.

"인민군 전사가 어디 거짓말하는 것 봤소." 보초는 기포지대 1중대에서 파견 나온 방수억이었다.

"외탄량 곽서방 딸 아닌가?" 정문을 나선 박생원이 처녀를 보았다.

"안녕하십미까. 아부지 만내볼라고 나왔습미다. 어머이하고 같이 왔는데, 어머이는 새들 외갓집에 잠시 다니러 갔어요. 쪼매 있으면 올 낍미다." 달분이가 말했다. "사무소 안에 우리 아부지 없습디까?"

"마실 사람은 아무도 없더라."

"아부지가 집 나선 지 닷새쨀데, 오늘쯤 온다 했거든요."

"글쎄, 오늘은 안 돌아온다니깐 내 말을 안 믿네. 내일 다시 나오라니깐 그러네." 방수억이 말했다.

"그라면 어머이하고 뒤에 오너라." 박생원이 말했다.

"먼첨 올라가이소." 달분이가 박생원 가족에게 절을 했다.

문한돌은 제 힘으로 이십 리 길을 걸을 수 없었고, 그렇다고 박생원과 배부른 종님이 엄마가 내내 부축해서 갈 수도 없는 노릇이었다. 박생원은 양지리의 알 만한 집에서 지게를 빌려 처남을 지게에 짊고 대현으로 떠났다. 문한돌은 지게에 청처짐하게 앉았고, 종님이 엄마는 가지고 나온 아기업개 포대기로 서방을 감싸주었다. 옥계천 강바람이 몰아쳤다. 눈물 괸 눈으로 파고드는 흙먼지가 따가워 종님이 엄마는 땅만 보고 걸었다. 손녀 손잡고 걷던 실매댁은 연신 수건으로 눈물을 닦았다.

집으로 돌아온 문한돌은 급히 끓여 내온 녹두죽 그릇을 받아놓고 몇 숟가락도 뜨지 못한 채 자리보전해 눕고 말았다. 그는 혼곤한 잠에 빠져 줄곧 땀을 흘리며 악몽에 시달렸다.

이튿날 오후에야 문한돌이 긴 잠에서 깨어났으나 용변을 보러 밖으로 나가기가 무리였다. 온몸이 부어올랐고, 매치레로 장이 터졌는지 요강에 받아내는 오줌은 핏물이었다. 그는 집으로 돌아와서야 자신과 한도가 양지리 정치부로 끌려간 뒤, 대현리가 한바탕 난리를 치렀음을 알았다. 황대위가 인솔한 인민중대가 들이닥쳐 반동마을이란 이름 아래 집집마다 가택수색의 된장질이 있었고, 호구조사 결과 신확 장로 가족의 탈출이 드러났다. 특히 한도네 집과 문한돌의 집은 구들장 밑까지 죽창으로 들쑤시며 쑥대밭을 만들었다. 문한돌의 집은 뒤란 대밭에 숨겨둔 반 가마니 쌀이 발각되어 압수당했다.

그날 저녁 무렵, 양지리 율원인민학교로 교육받으러 갔던 박생원이 대현리로 돌아왔는데, 그는 처가부터 들렀다. 그의 말에 따르면, 막내처남이 소속된 기포지대 1중대가 오늘에야 학교 운동장에 나타나 각종 총기를 닦았다고 했다. 한득이를 만나, 그동안 집안 풍파를 대충 말하고 정치부로 가서 한도 시신 인수 문제를 상의했다는 것이다. 한도 시신은 면사무소 토굴 뒤에 던져져 있었는데, 내일 시신을 찾아올 수 있게 되었다고 했다. 그리고 문한돌이 농민위원에서 제명처분 당하고 그 대신 상대현 노준광 씨가 새로 농민위원으로 임명되었다는 소식도 알려주었다.

그 이튿날, 새벽같이 외탄량의 곽서방 처가 문한돌 집으로 찾아왔다. 그네는 서방이 아직 돌아오지 않았다며, 한득이를 통해 서방 생사 여부를 수소문해줄 수 없느냐고 부탁했다. 그래서 곽서방 처는 박생원과 농민위원 둘과 함께 한득이를 만나보러 양지리로 떠났다.

낮쯤에는 정치부 백지도원과 전사 하나가 농사꾼의 지게 짐에 문한도 시신이 든 가마니를 지워 대현리로 들어왔다. 그들은 마을 어른들을 벽보판이 있는 중대못 옆 타작마당에 불러 모았다. 백지도원이 반동첩자 문한도의 죄목을 설명했다. 문한도는 남조선 개들의 첩자로서 농민위원으로 선출된 것을 기회로 주요 기밀 정보를 빼내어 신확에게 소지시켜 탈출을 주선했고, 16일 밤에 정치부로 동행 도중 탈출했다가 18고지 경계초소에서 적발당해 총격으로 중상을 입은 끝에 사망했다고 말했다.

"……우리 인민군은, 그동안 미 제국주의와 그 앞잡이 반동놈들의 온갖 수탈에 시달려온 남조선 무산자 인민대중에게는 절대루 어떠런 피해두 입히디 않습네다. 우리는 조선의 자주적 해방 통일을 갈망하는 애국적 인민을 널럴히 사랑하며, 그들의 동지루서 봉사한다는 경애심에 최대의 역량을 바쳐왔습네다. 그러나 애국적 동지를 팔아먹구 간계한 술책으로 이간질시키는 반동도당 첩자나 정치적 회색분자는 가차없이 처벌해서 뿌리를 박멸할 것임을 엄숙하게 선언합네다. 민주부락 대현리 동무들은 다시는 이런 추잡스런 흉계가 발붙일 수 없도록 삼일오부대 정치부와 긴밀한 협조를 바라겠쉐다……" 백지도원은 문한돌에 관해서는 언급하지 않았다.

대중집회에서의 백지도원 말을 처로부터 전해 들은 문한돌은, 한도가 남조선 경찰의 첩자였다는 저들의 발표를 믿지 않았다. 한도가 죽어 입을 뗄 수 없기에 그렇게 덤터기를 씌웠을 따름이었다. 오직 제 출물에 화를 입고 말았지만 한도가 자기를 끌어들이지 않고 입을 다문 채 고문을 이겨내었음을 찐한 마음으로 속짐작할 수 있었다.

이튿날, 인민중대 연락병이 대현리로 들어와 중대못 벽보 게시판에서 지난 18일에 있었던 인민재판 판결문을 뜯어내고, 새로운 벽신문 두 장을 붙였다. 한 장은 문한도 탈출사건 경위에 덧붙여, 민주부락마다 소수의 야반 도주자가 발생하고 있는데 적과의 접경선을 넘기 전에 모두 체포되거나 사살당한다는 것이었다. '해방지구 애국 인민은 경각심을 가지고 주위에 도사린 반동의 사상 동태를 적극 관찰하여 용의자를 정치부로 고발할 것'이란 보탬 말도 달았다. 다른 한 장은 예의 '전황 지도'였다. 인민군과 중공군이 서부전선 개성에서부터 동부전선 춘천을 잇는 전투지역을 붉은 선으로 그어놓았고 화살표가 아래쪽으로 꽂혀 있었다. 지도 아래에는 다음과 같은 격문을 달았다.

—12월 20일 현재 북조선 인민해방군 삼팔선 전역을 돌파, 파죽지세로 승승장구! 전 조선 강토 적색해방 목전에 두다. 12월 21일, 드디어 평양방송 활동 재개, 승전의 새 소식 속속 도착!

그날 저녁, 박생원이 면소로 나가 듣고 와서 문한돌에게 전한 새소식에 따르면, 과정리 술도가 주인 송주사가 처형되었음이 뒤늦게 알려졌다는 것이다. 자리보전하던 문한돌은 자형 말에 적이 놀랐다. 송주사는 토굴을 나서며 자기 입으로 석방된다고 장담하지 않았던가. 박생원이 듣고 온 소문에 따르면, 송주사가 처형되기까지 그 전말이 꽤나 복잡했다. 송주사는 면사무소 토굴에 갇혀 심문을 받으려 창고로 들랑거리며, 저들에게 꽤나 그럴싸한 홍정을 제안했다고 한다. 자기 목숨을 살려주면 쌀 스무 가마를 변통해놓겠다는 약속이었다. 그런데 그 쌀이 송주사네 집에 있다면 홍정이고 뭐고 필요 없이 헌납 명목으로 접수해버리면 그만이었으나 쌀은 해방지구 안에 있지 않고 송주사 처가가 있는 남상면 월평리에 있었다. 월평은 감악산 넘어 북으로 이십 리, 거창읍내 들머리에 있는 이백여 호의 큰 부락으로 황강 가녘으로 기름진 들을 두고 있었다. 월평저수지 주위로 송주사 고래실 논도 열댓 마지기 있었다. 정치부 심문관이 송주사와 그의 처를 대질 심문한 결과 쌀 스무 가마가 월평리 송주사 처가 곡간에 있음이 확인되었다. 정치부는 송주사 처를 인질 겸 길잡이 삼아 보투(보급투쟁) 담당 승리중대를 야밤에 적 후방 깊숙이 월평리까지 침투시켰다. 그 작전은 성공으로 끝났고, 덤으로 황소 두 마리까지 달고 왔다. 이틀 뒤, 송주사는 양지리 뒷산에서 처형당했다고 한다. 송주사 처가 서방 석방을 기다리며 면사무소로 갔을 때, "인민의 피와 눈물로 호의호식을 누린 반동지주는 알곡 천 가마를 헌납해도 그 죗가를 보상받을 수 없다"고 정치부 지도원이 말했고, 인민재판 판결 결과대로 이행되었다고 통보했다는 것이다. 양지리와 과정리에 퍼진 그 소문은 송주사 처의 입을 통해 풀려 나왔기에 사실이 틀림없다고 박생원이 장담했다.

자형 말이 사실이라면 송주사는 쌀 스무 가마로 겨우 며칠 명줄을 늘였던 셈이다. 송주사보다 하루 먼저 토굴에서 불려 나간 안세안 마을 두 젊은이와 순경 처도 결과적으로 같은 길을 밟았으리라 추측할 수 있었다. 대숲에 여투어둔 반 가마 쌀을 빼앗겼으나 자신이 아직 목숨 달고 있다는 건 분에 넘치는 행운이었다.

문한돌이 집으로 돌아왔을 때는 과정인민학교에서 열리던 총동원령 기초 군사훈련이 사흘에 한 번꼴로 바뀌었지만, 농민위원 교육은 일요일 하루 빼곤 쉬지 않고 계속되었다. 박생원과 대현리 농민위원 세 사람도 날마다 율원인민학교로 나갔다. 박생원이 대현리로 돌아온 저물녘이면, 중신기 자기 집으로 오르는 길목의 처가에 잠시 들러 문한돌에게 양지리 새 소식을 귀띔해주곤 했다.

원대현의 장개똥 노인과 상대현의 세 살배기 계집아이가 어느 날, 약속이라도 한 듯 죽었다. 장노인은 칠순에 가까운 병추기로 천수를 누린 노환이었고, 어린아이는 오랜 기침 끝의 폐렴이었다. 그러나 마을 사람들 의견은 달랐다. 두 집이 곡기라고는 하루 한 끼를 이을 처지가 못 되어 감자와 고구마를 빌리러 다니더니 버틸 힘 없는 식구부터 굶어 죽었다는 쑥덕거림이었다.

"대현리만 해도 월동 나기 전에 굶어 죽은 집이 어데 한두 집인가. 우리 집 막내도 시르죽을란지 비실비실하는 게 어째 시원찮다 하인께." "모진 게 목숨인데 그렇게 쉽게 죽을 리야 없지러. 도토리라도 줏으러 다녀봐야제." "편안히 저승길로 잘 갔제. 더 살아

무슨 낙 볼 세상을 만내겠다고." 장노인 상가댁에 들른 아낙들이
부엌 뒤꼍에서 나눈 푸념이었다. 그런 푸념처럼 대현리 사람들은
보릿고개 철까지 어떻게 넘길지 걱정이 태산 같아서, 모여 앉으면
먹는 타령이었다.

그날 저녁에도 박생원은 처가에 들렀다. 저녁죽 한 그릇을 비우
고 양쪽 집안 문상을 다녀와 들른 늦은 걸음이었다. 박생원은 문
한돌에게, 교육은 사흘마다 교관이 바뀌며 학습 내용도 그때마다
달라진다면서 오늘 받은 교육은 '사회주의 농업정책, 협동농장 운
영 실태'라 말했다.

"고초당하고 나온 자네한테사 뭣한 말이긴 하지마는……" 하
며 박생원이 넌지시 말을 꺼냈다. "공산주의 사상도 따지고 보면
인민을 다 같이 잘살게 해줄라고 억시기 공을 들여 만든 주의인
거라. 새겨들을 수록 뜻이 있데. 전에야 대충 그런갑다 했는데, 새
겨들으니 하나하나가 다 이치에 들어맞아. 그 이치대로마 하면 사
람 우에 사람 없고 누구나 평등하게 잘살게 되겠데."

"무슨 말이든 주장하는 말 귀기울이면 틀린 말이 어데 있습미까.
창하고 방패 파는 장사 이야기도 있잖습미까."

박생원은 문한돌의 말에는 대답을 않고, 교육을 받을수록 농민
위원들의 질문이 늘어나고 공부 분위기가 활기차다고 말했다.

"한득이는 만냈는가?" 실매댁이 사위에게 물었다.

"또 어데 멀리 작전 나갔는지 요새는 학교에 그 부대가 얼씬도
안합디다."

문한돌이 집으로 돌아온 지 일주일이 넘도록 외탄량 곽서방은

마을로 돌아오지 않고 있었다. 박생원은 곽서방 처와 달분이가 면 사무소 앞에서 얼쩡거리는 모습을 여러 차례 보았다며, 덧붙여 이런 말도 전했다.

"처남, 내 말 들어보게. 지난번 자네나 한도나 곽서방 말고, 요즘도 사람들이 밤중에 자주 정치부로 불려 가는가봐. 갔다 하면 그 이튿날부터는 감감소식이라. 정치부 창고에서 무슨 조사를 받는 일도 없는 것 같은데 말이다. 내가 생각하기로는 보록산이나 황매산이나 송의산 근방, 아니면 산청 오부면 중촌리 부근 그 어디메 깊은 산속에 큰 공굴 공사를 하는지도 모르제. 백 명이 숨을 수 있는 방공호 공사 말이다. 거게 부역에 동원되었으면 아직 안 돌아올 수도 있제. 그 장소를 비밀로 할라면 면 사람들을 대낮에 데리고 갈 수는 없을 테인게 말이다. 그러니 울력꾼을 밤에만 살짝 빼내어 가는 게 아닌가 몰라."

문한돌은 자형의 말을 듣자 그럴듯한 해석이라 여겼다. 그동안 토굴과 창고에서 어떤 곡절을 겪었든, 성치 않은 몸이나마 자신은 집으로 돌아와 그 고역을 면할 수 있다는 게 새삼 다행스러웠다.

문한돌이 자리를 털고 일어나 바깥출입을 하게 되기는 동지를 넘겼을 무렵이었다. 농한기라 할 일도 없었지만 몸도 예전처럼 기운을 차릴 수 없어 근신한다는 생각에, 그는 마을 밖 출입은 일절 삼갔다. 저녁마다 부락민 남정네들이 모이는 자형 집 사랑에도 마실을 나가지 않았다. 대현리 사람들은 양지바른 토담 아래 해바라기하고 앉아 호박씨를 까먹는, 얼굴색 노르께한 문한돌을 자주 보곤 했다. "고초를 당하고 나서 폭삭 늙었구만." "짝지에 의지한 걸음걸이도 영감이 다 됐어." 사람들은 가년스러운 문한돌을 두고 수근거렸다. 문한돌은 그런 말이 귀에 별 거슬리지 않았다. 난세에는 좀 모자라고 병든 채로 운신함이 세월을 쉽게 넘기는 방편임을 알음알음 터득하고 있었다. 그래서 볕기 좋은 한낮이면 물푸레나무 지팡이를 짚고 허리조차 나직이 숙여 이웃집 김서방네나 중대못 벽보판 앞을 기웃거렸다. 그러나 상대 예배당까지는 결코 올라가지 않았다.

그즈음 예배당은 인민중대 한 개 소대가 숙소로 사용하고 있었다. 새벽과 저녁이면 그들이 불러대는 '아침은 빛나라 이 강산……'과 '높이 들어라 붉은 깃발을……'이란 노래가 한겨울 매운 바람을 뚫고 온 마을을 쩌렁쩌렁 울렸다. 주둔한 파견 소대는 '참나무 소대'라 불렸는데, 엄한 군령이 내려졌는지 감자 한 톨 짚신 한 켤레 민폐를 끼치는 법이 없었다. 소대원들은 아침식사 뒤면 늘 보록산 뒤쪽으로나 과정리 쪽으로 완전무장해서 출동했다가, 저녁이 되기 전에 군가를 부르며 돌아왔다. 땔감 당번 겸 밤 보초에 나갈 남자 대원 하나와 소대에 배속된 여성대원 둘은 출동에 참가하지 않았다. 여성대원 둘은 낮이면 대현리 아이들을 중대못 옆 벽보판이 있는 타작마당이나 그 뒤편 창고에 모아 조선어, 북조선 노래와 집체유희, 저들의 '공화국 역사'를 가르쳤다. 그런 소년반 교육은 해방지구 신원면 안에 있는 아홉 개의 큰 마을에서 일제히 실시되고 있었다. 여성대원 하나는 문화공작대 출신으로 눈매가 상큼한 예쁘장한 용모였다. 다른 한 여성은 전쟁 전 서울의 민주학맹 출신인데, 덜렁이란 별명이 붙을 만큼 활동적인 대신 데설궂은 짓도 곧잘 했다. 두 여성대원 중 북조선에서 온 대원 나이가 위라, 학맹 출신 대원이 늘 그녀를 언니 동무라 불렀다. 어느 날, 학맹 출신이 시키는 대로 따라 하지 않는 사내아이에게 꿀밤을 먹이며 꾸짖자 언니 동무가 따끔하게 충고하는 말을, 구경하던 중새터 늙은이 몇도 들을 수 있었다.

"소년 소녀 동무들은 미래의 영용한 인민군 전사가 되어 조국을 지킬 보배들이야요. 우리는 이 보배들에게 교육이란 핑계 아래 매를 들어서는 안 됩니다. 이 동무도 소년 동무들을 늘 상냥하게 대하고 반드시 존댓말로 공대하도록 하세요." 그런 말을 한 만큼 여성대원은 아이들을 열심히 가르쳤다. 전쟁통에 면내에 있는 두 개 학교는 문을 닫았고, 대현리에는 학교 문 앞조차 가보지 못한 아이들도 있었다. 늘 고픈 배를 싸안고 하릴없이 마을을 싸돌던 아이들은 비록 책과 공책은 없었으나 선생 가르침이 즐겁지 않을 수 없었다.

"공부하러 퍼뜩 가자. 오늘도 개떡 한 쪼가리씩 나눠줄란지 모른다." "가시나들하고 손잡고 추는 춤은 안했으면 좋겠다." "오늘은 또 무슨 창가를 배워줄란공?" 영양실조로 뼈만 남은 들피진 아이들이 초롱한 눈망울로 철없이 들까불며 중대못 타작마당으로 모여들 때면, 살육의 전쟁은 먼 나라에서 벌어지는 동화 속 이야기 같았다.

아이들을 모으는 오전 열시 삼십분 종소리는 또 한 패의 사람들을 모으는 신호이기도 했다. 열시 삼십분부터 교회당 안은 '애국부녀연맹 대현리지대' 여맹원들 차지가 되었다. 여맹은 닷새를 주기로 하여 할당된 군 보급품을 만들어 율원인민학교에 있는 여맹 본부로 납품했는데, 자질구레한 요구 조건이 많아, 마을 여자들이 세 개 조로 나누어 오후 세시까지 사흘에 한 번씩 '애국봉사'를 했다. 그래서 종님이 엄마와 종구 엄마도 교회 종소리가 들리면 사흘걸이로 아이들을 앞세워 윗마을 예배당으로 올라갔다. 할당된 군수품은 누비조끼 · 침낭 · 덧버선 · 장갑 · 방한모 따위의 월동 장비였다. 그러다 보니 집집마다 그나마 넉넉지 못한 천조각과 솜이 남아날 리 없었다. 찢어지고 터지고 떨어진 군복을 영선(營繕)할 일감도 배당되었다. 여자들은 일에 쫓기면서 시름겹게 '두레삼 노래'를 부르기도 했다.

마당가에 모닥불은 내캉같이 속만 타네 / 겉이 타야 남이 알제 속이 타서 남이 아나 / 뒷동산에 고목남구 내캉같이 속만 썩네 / 겉이 썩어 남이 알제 속이 썩어 남이 아나……

어느 날, 북조선에서 온 언니 동무가, 그 민요가 너무 비진보적이라고 말했으나 부르지 말라고 강요하지는 않았다.

대현리 사람들은 기우는 달과, 배를 불리는 달과, 스무네 절기를 따져 날짜를 셈했음으로 양력 날짜에는 어두웠다. 그렇기 때문에 양력설이래야 왜놈설이라 하여 여느 날과 다름없이 보냈다. 그러나 315부대 군사부에서는 1월 1일을 새해 명절로 쳤다. 그래서 1일 정오에 율원인민학교에서 '남조선 해방전쟁 최후 결전의 해, 신년 축하 인민집회'를 연다 하여 모든 신원 면민 총동원령을 내렸다.

문한돌은 지난번 사건이 늘 마음에 걸렸던 참이라 그 집회에 참가할까 어쩔까 망설였으나, 실매댁과 종님이 엄마가 간곡히 만류했다. 자형까지 그의 참석을 말렸다.

"자네야 아직 몸이 성치 못한 줄 아는데 빠진다 해도 상관없어."

자형 말에 따라 문한돌은 집에 눌러 있기로 작정했다. 종님이 엄마는 해산을 한 달 정도 앞두어 잔뜩 부른 배를 앞세워 이십 리 길을 나서기가 무리였다. 실매댁은 오매불망 한득을 만나려 가족과 이웃사람들 만류를 뿌리치고 길 나설 차비를 했다. 그렇게 되자 맏며느리가 시어머니를 보살피는 지팡이 노릇을 하지 않을 수 없었다. 실매댁은 그동안 대현리에 주둔한 참나무소대를 통해, 한득이가 부대 생활을 잘하고 있다는 말은 전해 들었으나 그 말이 믿어지지 않았던 것이다.

맑고 따뜻한 겨울 날씨였다. 참나무소대가 앞서고 그 뒤를 따라 어른들은 현수막과 붉은 깃발을 들고 양지리로 몰려 나갔다. 참나무소대가 '승리의 새해'를 힘차게 불렀다. '승리의 새해를 맞아 원쑤와 싸운 싸움의 기억이 새로워라……' 발 맞추어 울리는 발자국 소리가 서리 젖은 길섶의 마른 풀을 흔들었고, 노랫소리는 맑은 아침 공기를 흩뜨렸다. 한길 따라 흐르는 도랑물이 큰 개울로 모이고 그 물이 옥계천에 다시 합쳐서 황강 큰 물줄기에 어우러질 듯, 골짜기마다 쏟아져 나온 흰옷 무리가 과정리에서 합쳐서 양지리로 길게 이어졌다.

대현리 사람들은 해가 설핏 기울었을 때야 마을로 돌아왔다. 실매댁은 몸 성한 막내아들을 만나 그동안의 근심을 풀었다. 실매댁은 가지고 간 덧버선과 장갑과 더덕뿌리 몇 개를 아들에게 전해주고 왔던 것이다.

"살점이라고는 한줌도 없이 송장이 다 된 허깨비 상판인데, 그래도 이 에미를 보고 씰룩씰룩 울더구나. 그런 고생이 어딨을꼬. 이 엄동에도 별을 보고 산죽을 이불 삼아 누버잔다 하이……" 실매댁이 쪽마루에 걸터앉아 종님이 엄마에게 넋두리를 늘어놓을 때였다. 박생원이 삽짝 옆 감나무 밑으로 처남을 불러냈다.

"자네야말로 하늘이 도왔어." 박생원이 첫마디를 떼었다.

"도우다니요? 면소에 무슨 일이 있었습미까?"

"내 말 듣고 놀라지 말게" 하더니, 박생원이 벙긋 웃었다. "오늘 말이다. 율원인민학교 운동장에서 눈이 십 리나 뻬끔 들어간 외탄량 곽서방을 만냈던 거라. 내가 그새 어데 갔다 왔냐고 물어도 입을 떼지 않고 주위 눈치만 살피더구만. 무슨 말 못할 사정이 있겠구나 싶어 내가 더 캐묻지 않았어. 그런데 집회를 마치고 집으로 돌아오는 길에 곽서방이, 자기 소식 알아줄라고 집 식구 데리고 댕기느라 고생 많았다며 인사치레를 하곤, 아무한테도 말하지 말라며 귀띔부터 하데."

"곽 어르신이 뭐라 그랍디까?"

"셋이 피난민으로 변장해서 대구까지 나갔다 왔다 안하나."

"셋이라니요?"

"그때 밤중에 정치부로 끌려갔던, 분주소에 부역했던 사람들 말이다."

"대구까지, 왜요?"

"정보도 얻고, 소금·석유·의약품·전짓불에 쓸 약이니, 그런 걸 사들이러. 해방지구라지만 여게야 독 안에 든 쥐처럼 사방으로 갇혀 있으니 인민군들로서는 그런 요긴한 물건이 꼭 필요하지 않겠나 말이다."

문한돌은 적이 놀랐다. 그러나 생각해보면 자형 의견이 맞았다.

"정치부에서 이틀 동안 교육을 받은 후 남조선 가짜 도민증과 남조선 돈을 만오천 원씩 나눠주더란다."

"남조선 돈은 어데서 생겼는데요?"

"분주소·면소·우체국을 털고, 있는 놈들 춤지에서 거둬들인 돈이겠제. 여게야 남조선 돈이 뭐가 필요하겠나. 모일 모시 어느 곳에 비상선을 정하고는 거게서 연락병과 접선해야 하는데, 만약 그때까지 돌아오지 않으면 여게 남은 가족을 몰살한다 하인께, 고향땅에 잡혀 있는 볼모 때문에 고생깨나 했던 모양이라. 같이 떠난 셋 중 결국 한 명은 일차, 이차 접선 장소에 안 나났다 하이, 아마 남조선 순사나 헌병한테 붙잡혔겠제."

"그라면 그 사람들 말고도 그런 심부름을 한 사람이 꽤 많겠네요? 지금도 떠나는 사람이 있을란지 모르겠고."

"그렇다고 봐야제. 주로 지난번 분주소 보루대 만드는 부역에 동원됐던 사람을 뽑아들이는 모양이라. 여게 가족이 있으니 돌아올 수밖에 없는 사람만 골라서 말이다. 처남도 생각해보게. 그 일이 말이 그렇제 어데 보통 쉽겠냐. 애간장이 탈 지경이겠제. 소금만 하더라도 한꺼번에 많이 사면 의심받으니까 조금씩 사서 산속에 숨겨놓았다가 그걸 밤에만 산을 타며 옮기고…… 그러다가 붙잡히면 그 길이 끝장 아닌가. 그러니 여게까지 무사히 돌아올 동안 사람 목숨이 파리 목숨으로, 반타작 되기사 다반사겠제."

문한돌은 신장로 가족과 임종도의 탈출을 귀띔해주던 한도를 떠올렸다. 결과적이지만 한도의 죽음이 자신을 그 차출에서 빠지게 해준 셈이었다. 정치부에서 자기에게 그런 짐을 맡길 때, 그 짐이 죽을 고비와 맞닥치더라도 목숨이 붙은 이상 고향에 남은 가족 때문에 대현리로 돌아올 수밖에, 달리 피할 길이 없었다.

율원인민학교에서 신년축하 인민집회가 있은 사흘 뒤, 한밤중이었다. 참나무소대가 숙소로 쓰는 상대현 예배당에서 때아니게 만세 소리가 들리고 합창으로 부르는 군가가 온 마을 사람 잠을 깨웠다. 마룻장까지 굴리며 노는 그 짓둥이가 새벽이 될 때까지 계속되었다.

아침이 되자, 야간 순찰을 돌았던 마을 사람 둘에 의해 밤중에 있었던 일이 담을 넘어 여러 집으로 알려졌다. 드디어 인민군이 서울을 다시 빼앗고 한강을 넘는 도강(渡江)작전이 시작되었다고, 연락병이 밤중에 소식을 알리고 갔다는 것이다. 그 사실을 확인이나 하듯 오후에는 벽보판에 새 소식이 나붙었다.

그날부터 대현리 앞 큰길, 와룡리와 과정리로 오르내리는 인민군 대열의 걸음걸이가 한결 씩씩해졌다. 목청 높여 부르는 군가도 우렁찼다. 흰 별표판을 붙인 미제 비행기는 간단없이 남북으로 굉음을 지르며 날아다녔으나 후방의 자잘한 문제까지 간섭할 여유가 없다는 듯, 신원면에 기총소사나 폭탄을 떨구지 않았다. 음력설 안으로 인민군이 거창까지 밀고 내려올 것이란 소문이 농민위원 입을 통해 대현리에 퍼졌다.

1월 10일에는 기온이 영상으로 푸근하더니, 더껑이구름이 철 아닌 겨울비를 뿌렸다. 양식이 거덜난 부락민은 너나없이 감자나 고구마에 시래기를 푼 죽으로 허기 끄며 하루해를 넘기고 있었다. 여맹에 동원된 여자들 외 남정네들은 나무해 나르는 일도 쉰 채 바깥출입을 않고 빗소리를 들으며 방구들을 지켰다. 오후에 들자, 우의를 입은 정치부 소속 연락병이 중대못으로 올라와 벽보판에 새 소식을 붙이려다 빗물에 젖어 글씨가 풀어진 벽신문을 보곤, 접은 종이를 예배당에 맡기고 돌아갔다. 저녁 무렵이 되자, 기온이 떨어지면서 질금거리던 빗줄기가 눈 조각으로 바뀌었다. 하늘의 조화는 변화무쌍하여 밤에는 맑게 트인 암청색 공간에 별이 초롱하게 드러났다.

11일 아침, 여성대원이 벽보판에 종이 두 장을 붙였다. 한 장은 전황 지도로 서부전선이 경기도 송탄, 중부전선이 원주, 동부전선이 삼척까지 내려와 있었다. 저들의 말처럼 '하룻밤 자고 나면 군(郡) 하나를 건너뛴다'고, 전선이 급박하게 남으로 이동되고 있음을 알 수 있었다. 그런 추세라면 한 달이 채 남지 않은 음력설까지 저들이 경상도와 전라도를 쓸어붙일 기세였다. 다른 한 장 벽신문은, '승전 축하 연예대 봄맞이 공연' 광고지였다. 1월 16일 오후 한시에 과정리 과정인민학교에서 '정치부 문화반 연예대'가 해방지구 인민을 위한 위로공연을 개최한다는 것이다.

─과정리·대현리·덕산리·중유리·와룡리·청수리의 민주부

락 동무들은 남녀노소 한 명도 빠짐없이 나와서 315부대 연예대가 꾸민 애국적이며 흥미 만점인 무대를 관람해주기 바랍니다.

이렇게 덧붙인 말과 함께, 남녀 인민군이 나란히 서서 노래를 부르는 만화 그림까지 그려져 있었다. 벽보판 광고지를 보고 누구보다도 좋아하기는 아이들이었다. 아이들은 손가락을 꼽아가며 연예대 공연 날짜를 짚었다.

연예대 공연날은 바람이 불었으나 날씨는 맑고 따뜻했다.

"강제동원은 아니지만 이번 공연도 교양사업이니 어린이 동무까지 모두 나가야 합니다. 저희도 같이 갈 테니 준비하세요." 여성 대원 둘이 윗마을에서부터 아랫마을까지 돌며 연예대 공연 구경을 독려했다.

문한돌 집은 문한돌과 아이들만 시간에 맞추어 과정리로 떠났다. 만삭의 종님이 엄마와 구경하기에는 어린 종순이와 종호는 집에 남았고 실매댁은 지독한 몸살에 해수기까지 겹쳐 신열로 자리보전해 누웠기에 집을 나설 수 없었다.

"아버지하고 과정리에 나가는 게 오랜만이네요." 종님이가 깨금발을 뛰며 말했다.

"작은아버지가 그새 아팠응께 그렇제. 이번에 구경 안 가면 군인 동무들이 머라 하인께(나무라니) 가는 거라." 종구가 지팡이에 의지한 작은아버지를 보며 어른스레 말했다.

"그래, 종구 말이 맞다. 내까지 안 가면 우리 집에 어른은 다 안 가는 거 아닌가."

과정리로 빠지는 큰길에는 사람들이 삼삼오오 짝을 지어 가고 있었다. 와룡리 여러 마을인 비곡·소야·더티·소룡에서 나선 사람들이었다. 문한돌처럼 지팡이 짚고 허리 굽은 노인에서부터 코흘리개 아이들까지, 남녀노소가 마을을 비우고 나선 듯했다. 앉을 자리를 위해 뒤트레방석이나 가마니를 말아 들고 가는 사람도 있었다.

과정인민학교 정문에는 '인민 위안 공연회'란 현수막이 걸렸고 경축날인 만큼 보초가 지키지 않았다. 운동장 안은 구경 나온 사람들로 찼고, 조회대가 있던 앞쪽으로 간이무대가 만들어져 있었다. 무대 앞쪽은 안이 보이지 않게 광목 포장막이 드리워져 있었다. 붉은 완장 찬 인민군 복장의 여성대원들과 여맹 간부들이 무대 앞쪽에서부터 자리 정리를 했다. 구경꾼 사오백 명이 옹송그려 앉은 채 막이 오르기를 기다렸다. 인민군 전사도 보였고 금딱지 계급장 붙인 군관도 얼쩡거렸다. 그들 중에는 풀색 점퍼도 섞여 있어 문한돌은 먼발치로 그들을 보자 가슴이 활랑거렸다.

연예대 공연이 시작되기는 오후 한시가 조금 지나서였다. 막이 드리워진 무대 안쪽에서 갑자기 요란한 음악 소리가 들리자, 운동장 안을 가득 메운 구경꾼들의 잡다한 소음이 가라앉았다. 트럼펫·아코디언·기타·서양북 따위의 악기가 동원된, 박자가 빠른 행진곡이었다. 전쟁에 시달려온 토농이들에게 귀 선 소리란 총소리와 비행기 굉음이 고작인데, 갑자기 시작된 서양악기들의 연주 소리는 농악패가 두드려대는 풍물들과 또 다른 느낌으로 그들의 귀를 즐겁게 했다.

곧이어, 무대막이 가운데부터 쪼개어져 양옆으로 벌어졌다. 무대를 본 구경꾼들 입에서 탄성이 쏟아졌다. 무대 뒤쪽에 자리 잡은 연주단은 지휘를 맡은 악장을 포함해 모두 여덟 명이었다. 그들은 산뜻한 카키색 군복 차림이었다. 연주단 뒤쪽 무대 그림도 치장이 화려하고 아름다웠다. 면내 두 곳에 있는 양지리 '샛별사진관'과 과정리 '추억사진관'에 가면, 넓은 바다에 조각배가 떠 있고 갈매기 나는 해안의 야자수 옆에 등대가 배경 그림으로 걸려 있었다. 먹고살 만한 사람들이 특별한 기념일에 그 그림 앞에 놓인 의자에 앉아 사진을 찍었다. 그러나 사진관의 바다 풍경은 흑백 그림이었는데, 대형 무대 그림은 실제 그대로의 천연색으로, 경관 좋은 봄 산천이 펼쳐져 있었다. 쪽빛 하늘에는 구름이 떠 있고 산에는 진달래꽃과 철죽꽃이 흐드러지게 피어 있었다. 시냇물이 흐르고 새들이 날았다. 시냇물 뒤쪽 산등성이에는 전투대원들이 인공기를 앞세우고 마치 기러기 떼처럼 행군하는 장면이었다.

"진짜로 경치 한번 좋게 그렸네." "군대에도 환쟁이가 있는 모양이제." "색색의 물감은 어데서 구했을꼬." 구경꾼들이 옆사람과 한마디씩 이야기를 나눌 동안, 연주단 연주가 끝났다.

연주단원 중에 유일하게 군관복 차림의 지휘자는 사회까지 맡아, 정치부 지도위원회 위원장 동무의 인사말이 있겠다고 말했다. 그의 소개에 이어 안경 낀 서른 중반의 키가 작달막한 중좌가 무대 가운데로 나왔다. 그는 승승장구하고 있는 전방 전황을 목청 높여 외쳤고, '남조선 해방'을 말끝마다 입에 올렸다. 평안도 사투리가 심한데다 말이 빨라 구경꾼들은 그의 말을 제대로 새겨들을 수 없었다. 그의 인사말이 끝나자, 사회자가 말했다.

"그러면 지금부터 제일부 공연을 시작하겠습니다. 첫 순서는 삼일오부대 연예반이 자랑하는 오인조 남녀중창단입니다. 중창단 대원 중에는 전 평양예술단 일급 단원도 있음을 알려드립니다. 곡목은 우리의 위대한 혈맹 쏘련의 가곡 '전선에도 봄이 오다'가 되겠습니다. 인민 동무들, 힘찬 박수로 맞이해주십시오!"

정치위원장이 퇴장한 오른쪽에서 다섯 명으로 짜인 중창단이 나왔다. 넷은 인민군복에 목이 긴 가죽군화를 신은 남자였고, 가운데 선 단원은 흰 저고리에 검정 치마 입은 앳된 처녀였다. 여성은 물론 남자까지 뺨에 연지를 바르고 눈 가장자리와 눈썹 화장을 하고 있었다. 연주단이 전주곡을 시작했다. 아코디언을 켜는 전사가 윗몸을 흔들며 노래를 불렀다. 밝고 힘찬 곡조였다. 손을 저고리 고름 앞에 모아 쥔 처녀가 연지 바른 빨간 입을 동그랗게 벌리고 선창을 했다.

꾀꼬리여, 전사들을 놀라게 말라 / 그들을 잠시라도 잠자게 하라

여성 가수의 화장한 얼굴이 예뻤지만 목소리도 고왔다. 여성 가수가 부른 한 소절을 남성 가수 넷이 받았다.

여기 전선에도 봄이 왔네 / 젊은이들은 잠을 이루지 못한다네 / 대포 소리의 울림 탓이 아니라 / 다시금 노래하기 때문이라네 / 여기에 전투가 벌어지는 걸 잊고서 / 꾀꼬리가 미친 듯 노래하

기 때문이라네

여성 가수가 먼저 시작했던 한 소절을 후렴으로 불렀다. 남성 가수들이 여성 가수 후렴을 받았다.

하지만 꾀꼬리에게 전쟁이란 무엇일까 / 꾀꼬리에게도 자기네 생활이 있다네 / 전사는 잠들지 못하고 집을 그리워하네 / 연못가의 푸른 뜰 / 거기서 꾀꼬리들이 밤새워 노래하며 / 집집마다 전사를 기다린다네

여성 가수가 후렴을 받은 뒤, 남성 가수들의 중창이 이어졌다.

내일도 다시 전투가 있으리라 / 우리에게 운명지워진 것은 / 사랑을 이루지 못한 채 이별하고 / 아내와 농토로부터 떠나는 것 / 그러나 이 전투 속에서 한 발 한 발 / 고향집으로 가고 있다네

여성 가수가 마지막 후렴을 받았다.

꾀꼬리여, 전사들을 놀라게 말라 / 그들을 잠시라도 잠자게 하라

노래는 끝났고, 중창단은 경례를 붙이고 물러났다. 구경꾼들이

박수를 쳤다. 독창이 몇 곡 더 불려졌다. 남성과 여성이 번갈아가며 무대에 나왔다. '동무여, 출전이다' '원쑤를 깨부수고'와 같은 군가도 있었지만, '봉선화'와 같은 가곡도 있었다.

그중 소련 군가 '붉은 병사의 노래'가 많은 박수를 받았다. 머리에 피 묻은 붕대를 감고 한 팔은 광목전대를 하여 목에 건 전사가 지팡이에 의지해 절뚝거리며 무대로 나섰다. 그의 어깨에는 따발총이 걸렸고 넝마가 된 군복은 찢어져 맨살을 보였다. 부상당한 전사는 무대를 거닐며 서러운 목소리로 노래를 불렀고, 아코디언 켜는 연주자가 그 뒤를 따르며 반주했다.

어둔 밤 / 탄환은 초원을 날으고 / 바람은 전선을 흔든다 / 별들만 반짝인다 / 어둔 밤 / 그대는 이 밤을 새우며 / 잠자는 아기 곁에서 / 자장가를 부르겠지 / 네 귀여운 맑은 눈동자 사랑스럽다 / 네 뜨거운 입술을 맞춰주고 싶고나 / 어둔 밤 / 우리들의 진을 친 / 천 리의 거칠고 소란한 초원이 / 어둠에 잠겼고나……

남성 가수의 슬픔에 잠긴 목소리, 후줄근한 차림, 비탄과 고뇌에 찬 표정, 거기에 어울리는 절뚝걸음이 구경꾼들을 울렸다. 앞자리에 앉은 아낙네는 머릿수건에 얼굴을 묻고 울었고, 치마귀로 눈자위를 닦고 물코를 훌쩍이는 늙은이도 있었다. 운동장 분위기가 어느 때보다 숙연했다. 보통 한 집에 삼 대가 함께 살다보니 어느 집이든 가족 중에 출정자가 있었기에 부상당한 전사가 비록 꾸며 하는 연기였지만 예사로 보이지 않았던 것이다. 더욱 국방군으로 출정한 핏줄을 둔 가족은 인민군 전사 노래를 들으며 어느 전선에서 이 겨울에도 북조선군과 싸우고 있을 핏줄을 떠올린다는 게 두 겹의 슬픔과 괴로움이 아닐 수 없었다. 후방 가족을 그리는 전사의 애절한 노래도 좋았지만, 전쟁으로 애옥살이 세월을 살고 있는 스스로의 처지가 되돌아보여 노래가 끝나자 구경꾼들은 많은 박수갈채를 보냈다.

남녀 열두 명이 나와서 합창으로 부른 '인민항쟁가'를 끝으로 1부 순서를 마치자, 막이 닫혔다. 잠시 쉬는 시간이 마련되었다.

2부는 '흥부전'과 '미제 앞잡이들'이란 토막 소극(笑劇)이었다. '흥부전'은 형 놀부를 악질 지주로, 아우 흥부를 가난하고 착한 형의 고용농민(머슴)으로 내세워, 지주의 착취와 고용농민의 설움을 대비한 풍자극이었다. 형으로부터 갖은 수모를 당하던 흥부가 공산주의 혁명론의 당위성을 선동한 책을 읽고 각성한 끝에 분기하여 형을 축출하는 데서 소극이 끝났다. 깡마른 흥부의 굽실거리기만 하는 연기보다, 정자관을 쓰고 공단 마고자를 입은 놀부의 익살스러운 연기가 구경꾼들의 박수를 많이 받았다. 놀부는 굵은 체격에 걸쭉한 말씨가 잘 어울렸고, 팔자걸음으로 무대가 좁다 하고 으스대는 역할로 사람들을 웃겼다. 전쟁 전 모란봉극장 일급배우라는 사회자의 소개답게, 그는 '흥부전'에 뒤이어 시작된 '미제 앞잡이들'에도 자본가로 출연했다. '미제 앞잡이들'은 멍청한 미제 고급장교, 아첨 잘하는 관리와 자본가, 미군에게 몸을 파는 팔푼이 양공주, 이렇게 넷이 등장하여 실수와 추태를 연발하는 우스꽝스러운 연극이었다.

다시 막이 내리고 3부가 시작되기 전 성깃한 사이를 이용해 시 (詩) 낭송이 있었다. 처음 나선 사람은 농민위원에게 첫날 사상교육을 강의했던 김용태 지도원이었다. 김지도원은 종이를 펴들고 자작시 '백설에 나부끼는 깃발이여'를 낭독했다.

소백산맥 능선에 백설이 날리고 / 싸우다 죽은 전사의 시체 위에 붉은 깃발 덮을 때 / 산비둘기여 슬피 울지 말라 / 저 백설의 정상에 나부끼는 깃발처럼 / 후일 동무의 이름으로 영웅을 노래하리……

두번째는 남녀 인민군이 나와, '해방이여, 찬란한 영광이여, 어서 오라'를 한 소절씩 번갈아 읊었다.

3부 시작은 '빨치산은 세 번 죽는다'란 3장으로 나누어진 연극이었다. 그 연극에는 열다섯 명이 출연했는데, 1장은 고난편, 2장은 투쟁편, 3장은 승리편으로 꾸며져 있었다. 다섯 명의 남녀 빨치산이, '맞아 죽고, 굶어 죽고, 얼어 죽는다'는 빨치산 3대 악조건의 고난에 찬 투쟁 끝에 승리를 쟁취하여 인민의 영웅으로 금의환향한다는 내용이었다. 2장과 3장에서는 무대 뒤쪽에서 남녀 혼성 합창으로, '빨치산 노래'가 불려져 분위기를 돋우기도 했다.

우리는 험한 싸움에서 자라난 / 용감한 강철의 빨치산 / 임진강으로부터 낙동강까지 / 우리 용사 나섰네 / 오대산에서부터 한라산까지 / 우리 용사 나섰네……

그 본격 연극은 연예대의 전 공연 중 가장 알짜로 삼십 분이 걸렸으며, 소도구도 갖추어졌고 무대 뒷그림까지 부분적으로 바뀌어, 공을 들인 흔적이 뚜렷했다. 특히 놀부 역할을 맡은 연기자는 수염 텁수룩한 빨치산 대장 역을 맡아 열연했는데 귀향을 앞두고 국방군 토벌대의 총탄에 맞아 전사하기까지, 비장미 넘치는 연기력으로 무대를 압도했다.

마지막 순서는 전 출연자가 무대로 나와 '카투샤의 노래'를 함께 부르며 빠른 음악에 맞추어 소련 민속춤 꼴로미카와 까라린스키야를 추는 것으로 흥을 한껏 돋우었다. 손뼉을 치고 마룻바닥을 꽉꽉 구르며 춤출 때, 붉은 머릿수건의 매듭진 꼬리와 원통 모양의 폭넓은 치맛자락을 날리는 여성대원의 율동이 멋있었다.

"박수를 쳐요. 박자에 맞춰 손뼉을!" 사회자가 무대 앞으로 나와 한쪽 발로 마룻바닥을 구르며 손뼉을 치자, 그제야 앞쪽 구경꾼들이 따라서 손뼉을 쳤다.

연예대 공연이 끝났을 때는 해가 매봉산 위로 기울었다. 그날은 신원면 부락민들이 두 시간 남짓 동안 추위와 배고픔과 시름을 잠시나마 잊을 수 있던 날이었다.

지난 11일에 붙여진 중신기 벽보판의 전황 지도는 중순을 넘겨도 그대로였다. 대현리 사람들이 무슨 영문인지 몰랐으나, 산사람들에게는 좋은 징조로 보이지 않았다. 대한(大寒)을 코앞에 둔 절기라 날씨는 한겨울의 막바지로 치닫고 있어 해발 200미터가 넘는 산골짜기 마을은 볕 좋은 따뜻한 날마저도 기온이 영하에서 머물렀다. 그 사이 대현리에서는 아기 둘과 폐병을 앓던 처녀가 죽었다. 제대로 먹지 못하다 보니 병이 깊어지고 결과적으로 온몸의 기운을 뽑아 숨길을 끊어놓았다고 마을 사람들은 생각했다. 졸라맬 허리도 없었지만 대현리 사람들은 그 어느 해보다 힘들게 하루하루를 넘기고 있었다. 동원 명령이 아니면 모두 바깥출입을 않고 방에 앉아 하루해를 보냈다. 날이 새면 그날 먹을 걱정이었고, 잠자리에 들면 내일을 또 어떻게 넘길까 하는 걱정으로 지새었다. 그러다 보니 박생원네 사랑방에 모여 세상 이야기를 나누던 어른들의 밤마을마저 끊기고 말았다. 어른들은 아이들이 밖으로 빠져나가려면 허리춤을 잡아 주질러 앉혔다.

"배 꺼진다 하인께 왜 마실 다닐라 하노. 똥이 빠져나가면 허리 힘을 더 못 쓰이 뒷간 출입도 참을 때까지 참아라. 옛말에 오줌은 참으면 병이 되어도 똥은 참으면 약이 된단다."

그런 사정은 문한돌의 집도 마찬가지였다. 누구보다 만삭의 종님이 엄마는 들피진 얼굴이 백지장 같게 하얬다. 관자놀이와 여윈 목과 탱탱한 뱃가죽에까지 푸른 심줄이 돌기졌다.

21일은 대한이었다. 그때까지도 게시판 전황 지도는 바뀌지 않았다. 박생원이 양지리 면소로 다녀오는 길에 처갓집에 들러 문한돌에게 전하는 소식에 따르면, 가르치는 지도원들의 표정도 왠지 힘이 없어 보이고, 군사부 사무실 군관들도 예전과 달리 낯빛이 밝지 않다고 했다.

"국방군과 유엔군이 대대적인 반격을 시작한 모양이라. 얼핏 듣기로는, 송탄과 원주와 삼척을 잇는 그 어디메서 서로 간에 공방

전이 치열하게 벌어지는데 쌍방 시체만 쌓이제, 어느 쪽이 지고 이기는지 모르는 것 같애. 강원도 원주는 여섯 번 뺏겼다 일곱번째 되찾았다는 말도 들리고……" 말끝을 삼키는 박생원 얼굴에도 불안이 깔려 있었다.

23일 아침에는, 오늘부터 여맹위원들의 애국 봉사활동과 생도들 학습을 당분간 중단한다는 전달이 있었다. 아침에 출동한 참나무소대는 밤이 되어도 돌아오지 않았고, 점심때쯤 단독군장을 꾸려 양지리 면소로 떠난 여성대원 둘도 마을로 돌아올 줄 몰랐다. 다음날에야 대현리 사람들은 참나무소대가 예배당을 비우고 어디론가 떠났음을 알았다. 참나무소대가 떠나버리자 그들이 아침저녁으로 불렀던 노래와 예배당 종소리마저 그쳤다. 마을은 태풍 지나간 산속같이 낮이면 텅 빈 고샅길에 바람만 넘쳤고, 밤이면 불 꺼진 집들이 귀신이나 사는 듯 괴이쩍었다. 이따금 순찰조의 딱따기 치는 소리만이 바람에 묻혀 들려오곤 했다. 양지리에 나갔다 오는 농민위원들 입을 통해 여러 가지 소문이 떠돌던 참이라, 부락민은 배곯는 걱정만큼 마을 밖 세상에 마음 쓰며 나날을 허기지게 버텨냈다.

비행기 편대가 높은 하늘을 오가기는 일상이었으나, 비행기 두 대가 감악산에 꽂힐 듯 낮게 떠서 양지리와 과정리를 스쳐갔다. 28일, 새벽과 아침의 어중간한 시간이었다. 벼르기만 하던 나무를 하려고 보록산 쪽을 향해 문한돌이 마당으로 막 나섰을 때였다. 그는 고막을 터뜨릴 듯한 굉음에 놀라 걸음을 멈추었다. 그 굉음은 낮게 나르며 바람을 가르는 비행기의 파열음이었다. 소리가 나기는 감악산 쪽이었는데, 곧이어 기관총 쏘아대는 소리가 났다. 폭탄이 터지는 묵중한 굉음이 산천을 흔들었다. 양지리 쪽에서 폭탄이 터지는 소리가 계속되었다. 문한돌은 불길하게 떠돌던 소문대로, 전쟁이 신원면을 들이치고 있음을 벅벅이 느꼈다. 기총소사가 한동안 계속되더니 비행기 소리가 더 크게 들렸다. 비행기 두 대가 과정리 하늘에서 매봉산 쪽으로 비스듬히 솟구쳐 올랐다. 무스탕기(機)였다. 몸통과 날개에는 둥근 검정 바탕에 흰 별 마크가 선명했는데, 신원면에 비행기 폭탄이 떨어지기는 전쟁이 나고 처음이었다. 그날 낮, 대현리 앞 큰길로 부상당한 산사람들 한 무리가 와룡리 쪽으로 넘어갔다. 소룡산 뒤쪽 산청군 오부면 산채로 넘어가는 서른 명 남짓한 행렬이었다. 대부분 붕대를 감았고, 혼자 걸을 수 없는 중상자는 부상이 가벼운 전사가 부축하고 있었다.

다리걸에서 큰길을 지키던 실매댁이 일행을 잡고 아들 소식을 물었으나, 그들의 대답이 시원치 않았다. 실매댁은 일행 속에 아들이 섞여 있지 않음을 알곤 발길을 돌렸다.

양지리로 나갔다가 저녁에 돌아온 박생원은, 면사무소와 분주소와 율원인민학교 교사 일부가 폭탄을 맞아 무너졌고 사망자 열한 명에, 부상자도 많이 생겼다는 소식을 문한돌에게 전해주었다.

"참 희한하데. 어째 그래 용하게도 분주소와 면사무소에 정통으로 폭탄을 떨굴 수 있는지 모르겠어. 인민학교에도 떨어졌다지마는 빈 교실이라 다친 사람은 없고……"

이튿날, 아침부터 와룡리로 올라가는 큰길이 메워질 정도로 부역에 동원된 민간인 짐꾼들과 군인 행렬이 이어졌다. 그들은 모두 산청군 오부면 중촌리 산채 315부대 본거지로 중요한 군수물자를 옮기고 있었다. 대현리 사람들은 큰길로 몰려나와 행렬을 구경했다. 문한돌도 구경꾼에 섞여 바지저고리 차림의 장정들이 지게에 양식과 군수품 장비를 힘겹게 지고 가는 모습을 보았다. 그는 장정 속에 섞인 낯익은 두 젊은이를 보았다. 문한돌은 깜짝 놀랐다. 토굴에 갇혀 있을 때 인민재판에서 살아남았다가 송주사보다 하루 먼저 불려 나간 안세안 마을 젊은이 둘이 처형당하지 않고 살아 있었다. 두 젊은이는 헐렁한 군복을 입은 채 짐꾼 속에 끼여 지게 짐을 지고 있었다. 그렇다면 늘 울기만 하던 하순경 처도 어디엔가 살아 있을 터였다. 부락민 아녀자들도 더러 취사요원으로 산채에 동원되었던 것이다.

"산사람들이 다시 산채로 다 들어가는교?" "남조선군이 신원면으로 쳐들어오는교?" 대현리 사람들이 겨끔내기로 짐꾼들에게 물었으나, 그들은 귀찮은 듯 아무것도 모른다며 고개를 저었다.

세상이 또 어떻게 변할까, 하고 걱정하는 가운데 정월을 넘기고 2월로 접어들었다. 농민위원들은 사격연습을 한다며 나무총을 들고 날마다 양지리로 나갔다. 박생원 말로는, 이제 사상교육은 받지 않고 아침부터 저녁까지 전투가 벌어졌을 때를 예상하여 뛰고 기는, 고된 훈련만 받는다고 했다. 마을로 돌아올 저물녘이면 그들은 너무 지쳐 제대로 걷지를 못할 정도였다.

4일은 음력으로 섣달 스무여드렛날이었고, 입춘(立春)이었다. 대현리는 여축해두었던 소금조차 집집마다 바닥날 정도로 어려움에 옥죄어들었다. 자고 나면 어른 아이 할 것 없이 누렇게 뜬 얼굴이 부황으로 부어, 눈조차 제대로 뜰 수 없을 정도였다. 감악산 경계초소를 월경해서라도 읍내로 들어가 소금이나마 구해 와야 되지 않겠냐는 뒷공론이 분분했다. 감시가 느슨해지는 틈을 타서 밤중에 짐을 싸 마을을 떠나버리는 가구도 생겼다. 주림도 주림이지만 큰 변란이 곧 닥칠 듯한 불안을 더 참지 못해 가까운 일가붙이 집을 찾아 떠난 그들이 경계초소를 무사히 넘어갔는지, 아니면 산속 후미진 곳에서 움집살이를 하는지, 부락민들은 그들의 사정을 알지 못했다. 바깥세상과 단절된 산골짜기 두메마을의 겨울 끝을 넘기는 애옥살이란 철창 안에서 굶어 죽는 짐승과 다를 바 없었다. 어느 노인 말처럼, 이렇게 사느니 차라리 죽고 싶다는 탄식은 조금도 과장이 섞여 있지 않았다.

더러 마을로 들어온 산사람들은, 항공(航空)이 걱정되니 대피할 방공호를 점검하라, 소개(疎開) 명령이 내리면 산으로 빨리 피할 수 있도록 필요한 물건만 단봇짐을 싸두라는 주의 말을 일러주곤 돌아갔다.

하룻밤 눈만 붙이고 나면 음력설이었다. 대현리 사람들은 제사상에 죽그릇 · 나물반찬 · 냉수 사발밖에 올릴 수 없는 처지여서, 제사음식 준비는 엄두도 내지 못했다. 태평양전쟁 말기, 그 심한 공출에 볶일 때도 이렇지는 않았다며, 조상을 제대로 못 모시는 죄로 가슴을 썩였다. 그런 와중에서도 종님이 엄마는 해산달이 차서 언제 시작될는지 모르는 산기(産氣)로 늘어져 누운 채, 동자짓기마저 못하고 있었다. 그네는 얼굴 비치는 멀건 죽조차 한 끼를 겨우 때워 그 허핍함이 극에 달해 있었다. 아이를 제대로 낳을지,

낳더라도 후더침을 이겨낼 수 있을는지, 처의 뒷갈망을 염려하는 문한돌의 마음이란 지옥살이가 따로 없었다.

하루살이 ― 산 3

문한득이 제1전선 전방 전세가 인민군 측에 유리하게 전개되고 있지 않음을 알기는 1월 중순을 넘길 무렵이었다. 군사부 작전과에서 이틀이 멀다 하고 무슨 시 점령, 무슨 군 탈환, 하며 내려오던 전황 소식이 끊어져, 한껏 오르던 중대원 사기가 주춤해진 시기도 중순에 접어들고였다. 그렇다고 상황이 반전되어 제1전선이 밀린다는 소식도 없었다. 기포지대 1중대 안에서는 남조선군과 유엔군의 반격이 치열해 전세가 구랍 연말처럼 낙관적이지 못하다는 말만 알음장으로 돌고 있었다.

군사부 지휘관 회의에 참석하고 돌아올 때 송중대장의 여낙낙하던 예전 표정이 굳어지고 세모진 눈매가 날카로워진 점에서도 그런 조심은 어림잡을 수 있었다. 중대장은 제1전선 전황을 잘 알고 있겠지만 중대로 돌아오면 입을 다물었다. 전방 전세가 어떻게되었든 그의 몰강스러운 통솔 방법은 변함이 없어, 지휘봉이 하루 한두 차례는 중대원에게 사매질로 떨어졌다. 먹구름이 낀 듯한 분위기가 중대를 다름질했다.

그런 와중에서도 2월로 접어들 동안 1중대는 부지런히 거창군 남상면, 함양군 수동면 쪽으로 작전을 나갔다. 대구에서 고령과 거창을 거쳐 남원과 광주를 잇는 국도까지 진출해 남조선군 기동로를 위협하는 한편, 때로는 소규모 전투도 벌였다. 벼락치기 기습공격 끝에 재빨리 잠적하는 게릴라 고유 전술이었다. 그런 전투 끝에 사살되어 버려지는 남조선군 시체는 대체로 군복과 군화가 벗겨지게 마련이었다. 살상보다 화기와 실탄, 피복과 군화 확보에 더 주안점을 두었다. 한번은 함양읍과 가까운, 왜산못 아래 화산리가 내려다보이는 수동면 신기말 국도까지 진출해, 지프차 한 대와 소대 병력이 탄 트럭을 반땅크 수류탄으로 공격하여 전과를 올리기도 했다. 그때 문한득은 트럭에서 탈취한 건빵을 처음 먹어보았는데 그 대용식으로 배를 실컷 채우기도 했다. M1총 다섯 정을 비롯해 전리품도 엄청 거뒀는데, 지프차에 실은 기관총과 실탄 두 상자, 휴대용 536무전기를 노획했다. 지프차에 탄 미제 고문관 소령은 즉사했고, 트럭에 탄 소대 병력은 기습공격에 당황해 시체 다섯 구를 버려두고 도망쳤다. 남조선군이 지형 지물 뒤에 숨어 대중없이 응사해 왔으나, 중대원이 엄호사격을 할 동안 분대 병력은 날다람쥐처럼 버리고 간 차에 접근해 눈에 띄는 대로 전리품을 거둬선 흩어졌다. 이미 비상선(집결지점)을 쳐두었으므로 산개한 병력은 제1, 제2 비상선에 다시 모이게 마련이었다. 보투중대 비무장조와 농민위원들까지 개인 화기로 무장시켜야 한다는 참모부

군령이 있었기에, 1중대 외에도 315부대 전투중대들은 적군 무기 탈취에 혈안이 되어 있기도 했다. 적군 무기로 무장한다는 점이 제2전선 게릴라 전술의 당면 목표였다. 한편, 작전을 나가면 평균 이삼 일 정도 걸렸다. 뜸마을이나 소개된 빈집에서 잠을 잤고, 떨기나무 가지로 뼈대를 얽고 천막을 씌워 분대별로 한뎃잠을 자기도 했다. 그래서 1중대는 중대본부로 쓰던 양지리 율원인민학교에서 푸근하게 발 뻗고 쉴 틈이 없었다. 생쌀을 씹어 허기를 끄기도 했다. 신발 벗어보는 날이 일주일에 한 번꼴로 돌아오면 다행이었다. 문한득은 갈전산·철마산·보록산 마루터기에서 대현리를 멀리 내려다볼 짬도 있었지만, 고향땅에 걸음할 기회는 영 생기는 않았다.

1월 하순으로 접어들자 거창과 남원을 잇는 국도가 낮 시간 동안은 철저하게 남조선군 장악 아래 들어가고 말았다. 낮 동안에 국도는 중대 병력으로 적을 치는 힘에 겨울 만큼 장갑차와 박격포까지 동원된 대부대 이동이 잦았다. 1월 28일, 미제 무스탕 비행기의 양지리 공습이 있을 때, 1중대는 남상면 전곡리 뒷산 골짜기 소개된 화전촌 빈집에 분산된 채 하룻밤을 묵었더랬는데, 새벽같이 재 너머에서 들려온 폭격 소리에 양지리 일대가 호되게 당했음을 알았다. 1중대는 곧 감악산 너머 양지리로 돌아와 뒷갈망을 맡았다.

문한득이 전방 제1전선만 아니라 후방 제2전선마저 사태가 긴박해지는 상황임을 알기는 2월로 들어서서였다. 구랍 12월 초순에 전북 남원에 '지리산지구 공비토벌사령부'를 설치한 남조선군 11

사단의 본격적인 동계 대 토벌작전이 시작되어, 소백산맥과 노령 산맥 일대에서 각 도당(道黨) 유격부대와 혈전이 벌어진다는 소식이 전해졌다. 산천군 북쪽 산채와 신원면에도 머지않아 남조선군 토벌부대가 들이닥치리라는 소문도 돌았다. 2월에 들어서자, 1중대는 감악산 마루터기 신원면과 남상면 살피에 있는 해발 400미터 고지의 산간마을 청연리에 진을 치고, 날마다 적정을 살피려 남상면 일대로 정찰을 나갔다. 전처럼 중대 병력이 행군 대열로 이동하지 않고 소대별로 쪼개어 북동·북·북서쪽에서 부챗살 꼴로 하산했다가, 밤이 되면 중요 지점에 매복조를 떨어뜨리고 본대는 청연리로 철수하곤 했다. 수색 나온 소규모 적정(敵情)을 발견하더라도 은신할 일이지 섣부른 접전을 말라는 지시가 내려진 점도 전과 달랐다.

4일 저녁, 땅거미가 내릴 무렵이었다. 양지리 군사부 작전과 선요원이 이십 리를 달려 청연리로 숨가쁘게 넘어와, 송중대장에게 쪽지를 전했다. 긴급명령 하달인지 곧 중대 지휘관 회의가 열렸다. 이어, 정찰에서 막 돌아와 군장을 풀던 1소대 1분대에 야간 척후 임무가 떨어졌다. 목표 지점은 10킬로 북방 거창읍 정장리까지였다. 정장리는 읍내 중심부에서 빤히 건너다 보이는 금천리 들녘을 사이에 둔 적지 코밑이었다. 읍내에는 남조선 전투경찰대 다섯 개 중대가 주둔해 있었다. 그렇게 적중 깊숙이 척후 명령이 떨어지기는 그즈음은 없던 일이었다.

청연리 장정과 문한득이 길잡이로 서고, 김풍기 분대장과 분대원이 정찰을 떠났다. 달이 없는 깜깜한 밤이었다. 강추위가 몰아쳐 산속 기온이 영하 이십 도는 좋게 떨어졌는지, 눈꺼풀조차 붙였다 떼었다 하기가 힘들었다. 척후조 열 명은 감악산 북벽 골짜기를 타고 내려가 덕평에서 함안으로 빠지는 국도를 건넜고, 자하리와 중산리 사이 250미터 고지를 넘어, 정장리 본동 들머리에 있는 소래실 뒷산까지 들어갔다. 소래실은 정장리 본동과 월평리 사이에 위치한 30여 호 마을로, 달구지길이 읍내서 황강을 따라 이어져 있었다. 소래실과 150호가 넘는 정장리 본동과는 고개턱을 사이에 둔 오릿길로, 본동에서 읍내 쪽으로 거창농업학교가 있었다. 그런데 소래실 뒷산에서 보니 거창농업고등학교 운동장 여기저기에 모닥불이 타오르고 있어, 학교가 비어 있지 않음을 알았다. 먼 거리라 군인 모습까지는 보이지 않았으나 전투경찰대가 주둔하고 있음직했다. 정작 본동까지 들어가기에는 아무래도 무리라고 판단한 김분대장은 비상선을 정한 뒤, 소래실로 들어가는 길 좌우에 분대원을 매복시켰다. 그는 문한득과 강철규를 달고 살쾡이처럼 마을로 숨어들었다.

김풍기는 가장자리에 외돌아 앉은 기와집을 찍었다. 그는 문한득과 강철규에게 집 앞뒤 경계를 맡기고, 굵은 몸집인데도 가볍게 담을 넘어 깜깜한 안방을 겨냥하고 덮쳤다. 선겁하여 잠을 깬 가족에게 김풍기는 격발을 할 듯 노리쇠 뭉치를 덜컥대어 함구령을 내리고, 이불로 방문부터 가리게 했다. 호롱불을 켜게 하자, 안방에서 잠자던 가족은 셋이었다. 중늙은이 내외와 손자뻘 어린아이였다. 김풍기는 아낙에게, 입만 벙긋했다간 다시 마을로 내려와 가족을 몰살하겠다고 으름장을 놓은 뒤, 주인장 입에 재갈을 먹이곤 인질로 끌어냈다. 뒷산까지 중늙은이를 끌고 와서 협박하니, 이틀 전 읍내 농업고등학교에 남조선군 전투부대가 들어와 주둔한다는 정보를 흘렸다. 병력은 600이 넘으며 학교 운동장에는 트럭 여러 대와 박격포까지 있다고 했다. 낮에 남조선군 소대 병력이 소래실로 들어와서 소 한 마리와 쌀 두 가마니를 거두어 갔다는 것이다. 1분대는 중늙은이를 납치해서 청연리로 돌아왔다.

이튿날 아침, 중대원이 식사를 끝내자, 양지리로 철수 명령이 떨어졌다. 그날은 마침 섣달그믐으로 음력설 하루 전이었다. 중대원들은, 본대로 돌아가면 명절이라고 쌀밥에 고깃국을 먹게 될 거라며 환호성을 올렸다. 1중대가 지름길을 잡아 높드리로 올라 감악재에서 과정리를 아래쪽에 두었을 때, 문한득은 구사리에서 과정리로 이어지는 신작로에 점점이 늘어선 흰옷 무리를 보았다. 바깥세안 마을까지 내려와 흰옷 무리가 육안으로 확실하게 잡혔을 때 보니, 그 행렬은 부락민을 동원한 지게부대였다. 온갖 물자를 짊은 지게부대는 과정리를 거쳐 대현리로 길을 꺾고 있었다.

"우리 부대는 오부면 산채로 철수다.""신원 해방지구를 적에게 다시 넘긴다." 누군가의 입에서 이런 말들이 떨어지자, 중대원의 가볍던 발길이 돌덩이라도 매단 듯 무거워지고, 모두의 얼굴이 침울했다.

1중대가 양지리로 돌아오자, 면사무소·분주소·율원인민학교 일대는 온통 315부대원들로 왁실거렸다. 작전 나갔던 다른 전투중대와 보투중대들도 양지리로 돌아와 집결해 있었다.

기포지대 1중대가 미제 폭격기 폭격으로 반쯤 무너지다 만 인민학교 교사 아래에서 다리쉼하고 있을 때였다. 정치부로 차출되었던 방수억이, 원대복귀 명령이 떨어져 하마터면 청연리까지 헛걸음할 뻔했다며 1중대로 찾아왔다. 그의 말로는 정치부 요원 중 비전투대원과 병원반 환자들은 이미 오부면 산채로 철수했다는 것이다. 그보다도 중요한 소식은, 제1전선마저 경기도 수원까지 되밀려 올라간 것 같다는 우울한 전황이었다. 새살스럽게 지껄이는 방전사 주위에 둘러앉은 중대원들의 표정이 어두웠다.

"십이만 중공군이 펼치는 인해전술도 머릿수만 채웠지 별거 아니군." "쏘련과 알력으루 중공군이 조선 해방전쟁에서 손떼면 어떻게 되겠수?" "우린 계속 후방 게릴라로 남아야 하는 신센가?" 중대원들은 꺼벙한 표정으로 한마디씩 뱉었다. 그때, 무너진 교사 뒤 숙직실 쪽에서 순지·숙희·옥화·봉순이, 이렇게 여성대원 넷이 나타났다. 보투에서 얻어걸린 남자용 야전점퍼를 청처짐하게 걸쳤지만 그 어느 때보다 복장이 깔끔했고, 얼굴도 배추 속처럼 깨끗했다. 간편한 배낭에 경기관총과 따발총을 메고 있었다.

"동무들, 그새 안녕하세요?" "모두 무사하다는 소식을 연락병 편에 늘 듣구 있었쉐다." "어마마, 그새 김풍기 분대장은 철저히 산돼지루 변해 야성적 매력이 막 풍겨." "우리 일중대원이 얼마나 보구 싶었으믄 꿈마다 얼굴들이 찾아왔을까." 여성대원들이 명랑한 목소리로 탄성을 질렀다. 여성대원들은 한 달 남짓 민주부락 임시인민학교 교원요원으로 교양사업에 차출되어 그동안 1중대원들과 헤어졌던 것이다.

"얼마나 편안케 지냈으믄 저래 환골탈태했겠수." "반갑다, 반가워. 동무들 떠나구서 배 더 곯았어. 내일 무슨 날인디 알구들 있디? 여자 손으루 지은 이팝(쌀밥) 먹어봐야디.""야, 멋들 냈구먼. 이제느 순종 암캐루 돌아왔음네. 허허, 좆대가리 꼴려 이거 녕 미쳤갔구만.""봉순이 동무, 살아서 만낸 기분으루 꾀꼬리 같은 목청 한번 찢어지게 뽑아보더라구." 중대원들도 즐겁게 농을 던졌다. 휘파람을 불며 모자를 하늘 높이 던졌다 받는 전사도 있었다.

여성대원들 출현으로 무겁던 분위기가 봄눈 녹듯 스러졌다. 탱크 캐터필러처럼 돌진해 오는 위기의식에서 헤어나기라도 할 듯 누구도 우울한 말은 꺼내지 않았고, 그 반동으로 짓떠들어댔다. 중대원들이 여성대원 넷을 싸고 앉았고, 전투에서의 승전담, 인민학교 교원 생활담, 연예대 공연 이야기가 시끌버끌 쏟아졌다. 그 중 연예대 공연 뒷소문이 화제의 으뜸으로 올랐다. 연극에서 놀부 역과 빨치산 대장 역을 맡았던 연예대 소속 남승환 전사 이야기가 나오자 여성대원들은, 전시가 아니라면 연애편지를 띄우겠다고 짓까불었다. 넷의 웃음소리가 화르르 흩어졌다.

"우린 어떡하구 그 색골이만 밝혀." 방수억이 말을 받았다.

"여기 색 못 쓸 전사 있다면 내가 검사해줄게요." 순지가 말했다.

"공훈가요원은 못 되어두 나두 한다믄 합네다." 평소에도 행동이 활달한 옥화가 일어서더니 두 손을 쳐들어 손뼉을 치며 허리짓을 했다. 탄띠 맨 잘록한 허리 아래 팡파짐한 엉덩이가 원을 그렸다.

중대원이 손뼉으로 박자를 맞추며 노래를 부르라고, "카투사", "쏘냐" 하며 흥을 돋우었다. 옥화는 머리에 쓴 방한모를 벗어던지고 목도리를 풀어 흔들며 쏘련 민속춤 꼴로미카를 추듯 빠르게 발

을 놀렸다. 광적으로 손뼉을 치던 김풍기가 따발총을 벗고 일어서
더니 옥화 상대가 되어 굵은 몸을 좌우로 흔들었다.

"시베리아 곰과 토종 암노루다." "눌리믄 터디겠다." "붙지 말
라우. 붙으면 이떼부터 새끼 침네." 이런 농말과 킥킥거리는 웃음
에 이어, 오락시간에는 빠지지 않는 방수억도 일어나 날렵한 몸매
로 야지랑을 떨었다. 그는 숙희 손을 잡아 일으켜 세웠다. 전사 몇
이 춤판에 뛰어들었다.

"자리 물려. 판 키워야디." 3소대 분대장이 말하자, 앞쪽 전사들
이 엉덩이를 물려 춤판 자리를 넓혔다. 중창으로 불러야 할 노래
를 옥화가 혼자서 불렀다.

쏘냐가 태어났다 아름다워졌다 / 야료샤가 좋아하게 되었다 /
크지도 않고 작지도 않아 / 크지도 않고 작지도 않아 / 하얀 얼
굴에 새빨간 볼 / 크지도 않고 작지도 않고 / 새빨간 볼에 하얀
얼굴 / 크지도 않고 작지도 않아 / 하얀 얼굴에 새빨간 볼 / 사
랑스런 그이를 / 나는 아주 좋아하게 될 것 같아 / 나는 어여쁜
처녀지만 / 그이가 좋아하지는 않아 / 나는 어여쁜 처녀지만 /
그이가 좋아해주지 않아 / 나는 더 좋은 사람을 찾아야겠어 / 나
는 좀더 좋은 사람을 만나야겠어 / 그래서 함께 돌아다닐 테야 /
당신은 나의 사랑하는 멋진 사람 / 쏘냐 따위에 눈을 주지 말아
요 / 당신은 나의 사랑하는 멋진 사람 / 쏘냐 따위에 눈을 주지
말아요……

중대장과 소대장들이 군사부 지휘소로 쓰는 면사무소 뒤 토굴로 회의차 가고 없어, 무너진 교사 벽 아래는 한동안 여흥 분위기가 이어졌다. 아니, 전투가 없고 적정을 멀리 두었을 때 여흥이란 전사들의 사기 진작에도 도움을 주기에 지휘관이 있어도 대체로 묵인되는 편이었다. 굶주림 속에 삶과 죽음의 갈림길에서 도생하는 전사들에게는 그런 오락시간이 모든 것을 잊게 해주는 유일한 위안이었다. 군대란 특수집단의 속성이 그렇듯, 체면 따위를 팽개쳐 오락시간은 너나없이 한마음으로 어울려 공동운명체로서 결속에 효과를 보고 있음도 사실이었다.

춤판으로 뛰어나와 춤을 추는 전사들이 점점 늘어났고, 여성대원 넷이 춤판에 섞였다. 여성대원을 둘러싼 원이 만들어졌다. 남조선군으로부터 노획한 피복으로 월동장비는 얼추 갖추었다지만 남루한 입성에 며칠째 낯에 물도 바르지 못한 수염 거뭇한 전사들과 깨끗하게 빨아 입은 옷에 얼굴이 말끔한 여성 전사들이 어울린 춤은 고릴라와 미녀가 추는 춤을 방불케 했다. 민주학맹 출신인 봉순이는 아는 노래가 많아 춤을 추며 계속 노래를 불렀다. '쏘냐는 태어났다'에 이어 '나를 나무라지 말아요'로 노래가 이어졌다.

문한득은 순지가 맡긴 따발총을 도리친 허벅지에 올려놓고, 능금같이 빨간 뺨의 봉순이와, 사시 눈이 웃음으로 감겨질 듯 조붓한 숙회를 번갈아 보며 열심히 박수를 쳤다. "여성 전사들 정말로 잘 노네" 하며, 그는 옆에 앉은 김익수를 보았다. 김익수는 여러 조각으로 테가 진 안경알 속 움푹 꺼진 눈을 껌벅이며 손뼉을 치고 있었다. 중대장으로부터 주먹질을 당해 대문니 두 개가 빠져버린 뼈끔한 입이 벌어져, 그가 소년처럼 즐거워하는 모습을 보기도 문한득은 오랜만이었다. 이제 그도 남조선군으로부터 노획한 야전점퍼를 걸쳐 홑껍데기 인민군 복장을 벗어버렸다.

나를 나무라지 말아요, 제발 나무라지 말아요 / 나는 사랑하지 않고는 배겨낼 수 없었어요 / 좋아져버려 모든 것을 / 나는 그에게 주어버렸어요, 주어버렸어요 / 보아주세요, 내게 남겨진 것을 / 나의 아름다움은 어디로 갔을까 / 볼을 물들이던 아침놀은 어디로 / 물결치던 탐스러운 머리결은 어디로 / 그 풍성한 탐스러움은 어디로? / 방울을 굴리듯한 소녀의 웃음소리는 / 거침없던 쾌활함은 어디로? / 모두들, 그이 한 사람에게 남김없이 모두 / 주어버린 분별없던 나, 분별없던 나 / 나는 이 괴로움을 잊고 / 그래도 그이를 용서합니다 / 나를 나무라지 말아요 / 제발 나무라지 말아요 / 나는 무척 쓰라립니다 / 마음이 아파 앓고 있습니다……

모자를 벗어버린 봉순이의 단발 머리카락이 겨울 햇살 아래 윤기를 띠어 팔랑거렸다. 그녀는 한 손에 든 목도리를 깃발처럼 흔들었다.

때아니게 마련된 즉흥 오락회는 봉순이의 노래가 '능라도의 봄'으로 이어지자, 그만 끝나고 말았다. 중대장과 소대장들이 나타난 것이다. 송중대장의 무뚝뚝한 얼굴을 대하자 중대원들은 불장난하다 들킨 아이들처럼 무춤해졌다.

방수억은 송중대장 앞으로 나가 서더니, 1중대로 다시 원대복귀 되었음을 신고했다. 중대장은 신고 인사를 받는 둥 마는 둥, 방수억을 세모진 눈으로 쏘아보았다.

　"방동무, 총 내려." 송중대장이 말했다. 얼굴이 하얗게 질린 방수억이 메고 있던 M1 총을 벗자, 뒤에 선 3소대장이 총을 맡았다. "정치부 경비요원으루 파견 근무할 동안 동무가 저지른 비행으 잘 알구 있겠지?" 방수억이 머리를 떨구었다. "왜 대답을 못함네?"

　"반성하겠습니다."

　"간나이새끼. 네가 인간 종자임네? 네놈이 진정 삼일오부대 전사가 맞으우? 네놈이 외탄량 체녀르 어떡했어?" 중대장 지휘봉이 방수억의 어깨에 사납게 떨어졌다.

　"아, 아무 일두 없었습니다. 아버지를 면회시켜달라 해서 말을 나눴을 뿐이라요. 불상사는 없었습니다." 방수억이 맞은 어깨를 감싸쥐고 엉절거렸다.

　"무시기 말이 많아. 외탄량 농민위원이 진정서르 냈는데두? 이번 전투가 끝나믄 네놈은 내 손으로 즉결처형인 줄 알라구!"

　중대장이 지휘봉으로 방수억을 사정없이 사매질했다. 방수억의 비명이 헐떡거림으로 잦아들더니, 땅바닥에 널부러졌다. 중대장이 구둣발로 그의 옆구리를 내질렀다.

　"남조선 종자놈으 할 수 없음메. 그렇게 교육으 시캐두 썩은 골통으 개조가 안 됨네. 정신 상태가 브르좌 물에 푹 젖어. 아주 죽이구 말갔어! 전투가 끝날 때까지 기다릴 것 없에니 아주 뒈져!"

　중대장이 악을 쓰며 다시 타작매를 놓았다. 춤판이 벌어졌던 자리에 방수억 몸뚱이가 달구어진 철판에 오른 듯 굴렀다. 조금 전까지 팔랑개비처럼 춤을 추며 새롱거리던 그가 한순간에 맞아 죽을 궁지에 몰렸으나 어느 누구도 중대장의 된 방망이질을 말리지 못했다. 방수억의 몸이 넉장거리로 늘어지자, 중대장의 매질이 그쳤다. 중대장은 자리를 떴다. 땅바닥에 엎어진 방수억이 끄럭끄럭 신음을 삼키며 팔다리를 떨었다.

"동무들 당장 인민재판에 회부하기로 했지만 중대장이 책임을 지겠다구 해서 목숨이 붙은 거라구." 민소대장이 늘어진 방수억 어깨를 안아들었다.

오후 시간에는 개인 화기 손질이 있었고, 소대별로 검열이 실시되었다. 저녁 무렵까지는 휴식이 주어졌다. 소대별로 모여 앉은 전사들의 화제는 이제 설을 어떻게 쇠느냐가 아닌, 당면한 현실 문제였다. 거창농업학교에 주둔한 남조선군 대대 병력이 언제부터 기동을 시작할 것인지가 무엇보다 궁금했다. 제사상에 자기 밥그릇 올리려 설마하니 설날에 감악산을 넘어오랴는 의견은 이쪽 희망이기도 했지만, 모두 수긍했다. 또한 남조선군이 감악산을 넘어오기도 전에 인민군 중 정예로 조직된 315부대가 전투 없이 신원면을 내주고 다시 산채로 들어가지 않을 거란 의견에는 아무도 반대말을 내지 못했다. 감악산을 경계로 무릎맞춤을 하고 앉은 남조선군과 315부대는 이제 결전의 시간만 남기고 있어 어차피 한바탕 전면전을 치르지 않을 수 없는 상황이라는 김풍기 말에 모두 머리를 끄덕였다.

"학자도 한말씀해보더라구." 누군가 김익수에게 말했으나, 그는 입을 다물고 있었다.

문한득은, 내일 아침에 제사를 모신다는 구실을 붙여 대현리에서 하룻밤을 자고 왔으면 싶었기에 김익수에게 의견을 물었다.

"공산주의는 신주(神主)를 부정하므로 제사 평계를 대지 말구 지혈제로 쓰는 약초두 가져올 겸 잠시 다녀오겠다고 말해보구려."
김익수가 말했으나 별 승산이 없으리란 듯 표정이 시무룩했다.

민소대장 역시 어느 때보다 표정이 굳어 있었고 소대원에게도 말을 건네지 않아 문한득이 선뜻 개인적인 용무를 꺼내기가 어려웠다.

해가 서산 너머로 떨어질 무렵, 1중대는 옥계천을 사이에 둔 창마마을 건너 수옥마을로 옮겨 앉았다. 다른 중대들이 감악산 쪽 능선으로 경계를 맡아 떠난 대신 1중대가 수옥마을에 떨어진 점은 행운이었다. 다른 중대가 엄동에 고지에서 별 보고 밤을 새워야 한다면, 1중대는 후방 마을에 숙소를 정한 셈이었다. 그러나, "좋 아들 하지 말라구. 하룻밤 쉬는 대가루 전투시에는 앞장세울 것임 매" 하고 초를 치는 전사도 있었다.

언덕 비탈에 자리잡은 수옥은 사각(死角)을 이룬 요새였다. 예순 여 호 마을 앞과 옆은 굽어 도는 옥계천에 싸였고, 뒤로 비탈이 급 한 산줄기가 해발 700미터 질매재 등성이로 가파르게 치달았다. 질매재 마루터기는 합천군과 경계로 서남쪽에는 860여 미터의 월 여산을 이루었다. 대현리 사람들은 월여산 너머로 떠오르는 아침 해를 맞곤 했다.

1중대는 소대별로 나뉘어 수옥마을 민가에 들었다. 1소대는 피난을 떠난 빈집을 차지했는데, 마침 방이 세 개라 전사들이 방 둘을 차지하고 소대장과 분대장과 연락병이 방 하나를 썼다.

어둑발이 내리기 전, 각 소대 분대장들이 마을 뒤쪽 500미터 고지에 반원으로 길다랗게 전선줄을 치고, 야간보초는 자신이 보초로 잠복할 지점을 확인해두었다. 남조선군으로부터 노획한 통신용 전선줄은 야간보초 때 곤충 더듬이 구실을 톡톡히 했다. 발목이 걸릴 높이로 전선줄을 쳐두면 야밤에 적이 침투하더라도 한둘은 전선줄에 발목이 걸리게 마련이었다. 중간중간 잠복한 보초가 전선줄 한 끝을 쥐고 있으면, 무엇이든 전선줄을 건드릴 때 감각이 전해 왔던 것이다.

해가 질 동안 소대원들은 땔감을 마련해 와 방마다 군불을 지폈다. 여성대원들은 수옥과 이웃인 상원·하원마을에서 곡식을 거두어, 중대원 저녁 끼니를 마련했다. 중대원이 잡곡밥 한 덩이씩을 시큼한 김치에 곁들여 먹고 나자, 수옥·상원·하원마을 여맹간부위원들이 곶감 두 광주리를 가져왔다. 곶감을 소대별로 할당하니 전사 한 사람당 세 개꼴로 나누어졌다. 역시 지휘소가 있는 면소로 내려오니 대접이 다르다며, 1소대원들은 오랜만에 단 음식을 맛보았다. 전쟁 중이었지만 명절 중 으뜸인 설밑이라 이 집 저 집에서 나물을 삶고 전붙이를 만드는 구수한 내음이 토담 너머로 궁싯거려 전사들을 구쁘게 했다. 수옥마을 역시 겨울을 넘길 그나마의 양식마저 이쪽저쪽 편에 빼앗겨, 어느 집도 떡메 치는 소리는 들리지 않았다.

2소대가 몽땅 초번 보초로 나가, 1소대원은 위채 건넌방과 아래

채 봉놋방에 나누어 들었다. 두 방 다 호롱불을 켜지 않아 어깨를 붙여 둘러앉은 전사들은 곶감을 따감질로 입에 녹이며 두런두런 말을 나누었다. 얼굴을 알아볼 수 없어 목소리로 누구인가를 가려야 했다. 우리 고향에는 설을 어떻게 지낸다, 제사상을 어떻게 차린다는 말이 돌자, 화제가 자연스럽게 먹는 쪽으로 번졌다. 시원한 감주나 수정과 한 대접을 마셨으면 원이 없겠다는 전사가 있었고, 설이면 아무래도 떡이 최고라며 가래떡·시루떡·송편·인절미를 주워섬기기도 했다. 아쉬운 대로 동치미 국물이라도 한 사발 마시고 싶다는 전사도 있었다. 그러나 인민의 재물을 약탈하지 말라는 중대장 엄명이 있었고, 방수억이 당한 사매질을 보고 난 터라 아무도 바깥으로 나돌지 않았다. 먹는 이야기는 그림의 떡이란 누군가 말에, 화제는 고향 가족 쪽으로 옮아갔다. 오늘 같은 날 후방에 남은 가족은 소식 없는 자식을 두고 얼마나 애간장을 태울까, 날개라도 달렸다면 밤사이 고향땅에나 다녀왔으면, 그래도 그믐밤과 새해 새벽을 군불 지핀 방에서 맞는 것만도 다행이다…… 그리움에 찌든 여러 전사들 나지막한 목소리가 어둠 속에 섞갈렸다.

반도 땅 끝까지 내려와 고향의 설 이야기를 나누는 북녘 사투리가 이상하게 문한득의 마음을 울렸다. 전쟁이나 적정에 관한 이야기는 어느 누구의 말끝에도 오르지 않았다. 다른 날 같으면 서로 체온에 의지해 몸을 붙이고 잠에 들련만, 모두 섣달 그믐밤의 울적함과, 곧 닥칠 전투를 앞둔 설레임으로 쉬 잠을 이루지 못했다. 간간이 자반뒤집기를 하며 앓는 방수억의 신음이 한숨 젖은 대화를 흩뜨렸다. 삐라종이에 만 엽초를 몇 모금씩 돌려가며 피우느라 동그란 불꽃이 수염 거뭇한 입 언저리를 붉게 떠올렸다 사그라지곤 했다.

"씨팔, 미치갔어. 사추리 사이에서 이를 세 주먹은 집어내야 진짜 빨치산이라더니······" 어느 전사 말에 이어, 신발 바닥으로 이 한줌을 터뜨리는지 우두둑, 이 터지는 소리가 났다. 더운 방 안 공기에 제 세상을 만난 이떼가 바쁘게 사냥질에 나섰는지 여기저기 마른 살갗을 긁는 소리가 베틀질에 북 움직이듯 요란했다.

"일소대장 동무, 중대장 동무가 건너오랍네다." 마당에서 연락병이 전달을 띄웠다.

문한득은 소대장에게 외출 말을 꺼낼 기회라 생각하며 자리에서 일어섰다. 어둠 속에서 누군가 그의 바지를 당겼다.

"소용없소. 소대원들 사기 문제두 있는데, 동무 혼자 개인적으로 외출을 허락할 것 같소? 지금이 어떤 상황인데 말이요. 농민위원회에서 제명 당한 동무 형님을 봐서라도, 나처럼 점찍히지 말아요." 김익수의 속달거림이었다.

자정께에 3소대가 2소대와 보초 교대를 하고, 동이 틀 무렵 보초를 마친 1소대가 3소대와 다시 보초 교대를 한 뒤, 1소대가 마을로 들어서자 설날 아침이라고 기쁜 소식이라도 전할 듯, 고시레 음식을 먹은 까치와 참새들이 감나무 빈 가지에 사이좋게 앉아 있었다. 서리가 뽀얗게 앉은 고샅길에는 색동옷 입은 아이들 모습이 보였다.

민소대장이 1분대 대원을 따로 부르더니, 분대원을 인솔해 얼어

붙은 옥계천을 건너 양지리로 들어갔다. 면사무소는 폭격으로 무너졌으나, 정문 앞 간짓대에는 아직 인공기가 내걸려 펄럭이고 있었다. 면사무소 마당은 급식을 타려고 여러 중대에서 모여든 전사들로 웅성거렸다. 면사무소 옆 창고 건물로는 정치부 요원들이 들랑거렸다.

1중대 1분대 창고에서 쌀 세 가마니와 소금 한 부대, 쇠고기 한 짝을 배급받았다. 기대하지 않았던 쌀 세 가마니에 육괴 한 짝이라 분대원들이 너무 흥감하여 벌어진 입을 다물지 못했다. 분대원들이 그것을 나누어 들고 흥뚱항뚱 옥계천을 건너자, 뒤쪽에서 군장 꾸려 배낭을 진 풀색 점퍼를 입은 정치부 요원 둘이 민소대장과 함께 따르고 있었다. 안경 낀 나이 든 지도원급 군관은 권총을 찼고, 젊은 전사는 M1소총을 메고 있었다. 안경 낀 군관은 정치부 이념 담당 지도원으로 시인인 김용태였고, 따발총을 멘 전사는 정치부 편집요원으로 전사(戰史) 기록원이었다. 둘은 1중대로 임시 배속을 받았던 것이다. 정치부 소속 비전투요원들이 각 전투중대에 배속되었다는 점은 전력 보강의 뜻과 더불어 전면적인 전투가 있을 것임을 짐작케 하는 군사부의 전출 조치였다.

중대원들은 수옥마을의 반반한 타작마당에 모여 걸직한 아침밥으로 설치레를 하게 되었다. 마당 가운데 모닥불을 크게 피우고, 불 주위에 분대별로 둘러앉았다. 전사 기록원 현은 본부소대원 사이에 끼었고, 김지도원은 1소대 김익수 옆자리에 앉았다. 김지도원은 1중대 전사들 중에 안면을 턴 자가 김익수였던 셈이다. 김익수가 기포지대 1중대로 전출 오기 전 중학교 교원 출신 학력 덕분에 정치부 심문관 요원으로 근무했기 때문이었다.

"지도원 동무, 이쪽으루 오시오. 왜 거게 끼어 앉았음네." 김지도원은 나이로 따져 가장 위였고 당증이 있는 군관급이었기에 송중대장이 본부소대로 불렀다.

"괜찮아요. 앞으로는 나를 다른 전사와 똑같이 취급해주시오. 난 전사들과 동고동락하구 싶어 자청 전투부대루 지원했으니깐요. 여기서 김익수 동무와 같이 먹갔습니다." 김지도원이 부득부득 우겼다.

중대장이 김익수를 흘겨보며 시큰둥한 표정이었으나, 김지도원에게 더 권하지 않았다. 김익수와 나란히 앉은 김지도원은 둘이 형제나 되는 듯 닮았으니, 껑충한 키에 마른 얼굴과 도수 높은 안경이 그랬고, 배운 티 나는 느낌도 비슷했다.

여성대원들이 집집마다에서 그릇을 빌려와, 중대원은 오랜만에 사기 그릇에 쌀밥과 돼지비계 푼 국을 한돌림으로 따로 받았다. 마을 여맹 간부위원과 아낙들이 갖가지 반찬감을 날라 왔다. 산채나물 찬에 두부전도 있었고, 어젯밤 타령이 효험을 본 셈인지 분대마다 자배기에 담은 동치미도 나왔다.

"더두 덜두 말고 오늘 같은 날만 있거라." "삼천리 반도가 해방되는 그날까지 이런 푸짐한 밥 먹기두 쉽디 않을 걸세." 전사들은 끼리끼리 너스레를 떨었다. "잘 먹갔이요. 민주부락 동무들, 정말 고맙슴네." 둘러서서 구경하는 마을 사람들에게 전사들이 인사말을 했다.

문한득은 아무리 설날 아침이라지만 집에 있어도 이 정도 걸지고 맞갖은 밥을 먹기가 쉽지 않겠다 싶었다. 야간보초도 빠진 채 날이 밝도록 앓던 방수억마저 숨 거두기 전에 먹자판만은 놓칠 수 없다는 듯 부은 뺨이 미어지라 아귀아귀 밥과 국을 퍼넣었다.

"많이들 든든허게 먹으라구. 아무리 영용한 전사래두 먹어야 전투르 치름네." 송중대장은 자기 식사를 뒤로 미룬 채 오랜만에 미소 띤 얼굴로 먹성 좋은 전사들 주위를 돌며 한마디씩 했다. 그는 고개를 빠뜨린 채 열심히 몽당숟가락질을 하는 방수억을 보았다.

"방동무!" 방수억이 미어지는 뺨으로 얼굴을 들었다. "조반이 제대루 넘어감네?"

"……" 방수억이 대답을 못한 채 피멍 든 눈만 껌벅였다.

"동무는 이런 밥 먹을 자격이 없습네. 일어나!" 방수억이 엉거주춤 일어섰다. "조반 열에서 빠져. 내 눈앞에서 썩 없어져버려!" 중대장이 들고 있던 지휘봉으로 방수억을 내리치려다 동작을 멈추었다. "간나이새끼, 네놈이야말루 우리가 왜 이 고생으 하는지 모르느 씽췬이(식충이)요, 인민의 적이다!"

방수억은 땅바닥에 놓인 자기 총을 집어들곤 마을 사람들 사이로 물러섰다. 그의 밥과 국이 반쯤 남아 있자, 양쪽 전사 숟가락이 방수억 밥그릇에 달려들었다. 중대원들은 중대장 날벼락에 만성이 된 터라, 방수억이 제 몫을 먹든 말든 제 밥그릇 비우기에 바빴다.

식사가 끝나자, 여성대원들이 전 중대원에게 비상미로 쌀과 소금을 일정한 분량씩 나누어주었다. 그때서야 중대원들은 조금 전의 싱글벙글하던 얼굴이 굳어졌다. 모처럼 더운밥에 기름진 식사를 한 뒤라 흥건하게 젖은 땀을 훔치던 전사들이 제 몫의 양식을 받자 말없이 잡낭이나 배낭을 열고 여며 갈무렸다. 뛰고 뒹굴더라도, 어쩌다 낙오되어 외기러기로 산속을 헤매더라도 이것만은 한 톨도 허실되어선 안 된다는 듯, 싸넣는 손길이 조심스러웠다. 이제부터 생쌀 씹는 고생길로 접어들겠거니, 이 양식 떨어지기 전까지 어떡하든 살아남아야 한다는 비장미가 중대원 표정에 새겨졌다. 중대장과 소대장, 정치부 요원 둘, 방수억도 그 분배에서 예외는 아니었다.

해가 감악산 줄기 밤티재 위까지 건너왔으니, 정오가 가까웠을 무렵이었다. 그때까지 중대장 숙소로 간 소대장은 돌아오지 않았고 어떤 지시도 내리지 않아, 소대원들은 설날 밤도 군불 지핀 방에서 잠을 잘 수 있겠다며 뭉근한 모닥불을 싸고 앉아 행복한 대화를 나누었다. 그때, US구구식 소총을 멘 농군 복장 사내가 두리번거리며 마당으로 들어섰다. 핫바지에 검정 외투를 걸쳤고 개털 모자를 쓴 중년 사내였다.

"여게 일소대에 문한득 동무 있지요?"

1소대원들에게는 낯이 익은 얼굴이었다. 율원인민학교에 1중대가 머물 때, 몇 차례 문한득을 찾아온 대현리 농민위원이었다.

"자형이 웬일로 총까지 메고 왔습미까?" 문한득이 반갑게 말하며 삽짝 쪽으로 걸었다. "집안은 별고 없지요? 설 제사는 잘 모셨습미까?"

"제사랄 것까지 있나, 죽사발로 지낸 차롄데." 박생원이 삽짝 밖으로 걸음을 돌렸다. "처남, 할 얘기가 있으니 나와봐."

"분대장 동무, 자형과 잠깐 말 좀 나누고 오겠습미다." 문한득이 김풍기에게 경례를 붙였다.

"멀리 가진 말아, 소대장 동무가 곧 올 테니깐."

문한득이 삽짝 밖으로 나오니, 박생원이 토담 아래 서 있었다.

"농민위원과 각 마실 청장년으로 '민주지대'란 부대가 맹글어졌어. 농민위원에게 총까지 나눠주더마는 내보고 분대장을 맡으라하데. 지대장은 정치부 소속 군관이 맡았어. 우리도 인제 국방군을 상대로 전투를 해야 하나봐."

"총은 쏴 봤습미까?"

"목총으로 메칠 연습 받았지러. 실제로 쏴보지는 못했고."

"민주지대원으로 뽑힌 동무는 집으로 갔다가 해 빠지기 전에 과정리 장터로 모이라 하데. 그새 가족을 소개(疏開)시킬 곳이 있는 사람은 소개시키고."

"그렇다면 신원 바닥에 정말 전투가 붙을 모양이제요?" 문한득이 놀랐다. 그렇게 되면 어머니와 형네 식구는 산청군 차황면 외갓집으로라도 피난을 가야 하지 않을까 싶었다.

"공기가 심상찮아. 팔로군부대가 신원면을 그냥 내어줄 모양이라. 특히 농민위원 가족은 몽땅 소개하라니, 남아 있다간 빨갱이가족으로 몰살당할 끼 뻔한 이치 아닌가." 박생원의 목소리가 울가망했다.

고샅길 저쪽에서 민소대장이 왔다.

"그라면 우리 가족은요?" 문한득은 말을 매조지려 서둘렀다.

"장모님은 몸살 뒤끝이라 기동이 여의치 못하고, 작은처남댁은 해산이 오늘내일 하는데 어쩨 떠나겠노. 그보담도 큰처남은 괜찮을 끼라. 농민위원에서 제명처분을 당했고……" 하더니, 박생원이 삽짝께를 힐끗 보았다. 소대장은 마당 안으로 들어가고 없었다. 그는 목소리를 낮추었다. "정치부로 끌려가서 심한 고문을 당한 줄 마실 사람들이 다 알고 있으니 설령 국방군이 들어오더라도 별 탈 없을 끼라. 우선 우리 가족만이라도 보록산 넘어 산청군 노은 마실로 보낼까 한다. 왕고모가 거게 살고 있으니깐. 그쪽도 마실이 소개됐는지 모르지만."

"그라면 농민위원 식구는 어데로든 떠나야겠네요?"

"이미 호가 났는데 남조선 세상 되면 어데 가만 놔두겠나. 여맹 간부위원했던 집도 마찬가지고. 살라면 어짤 수 없제." 박생원은 말 매듭을 서둘렀다. "너는 그래 알고 있거라. 나도 퍼뜩 집에 가서 뒷조치를 해야겠다. 오늘 밤중이라도 국방군이 감악산 넘어올란지 모르인께."

"그라면 어머이, 성님한테 저는 별 탈 없다고 안부 전해주이소."

"몸조심하거라. 장모님은 오매불망 자네 걱정이다" 하곤 박생원은 양지리로 빠지는 고샅길로 멀어졌다.

문한득이 숙소 마당으로 들어오니, 소대원들은 베낭을 메며 출동 준비를 서둘렀다. 그들은 어디로 떠날지 목적지를 모르고 있었다.

소대원들은 정렬을 마치자, 마을 타작마당으로 열 지어 갔다. 타작마당에는 다른 소대원이 집합해 있었다. 마을 어른들과 어린 아이들, 지게 짐이나 보따리를 부려놓은 길 떠날 부락민이 울을 치고 있었다. 중대원들이 소대별로 줄을 맞추어 서자, 송중대장이 앞으로 나섰다. 선임소대장인 민소대장이, 중대장에게 차렷 경례를 외쳤다. 중대장이 경례를 받고 지휘봉으로 뒷짐을 지더니, 중대원을 둘러보았다. 그의 시선이 1소대 꼬리에 김익수와 나란히 선 김지도원에게 머물렀다.

"지도원 동무느 왜 거게 서 계시우. 열외루 나오시우." 송중대장은 김지도원에게까지 훈시하기가 거북했던지 한마디 했다.

"괜찮습니다. 그냥 말씀하시죠."

"허허, 따루 나서래두 그러네."

김지도원이 대열에서 옆으로 빠져 마을 사람들 틈에 섞여 섰다.

"중대원들두 알구 있겠지마느 남조선 야전군 대대 병력이 나흘 전 읍내에 진주했수. 우리느 신원면에서 전면 철수르 해서 오부면 산채루 들어가, 들어오는 적들을 산악전으루 각개격파하기루 군사부 지휘소에서 결정으 보았음네." 한쪽에서 부락민의 훌쩍거리는 울음소리가 들려 중대장은 잠시 말을 끊었다.

고샅길에서 피난민 한 무리가 타작마당으로 들어와 마을 사람들과 어울려 훌쩍거렸던 것이다. 지게에 자루와 솥 따위를 짊은 중늙은이들도 서넛 있었으나, 대부분 가재도구를 보퉁이에 싸서 머리에 이고 새끼줄로 멜빵하여 등짐 진 아녀자들과 코흘리개 아이들이었다. 예닐곱 가구쯤 되는 그들은 먼길 떠날 차비로 옷을 두툼하게 껴입고 수건으로 머리통을 싸매고 있었다. 그들은 수옥마을처럼 옥계천 남쪽 비탈에 자리잡은 상원·하원마을 좌익 가족들이었다. 신원면 가근방에 일가붙이가 있는 가족은 그들에게 기대려 따로 떠났으나, 마을에 남을 수도, 그렇다고 어디 피난 가서 숨을 데도 없는 가족은 부대를 따라 산청군 오부면 산채로라도 들어가려 나선 참이었다. 오갈 데 없는 세 마을 좌익 가족 인솔은 기포지대 1중대가 떠맡은 셈이었다. 중대장이 처연한 눈길로 그들을 보다 말을 이었다.

"중대원들은 신원면에서 왜 일전을 불사하지르 않느냐느 의견두 있는 모양이지만 게리라전으 속성이 전면전으루 붙게 되믄 결과적으루 우리 쪽으 피해가 클 수밖에 없다느 것쯤 전사들두 잘 알구 있을 것임네. 오늘으 제이전선 형태가 사방이 적으로 포위되어 있구 병력두, 화력두, 병참두 한정되어 있어, 적 백 명이 우리 전사 한 명에 해당되구, 적 실탄 백 발이 우리 실탄 한 발에 해당되느 게 사실이우. 또한 기동성만 하더래두, 통신장비와 차량을 갖춘 적을 계속 빼돌리며 숨바꼭질을 하기가 어려운 실정이우. 동으루 튀며느 무선전화루 연락되어 그 앞길을 막구 있구, 서로 돌아서며느 어느새 그쪽과 연락이 닿아 퇴로르 차단하는 게 제이전선으 약점이 아닐 수 없수. 한편, 정공법(正攻法)으루 전투가 붙게 되믄 우리가 일시적으루 승리르 한대두 그 승리가 전 전선에 결정적인 영향을 미치지두 않을뿐더러, 적은 그 손실을 만회할 요량으루 더 많은 병력과 중화기루, 육공에 걸쳐 투입하게 될 것이 자명한 이치우. 그렇게 되믄 중국 홍군으 대 서천(西遷) 장정처럼 이 좁은 반도땅은 우리가 이동할 신천지두, 숨어서 장기전에 임할 요새두 없음네. 기공법(奇攻法)의 지구전, 즉 성동격서(聲東擊西) 피실격허(避實擊虛)로 변인지이목(變人之耳目)하는 전법만이 우리가 살길이요, 현실적 전술논리임은 전사들이 그동안으 학습을 통해 숙지하구 있을 것임네. 우리느 그렇게라두 싸워야 하구, 싸워서느 기필코 승리를 쟁취해야 할 게우. 피와 눈물루 얼룩진 이 고난의 세월을 이겨낼 때, 남조선 해방전쟁 승리으 순간두 그만큼 다가오느 것임네. 여러 전사으 각오와 분투르 빌며 훈시르 마치겠수. 적진아퇴(敵進我退)도 병법이요, 호랑이도 뛰기 위해서느 한 발 뒤로 물러선다느 이치와도 같수. 당 중대두 산채루 이동하게 되기 즈음해서 행군시 지켜야 할 세 가지, 즉 소리 · 능선 · 연기에 각별히 주의하두룩. 이동 경로느 과정리루 빠지는 기동로르 이용하지 않구 월여산 쪽이 될 것임네." 중대장의 훈시는 이미 전의(戰意)를 상실한 듯 목소리조차 힘꼴이 서지 않았다. 마치 폭탄을 안고 적 진지로 뛰어들 육탄 돌격조를 떠나보내듯 처절함마저 느껴졌다. 늘 자신에 넘쳐 땡고함을 지르던 중대장에게 또 다른 일면이 있다는 게 중대원들에게는 의아하게 여겨졌고, 그만큼 지금의 상황이 어려운 것인지, 말이 없는 가운데 서로 옆 동료를 보며 되묻는 표정이었다.

"산채루 간다니, 내 만돌린을 찾게 되겠구먼요." 김익수가 문한득에게 말했다.

짐을 덜기 위해 중대원에게 적당량의 실탄과 수류탄이 지급되었다. 여성대원들이 동이에 물을 떠오자, 모처럼 걸진 아침식사가 조갈증을 불러 물을 마시는 전사, 수통에 물을 채우는 전사도 있었다. 전사들은 새끼줄을 구해 작업화 군화에 감발쳤다.

"정규군 삼일오부대도 드디어 빨치산으로 탈바꿈하는 순간이구먼. 보채를 쌓구, 수비를 튼튼히 하던 오부면 산채 시절에는 기상

이 당당했는데, 이제부터는 도둑고양이로 둔갑을 했어." 수통에
물을 채우던 김익수가 문한득에게 속달거렸다.

"그게 그거 아닙미까. 정규군이나 빨치산이나 군대는 군대이니
깐요."

"작전 개념부터 큰 차이가 있어요. 제이전선이란 게 이렇게 될
줄 내다봤지만, 이토록 빨리 조락할 줄은 미처 몰랐어요."

3소대 중화기조는 수냉식(水冷式) 소식중기의 무쇠방순이 엄청
무거워 사수 둘에 탄약수 한 명이 붙었다. 체코제 경기관총 역시
행군 때에는 큰 짐이었다. 진지를 이동할 때는 늘 잡다한 장비, 이
를테면 탄약상자 · 반땅크 수류탄상자 · 천막 · 식량 · 취사도구 ·
공구(工具) 따위는 개인 화기 소대인 1, 2소대가 짊어져야 했다.
그 짐을 나누어 짊다 보면 자기 장비까지 합쳐 무게가 60킬로 정
도 되었고, 대체로 체중과 맞먹는 짐이었다. 그 무거운 장비를 지
고 너설 심한 눈비탈을, 없는 길을 헤쳐 오르내리다 보면 어깨와
등이 찢어지게 아프다 나중에는 절로 무릎이 꺾여 고꾸라지는 전
사도 있었다. 그러면 지휘관의 매운 호령과 매질이 따랐지만, 그
보다 낙오되면 그 순간부터 죽음의 공포와 싸워야 한다는 절망감
이 두 다리를 용케 버팀질시켜 앞으로 내딛게 해주었다. 한번 낙
오되면 굶어 죽거나 얼어 죽기 십상이고, 그렇지 않으면 남조선
토벌군의 사냥감이 되고 말 터였다.

가을바람에 낙엽 쓸리듯 옮겨다니는 빨치산 부대를 따라, 또는
안전하다고 생각되는 일가붙이 집을 찾아 남부여대(男負女戴)하여
떠날 세 마을 좌익 가족은, 남게 되는 마을 사람을 붙잡고 눈물을

떨구며 작별의 말을 나누었다.

"우선 목숨 붙여 살라면 나서야제 어쩝미까." "돌이 에미, 잘 가거래이. 이 엄동에 산중에서 뭘 먹고 어째 살겠나. 총 메고 나선 윤서방이나 떠나는 너거나 해동될 때까지 살아남을란강 모르겠다." "굶어 죽고 얼어 죽어도 어짜겠습미까. 사람 사는 일 내일을 모른다는데, 안 죽고 살아남으면 언젠가는 수옥으로 돌아오겠지요." "설날에 꼭 이래 떠나야 하나. 하늘도 무심하제. 우리 같은 산골 무지랭이한테 무신 죄가 있다고 마실 사람들마저 이래 갈라 놓는공." "성님, 남겨놓은 우리 어린것들 잘 좀 거다주이소. 개들도 델고 떠나면 좋겠으나 눈바람이 이래 찬데 산속에서 얼어 쥑일 것 같애 못 데리고 나서니 어쩝미까." "오냐. 잘 믹이지야 못하겠지마는 우리 먹는 대로 믹이고, 델고 있으꾸마. 어서 난리가 끝나고 평화시대가 와야 할 낀데……" 서로 껴안고 등을 다독거려주며 느껴 우는 울음소리가 타작마당에 질펀했다. 마을에 남게 되는 어린아이나 머리통 제법 커서 제 어미 따라나선 아이들도 어른들 울음에 덩달아 곡지통을 터뜨렸다. 날선 한뎃바람이 울음과 함께, 타작마당의 흙먼지와 꺼진 모닥불의 잿가루를 날렸다. 일가붙이 집이 북쪽에 있는 좌익 가족은 옥계천을 건너려 창마 쪽으로 내려가는 길로 빠졌다.

"우리가 떠난 후 남조선군이 들어오더라도 누가 누구를 모함하는, 그런 짓들일랑 말아요. 다 같은 동폰데 서로가 서로를 밀고해서 죽이게 된다면 그만큼 어리석은 짓이 어디 있겠습니까. 서로 의지하여 도와주며, 조국 통일될 때까지 고난을 견뎌냅시다." 안경을 벗고 눈을 부비던 김지도원이 마을에 남게 되는 사람들을 둘러보며 말했다.

중대장의 출발 명령이 떨어지자, 1소대 1분대가 정찰조로 앞장섰다. 1소대가 선두로 나섰다. 중화기조인 3소대와 여성대원이 포함된 본부소대가 그 뒤에 섰다. 끝에 좌익 가족과 2소대가 따라붙었다. 한 줄로 늘어선 행군 대열이 마을 뒷길로 빠졌다. 기울기 사십 도의 질매재로 오르는 자드락길이 산죽밭과 좀나무숲 사이로 꼬불꼬불 뻗어 있었다. 북향이라 녹지 않는 눈 탓으로 길이 미끄러웠다.

소개된 화전촌 몇 집과 암자가 있는 절골 앞을 돌아 해발 450미터까지 오르자, 왼쪽으로 얼음 언 옥계천의 하얀 물줄기와 점점이 흩어진 구사리 뜸마을들이 겨울 햇살 아래 내려다보였다. 양지리에서 과정리로 이어지는 신작로와 가로수도 먼눈에 들어왔는데, 신작로에는 사람들이 개미떼같이 움직였다. 양지리 쪽에서 철수하는 부대와 좌익 가족 무리였다. 설이라고 아이들이 날리는 방패연과 가오리연이 파란 하늘에 날았다.

모두 속옷은 땀으로 흥건하게 젖었다. 얼굴과 목덜미에서는 김이 올랐다. 높드리로 오를수록 떨기나무 키가 낮아지고 소나무가 몸을 틀며 듬성듬성 섰는데, 가슴을 채우는 억새가 우거져 있었다. 천지무공을 달리며 산채를 흔드는 바람 소리, 억새를 스치는 옷자락의 서걱거림, 인기척에 놀라 날아오르는 산새의 날갯짓 소리 외, 행군 대열은 잔기침 소리조차 들리지 않았다. 기척 없이 바람처럼 사라지는 무리였다.

질매재는 거창군과 합천군 경계를 이루는 능선마루였다. 그 살피목에서 북으로 내려다보면 마주 버티어 선 감악산 능성 사이의 골짜기에 양지리·구사리 일대가 한눈에 들어왔고, 남으로 눈을 주면 합천군 대병면 대기리, 유전리의 밖감골과 버들밭골이 내려다보였다. 행군은 질매재 마루터기에 오르기 전, 8부 능선에서 멈추었다. 북녘 비탈 3킬로를 쉬지 않고 오른 셈이었다. 십 분 정도 휴식을 갖고, 행군 대열은 월여산을 향해 서쪽으로 머리를 틀어잡았다. 이제 빤하게 뚫렸던 자드락길도 끊어지고 나무꾼이 다니는 길이 있듯 없듯 나 있었다. 정찰조로 나선 1소대 1분대 문한득은 그 끊어진 길이 어디로 이어지는지 알고 있어 길바로 걸어나갔다. 나무를 하러 다녀 눈에 익은 산이고 길이었다. 서쪽으로 곧장 나가면 월여산 북녘 비탈을 돌아 탄량 골짜기로 빠졌다. 월여산 남쪽 비탈을 돌아 내려가면 대현리와 와룡리 비곡마을에 닿았다. 나뭇짐을 지고 올 때 월여산 남쪽 비탈을 타지 않고 돌아가는 길인 내탄량으로 빠져, 달분이 집 앞을 기웃거리기도 여러 차례였다. 지금쯤 설날이라 달분이도 물색 고운 치맛자락을 펄럭이며 마을 처녀들과 널뛰기라도 하는지, 곧 닥칠 전투로 공포에 질려 방구석에 박혔는지, 그로서는 알 수 없었다. 그러나 이 대열이 탄량골로 내려가지 않을 것임을 알고 있었다. 산청군 오부면 산채로 들어가자면 비곡마을 앞을 빠져 상대현 뒤쪽 상대저수지를 거쳐 소룡산 허리를 질러 넘을 터였다.

월여산 턱밑 높드리까지 와서, 너설이 심한 안돌이를 바위벽에 의지해 가까스로 돌아나갔을 때, 뒤에서부터 '앞으로 전달'이 넘어왔다. 행군 중지 명령이었다. 문한득과 정찰조는 걸음을 멈추었다. 뒷 대열이 따라와, 중대원이 바위 등성이 아래 모였다. 중대장이 휴식 명령을 내리고, 부락민들 있는 쪽으로 갔다. 남자 어른이 일곱 명, 아녀자가 열여섯 명, 아이들이 열둘이었다. 힘을 쓸 만한 남자들은 새로 조직된 민주지대 전투원으로 빠졌기에, 남자들은 대체로 쉰 줄 넘은 나이 지긋한 축들이었다. 아녀자들은 여맹에 간부로 관여했거나 농민위원 부인이었다. 그들은 무거운 짐을 이고 진 채 미끄러운 산길을 타느라 모두 숨을 헐떡거렸다. 집 떠난 두려움과 추위로 우는 아이도 있었다. 아이 어미는 떨며 흐느끼는 자식 머리통을 쥐어박으며, 산속에 버리고 가겠다며 으름장을 놓기도 했다.

부락민들은 아무렇게나 퍼질러 앉아 수건을 벗어 땀을 훔치며, 무슨 지시가 있을까 하고 송중대장을 보았다. 중대장은 산청군 쪽 일가붙이를 찾아갈 가족과, 오갈 데 없어 오부면 인민군 산채에 눌러앉을 가족으로 나누었다. 산채에 눌러앉을 가족에게 중대장은, 전사들도 양식이 모자라므로 끼니를 도와줄 수 없는 실정이라고, 마을에서 했던 말을 되풀이했다. 중대장 말에 아녀자들은 체념한 듯 머리를 주억거렸다. 부대 가까이에 땅굴을 파거나 움집을 엮어 따로 도생할 수밖에 없음은 그들도 알고 있었다. 죽기 아니면 살기의 벼랑에서 어떻게 견뎌내다 보면, 민주지대 전사로 뽑혀 나간 남편을 만날 수 있겠거니 생각했다. 한편, 틈틈이 고향 마을 소식을 귀동냥하다 남조선군이나 경찰대의 좌익 적발 들쑤심이 숙지막해졌다 싶으면 다시 고향 마을로 숨어들리라. 그들은 그렇게 생각하고 있었다.

송중대장은 2소대 분대장 하나와 전사 둘을 부르더니 부락민을 소룡산 너머로 인솔하게 했다.

"그라면 우리만 갑미까?" "북조선군 동무들은 어데로 가는데요?" "우리만 가도 아아 아버지를 만낼 수 있겠습미까?" 부락민들이 송중대장에게 재우쳐 물었다.

"우리느 여게서 또 작전으 나가야 하우. 먼첨 안전지대루 가 있으며느 소식이 닿게 되어 있음네." 중대장이 부락민에게 말하곤 인솔할 분대장에게 덧붙였다. "개인 화기만 소지하구 떠나. 자정까지느 돌아와야 함네. 군호느 일러준 대로구. 선은 여기서 저 북방 골짜기 아래, 원만마을에 닿게 해놓을 테니, 위치 확인을 잘하구. 자, 그라므 어서들 출발하라우."

원만리는 40여 호의 산간마을로 월여산이 북쪽으로 흘러내린 골짜기의 해발 350미터에 위치해 있었다. 다랑이 천수답을 따라 골로 내려가면 신기못 아래 중산간마을 새새터가 있고, 그 아래 옥계 천변 들을 끼고 원평리, 강 건너에 구사리 본동이 신작로를 싸고 있었다.

"강동무, 우리는 오부면 산채로 안 들어가는가 봐요?" 문한득이 옆에서 쉬는 강철규에게 물었다.

"그럼 그렇지. 아직 적정이 감악산을 넘어오지도 않았는데, 이상하다고 생각했지. 팔로군부대가 겁부터 먹고 이렇게 쉬 철수할리 있겠어."

부락민들이 짐을 챙겨 이고 지곤 중대원들에게, 몸 성히 다시 만나자며 작별 인사를 했다. 그들은 인솔자 셋과 함께, 월여산 동쪽 비탈을 도는 방향을 잡아 떠났다.

1중대는 소대별로 나누어 원만마을을 사방에서 포위하여 들어갔다. 마을 밖으로 빠지는 길을 차단한 뒤, 별도 지시가 있을 때까지 부락민들은 마을 밖으로 나갈 수 없다는 통제령을 내렸다. 아랫마을에서 원만으로 세배 왔거나, 성묘를 하러 골짜기로 들어온 아랫마을 사람들은 돌연 들이닥친 산사람들에 의해 발이 묶였다.

마을 뒤쪽에 맞춤하게도 아침에 소개된 농민위원 집이 있었다. 송중대장은 그 집을 임시 중대본부로 정했다. 그는 소대장 셋과 김지도원을 안방으로 불렀다. 중대장은 신원면 일대가 그려진 지도를 꺼내놓고 군사부 지휘소가 결정한 작전 지시를 설명하기 시작했다. 작전 내용은 소대장들도 몰랐던 기밀이라 아연 긴장했다. "이제야말루 결전으 시간이 도래했능네." 중대장 목소리는 수옥마을을 떠나며 중대원에게 훈시할 때의 처량한 비장함은 간데 없었고 결의에 넘쳤다. 그는 현 적정 정세를 설명했다.

산청군 오부면·차황면 북쪽 산악지대와 거창군 신원면을 해방지구로 설정하고 있는 315부대를 토벌하려 나선 남조선군 병력은, 지금 거창읍내 농업학교에 주둔한 대대 병력 6백 명이 전부가 아니다. 남조선군 11사단 9연대가 총동원되어 2월 1일부터 합동작전이 시작되었다. 9연대 연대본부는 진주에 있으나, 1대대는 함양 쪽에서 초곡천 넘어 산청군 오부면으로, 2대대는 진주에서 산청군 차황면을 향해, 그리고 3대대는 거창읍내에서 감악산을 넘어, 사방에서 신원면과 산청군 오부면의 315부대 산채로 진격해 올 것이다. 장갑차와 야포, 중화기를 동원한 1천8백이 넘는 정규군 연대 병력만 아니라, 거창읍내만도 3백 내지 4백의 전투경찰대와 청년 방위대 병력이 대기하고 있다. 그러므로 당 부대는 초모병을 합쳐 6백이 채 안 되는 병력으로 2천 명이 넘는 적과 싸워야 한다. 또한 당 부대는 사면초가란 말대로, 사면이 포위된 상태에서 적을 맞아 야 한다. 이 정보는 선(線) 연락병과 소백산맥 일대에 심어져 있는 세포에 의해, 그리고 적 무선통신 도청으로 얻은 확실한 정보다. 그렇게 된다면 이틀, 또는 사흘 안으로 산청군과 신원면 산악지대 는 대혈전이 벌어질 것이다. 그래서 군사부가 중대한 결정을 내렸 다. 사면의 적을 상대로 한정된 전력을 소모해가며 오부면 산채를 사수할 이유가 없다는 점이다. 서남쪽 두 갈래의 협공은 허허실실 (虛虛實實) 따돌리고, 거창읍에서 들어올 남조선군 11사단 3연대만 대적(對敵)해서 전력을 집중적으로 투입한다는 작전이다. 사발처 럼 사방이 산으로 둘러싸인 신원면 지형조건이 게릴라전에 유리 하고, 숭더미재가 험해 장갑차가 그 높드리를 넘어오지는 못할 것 이기 때문이다……

"그렇다면 오부면 산채 본대와 후방부는 어떻게 됩니까?" 민소 대장이 중대장 설명을 자르고 물었다.

"철수함네. 본대와 후방부느 승리중대와 문화부중대으 호위 아 래 오늘 밤으로 보록·갈전·덕갈 연봉을 넘는 게우."

"지리산 쪽이 아니구요?" 2소대 소대장이 물었다.

"남해여단이 그쪽에 있으니 우리는 북상을 택한 셈이지."

315부대는 제2유격전선의 어느 지휘부로부터도 명령을 받지 않는 독립된 단위부대이므로 당 군사부 단독으로 최종 집결지를 남덕유산으로 정했다고 송중대장이 말했다. 제1전선이 반도 중부에서 지구전 양상을 띠는 지금, 오부면 작은 산채로는 아무래도 취약점이 많아 어차피 더 깊고 큰 산으로 거점을 이동하지 않을 수 없다는 것이다. 그렇게 되면, 그런 내막을 모른 채 모여든 신원면 안의 민주부락 좌익가족과 오부면·창황면 산악지대의 좌익가족은 이동하는 본대를 따라 남덕유산을 향해 50킬로가 넘는 장정길에 붙좇아야 할 터였다. 그 행군은 북풍 맞바람을 이겨가며, 칠흑의 밤을 뚫어 700미터, 심지어 1,000미터에 이르는 마루터기와 높드리를 타야 했고, 적정을 만나 전투를 치르다 보면 부락민들은 잘린 도마뱀 꼬리로 뿔뿔이 낙오되기 십상이었다. 얼어 죽고 굶어 죽지 않으면 다시 선(線)을 찾아 계속 북상해야 하는, 고난의 피난길이 아닐 수 없었다.

"우리 삼일오부대는 덕유산에서 겨울을 나고 보자는 거지요. 덕유산 하면 전라·충청·경상도 사각지대라 설령 적이 사단 병력을 투입하더라도 버텨낼 수 있어요. '조선인민유격대'가 문경새재를 거쳐 속리산 쪽으로 남하한다는 정보가 있으니 접선하기두 쉽구." 엽초를 종이에 말아 피우던 김지도원 말이었다. 그는 지휘부의 작전 기밀을 미리 알고 있었다.

"적이 감악산을 넘어오더래두 우리가 전면적으루 놈들을 상대하지 않을 것임네." 송중대장이 말했다. "성동격서루 야간전투르 치러가며, 이동하느 본대가 남덕유산에 무사히 들어갈 동안 적으 발길을 묶어두자느 심산이우. 그러므로 적이 신원면으루 들어오구서 우리는 이틀 정도 이곳에서 버틴 후 기백·대운 연봉을 거쳐 남덕유로 본대르 뒤쫓아 퇴각할 것임네" 하곤, 중대장이 방바닥에 펴놓은 지도에서 과정리를 손가락으로 짚었다. "이제 신원면 안 큰 부락은 모든 중대가 빠져버려 인민군 복장은 눈 딱구 보아두 찾을 수 없을 게우. 부락 인민들두 삼일오부대가 겁에 질려 오부면 산채루 꽁무니르 뺀 줄 알구 있을 테구. 또 부락민들은 남조선군이 들어오며느 그렇게 정보르 제공할 게우."

어둑신한 방 안에 펼쳐진 지도에는 합이 아홉 숫자가 되게 주요 산채마다 두 단위의 숫자 명칭이 붙어 있었다. 과정리를 가운데 두고 면 경계를 이룬 감악산·매봉산·철마산·보록산·소룡산·월여산을, 이를테면 18·27·36·45 순으로 매겼고, 두 단위 수를 거점 삼아 부근 요새는 세 단위로 쪼갰다. 1중대가 담당한 지역은 72고지(월여산) 북쪽 일대로, 과정리에서 보자면 동쪽을 맡았다. 그러므로 315부대 야전군 모든 부대는 신원면을 에두른 산채마다 잠복하는 셈이었다.

1중대는 설날 밤을 원만마을에서 머물며 마을을 거점 삼아 1소대는 721고지, 2소대는 722고지, 본부대는 723고지의 경계를 맡았다. 721고지는 마을 서북쪽 해발 400미터로 과정리 신원인민학교가 골짜기 아래로 저만큼 내려다보였고, 723고지는 1중대가 거쳐 내려온 마을 뒤 월여산과 탄량골로 빠지는 길목의 530미터 높드리 지점이었다. 723고지에서 천둥지기 논을 따라 내려가면 신기못이었다. 1소대 1분대와 2분대는 저녁 땅거미가 내리자 자정까지 721고지 경계를 맡아 잠복근무를 했다. 문한득은 김익수와 한

조였다.

"전쟁 와중이긴 하지만 명색이 설날 밤인데도 저럴 수 있을까. 저기는 묘지다. 죽은 인민이 아니라 산 인민이 묻힌 묘지야. 아무도 숨쉬고 있지 않아." 과정리를 내려다보며 중얼거리는 김익수 말처럼, 그곳은 빈 마을과 다를 바 없었다.

둘이 잠복근무를 할 동안 721고지에서는 순찰조가 나오지 않았고, 어떤 상황도 벌어지지 않았다. 다만 보초 교대가 가까울 때쯤, 과정리에서 연락병이 군호를 대며 고지로 올라왔다. 1중대에 연락차 왔다는 대열과 소속 전사는 군복이 아닌, 농사꾼 복장이었다.

이튿날 7일은 각 소대가 자기 담당 고지에 간단한 진지를 구축하는 일로 해동갑했다. 전투에 임할 수 있게 돌을 옮겨 띄엄띄엄 보채를 쌓고, 억새와 생솔가지로 보채 앞을 위장할 동안, 짧은 겨울해가 기울었다. 문한득은 울력 중에, 중대본부 연락병과 군사부 작전과 · 대열과 연락병이 과정리에서 원만마을로 부지런히 도다니는 모습을 볼 수 있었다. 연락병은 총기를 감춰 농사꾼 복장으로 위장했고, 빈 지게를 지고 덜렁거리는 연락병도 있었다. 정오 무렵에는 송중대장이 721고지로 나와 망원경으로 과정리 일대와 감악산 쪽을 관찰하기도 했다.

"칠이일고지느 우리 중대 사활(死活)으 요처임네. 과정리와 감악재 쪽 경계르 철저히 하두록." 중대장이 민소대장에게 당부말을 했다.

해가 지자, 질척해지려던 땅거죽이 다시 굳어지며, 기온이 떨어졌다. 몰려오는 바람이 산야를 쓸었다.

중대본부 옆집 방 한 칸을 빌려 든 1소대 1분대와 2분대는, 여성 대원들이 날라온 더운 저녁밥을 먹었다. 오부면 산채에 있을 때와 달리 신원면을 해방시킨 뒤로 끼니때마다 김치와 짠지가 나와, 소금밥이나 소금국을 먹던 산채 비트 시절은 옛날이야기가 되고 만 터였다. 마을에서 거둬들인 반찬이 넉넉했고 밥은 개인 분배였기에, 자기 몫을 먹어치우며 잡담이 분분했다.

"전투야 어쨌든 뜨신 방에서 뜨신 밥 먹으니 장땡이다. 전시에 후방 가족인들 이런 팔자를 누릴까." "밤 기온이 엄청 떨어디갔는데. 문풍디 우는 바람 소리 들어보라구." "오늘 밤이 고비라 했어. 경계 철저히 서야겠구만." "이 엄동에 졸았다간 그대루 동태 되게. 삼중대에 보초 서며 잠자다 얼어 죽었다는 놈이 둘이나 된데." "아무리 추워봤자 입춘 지냈는데 얼어 죽기야 할라구. 겨울두 마지막 고비 아닙네." "어서 한바탕 붙고 나믄 속 시원하겠어. 이거 녕 감질나서 미티갔군." "야, 그따위 소리 말라우. 방동무 상판 좀 보라우. 깜짝깜짝 놀라디 않아. 중대장 동무가 전투 끝나믄 즉결처형이라 하잖았어." "설마 말대룰까." "방동무, 이번 전투에서 특등공훈을 세워봐. 그럼 면책될 테니." "방동무, 죽게 되믄 껍데기나 나한테 물려주라우. 썩 불부니까(욕심이 나니까)." 그 말에 전사들이 웃음을 터뜨렸다. 방수억은 말없이 제 몫만 열심히 먹었다. 웃지 않고 말이 없기는 김익수도 마찬가지였다.

식사를 마친 1분대와 2분대는 본대본부와 3분대와의 경계 임무 교대를 위해 721고지로 출발했다. 1분대는 김풍기 분대장 뒤에 강철구·심동길·방수억·문한득·백만복·김익수가 따랐다. 김풍기는 예의 어슬렁 걸음으로 앞장섰다. 사방은 어둠이 짙게 내렸다. 가파른 오솔길이 새배암처럼 굽어 돌았다. 앙상한 싸리나무 가지가 센바람에 휘두들기며 명주 찢는 소리를 냈다. 문한득은 바람 없는 겨울밤보다 바람 센 겨울밤이 한결 덜 춥다는 걸 알고 있었다. 보록산 뒤 오부면 산채에 있을 때, 보초 나갔던 어느 날 밤이 떠올랐다. 그날은 낮부터 바람기 없이 영하 이십몇 도는 되게 살을 에는 추위가 계속되더니 밤까지 기온이 눅어들 줄 몰랐다. 사방이 코앞조차 분별할 수 없게 캄캄한데, 만귀잠잠한 밤이었다. 적막을 누비며 억세게 죄어오는 한기가 옷을 뚫고 살갗을 저미다 못해 뼈까지 아리게 했다. 발싸개를 했다지만 짚신 꿴 발가락은 떨어져 나갈 듯 아리다 끝내 감각조차 없었고, 숨쉬기조차 힘들었다. 머릿속이 공동현상을 일으켜 멍멍하더니, 눈꺼풀을 떼었다 붙였다 할 수 없을 정도였다. 겨울이 춥다 해도 이렇게 추운 날도 있을까 싶었다. 이런 상태가 한 시간만 계속되면 얼어 죽고 말리라 생각하자, 덜컥 겁이 났다. 산 아래 대현리로 달려 내려가 아랫목에서 잠자봤으면 하는 마음이 그 어느 때보다 간절했다. 만약 같이 보초를 선 방수억이 계속 말을 걸지 않았다면 어느 한순간, 자신도 모르게 몽유병자처럼 마을로 달려 내려갔을 것이다.

오늘같이 바람 부는 날은 바람이 아무리 맵다 해도, 바람 속에는 많은 이야깃감이 있었다. 끊임없이 생각을 일깨워 추위를 잊게 해주는 추억이 바람을 타고 꼬리를 달았다. 바람도 귀기울여 듣노라면 마치 살아 숨쉬는 짐승처럼 소리에 표정이 있었다. 가까운 바람, 먼 바람이 한 바람 속에 구별되고, 잠포록이 잦아들다 문득 멈추기도 하고, 멈추었다 세차게 몰아쳐 오기도 했다. 쉬엄쉬엄 쉬어 넘는 바람, 길게 꼬리를 끄는 바람, 때때로 여우 울음을 우는 바람도 섞여 있었다. 바람 소리를 듣고 있으면, 연 날리던 날이나 쥐불을 놓던 날, 동무들의 재잘거림과 고함이 바람에 묻어 왔다. 보록산에서 봉화를 올리던 대보름날의 불티를 날리던 바람이 떠올랐고, 추석날 성묫길의 서늘한 가을바람, 여름에 동구 앞 정자나무 그늘을 식혀주던 시원한 바람에도 추억이 닿았다. 문풍지에 우는 바람 소리를 들으며 화롯불에 밤 구워 먹던 어린 시절의 겨울만 해도, 옛 추억을 좇느라 한동안 지겨운 시간을 잊게 해주었다.

문한득이 화롯불에 밤 구워 먹던 어린 시절을 떠올리며 걷고 있을 때, 앞서 걷던 방수억이 걸음을 늦추며 문한득에게 물었다.

"보록산 밑 문동무 집이 여기서 얼마 걸리지?"

"십 리밖에 안 되지요" 하다, 문한득은 소대에서도 뒷말이 분분하던 그의 여자 문제를 꺼냈다. 무엇인가 짚여 곰파볼 속량이 있지는 않았다. "정치부 보초 설 때 면회 왔다는 처자가 어데 마실 처자라요?"

"이름도 모르는데 내가 어느 마을 처년 줄 어떻게 알아."

"그 재미가 어땠어요?"

"문동무, 숫총각 맞지? 용두질은 해봤겠지만, 여자 참맛은 모를걸."

문한득은 할말이 없었다. 숨이 막히고 얼굴이 달아올랐다. 달분이의 도리암직한 자태가 눈앞에 일렁거렸다.

"그렇담 그 맛을 알 리 없지. 이래뵈두 난 인천 짠물 출신이라

계집년 후려본 경험이 많거든." 방수억이 가살을 떨었다.

"저의 집 말은 왜 꺼냈어요?" 문한득이 말길을 바꾸었다.

"대현리라? 동무 이름을 대면 설마 문전박대야 않겠지. 껑다리 동무도 함께 외출한 덕분에 음식상 걸지게 받구 왔다던데."

"집을 코앞에 둔 저도 못 가는데 방동무가 제 집 갈 짬 나겠어요?"

"오부면 산채로 연락할 일이 생겨 나를 출장 보낸다면 가는 길에 내가 문동무 집에 들르게 될런지도……"

뒤에서 잡담하는 새끼 누구냐는 김풍기 호통 소리에, 둘은 입을 닫았다. 어느새 721고지 마루턱에 다다라 있었다.

과정리를 내려다보는 500미터 고지 8부 능선에 남북으로 띄엄띄엄 50미터 간격으로 보채를 쌓아두고 있었다. 보채마다 둘이 한 조가 되어 전방 경계를 맡게 되었다. 보초 교대식을 위해 1분대와 2분대가 정렬하자, 김익수가 문한득 뒤에 붙어 섰다.

"문동무, 나와 조를 짭시다." 김익수가 소곤거렸다.

앞에 섰던 강철규는 늘 그렇듯 김풍기와 한 조가 되었다.

군호를 받자, 조를 짠 보초병들이 보채에 나누어 흩어졌다. 금세 어둠이 닥쳤다. 달이 없는 칠흑의 밤이었다. 과정리는 어젯밤처럼 어둠과 바람 건너에 묻혀 있었다.

군사부 지휘소가 청룡마을 뒤 매봉산 마루턱에 있고, 그곳과 과정리는 야전전화가 가설되어 있다 했기에, 문한득은 전짓불을 반짝이는 따위의 신호라도 보낼까 하고 깜깜한 그쪽에 자주 눈을 주었다. 제자리걸음을 걸으며 시려 오는 발을 녹이던 김익수가 앓는 소리를 내더니, 보채 뒤에 쪼그려 앉았다.

"또 배가 아픕미까?" 문한득이 물었다.

"조금. 그래두 문동무 집에서 얻어 온 환약 덕분에 많이 나았어요. 김치가 소화제 구실도 해서 요즘은 배가 한결 가뿐해요."

"앉았으면 더 춥습미다. 조금씩 움직이는 게 낫지요."

"일곱시쯤 됐을까?"

"지금부터 시간 따지면 지루해서 미칩미다."

"무르팍이 저려 안 되겠군." 김익수가 일어섰다. "오부면 산채에 다시 가보기가 영 틀렸어. 이번 전투 끝나면 남덕유산으로 들어간다니……"

"기동훈련 받던 끔찍함을 생각하면 금방 숨길이 가빠지는데요."

"내가 만들던 화선악기를 찾을 수 없게 되었잖아요. 사실 그걸 메고 다니며 전투 치를 수야 없지. 전쟁이 끝날 때까지 나와 한 몸 될런지도 알 수 없구……" 김익수가 한동안 말이 없더니 무슨 발견이라도 한 듯 반갑게 소곤거렸다. "문동무, 소소리바람이 무슨 바람인지 알아요?"

"잘 모르겠는데요."

"이른봄, 살 속을 파고드는 찬바람을 소소리바람이라 하지요."

"꽃샘바람을 말하군요."

"이 광풍에 분명 봄의 입김이 스며 있어요." 김익수가 몰아 부는 바람에 귀를 기울이더니 들뜬 목소리로 말했다. "입춘 지나니깐 바람이 다르잖아요? 차긴 하지만 바람 속에 그 어떤 온기가 스며 있잖아요? 감악산 넘어오는 바람이라 북풍이긴 한데, 삼라만

상을 깨우는 소소리바람이 맞습니다. 문동무, 열흘만 지나면 우수
(雨水) 아닙니까? 비가 내리면 언 땅이 풀리겠지요. 양지쪽은 쑥이
날 겁니다. 산과 밭두렁도 파래지고 개울가 버들개지도 꽃망울이
맺히겠지요. 자연은 그렇게 평화롭게 찾아오는데, 이 땅에 평화는
언제 올까요?"

"곧바로 전투가 벌어질 거라고 소대장이 말 안합디까. 그렇게
싸우다 죽은 후에 봄이 오면 머합미까."

"문동무는 봄과 함께 평화가 오기를 기다리지 않아요?"

"좋지요. 그렇게만 된다면……"

문한득은 따뜻한 봄 햇살 아래 인민의 환호를 받으며 영웅전사
로 행진하는 자신의 모습이 떠올랐다. 그 환상이 부질없는 개꿈일
는지 몰랐다. 굶주리며, 추위에 떨며, 헐떡이며 밤낮없이 산채로
떠돌다 보니 이제 그 어떤 즐거운 상상도 자신과 관계없는 일로
여겨졌다.

"문동무, 이번 전투만은 기필코 살아남아야 해요. 이번 전투에
만 살아남는다면 한동안 목숨 부지가 쉬울 거요. 죽지 않구 살아
서 덕유산채로 들어가면 당분간 전투도 없을 테구, 따뜻한 봄이
오구, 도라지·더덕·산채두 푸짐해지면 아무래도 도생하기 쉬울
테니간."

"이번 전투에도 돌격조를 뽑는다면 남 먼첨 지원할 낍미까?" 문
한득은 신원분주소를 칠 때 그가 돌격조로 나섰던 일을 두고 물었다.

"이번은 빠져야지요. 내 언제 말했듯, 그때 내가 지원하지 않았
더래두 그 새끼가 날 지명했을 거요. 이 기회에 기포지대으 명예

를 빛낼 전사느 용감하게 지원하기 바람메, 하고 그 새끼가 일소대를 둘러볼 때 내 눈과 마주쳤거던요. 총기 검열에 불합격 맞은 네놈이 어떤 꼬락서니를 취하나 어디 보자는 듯이 말이오. 그런 판국에 내가 가만있게 됐어요? 나도 꾀바른 놈이라 살길을 찾아서 남 먼저 지원했지요."

"누가 듣겠습미다. 자꾸 새끼, 새끼 하지 마이소."

"그런데 문동무, 난 말이오, 난 늘 그런 불안한 마음이 들거든요. 전투가 치열할 때, 뒤에서 그 새끼가 내 등판에 총을 쏠 것 같단 말이오. 그래서 나는 앞을 보고 총을 쏘지만, 사실은 적 총알에 맞기보다 꼭 뒤쪽서 쏜 총알에 맞을 거란 강박관념에 사로잡히게 되거던요."

"설마 우리가 우리 편을 그랄 리야 있습미까. 중대장 동무가 김동무를 미워하지만 그런 일은 없을 거라요."

"내 말은 허튼소리가 아니오. 지금도 나는 늘 국방군과 맞선 게 아니라 그 새끼와 싸운다는 생각으로 꽉 차 있어요. 과연 이 전쟁에서 누가 살아남느냐, 내기를 하듯 말이오."

"그렇다면 김동무한테는 앞쪽에 적이 있고 뒤에도 적이 있군요."

"사실 지금, 우리 민족도 두 적과 싸우고 있어요. 저쪽 편에서 보자면 중공군이 되겠고, 이쪽 편에서 보자면 미제가 되겠지요. 그리고 우리 민족은 거대한 관념의 두 적과도 싸우고 있어요. 서구에서 만들어진 이데올로기 둘 중 어느 쪽두 체험하지 못한 상태에서, 강대국이 나눈 삼팔선을 경계로 각각 한쪽 이데올로기를 선택했지요……"

384

김익수가 말을 끊었다. 문한득도 오른쪽에서 부스럭거리는 소리를 들었다. 문한득이 어깨에 멘 총을 내려 6초소를 겨누었다. 인기척이 분명했기에 군호를 외치려 하자, 저쪽에서 목소리가 건너왔다.

"익수 동무, 어딨소?" 김지도원이었다.

"여기 있습니다."

"춥지요? 고생들 많구만. 순찰 돈다기에 나도 나섰오." 어둠 속에 김지도원 목소리가 다가왔다. 뒤이어 민소대장과 최특무장이 따라왔다.

"일팔고지에서 긴급보고가 넘어왔어. 읍내 쪽 적 동태가 심상찮데. 오늘 밤 근무는 철저히 경계하도록." 민소대장이 말했다.

"정신 똑바루 채리라구. 오늘 밤으로 비상이 떨어딜디두 모르니까." 최특무장의 으름장이었다.

민소대장과 최특무장이 8초소로 떠났다.

"지피지기 백전불태(知彼知己 百戰不殆)라고, 이번은 작전에서 우리가 이미 이기고 있어 승리가 확실해요. 불퇴전의 용기로 팔로군 부대의 진가를 보여주시오. 우리는 이 전쟁에서 기필코 이겨야 해요." 김지도원이 말하곤, "이걸로 불편한 배를 녹여요. 동무를 생각하고 특별히 가져왔으니" 하더니, 김익수에게 무엇인가를 건넸다.

김익수가 엉겁결에 받으니 무명으로 말아 싼 뜨겁게 달구어진 돌덩이였다.

"고맙습니다. 지도원 동무."

"그럼 수고들 하시오." 김지도원도 자리를 떴다.

문한득과 김익수가 전방 경계를 게을리하지 않는 가운데, 보초 교대는 자정에 이루어졌다. 그동안 경계초소에는 아무런 상황도 일어나지 않았고, 바람도 기세가 꺾이지 않았다.

보초근무를 교대한 1분대원들이 단잠에 빠져 있을 때였다. 문밖에서 다급한 목소리가 "출동!"을 알렸다. 좁은 방 안을 빼곡이 채우고 잠에 들었던 1분대와 2분대원들이 소스라쳐 놀라 일어났다. 총을 챙기고 배낭 메는 소리가 어둠 속에 부산스러웠다.

"무시기 동작이 느려. 쎄기 나오지 않구!" 밖에서 채근하는 목소리는 송중대장이었다. 전사들이 방문을 밀어젖히고 마당으로 몰려나갔다. "떴어. 간나들이 영시에 작전 돌입했음네!" "불효시각이면 놈들이 일팔고지에 붙을 것이야!" 중대장과 민소대장의 다급한 목소리가 어둠 속에 섞갈렸다.

1분대와 2분대는 정렬을 마치자 곧 721고지로 출발했다. 더운 방에 있다 갑자기 찬바람을 쐬자 문한득은 어느새 잠이 달아났고 긴장감이 마음을 눌렀다. 그가 315부대로 전출 온 뒤 치른 두 차례의 전면전, 대여섯 차례의 기동로 기습공격은 따지고 보면 조릿한 흥분이 따른 해볼 만한 전투였다. 그러나 이번 접전은 규모만 보더라도 쌍방간에 상당한 출혈을 치르지 않으면 안 되리라 생각되었다. 읍내에서 감악산을 넘어올 국방군만도 정규군 6백여에 전투경찰대 3백여라 했으니, 9백 내지 1천여 적을 5백이 채 안 되는 병력으로 맞서야 할 판이었다. 이 시간쯤, 오부면 산채에서 빠져나온 본대와 부락민 무리들은 된하늬를 가르며 거창과 남원을 잇는 국도를 건넜을 터였다. 호위를 맡은 승리중대와 문화부중대야 말로 전투 없이 사라졌으니, 밑천 바닥난 꾼이 장땡 끗발을 쥔 격이었다.

1소대 1분대는 721고지에서 정찰조로 나서서 보채 초소에서 과정리 쪽으로 200미터쯤 하산하여, 과정리 본동 건너에 있는 창지마을 뒷산 중턱에 잠복근무로 들어갔다. 어둠 속이지만 과정리를 바로 눈 아래 둔 지점이었다.

한 시간 반쯤 지났을까, 마을 쪽에서 농군 복장을 한 연락병 둘이 군호를 대곤 바삐 올라와 보채 초소 쪽으로 넘어갔다. 잠시 뒤 그들이 과정리로 돌아가며 흘린 말에 따르면, 적 병력 주공부대가 숭더미잿길을 덮고 넘어온다 했다. 한편, 과정리에는 농민위원을 심대로 조직된 초모병 부대인 민주지대만 농군 복장으로 위장해서 남아 경비를 담당한다는 것이다. 다시 삼십 분쯤 뒤, 마을 쪽에서 올라온 연락병이 정찰조에 걸렸다. 김풍기가 그와 함께 초소로 올라갔다. 한참 뒤, 과정리로 돌아갈 연락병과 송중대장이 내려와 창지마을로 들어갔다. 김풍기가 뒤따라 내려와 전한 말은, 2소대 3소대도 모두 721고지로 집결했고 실탄상자를 본부소대원들이 이쪽으로 옮기는 참이라 했다.

신원면 일대가 숨을 죽인 가운데, 새벽이 시한폭탄처첨 더디게 다가왔다. 하늘의 별빛이 차츰 바래졌다. 과정리 일대가 어슴푸레한 윤곽을 드러내기 시작했다. 과정리는 어떤 미동도 보이지 않았다. 어느 집 굴뚝에서도 연기가 오르지 않았고, 쥐새끼마저 소개된 듯 괴이쩍었다. 과정리를 에워싼 산 살피도 밤사이 된하늬에 시달려 탈진이 된 듯 고요했다. 그렇게 몰아 불던 바람이 그제야 기가 꺾였다.

새벽녘 한기가 바늘이 되어 살갗을 찔렀다. 이빨을 깨물고 있지 않으면 절로 신음이 터질 판이었다. 그런 추위 속에서도 문한득은 까무라칠 듯 덮치는 졸음에서 놀라 깨어나곤 했다. 숭더미잿길이 시작되는 한 마장 건너 청룡마을 쪽은 아직 잿빛에 가려 있었다. 그는 하늘과 산마루가 분명한 경계를 드러내는 감악산 줄기에 눈을 주었다. 이틀 전, 1중대가 떠난 신원면과 남상면 살피에 있는 산간 마을 청연 부근에도 분명 315부대 중대 병력 정도가 경계를 담당하고 있을 텐데, 아무런 기척이 없었다. 적의 진로를 그대로 틔워주는 것일까. 그래서 뒷덜미를 치려는 작전일까. 문한득은 얼굴을 돌렸다. 두 손을 겨드랑이에 끼고 그 사이에 소총을 꽂은 채 떨고 있는 김익수의 껑더리가 된 얼굴은 곧 죽을 상판이었다.

"남조선군이 농업학교서 자정에 떠났다면 굼벵이 걸음으로도 인젠 과정리에 들어왔을 낀데, 어째 총소리 한 방 안 들려요?" 문한득이 김익수를 보고 물었다.

"양쪽 다 작전이 있겠지요. 그런데 문동무는 야구를 모르지요?"

"야구? 그거 뭔데요?"

"미제서 생겨난 운동경기랍니다. 그 경기에는 '히트 앤드 런'이란 작전이 있지요. 타자는 공을 치고 주자는 달린다는 뜻인데, 게릴라 기습전이 바로 히트 앤드 런 작전이요. 한바탕 기습전을 치르구 도망가면 적이 뒤쫓아옵니다. 그러면 매복하던 다른 부대가 적을 협공하곤 재빨리 다른 방향을 잡아 달아납니다. 기민한 행동성, 숙련된 엄밀성, 사중구생(死中求生)의 각오로 죽을 때까지 견딘다는 인내력, 이 삼요소가 게릴라 기습전의 생명이라고 교육받지 않았어요?"

"그런 교육을 받은 거 같습미다."

"신원면 지형이 바로 게릴라 작전에 맞춤한 터요. 두고 보시오. 우리가 고정 진지를 사수할 이유도, 지구전을 펼칠 목적도 없어졌으니, 두 배의 적을 전면적으로 상대하지 않을 테니깐요. 어디 그 적뿐이요. 진주와 함양 쪽에서 넘어올 적까지 합친다면 그 수가 대여섯 배 될 텐데. 병력 수도 수지만 박격포까지 동원될 물량공세를 우리가 무슨 재주로 당해요. 사자나 표범이 힘 떨어진 늙은 짐승이나 잘 뛰지 못하는 어린 짐승을 공격 목표로 삼듯, 우선 적의 허술한 한 부대를 노려 파상 공격으로 집쩍거리고, 대오가 흩어질 때는 꼬리를 치곤 달아나구, 따라오면 또 다른 매복조가 선두를 치구……"

그때, 문한득은 미명 속에 드러난 과정리 들입 나무다리 쪽에서 무엇인가 움직이는 물체를 보았다. 분명 푸른 군복을 입은 남조선군이었다. 다섯 명인데, 철모는 없었고 귀가리개가 달린 개털모를 쓰고 있었다. 그들은 사방을 경계하며 나무다리 아래 개울에서 신작로로 천천히 올라왔다. 그들을 보자 문한득은 두려움과 흥분으로 마음이 들떴다.

"왔군. 드디어 왔어." 김익수가 떨며 중얼거렸다.

"노리쇠 잠궜나 다시 한번 확인하구, 오발 조심." 김풍기의 느릿한 말이 넘어왔다.

잠시 뒤, 안세안마을과 바깥세안마을 쪽에서 만세 외치는 소리가 들리더니, 그 고함이 번져간 듯 청룡마을 쪽에서도 같은 소리가 들렸다. 과정리 변두리의 감악산 쪽 마을에는 이미 남조선군 본대가 들어온 모양이었다. 어느새, 송중대장과 민소대장이 정찰조 선에까지 내려와 있었다. 중대장이 망원경으로 과정리 일대를 관찰했다. 721고지는 물론 신원면을 에두른 산 살피마다 숨어서 박혀 있을 인민군은 숨소리조차 죽인 듯 잠잠했다.

후르스름한 아침 이내가 그치고 눈 아래 과정리와 먼 산들이 제 색깔을 드러냈다. 그제야 과정리 본동의 장터에 소대 병력 정도의 푸른 군복들이 터진 길목을 따라 모여들었다. 총대를 앞세워 부락민을 끌어내는 자도 있었다. 그들은 고함을 질러댔고, 부락민들이 장터로 두 손 쳐들고 모여들었다.

"만세!" "대한민국 만세!" 만세를 부르는 부락민 중에 그동안 어디에 숨겼다 들고 나왔는지 태극 깃대를 든 사람도 있었다. 이어, 관동마을 앞 옥계천 시냇가에 중대 병력 정도의 푸른 군복들이 몰려나와 과정리 신작로를 덮었다. 그들이 함부로 총을 쏘아댔다. 부락민이 한길로 쏟아져 나왔다.

"숨두 쉬지 말구 대기상태로 있음네. 오발하는 에미나이느 그 자리에서 날창 처단하겠음." 송중대장이 뱉곤 초소 쪽으로 올라갔다.

"땅끄는 물론, 박격포두 안 뵈네. 철모가 눈에 띄지 않으니 경찰대나 방위대 병력이 틀림없어." 김익수가 문한득을 돌아보며 말했다.

과정리 쪽에서 연락병이 허리 낮추어 올라왔을 때는 해가 등뒤

721고지 너머로 솟아 있었다. 김풍기가 연락병을 잡고, 도대체 어떻게 되는 거냐고 물었다. 과정리에는 지금 3백이 넘는 남조선 개떼들이 점령해 있다는 말만 남기고, 그는 고지로 사라졌다.

한참 뒤, 숙희가 주먹밥이 담긴 소쿠리를 정찰조로 날랐다. 채로 썬 김치에 버무려 뭉친 주먹밥은 차갑게 식어 있었다. 숙희가 작전과 연락병이 중대장에게 전한 말을 귀띔했다. 거창읍에서 출발한 적 대대 병력은 두 갈래로 나누어, 한 갈래는 청연·내동·수동을 거쳐 매봉산과 갈전산 밑으로 들어왔고, 한 갈래는 연수사 골짜기로 올라와 감악재를 넘어 바깥세안마을을 거쳐 과정리로 들어왔다는 것이다. 남조선 야전군의 주공(主攻)부대는 수동마을에서, 전투경찰대가 심대가 된 조공(助攻)부대는 과정리에서 수색을 벌이는 한편, 부락민을 들쑤셔 마련한 아침식사를 끝냈다고 했다.

해가 과정리 하늘 뒤로 비스듬히 기울 때까지, 1중대에는 어떤 작전지시도 내려지지 않았다. 매봉산·갈전산·철마산·보록산 쪽도 숨을 죽이고 있었다. 기포지대 1중대 1소대 정찰조도 그 자리에 붙박인 듯 꼼짝없이 경계에만 임했다. 그동안 과정리는 국방군 푸른 군복이 활개쳤고, 외따로 떨어진 집들은 불길에 싸여 연기가 하늘을 자욱 메웠다. 불길과 연기는 과정리만 아니라 덕산리 일대의 청룡·셋담·오례마을과 유곡·원중유·상유곡마을에도 올랐다. 국방군 측에서는 외딴집과 뜸마을의 부락민은 소개(疎開)하고 가옥을 소각(燒却)하라는 지시가 내린 모양이었다. 뜸마을 부락민들이 짐을 꾸려 과정리 쪽으로 몰려드는 모습도 보였다.

문한득은 과정리에 남았던 민주지대원들이 어디로 자취를 감추었는지 궁금했다. 집집마다 파둔 개인호에 숨어 있다면 한두 명이 발견되더라도 본모습이 드러날 판이라, 모두 과정리 뒤쪽 박산 골짜기에 숨어 있을는지 몰랐다. 분대원들은 게릴라 고유전술인 야습전, 즉 피실격허(避實擊虛)의 공격이 있을 거라며, 어둠이 내릴 동안 어차피 노박이 상태로 넘길 게 분명했다. 그동안도 두 차례나 연락병이 도다녀갔는데, 전화가 가설되지 않는 상태에서 부대 간의 연락은 그 방법뿐이었다. 연락병 말로는, 남조선군 주공부대가 수동에서 휴식을 취한 뒤 대안마을 거쳐 예동 쪽으로 진군해 감으로써 '18작전'은 훨씬 용이해졌다는 것이다. 전투경찰대와 청년방위대 병력만 과정리에 떨어뜨려놓고, 주공부대는 산청군 오부면으로 내처 넘어갔다는 것이다.

"일팔작전이라, 오히려 씹팔작전이 더 근사한 이름이겠구만." 김풍기가 말했다.

"오늘이 일월 팔일이니 그런 이름을 붙였군요. 일팔이면 갑오 끗발이네." 김풍기 옆에 앉았던 강철규가 한마디 보탰다.

"그걸 모르는 머저리가 어딨어. 누가 뭐래두 난 이번 작전을 씹팔작전이라 부를 테야."

"그렇다믄 과정리에 남은 쭉쟁이들은 독 안에 든 쥐새끼군." 백만복이 말했다. 그는 치통으로 얼굴을 찡그린 채 뺨을 싸쥐고 있었다.

"그걸 두고 독 틈에 탕관이라 하지. 오늘 밤이 개떼들 제삿날 되겠군. 얼른 해치우고 불찜이라도 해야겠는데, 이거 하루 밤낮을 한데서 쪼그려 앉아 배기자니 죽을 맛이군. 각기병이 또 도지겠어."
백만복과 한 조인 심동길이 말했다. 그는 다리를 펴더니 정강이를
주물렀다. 영양 결핍에 몸까지 혹사당하니 다리가 붓고 맥이 빨라
져 끝내 몸을 움직일 수 없어 산송장이 되고 마는 각기병은 '전쟁
병', 또는 '죽음에 이르는 병'이라 일컬었고, 한 소대에 서너 명씩
그 병으로 고생하고 있었다.

"그렇게 계속 주물러보라구. 돌격 명령이 떨어졌을 때 관절이
굳어 오금이 펴디지 않으면 어떡할라구 그래." 백만복이 말했다.

"백동무, 저 봐. 저 벌건 불땀을 보구만 있구 우린 그냥 떨어야
하니, 이거 무슨 생지옥살인가. 다 관두고 끓는 물 한잔 마셨으면
원이 없겠어."

"난 수통물조차 떨어졌어. 고진감래라구, 조금만 참아. 저 멍충
이들이 조만간 작살날 테이게. 저 불에 진짜 엽초로 한 대 피워봤
으면. 그런데 이놈의 치통 때문에 미치겠군. 펜치로 그냥 이빨을
왕창 뽑아내면 속이 시원캤어." 백만복이 과정리 장터에 피운 화
톳불을 내려다보며 말했다.

타오르는 불길을 멀리서 보자니 문한득은 적 총탄에 맞아 고꾸
라지더라도 어서 저 불을 빼앗기 위해 한바탕 전투를 치렀으면 하
는 졸갑증으로 마음이 끓었다. 밤 보초 때와 달리 참을 수 없는 고
통이 굳은 몸을 얼어붙게 해서, 한 시간만이라도 잠을 자거나 더
운 국에 밥을 말아 먹었으면 원이 없을 것 같았다. 그러나 그런 생
리적 욕구 역시 작전이 끝나야 해결될 문제였다. 전투를 앞둘 때
면 끼니때가 되어도 배식이 없었고, 담배를 피울 수 없었다. 그야

말로 인내력의 극한 투쟁에서 우선 스스로 이겨야 했다. 그래야만 전투가 붙을 때 적개심이 더 끓게 마련이었다. 전투에 희생되는 전사가 생기면 한 끼분 양식도 건지게 되는 셈이었다. 문한득은 과정리를 평정하게 되면 남조선 경찰대가 소지한 미제 깡통 맛을 볼 수 있을는지 모른다는 행복한 상상으로 추위와 졸음과 조바심을 달랬다. 그는 외춘마을 국도를 공격해서 남조선군 정찰조 다섯 명을 사살했을 때, 적 시체 배낭에서 노획해 처음 먹어본 통조림 깡통의 생선 비린내 맛을 잊을 수 없었다.

"⋯⋯열아, 네가 어른이 되어 내 나이쯤 되었을 때, 그날에는 이 삼천리 반도에 평화의 비둘기가 날까. 어둠이 그치고 솟는 해처럼 통일의 기쁨으로 충만할까. 우리 세대가 죽어 그런 날이 온다면, 진정한 자유, 참된 민주주의의 세상이 될까⋯⋯" 김익수가 떨며 술 취한 듯한 소리로 중얼거렸다. 그는 곱은 손을 입김으로 녹여, 몽당연필로 수첩에 일기를 기록하며 입속말을 읊었다.

"학자 동무. 동무는 오늘 씹팔 야습전을 어떻게 예상하오?" 심동길이 김익수 쪽을 보며 물었다.

"뭐라구요?" 참척해져 있던 김익수가 눈을 껌벅이며 물었다.

"귀에 말뚝 박았나? 내 언제 저놈으 잡책을 구경해야지. 무슨 반동사상을 적구 있는지 봐야겠어."

감악산 쪽 하늘이 바래지고 해가 매봉산 위에 걸리자, 과정리 지붕들 위로 가느다란 연기가 피어올랐다. 저녁동자를 짓는 집들이었다. 과정리 장터마당에는 남녀 부락민을 모아놓고 경찰대원들이 무슨 조사인지, 훈시인지 하고 있었다. 그중에 철모를 쓴 국방군도 몇 섞여 있었다. 그때 뒤쪽에서 3소대원들이 내려오고, 2소대원들이 중화기와 실탄상자를 정찰조 선까지 옮겼다. 1소대 1분대는 중대장 명령에 따라 50미터 아래쪽으로 정찰선을 이동시켰다. 이제 창지마을 뒤를 두른 대숲 바로 위라, 마을 아이들이 놀이터 삼아 올라올 만한 위치였다. 한 무리의 푸른 군복이 열 지어 신원인민학교 쪽으로 몰려갔다. 학교를 임시 숙소로 쓸 모양이었다. 남조선군 댓이 창지마을로 불쑥 들어오자 정찰조가 바짝 긴장하여 여차하면 사격할 준비에 임했으나, 그들은 건성으로 마을을 둘러보곤 반찬감을 얻어가는지 자배기와 바가지를 들고 과정리로 내려갔다.

뜸마을과 독립가옥을 태우던 불길도 땅거미가 덮어오자 시름시름 꺼져갔다. 소룡산과 보록산 뒤 산청군 오부면 쪽에서 몇 발의 박격포 소리가 천둥치듯 무겁게 울렸다.

어둠이 산과 들을 덮어버렸다. 하늘에는 별들이 드러났다. 이제 돌격 명령이 떨어질 때쯤이라 여겨, 중대원들은 매봉산을 바라보며 조명탄이 터지기만을 가슴 졸이며 기다렸다. 송중대장이 정찰선으로 내려왔다. 그가 18작전을 다시 한번 훈시했다.

매봉산에서 오를 봉홧불이 18작전 공격 신호다. 봉홧불이 오르고 조명탄이 발사되면 일제히 과정리로 밀고 들어간다. 우리 중대 공격 목표는 장터마당이다. 덕산리·중유리·대현리 쪽에서도 타 중대가 협공해 올 것이므로 과정리 남조선 경찰대를 단숨에 섬멸할 수 있다. 남조선군은 2천여 연대 병력이 산청군 오부면과 차황면에 숙영하고 있으므로 그들이 즉각 원군해 올 수도 있다. 그러나 무모하게 야반 진격을 감행하리라 생각되지 않는다. 물론 그 진로를 차단하려 두 개 중대가 와룡리·대현리 일대에 매복하고 있다. 그런 일이 없겠지만, 만약 적 원군이 들이닥쳐 작전상 후퇴할 때, 제1비상선은 매봉산 아래 오례마을 뒷산이고, 제2비상선은 매봉산과 덕갈산 사이 방두메 널마루다. 오늘 밤 군호는 '독수리'와 '올빼미'다.

밤이 되자 기온이 다시 떨어져, 추위가 살을 깎는 듯했다. 과정리 장터거리 쪽에서 경찰대원들인지 향토방위대원들인지, 그들이 불러대는 노래가 들렸다.

전우의 시체를 넘고 넘어 앞으로 앞으로 / 낙동강아 잘 있거라 우리는 전진한다 / 원한이야 피에 맺힌 적군을 무찌르고서 / 꽃잎처럼 멀어져간 전우야 잘 자라……

"저 애들도 노래는 꽤나 즐기는군." 심동길이 바람결에 묻혀오는 노래에 귀기울이며 말했다.

문한득과 김익수는 물론 소대원 모두가 '임 계신 전선', '가거라 삼팔선'으로 이어지는 노래에 귀를 모으고 있었다. 이쪽의 사기는 한껏 부풀었고 눈빛은 그 어느 때보다 빛났다. 모든 준비는 완료된 상태였고 진격 명령만 기다리고 있었다. 과정리에서 합창으로 부르는 노래가 '무정천리'로 바뀐 가운데, 신원학교 운동장과 장터 여러 곳에도 모닥불이 타올랐다. 공격 목표를 스스로 노출한 셈이었다.

사선에 선 송중대장이 시계를 보더니 소대장들을 불러모았다.

"전사드른 실탄과 수류탄을 아끼지 말 것임네. 과정리르 점령하믄 무기와 실탄은 무진장 노획할 것이야. 그라므 출동."

송중대장의 진격 명령이 떨어지자, 1소대가 앞으로 나서서 대숲으로 빠져 들어갔다. 3소대는 마을 오른쪽을 돌아 개울을 끼고 내려갔다.

정찰조가 선두로 나섰고, 김풍기 분대장이 정찰조 앞장을 섰다. 그 뒤로 분대원들이 고샅길 흙담에 몸을 붙이고 어둠 속으로 나아갔다. 김풍기 뒤로 문한득이 따랐다. 김익수는 뒤쪽으로 빠졌는지 대숲으로 들어갈 때부터 문한득 주위에 얼쩡거리지 않았다. 고샅길에는 바람만 넘쳤다. 마을 사람들은 야습전을 예상하고 집 안에 박혀 꿈쩍을 않았다. 불을 켠 집도 없었고, 더러는 집집마다 파둔 방공호에 숨었다.

창지마을에서 과정리 본동 사이에는 한길 따라 큰 개울이 흘렀고, 개울 양쪽으로 다랑이 묵정논이 펼쳐져 있었다. 중대원들이 앞에 총한 자세로 허리를 꺾어, 논두렁을 타넘어 밀고 들어갔다. 큰 개울을 막 건넜을 때였다. 매봉산 쪽에서 불길이 치솟더니, 조명탄이 깜깜한 밤하늘을 밝히며 연달아 터졌다. 이중탄이 짝짝 갈라지는 파열음을 내며 메아리쳤다.

"돌격! 경기조 앞으로, 중기조 엄호사격 위치 확보!"

문한득 귀에 송중대장 목소리가 먼 곳 어디에서인가 아득하게 들려오듯 느껴졌다. 두 귀로 바람 소리와 아우성이 폭풍같이 쏟아져 들어왔다. 그는 소총 노리쇠를 후퇴시키고 마을 쪽을 향해 총을 쏘며 내달아쳤다. 첫밤에 해치울 기세로 총소리가 사방에서 벼락치듯 들렸다. 1중대만이 아니었다. 박산 골짜기 쪽에서, 중유리로 오르는 하룬못 아래쪽에서, 바깥세안 언덕못 쪽에서도 들렸다. 신원인민학교 쪽이 그중 치열했다.

문한득은 순간적으로 바람보다 빠른 진격이라 생각했다. 숨이 끊어져라 내달아 과정리 본동에 닿자, 초가집 담에 몸을 붙이고 잠시 숨을 돌렸다. 자신을 앞질러 가는 동료 전사들이 보였다. 남조선 경찰대 병력도 응사를 시작했다. M1소총 소리와 아식보총 소리였다. 문한득은 어둠 속에서 적을 구별할 수 없었다. 그러나 생각이나 간추리며 쉴 틈이 없었다. 쬔병이니, 보충병 소리를 들어서는 안 되었다. 자신도 일기당천한 인민군 전사라며, 문한득은 스스로에게 최면을 걸었다. 돌담을 돌아나가자 매캐한 화약 내음이 코끝에 묻었다. 이 전투는 이기게 되어 있는 전투다. 나는 절대 죽지 않았다. 그는 계속 중얼거리며, 고샅길로 뛰어들었다.

"저쪽이다. 저쪽으로!" 누군가 외쳤다.

목표는 장터였고, 대항 사격을 하는 쪽도 그쪽이었다. 문한득은 한길로 올라섰다. 중대원들이 총질하며 가게 벽 따라 허리 굽혀 장달음을 놓고 있었다. 날랜 돌격을 보며 문한득도, 총알이 나를 피해 가려니 하며 내달았다. 조명탄이 주위를 밝혔다. 앞쪽 초가지붕에 불이 당겨져 세차게 타오르기 시작했다. 그는 몸을 땅에 납작 붙였다. 느릅나무 몇 그루가 서 있는 공회당 쪽에서 기관총좌가 이쪽으로 불을 뿜었다. 그는 몸을 굴렸다. 개골창에 박히자 머리를 내밀고 느릅나무 쪽으로 대중없이 방아쇠를 당겼다. 총체가 반동을 일으키며 총알을 쏟아냈다.

"경기, 앞으로. 간나이새끼들, 경기 뭣함네!" 송중대장 목소리가 앞쪽에서 들렸다.

불길이 치솟아 환하게 드러난 한길로 누군가 날렵하게 한차례 급사를 퍼부으며 가로건너 뛰었다. 자그마한 체구로 보아 옥화인지 봉순인지, 분명 여성대원이었다.

"이 좆같은 새끼느 엉기구만 있어!" 송중대장 땡고함이 들렸다. 문한득이 얼핏 보니 김익수가 중대장 발길에 채이고 있었다. 언제 그가 자기보다 앞서 중대장 옆에서 뛰고 있었는지 알 수 없었다.

"안경, 내 안경!" 그 바쁜 경황에도 김익수가 땅바닥을 더듬었다. 그는 안경을 끼지 않으면 청맹과니와 다름없었다.

순간, 권총을 쳐든 채 앞으로 뛰려던 송중대장 몸이 짚동처럼 고꾸라졌다. "중대장 동무!" 날카로운 고함이 찢어졌다. 뒤쪽에 있던 순지가 중대장에게로 달려갔다.

수류탄이 한길 앞쪽에서 섬광을 일으키며 터졌다. 섬광 뒤편으로 개털모자와 푸른 군복이 얼핏설핏 보였다. 중대장이 총탄에 맞았다고 직감적으로 알았지만 문한득은 거기에 마음 둘 짬이 없었다. 돌담을 따라 앞으로 뛰며, 한차례 총탄을 퍼부었다. 반동이 멎었다. 어느새 탄창 하나를 쓴 셈이었다. 함성이 들리고 쌍방간에 맹렬한 사격전이 계속되었다. 문한득은 무릎을 꿇고 새 탄창을 갈아 끼웠다. 그때, 뜨거운 부젓가락이 왼쪽 뺨을 스쳐갔다. 화끈한 불기가 얼굴을 달구었다. 한 손으로 뺨을 쓸고 보니 피가 묻어 나왔으나 닦을 겨를이 없었다. 그는 총을 쏘며 계속 진격했다. 이윽고 상대

쪽 응사가 뜸해졌다.

"중기조 약진 앞으로!" 2소대장 목소리가 왼쪽에서 들렸다.

문한득은 남조선 경찰대가 밀리는 모양이라고 생각했다. 수류
탄 서너 발이 느릅나무 쪽에서 터졌다. 2소대 BAR자동총과 체코
제 기관총탄이 쉴 틈 없이 그쪽으로 파고들었다. 느릅나무 주위
에서 비명이 낭자하게 흩어졌다. 여기저기 불길이 치솟았고, 불
에 탄 초가 처마가 발 앞으로 무너졌다. 그는 불더미를 건너뛰었
다. 느릅나무 옆 공회당에도 불길이 번지고 있었다. 총소리는 사
방에서 방향조차 종잡을 수 없게 쏟아졌다. 여기저기 불길이 치솟
아 한길이 훤해졌는데, 김풍기 모습이 문한득 눈에 띄었다. 그는
모잽이로 쓰러진 채 한 손을 허우적거리는 푸른 군복 가슴팍에 장
총 총검을 내리찍고 있었다. 시장 가건물 쪽에는 농군 복장도 눈
에 띄었다. 민주지대의 협공이 시작된 모양이었다. 남조선 경찰대
와 청년방위대 병력 일부가 관동 쪽으로 쫓기고 있었다. 1중대와
민주지대원들이 합세해 장터마당을 압박해 들어갔다. 불길이 치
솟아 과정리 일대가 낮 같게 훤했다.

"문동무, 앞서 뛰지 마시오. 허리 낮춰 벽으로 붙어요!" 문한득
이 돌아보니 시장 가건물 담벼락에서 김익수가 무릎걸음으로 기
며 자기를 향해 손짓하고 있었다. 그는 총을 쥐고 있었으나 적을
향해 쏠 자세가 아니었다.

후퇴한 전투경찰대와 청년방위대가 전열을 정비했는지, 옥계천
에 걸린 나무다리에서 다시 응사를 해왔다. "중기조 엄호사격!"을
외치는 민소대장 목소리가 들렸다. 장터를 벗어나 한길로 뛰며 총

을 쏘던 문한득이 무엇인가 발에 걸려 앞으로 고꾸라졌다. 시체였다. 나무다리까지는 불과 60미터, 옥계천 방죽을 보루대 삼아 경찰대가 치열한 사격을 가해왔다. 기총소사로 총알이 먼지를 일으키며 한길 바닥에 꽂혔다. 길 건너 쪽에서 무릎자세로 총을 쏘던 전사가 외마디 비명을 지르며 나동그라졌다.

"이쪽으로, 이리루 와!"민소대장이 불에 타는 초가집으로 뛰어들며 손짓으로 전사들을 불렀다.

전사 몇이 소대장을 뒤따라 그 집으로 뛰어들었다. 문한득도 그들 따라 옆집 담을 타넘어선 한 집 담을 넘어 건넜다. 전사들이 한길로 뚫린 삽짝 앞에 몸을 붙였다. 이제 방죽과는 불과 30미터 거리였다. 전사들이 옆구리에 찬 반땅크 수류탄을 손에 쥐었다.

"공쳐라!"민소대장이 외치자 방망이 수류탄 여러 개가 방죽으로 날랐다. 폭음이 터지자, 전사 댓 명이 한길로 나서서 방죽에 총을 갈겨댔다. 문한득도 뛰쳐나가 방아쇠를 당겼으나 총탄 두 발이 차고 나가자 덜컥 멎어버렸다. 집 안으로 뛰어든 그는 얼른 새 탄창을 갈아 끼웠다. 한길 건너편 초가지붕 위에서 방죽을 향해 쏘는 따발총 소리가 요란했다. 문한득이 한길로 머리를 내밀었을 때, 건너편 방죽을 타넘고 관동마을로 꼬리를 빼는 군복짜리들이 보였다. 방죽을 향해 소대원들의 총탄이 빗발치자, 푸른 군복들이 고꾸라졌다. 전사들이 방죽을 타넘고 개울로 내려섰다. 문한득은 방죽 아래 가로세로 널브러진 시체더미를 볼 수 있었다. 신음을 뱉는 부상자 면상을 개머리판으로 까부수는 전사도 있었다. 신원학교 쪽에서는 아직 맹렬한 사격전이 벌어지고 있었다.

그러나 1중대와 민주지대원들이 관동으로 뛰는 경찰대 병력을 쫓을 때부터, 총소리가 차츰 잦아들었다. 전투가 회두리판에 이르고 있었다.

십 분 뒤, 총소리는 완전히 멎었다. 과정리 여러 곳에 불길만 타올랐다. 어디에선가, "조선인민공화국 만세!" 소리가 들리고, 공포를 쏘아대는지 하늘을 차고 나가는 총소리가 메아리쳤다.

살아남은 남조선 경찰대와 청년방위대 병력은 감악산 쪽 어둠 속으로 자취를 감추었다. 쫓던 측은 더 쫓을 대상을 잃고 말았다. 군관이 호루라기를 불며, 철수하라고 소리쳤다.

문한득이 옥계천 나무다리를 다시 건널 때야 과정리 쪽의 타오르는 불빛에 드러난 주위의 전우들을 둘러보니 상당수가 낯선 얼굴이었다. 다른 중대원들이 섞였고, 1중대원들은 수가 절반 남짓 되었다. 3소대원은 한 명도 보이지가 않았다. 호루라기 불었던 군관도 다른 중대 중대장이었다. 농사꾼 복장인 민주지대원도 열대여섯 명 섞여 있었다.

"대현리 농민위원 박우조 동무 있습미까?" 문한득이 민주지대원들을 살피며 자형을 찾았다. 민주지대원 중에는 문한득과 낯익은 사람도 있었으나 인사를 나눌 여유가 없었다. 막 전투를 치른 터라 모두 얼이 빠져 제정신이 아니었다.

"기포지대 일중대는 장마당으로 따루 집합해."

민소대장 말에 따라 1중대원들은 장터로, 다른 중대원들과 민주지대원들은 신원학교 쪽으로 나누어 몰려갔다.

중대원들은 승리감에 한껏 으쓱해져 잡담이 분분했다. 오합지

졸이 따로 없더라, 몇을 해치웠다, 해장감밖에 안 되더군, 하는 말이 오고가자, 어떤 전사는 '승리의 새해'를 흥얼거리기도 했다. 누군가, 송중대장이 당했다고 말하자 잡담이 그쳤다. 문한득도 잊었던 사실을 그제야 떠올렸다. 자신도 선불당했음을 깨닫고 총상 입은 왼쪽 뺨을 쓸어보니 피는 엉긴 채 멎어 있었다.

장터 가운데는 화톳불이 타올랐다. 화톳불 주위에 둘러섰던 중대원 예닐곱이 일행을 맞았다. 그들 옆에 시신 세 구가 널브러져 있었다. 주위로 피가 흥건했고, 그중 한 시신에 인공기가 덮여 있었다. 송중대장 시신이었다. 문한득은 백만복도 당했음을 알았다. 그의 옆구리에서 피가 스며 나왔다. 불과 서너 시간 전까지 치통타령을 하던 그였다. 그는 앓던 치통으로부터 놓여났으나 담배 한 개비 피웠으면 원이 없겠다던 소원은 이루지 못한 채 이승을 떠났다. 다른 시체 한 구는 3소대원이었다. 시신 옷섶 사이와 목으로 하얀 깨알들이 스멀거렸고 그것들이 얼굴로 기어올랐다. 이였다. 몸이 차가워짐을 먼저 안 이떼가 송장을 떠나 따뜻한 화톳불을 찾아 기어나오고 있었다. 이떼는 순식간에 싸라기눈처럼 군복과 얼굴을 덮으며 꼼지락거렸다. 여자의 흐느낌이 터졌다. 눈물을 훔치던 옥화였다. 그 옆에서는 순지가 벗은 모자로 얼굴을 가리고 훌쩍였다.

"중상자 넷은 김지도원이 인민학교루 옮겼습니다. 위생반이 그곳에 있다구 해서요." 2소대 분대장이 민소대장에게 말했다.

민소대장이 송중대장 얼굴에 덮은 인공기를 걷었다. 얼굴은 이떼가 싸라기눈처럼 덮고 있었다. 중대장은 눈을 부릅뜬 채 죽었다.

짚이는 생각이 있어 문한득은 김익수를 찾았다. 화톳불 건너에 경상을 입은 전사 몇이 쪼그려 앉았는데 그 자리에 김익수도 끼어 있었다.

"소대장 동무, 제가 잘못 보지 않았다면 누군가 뒤에서 쏜 것 같아요." 중대장 시신을 내려다보던 순지가 민소대장에게 말했다.

"뒤에서 쏘았다구?"

"제가 중대장 동무 뒤에 있었는데, 총알을 등에 맞고 앞으로 쓰러졌어요. 달려가 보니 앞쪽으로 피가 쏟아지지 뭐예요. 제 목도리로 그 구멍을 아무리 막아도……" 순지가 말을 잇지 못하고 돌아섰다.

민소대장이 단추 풀린 중대장 가슴을 열었다. 총알은 오른쪽 심장 위쪽을 차고 나갔는데, 가슴팍이 피로 질펀했다. 그는 중대장 몸을 뒤집었다. 카키복 점퍼 등판 왼쪽에 구멍이 나 있었다. 그 위치가 앞쪽보다 조금 낮은 점으로 보아 분명 뒤에서 쏜 총질이 틀림없었다.

문한득은 다시 김익수를 보았다. 무릎 사이에 얼굴을 박고 있던 그는 자기 말처럼 이번 전투에서 살아남아 송중대장을 이긴 셈이었다. 그렇다면 익수 동무가? 모를 일이었다. 김익수는 중대장이 총탄에 맞기 전에 행동이 굼뜨다고 그의 발길에 채였다. 그가 안경을 찾아 낀 다음을 문한득은 알 수 없었다. 익수 동무가 분명 중대장 가까이에 있었지만, 중대장이 쓰러질 때 그 뒤에 있었는지 옆에 있었는지 판별되지 않았다.

불길에 휩싸인 공회당 뒤쪽에서 한 무리의 전사들이 두 손 치켜

든 푸른 군복짜리 셋을 앞세워 이쪽으로 오고 있었다. 안세안마을로 도망치던 적을 추적하고 돌아온 3소대장과 소대원들이었다. 손을 쳐든 셋은 미처 도망가지 못하고 민가에 숨어 있던 남조선 청년방위대 대원이었다. 화톳불까지 온 3소대장이 송중대장 시신과 중대원 시신 두 구를 확인하자 표정이 분노로 일그러졌다. 그는 옆에 있는 전사의 따발총을 나꿔채 직수굿해져 떨고 서 있는 포로 셋에게 무차별 총탄을 퍼부었다. 포로 셋이 그 자리에 고꾸라졌다.

"일중대장 어딨나요. 인민학교루 빨랑 오라요. 작전참모으 호출입니다." 작전과 연락병이 뛰어오며 외쳤다.

"민동무가 가시오." 3소대장이 말했다.

"그럼 인원 파악부터 하구, 전장정리(戰場整理)에 임하도록. 중대장 동무를 쏜 놈이 중대원 중에 있어요. 그놈부터 잡아내야 해요." 민소대장이 3소대장에게 말하곤, 인민학교 쪽으로 달려갔다.

소대별로 집합하라는 3소대장 말에 중대원들이 웅기중기 모여 줄을 서고, 경상자들도 일어나 자기 분대 꼬리에 붙었다.

"김익수 이리 나와!" 김풍기 분대장의 고함이 떨어졌다. 모두 1소대 뒤쪽에 부상당한 다리를 뻗디디고 선 김익수를 보았다. "네놈을 주시했어. 중대장 동무에게 사감을 가진 네놈을 일찍부터 간파하고 있었어. 새끼, 이리 못 나와!" 김풍기가 1소대 뒤로 달려가 김익수 멱살을 잡아채더니 앞으로 끌어내었다.

"아닙니다, 난, 아니라요……"

"전투 중 네놈이 늘 중대장 뒤에 붙어 있었어. 내가 봤다구. 네놈이 중대장을 쏘았어. 내가 당장 처형해버리겠어!" 김풍기가 메

고 있던 장총을 벗어내려 피를 뒤발한 총검을 김익수 가슴팍에 겨
누었다.

"분대장 동무, 방수억 동무가 없습미다. 방동무가 안 보여요!"
어떤 예감으로 문한득이 외쳤다.

"뭐라구?" 김풍기가 1소대 1분대를 돌아보았다. 1분대 줄에 방
수억 모습이 보이지 않았다.

"김동무, 그만 둬. 둘 다 제자리에 가서 서더라구. 서두를 건 없어.
쏜 놈이 있다면 밝혀질 테니깐." 3소대장이 기광을 부리는 김풍기
에게 말했다. 그는 중대원을 둘러보았다. "또 빠진 동무 없소?"

1중대 인원을 점검하니 사망이 셋, 신원인민학교로 후송된 중상
자가 넷이었다. 김지도원과 전사기록원 현온부, 중상자를 후송한
2소대원 셋이 빠졌다. 방수억은 어디에도 끼어 있지 않았다.

"삼소대 일분대는 외곽을 수색하고, 나머지 중대원들은 신속하
게 전장정리에 임하도록. 전리품은 일단 이쪽으로 날라오더라구.
여성대원은 여길 지키구." 3소대장이 말했다.

중대원들이 소대별로 흩어졌다. 김풍기는 전사들에게, 방수억
시신을 반드시 찾아내라고 외쳤다. 김익수도 총대를 지팡이 삼아
절뚝거리며 1분대 꼬리에 따라붙었다.

"제가 도와줄까요?" 문한득이 보기에 딱해 김익수를 보았다.

"문동무, 고마워." 김익수는 그 말만 했다.

적군 시체에서 개인화기·실탄·수류탄·피복·담요·우의·군
화·배낭 따위의 쓸 만한 전리품을 거두어들이는 전장정리는 승
전의 기쁨에 덤으로 따라오는 신나는 일이었다. 전사자 주머니나

배낭을 뒤지면 건빵 몇 봉지와 담뱃갑이 나왔고, 건빵은 허기부터 끌 수 있었다. 1소대는 옥계천 나무다리 쪽으로, 2소대는 공회당 앞 느릅나무 쪽으로, 3소대는 변덕마을을 향해 한길을 내달았다. 그들은 적의 시체가 많이 널린 데를 알고 있었던 것이다.

여성대원 넷만 남기고 중대원이 장터를 비운 뒤, 전사기록원 현 동무와 중상자 후송을 도왔던 2소대원 셋이 돌아왔다.

"인민학교 쪽은 굉장하던데요. 운동장에 널린 적 시체를 대충 확인해두 칠십 구가 넘어요. 남조선군 시체도 세 구나 있었으니, 남조선군이 일 개 중대를 여기다 떨어뜨리고 산청으로 빠진 모양이라요." 현동무가 말했다.

"적이 학교를 숙소루 뎅했으니 거기에 많이 있었겄디요." 옥화였다.

"인민학교서 들은 말인데, 작전이 아주 좋았습데다. 민주지대원 너닐곱이 과덩리 부락민 대표루 변장해서 남조선군 지휘관과 경찰대 지휘관들에게 신원면 탈환을 축하한대믄서 술대접을 했디요. 그게 어두워딘 후니까 우리 공격 시간과 딱 들어맞았디 않았갔이요. 그러니 우리가 공격할 때 술 처먹느라고 통솔자가 없어 혼란이 더 막심했던 거외다." 2소대 전사가 말했다.

"중상자들은 어떻게 됐어요?" 숙희가 물었다.

"둘은 목숨을 건질 것 같은데 오동무는 아무래두 힘들 것 같아. 출혈이 심한데다 치명상이라……"

한참 뒤, 민소대장이 돌아왔다. 흩어졌던 중대원들이 장터로 돌아와 전리품을 부려놓고, 다시 어둠 속으로 내달았다. 여성대원들은 부려놓은 배낭을 된장질해 요긴한 물건을 추려냈다. 건빵·미숫가루 봉지·의약품·담배·모포·털모자·내의나 양말 따위가 배낭에서 나왔다. 가족사진이나 남조선 지폐도 있었다. 여성대원들이 전리품을 정리할 동안 민소대장은 본부 소대원 다섯을 동원해 장터와 가까운 민가 방공호에 송중대장과 전사들 시신을 먼가래했다.

삼십 분 남짓 걸려 전장정리가 끝나자, 1중대는 전리품을 신원인민학교로 옮겼다. 그때까지 방수억 시신은 어디에서도 발견되지 않았다. 김풍기가 큰 개울부터 관동까지, 1소대 진격로를 샅샅이 뒤졌으나 허탕이었다. 그제야 중대원은 물론 김풍기까지, 전투가 끝난 뒤 즉결처형이 두려워 방수억이 중대장을 뒤에서 사살하고 탈출했음을 인정했다.

1분대원은 악바리 방수억의 꾀바른 수단을 두고 욕질했다. 개도 밥그릇 차지했을 때 꾸짖지 않는다 했는데 수옥마을에서 중대장이 방수억의 설날 첫 밥그릇을 빼앗은 처사만은 너무했다는 말도 나왔다.

"새끼가 그때 독한 마음을 품은 게야." 심동길이 말했다.

"씹소리하네. 중대장 그런 성질내미를 모르는 동무가 어딨어. 그만한 일로 총질한다면 나도 서너 번은 했겠다." 김풍기가 말했으나, 김익수에 대한 감정이 석삭은 점은 틀림없었다.

문한득은 방수억이 어쩌면 대현리 자기 집에 들렀을지도 모른다고 생각했다. 그렇다면 방동무는 집에서 농사꾼 복장으로 바꾸어 입고 대체 어디로 갔을까? 남조선군에 자수한다? 아니면, 고향 경기도 인천까지 천리 길을 걸어간다? 그동안 남조선군 헌병이나 경찰 검문을 몇 차례쯤 통과해야 될까? 그러나 문한득은 지금 남의 걱정이나 하고 있을 처지가 아니었다.

신원인민학교 운동장 여기저기에 모닥불이 타오르고 있었다. 운동장에는 전투에 참가했던 여러 중대 전사들로 어수선했다. 민주지대원을 합쳐 운동장에 모인 병력은 4백 명쯤 되었다. 전사들은 전투의 흥분이 가시지 않은 거칫한 얼굴이었다. 철봉대 쪽에는 시신이 무더기를 이루었고, 조회대 양옆으로 진열된 노획한 각종 화기와 군수품이 몇 트럭분이었다. 군사부 소속 군관이 조회대 단상에서 호루라기를 불며, 중대별로 신속히 정렬하라고 외쳤다.

조회대를 향해 중대별로 열 맞추어 서자, 해방전쟁에서 전사한 영웅전사와, 이번 18작전에서 전사한 동지를 위한 묵념이 있었다. 이어, 단상에 작전참모 중좌가 올랐다. 그는, 이번 18작전에서 315부대가 보인 일사불란한 기민성과 영웅적인 투쟁력을 높이 평가한다고 머리말을 떼었다. 작전 개시부터 완료까지 한 시간 삼십 분 만에 적 사살 백육십 명을 웃도는 이번 전과야말로 조국통일전쟁에 영원히 기록될 승전보라고 열을 올렸다. 그는, 남조선군 응원부대의 공격이 예상되므로 전 부대는 일단 야지에서 철수한다는 말로 짤막한 연설을 끝냈다.

작전참모가 조회대에서 내려가자, 곧 전리품이 중대별로 할당되었다. 개인 화기 · 방한용 외피 · 작업화 · 배낭 · 탄띠 따위는 백 명에 가까운 민주지대 비무장조가 우선적으로 차지하여, 복장이 농사꾼에서 군인으로 탈바꿈했다. 인민학교 교실에 쌓아둔 쌀 스물댓 가마, 통조림 따위의 부식 반 트럭분, 실탄상자 한 트럭분을 고루 나누다 보니 전사 한 사람당 20킬로그램이 넘는 짐을 떠맡았다. 곧 출발해야 한다며 빨리 짐을 꾸리라는 군관들 재촉이 불 같아 문한득은 자형을 찾으려 민주지대 쪽을 둘러볼 짬조차 낼 수 없었다.

챙길 짐을 챙겨 아퀴 짓자, 중대별로 야지 철수작전이 시작되었다. 인공기·승리기·부대 깃발을 앞세우고, 민주지대를 선두로 315부대 각 중대는 신원인민학교를 뒤로하고 청수리로 빠지는 서쪽 언덕길을 잡았다. 목표 지점은 시오 리 밖 760미터가 넘는 매봉산과 갈전산 사이의 높드리 산채였다.

그때까지 과정리에는 부락민이 코빼기도 보이지 않은 채 집 안에 숨어 있었다. 315부대 대열 꼬리가 하류못 쪽으로 사라지자, 그제야 부락민이 한두 사람씩 집 밖으로 나왔다. 그들은 이웃의 이름을 작은 소리로 부르며 서로의 안부를 물었다. 귀에 익은 목소리를 듣고 늙은이와 아낙들이 바깥으로 몰려나왔다. 젊은이나 장정은 이쪽저쪽 편에 빼앗겨 과정리 역시 아녀자와 늙은이, 아이들뿐이었다. 그들은 신작로와 장터를 둘러보다 시체가 즐비한 현장에 놀란 입을 다물지 못했다.

부락민들이 장터에 모여 쑤군거렸다.

"국방군이 금방 들이닥칠란지 몰라요." "그라마 우리가 산사람들한테 찔러바쳐 이 지경이 됐다고, 우리를 가만 놔뚜겠습미꺼?" "그러잖아도 적지에 남아 있는 부락민을 빨갱이들이라며 다 죽이라 했다 하던데, 이번에는 어른아이 할 것 없이 다 쥑일 낍미다."

"지금이라도 마실을 비우고 떠나는 게 목숨을 건지는 거라요. 남아 있으면 다 죽습미다." "면소 쪽 양지리는 산사람들이 떠나고 국방군도 거게는 안 들어왔다던데, 우선 그리로 가서 하루이틀 지내고 보입시다." "그래야겠심다. 여게 눌러 있다간 어느 편에 죽게 될란지 모르겠네요. 이 편 저 편에 찡겨서 안 죽으면, 마실을 불질러뿌릴란지 몰라요."

화급해진 부락민은 뿔뿔이 제집으로 흩어졌다. 방공호 · 헛간 · 집 뒤 채마밭 귀퉁이에 이불 둘러쓰고 죽은듯 엎드려 있던 집안 식구를 채근해 피난 짐을 꾸렸다. 양식과 솥과 이불 보퉁이를 지게 짐으로 지거나 머리에 이고, 아이들을 앞세워 그들은 서둘러 밤길을 나섰다. 담차고 꾀바른 어떤 이들은 인민군이 미처 수습하지 못하고 흘린 전사자 주위의 생필품을 챙기기도 했다. 부락민 한 무리가 양지리 쪽으로 길을 잡아 불길에 싸인 을씨년스런 마을을 총총히 떠났다.

타오르던 불길이 시름시름 꺼져, 어둠이 과정리를 덮었다. 이제 과정리에 남은 사람은 없었다. 과정리가 시신 마을로 버려져 바람의 놀이터가 되었을 때, 315부대는 수동마을을 멀리 도는 자드락길을 잡아 30도 넘는 고개티를 허기지게 오르고 있었다.

문한득은 제 몸 수습도 겨우 하는 김익수를 보다 못해 알심을 보인답시고 그의 짐을 반쯤 덤으로 맡았기에, 산길을 타기가 어느 때보다 힘에 부쳤다. 김익수의 전리품 배낭까지 앞에다 메고 있어 안팎 곱추가 된 그는 제대로 버티어 설 허리힘마저 없어 반쯤 기다시피 산을 탔다. 엄마가 만들어준 벙어리장갑을 끼고 있었으나 나무등걸을 잡은 팔힘으로 다리를 끌어올리느라 손바닥은 맨살이었다. 온몸은 감각을 잃은 지 오래였다. 떼어지지 않는 다리를 곰비임비 뒤쫓아오는 발자국 소리에 쫓겨 겨우 한 발씩 옮겨놓을 뿐이었다. 땀이 온몸을 적셨다. 눈앞의 희끄무레한 잔설이나 얼음 조각을 긁어 혀로 녹이고 얼굴을 닦았다. 따지고 보면 정찰조로 전투를 기다릴 때나 전투를 치를 때가 지금보다 몇 배 행복한 시간이었다.

오례마을을 아래쪽에 둔 600미터까지 올라왔을 때, '뒤로 전달'이 넘어왔다. 그 자리에서 십 분 동안 휴식이었다. 문한득은 멈추어 선 자리에서 모로 쓰러졌다. 눈을 닦으니 앙상한 나뭇가지 사이로 뭇별이 어릿어릿 눈에 들어왔다. 뛰던 가슴이 숨결을 고르자 혼곤한, 죽음 같은 잠이 찾아왔다. 이런 게 바로 죽음을 맞는 순간이 아닐까 싶어 겁이 났다. 김풍기 분대장의 팔로군 시절, 사흘을 굶고 사흘을 눈 한 번 못 붙인 엄동의 강행군 끝에 잠시 휴식시간이 주어지고 출발을 알리자, 분대원 중 둘이나 이미 숨이 끊어져 있더라는 체험담이 사실일 거라고, 그는 까라지는 의식으로 느꼈다. 이틀 동안 제대로 눈을 못 붙인 그는 죽음 같은 잠에 순간적으로 떨어졌다.

"문동무, 자면 안 돼요. 정신 차리고 있어야 해요." 김익수가 문한득을 흔들더니 어깨를 잡아채 일으켜 앉혔다. 수통물을 문한득 입에 댔다. "물을 마셔요. 내가 물을 구해놨어요."

문한득은 몇 모금 찬물을 삼키자 머릿속이 개어왔다.

"그 다리로 어떻게 여게까지 올라왔습미까?"

"내보다 문동무가…… 내 짐까지 맡았으니, 고맙소." 김익수가 문한득 손을 잡았다. "우리 죽지 말구 꼭 살아남읍시다. 이대로 죽기는 너무 억울하잖아요."

'뒤로 전달'이 넘어왔다. 다시 출발이었다.

산채에 도착하자, 바람이 매섭게 몰아쳤다. 315부대는 중대별로 나누어 숙영 준비에 들어갔다. 불을 일절 피울 수 없어 어둠 속에서 하는 작업이었으나 그런 일쯤은 이력이 난 숙련병들이었다. 나뭇가지로 기둥을 세워 천막으로 시옷자 바람벽을 쳤다. 바닥은 소나무 가지와 낙엽을 모은 위에 담요를 깔았다. 1중대 1소대도 이십 분 만에 비트 하나를 만들었다. 작전부 직속중대에서 건너온 전사들이 양식과 부식, 실탄상자 따위의 전리품을 거두어 갔다. 그들 말에 따르면 민주지대는 오늘 밤으로 양식과 부식 따위의 전리품을 짊고 남덕유산을 향해 출발한다는 것이다.

"그럼 우린 여기 남아 또 전투를 치른단 말이오?" 누군가 물었다.

"전체가 뜨느냐, 남조선군을 한차례 더 치구 뜨느냐, 지금 참모회의에서 의견이 시끄러운 모양이라요." 직속중대 전사가 말했다.

문한득은 그런 말을 들으며, 자형도 오늘 밤으로 여기를 떠나 남덕유산으로 나설 거라고 생각했다. 자형은 판단력 빠르고 꾀발라 전투대원들을 붙좇아 다니며 생고생할 사람이 아니었다. 어쩌면 행군 중에 대열에서 이탈해 처자식이 먼저 가 있는 산청군 노은면으로 숨어들는지 알 수 없었다.

보초는 어제 초저녁잠을 제대로 잔 3소대가 맡게 되어, 1소대와 2소대는 제가끔 비트에 몸을 뉘었다. 담요 몇 장을 포개어 뒤집어

쓰고 서로의 체온에 의지해 잠에 떨어졌다. 자정을 넘긴 시간이었지만 새벽까지는 더없이 달콤한 잠이었다.

사방이 희뿌옇게 밝아오자, 기상 명령이 떨어졌다. 전사들은 단잠에서 깨어나 비트 밖으로 몰려나왔다. 된서리가 자욱 내린 것으로 보아 날씨가 따뜻할 것 같았다. 문한득은 낯선 지형에 잠시 어리둥절했다. 어젯밤 어둠 속에서 비트를 만들 때는 숲이 짙은 산속인 줄 알았는데, 나무가 없고 갈대와 잡풀만 우거진 버덩이어서 주위가 거칠 데 없이 훤했다. 만약 항공(航空)이라도 만난다면 그대로 박살날 산등성이에 비트들이 옹기종기 붙어 있었다. 그래서 그랬던지 밤중에 비트를 만드는데 간짓대감을 구할 수 없어 애를 먹었던 게 생각났다.

"이렇게 사방이 트인 데다 비트를 만들면 남조선군한테 쉽게 발견될 거 아님미까." 문한득이 김익수에게 말했다.

"이런 데다 우리가 비트를 칠 줄 남조선군도 미처 예상 못했을 테니 이를 역이용한달까, 아니면 우리 역시 남조선군 출몰을 쉽게 포착할 수 있는 장점도 있잖아요." 김익수의 해석이 그럴듯했다.

중대별로 아침조회를 시작할 때, 틀스러운 기포지대장 맹산 소좌가 1중대로 넘어와 조회에 참석했다. 국가 합창은 생략되었고, 전몰 영웅전사에 대한 묵념에 이어, 지대장 훈시가 있었다.

맹산 지대장은 오늘 밤 야습전에도 어젯밤 같은 일당백의 영웅적인 투쟁정신으로 작전과업에 임해줄 것을 전사들에게 당부했다. 그 말에 부대원들은 한차례 더 전투가 있겠음을 알았다. 맹산 지대장은 해방전쟁 초기부터 낙동강 전투를 거쳐, 오늘에 이르기까지 그 어느 당원보다 열성적으로 지휘관의 소임을 다했던 송한갑 대위의 전사를 두고 심심한 경의를 표했다. 본대가 남덕유산으로 들어가 전열을 재정비하면, 송대위를 위한 성대한 추모행사를 거행함은 물론, 일계급 특진과 일급 국가훈장이 추서될 것이라고 말했다.

"……그리구, 남덕유산에서 부대 개편이 있을 예정인데, 그동안 오늘부터 일소대장 민동지를 부중대장으루 임명하여 일중대 작전권을 일임하기루 군사부에서 결덩을 보았음을 알려드립네다. 던 중대원은 민부중대장 아래 일치단결해서 해방전쟁의 과업수행에 가일층 매진해줄 것을 부탁합네다. 일소대장은 선임분대장 김풍기 전사가 맡게 되겠습네다." 지대장이 말을 맺었다.

조회를 마치자 맹산 지대장과 민부중대장은 군사부 지휘소 비트로 넘어갔다. 잠시 뒤, 민부중대장이 돌아왔다. 그는 곧 소대장과 분대장을 모아 군사부 작전과에서 하달받은 오늘 밤 야습전에 대해 설명했다.

어젯밤 감악산을 넘어 쫓겨간 경찰대와 청년방위대 잔여 병력은 무선 연락을 통해 산청군 차왕면에 집결해 있던 남조선군 연대본부에 전황을 보고했을 터였다. 그러므로 오늘 틀림없이 연대 병력 일부나 전 연대 병력이 신원면으로 들어올 것이다. 그렇게 되면 315부대가 무리하게 오부면까지 출격 않고 제발로 찾아 들어온 남조선군을 맞아 과정리에서 한바탕 기습전을 치른 뒤, 야간행군으로 바람같이 신원면을 뜬다고 했다.

중대원들이 다시 군장을 꾸리고, 어젯밤에 써버린 만큼 실탄과 수류탄을 새로 지급받을 동안, 여성대원들은 작전과로 넘어가 아침 대용 건빵과 통조림 깡통을 배급받아 왔다. 건빵은 한 사람당 한 봉지로 배급되었고 통조림 깡통은 네 사람당 한 개꼴로 돌아갔다. 대용식으로 얼추 배를 불리자, 출동 명령이 떨어졌다.

아침해가 월여산을 비껴 질매재 마루터기 위로 떠올랐다. 바람도 잠잠한 맑은 날이었다. 어젯밤의 격렬했던 전투에도 아랑곳없이 산새들이 봄맞이 준비가 한창인 숲속 나무 사이를 날며 울었다. 낮이면 햇볕이 따스할, 전형적인 남도지방의 화창한 겨울 날씨가 될 것 같았다.

1중대 담당 지역은 달귀봉이었다. 발소리마저 죽인 행군 대열이 길도 없는 떨기나무숲을 헤쳐 동남쪽 대안마을을 향해 산허리를 질러 내려갔다. 1소대 1분대가 척후조로 앞장섰다.

문한득은 곧장 나아가면 한 시간 만에 도착될 대현리를 눈으로 가늠하며, 집 생각에 매달렸다. 갈전산에서 대현리까지는 시오 리 거리였다. 상유곡을 지나 고갯마루만 넘으면 눈 아래 대현리 일대가 펼쳐질 터였다. 남조선군이나 경찰대가 대현리로 들어와 공비 근거지라며 마을을 소각해버리지 않았을까. 통비주민(通匪住民)은 현지에서 지휘관 재량으로 처단하라 했다는데, 가족 중 입산자를 둔 집안 식구는 무사할까. 문한득은 남덕유산으로 빠지지 않고 다시 고향 쪽으로 돌아감은 좋았으나 이런저런 걱정으로 마음이 무거웠다.

1중대는 대안마을 원중유에서 하유곡으로 올라오는 달구지길을 건넜다. 길을 건널 때는 길 아래쪽과 위쪽을 살펴 사람 자취가 없음을 확인하곤 한 사람씩 재빨리 넘어갔다. 이른 아침이라 서리 내린 언덕길은 인적이 없었다. 그들은 서북 방향으로 십 리쯤 하산하여, 다시 높드리를 올라 580미터 고지인 달귀봉 마루의, 과정리를 내려다볼 수 있는 지점에서 멈추었다. 중대원이 한곳에 모이자, 민부중대장이 소대별로 잠복할 지점을 지시했다. 1소대는 동남 방향 대현리 쪽을, 2소대와 본부소대는 지금 위치, 3소대는 거쳐온 갈전산과 매봉산이 건너다 보이는 북서 방향 경계를 맡았다. 군호가 하달되었고, 제1, 제2비상선은 어제와 같다고 했다.

1소대 작전권을 부여받은 김풍기 분대장은 벙글거리는 얼굴로 소대원을 거느리고 달귀봉 마루를 시계바늘 방향으로 돌아 나갔다. 문한득은 가슴이 할랑거렸다. 이제 눈 아래로 대현리를 내려다볼 위치에서 경계 임무를 맡게 된 셈이었다. 낙엽을 밟고 비탈을 200미터쯤 돌아나가자, 대현리 중세터가 한눈에 들어왔다. 마을은 불에 타지 않았고 예전 그대로 초가지붕들이 엎드려 있었다. 고샅길도, 나지막한 토담도, 집집마다 몇 그루씩 서 있는 감나무들도 예전 그대로였다.

"소년병 동무하고 껑다리 동무, 둘은 저기 저 아래 바위짬에서 보초를 서도록. 부락민이 산으로 올라오면 생포해야지 절대 발포 말도록. 졸지 말구, 오발 조심하고, 상황이 생길 때는 뻐꾸기 울음을 세 번 내구서는 한 명은 현 위치 고수, 한 명은 지체없이 보고하도록. 교대시간은 정오로 잡겠다." 김풍기가 말했다.

문한득과 김익수는 돌과 흙이 흘러내리지 않도록 조심스럽게 50미터 아래로 내려갔다. 고구마를 닮은 바위 두 개가 머리를 기대고 있어, 마을에서는 그 바위를 오뉘바위라 불렀다. 둘은 대현리 네 마을이 내려다보이는 바위 옆 오리나무 뒤에 자리잡았다.

"문동무, 저기가 대현리 맞지요? 고향 마을을 바로 눈앞에 두고 못 내려가다니. 나처럼 멀리 두어 안 보면 몰라두 말이오." 김익수가 바위에 총을 기대어 세웠다.

"고향 마실은 지금 북조선군 땅입미까, 남조선군 땅입미까?" 문한득이 하대현 고샅길을 눈대중으로 더듬으며 물었다.

"지금은 완충지대겠지요" 하며 김익수는 오른쪽 다리 정강이를 싸맨 붕대를 풀었다. 총알이 차고 나가 바지 무르팍께가 찢어졌고 마른 피가 엉겨 있었다. 맨살에 피고름이 엉겼는데, 뭉개진 살갗 안쪽으로 정강이뼈가 보였다.

"송진가루 덕분에 이만큼에서 아무는 모양이구려."

"그 정도 부상이라 천만다행입미다."

"문동무도 아차 했담 면상이 날아갈 뻔했군요."

"총알이 스쳐갔는데도 아픈 줄 모르겠데요."

"나는 사실 눈이 더 걱정이오. 한쪽 눈은 완전히 당달봉사가 됐으니, 이제 조준인들 제대로 하겠어요? 남은 한쪽 안경알이라도 잘 건사를 해야 할 텐데 걱정이구려." 안경알이 빠져버린 김익수의 한쪽 눈이 우묵하게 패여 있었다. 그는 윗도리 안주머니에서 작은 물약병을 꺼내 약물을 무릎 상처에 바르고 송진가루를 뿌렸다.

"김동무는 한숨 자이소. 제가 보초를 잘 설 테이니까요."

문한득은 마을로 눈을 돌렸다. 고샅길은 비어 있었고, 마을은 한갓지게 고즈넉했다. 어느 집도 사람 움직임이 보이지 않았다. 이 집 저 집 연기가 오르고 있어 마을에 사람이 기거함을 짐작할 수 있었다. 엄마와 두 형네 가족이 집 안에 있을 터였다. 어쩌면 방수억이 자기 집 헛간이나 뒤란 고방에 숨어 있을지도 몰랐다. 마음은 자꾸만 마을로 장달음을 놓았다. 오랫동안 마을에 눈을 주는 동안, 김익수는 바위에 등을 기댄 채 따뜻한 아침볕을 받으며 눈을 감고 있었다.

정오가 되었을 때, 2분대원 둘이 오뉘바위로 내려와, 문한득과 김익수는 보초교대를 했다. 둘이 소대본부로 돌아오니 소대원들은 양지에 모여 앉아 잡담을 하거나 땅바닥에 등을 붙이고 잠을 자고 있었다. 문한득도 배낭을 베고 눈을 붙였다. 잠이 들자 꿈부터 찾아봤다. 대현리가 온통 불에 타고 있었다. 집집마다 사람들이 가재도구를 이고 지고 뛰쳐나왔다. 마을이 아비규환을 이루었다. 사람들이 고샅길을 달려가고, 불타는 집으로 뛰어들었다. 엄마가 부엌에서 뛰어나오며 외쳤다. 한득아, 다 타 죽었다. 모두 타 죽었어. 치마귀에 불이 붙은 줄도 모르고 엄마가 같은 말을 외쳐댔다. 누가 마을에다 불을 질렀습미까 하고 그가 묻자, 전쟁귀신이다, 전쟁귀신이 마실을 불질렀다, 네 성도, 형수도, 조카도 모두 불에 타 죽었어…… 문한득은 소스라쳐 놀라 벌떡 일어나 앉았다. 소름이 온몸을 훑었다. 어느덧 해가 서쪽으로 설핏 기울어 있었다. 그는 김익수를 찾았다. 소대원들이 모여 있는 쪽에서 웃음소리가 들렸다. 문한득이 배낭과 총을 메고 그쪽으로 가니, 소대원이 원을 그려 둘러앉았고 김익수가 업시름을 당하고 있었다. 껑차진 얼굴의 김익수는 허리를 꺾고 바지를 까내린 알궁둥이를 흔들어댔다. 살점이라고는 없는 깡마른 엉덩뼈가 보습 같았다. 그는 너무 말라 겹주름으로 처진 엉덩이를 하늘로 쳐들어 아래위로, 옆으로 흔들며 무슨 글자를 흉내내고 있었다.

"학자 동무, 그게 좆자냐? 조선글로 좆자를 그렇게 써?" 김풍기가 넉살을 떨었다.

"남조선군이 들어와요. 저기, 저 산텅 쪽에서 말이웨다!" 보초로 나간 1분대원이 허겁지겁 달려오며 소리쳤다.

소대원들이 일어나 보초가 가리키는 대현리 위 큰길에 눈을 주자 나무숲에 가려 큰길이 눈에 띄지 않았다. 모두 좀나무숲을 헤쳐 오른쪽으로 돌아 나갔다. 문한득은 와룡리 비곡마을에서 내려오는 큰길을 보았다. 멀리 길 가장자리로 두 줄을 지어 한 무리의 푸른 군복들이 와룡리 쪽에서 대현리로 내려오고 있었다. 남조선군 정찰조였다.

"연락병 동무, 빨랑 본부로 가서 보고하도록." 김풍기가 말했다.

남조선군 정찰조 분대 병력이 비곡재를 넘어오고 한참 뒤였다. 장갑차 한 대가 나타났다. 그 뒤로 두 줄 종대로 푸른 군복들이 줄을 잇고 있었다. 긴 행군 대열이었다. 트럭 세 대가 각각 60밀리, 80밀리 박격포까지 실어 날랐다. 신원면과 차황면 살피는 해발 300미터가 넘었고, 그 산마루는 밀치재였다. 남조선군이 험한 밀치재를 넘어 트럭과 포신까지 동원했으니 오늘 밤의 전투야말로 피아간 생사존망이 걸린 대접전이 될 것임에 분명했다.

"볼 만한 광경이군. 이놈들, 오늘 밤에 한번 당해보더라구." 김풍기가 여유만만하게 이기죽거렸다.

"사백은 될 것 같은데요." 강철규가 김풍기에게 얼뜨게 말했다.

"어제 아침 대안을 거쳐 산청으로 곧장 넘어간 주공부대가 틀림 없어. 과정리가 어젯밤 된통 당하자 현장 사수 명령을 받고 되돌아온 게지."

하대현 앞길을 지나가는 트럭의 엔진 소리가 산마루까지 여리게 들려왔다. 대현리 마을 아이들과 어른들이 큰 개울 건너에서 행군을 구경하며 '만세'를 부르고 있었다. 남조선군 대대 병력은 과정리로 내려갔다.

중대본부로 갔던 연락병이 돌아와서, 각 소대의 합류를 알렸다. 1소대는 중대본부가 있는 진지로 넘어가, 거기에서 개인별로 건빵한 봉지씩을 배급받았다. 중대 연락병이 매봉산 쪽 참모부로 다람쥐처럼 도다니며 작전 지시를 받아 왔다.

해가 지고 땅거미가 내리자, 출동에 앞서 민부중대장 훈시가 있었다.

"작년 삼월, 보안간부훈련소에 입교하여 해방전쟁에 초급 군관으로 참전한 이래, 내가 중대 지휘관의 막중한 소임을 맡고 전투에 임하기는 이번이 처음이오. 동무들은 나보다 경험이 풍부한 역전의 용사들로서, 이번 전투에서도 인민군 전사로서 용맹을 보여주시오." 민부중대장은 잠시 말을 끊었다. 목소리는 무거웠고 말투가 침통했다. "지금부터 이 고지의 삼부 능선까지 하산을 하면, 공격 명령이 떨어질 때까지 대기하게 될 것이오. 그 지점부터 과정리까지는 일 킬로, 오발에 각별히 주의하도록. 돌격 명령이 내

리면 숨이 끊어질 때까지 질풍같이 진격해 오백 미터 지점에서 산
병선(散兵線)을 구축하시오. 그동안은 사격할 필요가 없어요. 적이
진격해 오면 그때 일제히 응사하며 낮은 포복으로 돌진하도록. 각
소대장은 전열이 흩어지지 않게 단속하구, 전사들은 소대장 위치
를 자주 확인하도록 하시오. 매봉산과 갈전산 쪽에서 조명탄이 터
지면 퇴각 신호로 알고 소대별로 뭉쳐 제일비상선으로 신속하게
집결하도록. 그러면 출발."

　1소대 1분대를 선두로 중대 병력은 달귀봉을 뒤로 두고 은밀히
하산을 시작했다. 전사들은 가뭇없이 숲길을 헤쳐 나아갔다. 5부
능선에서 소대별 세 가닥으로 나누어 하산했다. 과정리를 한 마당
쯤 둔 달귀봉 북녘 3부 능선의, 외탄량과 하유곡 사이에서 분대별
로 진을 쳤다. 매봉산 마루턱의 봉홧불을 신호로 총공격이 시작되
므로 중대원들은 촉발 직전의 대기상태로 들어갔다. 어둠이 자욱
내려 산야를 덮어 오고, 하늘에 별들이 돋아나기 시작했다. 기온
이 떨어지며 산내리바람이 싸늘하게 밀려왔다.

　문한득은 가랑잎이 드레드레 매달린 굴참나무 뒤편에 쪼그려
앉아 과정리 쪽을 바라보았다. 그의 옆에 김익수가 앉아 있었다.
과정리는 어디 한 군데 불빛 없이 만귀잠잠했다. 무슨 말인지 남
조선군이 이따금 질러대는 고함소리가 바람결에 실려왔다. 바람
결에 그들이 합창으로 불러대는 노래가 들렸다.

　"문동무, 오늘 밤 전투는 어제와 다를 겁니다. 태평 치고 있던
적을 기습하기야 쉬웠지요. 더욱 이번은 전투경찰대나 청년방위
대가 아닌, 남조선군 정규 군대요. 남조선군이 과정리로 들어가

그 많은 시체를 봤다면 적개심도 엔간히 끓을 텐데……" 김익수의
울가망한 목소리였다.

"지금 저렇게 한가하게 노래 부르고 있는데요?"

"절대 그게 아닐 것이오. 위장술입니다. 유인하는 계책이 틀림
없어요. 노래 부르며 휴식을 취하는 체하지만, 방책을 굳히고 공
격해 올 적을 기다리고 있습니다. 대적자일(待敵者佚)이라구, 적을
기다리는 쪽은 마음이 편하다는 말이지요. 병법에 있는 말이라요"
하더니, 그는 찌무룩한 목소리로 응얼거렸다. "어젯밤 성공에 만
족하고 민주지대와 함께 그길로 곧장 남덕유산으로 빠지는 건데,
군사부가 과용을 부리는 것 같아. 여기서 만약 우리 쪽이 손실을
크게 입는다면 삼일오부대 전체가 치명타를 당하는 셈인데……"

"지휘소도 작전이 있겠지요."

"문동무, 오늘 밤을 잘 넘겨요. 오늘 밤 전투를 무사히 잘 넘겨
야 꽃 피는 봄을 맞는다구요. 남보다 너무 앞서 나서지 말아요. 훈
장이나 화선입당을 목숨과 견주자면, 그것이야말로 쓰잘데없는
명예라구요."

"김동무가 말했잖습미까. 죽기로 각오하면 살길이 열리고, 죽기
로 각오해서 안 될 일이 없다고."

"사중구생(死中求生), 또는 필사즉생행생즉사(必死則生幸生卽死)
란 말도 있지만, 필사가살(必死可殺)이란 말도 있어요. 죽음을 각
오하구 싸우면 죽게 된다는 뜻입니다. 내 말 명심하세요. 너무 덤
비지 말구, 요령껏 싸워요."

"김동무야말로 요령껏 싸울 수밖에 없겠습미다. 한쪽 눈만으로

총을 쏴야 하니깐요."

"난 동포를, 그 누구도 죽이기 싫어, 그저 싸우는 시늉이나 내고 있소. 억울하게 남을 희생시키기 싫고, 나 또한 억울하게 죽기 싫어요."

대화가 끊겼다. 둘은 과정리 쪽과 매봉산 쪽을 번갈아 보며 공격 신호가 떨어지기를 초조히 기다렸다. 탄띠와 어깨에 멘 실탄꿰미는 충분했고, 적으로부터 노획해 지급받은 수류탄도 양쪽 가슴에 차고 있었다.

어제 저녁의 공격 신호가 떨어진 그 시간쯤 되었을까, 매봉산 마루턱에서 조명탄이 연달아 터지더니, 불길이 치솟았다. 이어 갈전산과 철마산 쪽에도 봉홧불이 올랐다.

"각개 돌격, 돌격 개시!" 민부중대장이 외쳤다.

중대원들은 일제히 숲을 헤쳐 언덕 아래로 뛰었다. 먼저 청룡마을 쪽에서 총소리가 들렸다. 경기관총의 달그락대는 소리에 맞춰 불티가 보석처럼 튀었다. 1중대 전사들은 바람처럼 빠르게 불길같이 진공해 들어갔으나(其疾如風 侵掠如火), 남조선군 응사가 없었다. 깜깜한 어둠 건너 무슨 함정이 도사리고 있는 듯 과정리 쪽은, 그 고요함이 숲속과 같았고 그 속내를 알 수 없는 어둠 속과 같았다(其徐如林 難知如陰).

중대원들이 숨이 턱에 닿게 달려 내려가 다복솔밭을 내달았으니, 400미터 남짓 돌진해 갔을 때였다. 돌연, 조명탄이 주위를 대낮같게 밝혔고, 벼락치듯한 총소리가 한꺼번에 터졌다. 기관포와 경기관총의 연속발사가 콩 볶듯 이쪽으로 몰아쳐 왔다. 기다리던 적을 맞아 일제히 불을 뿜는 대단한 응사였다. 전사들은 메뚜기 튀듯 흩어져 동그러지며 납작 엎드려 응사를 시작했다. 문한득 귀에 벌써부터 "아이쿠!" "맞았다!"는 전사들의 신음과 고함소리가 들렸다. 뛸 때부터 뒤로 처진다 싶던 김익수를 확인할 겨를 없이 문한득은 앞쪽을 향해 총을 쏘아댔다. 서로의 거리가 200미터는 될 듯했는데, 목표물이 보이지 않아 건너쪽 어둠에다 총질을 계속할 수밖에 없었다.

"돌진, 돌진하더라구!" 김풍기의 다급한 목소리였다. 그의 큰 목청은 전사들에게 늘 믿음직한 방패가 되었다.

문한득은 총질을 멈추고 낮은 포복으로 기었다. 찔레덩굴이 얼굴을 찔렀으나 포복으로 나아갔다. 맹렬한 사격전이 한 치의 양보도 없어, 어젯밤과는 다른 전투 양상이었다. 상대편 총소리가 너무 가깝게 들린다 싶어, 문한득은 포복을 멈추고 수류탄을 뽑아 이빨로 안전핀을 뜯었다. 수류탄을 힘껏 내던지자, 이어 폭발음이 들렸다. 수류탄 터지는 소리는 다른 쪽에서도 들렸다. 그때 그는 문득, 요령껏 싸우라던 김익수 말이 떠올라 얼굴을 땅에 붙이고 엎드렸다.

"숙희 동무가 당했다! 얼른 옮겨. 위생반 어딨냐?" 누군가 고래고래 악을 썼다.

문한득은 엎드린 채 숙희 동무를 떠올렸다. 숙희 동무는 황해도 연천이 고향이라 했다. 다시 고향으로 갈 수도, 인민학교 선생도 못하게 된 채 남쪽 땅 산자락에서 전사하는가 싶었다. 순간, 주위의 고함소리와 총소리가 한참 거리를 두고 들려, 그는 외톨이가 된 느낌이었다. 김풍기나 김익수를 찾으려 주위를 두리번거렸다. 마치 번개가 치듯, 한순간에 주위가 번쩍 밝아졌다. 문한득은 총구를 앞으로 겨누어 사격해 오는 쪽을 다림 보며 방아쇠를 당겼다.

"이쪽으로, 중기 이쪽으로!" 2소대장 목소리가 오른쪽에서 들렸다.

갑자기 상대편 사격이 뜸해졌다. 1중대 쪽도 총소리가 잦아들었다. 화염방사기를 쏘는지 하류못 쪽에서 불기둥이 따비밭을 훑으며 뻗었고 들불이 기세 좋게 타올랐다. 그쪽에서는 가열한 사격전이 계속되고 있었다.

"이중대를 지원해. 오른쪽으로 협공. 빨랑빨랑!" 오른쪽에서 누군가 외쳤다.

문한득은 낮은 포복 자세로 오른쪽을 향해 뛰었다. 하류못 골짜기에서 수류탄이 연달아 터졌다. 그의 앞쪽 100미터 지점에서 뛰는 전사들 뒷모습이 불길 속에 얼핏 보였다. 그는 그들을 뒤따라 하류못 쪽으로 다쫓았다. 밭두렁을 건너뛰었다. 그는 허방을 밟고 아래로 떨어졌다. 용케 총을 놓치지 않아, 총대가 지팡이 구실로 흙벽을 쳤다. 엉덩이와 한쪽 어깨가 바닥 모서리에 세차게 부딪혔다. 얼음이 언 웅덩이었다. 어리치는 정신을 차리자 다리에 무엇인가가 걸렸고 그는 직감적으로 웅덩이에 누군가, 아니면 시체가 있음을 알았다.

"너구리." 문한득이 엉겁결에 군호를 댔다.

"문동무구려. 나 익수요." 떨리는 목소리가 들렸다.

"다쳤습미까?"

"아니, 안, 안경을 또 잃어버렸어요. 철사줄로 꼭 짜맸더랬……"

머리 위로 무엇인가 윙 소리를 내며 날더니 잠시 뒤 달귀봉 중
턱에서 엄청난 폭발음이 터졌다. 이어, 하륜못 뒤 하유곡 들머리
쪽에도 같은 소리가 들렸다. 남조선군이 쏘아대는 박격포탄이었다.

"나가입시다. 저쪽, 하륜못 쪽 이중대를 지원하러 일중대가 그
리로 옮기는 모양입미다."

"난, 여기 있겠어요. 그냥, 잠시 더 여기 있겠어요."

"저를 따라 나오시오. 여긴 위험 지댑미다."

문한득이 흙더미를 더위잡고 웅덩이에서 뛰어나왔다. 능놀고
있는 김익수에게 따라오라고 소리친 뒤, 들불이 타는 동쪽으로 허
리 숙여 열고나게 내달았다. 그쪽에서 치열한 사격전이 계속되었
다. 50미터쯤 뛰다 그는 무릎을 꿇고 뒤돌아보았다. 김익수가 뒤
따라오지 않았다.

"김동무, 익수 동무, 거기 있담 낙오돼요!"

문한득은 웅덩이에서 허위허위 기어나오는 김익수의 흐릿한 모
습을 보곤 논고랑 사이로 뛰어들었다. 이제 이쪽에서는 총소리가
끊어져 소강상태로 접어들었다. 하륜못과 청룡마을과 안세안마을
쪽으로 전투가 옮아갔다. 맷돌이 돌 듯 전투 대형이 과정리를 중
심 삼아 옆으로 원을 그린다 싶었다. 그러자 방금 거쳐온 동쪽에
서 갑자기 총탄이 쏟아지기 시작했다. 적어도 소대 병력 정도의
적이 외탄량에서 내려오는 큰 개울을 타고 1중대 꼬리를 쫓는 격
이었다. 총소리로 보아 남조선군과는 150미터쯤 거리가 있었지만,
문한득은 청맹과니와 다름없는 김익수가 혼자 남아 옴나위 못하

고 당하겠구나 싶었다.

문한득은 한바탕 엄호사격을 퍼붓곤 웅덩이 쪽으로 김익수를 구하려 달려갔다. 그때였다. 눈앞, 30미터 지점에서 요란한 폭발 소리가 흙을 튀겨 올리며 터졌다. 김익수 동무가 당했음이 틀림없었다.

"익수 동무!" 하고 부르며 문한득이 웅덩이를 향해 기어갔다. 대답 소리는 들리지 않았고 머리 위를 스쳐가는 총알의 파열음만 들렸다. 빨리 이 위험 지역을 벗어나 하류못 쪽으로 뛰어야 한다. 그래야만 나만이라도 살아남는다는 생각이 그의 머릿속을 스쳤다. 그러나 그는 허우룩한 마음을 떨치지 못하여 한사코 웅덩이 쪽으로 바락바락 기어갔다. 순간, 눈앞이 환해지며 이쪽을 향해 머리를 둔 채 널브러진 시체 한 구가 눈에 들어왔을 때, 고막을 찢는 충격이 한 가닥 돌풍으로 그의 온몸을 내리쳤다.

총을 쥔 문한득의 오른팔과 오른쪽 다리가 수제비뜨기처럼 가닥가닥 찢어져 파편과 함께 산지사방으로 흩어졌다. 그때, 그는 싸리꽃같이 활짝 터지는 불티 속에서 엄마와 달분이 얼굴을 보았고, 봉순이 노래와 전사들의 손뼉 치는 소리가 불티와 함께 솟구침을 들었다.

10일 새벽, 어둠이 그칠 무렵, 밤사이 격렬했던 전투가 끝났다. 315부대는 마흔여섯 구의 인민군 시체를 남기는 큰 손실을 입은 채, 바람처럼 매봉산 쪽으로 퇴각한 뒤였다.

먼 봄, 겨울 끝 — 마을 3

거창군 신원면 과정리를 중심으로 중유리와 덕산리 일대에 걸쳐, 밤사이 그렇게 기세 사납게 볶아대던 총소리가 멎기는 2월 10일 새벽, 어둠이 채 그치지 않았을 때였다.

문한돌은 밤을 뜬눈으로 밝혔다. 문한돌뿐만 아니라 집안 아녀자들 역시 말뚝잠이나마 눈 붙일 짬이 없었다. 신원면을 통째 날려버릴 듯한 총소리도 그랬지만, 종님이 엄마가 해산 기미를 보여 밤새도록 자반뒤집기를 하며 앓아댔던 것이다. 어금니에 엉덩문 삼배조각 사이로 신음을 짜내는 종님이 엄마를, 실매댁과 종구엄마가 해산바라지를 하려 지켰다. 진통만이 고빗사위를 넘길 뿐, 난산이었다.

기력이 풀려 잠시 본정신을 잃고 까라지는 처를 내려다보던 문한돌이 문짝에 덧개비친 광목 포장을 걷고 방문을 밀었다. 새벽한기가 방 안으로 밀려들었다.

"어데 가노?" 산모인 둘째며느리 머리맡에 앉았던 실매댁이 아들 등짝을 돌아보았다.

"김서방 집에요. 바깥세상이 어째 돌아가는지, 이대로 있어도 되는지 의논이나 좀 해보고 와야겠심다."

"토굴에 있다는 산사람은?"

"어째됐는지 모르겠네요."

"어제 저녁답에 죽 갖다줄 때, 밤 되면 떠날 끼라 하던데요." 종구 엄마가 말했다.

"그 군인이야 어째됐든……" 실매댁이 말끝을 흐렸다. 그네는 방을 나서는 아들에게 다짐을 놓았다. "무섭은 세상인께 멀리 나가지 말거라. 마실 밖을 나서면 안 돼."

밤 동안 총소리가 그렇게 심했는데 한득이가 살았는지 죽었는지, 실매댁은 해산바라지만큼 막내자식 생사에 애를 끓였다. 그렇다고 집안 기둥으로 하나 남은 아들마저 아수라판을 기웃거릴까봐 저어되었다. 그네 걱정은 막내아들만이 아니었다. 남한 세상 때는 산사람들이 심어놓은 대현리 세포책을 맡았다가, 산사람들 세상이 되자 농민위원 이책으로 붉은 완장을 찼던 사위 박서방 소식도 못내 궁금했다. 그저께 아침 일찍 농민위원들과 함께 양지리 면소로 나갔다가 낮쯤에 총까지 메고 마을로 들어와선, 아무래도 전세가 기울겠다며 제집 식구를 함양군 노은리로 보내고 집을 나섰던 사위였다. 어젯밤 총싸움에 경칠 변고나 안 당했는지, 사위에 대한 염려도 막내아들 걱정에 더껑이졌다.

문한돌이 바깥으로 나서니 어둑새벽이었다. 그렇게 볶아대던 총소리는 거짓말 같게 멎어 사위가 고즈넉했다. 주위의 다소곳한 풍경이 갓밝이로 희미하게 살아났다. 그는 뒤란으로 돌아갔다. 텃밭을 질러 대숲으로 나서니 참새인지 굴뚝새인지, 잠을 턴 작은 새떼들이 대숲에서 푸덕거리며 날랐다. 그는 토굴 앞에 서서 밭은기침을 했다. 토굴 안에서는 아무 대꾸가 없었다.

"보이소. 그 안에 아무도 없능교?" 한참을 기다려도 잠잠했다. 그저께 한밤중에 아우 이름을 대고 집으로 들이닥쳐 하루 낮을 꼬박 숨어 있었던 산사람이었다. 자신이 숨어 있음을 발설했다간 여기 가족은 물론 문한득 신상도 이롭지 못하다고 엄포를 놓아, 문한돌 가족은 입도 벙긋 못한 채 하루 낮을 보냈다. 저녁 무렵에 옷을 한 벌 달라고 해서 한득의 평상복을 주었더니 찌든 인민군복을 벗고 바지저고리로 바꾸어 입곤, 죽 한 그릇을 비워냈다. 날이 저물 때까지 토굴에 숨어 있었는데, 밤사이 어디로 떠난 모양이었다.

문한돌이 토굴 입구를 가린 짚가리를 걷어내니 나동그라진 빈 사기대접만 희끄무레 보일 뿐 사람 기척이 없었다. 피치 못할 죄를 짓고 도망친 전사였을까, 남한 편에 자수하려던 산사람일까. 문한돌이 고개를 갸우뚱하며 앞마당으로 나왔다. 건넌방 쪽문을 열어보니 형네 아이 셋과 자기 아이 둘은 한잠에 들어 있었다. 그는 삽짝문을 받쳐둔 작대기를 걷고 고샅길로 나섰다. 길은 휑하니 비어 있었다. 과정리 쪽에서 총소리가 길게 꼬리를 끌며 메아리쳤다. 그는 옆집 김서방네 삽짝을 밀고 마당으로 들어섰다.

"김서방 일어났는가?" 문한돌이 안방에 대고 김서방을 찾았다.

방문이 반쯤 열리고, 김서방이 얼굴을 내밀었다.

"어서 오게. 그러잖아도 나가볼까 했네. 밤새 눈을 못 붙였어."

문한돌이 먹고무신을 벗고 방으로 들어갔다. 아랫목에 아이들은 잠들었고, 돌아앉아 반닫이를 뒤지며 무엇인가 챙기던 김서방댁이 문한돌에게 건성으로 인사하며, "종님이 엄마 몸 풀었습미까?" 하고 물었다.

"몸 풀기는요. 어른도 마구잽이로 죽는 판국에 알라를 꼭 이때 낳겠다고……"

"이번에는 아들이면 좋을 텐데." 김서방댁이 혼잣말을 쫑알거렸다.

문한돌이 말은 그렇게 했지만 이번만은 진정 아들이기를 바랐다. 형이 아들 둘을 두고 불행한 죽음을 당했으나, 자기 기일에 제삿밥 올릴 아들을 두어야 한다는 바람은, 무슨 죄나 진 듯 자식 말만 나오면 낯짝을 제대로 못 드는 처만큼 자신 또한 간절한 소망이기도 했다.

"피난 나서야 할까봐. 전투가 이리 심한데 어떻게 앉은자리 지켜? 어젯밤에 마실 사람들 의견도 그래 결정을 보았고." 김서방이 말했다.

"우리도 그래야 되겠는데 여편네가 해산을 못하고 저레 발광을 떠니 어짜제?" 문한돌이 시르죽은 목소리로 물었다. 그는 처가 어제 저녁부터 몸트림하는 통에 대실 어른 집에 모인 마을회의에도 빠졌다. 그는 이틀 전 함양 노은리로 떠난 자형네 가족에 껴붙어 같이 따라나서지 못한 점이 못내 뉘우쳐졌다. 피난길의 눈구덩에서 애를 낳을 일이 두려워 차마 길 떠날 채비를 못 차렸지만, 그래도 그때는 처의 진통이 없었기에 지금처럼 오도가도 못할 형편은 아니었다.

둘은 이틀에 걸쳐 밤에만 벌어졌던 국방군과 인민군의 전투를 두고 말을 나누었다. 만약 간밤 전투에서 국방군이 이겨 과정리 일대를 평정했다면, 부락민은 빨리 이 지역을 벗어나는 게 상책이란 데 둘 의견이 일치되었다. 어찌되었든 구랍 12월 초순부터 2월 중순까지 두 달 남짓, 신원면은 인민군 315부대의 해방지구가 되었고, 그동안 부락민이 목숨 달고 배겨내었으니 저들에게 음으로 양으로 협조했던 셈이었다. 그런 판국에 국군 세상이 된다면 오염지구 주민은 빨갱이나 통비분자로 몰릴 게 뻔한 이치였다. 어제 낮, 산청군 차황면에서 밀치재를 넘어와 마을 앞길을 거쳐 과정리로 내려간 국방군 대대 병력의 거칠한 태도와 말솜씨를 보더라도, 탈 없이 넘길 성싶지 않았다. 부락민 모두가 빨갱이물에 젖었다며 무작스러운 다룸질이 있을 것임이 앞산에 불 보듯 훤했다. 좌익분자를 색출하는 검색이 곧 있을 줄 알고 농민위원에 있었거나 여맹 간부위원을 했던 가족은 짐을 꾸려 이미 이 바닥을 떠나버렸다. 아침밥이나 얼른 챙겨 먹고 피난짐을 꾸리고 볼 일이라고, 둘은 말을 맞추었다.

문한돌이 집으로 돌아오니 형수가 물동이를 황황히 부뚜막에 내려놓으며 시동생을 보았다.

"아지벰, 마실을 몽땅 비워야 한담더. 우물터에서 방앗간집 김씨를 만났는데요, 김씨가 그라데요. 어제 차황면에 넘어갔다가 분주소 순사하는 조카를 봤는데, 빨리 피난 떠나라고 하더랍미다.

국방군이 신원을 다시 넘어가면 빨갱이 마실 사람들을 몽땅 쥑일 거라면서요."

"어서 아이들 밥부터 먹이소. 이장님 댁에 퍼뜩 갔다 올께요."

문한돌은 중새터 대실 어른 집으로 데바삐 걸었다. 김서방 집으로 갈 때 우런하던 고샅길은 어느새 훤하게 개었다. 한재숲으로부터 산내리바람이 불었다. 그는 중새터로 오르다 마을 사람을 서넛 만났는데 한결같이, 피난 안 떠나고 앉았으면 난리를 당한다고 말했다. 모두 허둥대는 걸음이었고 얼굴이 황기로 떠 있었다. 중대 못둑까지 갔을 때, 중유리인지 청수리인지 정확하게 가늠할 수 없는 북서쪽에서 다르락다르락 갈겨대는 총소리가 들렸다. 아직도 전투가 끝나지 않았는지, 어느 쪽의 군인이 부락민에게 총질을 하는지, 문한돌은 알 수 없었다. 대실 어른 댁 마당은 마을 장년층과 중늙은이들로 붐볐다. 그들이 뭇입으로 떠들어댔다.

"산사람들은 날이 밝자 모두 매봉 · 갈전산 쪽으로 내빼버린 모양이라." "국방군이 신원면 안에 있는 마실을 몽땅 불태워버릴라 한다던데, 그 말이 맞는 거 같아." "중산간 부락민은 전부 읍내로 끌고 나가 농업학교 교실에 가두고 심문한다는 소문도 있더라." "아니다, 읍내로 끌고 가기 전에 빨갱이 주민이라고 몰살시킨다는 소문이 들리네. 우물터에서 마누라가 듣고 왔어." "그저께 읍내에서 싱딩이재(숭더미재)를 넘어오던 국방군이 청연마실 앞길을 지나다가 말이다, 행군하는 군인들보다 부락민이 웃길로 간다며 총을 쏘아버렸는 기라. 노친네와 알라 업은 새댁이 그 자리에서 즉사했대. 산청으로 피난 가던 사람이 말하더라." 마을 사람들은 좋지 않은 소문만 흘렸다. 댓돌에 서 있던 대실 어른은 그런 말을 들으며, 대문께에 자주 눈을 주었다. 마당으로 문남수가 뛰어들었다.

"어째됐더나?" 대실 어른이 문남수에게 물었다.

"난리라요. 하유곡까지 들어가보지도 못했심다. 달귀봉 앞을 막 넘어서니께요, 하유곡 앞길에는 군인이 쫙 깔렸는 기라요. 마실이 불에 타고 마실 앞으로 보따리 꾸린 부락민들이 우와좌왕하고 있습다. 여게도 군인이 곧 들이닥칠 낍미다. 어서 짐을 꾸려야겠어요!'" 문남수의 숨이 턱에 닿는 소리였다.

"빨리 피난 떠나도록 합시다. 산청으로 넘어가든 읍내로 나가든, 그건 마실 사람 각자가 정하고, 우선 여게를 떠나야겠어요. 듣자 하니 남조선, 아니 인제 남한이제. 국군 군대의 작전이 산사람들 본거지로 이용된 마실은 소각한다 하인께, 어차피 마실을 비울 수밖에 없습미다." 대실 어른이 채수염을 떨며 말했다.

대실 어른 말이 끝나기 전에 대문을 빠져나가는 사람도 있었다. 모두 마음이 급해 누렇게 뜬 얼굴이 신청부같았다. 문한돌은 고샅길을 나서며 남수 아저씨를 찾았다.

"아저씨는 어데로 갈랍미까?"

"감악산 넘어 읍내로 빠지기는 너무 멀고, 우선 밀치재 넘어 산청 장박리로 나가는 수밖에."

"제집 식구도 그래야겠습미다. 실매리에 외가가 있으니께 그리로 나설랍미다. 안사람이 걷지 못하인께 지게에 지고 나서야 할까봐요."

"퍼뜩 서둘러라. 이 차판에 잘못하면 앉은뱅이로 죽는 꼴 당할지 모르인께."

문한돌은 남수 아저씨가 아들을 국군에 입대시켜놓고도 저렇게 당황하는 걸 보니 일이 급해도 엄청 급하다는 걸 알았다. 눈앞에 인민군 전사인 아우 모습이 떠올랐다. 저들 정치부란 데로 끌려가 고문을 당했다고 국군 앞에서 하소연하더라도 아우가 공비로 입산한 터수에 그 발뺌이 통할 것 같지 않았다. 설마하니 죄 없는 양민을 총질하고 집을 불지를 리야, 하고 능놀던 마음이 그제야 바빠졌다. 이제 처 해산에 정신 팔고 있을 때가 아니었다. 그가 마당으로 들어서니, 부엌 아궁이 앞에 쪼그려 앉아 졸가리 불을 지피던 종구 엄마가 해망쩍은 얼굴로 시동생을 보았다.

"어서 피난 나서야겠심다. 형수님도 퍼뜩 짐 꾸리이소."

문한돌이 안방으로 들어갔다. 어둑신한 방에 탈진한 처는 설핏 풋잠에 들어 있었다. 벽에 기대어 늘어져 있던 실매댁이 가는 눈을 떴다. 열흘 가까이 몸살로 앓고 난 뒤끝이라 껍더기가 된 얼굴에 헝클어진 센 머리카락이 귀신 형용이었다.

"어째됐다더냐?"

"날 새기 전에 산사람들이 모두 매봉산 너머로 도망가버린 모양이라요."

"그러면 한득이와 박서방은 어째됐고?"

"산사람들 편이었응께 그 패거리 따라 산으로 들어갔겠지요."

"토굴에 숨어 있던 산사람은?"

"떠나고 없습디다." 문한돌 마음이 다급했다. "어머이, 이라고 있을 때가 아니라요. 중유리가 온통 불바다라 합미다. 국방군이

436

마실마다 불을 지른다 하이 우리도 실매 외가로 퍼뜩 피난 가야겠습미다."

"저 몸으로 어째 길을 나서겠노." 실매댁이 둘째며느리를 보았다.

"마실 사람들이 모두 짐을 싸고 난리굿이라요."

문한돌은 부증이 심해 얼굴이 부은 처를 내려다보았다. 하문이 열려 있어 종님이 엄마는 치마섶으로 가린 가랑이를 벌린 채 눈을 감고 있었다. 시어머니와 서방 말을 새겨들었던지 눈초리로 눈물이 흘러내렸다. 통증 탓인지, 아니면 진통 중에 집을 떠나야 한다는 설움 탓인지 그네가 된숨으로 흐느꼈다. 종구 엄마가 밥상을 들고 들어오자, 문한돌과 아이 다섯이 동글상에 둘러앉아 감자 넣고 끓인 서숙죽을 먹었다. 머리를 맞대고 부지런히 숟가락질하는 아이들 먹성이 다부졌다. 실매댁은 둘째며느리의 보푸라기 핀 마른 입술에 죽 뜬 숟가락을 가져다 댔다.

"이거라도 먹어야 힘을 차리제. 자, 한 모금 넘가봐라. 그래 안 먹으면 알라는 물론이고 너도 산욕을 못 이겨 죽고 만다. 어서 먹거라. 우리도 집 비우고 떠나야 한단다. 먹고 기력을 채려야 아들을 놓제."

시어머니 말에 종님이 엄마가 마지못해 죽물 몇 숟가락을 입 안으로 넘겼다. 부엌에서 종구 엄마가 피난 떠날 차비로 당장 필요한 그릇을 챙겼다.

어느덧 아침해가 월여산 위로 머리를 내밀었다. 바람기가 맵싸했으나 어제처럼 날씨가 푹할 것 같았다. 젖혀놓은 삽짝 밖으로는 벌써 가재도구를 이고 진 피난꾼들이 큰길로 내려가고 있었다. 그들은 문한돌 집 앞을 지나다, 대충 챙겨 안 떠나고 무얼 꾸물거리느냐며 종구 엄마에게 채근을 놓았다. 퍼뜩 들어와서 한술 뜨라는 시어머니 재촉이 두번째 떨어져, 종구 엄마가 막 안방으로 들어왔을 때였다. 큰길 쪽 정자나무터에서 총소리가 연달아 터졌다.

"군인이 벌써러 여게까지 들어왔나?" 어마지두해진 실매댁이 벌린 입을 다물지 못했다.

밖으로 나돌지 말라는 문한돌의 불호령이 있어 방문 옆에 쪼그려 앉았던 종구가 미처 말릴 겨를도 없이 밖으로 뛰쳐나갔다. 겁에 질린 아이들이 울음을 터뜨렸다. 문한돌은 문짝 포장막을 뜯어내고 댓돌로 내려섰다. 종구는 보이지 않았다.

"죽었다, 군인이 총을 쏴서 감솔 할아버지가 죽었다아!" 한 아낙이 외쳤다. 고샅길은 피난꾼으로 가득 메워졌다.

"한돌아, 머하노. 어서 어머이 모시고 나서거라. 짐 챙길 짬 없다." 소 고삐를 잡고 지게 짐 진 문남수가 삽짝 앞을 지나다 허겁을 떨었다.

마당에 내려섰던 문한돌은 안방으로 들어왔다. 짐을 꾸리려니 어디부터 손을 써야 할지 막막했다. 외갓집 헛간방에서 잠을 자든, 한뎃잠을 자든 남은 겨울을 넘기자면 우선 이불 보퉁이부터 꾸리고 볼 일이었다. 그는 엄마와 형수에게, 남은 양식과 옷가지를 대충 챙기라고 이르곤, 밖으로 나와 뒤란 고방에서 새끼타래를 들고 왔다. 안방으로 들어가자, 어떻게 몸을 추스렸는지 처가 바람벽에 의지해 앉아 있었다. 숨을 몰아쉬는 처를 눈여겨볼 짬 없이 그는 시렁에 얹힌 땟국 전 이불과 처가 덮었던 이불을 문짝에서 뜯어낸 광목포대기에 싸서 묶었다. 실매댁은 장롱을 열어 옷가지를 추려 냈다. 바깥에서는 비명과 고함이 쏟아지고 있었다. 호루라기 소리 도 들렸다.

"모두 나와! 안 나오면 그대로 불 싸질러버려. 개새끼, 뭘 꾸물 거려. 너도 한 방 먹고 싶냐!" 윽박지르는 욕지거리도 들렸다.

"작은아버지요!" 마당으로 뛰어든 종구가 숨차하며 말했다. "마실 사람이 셋이나 벌씨러 총에 맞았심다. 말대꾸했다고요. 퍼뜩 가입시다. 군인들이 집에 불을 지른답미다!"

"어서 동생들 옷 입혀라. 종님아, 너도 동생 옷 더 입히거라." 종님이에게 문한돌이 말했다. 문한돌은 새끼줄로 묶은 이불 보퉁 이를 마당에 던져냈다. 그가 처에게 물었다. "어떠나, 걸을 만한가? 지게에 지고 갈까?"

"제 걱정 말고 퍼뜩 나서입시다."

종님이 엄마는 수건으로 머리통을 싸매고 누비저고리를 껴입었 다. 애를 밴 뒤 그렇게 굶었는데도 젖이 차 젖두덩이 봉긋했다. 그 네는 벽을 짚고 일어섰다. 그때, 권총 든 국군 장교가 삽짝 앞을 뛰다 눈 거칠게 집 안을 들여다보며, 빨리 떠나지 않고 뭘 하냐고 소리쳤다. 이어, 한 무리의 군인들이 군화발 소리도 요란하게 중 새터로 올라갔다.

"윗마을부터 불을 지르라고. 불지른 뒤에 나오는 종자는 어른 애 가리지 말고 쏴버려!" 하는 거칠한 말에 이어, 하대현 쪽에서 총소리가 들리고 연기가 치솟았다. 마음이 바쁜 문한돌은 지게 에 잡곡 자루와 이불 보퉁이를 얹었다. 종구 엄마는 부엌도구 담은 자배기를 머리에 이었다. 종구와 종님이도 보퉁이를 이고 들었다. 실매댁은 배부른 며느리를 부축해 마당으로 나섰다. 문한돌은 아이들부터 삽짝 밖으로 내몰았다. 지게를 지자, 면사무소 정치부에서 당한 사매질로 어깻죽지가 내려앉고 허리가 결렸으나 그런데 마음 둘 짬이 없었다. 한 손에 지게작대기를 쥐고 한 손으로 처를 부축했다. 아홉 명 가족이 삽짝을 나서니, 어느새 고샅길이 비어 있었다. 나무다리 건너 큰길 쪽에서는 아이 이름을 부르는 소리와 울음소리가 들렸다. 길 아래 정자나무께에 수길이가 한 손을 제 엄마한테 잡혀, 소아마비로 뒤틀어진 다리를 내두르며 뒤뚱 걸음으로 끌려갔다. 종구가 제 아우와 누이 팔을 나꿔채어 아랫길로 뛰었다. 대상현 쪽에서 연방 총소리와 호루라기 소리가 들렸다.

정자나무터에서 군인 셋이 감사납게 뛰어왔다. 앞장선 군인이 흙담에 붙어 서서 길을 내주는 문한돌을 눈겨룸하더니 들고 있던 총구를 겨누었다.

"당신 뭔데 지금 나와?"

"국군 아저씨요, 제발 살려주이소. 보다시피 집사람이 알라를 놓을라 해서 늦었습미다." 문한돌이 울먹이며 말했다.

"네놈들 내통으로 어젯밤에 전우가 몇십 명 희생된 줄 알아? 이 빨갱이 새끼야!"

군인이 방아쇠를 당기려 하자, 옆 동료가 문한돌에게 겨눈 총구를 아래로 내려쳤다. 고막을 찢는 총소리에 이어, 총알이 문한돌 발 앞에 먼지를 일으키며 박혔다.

"임산부 맞군. 과정리로 빨리 나가시오!" 문한돌 목숨을 살려준 군인이 말했다.

문한돌 가족은 개울에 걸린 나무다리를 건너 큰길로 나섰다. 내탄량 앞을 돌아가는 산모퉁이에는 과정리로 가는 피난민 꼬리가 보였다. 군인들이 대현리 부락민을 과정리로 내몰았으니 남수 아저씨네도 산청 쪽을 단념하고 과정리로 나갔을 터였다. 문한돌은 사방을 둘러보았으나 군인은 눈에 띄지 않았다. 그는 산청으로 넘어가는 와룡리 쪽 길로 들어섰다.

"군인이 과정으로 나가라 했는데, 그 말 안 들어도 되나요?" 종구 엄마가 문한돌에게 물었다.

"우리는 과정으로 나가면 안 됩미다. 양지리서 인민대회 열렸을 때 한득이가 상 받은 거 모르는 사람 어데 있습미까."

어젯밤, 과정리 일대에서 날이 새도록 전투가 있었으니 그쪽에 머문 국방군은 그 운김을 미처 삭이지 못해 부락민을 더 거칠게 대할 것 같았다. 물론 순경과 청년방위대원들도 있을 터였다. 저 사람 동생 한득이가 입산한 빨갱이라 상까지 받은 걸 봤다며 누가 자기에게 손가락질만 해도, 남 먼저 총질 당할 게 분명했다. 아니, 국군이 과정리로 나가라고 말했지만 마음 방향은 산청군 차황면 실매리로 정해져 있었다. 외갓댁만 아니라 처가도 실매리에서 가까운 법평리였다.

문한돌과 실매댁이 종님이 엄마를 양쪽에서 부축해서 휘장걸음을 걷다보니 걸음이 더딜 수밖에 없었다. 종님이 엄마는 안간힘을 쓰며 허영거려 곧 숨이 넘어갈 판이었고, 문한돌과 실매댁도 벌써부터 비지땀을 흘렸다. 200미터쯤 언덕길을 걸어 와룡리 비곡마을 앞길을 거쳐갈 때였다. 한 무리가 피난짐을 이고 진 채 몰려 내려왔다. 뭇매를 맞았는지 얼굴에 피칠갑을 한 중늙은이, 다리 저는 늙은이도 있었다. 마침 밀치재 고개턱에서 박격포탄 터지는 소리까지 들려, 몰이꾼에 쫓겨 내려오는 짐승마냥 떼전 꼴이 완연했다. 어느 마을이나 그렇듯 젊은 남정네는 없었고 대체로 늙은이와 아녀자, 아이들이었다. 그들은 길을 거슬러 올라가는 문한돌 가족을 뚱한 눈으로 보면서도 제 갈 길이 바빠 말을 붙이지 않았다.

"실매때기요, 그리로 가면 길이 막혔습미다. 밀치재에서 군인들이 길목을 지키고 있어요. 과정리로 나가라고 몰아대니 그리로 넘어갈라 해도 소용이 없십미다." 북조선군이 신원면을 점령하기 전, 문한돌과 함께 양지리 분주소 보루대 쌓는 울력을 같이했던 와룡리 더티마을 밖감댁이었다.

"내야 내 식구 데리고 친정에 가는데 누가 길을 막아. 내가 내 집을 찾아가는데 뭐가 어때서 말이다." 실매댁이 가쁜 숨을 몰아쉬며 불퉁스레 대꾸했다.

"갈라면 산길을 타이소. 큰길로 올라가면, 이유도 대기 전에 총질부터 할지 몰라요." 밖감댁이 말하곤 대현리 쪽으로 총총히 내려갔다.

문한돌은 지게 짐을 부려놓고 큰길 양쪽 산자락을 올려다보았다. 오른쪽은 월여산이고 왼쪽은 소룡산이었는데, 벗은 떨기나무들로 산의 속살이 훤히 보였다. 소룡산으로 오르는 가풀막 자드락길로 흰옷들이 움직이고 있었다. 산청으로 넘어갈 피난민들은 큰길을 버리고 나무꾼이 다니는 자드락길을 이용하는 셈이었다.

"어머이, 우리도 저리로 올라가야겠심다. 큰길로 가다가 군인들 만나면 무사하지 못하겠어요." 문한돌이 말했다.

"나도 어렵은데 산모가 하늘 찌르는 저 고개를 어째 넘어?" 실매댁이 길바닥에 주저앉은 며느리를 보았다.

"아지뱀요, 이불 저한테 주고 동서를 지게에 얹으이소." 종구 엄마가 말했다.

"그라면 어머이는 아이들 데리고 먼첨 떠나이소. 그냥 내처 소룡산 넘어 실매리로 가이소. 우리가 뒤따라갈 테인께요."

"내가 걸음이 더디니깐 먼첨 나서꾸마."

"종구야, 할머이 잘 모시고 가거라." 종구 엄마가 큰아들에게 말했다.

실매댁은 아이들 다섯을 앞세우고 소룡산을 타는 오솔길로 들어섰다. 비곡마을이 불길에 휩싸이고, 사람들 고함소리가 들렸다. 마을 앞 고샅길로 뒤늦게 떠나는 피난민이 뭉쳐서 내려오고 있었다.

문한돌은 지게 짐에서 이불을 내려 이불에 종구 엄마가 자배기 속에 담아 온 방구리·그릇·숟가락 따위를 뭉쳐 쌌다. 그는 이불 보퉁이를 형수 머리에 얹어주고, 어서 엄마 뒤를 따르게 했다.

"저는 그냥 두고 아이들이나 건사해서 어서 떠나이소. 기어서 가더라도 저 혼자 실매리로 넘어갈께요." 종남이 엄마가 아랫배에 한 손을 얹고 엉절거렸다.

문한돌은 못 들은 척 지게작대기를 괴었다. 처를 들어 지게 위 잡곡자루를 방석 삼아 모잽이로 앉혔다. 함을 처 무릎에 얹고 그는 지게 짐을 졌다. 허리가 결리고 다리가 후들거렸다. 그러나 군인을 만나기 전에 어서 큰길을 벗어나야 했다. 종구 엄마는 따라오는 시동생을 지켜보다가, 오솔길로 꺾어 들었다. 비곡마을을 태우는 불길이 마을 뒤 산자락으로 옮아 붙고 있었다. 지금쯤 대현리도 불바다가 되었으리라 여겨졌다. 문한돌은 가풀막을 한발 한발 허위단심으로 올랐다. 땀이 흘러 눈조차 제대로 뜰 수 없었다.

"아부지 어무이 옵미까" 하고 길 위에서 외쳐 부르는 종님이 말에 대답할 겨를이 없었다. 소룡마을을 오른쪽 골 건너에 두고 산 중턱까지 올라갔을 때, 비곡 사람들인지 뒤따라 오르는 피난민 무리가 있었다. 문한돌은 뒤쪽에 사람을 두게 되어 적잖게 위안이 되었다.

그때였다. 분명 소룡마을에서 쏘아대는 박격포탄 여러 발이 자드락길 위쪽, 소룡산 마루터기에서 터졌다. 그러잖아도 잠시 숨을 돌리려 했던 문한돌은 지겟등태를 나뭇등걸에 기대어 세우고, 산 위를 쳐다보았다. 마루터기 여기저기에 연달아 포탄이 터지고 있었다. 흙더미와 돌무더기들이 길 아래쪽으로 굴러 내려왔다. 사람들의 비명소리가 흩어졌고, 나무 사이로 갈팡질팡 뛰는 흰옷들이 보였다. 문한돌은 지게에 앉은 처에게, 잠시 기다리라고 말하곤 산을 타고 올랐다. 잠시를 오르자 형수 자태가 보였다. 종구 엄마는 너설이 심한 바위 밑에 보퉁이를 내려놓고 웅크려 앉아 떨고 있었다. 박격포탄이 소룡산을 넘으려는 피난민 발길을 막고 마루터기에서 계속 터졌다. 산이 쩌렁쩌렁 울리고, 돌무더기와 깨진 바위가 아래로 굴러 떨어졌다. 문한돌은 형수에게, 그 자리에서 움직이지 말라고 이르곤 다시 윗길을 잡아 허겁지겁 올랐다. 한참 오르자, 너도밤나무 등걸 아래 어미닭이 병아리를 품듯, 쪼그려 앉은 실매댁이 두 팔을 한껏 벌려 손자 다섯을 품고 있었다. 그 중 나이가 세 살, 두 살인 종순이와 종수는 할머니 치마폭에 얼굴을 묻고 울음을 터뜨렸다. 흙과 돌무더기가 좌르르 쏟아지더니 길 위쪽에서 등짐 진 중늙은이가 미끄럼질로 내려왔다. 그 뒤로도 어른 아이들이 줄줄이 내려오고 있었다.

"저 산마루에도 군인들이 지킴미꺼?" 문한돌이 물었다.

"안 되겠어. 소룡부락에 들어온 군인들이 박격포를 쏘며 산으로 올라와. 소룡산 넘어 산청으로 가는 사람은 다 죽일 모양이야. 과정리로 나가세. 지금 살길은 그쪽뿐이네." 중늙은이가 말하곤 바삐 내려갔다.

문한돌은 소룡산 마루터기를 올려다보았다. 박격포탄이 계속 터지고, 소룡마을 뒷산에서 총소리가 들렸다. 그 마을에도 연기가 오르고 있었다. 그는 아무래도 산을 넘기가 어렵겠다 싶었다. 더욱 처를 지게 짐 지고 소룡마루를 넘자면 빨리 걸어도 삼십 분은 넘게 걸릴 터였다. 소룡산을 무사히 넘더라도 실매리까지는 십 리 가까운 이수였다. 거기까지 갈 동안 군인을 안 만나리란 보장도 없었다.

"어머이, 다시 내려가입시다. 도저히 산을 못 넘겠네요."

"그라면 어짜제?"

"어째 살아날 길이 있겠지요. 사람의 명은 하늘에 달렸다는데, 과정리로 나간다고 이 많은 사람을 저들이 어짜겠어요. 퍼뜩 내려가입시다."

문한돌은 아이들을 먼저 내려보내고 엄마를 부축해서 언덕길을 내려오며, 기다리던 형수에게 과정리로 나가야 한다고 말했다. 소룡산을 넘지 못한 채 돌아 내려오는 피난민들이 꼬리를 물었다. 소룡마을은 온통 불기둥을 세워 타올랐다. 문한돌은 처가 얹힌 지게를 다시 지고 작대기에 의지해 기울기 심한 자드락길을 조심조심 내려갔다. 뒷사람들이 그의 가족을 앞질렀다. 해는 머리맡까지 올라와 있었다. 큰길로 내려오자, 비스듬한 내리막길이라 걷기가 수월했다. 지게에 앉은 종님이 엄마는, 내려주면 걸어가겠다고 엉절거렸으나 문한돌은 바삐 걸음만 떼었다. 비곡마을 앞을 거쳐 모롱이를 돌자, 큰 개울 건너편 언덕받이의 원대현과 하대현이 온통 불길에 휩싸여 있었다. 원대현과 하대현만이 아니라 중새터와 상대현까지 불길이 치솟았다. 연기와 불티가 하늘을 덮었다.

"작은아부지요, 우리 집도 불에 탑미다." 종구가 울먹이며 말했다.

"저, 저 정자나무까지, 신수(神樹)까지 불타는구나. 인제 우리는 다시 마실로 못 돌아가겠구나." 실매댁이 탄식을 놓았다.

문한돌 가족이 대현리 앞까지 오자, 군인들 소대 병력이 원대현에서 내려왔다. 지게 짐 진 농군 복장 짐꾼도 달고 있었다. 군인 하나가 문한돌 가족을 먼발치로 보자, 빨리 내려가지 않고 뭘 꾸물거리냐고 소리쳤다. 다른 군인은 위협조로 공포를 쏘았다. 실매댁이 자지러지듯 놀라, 어서 가자며 아이들 등을 떼밀었다. 그네는 저만큼 앞서 걷는 피난민 무리를 따라잡으려 뛰다 고무신이 벗겨졌으나 그런 줄도 몰랐다. 이불 보퉁이를 머리에 인 종구 엄마도 쫓음걸음을 놓았다. 문한돌은 지게에 실린 처 때문에 뛸 수가 없었다.

"날 내려주이소. 이래 앉아서는 못 가겠구마." 지게에 앉은 종남이 엄마가 서방 등을 치며 통사정했다.

문한돌은 작대기를 받쳐 지게를 세우고 처를 지게에서 내렸다. 지게를 다시 지다 돌아보니 짐꾼을 앞세운 군인들이 50미터 뒤에서 다붓하게 따라오고 있었다. 문한돌은 처를 옆구리에 끼고 끌듯 이끌었다. 아이구 죽겠다며 종남이 엄마가 입에 거품까지 물고 죽는시늉을 했다. 문한돌은 처가 길바닥에 애를 흘리지 않을지, 그대로 숨을 거둘까봐 겁이 났으나 뒤따라오는 군인이 총질할까에 더 마음을 졸였다.

"아버지, 퍼뜩 오이소!" "아지벰, 군인이 뒤따라옵미다!" "야들아, 퍼뜩퍼뜩 오너라!" 앞서 뛰던 종남이 · 종구 엄마 · 실매댁이 걸음을 멈추고 소리쳤다.

문한돌이 돌아보니 짐꾼이, 빨리 가라고 손짓했다. 어느새 짐꾼과 문한돌 가족은 간격이 더 좁혀졌다. 짐꾼은 지게에 60밀리 박격포와 포탄을 짊어지고 있었다. 그가 문한돌과 몇 발자국을 두자 뒤돌아보곤, 잡담을 나누며 오는 군인들과 거리를 두게 되었음을 가늠했다.

"이렇게 내려가면 다 죽심다. 오지 마실 사람은 통비분자라고 몽땅 몰살을 시킨답니다. 내빼이소. 어데로든 내빼이소." 문한돌보다 나이가 아래로 보이는 짐꾼이 귀띔했다.

"지금 이 마당에 어데로 내빼요? 갈 데가 어데 있다고?"

사실 어디로든 도망칠 데가 없었다. 길 오른쪽은 월여산 비탈이고, 길 왼쪽은 큰 개울 따라 펼쳐졌으나 논 건너 따비밭이 있을 뿐 달귀봉 산자락이 시작되었다.

"하여간 다 죽인답미다. 뭐라더라, 청야(淸野)작전이라고, 토벌군 부대 상부에서 그런 지시가 내렸답미다."

문한돌은 온몸이 땀에 젖었기도 했지만 짐꾼 말을 듣자 땀이 한순간에 얼어오듯, 살갗이 서늘해졌다. 그는 급한 김에 지게를 벗어 큰 개울에 던졌다. 두 말 남짓 든 잡곡자루조차 아까운 줄 몰랐다. 초죽음이 된 종님이 엄마는 화급한 중에도 내버린 잡곡자루를 보며 아쉬워했다. 문한돌은 처를 들쳐업고 내달았다. 뒤따르는 군인들과 거리를 두려 기를 써서 달렸다. 산자락을 돌아서니, 아래쪽 탄량 골짜기 앞에 군인들 모습이 얼쩡거렸다. 총을 멘 군인이 열 명 정도 길을 막고 서서, 내려오는 사람들을 탄량골로 몰아넣고 있었다. 실매댁과 아이들 다섯이 개울 바닥으로 내려서서 탄량골로 떼밀려 갔다.

"빨랑빨랑 안 내려오고 뭘 꾸물거려. 빨리 가, 저 사람들 따라가라니깐!" 옆구리에 M1소총을 낀 이등상사 계급장을 단 군인이 총구로 문한돌 옆구리를 밀쳤다.

"어머이, 종님아!" 문한돌이 길 옆 개골창으로 내려서며, 골짜기로 들어가는 가족을 불렀다.

워낙 경황이 없는 탓인지 앞서간 가족은 대답이 없었다. 골짜기 안쪽에서도 사람 이름을 부르는 소리, 울음이 질펀하게 쏟아지고 있었다. 그는 물이 마른 개울로 내려섰다.

"뭐를 어쩌자는 겁미까? 왜 탄량골에 가둬 넣어요? 보이소, 어짤라고 이래요?" 문한돌 등에서 종님이 엄마가 헐떡거리며 물었다.

문한돌도 무슨 일이 어떻게 돌아가는지 대답할 말이 없었다. 골짜기에 가두어서 몰살시키는 걸까, 설마 그럴 리야 없겠지. 조사도 않고, 설령 조사를 하더라도 늙은이와 아녀자와 아이들이 무슨 죄가 있다고 무차별로 죽여. 그는 흐리마리한 정신으로 그런 생각을 되뇌었다.

"이제 다 내려온 모양인데, 들어가더라구." 길에 섰던 이등상사 말에 군인들이 개울로 내려섰다.

골짜기가 좁아지며 월여산으로 비탈을 이룬 앞, 백 평 남짓한 돌밭에 와룡리와 대현리 사람이 빼곡이 들어앉아 있었다. 백 명 남짓한 인원이었는데, 늙은이와 아녀자가 대부분이었다. 그들은 불길한 어떤 낌새를 느꼈던지 옹송그려 앉은 채 새파랗게 질린 얼굴에 퀭한 눈만 번들거렸다. 자식을 품에 안은 아녀자, 피난 보통이에 얼굴을 묻은 처녀, 종님이 엄마처럼 "어쩌자는 기고" 하며 주위 사람과 말을 나누는 늙은이, 일어서서 친척 이름을 부르며 두리번거리는 사람, 흐느껴 우는 사람…… 하나같이 표정이 공포에 짓눌려 있었다.

"어머이, 종님아!" 가족이 무리에 섞여 문한돌은 제 피붙이를 얼른 구별해내기 어려웠다. 눈이 삔 듯 여러 얼굴들이 자꾸만 가족 얼굴로 어른거렸다. "형수요. 어딨는교?"

그때, 뒤에서 누군가 문한돌이 업은 종님이 엄마 등짝을 거칠게 밀었다. 처 엉덩이를 받친 문한돌의 깍지 낀 손가락이 풀리고, 그는 앞으로 꼬꾸라졌다. 종님이 엄마가 비명을 지르며 돌밭에 나동그라졌다. 돌 모서리에 이마를 찧은 문한돌이 처를 일으켜 앉혔다. 그런 경황에도 종님이 엄마는 본능적으로 배를 싸안았다. 문한돌 눈앞에 진흙과 먼지를 덮어쓴 험상궂은 군화발이 보였다.

"어머이!" 북받치는 울음을 터뜨리며 종님이가 달려와 제 엄마 치마폭에 엎어졌다. 들고 있던 짐 보퉁이도 내버린 채 종호를 업고 있었다.

"할머이하고 큰엄마는 어데 있나?"

"저어기, 저게 있습미다."

"어머이, 형수님, 이쪽으로 오이소!"

문한돌은 죽게 되더라도 가족이 함께 죽어야 한다고 생각했다. 그러나 그 말은 주위가 시끄러워 들릴 것 같지 않았다. 실매댁은 종구와 종수를, 종구 엄마는 어린 종순이를 껴안고 질린 얼굴로 군인들 짓둥이를 살피고 있었다. 갑자기 여기저기서 울음소리가 거세게 터졌다.

"우리는 인제 다 죽는다아!" 누군가 목쉰 소리를 내질렀다.

알아들을 수 없는 고함과 신음이 왁자하게 쏟아졌다. 아비규환 현장이 따로 없었다. 문한돌이 엄마를 부르다 주위를 둘러보았다. 어느새 군인들이 골짜기 가장자리 조금 높은 지대에 늘어서서 부락민을 둘러싸고 있었다. 어깨에 멘 총을 내려 총구를 부락민 쪽으로 겨누었다. 손을 쳐들고 주님을 외쳐 부르는 한 아낙의 얼굴이 문한돌 눈에 띄었다. 더티마을 박감댁이었다. 그 뒤쪽에 수길이가 천진스럽게 미소 띠고 군인들을 보고 있었다. 문한돌은 비로소 죽음이 눈앞에 다가왔음을 느꼈다. 공포에 질려 입을 벌린 처

450

의 얼굴을 보았다. 이제 체념하는 길밖에 없다고 머리를 떨구며, 그는 두 딸을 양팔에 껴안았다.

"여기 군인이나, 경찰, 방위대 가족 있으면 나오시오!" 앞쪽 몽우리 돌에 섰던 군인이 말했다.

그 말이 뒤에까지 잘 들리지 않은데, 쪼그려 앉았던 무리 중에 누군가 편지봉투를 들고 외쳤다.

"이게 우리 아들 편집미다. 지금 국군에 나가 있심다!" 문남수였다. 그는 처 손을 잡고, 옹구골댁은 아들과 딸 손을 나꿔채 사람 사이를 가르고 앞으로 나갔다.

"우리 동생이 순사라요." "방위대원에 뽑힌 아들이 입대했심다." "나도요." 대여섯 사람이 가족을 이끌고 무리 속에서 뛰쳐나왔다.

늦게 내려오느라고 앞쪽에 쪼그려 앉았던 문한돌은 살아남는 길이 바로 이 순간이라고 깨달았다. 그는 자식과 처의 팔을 잡아채어 벌떡 일어났다.

"대장님, 죽어도 말 한마디 하고 죽읍시다. 백성 없는 나라가 무슨 필요 있소!" 뒤쪽에서 누군가 소리쳤다.

문한돌이 돌아보니 상대현에 사는 삼종 문판대 형이었다. 그의 말이 끝나자, 몽우리 돌에 섰던 이등상사가 카빈총을 드르륵 갈겼다. 총알이 문판대를 피해 갔으나 그 옆에 앉았던 열대여섯 살 난 그의 딸애 어깻죽지와 가슴팍에 꽂혔다. 저고리에 금세 피가 배어 나왔다. 사람들이 윗몸을 숙였다. 앞사람 등과 옆구리를 파고들며 얼굴을 틀어박았다. 한줄기 청량한 갓난아기의 울음이 터졌을 때, 벼락치는 듯한 총소리가 사방에서 일었다. 퍼붓는 총소리와 함께 낭자한 신음이 쏟아져 튀는 피와 버물려졌다.

문한돌은 어떻게 박산 골짜기를 빠져나왔는지 자신도 알 수 없었다. 그는 종호를 안은 채 처 팔을 끌고 무작정 뛰었다. 그가 개울 자갈밭을 빠져나와 큰길로 올라섰을 때까지 골짜기에서는 무차별 쏟아붓는 총소리가 그치지 않았다.

"어머이, 어머이……"

문한돌은 어금니에 울음을 깨물고 과정리 쪽으로 뛰었다. 눈앞에 아무것도 보이지 않았다. 자기 가족만 살아남았다는 안도감에 앞서, 피를 뒤발하고 죽은 엄마·형수·세 조카 얼굴이 버캐가 되어 끓어올라 어룽졌다.

"한돌아, 같이 가자." 뒤에서 누군가 불렀다.

문한돌이 돌아보니 남수 아저씨와 그의 가족이었다. 그 뒤에도 군경가족으로 풀려나온 사람들이 뛰어오고 있었다. 뒤따르는 군인은 보이지 않았다. 문한돌은 가쁜 숨을 몰아쉬며 발걸음을 늦추었다.

"아이구, 원통해라. 이런 일이 어데 있을꼬. 한돌아, 형수님과 큰조카네는 당하고 말았제?" 문남수가 눈물 그렁한 눈을 탄량골로 돌렸다. 볶아대는 총소리는 그때까지 멈추지 않고 있었다.

문한돌은 대답할 말이 없었다. 엄마와 형수네 가족을 자기가 죽였다는 자책감으로 얼굴 들기조차 부끄러웠다. 탄량골에 가족이 한자리에 뭉쳐 있었다면 엄마와 형네 가족을 살릴 수 있었으리라는 뉘우침이 가슴을 찔렀다. 엄마는 물론 종손을 죽인 몸으로 하늘을 보며 어찌 살아갈 건지, 만약 딸린 식구만 없다면 되돌아가서 함께 죽고 싶은 마음이었다. 그는 아이처럼 소리 내어 흐느꼈다.

"한돌아, 어데 형수와 큰조카만 당했나. 탄량골에서 죽은 사람이 백은 넘을 끼다. 어쩌겠나. 하늘의 뜻으로 받아들여야제. 전쟁이 이래 참혹하다는 걸 인제사 알았고, 참는 수밖에 더 있겠나."

마음을 진정시켰는지 문남수가 문한돌 어깨를 다독거렸다.

종님이 엄마가 길바닥에 주저앉더니 무릎을 치며 곡지통을 터뜨렸다. 옹구댁도 소리치며 울었다.

"이랄 때가 아니다. 퍼뜩 외탄량이라도 벗어나야제. 군인들이 뒤따라 쫓아오거나 다른 마실에서 또 내리오면 어짤라고 이러나."

문남수가 두 아낙을 보고 꾸짖었다.

옹구골댁은 종님이 엄마를 부축해서 걸었다. 종님이 엄마는 탄량골에서 너무 놀라 진통조차 잊은 듯 느껴 울며 어깃장 걸음을 걸었다. 문한돌은 종호를 업고 종님이를 앞세웠다. 큰길은 사람 자취조차 끊겼다. 마을마다 불을 지른 탓인지 신원면을 에두른 골골샅샅 정월 대보름 밤 액막이 불을 올린 듯 여기저기 연기가 피어올랐다. 연기 탓만 아니라 오후에 들면서 바람기가 죽고 하늘에는 엷은 구름이 끼여 잠록한 날씨로 변해 있었다. 해는 덕산리 뒷산으로 기울어져 구름에 가려져 희뿌연 빛으로 드러났다.

탄량골에서 살아남은 열예닐곱 명의 대현리·와룡리 부락민은 외탄량 앞길을 지났다. 40여 호 마을은 불에 타버려 연기만 스산하게 피어올랐고, 불길은 뒷산으로 옮아 붙어 떨기나무숲을 기세 좋게 태우고 있었다. 숯검정으로 변한 마을이 끔찍했다. 부락민은 모두 소개된 듯, 잿더미 속에 사람은 보이지 않았다.

일행이 외탄량을 지나 과정리 입구에 걸린 징검다리를 건너자, 신원국민학교 앞에 군인들이 얼쩡거렸다. 선접해진 문한돌이 내처 가야 할지 마을 뒤로 돌아 큰 개울로 숨어서 가야 할지 결정을 내리지 못해 걸음을 멈추었다.

"아제요, 어쩌꼬요?" 문한돌이 남수 아저씨를 보았다.

"우리야 군경 가족으로 살아남지 않았느냐. 설마 또 죽일라고."

"안 됩미다. 저 사람들 피해 가요. 또 총질하면 어짤라고 그래요." 옹구골댁이 서방 말을 밀막았다.

"밤중도 아닌데 어데로 피해 간다고 그러나. 군인 수백 명이 과정리에 쫙 깔린 판국에. 피해 가다가 붙잡히면 그때는 봉투쪼가리도 안 통하는 거라. 다짜고짜 총을 쏴버릴 낀데."

문남수의 말이 이치에 어긋나지 않아 아무도 대꾸를 못했다. 군인들이 길 가운데 떨고 서 있는 무리를 보았다.

"거기 부락민들, 빨리 와. 빨리 오라니깐!" 군인 하나가 손짓했다.

도망가기도 늦어버렸다. 일행은 살얼음 밟듯 신원학교로 조심스럽게 걸음을 옮겼다. 모두 입을 다물고 걸었으나, 진통을 눌러 끄는 종님이 엄마 콧숨 소리만 가르릉거렸다. 겁에 질린 종님이가 제 아버지 옹구바지 허리춤을 잡으며 다가섰다.

"이건 어느 부락 떼거지들이야?" 학교 정문 앞에 있던 군인들 중 하나가 무리를 훑어보며 떠세지게 물었다. 소위 계급장을 단 장교였다.

"우리는 군경 가족이라요." 문남수가 말했다.

"그래서?" 소위짜리가 남수 어깨를 쳤다. 밤을 새운 전투 탓인지 태도가 무작스러웠다.

"탄량골에서 여기 있는 우리들만 군경 가족이라고 살려줍디다. 고마우신 국군을 만내서요."

"그래?" 소위가 옴두꺼비 상판이 된 채 가쁜 숨을 몰아쉬는 배불뚝이 종님이 엄마를 보더니 실소를 흘렸다.

"제 자식도 댁같이 일선에 싸우고 있습미다." 옹구골댁이 말했다.

"심사해보면 알겠지" 하곤, 소위가 일행에게 말했다. "빨리 들어가더라구. 교실에 대기하도록. 심사는 나중에 있을 거야."

일행이 쫓기듯 학교 운동장으로 들어갔다. 조회대가 있는 교사 앞에는 군인들 열댓 명이 모닥불을 피워놓고 둘러앉아 있었다. 의자와 책상을 부수어 땔감으로 써서 불이 괄았다. 어제 아침까지 철봉대 있는 쪽에 짚가리처럼 동그랗게 쌓였던 시체더미는 멀가래로 치워버렸는지 보이지 않았다. 모닥불 주위에 둘러앉은 군인들이 떼거지꼴로 쭈볏거리며 오는 일행을 보더니, 가진 짐을 부려놓고 교실로 가라고 말했다. 이불 보퉁이를 걸빵해 메고 있던 중늙은이, 보퉁이를 인 아낙네, 나머지 피난 짐을 들었던 사람들이 가진 물건을 땅바닥에 내려놓았다. 군말을 붙였다간 무슨 봉변을 당할지 몰라 몸가짐이 직수굿했다. 유리창이 깨어져버린 교사 복도 창문에서는 사람들이 꺼벙한 얼굴로 운동장을 내다보고 있었다.

교실 네 개는 피난 나온 부락민으로 만원을 이루었다. 교실마다 수용된 인원이 백 명은 웃돌 듯했다. 어른 아이 가릴 것 없이 불안에 찌든 가년스러운 모습이었다. 복도에까지 사람들이 웅기중기

쭈그려 앉아 있었다. 그들이 복도로 들어서는 일행을 보고, 어디 있다 이제야 오느냐, 조금 전 내탄량 쪽에서 콩 볶듯 들린 총소리가 웬 총소리냐고 물었다.

"조금 전에 탄량골에서 와룡리·대현리 사람을 백 명 넘이 총살시켰습미다. 우리는 군경 가족이라 용케 살아 나왔지요." 일행 중 와룡리 소야에 사는 중늙은이가 치를 떨며 말했다.

그 말은 들불 번지듯 금세 교실 네 개로 옮아갔다.

"청연마실에서도 부락민 칠십여 명이 집단으로 총살되었다는 게 거짓말이 아니구나." 누군가 말하자, "아이구, 우리도 몽땅 죽이겠구나"하며, 이 교실 저 교실에서 훌쩍이는 소리가 터져나왔다.

"학교에 갇힌 사람만도 오백 명이 넘을 낀데, 이 많은 사람을 설마하니 그래까지야 하겠나. 봐라, 아이들이 더 많잖나." "내일 아침에 몽땅 읍내로 보낼 끼라던 방위대원 말도 인제 못 믿겠네." "분주소 박주임이 왔다 하인께 무슨 조치가 있겠제. 가재가 게 편이라고, 분주소 주임 처가 와룡리 소야 사람 아닌가." "순사나 방위대원들도 군인들 앞에서는 꼼짝 못하더라. 벌벌 기던데 멀. 이 판국에 분주소 주임이 무슨 힘이 있다고." "박면장을 봤다는 사람도 있데. 면장이 설마 자기 면민 죽이라고 나서겠나." "도대체 왜 이래 가둬놓는지 영문을 모르겠네. 우리가 총을 가졌거나 무기를 숨가놓지도 않았고, 공비 숨가준 집도 없잖나. 또 군인이나 순사들한테 못할 짓 한 게 뭐가 있노 말이다." 부락민들이 넋두리를 늘어놓았으나, 어느 누구도 신원학교에 수용된 부락민들 앞일에 관해 시원하게 대답하는 사람이 없었다.

"분주소장 좀 면회시켜주소." "박면장 얼굴 좀 봅시다." 부락민이 떠들어도 군인들은 들은 척 안했고, 분주소장이나 면장이 운동장에 나타나지도 않았다.

문한돌은 아내와 아이들을 복도에 남겨두고 교실 네 개를 기웃거렸다. 교실에 수용된 5백이 넘는 부락민은 신원면 안에서도 남쪽 와룡리·대현리·중유리 사람들이 대부분이었고, 여자와 어린이가 많았다. 젊은 남자는 눈 닦고 찾아도 보이지 않았고 장년에서부터 노인에 이르기까지, 남자들이라곤 백 명이나 될까 싶었다. 대현리 사람만도 얼추잡아 2백에 가까웠는데, 낯익은 이웃들이라 문한돌은 마음이 놓였다. 한편, 남의 호박에 말뚝박기로, 아우 한득이가 인민군 전사며 자형이 농민위원 대현리 이책이라고 고자질하는 마을 사람이나 있지 않을까 걱정이 되기도 했다. 상급반 교실에는 대실 어른과 그 댁 가족도 끼어 앉았고, 죽은 한도 가족도 있었다. 중급반 교실에는 곽서방과 달분이, 나머지 두 식구도 섞여 있었다. 모두 소마소마한 표정이었지만 마을 사람들은 문한돌을 보자 눈을 맞추며 알은체했다.

문한돌이 교실마다 기웃거렸으나 사람들로 꽉 차서 처를 눕힐 만한 공간조차 없었다. 사람들을 조여 앉게 하고 처를 눕힐 수도 있었지만 진통으로 비비대기를 쳐대면 주위 사람들 눈치 보기도 민망할 터였다. 어젯밤처럼 밤새도록 고함을 질러댄다면, 그러잖아도 마음자리가 편치 못할 교실 안 사람들의 노루잠까지 들쑤셔 놓기 십상이었다. 문한돌은 복도에 처를 눕히고 벽에 기대앉았다. 처의 헐떡이는 숨소리가 귀 곁에 묻어왔다. 눈을 감고 그동안 활랑거렸던 가슴을 진정하니, 한줄기 더운 눈물이 뺨을 타고 흘러내렸다.

"어머이." 문한돌은 입속말로 엄마를 불렀다. 청상에 과부 되어 어깻죽지가 보습이 되고 손이 갈퀴가 되도록 딸 하나, 아들 셋을 애옥살이로 키웠건만 그나마 하나 아들을 생전에 먼저 잃어 시신조차 못 찾았고, 입산한 하나 아들은 죽었는지 살았는지 모르는 지경에 이르렀고, 마지막 남은 자기마저 목숨을 바람결에 등불로 내맡긴 신세가 되고 말았으니…… "어머이, 저승길 편케 잘 가시오." 문한돌이 흐느끼며 중얼거렸다. 총알 여러 발이 머리며 가슴에 박혀 온몸이 피에 젖은 엄마 모습이 떠올랐다. 사람 한평생 매조지가 그럴진대, 태어남과 죽음이 하늘의 무슨 조화인지 알 길이 없었다. 문한돌은, 자식들만 없었더라도 이렇게 애간장을 끓일 일이 아니라 당장 목매다는 게 낫지 않을까 싶었다. 종호를 무르팍에 안고 제 엄마를 멀뚱히 보는 종님이가 그의 어룽진 눈길에 묻었다. 그래, 다 함께, 뱃속에 든 애까지 다섯 식구가 먼저 죽은 다섯 식구를 뒤따라 죽자. 여기 있는 사람을 다 죽인다면 운명을 하늘의 뜻으로 받아들여, 함께 죽어버리자. 문한돌은 이렇게 체념을 곱씹었다.

"문서방, 보게." 문한돌이 눈을 떴다. 옆집 김서방이 턱 앞에 쪼그려 앉았다. "실매댁하고 자네 형수는 어째됐는가?"

"탄량골에서 다 죽었어."

"먼첨 내려온 사람들은 여게 가두고 늦게 내려온 사람들은 탄량골에다 몰아넣은 모양이제?"

문한돌은 대꾸할 기운이 없었다. 김서방이 어금니 사이로 신음을 짜는 종님이 엄마를 돌아보았다. 종님이 엄마는 두 다리를 벌린 채 치마 샅께를 한 손으로 누르며 몸을 틀고 있었다. 얼굴이 진 땀으로 번질거렸다. 이제 산모 손을 잡아주고 땀 닦아주며 해산바라지해줄 사람마저 없었다.

"산모를 이래 차븐 마룻바닥에 눕혀놔야 하다니, 쯔쯔. 이불이라도 있으면 좋으련만 가진 짐은 몽땅 뺏겨버렸으니……" 문한돌은 그제야 교실에 수용된 사람들이 모두 빈 몸임을 알았다.

"신원면 사람들을 읍내로 내보낼라면 왜 양식하고 이불까지 빼앗아버렸을꼬?" 김서방이 새삼스러운 발견인 듯 물었다.

"심상치 않네요." 문한돌이 눈을 감고 모질음을 쓰는 처 얼굴을 내려다보기가 차마 자닝했다. 내남없이 열 길 깊은 강의 살얼음을 밟는 이 판국에 아이를 낳는다니 무슨 팔자가 이렇게 기구한지 하늘의 뜻을 알 수 없었다.

"몽땅 처단할라꼬 이라는 거 아닌가?"

"인제 운은 하늘에 맡겨야제 어짜겠나. 명줄 길면 살아남을 기고, 여게서 죽을 팔자면 어짤 수 없지러."

"밤중에라도 좌우익을 가리는 신분 조사가 있을지 모르인께 자네는 한득이를 끝까지 숨겨." 김서방이 귀엣말로 속닥거리곤 자기 가족이 있는 중급반 교실로 들어갔다.

처를 조력하던 문한돌은 창밖 하늘을 바라보았다. 잿빛으로 흐려진 침침한 하늘에 눈발이 가벼이 떨어지고 있었다. 입춘이 지난 지 엿새지만 남도의 오지 소백산맥 줄기에는 그 절기에도 눈이 잦았다. 기온이 푹하여 땅에 닿으면 녹아버릴 눈이 드넓은 공간을 채우고 하늘하늘 흔들리며 내려오고 있었다. 교실마다 갇혀 있는 5백여 부락민도 따져보면 곧 사라질 눈발같이 불안한 목숨을 잇고 있는 셈이었다.

복도 문이 열리고 군용 점퍼 입은 사내가 복도 안을 들여다보았다. 철모를 쓰지 않고 총을 메고 있지도 않았다.

"중유리에 사는 추명각 씨 못 봤나요?" 사내가 복도 끝에 앉아 있는 사람들을 보고 물었다.

"사람이 하도 많아 어째 알겠습미까." 중늙은이가 대답하더니, 그의 바지를 잡고 매달렸다. 물에 빠진 사람이 지푸라기라도 잡듯, 중늙은이가 그에게 재우쳐 물었다. "말씨 듣고 보이 여기 사람인 모양인데, 순삽미까, 청년방위대원입미까?"

"나도 여게 사람이라요. 읍내에 있다 경찰대 병력 따라 들어왔심다."

"보이소, 우리는 어째됩미까? 청연에서, 탄량골에서도 부락민이 많이 총살됐다던데, 여게 있는 사람들은 어째되겠십미꺼? 제발 말 좀 해주이소."

"통비분자를 가려내는 심사가 있을 거라 하대요. 읍내 경찰서에서 사찰주임과 형사 셋이 왔거던요. 아마 분주소장·면장·읍내 경찰서·형사 셋, 그리고 군 정보장교가 심사위원이 돼서 통비분자를 가려낼 겁미다."

그 말을 듣자 문한돌은 가슴이 철렁했다. 산사람이 된 아우를 두고라도 자기 집안은 좌익가족이 틀림없었다. 인민군 정치부에서 고초 당한 끝에 제명처분을 받았지만 자신이 한동안 농민위원을 지낸 것도 엄연한 사실이었다. 통비분자를 가려내는 심사가 있게 된다면 다른 사람은 몰라도 자기야말로 살아남기 힘들 터였다. 그는 상황이 불리하게 꼬여간다 싶었다. 그러나 마을 정자나무 앞길에서 국군 총질을 당할 뻔하다 살아났고, 탄랑골에서 천조일우로 고빗사위를 넘긴 마당에, 이제 죽게 되더라도 통분할 건덕지가 있으랴 하고 그는 만사를 체념했다.

"공개적으로는 못 나서고 이거 낭패네" 하고 혼잣말을 쭝덜거리던 사내가 중늙은이에게 말했다. "추명각 씨가 있으면, 나중에 내 이름을 대고 찾으라고 전해주이소. 과정리 임종도라 하면 알 낍미다." 임종도가 교사 뒤쪽으로 총총히 사라졌다.

문한돌은 복도 안이 컴컴해 그 사내 얼굴을 알아볼 순 없었지만 이름을 듣자, 그가 바로 신확 장로 집에 달포 동안 숨어 있던 전 향토방위대장 임종보 형임을 알았다. 대현리에 숨어 있을 당시, 신장로로부터 마을 사정을 염탐했을 임종도가 심사 과정에서 자기 이름을 듣게 된다면, 문한돌이야말로 통비분자라고 고자질할 것이다. 임종도가 무사히 감악산을 넘어갔다면 신장로 가족도 무사했을 터였다.

어둠이 내렸다. 운동장 모닥불만 밝게 타올랐다. 수색 나갔던 군인들이 돌아오자 모닥불을 여러 군데 피웠고, 교실마다 거두어 간 책상과 걸상이 땔감으로 쓰였다. 운동장에는 백 명 넘는 군인들로 북적거렸다. 그들은 교사 뒤 숙직실 앞 한데에 가마솥 여러 개를 놓고 밥과 국을 지어, 모닥불 주위에 둘러앉아 늦은 저녁밥을 먹었다. 교실에 수용된 부락민은 모두 굶은 채였다. 날이 새기가 바쁘게 피난 짐을 꾸린 사람들은 아침 끼니조차 걸러, 하루 내 뱃속에는 물 한 모금 넘기지 못한 채였다. 배가 고프다며 투정하던 아이들도 지쳐 힘을 잃곤 부모 무릎을 베고 잠이 들었다. 한 시간 좋게 하늘거리며 내리던 눈은 밤 기온이 떨어지자 그쳤다. 유리 없는 창문을 통해 냉기가 교실 안으로 밀려들었다. 모두 어들어들 떨며 옹크리고 있었으나 어른들은 아무도 잠을 이루지 못했다. 추위와 주림 탓만 아니라 불안으로 도무지 눈을 붙일 수 없었다. 교실 안은 한갓지게 조용했다. 통비분자 심사가 밤중에 있을까, 날이 새고 시작될까 하는 잡담도 메아리로 되풀이될 뿐, 결정권은 군인들이 쥐고 있었기에 숙지막해지고 말았다.

간간이 훌쩍이며 우는 소리만 들렸다. 하급반 교실에서는 누군가 성경 구절을 읽고 있어 고요함을 깨뜨렸다. 와룡리 더티마을에 개척교회를 열고 있는 조전도사였다. 그의 주위에는 와룡리 교인들이 꿇어앉아 머리를 숙이고 있었다.

"내가 소리 내어 여호와께 부르짖으며 소리 내어 여호와께 간구하는도다. 내가 내 원통함을 그 앞에 토하며 내 우환을 그 앞에 진술하는도다. 내 심령이 속에서 상할 때에도 주께서 내 길을 아셨나이다. 나의 행하는 길에 저희가 나를 잡으려고 올무를 숨겼나이다. 내 우편을 살펴보소서. 나를 아는 자도 없고 내 영혼을 돌아보는 자도 없나이다. 여호와여 내가 주께 부르짖어 말하기를 주는 나의 피난처시요, 생존 세계에서 나의 분깃이시라 하였나이다. 나의 부르짖음을 들으소서. 나는 심히 비천하나이다. 나를 핍박하는 자에게서 건지소서. 주께서 나를 후대하시리니 위인이 나를 부르리이다." 조전도사는 읽기를 멈추고 성경책을 마룻바닥에 놓았다. "구약전서의 시편 일백이십이장 일절부터 칠절까지의 말씀이었습니다. 이 말씀은 다윗이 사울을 피하여 굴에 숨어 있을 때 쓴 말씀입니다. 다윗은 저나 여러분들처럼 기름 부음을 받은 후에도 늘 이렇게 도망을 다녀야 했습니다. 그래서 하나님은 자신의 외로운 처지를 잘 알고 있는 줄 알면서도 그 처지가 지금의 우리 형제 자매님들처럼 너무나 절박하여 자신의 원통함을 신앙으로 고백했습니다. 지금의 우리 처지 역시 하나님은 잘 알고 계십니다. 그러나 내 사정을 다 아시는 하나님께 있는 그대로의 사실을 다시 아뢰는 것은 절대 무의미한 일이 아닙니다. 왜냐하면, 기도는 어린아이와 같은 겸손한 마음으로 모든 것을 하나님에게 맡긴다는 신뢰의 증언이기 때문입니다. 다윗처럼 기도를 하면서, 이미 이 기도를 하나님이 응답하셔서 나를 옥에서 건져내시고 의인들에게 둘러싸이게 될 것이라고 믿는 자세야말로, 기독교인이 본받을 흔들리지 않는 믿음인 것입니다……"

간단한 설교가 끝나자 조전도사는 통성기도를 했다. 이어, 교인들은 목소리 낮추어 찬송가를 불렀다.

환난과 핍박 중에도 성도는 신앙을 지켰네 / 이 신앙 생각할 때에 기쁨이 충만하도다 / 성도의 신앙 따라서 죽도록 충성하겠네……

노랫소리는 끝내 울음에 젖어들었다.

엷은 구름이 다시 걷혔는데 하늘에는 여윈 초승달이 걸려 있었다.

대현리 앞길을 내려올 때, 문한돌에게 도망가라고 귀띔했던 짐꾼이 복도를 들여다보며, 탄량골에서 죽은 부락민 뒷소식을 흘리고 갔다. 군인들은 짐꾼들로 하여금 나무삭정이를 날라 와서 시체를 덮으라고 한 뒤 석유를 부어 불질러버렸다는 것이다. 그 말에 교실 안은 새삼스럽게 터져나온 울음이 그치지 않았다.

고통을 억지로 참으며 이를 악물고 있던 종님이 엄마가 인내력도 한계에 달해 비명을 내지르기 시작하기는 저녁 여덟시경이었다. 그네는 가쁜 숨을 몰아쉬며 계속 비명을 질러댔다. 그네를 가운데 두고 문한돌이 왼쪽에, 오른쪽에 옹구골댁이 앉아 있었다. 옹구골댁은 종님이 엄마 손을 잡고, 힘을 더 주라며 자기가 더 용을 썼다.

"찬 마룻바닥에서 이라다가 알라도 못 낳고 생사람만 잡겠네. 아무래도 안 되겠다. 누구든 불러와야제. 저거들도 다 제 에미 뱃속에서 태어났제, 하늘에서 떨어졌나." 옹구골댁이 발끈하며 일어서더니 밖으로 나갔다.

잠시 뒤, 옹구골댁이 총을 멘 군인을 데리고 왔다. 종님이 엄마는 죽는다며 연방 숨넘어가는 고함을 질러댔다. 문한돌이 처 손을 쥐었으나 그네는 발뒤꿈치가 까져라 골마룻바닥에 다리를 버둥대었다.

"워째 이렇게 땡고함을 질러유?" 어둠 속에 선 군인이 종님이 엄마를 내려다보았다.

"제가 어데 거짓말했습미까. 보다시피 알라를 낳을라 해서 이라는데, 죽을 때 죽게 되더라도 우선 어떻게 조치 좀 해줘야겠심다."
옹구골댁이 군인에게 말했다.

"군인 양반, 내일 죽는 한이 있더라도 마누라가 알라나 제대로 놓게 해주이소. 어짭미꺼, 짐승도 새끼 낳을 때는 몸을 숨기는데, 하물며 사람이 이 지경에 당도했으니 제발 선처해주이소. 따신 방이 아니더라도 좋으니 방 한 칸만 마련해주이소. 이렇게 사람 많은 데서야 어째 애를 놓겠습미까." 문한돌이 군인 앞에 무릎을 꿇고 애걸했다.

"따라와봐유." 종님이 엄마를 보던 군인이 퉁명하게 한마디했다.

군인을 따라나섬이 곧바로 총살 현장으로 끌려가는 죽음의 길이 되더라도 문한돌은 우선 복도에서 벗어나야겠다고 생각했다. 앞뒤 가릴 것 없이 그는 처를 들추어 업었다. 그는 종님이와 종호를 앞세워 컴컴한 복도를 거쳐 운동장으로 나섰다. 축대 아래 운동장에는 곳곳에 모닥불이 타올랐고, 군인들이 둘러앉아 있었다.

"이리루 따라와봐유" 하며 군인이 교사 뒤로 걸었다.

문한돌은 모닥불 불빛에 언뜻 드러난 군인 얼굴을 보았다. 큰 철모가 헐거운 듯 얼굴이 나부죽한 그의 모습이 앳되었다. 문한돌은 입산한 아우가 생각났다. 군인이 아우 연갑내기쯤으로 보였다.

숙직실 앞에도 모닥불을 피워놓았는데, 군인들이 여럿 얼쩡거렸다. 한데에 솥만 걸 수 있게 돌 몇 개를 괴어 만든 여러 개 아궁이는 불땀이 좋았고, 돌팍에 걸쳐놓은 서 말 치 솥에는 김이 푸짐하게 피어올랐다. 애젊은 군인은 숙직실 앞에 있는 허름한 기와집 마당으로 들어갔다. 7월 중순에 피난을 떠나 빈집으로 남은 국민학교 교장 사택이었다. 안채 방문을 열더니 주머니에서 꺼낸 성냥을 켜며 문한돌에게, 이 방을 쓰도록 하라고 말했다. 문한돌 가족이 방으로 들어갔다. 종님이 엄마는 연방 신음을 쏟아내었다.

"당신들은 아기 덕분에 살았으니 그리 알아유." 애젊은 군인이 비로소 살가운 목소리로 말했다.

"고맙습니다. 이 은공을 어째 갚아야 할는지 모르겠군요. 젊은 군인, 정말로 고맙습니다." 처를 업은 채 문한돌이 절을 했다. 말을 잘못 듣지나 않았나 싶었고, 갑자기 눈앞이 환해지는 느낌이었다.

"지금부터 이 방 안에 꼼짝 말고 있어야 해유. 밖으로 나갔담 그대로 죽으니 제 말 꼭 명심하시유." 말을 마치자 애젊은 군인은 방문을 닫고 밖으로 나갔다.

문한돌은 처를 방바닥에 눕혔다. 너무 깜깜해서 호롱불이라도 켰으면 좋으련만 방 안에 무엇이 있는지 알 수 없었다. 종님이 엄마는 모질음을 쓰며 계속 고함을 질렀다. 문한돌은 자기 혼자 어떻게 해산바라지를 감당해야 할지 몰랐으나 이렇게 따로 방 한 칸을 얻게 되고, 죽지 않게 되리란 한 가닥 희망을 건져, 그는 한순간에 맥이 풀렸다. 한참 뒤, 마당을 질러오는 군홧발 소리가 들려 문한돌이 귀를 세웠다. 방문이 열리고 애젊은 군인이 방짜 대야에 숯불을 담아 들고 들어왔다.

"이거 받아유."

"고맙습니다. 이래 친절하게 돌봐주시니 이 은공이야말로 백골난망이올습니다." 츱츱한 마음으로 문한돌은 애젊은 군인으로부터 벌겋게 핀 숯불을 받았다.

466

"군에 나오기 전에 우리 형수도 배가 앞산만했더랬지우. 산모 구완이나 잘하시구 걱정 말구 계시유." 군인이 말하곤 밖으로 나갔다.

대야에 담긴 숯불로 방 안이 발그스름하게 살아났다. 어느새 아이 둘은 서로 손을 잡고 어깨를 기대어 잠에 들어 있었다. 아이들로서는 아침에 먹은 멀건 죽 한 그릇뿐 하루 종일 굶은데다, 이십리 넘는 길을 도다녔고 난생처음 경기 들린 만큼 놀란 터라, 바람막이 벽이 있는 방에 들어오자 그대로 까라지고 말았다. 아이들을 눕히고 대야 숯불을 처 허리쯤에 놓곤 문한돌도 벽에 등을 붙여 눈을 감았다. 어젯밤도 한숨 잠을 못 잤으나 골만 패일 뿐 잠이 올 리 없었다.

탄량골의 그 많은 시체 속에 버려진 엄마·형수·조카 셋의 주검이 눈앞에 어른거렸다. 억울한 주검일망정 양지바른 터에 묻어주어야 할 텐데, 언제쯤이나 그런 날이 오는지 아득했다. 집안 장손을 건지지 못한 죄밑으로 살아생전 제상을 차릴 때마다 무슨 면목으로 조상을 대할까 하고 생각하자, 무거운 눈꺼풀을 비집고 눈물이 흘러내렸다. 이럴 때가 아니다. 마음 독하게 먹어 남아 있는 혈육이라도 건져야 한다. 태어날 아기까지 합쳐 세 자식을 남보란 듯이 키워야 죽은 혈육들에게 보은하는 길이다. 이렇게 결심을 곱씹었으나 당장 해산바라지조차 어떻게 수습해야 할는지 난감했다. 두 딸을 낳을 때도 엄마와 형수가 아기를 받아, 그는 산모 방에 얼씬도 하지 않았다. 처가 아기를 낳는다 해도 아기를 싸안을 포대기조차 없었고, 앳된 군인이 방 안에서 꼼짝 말라고 했으니 더운

물을 구할 데도 없었다. 부딪히는 대로 일을 치르고, 나머지는 하늘과 운명에 맡기는 수밖에 없었다.

문한돌이 뜬눈으로 밤을 새우며 기광을 부리는 처를 구스르느라 애면글면 둥갠 끝에, 동살이 희뿌옇게 트여올 때, 드디어 처의 하문에서 양수가 터졌다. 종님이 엄마가 된신음을 짜내자, 하문에서 쏟아지는 피와 함께 아이 맨머리부터 밀려나왔다. 문한돌이 두 손을 피로 흠씬 적신 채 아기를 받고 보니 어둑신한 중에도 고추가 달렸음을 보았다. 더운 눈물이 왈칵 쏟아졌다. 형네 두 아들을 잃고 난 뒤라 어찌나 반가운지 벌어진 입이 다물어지지 않았다. 엄마가 하루만 더 살아 계셨더라도 이 손자를 보았을 텐데 하는 안타까운 마음이 들었다. 아기가 "앙!" 하고 첫울음을 터뜨렸다.

"여보, 아들이오. 아들을 낳았소!" 문한돌은 기력을 다 써버려 실신한 처의 어깻죽지를 흔들었다. 종님이 엄마는 죽은 듯 널브러져 있었다. 그는 이빨로 탯줄을 끊고, 옷깃에서 뽑아내어 마련해둔 실밥으로 탯줄을 동여맸다. 핫저고리를 벗어 핏덩이 아기를 둘러쌌다. 그의 옷은 온통 피투성이였다.

"주이소, 우리…… 간난알라 주이소." 갑자기 종님이 엄마가 눈을 뜨더니 두 팔을 벌렸다.

문한돌이 저고리에 싼 아기를 처 머리맡에 눕혔다. 종님이 엄마가 고개를 돌려 희미하게 떠오르는 아기를 멀거니 바라보았다. 그네가 물기 젖은 눈으로 서방을 보았다.

"정말로 고추 달린 머슴애 맞습미까?"

"맞다니깐."

대야의 숯불은 재로 변했고, 꾀꾀로 들러주었으면 좋으련만 새벽녘이 되도록 애젊은 군인은 다시 오지 않았다. 어린 자매는 서로 껴안은 채 잠에 들어 있었다.

어느덧 날이 밝아 방 안이 환해졌다. 밖에서도 군인들의 목소리와 발소리가 시끄러웠다. 문한돌이 찢어진 문구멍에 귀를 대니, 흙담 밖에서 두 군인이 나누는 대화가 들렸다.

"수색조 철수했어?"

"삼조가 교대로 나갔어."

"새벽 순찰에서 또 한 놈을 낚았지. 건넛마을 처가에 간다는 농사꾼인데, 몸수색을 하고 보니 개머리판 없는 따발총을 허리춤에 숨겼더군."

"넘겼나?"

"소대장 명령으로 처형해버렸지."

"믿을 놈 하나도 없어. 신원면 전체가 빨갱이물에 들어버렸어."

"그 곰보 있잖아. 심문하는 과정에서 들어보니, 남조선이니, 인민이니, 해방전쟁이니 하는 말을 대중없이 입에 올리데."

"일대대 추격은 어찌됐데?"

"기백산까지 따라잡았는데, 꼬리를 놓친 모양이야. 놈들이 덕유산으로 들어갔을 거라더군."

"그럼 수고하더라구. 다리 부상은 완쾌됐지?"

"전방 전투부대로 원대복귀 안 된 것만도 다행이야. 그래도 후방 전투는 전방처럼 무더기로 개죽음은 안 당하잖아."

대화가 끊겼다. 바잡은 마음으로 대화를 엿듣던 문한돌은 긴 숨을 내쉬었다. 그때였다. 마당으로 군화발 소리가 우르르 몰려들었다. 군인 둘이 마루로 올라와서 방문을 열어젖혔다.

"어? 이거 웬놈들이 여기 숨었어? 네놈들은 무슨 특권으로 방을 차지한 거야?" 키가 땅딸막한 사병이 감사나운 눈길로 문한돌 가족을 훑어보더니 수세게 어깨에 멘 M1총을 내렸다. 잠이 깬 종님이와 종호가 한입 가득 울음을 물고 키 작은 사병을 보았다. 마당에서 "쏘지 말고 싸게 끌어내라구" 하는 명령에 이어, 사병 셋이 방으로 들어왔다. 들어온 사병들이 사막한 표정으로, 한편 어이없다는 듯 옹송거려 앉는 문한돌 가족을 갈마보았다.

문한돌은 숨이 막혀 아무 말도 할 수 없었다. 눈을 감은 종님이 엄마는 서방 저고리에 싸인 아기를 감싸안고 흐느꼈다. 문한돌이 처 팔에서 아기를 빼내어 안아 들고, 군인들이 보란듯 저고리깃을 젖혔다. 얼굴조차 닦아주지 못해 양수와 피로 범벅이 된 갓난아기를 내보이며, 그는 군인 셋을 올려다보았다. 여린 뼈대를 싼 살갗이 겹주름으로 꼬인 아기는 인두가 보일 정도로 입을 벌리고 목청도 좋게 울음을 터뜨렸다.

"쯔쯔, 핏덩이잖아, 언제 낳았소?" 방으로 먼저 들이닥친 키 작은 사병이 총구를 방바닥으로 내렸다.

"한 시간도 채 안 됐습미다. 이 어린 목숨을 보더라도 제발 살리주이소." 문한돌이 울먹이며 말했다.

"기가 막히군. 오늘 새벽에 애를 낳다니. 당신, 오늘이 무슨 날인 줄이나 아오?" 키 큰 사병이 물었다.

"무슨 날인지는 모르지만 음력으로 정월 초닷샙미다. 다른 사

470

람들과 함께 교실에 있었는데, 어젯밤에 마음씨 착한 어떤 군인이 제 안사람인 산모와 우리 식구를 여게로 데려다줍디다."

"아들이요, 딸이오?" 키 작은 사병이 신기하다는 표정으로 눈조차 뜨지 못한 채 꼬물거리는 아기를 내려다보았다.

"아들입미다."

"하늘이 이 애를 도왔당가? 당신이야말로 참말 운수대통해뿌렀제잉. 두고두고 이 아들에게 말이여, 감사해야 할 것이여." 세 사병 중 계급으로 보나 나잇살로 보아 윗길인 이등중사짜리가 뻥시레 웃으며 말했다. "오늘 겉은 합동 제삿날에 사내자식이 태어났응께롱, 이 기적으로 말하문 하늘이 내린 경사여. 이 애기를 츠음 본 우리 셋 명줄도 전쟁 끝날 때꺼정 하늘이 지켜줄 것이여. 내 말이 어떻다냐?" 틀수하게 생긴 이등중사가 머리를 끄덕거리며 두 사병을 보았다.

"분대장님 말씀이 지당합니다. 열차간에서 승객이 아기를 낳으면 철도국에서도 경사라며 미역하고 선물을 푸짐하게 준다 하데요." 키 큰 사병이 숫접게 맞장구를 쳤다.

"여봐, 이일병. 산모가 말이여, 어젯밤도 굶었을 테잉께 더운 국 한 그릇을 싸게 가져오더라구. 밥을 말아갖고 말이여." 이등중사가 키 작은 사병에게 말하자, 키 작은 사병이 알았다며 득달같이 밖으로 나갔다.

이등중사와 키 큰 사병이 어깨에 걸었던 총을 내리고 산모와 아기 옆에 주저앉더니, 문한돌에게 어느 마을에 사느냐, 저 애들이 계집아인데 그렇다면 이 아기가 장남이냐, 당신 혼자 어떻게 아기를 받았느냐 따위를 물었다. 방으로 들어올 때의 태도가 가신 숙부드러운 말씨였다. 난감 절박한 순간에도 살아보겠다고 태어났으니 아기 명줄은 하늘로부터 보장받았다느니, 더운물이 있어야 아기를 씻길 텐데 하는 걱정까지 보태었다. 피칠갑을 한 문한돌 옷과 손을 보고 이등중사는, 아기를 받느라고 수고 많았다고 말했다.

밖으로 나갔던 키 작은 군인이 식기에 김이 오르는 더운 국밥을 담아 왔다.

"싸게 일어나씨요잉. 이걸로 쪼깐 요기나 해야 정신을 채릴 것이구만그래." 이등중사가 종님이 엄마에게 말했다.

문한돌은 처 등을 받쳐 일으켜 앉혔다.

"싸게 먹으씨요. 먹고 기운을 내야 젖도 잘 나올 것이여." 이등중사가 점퍼 윗주머니에서 군용 숟가락을 꺼내어 국밥에 꽂았다.

문한돌이 짐작건대 이등중사 나이는 서른쯤이었고 말하는 걸로 보아 처자식을 두고 군에 나온 듯했다. 종님이 엄마가 이마 앞에 어지러이 흘러내린 머리카락을 거두곤 군인들에게 점직하게, 고맙다고 말했다. 그네는 숟가락을 들다 말고 구석에 앉아 있는 두 아이 쪽에 눈을 주었다. 떨리는 숟가락질로 국밥 국물을 떴다. 내음도 먹음직한 쇠고깃국밥이었다. 종님이 엄마가 느린 숟가락질로 국밥을 먹자, 이등중사는, 많이 드시오 하며 그네에게 너그러운 눈길을 보냈다. 그사이 사병 둘은 따따부따 말다툼이 오고갔다.

"견벽청야(堅壁淸野) 작전은 최덕신 사단장이 독창적으로 고안해낸 작전이.아니라니깐. 중국 국부군 백승희 장군이 항일전에 써

먹어 큰 성과를 본 작전을 그대로 따온 거란 말을 들었어. 우리 사단장이 중국 황포군관학교를 나와 중국 국부군 소좌를 지낸 중국통 아닌가. 그러니 중국서 배워 왔겠지." 키 큰 사병이 말했다.

"누가 써먹었든 간에 내 말이 맞잖아. 지켜야 할 거점은 벽을 쌓듯이 확보하는 주의로 나가고, 부득이 적에게 내놓게 되는 지역은 인력과 물자를 이동시킨 후 집들은 불지르고, 깨끗이 청소해버린다는 것 아냐. 그러니 신원면 이 산골짜기는 청야 지역에 해당되는 셈이 맞잖아." 키 작은 사병이 말했다.

"그렇다 치자, 청야 지역에 해당된다면 주민을 안전지대로 이동시키는 게 원칙 아닌가. 가옥은 불질러 적이 아지트로 삼지 못하게 하더라도 부락민은 일단 이동시키고 봐야지."

"무슨 소리야. 부락민 성분부터 따져봐야지. 순수한 우익가족들이라면 물론 읍내로 이동시켜야겠지. 그러나 신원면이 공비들 세상으로 두 달을 보낼 동안 부락민 전체가 통비분자로 변하고 말았잖아. 우익은 그전에 다 탈출했을 테구. 남아 있는 빨갱이들은 이동 대상이 아니라, 문자 그대로 말끔히 청소할 대상인 셈이지."

"노약자와 아녀자와 아이들도 통비분자로 봐야 해?"

"차일병, 자네 인도주의는 이해하지만, 지금 무슨 말을 해? 분주소 주임 말도 못 들었어? 사흘 전 전투경찰대와 청년방위대와 우리 부대 일 개 중대가 과정리를 지킬 때, 부락민이 술대접한다는 핑계로 지휘관을 모이게 하곤 모두 사살해버렸다지 않아. 그날 밤 전투에서 백오십여 명이나 생목숨을 잃었어. 우리 쪽이 그토록 무자비하게 당했다구. 살아 감악산을 넘어간 인원이 분주소장을 포함해서 불과 오십 명 남짓했다는 말도 못 들었어? 전투가 벌어졌을 때, 공비 쪽엔 바지저고리 입은 부락민이 많이 섞여 있었다고 삼중대장이 증언했잖아. 그놈들이야말로 진짜 빨갱이 아닌가."

"그런 골수 좌익 부락민이야 공비들 따라 입산해버렸겠지." 우겨대던 키 큰 사병 말이 흐리마리해졌다.

"여기 수용된 인간 종자는 빨갱이들 가족이 맞아. 공비들과 내통하다가 기회만 오면 또 언제 우리 쪽으로 총부리를 겨눌는지 누가 알아."

"노약자와 어린아이들까지 차마……"

"감상적인 생각은 치워. 지금은 전시고, 여기야말로 작전지역이야. 그저께 전투에서도 전우가 사십 명이나 죽고, 백여 명 부상당한 걸 차일병 네 눈으로 똑똑히 봤잖아." 키 큰 사병이 잠자코 있자, 키 작은 사병이 말을 이었다. "우리 삼대대가 칠일 밤 소룡산 뒷골에서 야영을 하고 말이야, 아침에 차황면으로 계속 가다가 장갑차를 타고 오던 연대장 만났을 때, 연대장이 대대장에게 호통치던 말, 차일병 들었지? 적성지구 주민은 즉결처형하라는 말을 어겨 간밤에 과정리 경찰대와 방위대가 쑥대밭이 되었다고 했잖나."

"그때야 용공분자 주민을 처형하지 않았다고 닦아세웠지, 노인과 어린애를 처형하지 않았다는 말은 아니었잖아." 키 큰 사병이 껄끄럼한 목소리로 빗대었다.

"야, 개소리들 집어쳐뿌리지 못해." 이등중사가 참견했다. "차일병, 넌 상명하복도 몰라뿌렀어? 군대란 상관 명령 지시만 따르면 되는 거여. 미수복지구 가옥은 불태워뿌리고 주민은 말이여,

남녀노소를 막론하고 처형하라는 명령이 하달됐으면, 우린 그 말대로 실행하면 그뿐이제잉. 나도 소대장하고 말싸움했어. 연소한 애들과 노약자를 어떻게 처단하냐고 해도 말이여, 어데 씨가 멕혀야제잉. 소대장도 적성지구주민을 전원 총살해뿌리라는 명령을 하달 받았는데 난들 어떻게 하겠어 하더랑께." 이등중사가 혀를 찼다.

티격태격하던 두 사병이 말을 그쳤다. 그동안 종님이 엄마는 식기의 국밥을 절반쯤 남겨 두 딸애에게 물렸다. 종님이는 한 숟가락 떠먹곤 동생 입에 한 숟가락 먹여주며, 바닥 긁는 소리가 날 정도로 얼른 먹어치웠다.

밖에서 호루라기를 불며 집합을 외쳐대는 여럿의 고함과 뛰는 발소리가 들렸다. 이등중사가 숟가락을 챙겨 윗주머니에 꽂고, 키 작은 사병은 빈 식기를 거두었다. 이등중사는, 밖으로 나올 생각을 말고 산후조리나 잘하라며 종님이 엄마에게 말하곤, 두 사병을 앞세워 밖으로 나갔다.

긴장이 풀린 문한돌이 벽에 기대어 잠시 깜박 졸았을 때, 바깥이 갑자기 시끄러웠다. 울음소리와 고함소리가 들리고, 왁자한 소음을 잠재울 듯 총소리가 터졌다. 문한돌은 방문을 조금 열고 발뒤꿈치를 들어 흙담 너머 교사 쪽을 살폈다. 군인들이 경계를 폈고, 부락민들이 복도로 빠져나와 운동장으로 나서고 있었다. 자식을 업은 아낙네, 부축을 받고 있는 노인, 어린아이들을 가운데 세워 떨어지지 않겠다는 듯 가족 단위로 움직이며 그들은 울기도 하고, 어디로 데리고 가느냐며 묻기도 했다. 따라가지 않겠다고 발

버둥치며 주저앉거나 소리치는 부락민은 군인들이 총대를 무작하게 밀치며, 돼지 몰 듯 재우쳤다. 누군가, "우리 찬송가 부릅시다" 하고 소리쳤다. 찬송가가 시작되자 울음에 잠긴 여럿이 따라 불렀다. 문한돌은 방문을 닫았다.

예수 나를 오라 하네 예수 나를 오라 하네 / 어디든지 주를 따라 주와 같이 가려네 / 주의 인도하심 따라 주의 인도하심 따라 / 어디든지 주를 따라 주와 같이 가려네······

찬송가 소리와 아우성이 차츰 멀어졌다. 문한돌은 두 딸을 품에 안고, 종님이 엄마는 갓난아기를 품에 안았다. 마당으로 바쁘게 뛰어오는 발소리가 들렸다. 방문이 열렸다. 애젊은 군인이었다.

"워떠, 워떠케 되었시유?"

"덕분으로 머슴아를 놓았습미다." 문한돌이 대답했다.

"잘되었구먼유. 지금 나가면 죽어유. 꼼짝 말구 방에 기셔야 해유. 죽이려구 모두 끌구 나가니깐, 그리 알구 있어요."

"군경 가족이나 방위대 가족은 어떻게 됐나요?" 문한돌은 남수 아저씨네 가족이 어떻게 되었는지 궁금했다. 따지고 보면 이렇게 살아남게 된 것도 옹구골 아주머니가 애젊은 군인을 데리고 온 덕분이었다.

"새벽녘에 말이요, 분주소장이 군경 가족은 나오라니깐 모두덜 벌떼같이 일어나서 나두, 나두 하며 나서는 통에, 심사를 어떻게 해유. 손을 들고 철수해버리구 말았지유." 애젊은 군인이 말을 마치자 대문 밖을 돌아보더니 "저두 얼릉 가야 해유" 하곤, 한 발짝도 문밖으로 나가면 안 된다고 다시 한번 다짐을 주었다.

애젊은 군인의 데바쁜 군화발 소리와 총신 덜렁대는 쇳소리가 운동장 쪽으로 멀어졌다.

"보이소. 우리는 어짤 낍미까? 만약에 다른 군인이 방문을 열어본다면 말입미다. 계속 마음씨 좋은 군인만 만날 것도 아닌데······" 질린 얼굴로 종님이 엄마가 서방을 보았다.

"글쎄 말이다, 어짜면 좋제?"

"언제까지 이 방에 눌러앉아 있을 낍미까. 그 많은 사람을 불문곡직하고 쥑이는데, 우리 식구라고 가만 놔뚜겠습미까? 도련님을 보더라도 말입미다."

"아까 그 군인이 여게 숨어 있으라 했는데······"

"높은 상관이 쥑이라 하면 아까 그 군인인들 무슨 용맹이 있어 또 한번 우리를 살려주겠습미까." 종님이 엄마가 서방의 결단을 채근했다.

"그렇지, 군인들이 부락민을 끌고 모두 나갔을 테니, 때는 지금이야." 문한돌이 일어나 종호를 덜렁 업었다. "가자, 어서 여게를 빠져나가자!"

저고리에 싼 아기를 안고 종님이 엄마가 안간힘 쓰며 일어섰다. 문한돌은 방문을 열고 바깥 동정을 살폈다. 담 너머 쪽 교실은 비었고, 숙직실에도 아무 소리가 들리지 않았다.

"종님아, 집 뒤로 돌아가." 문한돌이 앞장선 종님이한테 말했다.

문한돌 가족은 사택 뒷문을 나서서 학교 탱자울타리의 뻐끔하게 뚫린 개구멍으로 빠져나왔다. 울타리 너머는 층층의 따비밭이었다. 끌려간 부락민이 질러대는 소음이 박산 골짜기 쪽에서 들려왔다. 문한돌은 방향을 잡지 못한 채 잠시 망설였다. 서쪽은 박산 너머 청수리와 중유리, 북쪽은 감악산, 남쪽은 대현리 너머 산청군, 동쪽은 면사무소가 있는 양지리였다. 교실에 수용된 부락민을 군인들이 박산골로 끌고 갔으니 서쪽은 아예 틀렸고, 그 험한 감악산을 넘거나 산청 쪽으로 길을 잡는다 해도 주둔한 군인과 맞닥뜨릴 것만 같았다. 며칠 사이 총소리가 들리지 않은 쪽은 그래도 동쪽뿐이었다. 그는 달아날 방향을 양지리로 결정했다.

과정리 역시 집들이 모두 불에 타서 잿더미로 변해버렸다. 싸늘한 아침 바람이 잿가루를 날렸다. 마을은 텅 비어 있었다. 문한돌은 과정리 뒷길로 빠지며, 한 손으로 처 겨드랑이를 끼고 바삐 걸었다. 종호를 안은 종님이는 앞서 뛰고, 종님이 엄마는 숨을 헐떡이며 어기적 걸음을 걸었다. 어느새 양지리 쪽 하늘에 아침해가 떠올랐다.

문한돌 가족이 옥계천에 걸린 나무다리를 막 건넜을 때였다. 뒤쪽 박산 골짜기에서 요란하게 퍼부어대는 총소리가 들렸다. 기관총까지 동원되었는지 연발로 쏟아지는 총소리가 오래오래 이어졌다. 문한돌이 총소리에 진저리치며 뒤쪽을 돌아보는데 가슴에 품은 피로 뒤발한 처의 저고리가 눈에 들어왔다. 저고리에 싸인 아기 모습은 보이지 않았다. 저 많은 죽음의 보상으로 이렇게도 모질게 한 생명이 세상 구경을 하겠다고 태어났는가 싶었다. 그는 이제 핏줄을 이을 아들을 두었음에 그 어떤 보람이나 기쁨도 느낄 수 없었다. 눈물이 뺨을 적시며 흘러내렸으나, 북받쳐 터지는 울음조차 목이 메어 통곡할 수 없었다.

사실과 중립
―『겨울 골짜기』를 다시 읽는다는 것

강경석(문학평론가)

분단의 상처나 이데올로기의 폭력에 대해 재론할 필요는 없을 것이다. 그것은 여전히 중요하지만 너무 많은 곳에서 너무 자주 이야기되었다. 『겨울 골짜기』의 초간본(1986) 서문을 작가는 이렇게 썼다. "거창사건을 다루었지만 8할쯤은 픽션이고 2할쯤이 논픽션에 해당될 것이다. 그러므로 이 소설은 그 진상을 파헤쳐 생생한 기록으로서 현장성을 살리자는 데 목적을 두지 않았다. 전쟁이 혹독한 굶주림으로 인간을 옥죄이고, 살아남음에 따른 고통의 극한을 인간은 어느 한계까지 견디어내는가. 나는 그 두 문제에 초점을 두고 이 소설을 썼다. 읽는 이는, 글쓴이가 가능한 그 사건 자체에서 멀어지기 위한 갈등의 흔적을 발견할 수 있을 것이다."

이 소설은 출간 당시부터 지금까지 거창양민학살사건(1951)*과 '국제적 내전'으로서 한국전쟁이라는 역사적 특수성의 지평 위에서 주로 논의된 편이지만 적어도 작가의 의도만큼은 좀더 보편적인 주제 의식을 향해 있었던 셈이다. 요컨대『겨울 골짜기』는 '사건 자체'의 중력으로부터 가능한 한 멀리 벗어나려는 작가 의식의 원심력과 기어이 사건 자체로 복귀하려는 독자 반응의 구심력이 팽팽히 맞서는 가운데 쓰이고 읽힌 작품이라 할 수 있다.

이병주의『지리산』(1985)이나 조정래의『태백산맥』(1989), 이태의『남부군』(1988) 등이 당시의 독서계에 불러온 파장을 환기해보는 것만으로도 짐작할 수 있듯이 감춰진 진실에 대한 '증언'의 요청은 압도적인 것이었다. 그것은 장편『겨울 골짜기』를 빨치산의 실상과 거창사건의 내막에 대한 충실한 기록으로 좁혀 읽게 만드는 문화적 토대가 되었다. 그러나 6월항쟁(1987) 이래 길고 지난했던 민주화의 진전 속에서 증언과 기록의 소임은 상당 부분 '과거사 정리'라는 사회제도적 차원으로 이양되었다. 그 과정에서 이들 작품에 대한 관심이 차츰 줄어든 것은 일견 자연스런 수순처럼 보였고 분단문학은 마치 시효가 만료된 과거의 유산으로 남는 듯했다. 80년대의 이념 과잉에 대한 반동으로 등장한 90년대의 탈이념 편향도 균형 잡힌 독해를 가로막긴 마찬가지였다. 결핍도 과잉 못지않은 억압기제다. 이러한 이중의 압력 속에서 작품은 마땅히 불하받았어야 할 자신의 몫을 충분히 확보하지 못했거니와 미국

---

* 이는 1951년 빨치산 점령지구였던 경남 거창군 신원면에 국군이 재진주하면서 부락민 700여 명을 통비분자로 간주해 집단학살한 사건이다.

의 이라크 침공에 감응한 작가가 이 작품의 개작에 몰두할 수밖에 없었던 절실함이 비로소 납득된다. "2003년 4월, 미국과 영국의 일방적인 이라크 침공에 따른 결과가 뻔한 전쟁 과정을 텔레비전으로 보았다. 전쟁이 난 지역에 살고 있다는 이유만으로 민간인들이 당한 참상, 특히 여성·노약자·어린이들이 감당해야 하는 고통스러운 삶과 죽음은 눈시울을 뜨겁게 했다."(김원일, 개정판 서문, 2004) 작가 김원일이 『겨울 골짜기』의 집필과 개작을 통해 감춰진 진실의 증언 이상으로 추구하고자 했던 바는 무엇이었으며 그것은 작품 속에서 어떻게 드러나는가. 이 물음들은 여전히 고갈되지 않은 광맥이다.

우리 앞에 놓인 『겨울 골짜기』는 원고지 2,500매 분량의 초간본을 1,800매 정도로 대폭 압축한 판본으로 작가에 의해 확정된 정본이다. 개작은 대체로 부수적인 삽화들을 삭제하고 묘사나 감상적인 요소를 줄이는 방향에서 진행되었다. 풍부한 토속어 사용은 유지하되 형용사, 부사 등 수식구들을 최대한 제거함으로써 중립적 진술을 두드러지게 하는 문체상의 일관성도 뚜렷해졌다. 이는 혹독한 겨울 추위를 배경으로 궁핍하기 이를 데 없는 전쟁 당시 신원면 일대의 시공간과 생활상을 부각시키는 효과를 발휘한다. 다시 말해 차고 메마른 숲을 눈앞에 형상화하는 대신 투명하고 냉정한 문장들로 겨울 숲의 삭막한 이미지를 환기하는 방식이라고 할 수 있을지도 모르겠다. '겨울 골짜기'라는 제목 자체가 이미 작품의 스타일과 불가분임은 물론이려니와 진술이 묘사의 기능을 대체하는 현상도 곳곳에서 나타난다.

그러나 작품의 이러한 외형적 특징은 '사건 자체'에서 멀어지려던 작가의 애초 의도에 비추면 오히려 모순처럼 보이기도 한다. 실기(實記)를 방불케 하는 중립적 진술문들은 작품 내부에 배치된 정보와 삽화들에 대한 신뢰감을 높여주기 마련이어서 그때 그곳에서 무슨 일이 있었는지에 독자들의 시선을 집중시키는 효과를 발휘한다. 말하자면 작가는 극한상황을 통해 인간성의 근원을 시험해보려 했지만 실제 작품은 "생생한 기록으로서 현장성"을 더욱 강화하는 방향으로 전개된 것이다. 가령 다음과 같은 대목은 그 핍진한 예의 하나다.

산막은 30미터 아래쪽, 큰 바위를 의지 삼아 삿갓골로 세워져 있었다. 산죽과 나뭇가지로 뼈대를 얽고 그 위에 왕억새로 지붕을 덮었는데, 돌과 이긴 흙으로 한 자쯤 지댓돌을 쌓아 집다운 꼴을 갖추고 있었다. 컴컴한 산막 안은 양쪽에서 마주보고 눕는다면 스무 명쯤은 잠잘 수 있는 넓이였다. 가운데는 밭고랑 내듯 길게 홈을 파두었고, 홈에는 빨래판같이 반반한 돌을 덮어두었다. 산막 안을 반으로 쪼갠 긴 고랑이 이를테면 노천 온돌이었다. 그런 온돌 구조는 전쟁 전 지리산 일대를 근거로 활동했던 '남조선 인민유격대 제3병단'이 개발한 '빨치산식 온돌'이었다.(29~30쪽)

묘사와 진술을 섞어 빨치산의 산막(山幕)과 특유의 온돌 구조를 설명하고 있는 장면이다. 그러나 여기서 묘사는 대상이 주는 느낌이나 감각을 절제하고 정보를 운반하는 데 치중하고 있어 전체적으로는 사실 진술을 뒷받침하는 보조적 역할에 머문다. 빨치산과 산 아래 마을 주민들의 생활상을 가까이서 보여주고 설명하는 장면들은 이밖에도 무수히 많은데, 특히 작품의 2장인 '들피진 삶─마을 1'이 재현하는 신원면 일대의 궁핍상은 손에 닿을 듯 생생하며, 대사가 아닌 지문에서 풍부하게 활용되고 있는 사투리와 토속어 또한 현장감을 보전하고 상승시키는 요소로 작동한다. 그러나 작가가 밝힌 의도와 작품적 실제 사이의 이러한 모순은, 작가에 대해 작품(또는 증언의 요구)이 승리한 증거라기보다, 궁극적으로는 지양될 작품의 구조적 본질로 간주하는 편이 합리적이다. 의도와 결과의 불일치를 단순히 모순으로만 파악하는 관점은 작품의 구성이나 초점인물의 채택 등에 대해 거의 아무것도 설명해주지 못할 뿐 아니라 자칫하면 소설과 르포르타주 사이의 장르적 차이를 무화시키는 결과를 초래할지도 모르기 때문이다. 사건 자체의 인력으로부터 멀어지려는 작가의 지향은 '산사람'들과 마을 사람들의 생활을 정확히 일대일로 교차시키며 근접 촬영하고 있는 작품의 스타일과 얼핏 동떨어져 보이지만 그것은 결과적으로 투철한 산문 정신에 의해 통합됨으로써 작품에 대한 역동적 해석을 가능케 한다.

작품의 전체적 윤곽을 파악하는 절차가 우선이다. 이 소설은 대략 1950년 11월부터 거창사건이 일어난 이듬해 2월까지 경남 산청군 일대의 산과 신원면 마을에서 일어난 사건들을 빨치산 315부대와 문한득 일가의 생태를 통해 정밀히 추적하고 있다. 모두 여섯 개의 장으로 구성된 작품의 1·3·5장은 빨치산의 산 생활을,

2·4·6장은 마을에서 일어난 사건들을 그리고 있다. 산 생활의 초점인물은 주로 문한득이다. 그는 한병·한돌·한득 형제의 막내로 해방 직후 남로당계 이책(里責)으로 활동하다 보도연맹 예비검속으로 총살당한 큰형 문한병 대신 분주소(分駐所) 심부름꾼이 되었다가 입산한 18세 소년병이다. 비무장 초모병(招募兵)에 불과했던 그는 신원면 일대의 지리에 밝다는 이유로 팔로군(八路軍) 출신 정예들로 구성된 315부대 기포지대 1중대로 전출된다. 이 도입부의 긴장감은 작품의 백미 중 하나다. 가난한 소작농에 불과했던 그의 행로가 이념적 선택과 무관한 것임은 물론인데 이제 막 작품을 읽기 시작한 독자들 또한 "왜 자기만 뽑아 전출시키는지 이유를"(9쪽) 몰라 어리둥절해하는 문한득과 같은 입장이 되어 앞일을 예측할 수 없는 미지의 야행에 동참하게 되는 것이다. 작품은 순진한 소년병의 시선을 선택함으로써 이념 문제와 전황의 전모를 원경(遠景)화하고 혹독한 산 생활을 그린 1·3·5장에 폐쇄적 긴장감을 부여한다.

　인공기와 태극기가 시시로 바뀌어 내걸리는 마을의 상황 또한 이 전쟁의 맥락과 이념에 무지한 인물들을 통해 전달된다. 큰아들 문한병의 죽음을 한사코 받아들이지 못하는 실매댁이나 출산을 앞둔 문한돌 내외의 나날은 위기의 연속이다. "국군이나 인민군이나 군인들 하는 짓거리는 어느 쪽도 믿을 수가"(229~230쪽) 없는 상황 속에서 그들이 의지할 만한 유일한 지혜는 "난세에는 좀 모자라고 병든 채 운신함이 세월을 쉽게 넘기는 방편임을 알음알음 터득"(318쪽)한 정도에 불과하다. 첫 전투에서 어부지리로 공훈전사가 된 문한득이나 대다수의 315부대원들, 신원면의 문한돌 일가를 비롯한 마을 사람들 모두가 그리는 꿈은 오직 하나다. 하루속히 전쟁이 끝나 고향의 가족과 함께 사는 소박한 바람이 그것인데 작품은 바로 그 인간적 삶의 최저낙원을 무참히 압살하는 지옥의 심장부를 향해 서서히 진입하는 과정으로 채워져 있다.

여기서 한 가지 주목할 점은 거창양민학살사건을 다룬 것으로 알려진 이 작품에서 정작 사건 자체를 기술한 대목은 결말의 일부분에 불과하다는 점이다. 문한득의 315부대 전출로부터 학살사건이 일어나기까지의 석 달 가량이 매우 상세하게 서술된 데 비하면 사건의 기술 방식 또한 축약적이다. 이는 사건의 도래를 최대한 지연시킴으로써 사건 바깥의 요소들과 사건에 이르는 과정 자체에 독자들의 시선이 머물도록 만드는 구성일 것이다. 따라서 앞서 말한 중립적 진술문들 위주의 문체나 작품 전반에 임리한 "생생한 기록으로서 현장성" 등은 바로 이 '지연'을 위한 장치들인 셈이다. 이 지연 장치들이 윤곽의 제시 정도로 처리된 결말의 참상을 더욱 섬뜩한 무엇으로 만들어주는 요소임에는 틀림없다. 그러나 이는 학살사건의 끔찍함을 역설적으로 부각시키는 동시에 예의 최저낙원에 대한 보편적 이상을 돋을새김하는 역할도 수행한다. 이 참상을 감싸고 있는 진정한 대립은 어쩌면 남북 간의 이념 갈등이 아니라 전쟁이라는 절대악과 보편적 인간 이상 사이의 그것인 듯하다. 그래서 315부대의 사상교육 시간이나 남측 군경의 연설 장면들, 멀리서 타전되어 오는 전황 소식은 하나같이 알아듣기 힘든 외계의 언어처럼 공허하게 울리는 게 아닐까.

박주임은 같은 내용을 되풀이해서 떠들었는데, 한동안은 부역꾼들이 귀기울이고 들었으나, "끝으로 한말씀만 더 드리자면……" 하며, 이야기를 끝낼 듯하다 다시 계속하자 모두 진력을 냈다. (중략) 다른 부역꾼 마음과 한가지로 문한돌도 울력을 빨리 시작했으면 싶은 마음뿐이었다. 그는 더 참을 수 없을 만큼 발이 시리어, 발가락을 쇠집게로 뜯어내듯 아렸고 몸이 뻐등하게 굳어왔다.(123쪽)

생각하기에 따라서는 절대악으로서 전쟁과 보편적 인간 이상이라는 작품의 기본 구도가 너무 단순하지 않은가 하는 불만이 제기될 법하지만 그것은 어디까지나 문한득 형제와 신원면 농투성이들의 눈높이를 따랐기 때문일 뿐 한국전쟁의 실체를 해부하는 작품의 시야는 생각보다 중층적이다. 국제적 내전으로서 한국전쟁에 대한 이 작품의 해석은 독특한 데가 있다. 신원면 상공을 지나 접전지역으로 날아가는 미군 폭격기의 모습이 무심히 포착되곤 하는 데서 알 수 있듯 작품에서 미국과 소련이라는 계기는 너무 멀리 배치되어 있어 실감이 거의 없는 존재들이다. 반면, 중국이라는 계기는 뜻밖에 가깝다. 315부대가 팔로군에서 활약한 조선의용대 출신인 점도 그렇고 결말의 학살사건을 주도한 국군 11사단이 "중국 황포군관학교를 졸업하고 중국 국민군 소좌까지 지낸"(128쪽) 최덕신(崔德新, 1914~1989) 준장에 의해 통솔되었다는 점도 그렇다. 군과 농민이 물과 고기처럼 밀착되어야만 승리할 수 있다는 마오쩌뚱(毛澤東)의 이른바 수어이론(水魚理論)이 빨치산 부대의 핵심전략인 데(86쪽) 대해 "중국 국부군 백승희 장군이 항일전에 써먹어 큰 성과를 본"(472쪽) 견벽청야(堅壁淸野) 작전**이 공비소탕 목적으로 창설된 11사단의 주요 책략이었다는 사실은 중요하다. 한국전쟁은 어떤 의미에서 중국에서 벌어진 2차 국공내전(國共內戰, 1946~1949)의 한반도판 재연인 면도 있기 때문이다. 확대해석을 경계하는 경우에도 거창사건의 먼 기원에 국공내전의 영향이 있음은 『겨울 골짜기』의 날카로운 발견이 아닐 수 없다.

거창사건을 감싸고 있는 국내외의 역사적 층위들을 두텁게 쌓아나가면서도 작품의 초점을 문한돌 일가에 묶어둠으로써 얻어지는 효과는 비교적 자명하다. 그것은 이념분자와 같은 거대서사의 체현자들이 아닌 이른바 억압된 서발턴(subaltern)들의 역사를 기술함으로써 이념 바깥에서 이념의 세계를 상대화할 수 있게 해준다. 학살의 현장에서 유일하게 살아남은 인물이 문한돌 내외와 새로 태어난 아이라는 사실은 작품의 이러한 지향을 가장 명확히 보여주는 증좌일 것이다. 여기서 이 작품의 최초 발표 시기가 87년 6월항쟁을 불과 1년 남짓 앞둔 시점이었다는 사실을 환기할 필요가 있다. 어쩌면 90년대 이후 두드러진 한국문학의 탈이념적 흐름은 이미 80년대 중반에 시작되고 있었던 것인지도 모른다. 한편으

** 어느 국군 사병들의 대화를 통해 설명되는 견벽청야의 의미는 이렇다. "지켜야 할 거점은 벽을 쌓듯이 확보하는 주의로 나가고, 부득이 적에게 내놓게 되는 지역은 인력과 물자를 이동시킨 후 집들은 불지르고, 깨끗이 청소해버린다는 것 아냐. 그러니 신원면 이 산골짜기는 청야 지역에 해당되는 셈이 맞잖아"(473쪽) 거창사건은 바로 이 견벽청야 작전의 일환이었던 것이다.

로는 군사독재의 이념적 금제에 맞서 사상의 자유를 추구하되 다른 한편으로는 좌우 이념 대립 자체를 해소하고 벗어나려 했던 당시의 시대 분위기가 고스란히 반영되어 있다. 뿐만 아니라 이 작품은 정치적으로 결정된 '민중'을 체제담론과 저항담론의 경계 지대에서 자라난 서발턴들의 분출이 대체할 것임을 예고하고 있기도 하다. 대서사가 감당하지 못하는 필부들의 역사와 삶을 가시화하면서 인간 실존의 최저경계를 묘파하려 했던 작가의 지향은 아직 살아 있는 현재다. "살아남음에 따른 고통의 극한을 인간은 어느 한계까지 견디어내는가"라는 물음은 80년대 중반 이후 본격화한 대중소비자본주의 사회 속에서, 게다가 외환위기(1997) 이후의 냉엄한 신자유주의 국면 아래에서는 더욱, 여전히 유효한 물음일 것이기 때문이다.

그런 의미에서 새롭게 주목해볼 작중인물의 한 사람으로 315부대원 김익수를 든다면 어떨까. 서울 출신으로 사회 과목을 가르치는 중학교 교사였던 그는 전형적인 소시민적 인텔리다. 그는 일제 잔재를 청산하지 못하는 남한 정권에 염증을 느끼고 좌익운동에 투신했으나 자유주의 성향으로 인해 거기에서조차 종파주의자로 낙인찍힌 중간자적 인물이다. 오직 이 광기의 전쟁을 끝내고 가족을 만나겠다는 일념으로 혹독한 빨치산 생활을 견뎌내지만 끝내 전사하고 만다. 이 김익수라는 인물이야말로 오늘날의 우리들과 가장 가까운 인물이 아닐까. 그러고 보면 이념에 완전히 귀의하지도 벗어나지도 못한 채 여전히 그것을 앓고 있는 우리 시대의 집합적 초상이 작품의 진면목인지도 모르겠다. 이 작품이 처음 발표

된 때부터 지금까지 30년 가까운 세월이 지났음에도 말이다. 따라서 이 작품의 문면에 두드러진 중립성은 글자 그대로의 중립이 아니다. 그것은 대립하는 양극단을 지양한 균형감각의 소산이 아니기 때문이다. 그것은 수많은 하위자들, 이념적 중간파들을 배제하는 방식으로밖에 스스로를 세우지 못하는 모든 타락한 이념들에 대해 명백히 그리고 급진적으로 맞선다.

초판본 작가의 말

　광복과 6·25전쟁 사이를 시대로 잡아 분단과 관련된 소설을 주로 쓰다 보니, 내 의식도 늘 그 시대의 삶에 매여 있는 형편이다. 그런데 분단 문제에 따른 소설을 지금까지 써올 동안 끊임없이 나를 괴롭힌 질문이 있었다면, '너의 글이 그 시대의 핵심에 얼마만큼 접근해 있느냐'란, 나 자신을 향한 힐책이었다. 이 소설도 따지고 보면 그 힐책의 속죄의식으로 구상되지 않았나 싶다.

　'거창사건'은 6·25전쟁이 우리 민족에게 남긴 상처로, 떠올리고 싶지 않은 기억 중의 하나이다. 이 땅에 다시는 동족상잔의 전쟁 없이 평화적 통일을 지향해야 하며, '거창사건'과 같은 비극이 되풀이되어서는 안 된다는 소박한 마음에서 그 소재를 소화해보려고 여러 차례 시도했으나, 섣부른 열정만으로 소설이 될 리가 없었다. '그런 문제와 부딪히지 않는 너의 분단류 소설은 가짜다'란 힐책이 빚쟁이처럼 칠팔 년 나를 따라다녔다. 그러나 자료의 부족과 성숙되지 못한 여러 여건 탓으로 메모장이나 만드는 사이, 시간이 흘러갔다.

70년대 말 『중앙일보』에서 '민족(民族)의 증언(證言)'을 장기 기획특집으로 연재할 때 '거창사건'을 당시 관련자의 증언 중심으로 다루기도 했지만, 82년 『부산일보』가 기획특집 르포로 '임시수도 천일(臨時首都 千日)'을 연재할 때, '거창사건'편이 나에게 결정적인 용기를 주었다. 85년 장편소설 『바람과 강(江)』을 끝낼 즈음, 오랜 직장 생활을 청산한 터여서 나는 거창군 신원면을 현지 답사했고, 그해 가을부터 올 2월까지 이 작품에만 매달렸다. 51년, 그 사건 당시 막 출산한 아기 덕분으로 천조일우 살아난 한 가족이 있었다. 나는 그들을 만나려고 애쓰지는 않았다. 상상력이 구속당하는 데 따른 부담감을 줄이면서, 나는 소설의 뼈대를 그 가족을 중심 삼아 엮기로 작정했다.

『겨울 골짜기』는 2,500장 분량으로, 거창사건을 다루었지만 8할쯤은 픽션이고 2할쯤이 논픽션에 해당될 것이다. 그러므로 이 소설은 그 진상을 파헤쳐 생생한 기록으로서 현장성을 살리자는 데 목적을 두지 않았다. 전쟁이 얼마나 혹독한 굶주림으로 인간을 옥죄이고, 살아남음에 따른 고통의 극한을 인간은 어느 한계까지 견디어내는가, 나는 그 두 문제에 초점을 두고 이 소설을 썼다. 읽는 이는, 글쓴이가 가능한 그 사건 자체에서 멀어지기 위한 갈등의 흔적을 발견할 수 있을 것이다.

이 장편소설은 2년 반에 걸쳐, 『숨은 손가락』(문학과지성사 신작소설집)에 「빼앗긴 사람들」로 시작하여, 「敵」(『외국문학』), 「내부의

敵」(『문예중앙』), 「겨울 골짜기」(『세계의 문학』) 등으로 단행본과 계간지에 여러 차례 나누어 발표했다.

그동안 지면을 준 분들에게 감사하며, 상투적인 표현이 되겠지만 휴머니즘의 이름으로, 그 시대를 어렵게 살아남고 죽어간 모든 분들에게 이 책을 바친다.

1987년 봄
김원일

작가의 말

이 작품을 첫 출간한 지도 어언 27년이 흘렀다. 전집에 묶으려 오랜만에 재독하며 떠오른 첫 느낌이, 왜 6·25전쟁 당시 후방에 해방구를 설정하고 있던 산사람(빨치산)과 좌우 등쌀에 고초를 겪던 오지 농민(마을사람)의 처절한 생존의 투쟁을 그려보겠다고 마음먹었을까란 창작 동기였다. 물론 '거창양민학살사건'이라는 1951년 2월에 있었던 당시의 실재했던 사건이 매개가 되었지만, 작품에서 보여지듯 사건은 마지막 부분에 짧게 언급되었을 뿐 사건의 직접적인 동기, 학살의 전 과정, 사회 문제로 부각된 후일담에 대해서는 언급을 피했다. 『겨울 골짜기』는 제목 그대로, 엄동 한철을 넘길 동안 산사람과 마을사람이 겪어낸 지난한 삶의 현장을 꼼꼼하게 들여다보는 데 더 큰 의의를 두었다. 산사람이나 마을사람이 추위, 주림, 공포를 견뎌낼 수 있었던 힘은 그 어떤 절대적인 신념도, 오늘을 견디면 내일은 작은 희망의 불씨라도 건질 것이란 기대감도 아닌, 오직 살아남으려는 본능적인 생존의 절박감에 더 절실했다는 점, 다시 말해 생명 유지의 동물적인 본능에 전력투구했다는 인고의 시간대에 초점을 두었다.

이 작품을 집필하던 당시, 나는 성장 과정 중 애옥살이한 시절을 내내 회상하며 그때를 떠올렸으니, 어쩌면 나의 분신을 거창군 신원면이란 첩첩한 산과 오지 마을에 박아놓고 줄기차게 그들의 들피진 삶을 따라다녔음에 다름 아니었다. 다섯 식구가 문간채 셋방에서 오골거리며 살았던 차디찬 겨울 냉돌방, 니 애비를 닮아서는 안 된다며 장자를 가혹한 매질로 한풀이하던 어머니에 대한 공포감, 만성적인 허기와 어지름증, 새벽별을 보고 나서서 살을 에는 추위 속에 언 손을 입김으로 녹여가며 어둠을 밟고 종종걸음쳤던 신문 배달의 아르르한 기억이 결과적으로 이 소설의 현장을 열심히 취재하게 하고, 소설을 쓰게 했음이 되짚어졌다. 내가 살아 있는지, 어쩜 죽어가는지도 모른다며, 자살만이 자의로 선택할 수 있는 유일한 수단이라고 되뇌던, 지독한 우울증에 시달린 10대 중반의 한 시절이 내게 있었던 것이다. 이 소설 외에도 내 작품이 대체로 굶주림, 빈곤, 고통, 질병, 죽음을 바탕에 깔고 있는 비관주의적 관점에 서 있는 것도 그와 무관하지 않을 것이다. 그럴 만한 소재가 떠올랐을 때 집필에 몰입할 수 있었다는 변명은, 결과적으로 내 체험의 또 다른 한 면을 보여줄 수 있다는 확신에서였다. 1987년 민음사 초판본은 두 권짜리로 2,500매였는데, 1993년 이룸출판사에서 개정판을 낼 때 1,800매로 내용과 문장을 간추렸고, 이번 판본은 문장을 다듬는 것 말고는 손을 보지 않았다.

2014년 6월
김원일

김원일 소설전집 4

겨울 골짜기

1판 1쇄 발행 | 2014년 7월 5일

지은이 | 김원일
펴낸이 | 정홍수
편집 | 김현숙 박지아
펴낸곳 | (주)도서출판 강
출판등록 | 2000년 8월 9일(제2000-185호)

주소 | 서울시 마포구 동교로17안길 21(우 121-842)
전화 | 02-325-9566~7
팩시밀리 | 02-325-8486
전자우편 | gangpub@hanmail.net

값 15,000원
ISBN 978-89-8218-192-4   04810
      978-89-8218-133-7(세트)

이 도서의 국립중앙도서관 출판시도서목록(CIP)은 서지정보유통지원시스템 홈페이지
(http://seoji.nl.go.kr)와 국가자료공동목록시스템(http://www.nl.go.kr/kolisnet)에서 이용하실
수 있습니다.(CIP제어번호: CIP2014018640)